D0595393

BESTSELLER

Marian Keyes es la autora de un libro de artículos, *Bajo el edredón*, y de diez novelas: *Claire se queda sola*, *Lucy Sullivan se casa*, *Rachel se va de viaje*, *Por los pelos*, *Sushi para principiantes*, *Maggie ve la luz*, *¿Quién te lo ha contado?*, *¿Hay alguien ahí fuera?*, *Un tipo encantador* y *La estrella más brillante*, todas ellas publicadas por Plaza & Janés y Debolsillo, que han constituido enormes éxitos de ventas, tanto en dichos sellos editoriales como en los treinta y dos idiomas a los que se han traducido. Vive con su marido en Dublín.

Marian Keyes te invita a visitar su web:

www.mariankeyes.com

Allí escribe las noticias más recientes de su vida y de la de su familia y amigos. ¡Te encantará!

Biblioteca

MARIAN KEYES

Un tipo encantador

Traducción de
Matuca Fernández de Villavicencio

DEBOLS!LLO

Título original: *This Charming Man*

Primera edición con este formato: enero, 2011

© 2008, Marian Keyes
© 2008, Random House Mondadori, S. A.
   Travessera de Gràcia, 47-49. 08021 Barcelona
© 2008, Matuca Fernández de Villavicencio, por la traducción

Quedan prohibidos, dentro de los límites establecidos en la ley y bajo
los apercibimientos legalmente previstos, la reproducción total o parcial
de esta obra por cualquier medio o procedimiento, ya sea electrónico o
mecánico, el tratamiento informático, el alquiler o cualquier otra forma
de cesión de la obra sin la autorización previa y por escrito de los titu-
lares del *copyright*. Diríjase a CEDRO (Centro Español de Derechos
Reprográficos, http://www.cedro.org) si necesita fotocopiar o escanear
algún fragmento de esta obra.

Printed in Spain – Impreso en España

ISBN: 978-84-9908-897-6 (425/10)
Depósito legal: B-41815-2010

Compuesto en Lozano Faisano, S. L. (L'Hospitalet)

Impreso en Litografía Rosés, S. A.
Progrés, 54-60. Gavà (Barcelona)

P 888976

`RO5024 2bb89`

Para Caitríona Keyes,
la persona más divertida con que me he topado

Agradecimientos

Escribir este libro me ha llevado un tiempo bochornosamente largo y mi memoria a corto plazo ya no es lo que era —al parecer eso es lo que ocurre cuando estás perimenopáusica (no menopáusica, debería aclarar; para eso falta todavía mucho, y cuando llegue el momento ya estaré nuevamente en forma y ganando al *Mastermind*)—, de modo que es muy probable que alguien me haya prestado una ayuda inestimable en las primeras fases del libro y yo lo haya olvidado por completo. Si eres esa persona, mis más sinceras disculpas.

Gracias a mi extraordinaria y clarividente editora, Louise Moore, y a todo el equipo de Michael Joseph por su amistad, entusiasmo y arduo trabajo en beneficio de mis libros. Soy una escritora afortunada donde las haya.

Gracias, asimismo, al legendario Jonathan Lloyd y a toda la gente de Curtis Brown por su ilimitado apoyo. Todos —Louise, Jonathan y yo— hemos trabajado juntos once años y ha sido fantástico.

Gracias a Bob Holt, quien, junto con sus hijos Bobby, Billy y Jamie Holt, pagó una importante suma de dinero al Bobby Moore Fund for Cancer Research UK para que su esposa, Marilyn Holt, apareciera como un personaje en este libro.

Gracias también a Angus Sprott, que entregó una cantidad igualmente generosa a la Breast Cancer Campaign para que un personaje llevara su nombre.

Como ocurriera con mis otros libros, algunas personas han actuado de conejillos de Indias leyendo mi libro a medida que lo escribía y sugiriéndome cambios y mejoras. Sí, muchas mejoras. Aunque puede que entonces gritara, me gustaría dejar claro que les estoy enormemente agradecida por este servicio. Gracias a Chris Baines, Suzanne Benson, Jenny Boland, Ailish Connolly, Debbie Deegan, Susan Dillon, Caron Freeborn, Gai Griffin, Gwen Hollingsworth, Cathy Kelly, mama Keyes, Ljiljana Keyes, Rita-Anne Keyes, Eileen Prendergast, Kate Thompson y Louise Voss.

Gracias en especial a AnneMarie Scanlon, que me ayudó con mi investigación y, sin reparos, exigió respuestas a preguntas que a mí me daba demasiada vergüenza hacer. Y dos veces gracias a Caitríona Keyes, quien tantas historias y refranes divertidos me ha contado a lo largo de los años y los cuales yo le he robado con todo descaro. En un intento tardío de reconocer su valiosa aportación, a ella dedico este libro.

Como siempre, gracias a mi amado Tony, sin el cual nada de esto sería posible.

Breve nota explicativa: parte de este libro está ambientada en el feo y rancio mundo de la política irlandesa y me he tomado la libertad de cambiar los nombres de los dos partidos políticos más importantes de Irlanda, Fianna Fáil y Fine Gael, por los de Partido Nacionalista de Irlanda y Progresistas Cristianos. No lo hice con intención de evitar una demanda por calumnias —creo sinceramente que los políticos irlandeses son tan detestables como aparecen en estas páginas, o incluso peor— sino de facilitar la pronunciación, etcétera, a los lectores no irlandeses. Asimismo, las siglas TD (abreviatura de Teachta Dála) hacen referencia a los miembros del parlamento irlandés (llamado the Dáil). (Que está ubicado en Leinster House.) (Por último, la mayoría de los gobiernos irlandeses son coaliciones.) (Probablemente esta sea la única explicación que necesites.)

Mientras escribía este libro tuve que llevar a cabo un intenso trabajo de investigación, lo que realmente detesto, pero la gente se mostró increíblemente generosa con su tiempo y paciencia. Cualquier error es mío. Gracias a Martina Devlin, Mary O'Sullivan, Madeleine Keane, Barry Andrews TD (TD, ahora ya sabes qué significa); toda la gente de LHW Property Finance (en especial Niall

Coughlan); Ben Power, «Amanda», «Chloe», Natalie y todas las chicas.

Gracias a Andrew Fitzsimons por la palabra «fabulize».

Gracias a la gente de Women's Aid, tanto de la oficina irlandesa como británica. Y, por último, gracias a todas las supervivientes de la violencia doméstica que —anónimamente— me contaron lo que les había ocurrido. Cuando escribí este libro era mi humilde intención honrar sus historias.

¿Qué? ¿Tú también? Pensaba que era el único.

C. S. LEWIS

Todos recuerdan dónde estaban el día que escucharon que Paddy de Courcy se casaba. Yo fui de las primeras en enterarme. Trabajo en un periódico y allí estaba cuando David Thornberry, corresponsal político (y el hombre más alto de Dublín) llegó con la noticia de que De Courcy había decidido pasar por la vicaría. Me sorprendió. Bueno, la verdad es que nos sorprendió a todos. A mí, sin embargo, me sorprendió doblemente, y eso que aún no sabía quién era la afortunada. Pero no podía mostrar mi disgusto. Aunque dudo que alguien lo hubiera notado. Podría caerme redonda en la calle que la gente aún me pediría que la llevara en coche a la estación. Así son las cosas cuando eres la sana de dos gemelas. En fin, el caso es que Jacinta Kinsella (jefa) necesitaba una reseña breve sobre el compromiso y no me quedó más remedio que poner a un lado mis sentimientos personales y comportarme como una profesional.

GRACE GILDEE

Habría sido un detalle que me lo hubieras consultado primero.

ALICIA THORNTON

Estaba en la red, buscando en ebid un bolso de lechuza (de Stella McCartney, no cualquier bolso de «lechuza») para una clienta que tenía un acto benéfico en defensa de la flora y la fauna, cuando vi el titular. DE COURCY SE CASA. Pensé que era una broma. Los medios siempre andan inventando historias, poniendo celulitis a chicas que no tienen y quitándosela a chicas que sí tienen. Cuando me enteré de que era cierto entré en estado de shock. De hecho, creí que me estaba dando un infarto. Habría pedido una ambulancia, pero no podía recordar el 999. Todo el rato me venía a la cabeza el 666. El número de la bestia.

FIONNOLA «LOLA» DALY

Ni se te ocurra ser feliz, cabrón. Eso fue lo que pensé cuando me enteré. Ni se te ocurra ser feliz.

MARNIE HUNTER

De Courcy se casa

Mujeres de todo el planeta estarán luciendo un brazalete negro cuando se enteren de que el político más atractivo de Irlanda, Paddy «Quicksilver» de Courcy, ha decidido retirarse del mercado y sentar la cabeza. De Courcy, figura popular en los salones VIP de los locales de moda de Dublín y de quien se dice que tiene un aire a JohnJohn Kennedy, ha sido relacionado en los últimos diez años con algunas mujeres glamourosas, entre ellas la modelo convertida en actriz Zara Kaletsky y la alpinista del Everest Selma Teeley, pero hasta ahora nunca había dado muestras de querer un compromiso serio.

Poco se sabe de la mujer que ha conquistado su veleidoso corazón. Se trata de una tal Alicia Thornton, que nada tiene de modelo ni de alpinista: se diría que el único ascenso que le interesa es el social. La señorita Thornton (35), al parecer viuda, trabaja para una conocida agencia inmobiliaria, si bien tiene previsto dejar su empleo cuando contraiga matrimonio para poder «entregarse de lleno» a la próspera carrera política de su marido. Como esposa del ambicioso «Quicksilver», no le aguarda una tarea fácil.

De Courcy (37) es el número dos del NewIreland, partido creado hace tres años por Dee Rossini y otros diputados descontentos con la cultura de corrupción y amiguismo que predomina en los principales partidos políticos de Irlanda. En contra de la creencia popular, De Courcy no se halla entre los miembros fundadores del NewIreland. En realidad, se unió al partido a los ocho meses de su creación, cuando ya era evidente que se trataba de un proyecto viable.

Lola

Día cero. Lunes, 25 de agosto, 14.25
El peor día de mi vida. Cuando la primera impresión me liberó de sus diabólicas garras, lo primero que pensé fue que Paddy no me había telefoneado. Inquietante. Yo era su novia, los medios no hacían otra cosa que hablar de que iba a casarse con otra mujer, y no me había telefoneado. Mala señal.

Le llamé al móvil privado. No al móvil privado corriente, sino al móvil privado, privado, el que solo tenemos su entrenador personal y yo. Sonó cuatro veces, saltó el buzón y supe que era cierto.

Fin del mundo.

Le llamé al despacho, le llamé a casa, seguí probando en el móvil, le dejé cincuenta y un mensajes. Contados.

18.01
Sonó teléfono. ¡Paddy!

—¿Has leído la prensa de la tarde? —preguntó.

—Internet —dije—. Nunca leo la prensa. (Irrelevante, pero la gente dice las cosas más raras cuando se halla en estado de shock.)

—Lamento que hayas tenido que enterarte de esta forma tan cruel. Quería contártelo yo, pero un periodista...

—¿Qué? —aullé— ¿Entonces es cierto?

—Lo siento, Lola, no pensé que fueras a tomarte nuestra relación tan en serio. Lo nuestro fue solo una aventura.

—¿Aventura? ¿Aventura?

—Sí, cosa de unos meses.

—¿Unos meses? Dieciséis meses, dieciséis meses con todos sus días, Paddy. Eso es mucho tiempo. ¿En serio vas a casarte con esa mujer?

—Sí.

—¿Por qué? ¿La quieres?

—Claro. No me casaría con ella si no la quisiera.

—Pensaba que era a mí a quien querías.

Con voz apesadumbrada, dijo:

—Nunca te prometí nada, Lola. Pero eres una gran, gran chica. Una entre un millón. Cuídate mucho.

—¡Espera, no cuelgues! Tengo que verte, Paddy. Por lo que más quieras, solo cinco minutos. (Cero dignidad, pero no pude contenerme. Estaba gravemente trastornada.)

—Trata de no guardarme rencor —dijo—. Yo siempre pensaré con cariño en ti y en el tiempo que pasamos juntos. Y recuerda...

—¿Qué? —susurré, ansiando escuchar algo que suavizara el terrible, insoportable dolor.

—Ni se te ocurra hablar con la prensa.

18.05 hasta medianoche

Llamé a todo el mundo. Incluido Paddy. Perdí cuenta del número de veces, pero fueron muchas. De eso estoy segura. Dos cifras, puede que tres.

Mi teléfono tampoco paraba de sonar. Bridie, Treese y Jem —amigos de verdad— se esforzaban por consolarme a pesar de que Paddy no les caía bien. (Nunca me lo confesaron, pero yo lo sabía.) También muchos amigos de mentira —¡chismosos!— llamando para regodearse. Comentario general, «¿Es cierto que Paddy de Courcy va a casarse y no contigo? Pobrecilla. Es terrible. Es realmente terrible. Es tan HUMILLante. Tan INSULtante. ¡Tan DEGRAdante! Tan...». Muy digna, yo respondía, «Gracias por los ánimos. Ahora debo dejarte».

Bridie vino a verme.

—No estabas hecha para ser la esposa de un político —dijo—. Vistes demasiado moderna y llevas reflejos violetas en el pelo.

—¡Molichinos, por lo que más quieras! —aullé—. Lo de violeta suena a... a adolescente.

—Era demasiado controlador —continuó—. Casi no te veíamos, sobre todo en los últimos meses.

—¡Estábamos enamorados! Ya sabes lo que pasa cuando estás enamorada.

Bridie se había casado hacía un año, pero Bridie poco sentimental.

—El amor es muy bonito, sí, pero eso no significa que tengáis que vivir uno encima del otro. Siempre estabas cancelando nuestras citas.

—¡El tiempo de Paddy es oro! ¡Es un hombre muy ocupado! ¡No tenía más remedio que amoldarme!

—Además —continuó Bridie—, nunca lees la prensa, nunca estás al corriente de lo que ocurre en el mundo.

—¡Habría aprendido! —dije—. ¡Habría cambiado!

Martes, 26 de agosto

Siento que todo el país me mira, me señala, se ríe de mí. Había presumido de lo mío con Paddy delante de amigos y clientas y ahora todos sabían que iba a casarse con otra. Equilibrio por los suelos. En una sesión de fotos en Wicklow Hills para catálogo navideño de Harvey Nichols planché vestido de noche Chloé al bies seda color ostra (¿sabes a cuál me refiero?) a temperatura demasiado alta y lo quemé. Marca negruzca con la forma de la plancha en entrepierna de icónico vestido de 2.035 euros (precio minorista). Insalvable. Vestido debía ser tema central de sesión. Tuve suerte de que no me lo cobraran, o de que no me hicieran arrestar.

Nkechi insistió en tomar el control de la situación —es una ayudante excelente, tanto que todo el mundo piensa que es mi jefa— porque las manos me temblaban, no podía concentrarme y tenía que ir constantemente al lavabo portátil para vomitar.

Eso no es todo. Vientre descompuesto. Te ahorraré los detalles.

20.30 - 0.34

Bridie y Treese vinieron a verme a casa y me retuvieron físicamente para que no agarrara coche y me personara en casa de Paddy para pedir audiencia.

3.00

Me desperté y pensé, «¡Ahora es mi oportunidad!». Entonces vi a Treese tumbada a mi lado. Y lo que es peor, despierta y dispuesta a pelear.

Miércoles, 27 de agosto, 11.05

Constante letanía en mi cabeza. Va a casarse con otra. Va a casarse con otra. Va a casarse con otra. Y cada dos o tres horas, ¿Cómo? ¿Qué es eso de que va a casarse con otra? Como si acabara de enterarme, y SENCILLAMENTE NO PUEDO CREERLO. Luego siento el impulso de telefonearle, de intentar hacerle cambiar de parecer, pero no contesta.

Entonces la letanía arranca de nuevo, luego viene la sorpresa, luego tengo que llamarle y no me contesta, y así una y otra vez.

Vi foto de esa tal Alicia Thornton. (Estaba en el quiosco comprando un Crunchie cuando la vi en la portada del *Independent*.) El fotógrafo la había pillado saliendo de sus oficinas de Ballsbridge. Difícil asegurarlo, pero parecía ir de Louise Kennedy. Eso me lo dijo todo. Elegante pero sin arriesgar.

Me di cuenta de que reconocía esa cara. Alicia Thornton había aparecido fotografiada con Paddy en lustrosas páginas de sociedad en cuatro ocasiones durante los últimos meses. Leyenda siempre decía, «Paddy de Courcy y acompañante». Cuando salió tercera foto, me armé de valor suficiente para preguntarle sobre ella. Paddy me acusó de no confiar en él y dijo que era una amiga de la familia. Le creí. Pero ¿qué familia? ¡Paddy no tiene familia!

12.11

Llamada de Bridie.

—Esta noche salimos.

—¡No! —grité—. ¡No puedo enfrentarme al mundo!

—¡Sí puedes! ¡Y con la cabeza bien alta!

Bridie es muy mandona. Conocida como la Sargento entre sus allegados.

—Bridie, estoy hecha polvo, me tiembla todo. No puedo ir a ninguna parte. Ten piedad de mí.

—Es por tu bien —replicó—. Cuidaremos de ti.

—¿No podéis venir a mi casa?

—No.

Larga pausa. De nada me serviría resistirme. No conozco persona más terca que Bridie.

Suspiré. Dije:

—¿Quién va?

—Nosotros cuatro. Tú, yo, Treese y Jem.

—¿También Jem? ¿Le ha dado permiso Claudia?

Claudia es la prometida de Jem. Muy posesiva a pesar de ser guapa y delgada.

—Sí, le ha dado permiso —dijo Bridie—. Tuve unas palabras con ella.

Bridie y Claudia se tenían profunda antipatía.

Jem era gran amigo mío, de Bridie y Treese, pero, curiosamente, no era gay. Ni siquiera era metrosexual. (Bueno, en una ocasión compró unos tejanos en Marks & Spencers y no vio nada de malo en ello, hasta que le saqué delicadamente de su error.) Jem y yo habíamos vivido, de adolescentes, en la misma calle. Estrechamos lazos en frías paradas de autobús, en mañanas lluviosas, vistiendo trenca, camino de la universidad. Él para ser gran ingeniero, yo para sacarme diploma en moda. (Por si a alguien le interesa, mi trenca era de vinilo azul eléctrico.)

20.35, café Albatross

Temblor en las piernas. En un tris de rodar por las escaleras del restaurante. Tropecé en los últimos tres peldaños y estuve a punto de hacer mi entrada patinando sobre las rodillas, a lo Chuck Berry. Lo peor de todo fue que no me importó. Imposible hacer mayor ridículo del que ya estaba haciendo. Bridie y Treese me estaban esperando.

Bridie —como siempre— lucía un estilo de lo más peculiar. Llevaba su cabello liso y pelirrojo recogido en un moño de abuelita y un jersey verde alucinante: encogido, torcido y con diminutos jinetes bordados. Siempre había tenido un gusto muy raro, desde su primer día de colegio a los cuatro años, cuando insistió en ponerse leotardos del color de la sangre seca. Pero no podía importarle menos.

Treese, recaudadora de fondos para importante organización

benéfica, era mucho más elegante. Pelo muy rubio y con ondas, como diosa del cine de los años cuarenta, y precioso vestido con chaqueta a juego. (De Whistles, pero en el cuerpo de Treese podía pasar por un Prada.) Si trabajas en una organización benéfica se supone que puedes ir a trabajar con pantalones de pana beis y chaqueta con capucha, pero no. La de Treese es una gran organización benéfica que trabaja en el mundo en vías de desarrollo (no en el Tercer Mundo, ya no se puede decir eso, no es políticamente correcto).

A veces tiene que reunirse con ministros para pedirles dinero, a veces hasta tiene que viajar a Bruselas para pedir fondos a la UE.

—¿Dónde está Jem? —pregunté.

Estaba segura de que había cancelado porque raras veces conseguíamos vernos los cuatro juntos, incluso cuando quedábamos con varias semanas de antelación, y en este caso hablábamos de apenas unas horas. (Tuve que reconocer que en los últimos meses yo había sido la principal infractora.)

—¡Ahí está! —dijo Bridie.

Jem, corriendo, maletín, gabardina, agradable cara redonda.

Empezamos a beber vino. Las lenguas se soltaron. Como ya dije, siempre había sospechado que a mis amigos les caía mal Paddy. Y ahora que me había humillado públicamente, podían hablar de él con total libertad.

—Nunca me dio buena espina —dijo Jem—. Era demasiado encantador.

—¿Demasiado encantador? —repliqué—. ¿Cómo se puede ser demasiado encantador? Ser encantador es algo maravilloso, como el helado. ¡Nunca tienes bastante!

—Ahí te equivocas —dijo Jem—. Si te comes un litro de Chunky Monkey y luego un litro de Cherry Garcia, vomitas.

—Yo no —dije—. Además, recuerdo muy bien aquella noche y lo que te hizo vomitar no fue el helado sino el porro de maría.

—Era demasiado guapo —dijo Bridie.

Volví a expresar mi incredulidad.

—¿Demasiado guapo? ¿Cómo se puede ser demasiado guapo? Eso es imposible. Va en contra de las leyes de la física. O de las leyes de algo. Las leyes de la tierra, quizá.

Además, ¿acababa de insultarme?

—¿Estás diciendo que era demasiado guapo para mí?

—¡No! —exclamaron al unísono—. ¡Qué va!

—Tú eres una perita en dulce —dijo Jem—. ¡En dulce! ¡Tan guapa como él o más!

—¡Más! —convino Treese.

—¡Sí, más! —aseguró Bridie—. Pero de otra forma. Lo suyo es demasiado obvio. Cuando lo miras, piensas: «Ahí va un hombre alto, moreno y apuesto». ¡Demasiado perfecto! Mientras que en tu caso piensas: «Ahí va una mujer joven y bonita, de estatura media, con una melena bien cortada y un delicioso tono castaño con toques violetas...

—¡Molichinos, por lo que más quieras!

—... fantástica figura para no ser fumadora, ojos chispeantes y nariz pequeña y simétrica». —(Bridie estaba convencida de que su nariz apuntaba hacia la izquierda. Envidiaba a las personas con narices que miraban completamente al frente)—. Cuanto más se te mira, Lola, más atractiva resultas. Cuanto más miras a Paddy de Courcy, menos atractivo resulta. ¿Me he dejado algo? —preguntó a Treese y Jem.

—Una sonrisa que le ilumina la cara —dijo Jem.

—Eso —convino Bridie—. Tú tienes una sonrisa que te ilumina la cara. Él no.

—Paddy de Courcy tiene una sonrisa falsa, como el Joker de *Batman* —añadió Jem.

—¡Exacto, como el Joker de *Batman*!

Protesté.

—¡Paddy no es como el Jocker de *Batman*!

—Paddy ES como el Joker de *Batman*. —Bridie, implacable.

21.55

Sonó el móvil de Bridie. Miró el número y dijo:

—Tengo que contestar.

Hizo ademán de levantarse, pero le indicamos, «¡Quédate! ¡Quédate!».

Queríamos escuchar conversación. Era su jefe (importante banquero). Parecía que quería ir a Milán y que Bridie le organizara los vuelos y el hotel. Bridie sacó una enorme agenda del bolso. (Bolso muy bonito. Mulberry. ¿Por qué un bolso tan bonito pero ropa tan peculiar? Incomprensible.)

—No —dijo—, no puede ir a Milán. Mañana es el cumpleaños de su esposa. No, no pienso reservarle ningún vuelo. Sí, me niego. Un día me lo agradecerá. Estoy evitando que pase a aumentar la lista de divorciados.

Escuchó un poco más y soltó una carcajada desdeñosa.

—¿Despedirme? ¡No diga tonterías!

Colgó.

—Bien —dijo—, ¿por dónde íbamos?

—Bridie. —Treese parecía preocupada—. No está bien que te niegues a reservarle un vuelo a Milán a tu jefe. Podría ser importante.

—¡Qué va! —Bridie agitó una mano para restar importancia al asunto—. Estoy al tanto de todo lo que pasa y sé que la situación en Milán no requiere la presencia de mi jefe. Sospecho que le ha echado el ojo a una dama italiana y no pienso facilitar sus devaneos.

22.43

Postres. Pedí tarta de plátano. El plátano estaba viscoso, como hojas húmedas en noviembre. Solté la cuchara y escupí el plátano en mi servilleta. Bridie probó mi tarta. Dijo que no estaba viscosa. Nada que ver con hojas húmedas en noviembre. Treese probó mi tarta. Dijo que no estaba viscosa. Jem probó mi tarta. Dijo que no estaba viscosa. Se la terminó. Para compensarme, me ofreció su tableta de chocolate helado. Pero sabía a manteca con chocolate artificial. Bridie la probó. Dijo que no sabía a manteca con chocolate artificial. A chocolate sí, a manteca no. Treese estuvo de acuerdo. Y Jem.

Bridie me ofreció su tarta de manzana, pero la masa sabía a cartón húmedo y los trocitos de manzana parecían bichitos muertos. Los demás no estuvieron de acuerdo.

Treese no me ofreció su postre porque no tenía postre que ofrecer. En otros tiempos había sido gorda y estaba intentando mantenerse alejada del azúcar. Podía probar los postres de los demás pero no podía pedirse uno.

Actualmente tenía bastante controlada su ansiedad por la comida, pero todavía podía tener un mal día. Por ejemplo, si se estresaba en el trabajo porque la UE le había negado una subvención para instalar letrinas en Adís Abeba, podía zamparse hasta veinte Mars seguidos. (Seguramente podría con más, pero la mujer de la tienda de al lado se niega a vendérselos. En lugar de eso le dice, «Ya tienes suficientes, cielo», como una amable tabernera. Le dice, «Treese, cariño, te has esforzado mucho para perder todo ese peso. ¿No querrás ponerte otra vez como una cerda? Piensa en tu adorable marido. Él no te conoció estando gorda, ¿verdad?».)

Decidí pasar del postre y pedirme una copa de oporto.

—¿A qué sabe? —me preguntó Bridie—. ¿A botines podridos? ¿A ojos de gusano?

—A alcohol —dije—. Sabe a alcohol.

Después del oporto me tomé un amaretto. Después del amaretto, un cointreau.

23.30
Me preparé para que me obligaran a ir a un bar, para que también allí pudiera entrar «con la cabeza bien alta».

¡Pero no! Nadie mencionó esa posibilidad. Se habló de taxis y de tener que madrugar y todos regresaron junto a sus seres queridos. Bridie se casó el año pasado, Treese se casó este año y Jem vivía con la posesiva Claudia. ¿Por qué salir a buscar filete cuando tienes una hamburguesa en casa? Jem me acompañó a casa en taxi e insistió en que si quería salir con él y con Claudia, era bienvenida. Jem era adorable. Una persona de gran, gran corazón.

Pero mentía, naturalmente. Claudia me detestaba. No tanto como a Bridie pero casi. (Breve inciso. ¿Recuerdas que me dijeron que Paddy era demasiado guapo para mí? Bueno, pues lo mismo podía decirse de Claudia con respecto a Jem. Claudia era rubia, de piel bronceada, con piernas de kilómetro y enormes pechos de silicona, la única persona que conocía que se los había operado. He de reconocer que no eran grotescamente grandes, pero era imposible no verlos. Y sospechaba que llevaba extensiones de pelo; un día que la vi el pelo le llegaba por los hombros y a la semana siguiente le había crecido treinta centímetros. Aunque puede que hubiera estado atiborrándose de selenio.

Parecía modelo. De hecho, había sido modelo. Más o menos. Se sentaba en capós de coches en bikini. También intentó ser cantante y consiguió una audición para *You're A Star* (*reality show* de talentos). También intentó ser bailarina (en otro *reality*). Y actriz (gastó una pequeña fortuna en primeros planos pero la echaron por mala). Y corría el rumor de que alguien la había visto en una cola para las pruebas de *Gran Hermano*, aunque ella lo niega.

Pero no era mi intención juzgarla. Dios me libre. Yo aterricé en mi profesión después de muchos tanteos, de haber fracasado en todo lo demás, etcétera, etcétera. Un punto para Claudia por su espíritu emprendedor.

Si Claudia no me gustaba era, sencillamente, porque era antipática. Apenas nos dirigía la palabra a Treese y a mí, y aún menos a Bridie. Su lenguaje corporal siempre decía: No SOPORTO estar con vosotras, pandilla de palurdas. Preferiría estar en un bar esnifando cocaína del muslo de un presentador de telediarios.

Se comportaba como si fuéramos a robarle a Jem delante de sus narices a la más mínima oportunidad. Pero no tenía de qué preocuparse. Ni Treese, ni Bridie ni yo le teníamos echado el ojo a Jem. Las tres habíamos ligado con él en la adolescencia. (Entonces su cara no era tan redonda y franca como ahora. Tenía un aire más gamberro.)

Si quieres mi opinión más sincera, a veces sospechaba que a Claudia ni siquiera le gustaba Jem. Lo trataba como a un chucho idiota que podía comerse los zapatos de piel y destrozar las almohadas de plumas en cuanto te dabas la vuelta.

Jem era una persona adorable, sencillamente adorable. Y se merecía una novia adorable, sencillamente adorable.

Último dato. Jem ganaba mucho dinero. No estoy insinuando nada. Es solo una observación.)

23.48
Entré en mi diminuto piso. Miré en torno a una vida que no era gran cosa y pensé: «Estoy sola, y lo estaré el resto de mis días».

No era autocompasión. Solo realismo.

Jueves, 28 de agosto, 9.00
Sonó teléfono.

—¡Hola, Lola! —dijo voz femenina sumamente cordial.

—Hola —respondí con cautela.

Porque podía ser una clienta. Siempre he de fingir que reconozco la voz y nunca debo preguntar, «¿Con quién hablo?». Les gusta pensar que son especiales. (¿A quién no?)

—¡Hola, Lola! —repite la voz cordial—. Soy Grace. Grace Gildee. Me preguntaba si podríamos tener una pequeña charla.

—Desde luego —dije. (Porque pensaba que era mujer buscando asesoramiento de imagen.)

—Sobre un buen amigo mío —continuó—. Creo que le conoces. ¿Paddy de Courcy?

—Sí —respondí, preguntándome de que iba todo esto. Entonces lo entendí. ¡Oh, no!—. ¿Eres... periodista?

—¡Sí! —contestó, como si eso no tuviera nada de malo—. Me encantaría charlar contigo sobre tu relación con Paddy.

Pero Paddy había dicho, «Ni se te ocurra hablar con la prensa».

—Como es lógico, te lo recompensaremos generosamente —continúa la mujer—. Creo que últimamente has perdido un par de clientas. El dinero podría venirte bien.

¿Qué? ¿Había perdido un par de clientas? Primera noticia.

—Tendrás la oportunidad de explicar tu versión de la historia —dijo—. Sé que te sientes terriblemente traicionada.

—No, yo...

Estaba asustada. En serio, muy asustada. No quería que la prensa hablara de Paddy y de mí. Ni debí admitir que le conocía.

—¡No quiero hablar de eso!

—Pero tuviste una relación con Paddy, ¿verdad?

—No, yo, esto... sin comentarios.

Nunca imaginé que algún día tendría una conversación donde pronunciaría las palabras, Sin comentarios.

—Lo interpretaré como un sí —dijo Grace. Soltó una carcajada.

—¡No! —dije—. No lo interpretes como un sí. Ahora debo dejarte.

—Si cambias de opinión, avísame. Grace Gildee. Articulista del *Spokesman*. Podríamos hacer un gran trabajo juntas.

9.23

Llamada de Marcia Fitzgibbons, magnate de la industria e importante clienta.

—Lola —dijo—, he oído por ahí que en la sesión de fotos de Harvey Nichols a usted le entró el mono.

—¿El mono? —aullé.

—El síndrome de abstinencia —dijo.

—Sé lo que es un mono —repliqué—. Pero ignoro de qué me está hablando.

—Me han contado que estuvo temblando, sudando y vomitando —dijo—. Que ni siquiera pudo hacer algo tan sencillo como planchar un vestido sin destrozarlo.

—No, no. Marcia, quiero decir, señora Fitzgibbons, no me entró ningún mono. Lo que pasa es que tengo el corazón roto. Paddy de Courcy es mi novio pero va a casarse con otra.

—Eso es lo que se empeña en contarle a la gente, según he oído. ¿Paddy de Courcy su novio? ¡No diga tonterías! ¡Lleva el pelo violeta!

—¡Molichino! —grité—. ¡Molichino!

—No puedo seguir trabajando con usted —dijo—. Mi tolerancia con los drogadictos es cero. Es usted una excelente estilista, pero las reglas son las reglas.

Por eso es una magnate de la industria, supongo.

Mis otros esfuerzos por defenderme fueron en vano porque me había colgado. Después de todo, el tiempo es dinero.

9.26

Extrañaba mucho a mi madre. Me habría hecho mucho bien tenerla conmigo en estos momentos. Recordé los días previos a su muerte, aunque entonces yo ignoraba lo que estaba pasando, nadie me lo decía; simplemente pensaba que necesitaba mucho reposo. Por las tardes, cuando llegaba del colegio, me metía en su cama con uniforme y todo, nos cogíamos de la mano y veíamos reposiciones de *Eastenders*. Lo que daría por poder hacer eso ahora, por acostarme a su lado y cogerle la mano y dormir el resto de mis días.

Si por lo menos tuviera una familia extensa que hiciera piña a mi alrededor y me dijera, «Te queremos aunque no estés al tanto de lo que ocurre en el mundo»...

Pero estaba sola en el mundo. Lola, la pequeña huérfana. Era terrible decir eso, porque mi padre aún vivía. Podría ir a verle a Birmingham. Pero sería insoportable. Sería como cuando estuvimos viviendo juntos después de que mamá muriera, en una casa silenciosa, sin que ninguno supiera cómo poner una lavadora o asar un pollo y los dos tomando antidepresivos.

Aunque sabía que era un ejercicio inútil, le telefoneé.

—Hola, papá. Mi novio va a casarse con otra mujer.

—¡Será canalla! —Luego, tras un suspiro largo y pesado, añadió—: Yo solo quiero que seas feliz, Lola. Si tú pudieras ser feliz, yo sería feliz.

Lamenté haberle llamado. Le había disgustado, siempre se toma las cosas demasiado a pecho. Y el hecho de notarlo tan deprimido... El caso es que yo también estaba deprimida, pero no me revolcaba en mi depresión. Además, mi padre mentía. Él no sería feliz si yo fuera feliz. Lo único que le haría feliz sería que mamá volviera a la vida.

—¿Qué tal por Birmingham?

Yo, por lo menos, había seguido adelante con mi vida después de que mamá muriera. Yo, por lo menos, no me había trasladado a Birmingham, y no estoy hablando de Birmingham propiamente dicho, que tiene buenas tiendas, Harvey Nichols entre ellas, sino de un barrio de las afueras donde nunca pasaba nada. Papá estaba deseando mudarse. En cuanto cumplí los veintiuno puso pies en polvorosa alegando que su hermano mayor le necesitaba, pero yo sospechaba que quería mudarse porque encontraba demasiado difícil vivir conmigo. (He de reconocer que yo estaba considerando la posibilidad de trasladarme a Nueva York, pero papá me ahorró la molestia.)

—Genial —dijo.

—Me alegro.

Larga pausa.

—Bueno, tengo que dejarte. Te quiero, papá.

—Buena chica —respondió—. Eso está bien.

—Y tú también me quieres.

18.01

Voy en contra de todos mis instintos y veo el telediario con la esperanza de que salga cobertura del parlamento y aparezca Paddy. He de tragarme una noticia realmente horrible sobre diecisiete nigerianos que van a ser deportados pese a tener hijos irlandeses y otra sobre naciones europeas vertiendo sus desperdicios en países del

Tercer Mundo (y sí, decían Tercer Mundo, no «mundo en vías de desarrollo»).

Seguí esperando que apareciera el parlamento, hombres gordos y rubicundos de aspecto corrupto en una sala con moqueta azul gritándose *¡Rawlrawlrawl!* unos a otros. Pero nada. Recordé, demasiado tarde, que estábamos en las vacaciones de verano y que no volverían a reunirse (o como lo llamen) hasta dos semanas antes de Navidad, momento en que tendrían que hacer un inciso para las fiestas navideñas. Pandilla de vagos.

Antes de apagar la tele atrajo mi atención una noticia que contaba que la carretera entre Cavan y Dublín estaba cortada porque un camión con seis mil gallinas había volcado y todas las gallinas habían escapado. La pantalla aparecía llena de gallinas. Me pregunté si mi dolor me estaba produciendo alucinaciones. Aunque alucinar con gallinas no es muy normal. Desvié la vista, cerré los párpados con fuerza, volví a abrirlos y miré de nuevo la tele, y la pantalla seguía repleta de gallinas. Bandas enteras deambulando por la carretera, otras desapareciendo tras una colina camino de su libertad, lugareños agarrándolas por las patas y llevándoselas, un hombre con un micrófono tratando de hablar a la cámara pero sumergido hasta las rodillas en un mar rodante de plumas ocres.

18.55

No puedo dejar de telefonear a Paddy. Es como un trastorno obsesivo-compulsivo. Como lavarse constantemente las manos. O comer anacardos. Una vez que empiezo, no puedo parar.

Paddy nunca contestaba y nunca me devolvía las llamadas. Era consciente de que me estaba rebajando pero no podía parar. Le echaba de menos. Le necesitaba.

¡Ojalá pudiera hablar con él! Quizá no consiguiera hacerle cambiar de opinión, pero al menos obtendría respuestas a mis preguntas. Como, por ejemplo, ¿por qué me había hecho sentir tan especial, por qué había sido tan posesivo conmigo, si siempre había habido otra mujer?

Tenía la terrible sensación de que era culpa mía. ¿Cómo había podido creer que un hombre tan guapo y carismático como Paddy podía tomarse en serio a alguien como yo? Me sentía tan, tan estúpida. Y el caso es que yo no era estúpida. Superficial sí, pero estúpida no. Había una gran diferencia. Que me gustara la ropa y la moda no significaba que fuera tonta. Puede que no supiera quién era el presidente de Bolivia, pero tenía inteligencia emocional. O por lo menos creía tenerla. Siempre daba sabios consejos a otras personas sobre sus vidas (si me lo pedían, no de forma gratuita, eso habría sido una descortesía). Pero estaba claro que no tenía derecho a hacerlo. Zapatero a tus zapatos, etcétera, etcétera.

Viernes, 29 de agosto

La peor semana de mi vida prosigue sin tregua.

En una sesión de fotos para la escritora Petra McGillis, llegué al estudio arrastrando tres maletones de ropa que había llenado siguiendo sus especificaciones, pero cuando los abrí Petra exclamó indignada:

—¡Dije que nada de colores vivos! Dije tonos neutros, beis, tostados. —Se volvió hacia una mujer que más tarde descubrí era su editora y espetó—: Gwendoline, ¿en qué pretendes convertirme? ¿En un verde pistacho? ¡Yo no soy una escritora verde pistacho!

La pobre editora aseguró que ella no pretendía convertirla en nada y menos aún en una escritora verde pistacho. Explicó que ella, Petra, había hablado personalmente con la estilista (yo) para comunicarle sus preferencias y que nadie más había intervenido en el proceso.

Petra insistió.

—¡Pero dije que nada de colores vivos! Fui muy clara al respecto. ¡Nunca llevo colores vivos! Soy una escritora seria.

De repente todos —el fotógrafo, la maquilladora, la directora artística, el camarero, un cartero que estaba entregando un paquete— se volvieron hacia mí. Ella tiene la culpa, decían sus miradas. Esa estilista. Piensa que la escritora es una persona verde pistacho. Y hacían bien en acusarme. Difícilmente podía echarle la culpa a Nkechi. Yo había atendido la llamada, y probablemente cuando Petra dijo: «¡Nada de colores vivos!», mi alterado cerebro oyó, «¡Adoro los colores vivos!».

Nunca antes me había pasado nada igual. Por lo general, era tan buena captando los gustos de las clientas que estas siempre intentaban robar las prendas de las sesiones de fotos y me metían en problemas con la oficina de prensa.

—Lo haremos con mi maldita ropa —dijo Petra con irritación.

Nkechi hizo un montón de llamadas, buscando un paquete de emergencia con prendas en tonos neutros, pero sin éxito.

Por lo menos lo intentó, decían en silencio los rostros acusadores. Esa Nkechi es una mera ayudante pero ha dado muestras de tener más iniciativa que la propia estilista.

Debí marcharme en aquel momento, ya no tenía nada que hacer allí. Pero me pasé el resto de la sesión (tres horas) sonriendo animosamente y esforzándome por controlar el temblor del labio superior. De vez en cuando me acercaba a Petra para arreglarle el cuello, para hacer ver que tenía una razón para existir, pero fue un desastre, un completo desastre.

Había dedicado mucho tiempo a forjarme una carrera como estilista. ¿Iba a perderlo todo en apenas unos días por culpa de Paddy de Courcy?

En realidad, me daba igual. Lo único que quería era encontrar la forma de recuperar a Paddy. Y si no lo recuperaba, la forma de sobrevivir el resto de mi vida sin él. Lo sé, hablaba como un personaje de novela gótica, pero si hubieras conocido a Paddy... En persona era aún más apuesto y carismático que en la tele. Te hacía sentir como si fueras la única persona que le importaba en este mundo, y olía tan bien que después de conocerle me compré su loción para después del afeitado (Baldessini), y aunque él le añadía su especial toque De Courcy, una mera inspiración me bastaba para que la cabeza me diera vueltas, para sentir que podía desfallecer.

15.15

Otra llamada de esa Grace Gildee, la periodista. Qué pesada. ¿Cómo había conseguido mi número? ¿Y por qué sabía que Marcia Fitzgibbons iba a despedirme? Estuve tentada de preguntarle quién más pensaba despedirme, pero me contuve.

Después de un tira y afloja (por mi parte), me ofreció cinco de los grandes por mi historia. Mucho dinero. El estilismo era un negocio inestable. Una semana podías tener doce encargos y el resto del mes, nada. Pero no me dejé tentar.

Así y todo —no era una completa idiota, aunque me sintiera como tal—, telefoneé a Paddy y le dejé un mensaje. «Una periodista llamada Grace Gildee me ha ofrecido mucho dinero por hablar de nuestra relación. ¿Qué hago?»

Me llamó en cuanto hube colgado.

—Ni se te ocurra —dijo—. Soy un personaje público. Tengo una carrera.

Siempre él y su carrera.

—Yo también tengo una carrera, ¿sabes? —le recordé—. Y se está yendo a pique por culpa de mi corazón roto.

—No permitas que ocurra eso —dijo con suavidad—. No valgo tanto.

—Me ha ofrecido cinco mil.

—Lola. —Su voz sonaba ahora persuasiva—. No vendas tu alma por dinero, tú no eres esa clase de chica. Tú y yo nos hemos divertido juntos. Conservemos intacto ese recuerdo. Además, ya sabes que si alguna vez necesitas una ayuda, yo puedo proporcionártela.

No supe qué contestar. Aunque se estaba comportando como un buen amigo, ¿estaba, de hecho, ofreciéndome dinero para callarme la boca?

—Podría contarle muchas cosas a Grace Gildee —dije, envalentonada.

Una voz diferente esta vez. Una voz queda y fría.

—¿Como qué?

Menos segura ahora, contesté:

—... Como... como las cosas que me comprabas..., los juegos a los que jugábamos...

—Que quede clara una cosa, Lola. —Tono glacial—. No quiero que hables con nadie y menos aún con ella. —Acto seguido, dijo—: Ahora tengo que dejarte. Estoy en medio de algo. Cuídate.

¡Y colgó!

20.30

Noche con Bridie y Treese en la enorme casa que Treese tiene en Howth. Vincent, su marido, estaba de viaje. Por dentro me alegré. Nunca me siento a gusto cuando él está. Siempre tengo la sensación de que está pensando, ¿Qué hacen estas desconocidas en mi casa?

Nunca participa. Entra en la sala y saluda con un gesto de cabeza, pero solo porque quiere preguntarle a Treese dónde le ha puesto la ropa del tinte, y se va a hacer algo más importante que pasar tiempo con las amigas de su esposa.

Llama a Treese por su nombre formal, «Teresa», como si se hubiera casado no con nuestra amiga, sino con otra mujer totalmente diferente.

Es bastante mayor. Tiene trece años más que Treese. Este es su segundo matrimonio. Su primera esposa y sus tres hijos viven escondidos en algún lugar. Es una persona influyente en la federación irlandesa de rugby. De hecho, antes jugaba con Irlanda, y lo sabe todo acerca de todo. Con Vincent no se puede hablar. Dice una frase y la conversación se acaba ahí.

Tiene cuerpo de jugador de rugby: es ancho y musculoso, con unos muslos enormes que le obligan a caminar de forma extraña, como si acabara de bajarse de un caballo. Puede que muchas mujeres —incluida Treese, por algo se casó con él— lo encontraran atractivo. Yo no. Era demasiado culón... y ancho. Comía como una lima y pesaba 240 kilos, pero, la verdad sea dicha, no estaba gordo. Solo... compacto. Muy denso, como si hubiera vivido una temporada en un agujero negro. Tenía el cuello grueso como un tonel y una cabeza descomunal. Y pelo por todas partes. Puaj.

21.15

La comida estaba deliciosa. Treese había hecho un curso de cocina francesa tradicional para poder preparar la clase de platos que agradaban a los colegas del rugby de Vincent. Pegué dos bocados, mi estómago se contrajo hasta el tamaño de una nuez y noté el sabor del vómito en la boca.

Bridie llevaba puesto su peculiar jersey verde. Aunque yo estaba obsesionada con mi propia persona y mi sufrimiento, no podía dejar de mirarlo. Seguía torcido, encogido, y seguía teniendo jinetes bordados.

¿Debería decirle algo? Pero a ella le gustaba. Tenía que gustarle. De lo contrario no se lo pondría. ¿Por qué quitarle la ilusión?

23.59, muchas botellas de vino después, pero no las del estante inferior, pues son las botellas especiales de Vincent y le molestaría mucho que nos las bebiéramos

—Quédate a dormir —me dijo Treese.

Treese tenía cuatro dormitorios de invitados.

—Tienes una vida de ensueño —dijo Bridie—. Un marido rico, una casa fabulosa, una ropa fantástica...

—Y una primera esposa que no deja de pedir dinero, unos hijastros malcriados que me ponen de los nervios y un terrible temor...

—¿Cuál?

—Que mi trastorno alimenticio ataque de nuevo y llegue a los 120 kilos y tengan que sacarme de casa con una grúa y Vincent deje de quererme.

—¡Vincent no dejará de quererte! ¡Pase lo que pase!

Pero en un rincón secreto de mi corazón, donde daba rienda suelta a mis pensamientos más oscuros, no las tenía todas conmigo. Vincent no había dejado a su primera esposa y sus hijos para vivir con Jabba the Hutt.

0.27

Arropada en Dormitorio de Invitados Número 1. La almohada más mullida que había probado jamás, magnífica cama francesa de madera antigua, sillas de brocado con patas arqueadas, espejos de Murano, cortinas pesadas, forradas, hechas con telas caras y la clase de papel pintado que solo encuentras en los hoteles.

—¡Mira, Treese! —exclamé—. La moqueta tiene el color exacto de tu pelo. Es preciosa, todo es precioso.

La verdad es que estaba bastante borracha.

—Que duermas bien —dijo Treese—. No dejes que los gusanillos te piquen. Y no te despiertes a las 4.36 de la madrugada y decidas salir a hurtadillas para ir a casa de Paddy a arrojarle piedras a la ventana y gritar improperios sobre Alicia Thornton.

4.36 de la madrugada

Me desperté. Decidí salir a hurtadillas para ir a casa de Paddy a arrojarle piedras a la ventana y gritar improperios sobre Alicia Thornton. («La madre de Alicia Thornton se la mama al párroco!»

«¡Alicia Thornton no se lava sus partes bajas!» «¡El padre de Alicia Thornton maltrata al perro labrador de la familia!») Pero cuando abrí la puerta de la calle, la alarma se disparó, se encendieron los reflectores y oí unos ladridos a lo lejos. Estaba esperando que el helicóptero apareciera sobre mi cabeza cuando Treese apareció flotando en su *negligé* (bata) de seda rosa perla con *peignoir* (camisón) a juego, mientras los reflectores proyectaban reflejos plateados en su *coiffeur* (pelo) claro y brillante.

Me reprendió con calma.

—Me prometiste que no lo harías. Ahora estás atrapada. ¡Vuelve a la cama!

Roja.

Treese volvió a conectar la alarma y regresó flotando a su cuarto.

Sábado, 30 de agosto, 12.10, en casa
Llamó Bridie. Tras indagar sobre mi estado se produjo un silencio extraño. Casi expectante.

Entonces me preguntó:

—¿Te gustó el jersey verde que llevé el miércoles por la noche y otra vez ayer?

No podía responder, No, es la prenda más rara que he visto en mucho tiempo.

Así que dije:

—¡Me encantó! —Luego—: Esto... ¿es nuevo?

—Sí —respondió Bridie, casi con timidez. Luego, como quien guarda dentro un emocionante secreto, exclamó—. ¡Moschino!

¡Moschino!

¡Y yo creía que quizá se lo había comprado en el mercadillo del manicomio de su barrio!

Menos mal que no se lo dije.

Aunque tampoco lo hubiera hecho. No es mi estilo. Mamá siempre me decía que si no podías decir algo agradable, mejor no decir nada.

—¿Dónde lo compraste? —Me estaba preguntando cómo era posible que con mis amplios conocimientos sobre moda no me hubiera topado antes con él.

—En ebay.

¡Rediós! ¡Podía ser falso!

—Me costó una fortuna, Lola, pero lo vale. ¿Lo vale, verdad?

—Oh, desde luego que lo vale. Los jinetes son... hummm... absolutamente rompedores.

—Me di cuenta de que te lo mirabas, Lola.

Ya puedes decirlo, ya.

Domingo, 31 de agosto

Artículos sobre Paddy en todos los periódicos. Compré varios. (Me sorprendió lo baratos que son los periódicos en comparación con las revistas. Valen la pena. Es curioso en qué cosas reparas incluso cuando tu vida se está desmoronando.) Pero los artículos decían poca cosa. Que estaba bueno, que era la cara bonita de la política irlandesa.

No se hablaba de mí en ningún artículo. Hubiese debido sentirme aliviada —por lo menos Paddy no se enfadaría conmigo— pero en lugar de eso me sentí dejada de lado, como si no existiera.

Lunes, 1 de septiembre, 10.07

Una llamada de Irish Tatler para cancelar un trabajo previsto para la próxima semana. El mensaje era claro: nadie quiere estilistas que destrozan colecciones. Las noticias vuelan.

10.22

Sonó móvil. Creí reconocer número, dudé, entonces caí en la cuenta de que era esa Grace Gildee, la periodista. ¡Me estaba acosando! No contesté pero escuché el mensaje. Proponía un encuentro cara a cara y ofrecía más dinero. Siete de los grandes. Rió y me acusó de hacerme la dura. ¡Yo no me estaba haciendo la dura! ¡Solo quería que me dejara en paz!

Martes, 2 de septiembre

Peor golpe hasta el momento. Alicia Thornton aparecía en la portada de *VIP* con el titular, «Cómo conquisté el corazón de "Quicksilver"».

El amable quiosquero me dio un vaso de agua y me cedió su taburete hasta que se me pasó el mareo.

Doce páginas de fotos. Paddy llevaba maquillaje. Corrector con silicona y base con silicona. Parecía de plástico, como el muñeco Ken.

Ignoraba quién había organizado la sesión de fotos, pero era evidente que habían recibido instrucciones precisas. Alicia (alta, delgada, melena rubia y rostro caballuno, pero no en plan agradable como Sarah Jessica Parker, sino como Celine Dion) con vestido y chaqueta Chanel de tweed color crema. Paddy con traje estilo estadista (¿Zegna? ¿Ford? No estaba segura) sentado frente a una mesa de caoba con un bolígrafo de plata en la mano, como si se dispusiera a firmar un tratado importante; Alicia de pie, detrás de él, con una mano en su hombro, como buena esposa que apoya a su marido. Luego Paddy y Alicia con trajes de noche. Paddy con esmoquin y Alicia con un MaxMara largo rojo y hombros descubiertos. El rojo no le favorece. Además, vello incipiente bajo el brazo derecho.

Lo peor de todo, Paddy y Alicia con idénticos tejanos de algodón fino, polo con el cuello levantado, jersey de trenzas atado al cuello, ¡Y UNA RAQUETA DE TENIS EN LA MANO! Como un catálogo barato de venta por correo.

Estas fotos han conseguido que Paddy, pese a ser el hombre más guapo de la tierra, parezca un modelo pasando una mala racha.

La entrevista contaba que se conocían desde la adolescencia y llevaban siete meses saliendo «discretamente». ¡Siete meses! ¡Yo llevaba dieciséis meses saliendo «discretamente» con Paddy! Ahora entendía por qué había insistido en que fuéramos «discretos». Según él, mi vida se convertiría en un infierno si aparecía a su lado en fiestas y actos oficiales. La prensa me acosaría y me vería obligada a llevar un dedo de maquillaje incluso para dormir, a fin de evitar fotos con leyendas del tipo «La chica de Paddy tiene la cara llena de granos». (Durante el verano había aparecido mi nombre en dos crónicas de sociedad, pero la oficina de prensa de Paddy dijo que le estaba ayudando con la ropa y la gente, por lo visto, se lo tragó.) Había creído que Paddy estaba pensando en lo que era mejor para mí cuando, en realidad, estaba impidiendo que Alicia, su «amiga del alma» (eso decía en la entrevista), descubriera que yo existía. ¿Soy corta o soy corta?

Martes, más tarde
El reportaje de *VIP* fue el golpe de gracia. Me pasé el día analizando las fotos y rumiando. ¿Qué tenía esta Alicia Thornton que no tuviera

yo? Pasaba las páginas estudiando las fotos, buscando pistas, una y otra vez, esforzándome por creer que esto era real. Pero de tanto mirar me pasé, y al final él ya no parecía él, como cuando te miras en el espejo demasiado rato y de repente tu cara se torna extraña, casi espeluznante, y ya no pareces tú.

Martes, más tarde aún
Enfadada. Pensamientos oscuros, amargos. Llena de feos sentimientos abrasadores. Apenas podía respirar. Arrojé la revista al suelo y pensé, ¡Merezco respuestas!

Fui en coche a casa de Paddy y llamé al timbre. Llamé, llamé, llamé, llamé y llamé. Nadie me abrió pero me dije: «¡Qué demonios, yo de aquí no me muevo!». Esperaré a que vuelva. Aunque tenga que esperar varios días. O semanas. Un día u otro tendrá que venir a su casa.

Feos sentimientos abrasadores me dieron fuerzas y sentí que podría esperar toda la vida. De ser necesario. Hice planes. Llamé a Bridie para pedirle que me trajera bocadillos y un saco de dormir. Y un termo con sopa.

—Que no sea minestrone —dije—. No me gustan los tropezones.

—¿Qué? —preguntó con incredulidad—. ¿Has acampado frente a la casa de De Courcy?

—¿Es que has de dramatizarlo todo? —repliqué—. Solo le estoy esperando. Pero puede que tarde algunos días en volver, de manera que, como ya he dicho, saco de dormir, bocadillos y sopa. Y recuerda, ¡sin tropezones!

Estaba quejándose de lo preocupada que la tenía y tuve que colgar. Paciencia agotada. El tiempo pasó. Feos sentimientos abrasadores me mantenían centrada. No era consciente de la incomodidad, del frío, de la necesidad de un lavabo. Igual que monje budista.

De vez en cuando, por hacer algo, pulsaba el timbre de Paddy. Entonces me di cuenta de que feos sentimientos abrasadores se habían aplacado ligeramente porque estaba empezando a aburrirme. Llamé de nuevo a Bridie. Pregunté:

—¿Podrías traer también el nuevo número de *InStyle*, un sudoku y mi biografía de Diana Vreeland?

—¡No! —gritó—. ¡Lola, por lo que más quieras, márchate de ahí! Has perdido el juicio.

—Al contrario —dije—. ¡Nunca he estado tan cuerda!

—Lola, le estás acosando. Es un personaje público, podrías meterte en un lío. Podrías...

Tuve que colgar. Detestaba ser maleducada pero no tuve elección.

Me entretuve llamando al timbre de Paddy unas cuantas veces más. Entonces me sonó el móvil. ¡Bridie! ¡Estaba en la verja! ¡No podía entrar porque no conocía la clave!

—¿Has traído el saco de dormir? —le pregunté—. ¿Y el termo con la sopa?

—No.

—¿Está Barry contigo? —(Barry era su marido.)

—Sí, está conmigo. Barry te cae bien, ¿no?

Sí, pero tenía visiones de Bridie y Barry arrastrándome hasta el coche. Ni hablar.

—Lola, te lo ruego, déjanos entrar.

—No —dije—. Lo siento.

Y colgué.

Seguí pulsando el timbre de Paddy sin esperar resultados cuando, de repente, la silueta de un hombre apareció detrás de la puerta de cristal tallado.

¡Era él! ¡Era él! ¡Había estado en casa todo este tiempo! Me sentí aliviada, emocionada, pero de pronto me asaltaron pensamientos oscuros. ¿Por qué ha tardado tanto en bajar? ¿Por qué ha de seguir humillándome?

¡Mas no era él! Era Spanish John, su chófer. Le conocía bien porque a veces me recogía y me llevaba junto a Paddy. Aunque siempre había sido amable conmigo, le tenía miedo. Era un tipo grande, corpulento, con pinta de poder partirte el cuello en dos como si fuera un ala de pollo con salsa barbacoa.

—Spanish John —supliqué—, necesito ver a Paddy. Déjame entrar, por favor.

Negó con cabeza y gruñó:

—Vete a casa, Lola.

—¿Está ella con él? —pregunté.

Maestro de la discreción, Spanish John (que no lo era, español) simplemente dijo:

—Vamos, Lola, te llevaré a casa.

—¡Está con él!

Me alejó de la puerta con suavidad, casi con cariño, y me condujo hasta el Saab de Paddy.

—No es necesario —farfullé malhumoradamente—. He venido en mi coche.

—Buena suerte, Lola —dijo en un tono tajante.

Su tono tajante me dio coraje para preguntarle algo que siempre había querido saber.

—Por cierto, ¿por qué te llaman Spanish John si no eres español?

Por un momento temí que fuera a asestarme un golpe de kárate, pero se contuvo.

—Mírame bien. —Se señaló el cabello pelirrojo, la cara blanca y las pecas—. ¿Has visto a alguien con un físico menos español?

—Ah. Entonces, ¿es un apodo irónico?

—O sarcástico. No sé muy bien qué diferencia hay.

Martes noche. Más tarde aún
Ya está, me habían echado del portal de Paddy como una apestosa mendiga.

Recuperé la cordura como si me hubieran arrojado un cubo de agua a la cara y mi conducta me escandalizó. Había estado mentalmente enferma. Trastornada. Acosando a Paddy. Sí, Bridie tenía razón. Acosándole.

También me horrorizaba la forma en que había tratado a Bridie. Pedirle un termo con sopa. ¿De dónde iba a sacar ella sopa? Luego negarme a desvelarle la clave de la verja y colgarle. ¡Bridie solo era una amiga preocupada!

Me di cuenta de lo mucho que se me había ido la olla, pero lo peor de todo era que en pleno estado de locura me había creído completamente cuerda.

El golpe de gracia. No podía seguir así, sin comer, sin dormir, metiendo la pata en el trabajo, tratando a mis amigos como sirvientes y conduciendo por la ciudad sin prestar la debida atención...

Fui a casa de Bridie. Estaba en pijama y se alegró de verme.

Me disculpé profusamente por lo del saco de dormir y lo de la clave de la verja.

—Te perdono —dijo Bridie—. Pero ¿para qué has venido?

—He tomado una decisión —dije—. He decidido empaquetar mi vida y marcharme a la otra punta del mundo, a un lugar que no me recuerde a Paddy. Tienes un globo terráqueo, ¿verdad?

—Esto, sí...

(De cuando estudiaba geografía en el colegio. Bridie nunca tira nada.)

En el globo de Bridie, la otra punta del mundo (desde Irlanda) era Nueva Zelanda. Bien. Nueva Zelanda serviría. Tenía entendido que estaba llena de paisajes preciosos. Podría hacer la ruta del Señor de los Anillos. Pero Bridie era la voz de la razón.

—El billete a Nueva Zelanda es caro —dijo—. Y está muy lejos.

—Justamente por eso —repuse—. He de irme lejos de aquí para no ver la foto de Alicia cada vez que voy al quiosco a comprarme una chocolatina y para no oír hablar de Paddy en el telediario de la noche, aunque tampoco es que lo vea mucho. Dios, es tan deprimente, exceptuando el reportaje sobre las gallinas. ¿Viste lo de las gallinas?

—¿Qué me dices de la cabaña del Tío Tom? —propuso Barry. Barry también estaba en pijama. La cabaña del Tío Tom era una casita de veraneo que Tom, un tío de Bridie, tenía en el condado de Clare. Había estado allí para la despedida de soltera de Treese. Rompimos un montón de cosas. (Yo personalmente no, entre todas.)—. Está bastante lejos.

—¡Y no tiene tele! —convino Bridie—. Además, en el caso de que no soportes la soledad, estás a solo tres horas de Dublín porque ya han terminado la carretera de circunvalación de Kildare.

(La carretera de circunvalación de Kildare es lo mejor que le ha sucedido a la extensa familia de Bridie, pues muchos de sus miembros viven en Dublín pero adoran la cabaña del Tío Tom. Les ha reducido el viaje en cuarenta y cinco minutos, asegura el padre de Bridie. Pero ¿qué me importa a mí eso? Tengo treinta y un años y, si no me suicido, es probable que viva otros cuarenta. Me da igual si me paso o no todo ese tiempo sentada en un atasco en las afueras de Kildare.)

—Gracias por tu amable oferta —dije—, pero no puedo pasarme

la vida en la cabaña del Tío Tom. Puede que alguien de tu familia quiera ir.

—No, el verano ha terminado ya —dijo Bridie—. Oye, tienes el corazón roto y crees que nunca podrás superarlo. Pero lo superarás, y entonces lamentarás haberte marchado a Nueva Zelanda y echado por la borda tu carrera en Dublín. ¿Por qué no te vas un par de semanas a Clare para reponerte? Deja que Nkechi se encargue de todo. ¿Cómo tienes la agenda en este momento? ¿Apretada?

—No. —No solo porque no paraban de cancelarme encargos, sino por la época del año. Había terminado todos los roperos de otoño/invierno de mis clientas personales: mujeres ricas y atareadas que no disponían de tiempo para ir de compras pero tenían que dar una imagen impecable, elegante y profesional. La siguiente época de trabajo fuerte llegaría con las temporada de fiestas navideñas, que arrancaba justo después de Halloween. No necesitaba concentrarme en ella hasta dos semanas más tarde. Bueno, la verdad es que siempre había trabajo que hacer. Podía invitar a comer a los encargados de compras de Brown Thomas y Costume y otras tiendas buenas para que me reservaran en exclusiva sus mejores vestidos en lugar de dárselos a otras estilistas. Un negocio despiadado, el estilismo. Ciertamente salvaje. El número de prendas buenas que puede repartirse es limitado y la competencia, por tanto, feroz. La gente no es consciente de ello. Piensan que todo es glamour y diversión, ir de un lado a otro con vestidos caros y hacer que todo el mundo tenga un aspecto fantástico. Nada más lejos de la verdad.

—Y cuando vuelvas —continuó Bridie—, si sigues estando tan mal podrás irte a Nueva Zelanda.

—Me doy perfecta cuenta de cuando alguien me está siguiendo la corriente, Bridie. Verás cómo dejas de reírte cuando esté viviendo en una adorable casita en Rotorua. No obstante, acepto tu amable oferta.

En el coche, rumbo a casa. Más tarde aún
De repente caí en la cuenta de que el pijama de Bridie no era un pijama sino un pantalón «deportivo» para andar por casa. Comprado por correo, me juego el cuello. En circunstancias normales la impresión me habría desviado de la carretera y estampado contra un pos-

te. Pese a mi situación, estaba bastante afectada. De aquí a llevarlo por la calle solo había un paso. Era preciso poner remedio. Barry debería tener unas palabras con Bridie, aunque, ahora que lo recordaba, él llevaba un pantalón igual. Por tanto, él la apoyaba. Bridie no se dejaría ayudar mientras Barry la estuviera alentando.

Miércoles, 3 de septiembre, 10.00

Fui a mi «despacho» (Martine's Patisserie). Me habría gustado trabajar desde casa, pero mi casa era demasiado pequeña. Ese era el precio que tenías que pagar por vivir en el centro de la ciudad. (Otro precio eran borrachos practicando lucha libre debajo de la ventana de tu cuarto a las cuatro de la mañana.)

Pedí chocolate caliente y un bollo de albaricoque. Por lo general, era tal mi adoración por los bollos de albaricoque que tenía que racionármelos. Podía comerme diez seguidos como si nada. Pero hoy el pegajoso azúcar glaseado se me antojaba repugnante y el albaricoque me miraba como un ojo siniestro. Aparté el plato. Bebí un sorbo de chocolate caliente y me entraron ganas de vomitar.

La puerta tintineó. Llegada de Nkechi. Todo el mundo se volvió para mirarla. Había mucho que mirar. Nigeriana, gran porte, trenzas hasta la cintura, piernas muy largas y, encima, un trasero bastante potente. Nkechi, sin embargo, nunca intentaba esconder su trasero. Estaba orgullosa de él, lo cual me tenía fascinada. Las chicas irlandesas se pasaban la vida buscando prendas que les taparan o redujeran el trasero. Se puede aprender mucho de otras culturas.

Aunque joven (veintitrés), Nkechi tenía ideas geniales. Como la noche que Rosalind Croft (esposa del turbio millonario Maxwell Croft) debía asistir a una cena benéfica en The Mansion House. El escote del vestido era tan rompedor que no había un solo collar que le fuera bien. Lo probamos todo. ¡Qué pesadilla! La señora Croft estaba en un tris de llamar para cancelar su asistencia cuando Nkechi exclamó, «¡Ya lo tengo!». Se quitó su propio pañuelo (comprado de segunda mano por tres euros), lo ató al cuello de la señora Croft y salvó la situación.

—Nkechi —dije—, voy a pasar dos semanas de vacaciones en la cabaña del Tío Tom. —Nkechi la conoce. Estuvo allí en la despedida de soltera de Treese. Ahora que lo pienso, rompió la tostadora al intentar meter un panecillo entero. El resultado fue espectacular. La tostadora empezó a escupir humo negro por un costado y luego soltó una llamarada. También rompió un delfín de porcelana que llevaba treinta y ocho años en la familia de Bridie. Estaba bailando borracha y le propinó una patada que lo envió cual pelota de rugby contra una pared, donde estalló en añicos. Pero era una despedida de soltera, esas cosas pasan. Por lo menos nadie acabó en el hospital, como en la despedida de soltera de Bridie.

—Puede que hacer las maletas te parezca una reacción exagerada, Nkechi —proseguí—, pero me hallo en un estado que no me permite trabajar. No puedo dormir y tengo el estómago hecho polvo.

—Me parece una buena idea que desaparezcas un tiempo de la circulación —dijo—, no vaya a ser que dañes aún más nuestra reputación.

Siguió un silencio incómodo.

Solo una breve objeción sobre Nkechi. Es una estilista excelente, realmente excepcional, pero le falta delicadeza. Por ejemplo, parte del trabajo de una estilista es evitar que la clienta salga a la calle hecha un adefesio. Es nuestro deber protegerla de los comentarios crueles de los columnistas de sociedad. Si la clienta tiene el escote arrugado, la disuadimos de llevar cuellos muy abiertos. Si tiene rodillas como carrillos de sabueso, le aconsejamos vestidos hasta el suelo. Pero sutilmente. Con cariño.

Nkechi no siempre era todo lo diplomática que me gustaría que fuese. Como el día que estaba vistiendo a SaraJane Hutchinson. Pobre mujer. Su marido acababa de dejarle por un muchachito filipino. Pública humillación. Este era su primer acto benéfico como mujer abandonada, de modo que era importante que estuviera y se sintiera guapa. Se probó un Matthew Williamson sin tirantes muy bonito, pero enseguida vimos que no era para ella. Demasiada gravedad. Me disponía a proponerle, con mucho tacto, un Roland Mouret (con un corsé incorporado pero invisible que ofrecía mucho más sostén) cuando Nkechi exclamó, «¡No puede salir con esos pellejos colgando! Necesita mangas, colega».

—Nkechi —dije—, te agradecería que te encargaras de todo durante el tiempo que esté fuera.

—Claro —respondió—. Yo me encargo de todo, no te preocupes.

Traté de controlar mi nerviosismo. Todo estaba bajo control. Nkechi haría un buen trabajo. Puede que demasiado bueno.

No me gustaba la forma en que había dicho «Yo me encargo de todo».

—Nkechi —dije—, eres un genio. Vas camino de convertirte en una estilista brillante, probablemente en la mejor. Pero por el momento limítate a mantener el negocio en marcha. Por favor, no me robes el puesto durante mi ausencia. Por favor, no te establezcas por tu cuenta. Por favor, no me arrebates mis clientas más ricas. Sé mi amiga. ¡Y recuerda! Tu nombre significa «leal» en yoruba.

10.47

Me arrastraba hasta casa para hacer la maleta cuando diviso a alguien esperando frente a mi edificio. Una mujer. Alta, tejanos, botas, jersey con capucha, pelo rubio corto y desenfadado. Apoyada en la reja, fumando. Dos hombres pasaron por su lado y dijeron algo. El aire me trajo su respuesta. «Que os den por culo.»

¿Quién era? ¿Qué demonios...? Entonces la reconocí. ¡Era esa periodista llamada Grace Gildee! Me estaba siguiendo como... como una capo de la droga o... o... o una pedófila.

Me detuve en seco. ¿Qué hago? ¡Huye! Pero ¿a dónde? Estaba en mi perfecto derecho de entrar en mi casa. Después de todo, vivía allí.

¡Demasiado tarde! ¡Me había visto!

—¿Lola? —Sonriendo, sonriendo, apagando rápidamente el cigarrillo con un giro hábil del tobillo—. Hola. —Alargando una mano—: Soy Grace Gildee. Me alegro de conocerte.

Su mano tibia y suave hizo contacto con la mía antes de que pudiera evitarlo.

—No —dije, recuperando bruscamente la mano—. Déjame en paz. No pienso hablar contigo.

—¿Por qué no? —preguntó.

No le hice caso y busqué las llaves en mi bolso. No quería establecer contacto visual, pero, en contra de mis deseos, me descubrí mirándola directamente a la cara.

De cerca advertí que no llevaba maquillaje. Inaudito. Pero tampoco lo necesitaba. Muy atractiva dentro de su estilo masculino. Ojos color avellana y nariz pecosa. La clase de mujer que si se quedara sin champú no tendría ningún problema en lavarse el pelo con lavavajillas. Buena en situaciones de emergencia, sospechaba.

—Lola —dice—, puedes confiar en mí.

—¡Puedes confiar en mí! —exclamé—. ¡Menudo tópico!

Así y todo, había en ella algo especial, persuasivo.

—En serio, puedes confiar en mí —insistió con voz queda—. Yo no soy como otros periodistas. Le conozco y sé cómo es.

Dejé bruscamente de hurgar en las profundidades de mi bolso. Estaba fascinada, como si una serpiente me hubiera hipnotizado.

—Le conozco desde hace veinte años —añadió.

De repente me entraron ganas de posar la cabeza en su hombro, romper a llorar y dejar que me acariciara el pelo.

Pero eso era justamente lo que ella quería. Todos los periodistas hacen lo mismo, fingen que son tus amigos. Como cuando SaraJane Hutchinson fue entrevistada en el baile de la fundación Niños en Riesgo. La periodista estuvo encantadora, preguntando, ¿De dónde ha sacado SaraJane su precioso vestido?, ¿Y sus exquisitas joyas?, ¿Y quién la ha peinado? «Confía en mí, confía en mí, confía en mí.» Luego, he aquí el titular:

El cordero vestido como un cerdo

¿Acaso la esposa cuarentona recién abandonada por su marido se ha trastornado? ¿Qué hace paseándose por la ciudad con la ropa de su hija? ¿Intentando recuperar la juventud perdida? ¿O intentando recuperar al marido perdido? Olvídalo, cielo. Sea lo que sea, no te funciona.

Mi mano se cerró sobre las llaves. Menos mal. Tenía que entrar en mi casa. Tenía que alejarme de esa Grace Gildee.

17.07

¡Llego a Knockavoy! La cabaña del Tío Tom está algo alejada del pueblo, en un prado. Llegué al final del camino lleno de baches y estacioné frente a la puerta, en un recuadro de gravilla. Casita encalada.

49

Paredes gruesas e irregulares. Ventanas pequeñas. Puerta pintada de rojo con cerrojo. Alféizares profundos. Adorable.

Bajé del coche y estuve en un tris de salir volando. Entonces me imaginé que el viento me recogía del suelo y me elevaba hacia los cielos por encima de la bahía, para luego arrojarme en picado al mar, donde quedaba sepultada bajo las olas del Atlántico. Paddy lo lamentaría entonces. Maldeciría el día que conoció a Alicia Thornton. «¡Adelante, viento! —supliqué—. ¡Llévame contigo!»

Permanecí un rato con los ojos cerrados y los brazos en cruz, pero nada ocurrió. Qué fastidio.

Inclinando el cuerpo contra el viento, llegué hasta la puerta. El aire estaba inundado de sal marina, lo cual era fatal para mi pelo. Aunque estaba orgullosísima de mis reflejos molichinos, tenía que reconocer que por su causa mi pelo era más propenso a perder brillo y quebrarse. Confié en que la farmacia del pueblo tuviera un tratamiento acondicionador intensivo. ¡Rediós! Confié en que el pueblo tuviera farmacia. Lo único que recordaba de visitas anteriores eran los pubs, los muchos pubs, y un bar de copas divertidísimo por lo espantoso que era.

Abrí la adorable puerta roja y la fuerza del viento la estampó sonoramente contra la pared. Arrastré las maletas por las baldosas. ¿Eran imaginaciones mías o la casa seguía oliendo al humo de la tostadora rota pese a los meses transcurridos desde la despedida de soltera?

Había una espaciosa sala de estar con sofás, alfombras y una inmensa chimenea con mecedoras dentro. Las ventanas de la parte de atrás daban a unos prados y al Atlántico, que se hallaba a unos cien metros de la casa. Bueno, esto último me lo invento. Ignoraba a qué distancia estaba el mar. Solamente los hombres eran capaces de hacer esas cosas. «Medio kilómetro.» «Cincuenta metros.» Como cuando daban indicaciones. Yo podía mirar a una mujer y decir, «90C» o «Probemos con una talla más». Pero ignoraba a cuánto estaba el mar de la cabaña del Tío Tom, solo sabía que no me gustaría caminar hasta él con tacones.

En la cocina había manchas de humo sobre la pared situada detrás de la (nueva) tostadora, una mesa con un hule de cerezas, seis sillas de madera maciza, armarios de pie amarillos estilo años cincuenta y azulejos viejos y desiguales, muchos con estampados florales. Las ventanas de la cocina también daban al mar. Cerré un ojo y miré afuera. Seguí sin saber a qué distancia estaba.

Me sonó el móvil. Bridie.

—¿Qué tal el viaje?

—Bien, bien —dije. Difícil responder con entusiasmo.

—¿Cuánto tardaste?

No me acordaba. No había prestado atención. Pero Bridie me había pedido que cronometrara el tiempo, así que dije lo primero que me vino a la cabeza.

—Dos horas y cuarenta minutos.

Soltó un silbido.

—Es un tiempo récord. He de colgar, tengo que contárselo a papá. Él lo hizo en dos horas cincuenta minutos en julio, pero a las cinco y media de la mañana. Se llevará un disgusto cuando sepa que ha sido superado. Y para colmo por una chica.

—Pues no se lo digas —respondí—. ¿Para qué disgustarle? Ya hay suficiente dolor en el mundo.

17.30

Arriba había tres dormitorios. Elegí el mediano. No estaba tan hundida como para necesitar el más grande, pero tampoco tenía la autoestima tan baja como para gravitar automáticamente hacia el más pequeño. (Buena señal.) Cama de matrimonio, pero muy estrecha. ¿Cómo se las apañaba la gente antaño? Yo no estaba precisamente gorda (aunque me habría gustado un culo mucho, mucho más pequeño), y sin embargo solo había espacio para mí. La estructura era de hierro y a primera vista la colcha parecía de patchwork y me encantó. Entonces me acerqué para verla mejor. De patchwork nada. Una imitación de patchwork que vendían en Penneys por diez euros. En cualquier caso, de lejos daba el pego.

Las mismas paredes blancas e irregulares que abajo y dos ventanitas con los marcos rojos. Alegre. Con cortinas de flores. Acogedor.

Abrí la maleta. Fuerte impacto. La ropa que había guardado era una prueba de mi inestabilidad mental. Ni una sola prenda práctica. Ni tejanos. Ni botas. ¡Menuda torpeza! ¡Estaba viviendo en el campo! ¡Necesitaba ropa rural! Pero me había traído vestidos, lentejuelas, un boa de plumas de avestruz! ¿A dónde creía que iba? Lo único útil eran las botas de agua. ¿Importaba que fueran rosas? ¿Las hacía eso menos prácticas?

Colgué mi ropa poco práctica en el armario de caoba. Labrado. Curvo. Sólido. Con espejo manchado delante. Parecía antiguo. En Dublín pagarías una fortuna por un armario así.

18.23

De regreso a la sala, ¡divisé una tele en un rincón! Irritada con Bridie, la llamé.

—¡Hay tele! ¡Dijiste que no había tele!

—No es una tele —respondió.

—¡Pues lo parece!

Me inquieté. Tuve que acercarme y agacharme para comprobarlo. ¿Tan trastornada estaba que había confundido algo por una tele? ¿Un microoondas, por ejemplo?

—Es cierto —dijo—. Físicamente es una tele, pero no está conectada.

—Entonces, ¿qué hace ahí?

—Sirve para ver DVD.

—¿Y de dónde saco yo DVD?

—De la tienda de DVD.

—Estoy muy lejos de una tienda de DVD.

—No. El supermercado de la calle principal tiene una buena selección de DVD. Muy actualizada.

—Vale. Esto... ¿alguna novedad?

O sea, ¿alguna novedad sobre Paddy?

—Solo has estado fuera dos horas.

Pero percibí un titubeo en su voz.

—¡Hay algo nuevo! —aullé—. ¡Cuéntamelo, por favor!

—No —dijo—. Te has ido hasta allí para escapar de las novedades.

—¡Te lo ruego, cuéntamelo! Ahora que sé que hay algo nuevo, necesito saberlo. Me moriré si no me lo cuentas. No volveré a preguntártelo, pero ahora necesito saberlo.

Suspiró.

—Vale. En el periódico de la tarde. Ya hay fecha para la boda. Marzo. Banquete en el K Club.

Dos pensamientos. El primero, queda mucho, mucho para marzo. Paddy podría cambiar de parecer. El segundo, ¿el K Club? Solo los aficionados a los caballos celebran su boda en el K Club. Él no es aficionado a los caballos. ¿Lo es ella?

—Bueno, ella tiene pinta —dijo Bridie—. De caballo, quiero decir. Bridie, amiga fiel.

—Pero no creo que sea aficionada a los caballos —añadió.

—Todo el mundo sabe que uno no celebra su boda en el K Club si no es aficionado a los caballos.

—Una horterada —dijo Bridie.

—Exacto, una horterada.

18.37

Bonito pueblo. Mucha gente en la calle. Mucha actividad. Más de la que recordaba. Hoteles, uno (pequeño). Pubs, muchos. Supermercado, uno. Tiendas de ropa, una. (Atroz. Jerseys de Aran, capas de tweed, gorros de ganchillo con borlas. Para turistas.) Fish-and-chips, uno. Tiendas de surf, ¡dos! Cibercafés, uno. (Sí, lo sé, inesperado.) Tienda de souvenirs que vende novelas de Jackie Collins, recuerdos y ceniceros con forma de retrete, una.

Decisión. Cenaría en un pub. No tenía con quién hablar, pero sí una revista detrás de la que esconderme. Todos los pubs ofrecían comida, así que decidí elegir uno al azar y confiar en que no fuera el pub del que nos habían echado la noche de la despedida de soltera de Treese. (Las despedidas de soltera deberían estar prohibidas. Estás moralmente obligada a ser muy mala y luego te sientes terriblemente avergonzada. No recordaba mucho de la despedida de Treese, salvo que las diez —bueno, en realidad las ocho, porque Treese había perdido el conocimiento en casa y Jill estaba tirada en el suelo del lavabo del pub— rodeamos al camarero y lo zarandeamos mientras le decíamos, ¡Oh, baby, me vuelves loca! y cosas así. Tenía un vago recuerdo del camarero suplicando: «Ya basta, chicas. Esto es un pub familiar. Os lo estoy pidiendo por favor». Recuerdo que parecía al borde de las lágrimas.)

Abrí la puerta de un local llamado The Dungeon y un puñado de hostiles caras masculinas levantaron la vista como criaturas sorprendidas bajo una roca. Ojos rojos, mentones afilados y olor a azufre. Como el vídeo de «Bohemian Rhapsody». Retrocedí.

Siguiente pub, The Oak, iluminación fuerte, asientos tapizados, familias comiendo nuggets de pollo. Más seguro. Nadie me fulminó con la mirada.

Me senté y un camarero se acercó y me preguntó:

—¿Ya sabes lo que quieres?

Me dije que no debía de ser irlandés: acento no irlandés, piel tostada, pelo negro y ojos como uvas pasas (aunque eso hace pensar en ojos pequeños y consumidos, y nada más lejos de la realidad. Grandes ojos oscuros. Si he de compararlos con una fruta seca, la mejor descripción sería, ojos como ciruelas pasas. Pero no podía decir eso porque las ciruelas pasas tenían una connotación desafortunada, hacían pensar en residencias dando a sus ancianos natillas y ciruelas en compota para mantenerlos «regulados». Sin embargo, en cuanto tuve la ocurrencia ya no pude dejar de pensar en él como Ojos de Ciruela Pasa.)

—¿Cuál es la sopa del día? —pregunté.

—Champiñones.

—¿Tiene tropezones?

—No.

—Vale. Y una copa de vino.

—¿Merlot?

—Hecho.

20.25

Terminé de cenar. (Después de la sopa del día me había tomado la tarta de queso del día —fresa—.) Me detuve a la salida del Oak preguntándome qué hacer a continuación. Podía dar un paseo. Hacía una noche preciosa y el pueblo tenía una playa muy bonita. Podía sacudirme las telarañas, como dice la gente. (En realidad no me gusta esa expresión. Me recuerda a las arañas. No volveré a decirla.) O podía alquilar un DVD. Eso, me dije. Alquilaré un DVD.

20.29, supermercado

Amplia selección de DVD. Chico y chica de detrás del mostrador (nombres en insignias, Kelly y Brandon) intentan ayudarme.

—*De boda en boda* está bien —dijo Kelly. Chica fornida. Diría que le gustan las patatas fritas. (¿A quién no?) Pelo rubio mechado y muy tieso. Pantalón de chándal rosa muy bajo. Cinco centímetros de barriga colgando sobre la cinturilla. Lingote de oro atravesando ombligo, manicura francesa acrílica. Hortera, pero admiré su seguridad.

—*De boda en boda* no —dije.

—Me gustan tus reflejos.

—Graci...

—¿Te los has hecho tú?

—No. Esto... no. En la peluquer...

—Me gusta tu chaqueta. ¿Dónde te la compraste? ¿En Topshop?

—... No... La conseguí en el trabajo.

—¿Dónde trabajas?

—... Soy autónoma.

—¿Cuánto te costó?

—... Bueno, me hicieron descuento...

—¿Cuánto sería sin el descuento?

—... No estoy segura.

Estaba más que segura, pero era cara. Me daba vergüenza decir el precio.

—Calla de una vez —espetó Brandon. Como Kelly, era evidente que le gustaba cuidar su aspecto. Cadenas en el cuello, anillos y pelo con tupé a lo Tintín algo amarilleado, probablemente fruto de una decoloración casera, pero aplaudí el esfuerzo.

—¿Y *El señor de los anillos*? —preguntó—. Tenemos versiones ampliadas.

—No. Es buena, no digo que no, pero...

—¿Qué te apetece?

—Necesito algo que me levante el ánimo.

—¿Por qué? —preguntó Kelly.

¡Será chafardera!

—Buenoooo... —dije, súbitamente presa de la necesidad de hablar de Paddy—. Mi novio va a casarse con otra.

—Ya —dijo Kelly, negándose, curiosamente, a caer en la trampa—. ¿Qué me dices de *Algo para recordar*? Es bastante ñoña.

¡Frustración! No había querido hablar del precio de la chaqueta, pero estaba dispuesta a contárselo todo sobre Paddy.

—O *Un día inolvidable*. También ñoña. Seguro que lloras un montón.

—¡No! —intervino Brandon—. ¡Coge una película vengativa! *Kill Bill*. O *Harry el Sucio*.

—¡Eso, *Harry el Sucio*! —aullé.

23.08

¡Qué gran película *Harry el Sucio*! Justamente lo que necesitaba. Genial la parte en la que se venga.

Levanté un momento la vista de Clint Eastwood, miré por la ventana trasera de la cabaña del Tío Tom y por un momento pensé que había una enorme pastilla de Berocca en el cielo. Naranja fuerte, y parecía que estuviera burbujeando, inyectando el cielo de saludable Vitamina B. ¡La puesta de sol! Súbitamente contenta de haber venido. Había aprendido a apreciar la naturaleza en todo su esplendor.

Noche bastante agradable. No dejé de pensar en Paddy, pero solo agarré el teléfono para llamarle cuatro veces.

23.31

Hora de acostarme. Temiendo no poder dormir, me tomé dos Natra-Calm y apagué la luz.

23.32

Encendí la luz. Me tomé medio Zimovane (un somnífero de verdad, pura química, no esos ñoños batiburrillos de hierbas). Sería terrible que no pudiera dormir. No tenía sentido arriesgarse. Apagué la luz.

23.33

Encendí la luz. Me tomé el otro medio Zimovane. No podía correr el riesgo de no conciliar el sueño. Apagué la luz. Me subí la colcha de patchwork de imitación hasta la barbilla y acurruqué la cabeza en la almohada. Ahora que me había drogado hasta las cejas, me preparé para dormir a pierna suelta.

23.34

Mucho silencio en el campo. Agradable. Relajante.

23.35

Reconfortante. Nada inquietante.

23.36

Balsámico. Nada, nada inquietante.

23.37

¡Muy inquietante! Demasiado silencio ahí fuera. Un silencio amenazador. Como si los prados planearan atacarme mientras duermo. Volví a encender la luz. El corazón me iba a cien. Necesitaba leer algo pero me daba miedo bajar a buscar mi *InStyle*. Viejos libros de bolsillo en estantería del cuarto. Novelas de misterio de una tal Margery Allingham. Elegí *The Fashion for Shrouds* porque iba sobre diseñadora de moda en los años treinta. Aunque libro algo húmedo, me encantó. Todos los personajes llevaban sombrero. Hoy día ya nadie lleva sombrero. Una tragedia. Cosas del progreso.

Jueves, 4 de septiembre, 9.07

Me despertó el silencio. Sumamente perturbador. Nunca pensé que echaría de menos a borrachos practicando lucha libre debajo de ventana. Vida llena de sorpresas.

El colchón parece lleno de pelotas de tenis. ¿Cómo se las apañaba la gente antaño? Sistemas de valores distintos. Comunidad y sombreros y niños que podían ir solos al colegio. No se daba valor a colchones de calidad superior, sábanas suaves, almohadas mullidas.

Ruedo hacia un lado de la cama, cojo ejemplar de *VIP* y observo, por enésima vez, a Paddy con su sonrisa y su raqueta de tenis y me sorprende la imagen de sano que ofrece. Señor, si la gente supiera...

Paseo por el sendero de la memoria

El año pasado, domingo frío y borrascoso de abril. Visitando la tumba de mamá. Sentada en el bordillo, hablando con ella, contándole cómo me iba el trabajo, cómo estaba papá, en fin, poniéndola al día. Curiosamente, le estaba explicando que todavía no tenía novio, desde que había mandado al cuerno a Malachy porque me quería más delgada (fotógrafo, pasaba demasiado tiempo rodeado de modelos), cuando advertí que unas filas más allá alguien me estaba observando. Un hombre. En absoluto mi tipo. Demasiado adulto. Alto. Sobrio abrigo azul marino sin cruzar, mezcla de cachemir y lana (a primera vista), con ramo de narcisos en la mano. Pelo moreno, un poco cardado (aunque podía deberse al fuerte viento).

Enseguida me molesté. Esto era un cementerio. Si no podías hablar con tu difunta madre en un cementerio, ¿dónde podías?

—Mamá —dije—, hay un tipo cerca que me está mirando mientras te hablo. Es un maleducado.

En mi cabeza escuché la voz de mamá decir:

—Puede que no te esté mirando. Puede que esté mirando al vacío. No seas tan dura con la gente.

Le observé de nuevo. No había duda de que me estaba mirando y de repente me imaginé su pelo lacio y sudoroso después de haber tenido sexo conmigo.

¡Sacrílega! En cementerio. Pero supongo que es lógico: sexo y muerte.

—¿Y bien? —preguntó mamá.

—Esto... no importa...

Al rato me despedí de mamá y eché a andar hacia salida. Tenía que pasar junto a Hombre del Abrigo para llegar al camino principal y aunque normalmente no soy la clase de persona que se enfrenta a la gente, estaba ofendida por lo de mi difunta madre. Al llegar a su altura me detuve y dije:

—Si le hablo a una lápida es porque no me queda elección. Preferiría que estuviera viva, ¿sabe?

—¿Su madre?

—Sí.

—Lo mismo digo.

De repente ya no estaba irritada, sino triste. Triste por los dos.

—No era mi intención incomodarla —dijo.

—Pues lo ha hecho.

Había cubierto la tumba de su madre con narcisos, e ignoro por qué pero eso me conmovió. Un hombre como él podría haber comprado (a juzgar por calidad del abrigo) un ramo exótico, orquídeas y azucenas, pero narcisos, flores humildes...

Dijo:

—Pensé que... estaba bien que... pudiera hablar tan abiertamente...

Hizo una pausa, bajó la vista y la subió de nuevo, provocando gran impacto en mí con su ojos azules. Dijo:

—La envidié.

11.08

Abrí puerta principal e inspiré profundamente aire fresco del campo. Olía a boñiga. Cinco vacas blancas y pelirrojas en prado cercano sacudiendo perezosamente cola en mi dirección. Culpables.

Rodeé casa y ahí estaba salvaje Atlántico. Oleaje, espuma blanca y destellos. Olor a aire puro, sal y demás. Contemplé toda esa naturaleza, toda esa belleza, y pensé, echo de menos las tiendas.

Malo, malo. Fue error venir aquí. No tenía nadie con quien hablar, ni tele que ver. Demasiado tiempo libre para pensar en Paddy.

Hubiera debido marcharme a lugar excitante, bullicioso, como Nueva York, con sus muchas distracciones. Pero hoteles neoyorquinos, caros. Cabaña del Tío Tom, gratis.

Envié mensaje a Bridie:

> Sola. Puede ke regrese.

Respuesta:

> Primer día siempre duro. ¡Aguanta!

11.40

Toda la mañana telefoneando a clientas, explicando dos semanas «fuera de circulación». Dejándolas «en manos competentes» de Nkechi. Unas contentas. Otras no. Miedo a Nkechi. SaraJane Hutchinson se niega a tener trato con ella.

Caminé hasta el pueblo. Podría haber ido en coche, pero solo cinco minutos a pie. Vergonzoso coger coche. Además, recordé palabras de psiquiatra cuando mamá murió. Mejor manera de mantener depresión a raya, salir y dar pequeño paseo. Tiene su guasa, si lo piensas bien. Cuando estás deprimida, lo último que te apetece es salir a dar pequeño paseo. Mucho mejor pastillas.

11.42

Algo muy extraño. Muy bonito. Camino del pueblo con botas de agua rosas, me estaba acercando a casa del vecino cuando a través de una pequeña ventana lateral superior divisé una explosión de brillos y destellos.

Me detuve. Estiré cuello. Algo en la orientación de la ventana —apuntaba casi directamente al mar— hacía que los transeúntes difícilmente miraran por ella. (No sé cómo explicarlo. No se me dan bien estas cosas. Descripción masculina estilo 200 metros.) Estaba en curva en la carretera en extraño ángulo y tuve suerte.

En ese momento vi a mujer vestida de novia dando vueltas y más vueltas. Raso blanco, suave y brillante, corpiño ceñido, falda amplia, no ridículo merengue, pero exageradamente acampanada. Como un cono. Casi segura de que era un Vera Wang. Fascinada por la escena. Pese a mis trágicas circunstancias, no pude evitar alegrarme por la belleza y la evidente felicidad de esa mujer.

Guantes blancos hasta codo. Elaborada gargantilla de pedrería, puede que de Swarovski, pero imposible asegurarlo desde esa distancia. Fantástica melena oscura suave y tupida, balanceándose mientras daba vueltas, pequeña diadema cerca de la coronilla.

Se acercó hasta la ventana moviendo labios —probablemente practicando vocales—, hablando sola, toda contenta ella, cuando de repente hizo eso que hace la gente en las películas cuando se da cuenta de que está encima de un cocodrilo. Se quedó inmóvil, bajó los ojos muy despaaaacio hasta tenerlos a mi altura y se obligó a mirarme mientras yo, de pie en la carretera, la observaba como una suplicante. Aunque estaba demasiado lejos para saber si gargantilla era de Swarovski, no dudé de la conmoción, casi diría el espanto, reflejado en su cara. Se alejó de la ventana como si llevara ruedecitas en los pies. ¿Por qué? ¿Cuál era su gran secreto?

Me quedé clavada en el suelo, preguntándome si reaparecería, hasta que granjero en tractor soltando humo negro y apestoso gritó: «¡Apártate, dublinesa!», e intentó echarme de la carretera.

11.49, cibercafé

Tenía BlackBerry, no necesitaba ir a cibercafé, pero, la verdad sea dicha, quería razón para hablar con alguien.

Dentro había una chica sentada en un taburete con las piernas elegantemente cruzadas, fumando un cigarrillo. Pelo moreno muy corto, como Jean Seberg en *À bout de souffle*. Pocas caras pueden permitirse corte tan duro. Preciosas cejas en punta. Carmín rojo oscuro. Mate. Interesante elección en estos tiempos brillantes.

—Mmmm... hola —dije.

—Holá.

Tenía que ser francesa. Eso o cockney.

Ropa sencilla pero bonita. Cuello alto negro. Falda negra y blanca, a punto de abombarse pero retrocediendo en el momento justo. Cinturón ancho en cintura. Manoletinas negras. Sobria pero chic. Las mujeres francesas, sencillamente, saben vestirse. Del mismo modo que a los irlandeses se les da bien el cachondeo y conseguir pecas verdes en lugar de bronceado.

—¿Puedo usar internet? —pregunté.

—*Certainment* —respondió—. Todo tuyo.

—¿Eres de aquí? —(Sabía que no. Pretexto para entablar conversación.)

—No, *de France*.

Ahora entiendo por qué chica de la tienda de DVD fue tan directa anoche. La única forma de distraerse en este pueblo es metiendo nariz en la vida de los demás.

—¡Me encanta Francia! —exclamé—. De hecho, *j'aime France!*

Confié en poder hablar de las tiendas parisinas. Pero no era de París. Era de un lugar llamado Beaune. Nunca había oído hablar de él pero ella parecía orgullosa. Ahí tienes a los franceses. Están orgullosos de ser franceses, fuman Gauloises y son excelentes haciendo huelgas. A veces el país entero la hace.

Me presenté confiando en no parecer desesperada.

—*Bonjour, Lola. Je m'appelle Cecile* —dijo.

—¿Por qué vives aquí, Cecile? —pregunté.

¿Motivo? Un hombre.

—Estoy locamente enamorada —dijo—. Es surfista.

—¿Cómo se llama?

—Zoran.

—¿Irlandés? —Pensando, no puede ser.

—No, serbio. Ahora vive aquí.

Solo un correo electrónico interesante. De Nkechi. Ha convencido a mujer que importa a Roberto Cavalli a Irlanda que nos venda a «nosotras». Buena noticia. En realidad, excelente noticia. Todas las irlandesas que adoran a Cavalli tendrán que dejarse vestir por mí, o por «nosotras», como escribía inquietantemente Nkechi. Rediós. Solo llevo fuera un día y ya se está comiendo el mundo.

12.16, el Oak

Mismo camarero que ayer. Ojos de Ciruela Pasa.

—¿Cuál es la sopa del día? —pregunté.

—Champiñones.

—Vale. Y café.

—¿Con leche? ¿Capuchino? ¿Expreso?

—Esto... con leche.

—¿Leche de soja? ¿Desnatada?

—Esto... desnatada.

No esperaba tanta variedad.

Me descubrí preguntando:

—¿De dónde eres?

¡Rediós! Me he convertido en persona fastidiosa que busca iniciar conversación con todo quisque, cuando yo no soy así. En Dublín tengo por principio hablar con el menor número de personas posible. Sobre todo cuando estoy comprando. ¿Has observado cómo últimamente a los dependientes de las tiendas se les ordena que elogien el producto mientras lo envuelven? Dicen cosas como, «Es un color precioso» o «Muy bonito, ¿verdad?».

Siempre me entran ganas de responder: «La verdad es que no me gusta nada este color. De hecho, lo detesto».

¿Iba a comprarlo si no me gustara?

Pero solo hacen su trabajo. No tienen la culpa.

—De Egipto —dijo Ojos de Ciruela Pasa.

¡Egipto! ¡Multinacional! ¡Parece el reparto de *Perdidos* pero aquí, en Knockavoy!

—Estás muy lejos de casa —pensando, «qué comentario tan estúpido, hablas como el lobo de Caperucita Roja». A continuación, digo—: Debes de echar de menos el calor —pensando, «otro comentario estúpido, seguro que todo el mundo dice lo mismo».

—Sí —responde—. Eso dice todo el mundo, pero en la vida hay otras cosas además del calor.

—¿Como qué? —Súbitamente intrigada.

Rió.

—Como tres comidas al día. Como no sufrir persecución política. Como tener oportunidades de poder mantener a tu familia.

—Entiendo —digo.

Me siento un poco mejor. He conectado con otro ser humano.

Agradable sensación interrumpida por hombre al final de la barra —criatura encorvada, desaliñada— gritando:

—¡Osama, ya basta de tanta charla! ¿Dónde está mi cerveza?

—¿En serio te llamas Osama? —le pregunto.

Pensando, Rediós, menuda cruz. Peor aún que Ojos de Ciruela Pasa. No me extraña que sufriera persecución política.

—No, me llamo Ibrahim. Osama es el apodo para los lugareños.

Tarde avanzada

Regresé a casa bordeando costa. Pasé por delante de casa vieja y curiosa. Casas a sendos lados remodeladas —ventanas de PVC, pintura nueva— pero esta curtida y algo deteriorada. Pintura azul de puerta cayéndose a tiras. Pensé en cuando me hice peeling químico. En alféizar, anémonas de mar, guijarros, arena y bígaros. Sin cortinas, de modo que podía ver interior de la sala. Redes de pescar colgando del techo, estrellas de mar, conchas, trozos de madera con formas escultóricas. Nombre de la casa, The Reef.

Lugar mágico. Me dieron ganas de entrar.

Sonó móvil. Reconocí número: Grace Gildee, la carismática periodista. ¡Me estaba acosando! Arrojé móvil al bolso. ¡Vete, vete, vete! Diez segundos más tarde, doble pitido: mensaje. ¡Vete, vete, vete!

Borré mensaje sin escucharlo. Asustada. Si servidora no quiere hablar, evidentemente nadie puede obligarla. Pero asustada de todos modos. Grace Gildee insistente, persuasiva, decidida. Y, probablemente, simpática.

20.08, súper-quiosco-tienda de DVD

Brandon y Kelly otra vez de servicio. Aconsejada por Brandon, cogí *El padrino*. Kelly intentó llevarme hacia Starky y Hutch. Dijo:

—Estos dos tiarrones te harán olvidar que tu chico va a casarse con otra. Pero dime, ¿te lo dijo a la cara?

Ella estaba deseando oír y yo estaba deseando contar. En cuanto dije, «Paddy de Courcy», exclamó:

—¡Ese nombre me suena! Es un político, ¿verdad? ¡Le he visto! ¡En *VIP*! ¡Ve a buscarlo! —Señaló a Brandon el estante de las revistas—. ¡Vamos! ¿A qué esperas?

Kelly devoró las fotos. Hizo muchos comentarios. Dijo que Paddy estaba «muy bueno» para su edad y que Alicia era horrenda. Brandon dijo que Alicia era una «zurrapa», palabra nueva para mí. Por lo visto significa lo mismo que fea. Una palabra que añadir a mi vocabulario. Ambos impresionados de que mi ex novio saliera en una revista de famosos, aunque fuera irlandesa.

—¿Dicen algo de él en *Heat*? —preguntó Kelly—. ¿En *Grazia*?

—No.

—Bueno, no importa. ¿Y no sabías nada de la otra mujer? ¿NADA DE NADA?

Negué con la cabeza.

—Yo lo mato —aseguró—. Lo mato con mis propias manos.

—Podrías sentarte encima de él —dijo Brandon con inesperada saña—. Eso seguro que funciona. No muchos hombres soportarían el peso de tu culo.

—A ti te bastaría con echarle el aliento —replicó entusiasmada Kelly.

Corregí impresión inicial de que Kelly y Brandon eran novios. Hermanos, probablemente.

—Y ahora estás en casa de Tom Twoomey cuidando de tu corazón roto.

—Hay mucho de eso por aquí —dijo Brandon—. De mujeres que llegan aquí con el corazón roto. No sé por qué. A lo mejor creen que las olas las curarán. Se recorren la playa de cabo a rabo veinte veces al día. A veces se meten por las dunas. No saben que son propiedad de un club de golf. De repente se encuentran en medio del hoyo once con pelotas que les pasan silbando a un milímetro de la cabeza. Tienen que sacarlas en carrito. Por lo general muy disgustadas.

—Muy disgustadas —convino Kelly.

Siguió una pausa extraña. De pronto, estallaron en carcajadas.

—Lo siento —dijo Brandon, temblando de alborozo—. Es que... es que...

—... se creen que están rodeadas de paz y armonía... —dijo Kelly, el rostro contraído por la risa—, conectando con la naturaleza... y de repente... de repente... una pelota casi les taladra el cerebro...

—No tengo intención de caminar por ninguna playa ni de subirme a ninguna duna —repuse fríamente.

Reírse de las mujeres que tienen el corazón roto no está bien.

Dejaron de reír en seco. Carraspearon.

—Podrías probar la pintura —dijo Kelly—. Para expulsar toda esa pena del metabolismo.

—¿En serio?

—Sí, sí, la pintura funciona.

—O la poesía —intervino Brandon.

—O la cerámica.

—Pero, sobre todo, la pintura. Mucho mejor que cortarle el nabo a tu hombre con el cuchillo del pan.

Brandon le clavó mirada penetrante.

—¿Qué? —Kelly se volvió y le gritó en plena cara—: ¡Aquello fue un ACCIDENTE!

Y a mí:

—Tenemos lápices y cuadernos, pero si necesitas pinturas de verdad, hay una tienda en Ennistymon. (Ennistymon, la ciudad más próxima.)

No tenía intención de dedicarme a la pintura.

Ni a la poesía.

Ni a la cerámica.

Mi situación ya era suficientemente trágica.

23.59

Gran película, *El padrino*. Venganza a saco. Y Al Pacino me gusta bastante. Indicio esperanzador. Solo agarré teléfono para llamar a Paddy tres veces.

0.37

«Planché la oreja», como dice Margery Allingham. Extraña expresión. Aunque hay muchas más, si lo piensas. Por ejemplo, «No vayas por ahí». Es una expresión realmente rara, a menos que estés hablando de Afganistán, o de Topshop un sábado por la tarde, dos semanas antes de Navidad.

2.01

Desperté inopinadamente, presa del pánico. Asaltada por terrible necesidad de subirme al coche, conducir hasta Dublín campo a través, buscar a Paddy y suplicarle que no me deje. Me puse a echar cosas en la maleta. Corazón a cien. Boca seca. Auténtica pesadilla. ¿Paddy casándose con otra? ¡No puede ser!

¿Debía ducharme? No. ¿Debía vestirme? No. No, sí. ¿Y si daba con él? No podía aparecer en pijama, como fugada de un manicomio. ¿Qué debía ponerme? No podía decidirlo. No podía decidirlo. Atontada por somnífero y pensamientos demasiado veloces. Pasando como balas antes de que pudiera agarrarlos.

Bajé primera maleta a trompicones. Tengo que recoger las cosas del cuarto de baño. No, déjalas. ¿Qué más da? Son solo cosas. Abrí puerta, noche fría, arrojé maleta a maletero, regresé por segunda maleta.

Para cuando procedí a bajar segunda maleta mi ritmo cardíaco se había calmado. Pensamientos más ordenados. Me percaté de mi demencia. No tenía sentido ir a Dublín. Paddy no aceptaría verme. Esa había sido su intención desde el principio y difícilmente iba a cambiar de parecer. Me senté en el umbral, en pijama, contemplando oscuridad. No podía ver los prados.

Paseo por el sendero de la memoria

Curiosamente, cuando vi a Paddy de Courcy en cementerio no pensé que acabaría enamorándome de él. Nada que ver con mi tipo. Novio anterior, Malachy el fotógrafo, muy diferente. Seductor, ojos chispeantes, pequeño, compacto. Adoraba a las mujeres y las mujeres lo adoraban. Convencía a modelos como Zara Kaletsky para que adoptaran posturas disparatadas. (De hecho, así nos conocimos. Yo era la estilista de Zara hasta que abandonó inesperadamente Irlanda. Ella nos presentó.) Malachy, poco peludo. Pero aquel día en cementerio, mientras era azotada por vientos glaciales, supe, con solo mirarle el abrigo, que Paddy de Courcy tenía el pecho peludo. Por señales subliminales. Mentón con barba rasposa de varios días. Dorso de las manos salpicado de pelos negros. (Nada que ver con las velludas garras de King Kong; cobertura justa.) Un pecho terso y suave, sencillamente, no encajaría.

—¿Vienes aquí a menudo? —me preguntó.

—¿Vengo aquí a menudo? —dije. Miré las lápidas de mármol que se extendían en todas direcciones. Señal de que puedes conocer a un hombre en los lugares más insospechados—. Una vez al mes, más o menos.

—Esto es muy poco ortodoxo... —dijo—... tratándose de un cementerio... Podría regresar dentro de un mes con la esperanza de volver a verte o... invitarte ahora a tomar un chocolate caliente.

Muy listo. Invitación a chocolate caliente, la única que aceptaría. Apuntando a lo seguro. Reacción muy diferente si me hubiera invitado a bebida alcohólica. O incluso a té. Bebida alcohólica: sinvergüenza libidinoso. Taza de té: pánfilo con fijación materna.

Fuimos a pub en acera de enfrente (Gravediggers Arms), donde tomamos chocolate caliente con nubes de azúcar y hablamos de madres difuntas.

—Cada vez que me ocurre algo bueno quiero contárselo, y cada vez que me ocurre algo malo quiero su ayuda —dijo Paddy.

Sabía exactamente cómo se sentía. Nuestras respectivas madres habían fallecido cuando teníamos quince años. Me alegró —de hecho, me alivió enormemente— conocer a alguien que había perdido a su madre a la misma edad que yo. Hablamos abiertamente y comparamos sentimientos. Paddy me caía bien. Pero no me atraía. De hecho, casi sentía que le estaba haciendo un favor, que estaba pasando tiempo con él para que pudiera hablar de su madre.

—Quizá te parezca de mal gusto —dijo—, teniendo en cuenta dónde nos hemos conocido, pero ¿crees que podríamos vernos otro día? Te prometo que no hablaré de mi madre.

Me recosté en asiento. Asaltada por imagen de Paddy desnudo, pelo en pecho, empinado, cerniéndose sobre servidora. Desagradable vuelco en barriga. ¿Excitación? Lo dudo. Náuseas, lo más probable. No era mi tipo. Lo encontraba demasiado mayor. Además —¡superficial, superficial! Sí, lo sé— no me gustaba su ropa. Demasiado seria, demasiado convencional. Pero ¿qué perdía con probar? Anoté mi teléfono en vieja entrada de cine.

La miró. Dijo:

—¿Fuiste a ver *Misión imposible*? ¿Es buena?

—¿No la has visto?

—No tengo tiempo de ir al cine.

—¿Por qué no?

—Soy político. Número dos del NewIreland. Mucho trabajo.

Pensé que debía preguntarle el nombre; es lo que tienes que hacer cuando alguien te dice que es escritor o actor, o político, sí. Casi se diría que están esperándolo.

—Paddy de Courcy.

Asentí y dije:

—Hummm —para ocultar el hecho de que nunca había oído hablar de él.

Me observó con admiración mientras me alejaba como una bala en mi mini rojo. Le miré por retrovisor. Incluso a esa distancia podía ver el azul de sus iris. ¿Lentillas de color? No. Lentillas de color hacen que ojos parezcan petrificados y muertos. Sus portadores parecen alienígenas. A veces, a mis clientas les da por ponérselas en noches especiales. («Hoy me apetece ser una vampiresa de ojos verdes.») Y siempre les quito la idea de la cabeza. Horterada. Muy... Mariah Carey. Me pregunté si Paddy de Courcy me telefonearía. No estaba segura. Sospechaba que estaba casado. Además, no hacíamos lo que se dice una buena pareja. Yo tenía mini cooper rojo, él saab azul marino. Yo cazadora azul verdosa de corte agresivo y grandes solapas, él clásico abrigo azul marino. Yo melena angular a lo Louise Brooks y reflejos chiarascuros (color anterior al molichino), él pelo cardado.

No busqué su nombre en Google. Tal era mi interés.

Al día siguiente, a primera hora, me sonó móvil. No reconocí número pero contesté porque podía ser clienta nueva. Una mujer dijo:

—Llamo del despacho de Paddy de Courcy. El señor De Courcy quiere saber si está libre esta noche. La recogerá a las siete. Necesito su dirección, por favor.

Callé, presa del pasmo. Luego me eché a reír.

—No —dije.

—¿No, qué?

—Que no le doy mi dirección. ¿Quién se ha creído ese hombre que es?

Ahora el pasmo era suyo.

—¡Paddy de Courcy! —respondió.

—Si el señor De Courcy quiere tener una cita conmigo, el señor De Courcy puede coger el teléfono y llamar.

—Lo sé, señorita Daly, pero el señor De Courcy es un hombre muy ocupado...

Conozco ese mundillo. Casi todas mis clientas son mujeres muy ocupadas, y generalmente es ayudante de la clienta, no clienta misma, quien llama para concretar sesión de estilismo. Pero eso era trabajo. Esto no era trabajo.

—Ahora tengo que dejarla —dije—. Ha sido un placer hablar con usted, adiós. (No cuesta nada ser educada. Además, algún día podría necesitar una estilista.)

Ni siquiera estaba enojada. Simplemente comprendí que había estado en lo cierto al pensar que no era mi tipo. A lo mejor hay gente que vive así, dejando que sus ayudantes les organicen las citas románticas. Quizá en determinados círculos se considere algo totalmente aceptable.

No esperaba que volviera a llamarme y tampoco me importaba. Cuando ahora pienso en el riesgo que corrí, me entran sudores y escalofríos. Podría haberlo echado todo a perder. Haberlo terminado antes de que empezara. Entonces recordé que, en cualquier caso, todo había terminado, y quizá habría sido preferible que me hubiera ahorrado todo este sufrimiento. Pero no podía imaginarme no haberlo tenido en mi vida. Había sido la experiencia más intensa. El hombre más intenso. El más guapo, el más sexy.

Sea como fuere, cinco minutos después llamó él. Riendo. Disculpándose por ser un capullo arrogante.

—Vosotros, los políticos, habéis perdido por completo el contacto con la realidad —dije. (Tono desenfadado, bromeando.)

—Yo no.

—¿En serio? En ese caso, dime cuánto cuesta un litro de leche. —(Una vez vi un programa donde ministro de no sé qué se avergonzó de no saber eso. La verdad es que me dio pena. Yo misma no estaba segura del precio. Pero podría decirte el precio exacto de toda la colección de Chloé. Mayorista, rebajado y minorista. Todos tenemos nuestros puntos fuertes.)

Paddy de Courcy respondió:

—No lo sé. No bebo leche.

—¿Por qué no? ¿Demasiado ocupado?

Rió. Conexión viento en popa.

Dije:

—¿No pones leche en los cereales?

—No como cereales.

—¿Qué desayunas?

Pausa. Luego:

—¿Te gustaría averiguarlo?

Qué gracioso. Recordé pelo cardado. Se me quitaron ganas de bromear.

—Lo siento —dijo. Parecía avergonzado. Entonces preguntó—: ¿Estás libre esta noche?

—No. —(Lo estaba, pero la verdad...)

—¿Y mañana?... Ay, no, mañana no puedo. Miércoles tampoco. Espera un momento —dijo, y llamó a alguien—. Stephanie, ¿puedes borrarme de esa cosa del jueves con los brasileños?

Volvió conmigo.

—¿Jueves?

—Déjame consultar mi agenda. —La hojeé y dije—: Sí, el jueves por la noche me va bien.

—El jueves, entonces. Te recogeré a las siete.

¿Por qué esa obsesión con las siete? ¿Por qué tan pronto?

—Reservaré mesa en dos restaurantes para que puedas escoger.

Me molestó que llevara él la batuta, luego... no sé... dejó de molestarme, no sé expresarlo de otro modo.

—Por cierto —dije—, ¿estás casado?

—¿Por qué? ¿Me estás proponiendo matrimonio?

Otra gracia.

—¿Sí o no? —insistí.

—No.

—Bien.

—Estoy impaciente por verte —dijo.

—... Yo también.

Aunque no lo tenía tan claro. Y cuando me monté en el asiento trasero de su coche, él en su papel de míster Adulto con traje y maletín, pensé, Dios, qué gran equivocación. Volví a notar ese revoltijo de náuseas en la barriga. Y la cosa, naturalmente, no hizo más que empeorar cuando llegamos a la tienda. Pero luego... me desvestí para él y todo cambió. Empezó a gustarme de verdad y ya nunca miré atrás.

Viernes, 5 de septiembre, 12.19
Me desperté. Había vuelto a acostarme en torno a las seis, cuando estaba saliendo sol.

Ya no sentía la necesidad apremiante de ver a Paddy. Ahora, sencillamente sentía que no valía nada, que no era lo bastante buena para él. Que no era lo bastante buena para nadie.

13.53
Caminé hasta el pueblo. Bruma marina flotando en el aire, jugando a destrozarme pelo.

Cuando llegué a punto especial en curva de carretera, me detuve y miré hacia ventana superior de casa vecina, esperando ver mujer con vestido de novia. Intrigada. De hecho, muerta de curiosidad. Pero no estaba. Maldición.

14.01, el Oak
Sopa del día, champiñones. Empezaba a preguntarme si había otra variedad. Tarta de queso del día, fresa. Ídem.

15.05, cibercafé
Quería visitar un par de páginas web. Net-a-porter. LaRedoute. Ver cosas bonitas para levantar el ánimo. Pero ¡cibercafé cerrado! Un letrero torcido, escrito a mano, que decía, «He salido a comer». Molesta. ¡Estos franceses y sus horarios de comidas! Volví a casa. Decidí hacerlo por camino de la costa, para echar pequeño vistazo a casa mágica, ¿y a quién vi delante de casa mágica? ¡A Cecile! Boca abajo, suspendida por las rodillas de baranda con vistas a oleaje, riéndose en compañía de tres surfistas con traje de neopreno.

Tenía la falda alrededor de los hombros, por efecto de la gravedad. Bragas a la vista. Muy monas. De algodón. Blancas con amapolas rojas y ribete también rojo. Me alegraba que fuera tan desinhibida.

Bueno... en realidad no. Su exhibicionismo me incomodaba... Esto no es la Côte D'Azur.

Surfistas en semicírculo. Impresión general: arena húmeda, pies masculinos grandes y descalzos, cabellos salados y enmarañados, tablas de surf, neoprenos abiertos, pechos tersos, ojos brillantes por agua salada, cadenas finas en cuellos bronceados, aros dorados en cejas viriles. Indistinguibles, masa homogénea de deliciosa juventud varonil.

—Cecile —dije.

—*Oui?*

—¿Es esta tu hora de comer?

—*Oui.*

—¿Y cuándo termina?

Encogimiento de hombros galo, incluso colgada boca abajo.

—No estoy segura —rió, lanzando mirada pícara a uno de los surfistas.

Puerta de casa mágica entreabierta. Vislumbré suelos de madera gastados, pasamanos antiguos, pintura blanca desconchada, escalera que conducía a dormitorio mágico.

Cecile iba a entrar en casa mágica para tener sexo con uno de los surfistas. Terrible punzada. Celos. Soledad. Por las cosas que había perdido y las que nunca había tenido. Ojalá fuera joven. Ojalá fuera guapa. Ojalá fuera francesa.

19.57

Probando otros bares que no fueran el Oak. No podía enfrentarme a otra sopa de champiñones. Y no quería volverme demasiado dependiente del Oak. Podría pasarle algo, como ponerse a arder, ¿y adónde iría yo? Mira lo que sucedió la última vez que dependí de alguien (Paddy).

Asomé la cabeza en bar de golf, llamado Hole in One u otro espantoso juego de palabras golfista. No podía entrar ahí. Repleto de hombres (y una o dos mujeres que no sabían dónde se metían) intercambiando insultos pijos sobre lo mal que jugaba el contrincante. (Ya conoces a los hombres. Solo pueden conectar cuando son desagradables.) Ruidosos. Estridentes. *Rawlrawlrawl.* Como políticos en el parlamento. ¡Y mal vestidos! Sudaderas amarillas. Mocasines. ¡Viseras!

El colmo. Ni siquiera son útiles, en Irlanda no, no hay suficiente sol. Es... es... es mal gusto hecho a conciencia.

Probé el Butterlys. Muy pequeño. Como sala de estar. Suelo de loseta, barra de madera desnuda con tres taburetes altos. Televisor pequeño en estante elevado. Detrás de barra, mujer mayor sonriente, de aspecto vivaz como la mostaza (expresión de Margery Allingham). Por lo demás, vacío. Quise retroceder con un, «Lo siento, me he equivocado, buscaba una farmacia», pero me dio corte. Corrí como saltadora de pértiga y planté mis posaderas en taburete alto. (No soporto los taburetes altos, incómodos a más no poder. Para empezar, demasiado altos, y nada a lo que agarrarse, nada donde apoyar la espalda, nada donde posar los pies. Estás a la deriva. Como esas barras de desayuno. ¿Por qué querría empezar mi día tambaleándome sobre un taburete alto cuando puedo sentarme en una silla de altura normal? ¿Y por qué solo para desayunar?)

Butterlys era el bar más raro que había visto en mi vida, con selección de bebidas de lo más peculiar, casi todo licores dulces y pegajosos. Había otros productos a la venta, como latas de guisantes, cajas de cerillas y paquetes de flan instantáneo. Como cuando jugaba a las tiendas de pequeña. (De todos modos, va bien saberlo. Una noche podría estar bebiendo copa de vino y de repente sentir irresistible deseo de comer flan.) (Sarcástica.)

La mujer mayor era la señora Butterly. Agradable estar en local dirigido por la propietaria. Increíblemente habladora. Me contó que el bar era su salón y que solo abría cuando tenía ganas de compañía.

Aunque lo dudaba, pregunté:

—¿Sirve comida?

Señaló extraño surtido detrás de barra.

—Me refiero a... algo... que pudiera comer ahora.

Me asaltó terrible temor de que se ofreciera a calentar lata de guisantes. Solo de mirar guisantes me entran ganas de suicidarme.

—Puedo hacerte un sándwich. Veré qué tengo en la nevera.

Entró en otro cuarto, supuse que la cocina. Regresó con trozo de jamón dulce entre dos rebanadas de pan blanco. Bastante rico, en extraño sentido retro. Cuando hube terminado, preparó dos tazas de té y sacó un paquete de Hobnobs.

Intenté comprarle una copa de vino tinto, pero dijo:

—No tengo vino. ¿Te apetece un Tía María? O, ¿qué tenemos aquí? ¿Cointreau?

Lo más parecido a una bebida normal era Southern Comfort. No tenía hielo, de modo que me lo tomé con un chorrito del Sprite más desbravado que he tomado en mi vida. De botella de dos litros que llevaba en estante, quién sabe, puede que sesenta años. No quedaba una sola burbuja en toda la botella.

Animé a la señora Butterly a acompañarme. Invitación aceptada.

Corregí primera impresión. Señora Butterly me había cautivado. Me gustaba. Me gustaba todo. Sobre todo el letrero verde fosforito con la frase, ¡Prohibidas las despedidas de solteros! Pero aquí no cabría despedida de soltero. Tendría que rechazar a invitados por fases. Estos tendrían que enviar delegaciones de dos o tres para que les impidiera la entrada. Cuando me iba, la señora Butterly se negó a aceptar dinero por la comida. Dijo:

—Dos míseros Hobnobs, por el amor de Dios.

—Pero, señora Butterly, el sándwich...

—Dos míseras rebanadas de pan, por el amor de Dios.

Generosa. Muy generosa.

Pero esa no es manera de llevar un negocio.

21.59, tienda de DVD
Quería preguntar a Kelly por cuchillo del pan, pero tienda abarrotada. Muchos visitantes. Turistas de fin de semana con cestas repletas de pizzas congeladas y paquetes de cerveza. Me sentó mal su presencia, como si fuera lugareña.

Brandon atareado pero me recomendó *Uno de los nuestros*.

0.57
Está bien *Uno de los nuestros,* no digo que no. No pretendo ser quisquillosa. Mucha violencia, pero venganza, lo que se dice venganza, poca.

1.01
Descubrimiento. ¿Por qué estaba tan a gusto en el bar de la señora Butterly? Por el Sprite desbravado. El Sprite desbravado es bebida de convalecientes. Mamá me lo daba cuando estaba enferma. Lo

calentaba a fin de quitarle las burbujas para que estas no dañaran mi dolorida garganta. El Sprite desbravado me hace sentir querida. Como ya no tengo a nadie que me lo prepare, lo hago yo.

Sábado, 6 de septiembre, 8.01
Me despertó portazo en casa vecina. Salté de la cama y corrí hasta el otro dormitorio para mirar por ventana, confiando en ver de paisano a chica de Vestido de Novia. Pero de chica nada, únicamente su novio o prometido, supongo. Lo examiné. Interesada en saber qué clase de hombre había cazado a la belleza del Vera Wang. Algo desaliñado a primera vista. Necesitará corte de pelo antes de boda. Ropa de aficionado a vida al aire libre: tejanos y grueso forro polar azul marino adecuado para Polo Norte. Calzado, no obstante, curioso: zapatillas deportivas color antracita; entre diseñadores, color antracita conocido como el «negro de los aventureros». Subió al coche —no pude distinguir marca—, cerró portezuela con ruido seco y se marchó. Regresé a la cama.

13.10
Pueblo animado. Lleno de domingueros. Cielo azul, sol, calor, tiempo sumamente agradable para septiembre, exceptuando incesante viento destructor de pelo.

Mujer paseando sola por la playa llamó mi atención. Hacía días que la tenía vista y sabía que era una de esas pintoras, ceramistas o poetisas con el corazón roto. Hasta de lejos podía ver su cara acartonada, propia de un corazón roto. ¿Por qué los músculos de la cara se agarrotan cuando nos rechaza persona amada? ¿Por enzima especial? (Posible descubrimiento científico. Las personas abandonadas no sonríen y todo el mundo lo atribuye a que no tienen motivos para sonreír, pero quizá se deba a una enzima especial que no les deja sonreír. Esa es la clase de descubrimiento que gana premios.)

20.10, tienda de DVD
Brandon me recomendó *Kill Bill*, Parte I. Excelente. Venganza, 10 sobre 10.

Domingo, 7 de septiembre

¡Ojos de Ciruela Pasa es musulmán! No sé por qué me sorprende tanto. Es egipcio, y Egipto, si no me equivoco, tiene amplia población musulmana. Imagino que pensaba que musulmanes devotos no trabajaban en pubs. Antro de alcohol.

Hizo comentario despreocupado sobre lo de rezar en dirección a La Meca y le pregunté:

—¿Eres musulmán?

A lo que respondió:

—Sí.

No me importa, pero de repente me incomoda pedirle vino. Siento que está pensando, «Maldita zorra. Zorra de los infieles».

También incómoda por mis adorados reflejos molichinos. No solo llevo cabello a la vista, sino que lo realzo con preciosos reflejos. Ojos de Ciruela Pasa es muy amable —parece un hombre encantador, en serio— pero sospecho que finge y que por dentro está pensando cosas terribles de mí. Puede que incluso murmurado por lo bajini. En plan:

—Hola, Ibrahim.

—Ah, hola, Lola. Maldita zorra de los infieles. ¿Cómo estás?

—Bien. ¿Y tú?

—Genial. Sabiendo que yo iré al Paraíso y tú no. ¿Qué te pongo?

—Un copa de merlot, por favor.

(Amplia, amplia sonrisa.)

—¡Marchando una copa de merlot! Guarra Zorra de Occidente. Arderás en el infierno, tú, infiel que bebes alcohol, comes cerdo y no te cubres la cabeza.

Yo he estado en países musulmanes. En Túnez. En Dubai. Y siempre he sentido que con la boca decían, «¡Hola, adelante, adelante! Por favor, tome un dátil, un té de menta, disfrute regateando en el zoco por un brazalete de oro!», y con la mente, «Te despreciamos, cerda inmunda, despreciamos tu alcohol y tus sándwiches de jamón y queso y tu impiedad en general. Cuando llegue el Apocalipsis para ti todo habrá terminado. Estamos deseando verlo».

¿Soy racista? ¿O solo estoy diciendo lo que piensa todo el mundo? Como cuando antes la gente pensaba que todos los irlandeses eran terroristas del IRA. «Hola, irlandés, siéntate, toma una taza de earl grey y cuéntame: ¿se te daba bien la química en el colegio?»

No quiero ser racista, pero innegable choque entre sistemas de valores. Me gusta el merlot. Los musulmanes censuran el merlot. Yo no me negaría a contratarlos porque no les guste el merlot. No les negaría la ciudadanía. Pero quiero ser capaz de disfrutar de mi merlot. No quiero sentir que arderé en infierno si me tomo una copa con la comida.

¿Es preferible reconocer lo mucho que me violenta Ibrahim o fingir que no pasa nada, que entre él y yo no hay diferencias? ¿Cuál es mejor forma de actuar en sociedad multicultural? El enorme trasero de Nkechi, el Apocalipsis de Ibrahim. Qué nobles preocupaciones. Caray, no sé. Todo esto me parece agotador.

14.38

¡Cecile lleva ahora tienda de ropa además de cibercafé! Por lo visto, ahora que la temporada ha terminado oficialmente, propietaria de tienda de ropa (también propietaria de cibercafé, el cual, y no quiero parecer quisquillosa, de café no tiene nada, porque no puedes comprar nada de beber ni de comer) se ha largado un mes a Puerto Banús y Cecile lleva sola los dos negocios. Más o menos. Quería navegar por internet pero letrero en puerta de cibercafé decía, «En Monique's». Y letrero en Monique's decía, «Hora de comer».

Entre el doble empleo y los horarios de comida de Cecile, es un milagro que en Knockavoy la gente logre mandar correos electrónicos.

Paseo por sendero de la memoria

Recuerdo mi primera cita con Paddy. Me recogió en casa coche con Spanish John al volante. Paddy sentado en asiento de atrás con traje. Maletín abierto sobre piernas.

—¿Qué te gustaría hacer? —preguntó—. ¿Tienes hambre?

—La verdad es que no. Es un poco pronto. (Solo eran las siete, extraña hora para una cita.)

—Muy bien —dijo—. En ese caso, iremos de compras.

—¿Compras de qué?

—De ropa.

—¿Para mí o para ti?

Me estaba preguntando si pretendía que le asesorara gratis.

—Para ti.

No supe qué contestar. Curiosa cita. Rara vez consigo que un hombre me acompañe de compras, aunque le apunte cabeza con pistola. También abrigaba presentimiento de que no iban a ser compras normales.

Al rato, Spanish John abriendo portezuela, brazo de Paddy sobre mi espalda, invitándome a subir por escalera y cruzar discreta puerta de cristal oscuro, moqueta suave, amable voz femenina dándonos bienvenida, miren sin ningún compromiso. Pensaba que conocía hasta la última tienda de Dublín. Estaba equivocada. Focos resaltando artículos oscuros y brillantes. Me acerqué para ver mejor. Vibrador. Venda de raso negro. Látigo. Pequeñas piezas de ónice que primero tomé por esposas y luego advertí que eran cepos para pezones.

Bragas, sujetadores, ligueros, raso, seda, encaje, cuero, spandex, negro, rojo, rosa, blanco, azul, lisos, estampados...

Esforzándome por comportarme como mujer de mundo —había estado antes en emporios como este, después de todo había organizado dos despedidas de soltera, aunque nada tan exclusivo— pero tenía que reconocer que estaba incómoda. Nerviosa. Muy nerviosa. No era lo que esperaba de una primera cita.

Me desvié lentamente hacia ropa interior. Esperaba recibir descargas eléctricas de fibras sintéticas, pero buena calidad. Auténtica seda, raso, encaje. De hecho, había «piezas» fabulosas (como decimos en mundo de la moda; cuando lo digo, parezco relajada, pero créeme, en aquel momento lo estaba todo menos relajada.) Conjunto azul marino con mariposas bordadas y aplicaciones de plumas y brillantes. Bragas de seda moradas con topos negros y lazos a los lados. Conjunto rosa pálido con rosas rosas —no bordadas, sino de verdad— en copas de sujetador y triángulo. Horrible con ropa encima. Mucho bulto.

Sorprendida al ver bonitas bragas negras sin adornos. De lo más corrientes. Entonces reparé en ausencia de triángulo y di salto atrás, como si quemaran. Lo mismo con sujetador bañera escotado. Parecía muy escotado, tan escotado que a duras penas podía cubrir pezones. Entonces caí en la cuenta, ¡rediós!, de que ahí estaba la gracia.

A mi lado, la voz de Paddy dijo:

—¿Te gustaría probarte algo?

Se me heló la sangre. Se me encogió el estómago. Paddy era un rarito pervertido. Tratándome como objeto sexual. ¿Qué estaba haciendo aquí?

No obstante, ¿que podía esperar de un hombre que me había ligado en un cementerio? ¿Que me llevara a comer pizza y a ver una película de Ben Stiller?

—Lola, ¿estás bien? ¿Estás de acuerdo con esto? —Me penetró con su mirada azul. Expresión comprensiva. Bueno, más o menos. También desafiante.

Le sostuve la mirada. Ahora es el momento, me dije, en que me largo o decido confiar en él. El tiempo se detuvo. Miré puerta. Podía irme sin más. No pasaría nada. No volvería a verle. ¡Por Dios, un sex-shop! ¡En primera cita! Estaba escandalizada... Pero también excitada. Si me marchaba ahora, ¿qué me estaría perdiendo?

Me volví de nuevo hacia ojos azules, puede que incluso elevara mentón en actitud desafiante, y dije:

—Estoy bien.

Dependienta se acercó para ayudarme. Algo rancia. Me miró el pecho.

—¿90B?

—... Sí...

—¿Qué prendas le gustan?

—Esta —dije, señalando el conjunto más recatado. (Azul claro, con mucha tela, triángulo de aspecto robusto.)

—Puede que también esos —intervino Paddy, señalando otros más atrevidos.

—Puede que no —repuse.

—¿Por qué no se los prueba? —intervino mujer rancia, dirigiéndose a probador con brazos cargados de ropa interior—. ¿Qué puede perder?

Probador inmenso. Casi tan grande como mi dormitorio. Luz rosada, silla de brocado con patas curvadas, papel pintado estilo oriental, con cerezo en flor, y rejilla de alambre en pared, como confesionario... ¿Para qué?

—¿Quiere que su amigo espere en la antesala? —preguntó mujer rancia.

—¿Ante... sala?

—Ajá. Está justo ahí.

Señaló un cuarto más pequeño situado junto al probador, con una butaca y una rejilla en pared. Como la del probador.

—Desde donde podrá observarla —añadió.

¡Rediós! Desde donde Paddy de Courcy podía observar sentado cómo me probaba ropa interior. Desde donde podía observar cómo me desvestía y verme desnuda, ¡como en un *peep-show*! Horrorizada. Mi indecisión pareció durar una eternidad, entonces me vine abajo. De perdidos, al río.

Razones:

1) Me habían depilado hasta el último pelo, salvo pequeño recuadro sobre hueso pubiano que recordaba a bigote de Adolf Hitler.
2) La luz rosada favorecía.
3) No quería pasar por estrecha.
4) Estaba muy excitada. En un dilema, pero excitada.

Mientras me desvestía pegué cuerpo a pared, bien lejos de mirilla. No sabía qué hacer. Demasiado cohibida para bailar y no digamos sin música. Consideré posibilidad de pasearme por probador, pero me contuve por miedo a parecer animal enjaulado en zoológico, por ejemplo un león. A lo mejor me daba por menear cabeza y rugir.

Sin embargo, en cuanto me subí a altísimas chinelas de pelo blanco y entré en favorecedor conjunto de braga y sujetador de seda negra, fui otra. Hice ver que Paddy de Courcy no estaba sentado en habitación contigua espiándome por rejilla metálica. Hice ver que estaba sola. (Si bien es cierto que cuando estoy sola no me inclino hacia delante y hago shimmy de pecho para entrar en sujetador. Ni me chupo dedo y lo deslizo por pezones para endurecerlos como piedras mientras me miro al espejo. Y normalmente, cuando me pruebo unas bragas, no me molesto en pasear la mano por hueso pubiano para asegurarme de que se ajustan bien.)

Despacio, pasé a la siguiente prenda desabrochando sujetador y deslizando lentamente tirantes por los brazos como si tuviera todo el tiempo del mundo. El segundo conjunto era liguero y sujetador estilo años cincuenta de rígido raso rosa. El sujetador elevaba y realzaba mis pechos, y al inclinarme se me veían los pezones. El liguero iba de cintura a muslos, creando curva de reloj de arena. El brillo rosado de la tela daba a muslos aspecto suave y cremoso. Me senté en butaca de brocado, disfrutando de la textura áspera del tejido contra mi trasero desnudo. Lentamente, deslicé medias de seda a lo largo de piernas y las até a las ligas de goma.

Cada vez más consciente de que Paddy me estaba observando desde rejilla.

Erótico. Muy erótico.

De tanto en tanto mujer rancia asomaba cabeza por puerta con una percha.

—Este precioso corsé sin triángulo —decía con aire nostálgico— queda precioso con unas botas hasta el muslo.

O:

—¿Quiere probar un mono elástico? Hay uno rojo en su talla. Una monada con botas hasta el muslo.

Yo solo quería que se largara. Estaba estropeando la atmósfera. Muy caliente. ¿Pero caliente conmigo misma? ¿Estaba loca?

Probé adorable sujetador de tela transparente superpuesta cual pétalos de flor. Abrí botoncito de perla en copa y arranqué pétalo tras pétalo hasta que asomó pezón. Ignoraba cuándo llegaría último pétalo. Era una incógnita tanto para él como para mí. Cuando finalmente llegó, dije, «¡Ooohǃ» y clavé la mirada en la rejilla. Vislumbré brillo de sus ojos en habitación oscura fijos en mí, y no hizo falta más. Presa de un deseo abrasador, detuve bruscamente la sesión. Me vestí con manos temblorosas, preguntándome cuánto faltaba para que pudiera tener sexo con él.

Al salir disparada del probador, Paddy me preguntó:

—¿Cuáles te gustan?

Enseguida negué con la cabeza. Demasiado caros para mí.

—Permíteme —dijo.

—¡Ni hablar! —Me sentí como mujer mantenida, amante, prostituta, todas esas cosas.

—Insisto —dijo.

—¿Insistes?

—Por favor —dijo—. Permíteme. Yo seré el beneficiario.

—Estás dando demasiadas cosas por sentado.

Me miró avergonzado. Sorprendido. Parecía sincero. Se ofreció de nuevo a comprármelas.

—Para ti —dijo—. No para mí. ¿Qué dices a eso?

Todavía incómoda. No me parecía bien. No me gustaba. Pero a una parte de mí, una parte extrañamente turbia, sí. De modo que le dejé hacer.

Más tarde (en la cama, de hecho), le dije:

—Te arriesgaste mucho. ¿Y si me hubiera ofendido?

—Entonces no habrías sido la clase de chica que pensaba que eras.

—¿Y qué clase de chica soy?

—Viciosilla.

No estaba segura de serlo, siempre había sospechado que era un poco estrecha, pero me gustó que me lo dijera.

Lunes, 8 de septiembre

¡Serendipia! ¡Casualidad! A las 19.25 entré en bar de la señora Butterly buscando consuelo en Sprite desbravado cuando me dijo:

—¿Te importa que ponga la tele?

¡*Coronation Street*! ¡Mi serie favorita! A las ocho, cuando terminó, cambió a *Eastenders*, mi otra serie favorita. Y a las ocho y media *Holby City*, una serie de hospital. Nunca la había visto pero estaba decidida a que me encantara.

Auténtica orgía de culebrones acompañada de Southern Comfort y Sprite desbravado. Qué gran noche. ¡Parecía que llevara meses sin ver la tele!

La señora Butterly dijo que me había tomado cariño y extendió su invitación a orgía de culebrones a todas las noches. Luego me pidió que me marchara, quería acostarse.

—¿Quieres algo más, Lola, antes de que cierre?

En un arrebato de buena voluntad, dije:

—Me llevaré un paquete de flan instantáneo.

21.03

Deambulé por pueblo con mi flan y me senté en un muro de cara al mar. Llevaba casi una semana en Knockavoy y aún no había pisado la playa. Estaba orgullosa. Conservaba intacta mi personalidad.

Hombre paseando perro pasó por mi lado y dijo:

—Buenas noches. Bonito atardecer.

—Buenas noches. Y que lo diga.

Hasta ese momento no había prestado atención, pero ahora advertía que el sol estaba haciendo su imitación de enorme pastilla efervescente de vitamina C. Cielo todo naranja. Apoyando sistema inmunitario.

¡Rediós! La mujer que había visto pasear sola por la playa se estaba acercando. Piel cenicienta, ojos hundidos, pantalones de chándal golpeando cuerpo consumido. A juzgar por estado de su pelo, llevaba tiempo en Knockavoy.

El instinto me decía que huyera, pero la tenía demasiado cerca. Y nuestras miradas se habían encontrado.

Se detuvo y trató de entablar conversación sobre atardecer.

—Precioso, ¿verdad?

—... Sí...

No sabía muy bien qué decir. Yo no suelo hablar de esas cosas, de atardeceres, de naturaleza. Pero si quisiera hablar del traje pantalón blanco de Stella...

Suspiró profundamente.

—El sol sigue poniéndose cada noche y sigue saliendo cada mañana. Cuesta creerlo, ¿verdad?

—... Sí... Tengo que irme.

Sospechaba que Kelly y Brandon le habían contado mi historia y sospechaba que me estaba tanteando para que ingresara en pandilla de Mujeres con el Corazón Roto. Pero yo no quería ingresar. Podían darle a la pintura, la poesía y la cerámica cuanto quisieran, pero conmigo que no contaran. Aunque no vuelva a querer a otro hombre, no quiero volverme amarga. Ni creativa.

Mitad de la noche

Me despertó... algo. ¿Qué era? Resplandor rojo al otro lado de ventana. ¿El amanecer? Sabía, instintivamente, que aún era pronto. Por un momento pensé que el sol había decidido asomar cabeza por horizonte para repetir atardecer, en vista de lo mucho que gustaba a la gente.

Me asomé a ventana. Detrás de casa y también detrás de casa de al lado había semicírculo rojo. Fuego. ¡Un incendio!

Tenía que llamar a bomberos, pero en lugar de eso decidí bajar a investigar. Pedazo de cotilla. ¡Eso demuestra lo peligroso que es no tener distracción de tele! En Dublín nunca «investigaba» nada. Botas de agua, inmenso jersey de angora sobre pijama. Linterna. Noche fría.

Pasé por debajo de alambrada y atravesé prado a trompicones. Luna reflejada sobre vasta superficie de mar, iluminando toda la zona. De noche hierba huele bien. Vacas acostadas. No era incendio descontrolado. Solo hoguera. Pero desatendida. Qué extraño. Me acerqué un poco más. Estupor. ¡Fuego alimentado con ropa! Tul negro, tafetán azul, todo derritiéndose. Entonces, ¡horror! ¡Raso blanco! ¡El vestido de novia! ¡El vestido de novia no! Intenté rescatarlo de las llamas pero me salpicó lluvia de chispas. Y calor demasiado intenso.

Estaba consternada. Me dolía ver ropa maltratada de ese modo. (¡También me duele ver a niños y animales maltratados, naturalmente que sí! No soy una frívola que solo piensa en la moda. Me IMPORTAN MUCHO los niños y los animales, tanto que tengo que cambiar de canal cuando salen anuncios tristes.)

Tuve ocurrencia aguda. Si un loco clava cuchillo a cuadro bonito, gente pone grito en el cielo. Expertos van a la tele para hablar del tema. Pero si alguien destruye vestido ideal —que es también una obra de arte— nadie sale en la tele para protestar. Eso es discriminación. Ocurre porque vestido ideal es cosa de mujeres, mientras que cuadros son cosas serias, de hombres, incluso los pintados por mujeres.

Oí pasos. Me asusté. ¿Quién era? A través del fuego apareció lentamente silueta. El prometido desaliñado transportando fardo de ropa. ¿Le brillaban los ojos por la luz de las llamas o porque estaba... córcholis... llorando?

Le avisé de mi presencia diciendo:

—¡Ejem! ¡Hola!

—¡Jesús! —Estuvo a punto de caérsele el fardo—. ¿De dónde demonios sales tú?

—Lo siento —dije—. Pero vi fuego y temí que se tratara de un incendio.

Me miró boquiabierto. Actitud de estar harto. Grabada en la jeta llevaba pregunta: si un hombre no puede quemar fardo de ropa bonita en mitad de la noche, ¿cuándo puede?

—Estoy pasando unos días en casa de Tom Twoomey. Soy Lola Daly.

Pausa hostil.

—Rossa Considine. No pretendía alarmarte. Debí avisarte, pero fue un arranque repentino...

Disculpa demasiado elaborada.

—¿Qué está pasando? —pregunté—. El otro día vi a una mujer... con un vestido de no...

—Se ha ido. —Cortante.

—¿Volverá? —(Pregunta estúpida. No era probable, teniendo en cuenta que el vestido de novia estaba ardiendo.)

El hombre negó con la cabeza. Humor sombrío.

—No, no volverá.

Pausa incómoda. Zarandeó fardo ligeramente. Era evidente que estaba impaciente por continuar con su quema.

—Bueno, me vuelvo a la cama.

—Vale. Buenas noches.

Regresé prado a través. Otras personas también tienen sus tragedias. Pobre hombre. Aunque no le pasaría nada por ser un poco más amable.

Martes, 9 de septiembre, 8.00
Me despertó portazo en casa de al lado. Salté de la cama y corrí hasta dormitorio de delante. Miré por ventana. Incendiario con sus pantalones de antracita, marchándose a trabajar. Ausencia de quemaduras o manchas de tizne en jeta que indicaran que había provocado incendio horas antes.

Sigo sin poder identificar la marca de su coche.

18.47

¡Kelly y Brandon SON novios! ¡Habría jurado que se odiaban! Me armé de valor para preguntar qué había pasado con cuchillo del pan.

Habían tenido sexo, explicó Kelly, y luego una pelea. Brandon estaba tumbado en el sofá con la pilila a la vista, en posición de reposo postcoito.

—¿De quién era el sofá? —pregunté.

—De mis padres —dijo Kelly.

—¿Y dónde estaban tus padres?

—En los sillones que hay al lado del sofá, viendo *Buena racha*.

—¿En serio?

—¡No, mujer, no! Estaban arriba, durmiendo. ¿Cómo íbamos a hacerlo con ellos en la sala? Si mi padre nos pillara, MATARÍA a Brandon. El caso es que, en plan de broma, agarré el cuchillo del pan de la cocina para hacer como que le descuartizaba la pilila.

... Como tú...

—Pero cuando regresaba a la sala tropecé y sin querer le hice un corte diminuto en la pilila. Diminuto. Se puso como LOCO. Dijo que iba a morir desangrado, que se le iba a gangrenar la pilila. Quería llamar una ambulancia. Yo no podía parar de reír. Le puse una tirita. Caray, fue la leche.

—Mirándolo ahora, supongo que lo fue —dijo Brandon con una risita.

Amor de juventud. Envidio esa felicidad sin complicaciones.

Miércoles, 10 de septiembre, 13.28, el Oak

—Hola, Ibrahim.

—Hola, Lola. —Maldita zorra de los infieles.

¡No puedo evitarlo! Ojos de Ciruela Pasa es un hombre muy agradable. Guapo, simpático, mirada chispeante. Atento, alegre, hablador sin llegar a avasallar. Pero seguro que no me ve con buenos ojos. Soy muchas de las cosas que desagradan a los musulmanes. Soy mujer independiente (más o menos). Que llevo cara, pelo y a veces piernas al descubierto. Que bebo alcohol. Y que me gustan las patatas fritas con sabor a tocino ahumado. Es su obligación verme con malos ojos.

20.15

Tres mujeres entraron en Butterlys mientras estábamos viendo *Eastenders*. Sin titubear, la señora Butterly dijo:

—Estamos cerrados.

—... Pero...

—Cerrados. Adiós.

—... Vale...

—¿De qué te sirve tener tu propio pub si no puedes imponerte de vez en cuando? —dijo.

21.08

Puesta de sol. Andando a casa después de orgía de culebrones con señora Butterly. Coche de Incendiario delante de la casa. Me acerqué de puntillas por camino de baches para verlo mejor. Marca desconocida. Prius. ¿Qué sabía yo de ese coche? ¡Ah, sí! Coche ecológico. Podía funcionar con electricidad.

Qué persona tan encomiable.

Jueves, 11 de septiembre, 13.01

Cibercafé. Dentro, alguien hablando con Cecile. Un hombre. Me detuve en la puerta sin pretenderlo. Internacionalmente guapo: pelo rubio, largo y salobre, bronceado suave e intenso, una de esas bocas especiales que también poseía Steve Tyler (de joven) y Mick Jagger (también de joven).

Estaba repantigado sobre dos sillas. Relajado. La clase de hombre que frena en seco a la gente. Como un dios.

Me sentí algo incómoda, como si estuviera interrumpiendo algo.

—Hola, Cecile, ¿cómo estás?

—Bien, Lola. Tirando al demonio de la cola. —A saber qué significaba—. Te presento a mi amigo Jake.

Me miró con sus ojos plateados y me subieron los colores. Era, sencillamente, impresionante. Tan sexy que hacía pensar en criatura salvaje criada por manada de apuestos lobos.

Asintió y dijo:

—Lola.

—Jake —respondí.

Pregunta. Cuando la gente pone a sus hijos nombres como Jake,

¿cómo saben que de mayores serán sexys? ¿Es una cuestión de naturaleza o de educación? Si a alguien le ponen un nombre corriente como Brian o Nigel, ¿significa que de mayor será una persona corriente? Si le ponen nombre de héroe sexy, como Lance o —en este caso— Jake, ¿siente que tiene que estar a la altura?

—Te dejo, Cecile —dijo con una voz queda y profunda. Me saludó de nuevo con gesto de cabeza—. Encantado de conocerte, Lola.

—... Lo mismo digo... Jake. —¡Y me subieron los colores por segunda vez! La sangre no había terminado aún de abandonar mi rostro debido al primer rubor, de modo que casi tropezó consigo misma.

Dejé pasar unos minutos. No quería que se me notara el interés.

—... Esto... ¿es ese tu novio, Cecile? ¿El chico del que estás perdidamente enamorada?

—¿Jake? ¡Qué va! Mi pichoncito es Zoran. Jake es amigo de Zoran.

—¿De dónde es? ¿De Serbia también?

—¿Jake? No. De Cork.

—¿Es irlandés?

—Tan irlandés como la Guinness.

Inesperado.

Viernes, 12 de septiembre, 13.45
¡Nueva sopa del día en el Oak! De verduras. Montón de tropezones, no pude comérmela. De todos modos, emocionada.

16.33
¡Grace Gildee llamó de nuevo! Pensaba que había perdido interés en mí. No contesté, naturalmente, y tuve que armarme de valor ya solo para escuchar su mensaje.

—Hola, Lola, soy yo otra vez, Grace Gildee. Quería saber si has decidido hacer la entrevista. Puedes confiar en mí. Hace mucho que conozco a Paddy —(Risas)—. Sé de qué pie cojea.

En ese caso, que se entreviste a sí misma.

18.04
Bajón emocional. ¿Por qué no era lo bastante buena para Paddy? ¿Porque no mostraba suficiente interés en su trabajo?

Cuando estábamos juntos, solía llegar a casa, tirarse malhumorado en el sofá y quejarse amargamente de que tal o cual ministro había hecho algo que no debía. Despotricaba y despotricaba y al final decía:

—No entiendes nada, ¿verdad?

—Verdad.

¡Pensaba que era eso lo que le gustaba de mí!

Pensaba que yo era su válvula de escape.

Además, ¿qué sabía él de los vestidos de Roland Mouret?

Pero, cuando miro atrás, me doy cuenta de que hubiera debido hacerle un masaje en las sienes y tramar con él la caída del ministro de Sanidad o la manera de meter al primer ministro en una situación sexual comprometedora con un rebaño de cabras.

Lo curioso es que lo que más he temido toda mi vida es el abandono y no para de ocurrirme. De niña solía preguntar a mis padres, «¿Podemos morir todos al mismo tiempo?». Mamá me prometía que sí. Pero estaba mintiendo. Se adelantó y murió por su cuenta cuando yo tenía quince años. Claro que tampoco pudo evitarlo. Una semana antes de perecer me soltó: «Me rompe el corazón tener que dejarte, Lola. Lamento no poder estar a tu lado cuando crezcas. Lamento no poder cuidarte y no saber qué va a ser de ti».

Entonces comprendí que probablemente estaba a punto de dejarnos. Y nadie me lo había contado.

19.12

Buscando consuelo, llamé a papá.

—¿Todavía estás afectada por ese canalla? —me preguntó.

—Sí.

—Pues que te sirva de lección, Lola. Nunca te fíes de un político.

—Gracias, papá. Adiós.

Lunes, 15 de septiembre, 12.12, cibercafé

—Hola, Cecile. ¿Cómo estás?

—Bien, Lola. Sobre el lomo del cerdo.

—… Ya… —No para de utilizar extraños saludos irlandeses propios del campo, como «Chupando diésel, gracias a Dios» o «¡Poderosa, poderosa!».

Ni siquiera yo sé qué significan, y eso que soy irlandesa.

—Por cierto, Lola, tienes un *admigador*.

—¿Un *admigador*?

—Sí. Un hombre que te *admiga*.

—¡Ah, un admirador! ¿En serio?

—Mi amigo Jake. Dice que *egues* muy mona.

¿Jake? ¿El dios? ¡Imposible! ¡Podría tener a cualquiera! Se lo dije.

Cecile se encogió de hombros.

—*Egues* mayor que él. Le gustan las *mujegues mayogues*.

—¿Cuánto mayores? Solo tengo treinta y uno.

—Él tiene veinticinco. Además, se ha acostado con todas las *mujegues* de Knockavoy. Tu *egues* «*cagne* fresca».

¡Rediós! Si tienes algo que vender, no le pidas a Cecile que lo haga.

Deprimida, me dispuse a leer mis correos, pero Cecile no había terminado.

—Lola, ¿qué le digo? —me preguntó.

¿Que qué le dices? ¿Acaso estamos en el cole? ¿A mi amigo le gusta tu amiga?

Arrebato de indignación desapareció con la misma rapidez con que había llegado.

—No hay nada que decir —contesté—. El miércoles vuelvo a Dublín.

20.16

Dos hombres intentaron tomar copa en pub de la señora Butterly.

—Está cerrado —dijo.

—No, no lo está.

Tíos duros.

—¿Sois una despedida de soltero?

—No.

—¿Holandeses?

—No.

—¿Golfistas?

—Mmmm... sí.

—Entonces no puedo serviros. Los golfistas tienen prohibida la entrada. Los de vuestra calaña dan muchos problemas.

—¿Se niega a servirnos?

—Sí.

—... Pero...

—Son órdenes de la dirección. A menos que queráis comprar algo para llevar. ¿Una lata de guisantes? ¿Una caja de cerillas?

Martes, 16 de septiembre

Lista para volver a Dublín. Ha sido como estar de vacaciones. Primeros días culo de mal asiento, luego más tranquila, luego a gusto. Tras establecer rutina, paso de los días se acelera, círculo se completa y vuelta a empezar, culo de mal asiento.

Dolor por pérdida de Paddy había amainado. Ya no sentía desesperación ni curiosidad por verle, ni siquiera (inaudito) indignación por lo fácil que había sido para él dejarme.

No estoy curada, naturalmente. En cierto modo estoy hasta peor. Cuando me hallaba sumergida en torbellino de esperanza, conmoción y sentimientos feos y abrasadores, no podía ver con claridad.

Ahora, sensación abrumadora de que no valgo un pito. Cero autoestima.

También terrible sensación de soledad. Paddy era mi gran amor y nunca conoceré a otro hombre. Sé que todo el mundo dice eso cuando tiene el corazón roto, sé que la gente pone los ojos en blanco ante semejante exhibición de autocompasión y replica, «Deja de decir chorradas». Pero Paddy era único. Un fuera de serie. Nunca he conocido a nadie como él. Nunca conoceré a nadie como él.

Esa es mi carga y la acepto. Mi trabajo será lo que me salve. Pienso dedicar resto de mi vida a labor misionera: ayudar a las mujeres de Irlanda a estar espectaculares por un precio razonable.

Miércoles, 17 de septiembre, 10.13 a 11.53, preparando mi marcha

Visité a todos mis amigos de Knockavoy: Ojos de Ciruela Pasa, señora Butterly, Kelly y Brandon, Cecile. «Sí, *oui*, adiós, dejo Knockavoy, vuelo a la ciudad, genial, sí, gracias, tú también, encantada, si vas a Dublín. No, no tengo intención de volver.»

11.55

Conduje colina arriba mientras observaba por retrovisor cómo se encogía Knockavoy y me preguntaba cuándo volvería, si es que volvía algún día.

18.30, mi piso

Contenta de llegar a casa. Llena de maletas, bolsas con perchas y ropa. Nada mío. Nkechi había estado trabajando a tope. Encargando un montón de cosas. Almacenándolas en mi piso.

Sonó teléfono. Bridie.

—¿Cuánto tiempo has tardado?

—Tres horas y veinte minutos —dije. (No tenía ni idea, en realidad.)

—Vaaaale —dijo—. ¿Tres horas veinte? Buen trabajo. Tiempo medio, tres horas veintisiete.

Oí repique de teclas, como si estuviera introduciendo algo en el ordenador.

—Bridie, ¿estás llevando un registro?

—Ajá. Tablas, gráficos circulares, hojas de cálculo. Este programa es una pasada. Hay tantas formas de presentar las cosas.

Jueves, 18 de septiembre, 9.00, Martine's Patisserie

Me levanté llena de energía. Nuevo comienzo. Reunión en «despacho» con Nkechi. Como siempre, Nkechi tarde.

9.14

Nkechi hace su entrada, las trenzas recogidas en lo alto de la cabeza. Cuello largo y torneado. Muy elegante. Camina como reina. Desliza perezosamente trasero en asiento. Pregunta:

—¿Qué tal las vacaciones?

—Bien, muy bien —contesto jovialmente, dando a entender que aquel lamentable asunto era agua pasada. Vuelvo a ser la mujer eficiente de antes—. ¿Y bien? —digo, tratando de transmitir dinamismo. Hasta junto las manos para mostrar mi fervor—. ¿Qué tenemos entre manos?

Nkechi lee de su BlackBerry.

—Esta noche Rosalind Croft, cena de gala en su casa. Estos

días conferencia en Irlanda, deuda mundial, África... —agitó vagamente mano—... esa clase de cosas. Mucha gente famosa. Kofi Annan, el presidente de Sudáfrica... —agito de nuevo mano—... esa clase de gente. Los peces más gordos invitados en casa de los Croft. A Rosalind se le fue la olla. Me llamó en mitad de la noche porque quería un vestido de Versace que había visto en el *Vogue* americano. No pude conseguirlo, era una creación especial para un desfile. Me dijo que fuera a Miami a buscarlo. Tuve que pararle los pies. Reduje las opciones a tres vestidos, Balenciaga, Chanel y Prorsum Burberry, los tres llegados de Londres en avión. Los zapatos, las joyas y todo lo demás están en tu piso, empaquetados, listos para salir andando.

—Bien.

—Mañana, sesión de fotos de esquí para *Woman's World*. La gilipollez de todos los inviernos. Botas de pelo, orejeras, artículos de punto. Pasado mañana, prueba de vestidos de noche para Tess Bickers.

—¿Quién?

—Nueva clienta. Esposa de un empresario. Cargada de pasta. Quiere equiparse para la temporada social. Encargué dieciocho vestidos. Creo que se los quedará casi todos.

—Has estado muy ocupada, Nkechi. Esta noche yo me encargaré de vestir a la señora Croft.

—Pero...

—Has trabajado mucho. Tómate la noche libre.

Hora de recuperar el control. Enseñarle quién manda aquí.

No quería ceder. Había forjado «relación especial» con Rosalind Croft desde el día de la cena benéfica en que le salvó el pellejo poniéndole su pañuelo. Muy influyente, la señora Croft. Conoce a todo el mundo. Conviene tenerla contenta.

—En serio, Nkechi, quiero hacerlo yo —insistí.

—... Bueno, vale. Te quiere en su casa a las seis y media. Bueno, en realidad me quiere en su casa a las seis y media, pero si insistes...

Nkechi, resentida. Actitud hostil. Por norma, no me gusta ponerme desagradable, pero necesario volver a imponer mi autoridad.

*17.08, terminé reunión informal con encargado
de compras de Brown Thomas*

Tenía que darme prisa. Debía recoger ropa de señora Croft y perso-
narme en Killiney a las seis y media. Todo el día rezagada. Todavía
con la velocidad de Knockavoy. No, «velocidad» término desacerta-
do. «Parsimonia» se ajusta más.

17.15

Corriendo por la calle South William sorteando peatones. Coche
estacionado en doble fila delante de Westbury, entorpeciendo
tráfico. Lo supe antes de saberlo, si es que eso es posible. Probablemente mi subconsciente reconoció el coche, porque me
asaltó sentimiento feo, muy feo, antes de saber exactamente
por qué.

Era Paddy, ayudando a una mujer —el caballo, quién sino— a subir al asiento trasero de su coche estacionado en doble fila.

Contemplé la escena horrorizada. Antes era yo la que solía sentarse en el asiento trasero de ese coche. Pero me habían desecha-
do como vestido rojo barato con quemadura de cigarrillo en pezón.
He ahí una prueba palpable de mi insignificancia.

Supe que iba a vomitar. Dios misericordioso, lo único que te pido
es que no permitas que lo haga en la calle.

17.18, bar Hogan

Cual marinero de agua dulce, salí disparada hacia el servicio de mujeres viendo puntos negros delante de mis ojos. Justo a tiempo.
Vomité en lavamanos. Caí al suelo de rodillas. Murmuré «Lo siento»
a dos chicas con cara de asco que se estaban poniendo brillo de labios frente al espejo y que, al comprobar que no estaba beoda, fueron todo amabilidad. Me dieron pañuelo de papel y Orbit y dijeron,
«Todos los hombres son unos cabrones». Se quedaron conmigo hasta
que las piernas dejaron de temblarme y fueron capaces de sostenerme y me acompañaron a la calle a coger taxi. La amabilidad de los
desconocidos. Justo antes de irme, les susurré lo de la venta secreta de muestras en taller de Lainey Keogh.

17.47, mi casa

Entré como flecha. Me cepillé dientes. Me cargué como mula y regresé a la calle haciendo eses. El taxista miró equipaje y preguntó:

—¿Fugándose a hurtadillas?

—¿Cómo dice?

—Mi mujer también me dejó. Un día llegué a casa y todas sus cosas habían desaparecido. No puedo ser cómplice de una mujer que huye en secreto.

—Oh, no, no, estoy trabajando. —Y añadí:— Lamento lo de su mujer.

18.05

Tráfico espantoso. Atasco de hora punta. Atrapada entre hombre en Nissan Sunny (delante), hombre en Toyota Corolla (detrás), hombre en Opel Corsa (al lado) y hombre en Skoda Skoda (no creo que tengan diferentes modelos) (delante, circulando en la otra dirección).

18.13

Diez minutos parados. Voy a llegar tarde. Probablemente muy tarde. Yo, que nunca llego tarde. Barajo posibilidad de bajar ventanilla y ponerme a charlar con hombre en Opel Corsa. Quizá eso me evadiera de mi angustia.

Cometí el error de compartir mi dolor con taxista. Desprecia a Paddy. Dice que es «despiadado». Aunque él está lleno de resentimiento: no ha perdonado a su mujer y jura que jamás confiaría en que una mujer le diera el cambio exacto de un euro. Supongo que estoy de acuerdo con él.

18.28

Tráfico todavía espantoso. Oficialmente, a punto de llegar tarde. Debí salir de la ciudad a las 17.30 como muy tarde. Ver a Paddy con caballo me había descalabrado planes. Si no hubiera necesitado entrar en pub para vomitar y recuperar aplomo, todo habría ido bien. No soporto llegar tarde.

18.35

Llego oficialmente tarde y Killiney todavía muy lejos. Me mordisqueo mano con nerviosismo.

18.48

Marcas de dientes en mano.

19.03

Mano sangrando.

19.14

¡Por fin! Cruzo verja electrónica, subo por camino iluminado con antorchas. Puerta principal abierta, enmarcando gobernanta desesperada.

—Deprisa, deprisa. ¡La señora Croft está que se sube por las paredes!

Actividad frenética, canapés, personal uniformado, destellos de luz en copas de champán. Corro escaleras arriba arrastrando una maleta, la gobernanta y un empleado sin identificar pisándome los talones con el resto de las cosas. Señora Croft sentada con bata de seda frente al espejo de su vestidor, la imagen de la exasperación. Peluquero paseando de un lado a otro, martilleándose palma de la mano con tenacillas de rizar. Me ve. Exclama:

—¡Gracias a Dios! ¿Dónde estaba?

—Lo siento mucho, señora Croft —jadeo—. Lo siento de veras. Hay un tráfico espantoso.

—¿Dónde está Nkechi?

—Tiene la noche libre. He venido yo en su lugar.

—Oh...

Me lancé a abrir maletas y descorrer cremalleras mientras gobernanta y hombre sin identificar descolgaban las prendas.

—¿Qué es esto? —La señora Croft levantó un jersey diminuto de angora blanca.

—... Hummm...

—¿Y esto? —Pichi rojo con dibujo de copos de nieve rojos.

—¿Y esto? —Gorro rayado de punto.

No podía creerlo. ¿Copos de nieve? Entonces caí en la cuenta de mi aterrador error, de mi aterrador, terriblemente aterrador error. Un picor caliente bajó por mi cuerpo y el vómito me alcanzó la garganta por segunda vez ese día. Esto no podía estar ocurriendo. En serio, no podía estar ocurriendo. Me había equivocado de ropa.

No lo advertí hasta ese momento, pero el caso es que Nkechi había puesto etiquetas en las maletas. Estas decían claramente, «Sesión fotográfica de esquí».

—¿Dónde están mis vestidos? —La señora Croft estaba rebuscando entre las perchas y sacando anoraks con preciosas capuchas ribeteadas de pelo.

—Aquí solo hay anoraks —observó el peluquero.

Un escalofrío recorrió a demás empleados. ¡Anoraks! ¿Y los vestidos de alta costura de la señora Croft? ¿Los que se había hecho traer especialmente de Londres?

La señora Croft me agarró por los hombros con la cara desencajada.

—¿Dónde están mis vestidos? —imploró.

—No se preocupe —dije con la voz aguda y temblorosa—. No se preocupe. Si me permite, solo tengo que hacer una llamadita de nada.

—¿Me está diciendo que no están aquí?

—Todavía no.

—¡Dios santo! ¿Qué ha ocurrido? ¿Se ha equivocado de ropa?

—Ha habido un error, señora Croft. Lo siento mucho. Enseguida lo arreglo.

Esforzándome por conservar calma, porque de las dos ella tenía más probabilidades de ponerse histérica y necesitar bofetada para tranquilizarla.

—¿Dónde están mis vestidos?

—En mi casa.

—¿Y dónde queda su casa?

—En la ciudad

—¿EN LA CIUDAD? ¡Estamos a quince kilómetros de la ciudad! Alguien dijo:

—Hay un atasco brutal. Tres horas para llegar a Killiney.

Casi no podía sostener teléfono, la mano me sudaba de puro pánico.

—¿Nkechi? —La voz me temblaba—. Nkechi, ha ocurrido algo horrible. Le he traído a la señora Croft la ropa equivocada.

Largo, largo silencio acusador.

De refilón, oí a la gobernanta decir:

—Podría pedirle prestado el helicóptero a Bono.

Nkechi habló al fin:

—Voy para allá.

Cerré el teléfono. En un tono de jubilosa histeria, exclamé:

—¡Nkechi viene hacia aquí! Su ropa llegará enseguida.

—¡Y mis invitados también! —La señora Croft se puso de pie y empezó a resoplar—. ¡Vendrá Bono! ¡Vendrá Bill Clinton! ¡Aquí! ¡A mi casa! ¡A mi casa! ¡Y no tengo qué ponerme!

Luchando por respirar. Empezó a golpearse pecho con un puño.

—¡Bolsa de papel! —gritó alguien—. ¡Traed una bolsa de papel! ¡La señora Croft se está hiperventilando!

Apareció bolsa de papel. La señora Croft se la llevó a la cara como si fuera morral y respiró agitadamente.

—Eso es —dijo la gobernanta—. Eso es. Inspire, espire. Despacio, despacio.

La señora Croft se sentó, se levantó, retiró la bolsa, se sentó, colocó la cabeza entre las rodillas, la subió de nuevo, se levantó, se dio la vuelta y nos gritó a todos:

—¡Dios mío, Dios mío! ¡Maxwell me va a matar!

19.32

Una voz de hombre irrumpió en la habitación.

—¿Dónde demonios está mi esposa?

¡Oh, no! ¡No podía ser Maxwell Croft!

Sí podía. Con esmoquin y pajarita. Hombre bajo. Tórax inmenso. Siempre parecía estar de mal humor.

Miró a la señora Croft. Careto enfurecido.

—¿Qué demonios ocurre aquí? ¿Por qué no estás vestida?

La agarró de la muñeca y la arrastró hasta el dormitorio.

Yo, peluquero, gobernanta y empleado sin identificar dirigimos mirada al suelo, fingiendo que no pasaba nada.

Maxwell Croft, con voz amenazadora:

—¿Qué demonios está pasando? ¿Qué es eso de que los vestidos no han llegado? ¿Por qué no puedes utilizar una estilista fiable? No sirves para nada...

La señora Croft trató de disculparse.

—Lo siento, Maxie, lo siento mucho.

Pero el señor Croft no la escuchaba, hablaba por encima de ella.

—¿Tienes idea de quién está abajo? Bill Clinton. Bill jodido Clinton. Un hombre clave donde los haya. Y me estás dejando como el culo. Deberías estar ahí abajo. ¡Eres la puta anfitriona!

—Me pondré otro vestido —dijo nerviosamente la señora Croft.

—Ni hablar. ¿Ponerte un vestido usado para Bill Clinton? ¿Qué quieres que piense la gente de mí? ¿Que no puedo comprarle a mi mujer alta costura de la nueva temporada? Oh, gracias, Rosalind. Muy buena.

De repente se hizo el silencio y el peluquero preguntó con los labios, «¿Se ha ido?». Me propinó un empujón y susurró:

—Ve a verlo.

Asomé la cabeza por puerta para echar pequeño vistazo, pero me sorprendió encontrarlos todavía allí, unidos en extraño abrazo. Entonces lo vi. ¡Qué horror! El señor Croft estaba sosteniendo la muñeca de la señora Croft con ambas manos, ¡y retorciéndole la piel! Con auténtica saña. Pobre señora Croft. Largo maullido de dolor. Luego el señor Croft la soltó, le pegó brusco empujón y se largó.

19.43

Esperando a Nkechi. La señora Croft frotándose discretamente su resentida muñeca, nosotros fingiendo no darnos cuenta. Feo «retorcimiento». Perfecto brazalete de lunares rojos, vasos sanguíneos reventados.

Silencio cómplice. Aunque los demás no habían visto lo ocurrido, parecía que lo supieran. ¿Suceso habitual?

La señora Croft empezó a llorar quedamente.

19.51

Espera insoportable.

Llamé a Nkechi.

—¿Dónde estás?

—Llego en dos minutos.

—¿Dos minutos? ¿Cómo es posible?

Dos minutos más tarde

Llegada de Nkechi como si fuera The Rapture. La gente casi cayó de rodillas y se santiguó. Nkechi entró en la casa con paso enérgico y subió acompañada de otra chica nigeriana, su prima Abibi.

—¿Cómo has llegado tan deprisa? —le pregunté.

—Transporte público —dijo—. Luas y luego Dart. Abibi me recogió en la estación.

Todos la miraron con estupefacción. ¡Transporte público! ¡Qué astuta! *Transporte público.*

Como si hubiera dicho, «Un ángel bajó del cielo y me llevó a caballo por encima del atasco». Nkechi se hizo enseguida con el control de la situación. Parecía paramédico, todo gestos rápidos y eficientes y órdenes concisas.

Echó un vistazo al pelo de la señora Croft y dijo:

—Balenciaga.

Chasqueó los dedos a Abibi y dijo:

—El Balenciaga.

—Pero el Chanel... —intervine.

—¡No hay tiempo! —espetó Nkechi—. La señora Croft necesitaría un cambio de peinado para poder ponerse el Chanel.

Naturalmente, tenía razón.

—¡Tú! —Nkechi golpeó maleta con nudillos y chasqueó dedos en mi dirección, ¡en mi dirección!—. Encárgate de la ropa interior. ¡Tú! —Chasqueó dedos hacia Abibi—. Tú te encargarás de las joyas. Yo me ocuparé de los zapatos.

Como en un atraco.

—¡Vamos! —me apuró Nkechi—. No puedo hacer nada hasta que se haya puesto la ropa interior.

Temblando, rebusqué entre la cornucopia de «paños menores». Desfasado, lo sé, pero una buena ropa interior es fundamental para poder estar fabulosa con un vestido de alta costura. Se necesitan prendas robustas. Bragas que arrancan desde debajo del busto y terminan en las rodillas. En serio. De un tejido firme, que apenas ceda. Aunque agotadoras cuando toca batallar con ellas en el baño, merecen la pena. Y combinación. Risa especial reservada a la combinación. Broma trillada, pero esconden muchas cosas. Arrojé las bragas a Nkechi, que las atrapó como un *catcher* profesional e introdujo en ellas a la señora Croft. El vestido resbaló por su cabeza y descendió por su cuerpo. Magnífica pieza. Seda de crepé color marfil, inspirada en una toga. Un hombro descubierto, tela cayendo en suaves pliegues desde broche en el otro hombro. Cinturón muy fino a la altura de la cintura y leve vuelo al alcanzar el suelo. Majestuoso.

Al verlo, todo el mundo exclamó:

—¡Oh!

Como pequeños duendecillos, rodeamos a la señora Croft, Nkechi para calzarla, Abibi para ponerle colgante en el cuello, peluquero para dominar rizo rebelde con tenacillas, yo para colocar cinta en pezones. Y lista.

—¡Vamos, vamos, vamos!

20.18

Taxi de vuelta a la ciudad. Muy decaída. La señora Croft no volvería a utilizar mis servicios. Pero era probable que utilizara los de Nkechi.

Viernes, 19 de septiembre, 8.30

Sonó móvil. Nkechi. Solicitando vernos antes de la sesión de fotos de hoy.

9.30, Martine's Patisserie

Nkechi estaba dentro, desplomada en silla.

—Lamento lo de ayer —dije.

—¿Lo de ayer? Podría haber provocado un incidente internacional. ¿Y si hubiera desconectado el móvil? ¿Y si el vestido no hubiera llegado a tiempo y la señora Croft no hubiera podido presidir la cena? ¡Kofi Annan y todos los demás lo habrían tomado como una ofensa! Un insulto en nombre del pueblo irlandés. El acuerdo alcanzado podría haberse ido al garete.

—Creo que estás exagerando.

—Y yo creo, Lola, que no estás en condiciones de volver. —Extendió manos sobre la mesa—. Escucha, Lola, tengo... una propuesta que hacerte.

Feo presentimiento.

—Lola, te has portado bien conmigo. Buena paga. Responsabilidad. He aprendido mucho siendo tu ayudante. Pero desde que tienes el corazón roto no das una.

—¡Lo de ayer ocurrió porque acababa de encontrarme a Paddy!

—Dublín es una ciudad pequeña —dijo Nkechi—. Corres el riesgo de toparte con él en cualquier momento y de cargarte el trabajo que tengas entre manos. Si sigues así, Lola, acabarás perdiendo a todas tus clientas.

—¡Eso no es cierto! ¡Fue un error!

—Un terrible error. Y en cualquier caso, no es el único. —Puso cara de avergonzada—. Oye, Lola, ya sabes que siempre he querido establecerme por mi cuenta.

No lo sabía. Lo sospechaba. Sabía que era ambiciosa. Pero lo cierto era que nunca me lo había mencionado. No obstante, asentí cansinamente.

—Lo que te propongo es cubrir tus clientas hasta finales de año.

¿Cómo?

—Te mantendré el negocio a flote y cuando termine el año me estableceré por mi cuenta. Las clientas que quieran venir conmigo serán mías y las que quieran quedarse contigo serán tuyas. La lista de clientas es cada vez más larga. Habrá suficientes para las dos. Ambas saldremos ganando.

Me había quedado muda. Petrificada. Finalmente recuperé la voz y musité:

—Y entretanto, ¿qué hago yo?

—Desaparecer de la circulación. Irte a algún lado. Volver a la cabaña del Tío Tom, si quieres. ¡Pero! —Nkechi levantó el dedo índice—. No le digas a nadie que te has ido al campo o pensarán que eres una perdedora. Di que te vas a Nueva York por cuestiones de trabajo. A investigar, a buscar nuevos diseñadores. ¿De acuerdo?

Asentí con la cabeza.

—Y ahora, hablemos de pasta. —Se frotó los dedos, haciendo el gesto internacional del «dinero»—. Naturalmente, estaré realizando el trabajo de una estilista profesional y salvándote el negocio. Seguiremos enviando las facturas a tu nombre, pero necesito cobrar más. Y he de pagar a Abibi. He hecho algunos números.

De repente, hoja de cálculo encima de la mesa. Todo perfectamente detallado. Chica muy lista, Nkechi.

Se la devolví.

—Vale —dije.

—¿Vale? —Como si hubiera esperado tener que luchar un poco más.

Pero me sentía vencida. Defraudada.

—Vale, vale. Vale a todo. Bueno, será mejor que nos pongamos en marcha.

—¿Para qué?

—Para la sesión de fotos de esquí.

—Tú no vienes, Lola. ¿Recuerdas?

Ah, sí, recuerdo.

9.50, caminando hacia casa

Solo habían pasado veinte minutos desde mi encuentro con Nkechi. Poco tiempo para que una vida se desmorone por completo.

Recordé otro momento terrible de mi vida. Veintiún años. Mamá muerta, papá en Birmingham, novio que había tenido en la universidad durante dos años me había plantado y se había largado a Nueva York con la idea de hacerse el amo de Wall Street. (Al final desarrolló una severa adicción a la cocaína y regresó a Irlanda años después, pobre y desacreditado, lo cual, si lo hubiera sabido en aquel momento habría aliviado mi dolor, pero en aquel momento solo sabía que me habían abandonado.) Lo único que me mantenía viva era mi trabajo. Trabajaba para Freddie A, importante diseñador. Sin embargo, después de solo tres semanas, me habló con franqueza. «Lola, eres buena, pero no lo suficiente.»

Confirmó lo que yo ya había empezado a sospechar. Me asustaba ir a trabajar por miedo a cometer error irreparable. Soñaba de forma recurrente que estaba a punto de comenzar desfile y no había un sola prenda hecha. Yo cosiendo frenéticamente en enorme almacén lleno de fardos de tela y modelos en bragas y sujetador exigiendo algo que ponerse.

—Señor A, trabajaré más, se lo prometo.

—No es una cuestión de trabajar más, Lola. Es una cuestión de talento. Y tú no tienes el suficiente.

Se esforzó por ser delicado, pero me dejó hecha polvo. Yo adoraba la ropa, siempre la había adorado. Con doce años cortaba patrones para muñecas y cosía mi propia ropa. Mis amigas Bridie, Treese y Sybil O'Sullivan (que ya no es amiga, tuvimos terrible pelea, ya no recuerdo por qué pero la norma es que debemos odiarla y que si alguna vez nos la encontramos, debemos decir, «Está abandonadísima, se ha engordado un montón y lleva el pelo horrible») me pedían que les acortara las faldas y cosas así. Desde muy pequeña había soñado con ser diseñadora.

Tuve que reconocerlo, me faltaba talento.

Última cuerda que me mantenía a flote, cortada. Me sentía una fracasada.

(Al final todo fue para bien, supongo. Volví a los antidepresivos e hice terapia. Mientras me preguntaba qué hacer con vida, me convertí accidentalmente en estilista. Como sabía tanto de ropa, me caían trabajillos como ayudante en sesiones de fotos. Trabajaba mucho. Aprovechaba al máximo cada oportunidad. Pasaba muchas horas concentrada, concentrada, concentrada. ¿Cómo puedo convertir este conjunto en algo más original? ¿Más bonito? Lento ascenso. Poco dinero. Inseguridad. Trabajo irregular. Pero la gente empezó a hablar de mí. Decían, «Lola Daly es buena». Como dicen ahora de Nkechi.)

19.01

—Lo mejor es que vuelvas a Knockavoy una temporada —dijo Treese.

—Sí, lo mejor es que vuelvas a Knockavoy —convino Jem.

—Pero ¿cómo te mantendrás? —(Bridie siempre viendo lado práctico.)

—He trabajado en pubs —contesté—. Sé servir cerveza, recoger vasos. Tampoco se me caerían los anillos por limpiar en un hotel.

—¿Cuánto tiempo crees que te quedarás allí? —preguntó Treese.

—El resto de mi vida —respondí. Luego—: No lo sé. Lo decidiré sobre la marcha.

22.56

Palabras de despedida de Treese.

—Olvida a Paddy de Courcy. No se merece que te destroces la vida por su causa. Ni siquiera le cae bien a Vincent.

Cerré puerta, entonces pensé, «¿Qué quiere decir con eso de que ni siquiera a Vincent? ¡Como si Vincent fuera hombre bondadoso como Nelson Mandela que ve lo bueno en todo el mundo!

Paddy y Vincent solo se habían visto una vez y fue una noche atroz. Treese nos había invitado a cenar a su casa a Bridie, Jem y a mí con nuestras respectivas parejas. Como adultos. En cuanto llegamos, Vincent mostró interés por Paddy. Yo pensé que estaba siendo amable porque Paddy era nuevo en pandilla, pero me equivocaba.

Sin preguntarle qué quería beber, le tendió copa con un dedo de vino tinto.

—¿Qué opinas?

Con su corpulencia, su generoso vello y su grueso cuello, Vincent parecía toro malévolo. Sobre todo al lado de sexy y atractivo Paddy.

Paddy olisqueó el vino, lo hizo girar en la copa, dio un primer sorbo, un segundo sorbo, se lo paseó ruidosamente por la boca, como si se la estuviera enjuagando, y tragó.

—Es excelente —dice—. Excelente.

Jem y el Barry de Bridie miraban expectantes, cual cachorros aguardando una palabra amable de su adiestrador, pero nadie les invitó a probar ese tinto tan especial. (Tampoco a Bridie, a Treese, a Claudia o a mí, aunque habría sido una estupidez esperarlo. Vincent es un «hombre muy hombre».)

—¿Qué es? —pregunta Vincent a Paddy. Desafío.

—¿Vino? —responde, riendo, Paddy. Recurriendo a su encanto para ocultar que no tenía ni idea.

—¿Qué clase de vino? —pregunta Vincent con impaciencia.

—¿Tinto?

—Se nota que no tienes ni idea, amigo mío —dijo Vincent en voz alta, para que todos le oyéramos.

Jem y Barry, súbitamente encantados de que nadie les hubiera ofrecido vino.

—Es un Côtes de no sé qué —alardeó Vincent—. 1902. De la bodega de un conde francés. Pagué (mencionó exorbitante suma de dinero) por él en una subasta. Superé a Bono. Solo hay una caja de este vino en toda Irlanda.

Vincent feliz. Uno a cero contra Paddy y la noche no había hecho más que empezar.

Se pasó la cena dándole al pico. En cuanto terminamos primer plato, dijo en tono beligerante:

—Vuestro NewIreland nunca ganará las elecciones mientras el partido esté liderado por una mujer.

—Eso nunca detuvo a los tories con Margaret Thatcher —repuso educadamente Paddy.

—Eso era Gran Bretaña, amigo mío. Me temo que Irlanda es un poco más conservadora.

—Ya no.

—Te equivocas. Las mujeres irlandesas nunca votarían a una mujer. Si votaran, que no votan, votarían a un hombre.

Vincent se estaba inclinando sobre la mesa hacia Paddy. Paddy se inclinó a su vez, de manera que sus frentes casi se rozaron.

—Nosotros hemos tenido dos presidentas —dijo Paddy.

—¡Presidentas! —Vincent fingió carcajada—. Para estrechar manos de delegados comerciales de China. Pero ¿quién maneja realmente el poder? Te aseguro que no son las mujeres.

Fue horrible. Los demás tensos, sudando. Paddy teniendo que ser amable porque a) era político y tenía que ser amable con todo el mundo para que le votaran, y b) era invitado en casa de Vincent.

Treese no estaba en la mesa para pararle pies a su marido. Estaba en la cocina, retirando aluminio de la comida que había encargado (eso fue antes de que hiciera el curso de cocina) y zampándose a hurtadillas un bombón detrás de otro de la caja de medio kilo de Butler que había traído Jem. Regresó, toda aturullada y con expresión de culpa, con sorbetes de gintonic en hueveras. Preguntó:

—Vincent, ¿puedes cambiar el CD?

—Claro, cariño. —Entonces «In The Air Tonight» inundó la estancia.

Cuando Vincent regresó a la mesa Paddy estaba carcajeándose. Pero era un regocijo falso. Preguntó a Vincent:

—¿Phil Collins? Se te nota que estás hecho un carroza, amigo mío. Ya puestos, ¿tienes algo de Cliff Richard?

—¿Qué tiene de malo Phil Collins?

—Bazofia.

Pero Vincent no se amedrentó.

—Phil Collins es un artista consumado. Es el artista con más números uno del mundo... el artista que más vende en treinta y dos países... ¿Qué dices a eso?

—Eso solo significa que mucha gente está dispuesta a comprar bazofia.

—Seguro que sabes de lo que hablas.

Terrible ambiente. Estaba deseando largarme. Pero larga espera ante mí. Muchos platos. Treese había elegido menú de lujo, el más caro. Entretenimientos entre platos. Sorbetes para limpiar paladar. Minipostres antes del postre.

En un momento dado me dije: «¡Ah, ya lo entiendo! Me he muerto y estoy en el infierno. Me quedaré atrapada aquí para siempre, mientras insultan a mi novio en atmósfera cargada de hostilidad».

Una vez que comprendí que esto era infierno y no vida real, me mejoró el humor.

Entonces... café Blue Mountain, pastelillos. ¡El final estaba cerca!

Me relajé demasiado pronto. Momento delicado, muy delicado. Vincent dijo a Treese:

—Probemos los bombones que ha traído Jim. —(Vincent siempre llamaba «Jim» a Jem. Sabía perfectamente cuál era su nombre, pero le gustaba fastidiar.)

—¡No! —dijimos al unísono Bridie, Treese, Jem y yo. Hasta Claudia nos apoyó por una vez en su vida—. ¡Llenos! —exclamamos—. No queremos bombones.

—Si veo uno, vomito —dijo Bridie.

—¡Y yo!

Sabíamos que Treese se los había comido casi todos.

—Tráelos —ordenó Vincent a Treese.

—Yo iré —dije. Entonces me levanté y sencillamente fui a buscar mi chaqueta y el abrigo de Paddy. No aguantaba más.

—Una velada fantástica —dije con una voz que me sonaba histérica incluso a mí—. Pero es tarde. Tenemos que irnos. ¡Vamos, Paddy!

Paddy, todo sonrisas hasta que dijimos últimos adioses y la puerta se cerró a nuestra espalda. Entonces, cambio brusco. Se adelantó muy tieso hasta el coche. Entró y el portazo retumbó con fuerza de trueno. Me senté a su lado. Nerviosa. Aceleró levantando lluvia de grava. (Spanish John, por una vez, noche libre.) Viajamos en silencio, Paddy con la mirada al frente.

—Lo sien... —comencé, pero no me dejó terminar.

—Nunca vuelvas a hacerme esto —espetó en un tono quedo y colérico.

Domingo, 21 de septiembre

De nuevo en Knockavoy. Saludando a viejos colegas. «Hola, sí, *oui*, he vuelto. Inesperado. Ja, ja, ja, vida llena de sorpresas.»

Muerta de vergüenza.

Lunes, 22 de septiembre, 15.17

Buscando trabajo en hostelería local. Empecé en hotel, pero cerraban a final de mes. Me invitaron a volver en mayo, cuando reabrieran. No me iba bien, pero agradecí su actitud positiva. Siete sobre diez en cortesía.

15.30

El Hole in One. Pub golfista. Gerente bastante cruel.

—Es septiembre —señaló—, final de temporada. Estamos despidiendo gente, no contratándola. —Desdeñoso. Dos sobre diez en simpatía.

15.37

El Oak. Ojos de Ciruela Pasa, directo pero solidario. Apenas hay trabajo para él. Sin embargo, nueve sobre diez en amabilidad.

15.43

Cafetería de la señora McGrory, abarrotada de jóvenes surfistas comiendo desayunos todo el día. (Hice repaso rápido, ni rastro del dios.) Joven atontado dijo que creía que podían necesitar a alguien. Me hizo esperar quince minutos mientras iba a preguntar a un tal Mika, pero Mika le dijo que no necesitaban a nadie hasta abril. Así y todo, siete sobre diez en intención.

16.03

El Dungeon, local oscuro, insulso, abarrotado de bebedores sin tregua. Todo hombres, que se desternillaron cruelmente cuando pedí trabajo y luego insistieron en invitarme a copa. A punto de rechazar invitación, pero finalmente acepté. ¿Por qué no? Me encaramé a taburete alto con un trío que más tarde me enteré eran conocidos como el Rincón Alco.

Enseguida empezaron a bombardearme con preguntas personales. Cómo me llamaba, qué hacia en Knockavoy.

Me hice la tímida unos minutos, pero cuando vomité historia de Paddy, confesaron que ya la conocían. En pueblos tan pequeños no hay secretos. Principal interrogador, hombre vivaracho llamado Boss con muchas, muchas venas rotas y cabeza llena de elásticos rizos grises, como Art Garfunkel en su peor momento, era padre de Kelly de tienda de DVD. Kelly se lo había contado todo.

—Estaba deseando conocerte —dijo—. Lamento lo que te está pasando, pero mala elección. ¿Qué esperabas de un progresista cristiano?

—Paddy de Courcy no es un progresista cristiano. De hecho, es miembro del NewIreland.

—Fue progresista cristiano antes de ingresar en el NewIreland. Y siempre lo será. Es algo que no se puede borrar.

—Desde luego que no se puede borrar —convino hombre sentado al lado de Boss. Gordo, cabeza afeitada, camiseta de 98fm, llamado Moss.

—Todavía no se ha inventado el jabón capaz de borrar la peste de los progresistas cristianos —dijo tercer hombre, individuo pequeño, intenso, con olor a rancio y traje negro con brillo de tan gastado.

—Apestará a progresista cristiano hasta el fin de sus días.

—La palmará siendo un sucio progresista cristiano.

—Distinto sería si Paddy de Courcy hubiera sido del Partido Nacionalista de Irlanda —dijo Boss.

Acuerdo unánime.

—Si hubiera sido nacionalista, no te habría fallado. Los únicos hombres que valen la pena son los del Partido Nacionalista de Irlanda.

Sospecho que son del PNI («*nappies*», para abreviar)

—Pero en el partido nacionalista hay mucha corrupción, ¿no? —repitiendo lo poco que había aprendido de Paddy.

—¡Oh, sí, por supuesto! En este país no consigues nada sin un poco de corrupción. Es lo que hace que las cosas funcionen.

Tenía otro chisme que contarles.

—He oído que Teddy Tuff, líder de los *nappies* y primer ministro de este país, no se cambia la ropa interior todos los días. Paddy dice que le da la vuelta para ganarle otro día.

—No los llames *nappies* —me reprendió Boss, apeándose de su taburete—. Es una falta de respeto.

Los tres se habían apeado del taburete.

—¡Viva De Valera! —aullaron, alzando sus copas—. ¡Viva De Valera!

(De Valera, antiguo presidente de Irlanda, llevaba treinta años muerto o más. Irlandeses, gran memoria.)

Más tarde me enteré de que hacían este ritual por De Valera todos los días, a eso de las cuatro y media. Siguió pequeño follón. Un hombre al final de la barra bajó de taburete y se acercó despacio a nosotros. Mis tres nuevos amigos intercambiaron codazos, riendo por lo bajini.

—Mirad quién se acerca.

Recién llegado alargó dedo tembloroso. Con voz extraña y trémula, declaró:

—De Valera es hijo ilegítimo de guarra madama española.

¿En serio? ¿Española? No lo sabía. Aunque ya lo sugiere el nombre.

Siguieron otros insultos.

—¡Sucio chaquetero!

—¡Cerdo independentista!

Mucha antipatía. ¿Motivo? Sus abuelos habían luchado en bandos contrarios en la guerra civil. Se lanzaron algunos insultos más, el recién llegado volvió a su asiento y Boss dijo al barman:

—Sírvele una copa de nuestra parte.

Entretanto, frente a mí había aparecido otro vaso. No era mi intención quedarme, pero ya que bebida servida...

—Sigue contándonos —me ordenó Boss con ojos muy brillantes debido a ebriedad y cara rubicunda.

La verdad, gran alivio hablar, poder desahogarme. Apareció otra copa. Expliqué mi situación financiera. Nkechi no les dio buena espina.

—Lo tuyo es mío y lo mío es mío —dijo hombre pequeño y apestoso en actitud de gran sabio.

—¡Qué verdad! ¡Qué gran verdad!

(Llamaban al hombre pequeño y apestoso Maestro. No porque supiera de misticismo oriental o artes marciales, sino porque era director de un colegio de niños.)

Boss exclamó, súbitamente atónito:

—¿Por qué buscas trabajo si puedes cobrar el paro?

Buena ocurrencia. Había cobrado el paro durante breve período diez años atrás, cuando me despidieron de casa de modas por no dar la talla y antes de empezar a trabajar como estilista. Pero llevaba mucho tiempo ganándome vida. Había olvidado que había una cosa llamada estado de bienestar.

—Has buscado trabajo —dijo Boss— y no lo has encontrado. ¿Por qué no deberías cobrar el paro?

Rebosante de alcohol.

—¡Exacto! —dije—. ¿Por qué no debería cobrar el paro?

—Has trabajado duro, ¿verdad? Has pagado tus impuestos, ¿verdad?

—Ah, no. —Moss—. Déjala tranquila.

—De hecho, he pagado mis impuestos.

—¿En serio?

Me miraron pasmados, luego escandalizados. Insistieron en invitarme a otra copa por gran novedad.

Consenso general.

—Te mereces cobrar el paro.

—Te inscribirás mañana por la mañana. Iremos a recogerte con la furgoneta.

¡Bien! ¡Genial! ¡Excelente idea!

Martes, 23 de septiembre, 8.30

Me despertó un ruido. ¿Qué era? Me quedé en la cama, aguzando oído. Había alguien abajo. Una persona. ¡No! Varias. Hablaban.

¡Me estaban robando!

Me asusté. No podía creer que me estuviera ocurriendo esto. Más ruidos. Parecía... de hecho... ruido de agua hirviendo en tetera. ¿Ladrones preparando té? Insólito. Otro murmullo de voces seguido de tintineo de cuchara removiendo azúcar. Luego, sorbetón. ¡Sorbetón de verdad! Peor sonido del mundo: sorbetón de té. Me da ganas de destrozarlo todo en plan *Falling Down*.

Me puse jersey encima de pijama. Encontré a Boss y Moss sentados a la mesa de la cocina bebiendo —mejor dicho sorbiendo— té.

—Ah, estás aquí —dijo Boss.

—Hay té en la tetera —dijo Moss—. ¿Te sirvo una taza?

Entonces recordé. Nuevos amigos. Viaje a Ennistymon para inscribirme.

Parecían aún más acabados a la implacable luz del día. Pelo de Art Garfunkel no había visto peine desde 2003. Camiseta 98fm de Moss todo menos limpia. Pero se alegraban de verme. Sonrisas.

—¿Dónde está el otro? —pregunté— ¿El pequeño? ¿El Maestro?

—No viene. Problemas de espalda. Invalidez permanente.

El día antes no había notado nada raro en su espalda. Dudosa sobre calibre moral de mis nuevos amigos.

—... Voy a vestirme.

9.51

No una furgoneta propiamente dicha. Más bien coche con dos asientos delante y parte de atrás vacía. Me invitaron a subir delante, al lado de Boss. Moss se sentó detrás, abrazándose rodillas. Furgo sorprendentemente guarra. Y maloliente. Tabaco. Animales. Ambientador de canela. Tuve que bajar ventanilla por si me entraba arcada.

10.17, Ennistymon

No mucho más grande que Knockavoy, pero ciudad de verdad, no centro turístico. Tienda de comida de animales e inoculaciones, otra que parecía vender solo cuerdas. Número de farmacias sorprendentemente elevado. ¿Gente de Ennistymon propensa a enfermar? (Me encantan las farmacias, tal vez me diera un garbeo.)

Levantando lluvia de grava, estacionamos furgo en plaza para minusválidos, justo delante de oficina de bienestar social. Boss rebuscó en suelo mugriento, encontró pegatina de minusválido y la arrojó sobre salpicadero.

Yo no quería entrar en oficina de bienestar social. Me había parecido bien el día antes, cuando iba pedo, pero no ahora que estaba sobria. No porque me creyera por encima de eso, ni mucho menos. No era la primera vez que solicitaba el paro. Simplemente era consciente de las complejidades que entrañaba la operación.

Solicitar el paro, como los doce trabajos de Hércules. Debería ser algo sencillo, había cotizado, había perdido empleo, había intentado conseguir otro sin éxito, estaba sin blanca. Pero carrera de obstáculos. Llene este formulario de aquí. Llene ese formulario de allá. Traiga contabilidad del año pasado, de este año, facturas de agua y electricidad, certificado de ciudadanía irlandesa, carta de último empleador...

Aunque, haciendo un esfuerzo monumental, lo consiguiera todo, tampoco sería suficiente. Siempre aparecían más requisitos, cada vez más inalcanzables. Foto de mi primer animal de compañía. Tres trufas blancas. Autógrafo de Tom Cruise. Primer vinilo de Lily the Pink. Botella de edición limitada de Vanilla Tango (complicado, puesto que Vanilla Tango solo venía en lata). Dibujo en carboncillo del culo de Zinedine Zidane. Grabado en bronce del Santo Grial. Si lo conseguía todo, recibiría carta que diría: «Hemos tropezado con otro requisito. Usted no tiene derecho al subsidio de desempleo, nunca tendrá derecho a un subsidio de desempleo, pero tráiganos diez gramos de cuerno de unicornio en polvo en una caja bonita y veremos si podemos hacerle un pago discrecional».

Si la gente consigue alguna vez cobrar el paro, no es porque tenga derecho a él. Es una recompensa por su tenacidad, por su entrega, por soportar la mezquindad kafkiana de sus requisitos sin estallar y gritar, ¡¡¡METEOS VUESTROS MÍSEROS SUBSIDIOS DONDE OS QUEPAN!!! ¡¡¡PREFIERO MORIRME DE HAMBRE!!!

10.45

Como era de esperar, me echaron con cajas destempladas (¿de dónde viene esa expresión?).

—¿Es la primera vez que lo solicita?

—Sí.

—¡Necesita asesoramiento!

—Vale. ¿Puede asesorarme?

—No puede entrar aquí y esperar asesoramiento sin más. Necesita hora.

—Vale. ¿Puede darme hora?

(No me habría molestado si no hubiera tenido a Boss y Moss encima, diciendo, «¡Vamos, Lola! Es tu DERECHO, Lola».)

—De hecho, hay un hueco libre esta mañana.

—¿A qué hora?

—Ahora.

10.46

Lúgubre cuarto trasero con asesor. No quiero ser cruel, pero enseguida entendí por qué no trabajaba de cara al público. Era todo... puntiagudo. Como zorro. Rasgos inquisitivos y afilados, nariz, mentón. Pelo rojizo, con coleta a altura de nuca. Llevaba esas gafas especiales que al parecer utilizan todos los interrogadores. Fina montura plateada donde luz se refleja de una manera que pretende desestabilizar. Las Monturas Plateadas de la Sospecha.

—Estilista —dijo con desdén—. ¿Qué clase de trabajo es ese?

—Localizo ropa para la gente.

—¿Localizo? —preguntó, burlándose de la palabra—. ¿A qué se refiere?

—Encuentro... ropa para la gente. Si alguien tiene que asistir a un acto elegante, busco diseñadores para que le envíen una selección de sus trajes. O si una persona está muy ocupada, le llevo ropa a casa para que se la pruebe y así no tiene que recorrer las tiendas.

Me clavó mirada extraña.

—Oiga —dije a la defensiva—, sé que no es un trabajo demasiado encomiable, como el de enfermera o el de cooperante en Bangladesh. Pero hay demanda y alguien tiene que hacerlo, y además me gusta.

—No hay mucha demanda de eso en esta región —repuso hombre del paro.

—Lo sé, y por eso estoy aquí. He buscado trabajo en todos los bares de Knockavoy, pero la temporada acaba de terminar y no hay nada.

—¿Por qué se ha ido a vivir a Knockavoy?

—Por razones personales —contesté, tratando de mantener la voz firme. Labio emprendió su demente temblor, como si estuviera intentando enviar mensaje en morse.

—Será mejor que me responda otra cosa. Aquí no valen los secretos.

—Muy bien —dije, y lo solté todo—. Mi novio va a casarse con otra y ese hecho me tiene muy afectada. La he fastidiado en todos los encargos que he hecho y me han enviado al exilio para que me reponga antes de destruir por completo mi negocio. Tengo que pagar a mi ayudante y a su prima mientras estoy fuera, de modo que no me queda un solo céntimo para mí.

—De acuerdo —dijo, anotándolo todo—. La llamaremos.

Me pregunté qué excusa buscarían ahora para bloquear mi solicitud. Casi me intrigaba. ¿Que era autónoma? ¿Que debía solicitar paro en Dublín? ¿O que lo mío era problema de salud y no de desempleo, y que debía solicitar prestación por invalidez? Me conocía todos sus trucos.

19.22

Camino del pub de la señora Butterly para sesión de culebrones pasé por delante del Dungeon.

—¡Eh, Lola! —oí.

Tres rostros ansiosos me estaban sonriendo: Moss, Boss y el Maestro. Habían estado pendientes de que apareciera.

—Voy a ver *Coronation Street* con la señora Butterly —grité desde la calle.

—¡Tómate un trago!

—¡Uno rápido!

—Pasaré después de los culebrones.

Parecían desilusionados.

19.57

Mientras esperábamos a que comenzara *Eastenders*, dije:

—Señora Butterly, ¿conoce la casa que hay al lado de la mía?

—¿La de Rossa Considine? Buen chico. ¿Qué pasa con él?

—¿Sabía que tenía planeado casarse?

—¿Con quién?

—Ya no se casa, pero lo había planeado...

—¡Imposible! —repuso la señora Butterly con rotundidad—. Hace ocho meses que está libre y sin compromiso, desde que le partió el corazón a Gillian Kilbert. Buena chica, pero tenía cara de hurón.

—... Ya... pero...

Vacilé. ¿Debería preguntarle por la mujer del vestido de novia? Vacilé un rato más, hasta que me harté de vacilar. Entretenimiento limitado, vacilar. (No creo que pudiera adoptarlo como afición. Imagínate poniéndolo en formulario para cita rápida o solicitud de empleo. «Anote sus aficiones: moda, películas de Billy Wilder, yoga, vacilar».)

Me estoy yendo por las ramas (y eso sí es algo que me gusta hacer). *Eastenders* estaba empezando y la señora Butterly era una anciana. Probablemente senil. Decidí no insistir con lo de misteriosa mujer de Rossa Considine.

21.40, el Dungeon

Me recibieron como reina que vuelve a casa. Me acercaron un taburete alto, lo sacudieron, me colocaron copa delante con KitKat. Descubrí que el Dungeon no tenía un Rincón Alco, sino dos. Enemigos feroces. El otro Rincón Alco tenía perro. El de Boss me tenía a mí.

—Habladme de la pareja que vive al lado de mi casa —dije.

—No es una pareja —dijo Boss—. Es un hombre solo. Rossa Considine. Caballero soltero.

—Pero no hay de qué sospechar —intervino el Maestro—. Ahora ya no es como antes, que cuando un hombre no se casaba todo el mundo decía que era de la acera de enfrente. Cambio sociológico.

—Pero Rossa Considine tenía una novia —insistí—. Hasta hace dos semanas. Iban a casarse.

Risas ahogadas indicando que no podía estar más equivocada.

—Yo he visto una mujer en su casa —aseguré.

—Los hombres tienen derecho a divertirse.

—¿Qué clase de mujer? —preguntó el Maestro—. ¿Menuda, rubia, con pinta de hurón? Gillian Kilbert. Todos los Kilbert tienen pinta de hurón. Herencia materna.

Lo medité.

—No —dije—. No tenía pinta de hurón. Y llevaba puesto un vestido de novia. Estaba en una ventana del primer piso, mirándome.

Los tres hombres intercambiaron miradas de alarma y Boss se puso pálido, proeza nada desdeñable teniendo en cuenta la vasta red de capilares rojos que recorrían su rostro. Luego dirigieron sus miradas de pasmo hacia mí.

—¿Por qué... por qué me miráis así?

No contestaron. Simplemente siguieron mirándome.

—Tienes un sexto sentido —dijo Boss.

—¿Qué? ¿Me estás diciendo que crees... que la persona que vi... era un fantasma?

Me recorrió un escalofrío. Recordé el vestido blanco y la melena castaña. Pero enseguida recuperé la lucidez. Lo que Incendiario estaba quemando en su hoguera no era un vestido fantasma. Pero, por alguna razón, no quería contarle eso al Rincón Alco. Pensaba que era... no sé... asunto de Incendiario y de nadie más.

Boss arrugó frente.

—¿Se parecía esa mujer a Nuestra Señora?

¿Qué señora?

—¿A quién?

—A la MADRE DE DIOS. En Dublín sois todos unos paganos.

—No, no se parecía a la madre de Dios —dije. Sabía adónde quería ir a parar cerebro comerciante de Boss. Quería convencerme de que había visto a madre de Dios para poder declarar Knockavoy nuevo lugar de peregrinación para católicos.

—Piensa —dijo—. ¿Túnica azul? ¿Aureola? ¿Niño en los brazos?

—No, estoy segura.

—No insistas —dijo el Maestro—. No hubo testigos. Roma no se lo tragaría.

—Malditos puristas —murmuró Boss—. En cualquier caso, Rossa Considine es un buen tipo, aunque se pase el día escalando laderas o metiéndose en grietas. Trabaja para el departamento de medio ambiente. Algo relacionado con el comité asesor para el reciclaje. Un trabajo como es debido. Recuerdo cuando la gente tenía trabajos como es debido. En la banca o en la administración pública. Ahora todos son diseñadores de páginas web y... y... terapeutas conductuales cognitivos y... y eso tuyo. Estilistas. Trabajos inútiles, ridículos.

No dije nada. Pero estaba ofendida. Me dieron ganas de contestar, «Al menos tengo un trabajo. No como vosotros, pandilla de borrachos holgazanes». Entonces me acordé de que ya no tenía trabajo.

Repentino cambio de humor. Un hombre del otro Rincón Alco dijo:

—¡Recítanos algo, Maestro!

El Maestro sudoriento se sabía páginas enteras de terrible poesía. Sin mas preámbulos, se aclaró garganta, puso ojos en blanco y «recitó» algo titulado «El ojo verde del pequeño dios amarillo».

Eterno.

Miércoles, 24 de septiembre, 8.01

Me despertó portazo (no de mi casa). Salté de la cama y corrí hasta dormitorio de delante para ver cómo Incendiario Considine se iba a trabajar.

Todo muy extraño. Que Incendiario tuviera mujer en casa, se entiende. Pero ¿vestida de novia? ¿Y que nadie del pueblo supiera que iba a casarse? ¿Y que luego quemara vestido en gran hoguera?

Idea descabellada. ¿La había secuestrado y matado? Pero no tenía sentido. Si la mujer hubiera sido secuestrada, no habría estado paseándose y girando con un vestido de Vera Wang. Al verme en la carretera habría aporreado ventana y pronunciado con los labios «¡Socorro! Estoy retenida contra mi voluntad por hombre medioambiental!».

Un misterio. Un auténtico misterio.

Jueves, 25 de septiembre, 11.27

Sonó móvil. Número local. Era el tipo del paro con cara de zorro. (No zorro en plan atractivo, sino zorro en plan zorro. Úrsido, si quieres, ¿o eso es para los osos?) Quería verme.

—¿Qué extraño papel quiere que le lleve ahora? —pregunté.

—Ninguno. Quiero verla fuera del trabajo —dijo.

¡Le gustaba al hombre del paro con cara de zorro! ¡Rediós! ¡Iba a tener que acostarme con él si quería cobrar el paro!

Aunque, pensándolo bien, tampoco me importaba. Siempre y cuando pudiera hacerme la muerta.

—Oiga, señor del paro…

—Noel, llámeme Noel.

Noel del paro. Vale, debería ser fácil de recordar.

—Noel —dije—, acabo de salir de una relación. No estoy en mi mejor momento.

—No es para eso para lo que quiero verla.

¡Oh!

—Se lo explicaré cuando nos veamos. Entretanto, máxima discreción. No podemos vernos en Ennistymon. Las paredes oyen.

—Venga a Knockavoy.

—No.

—¿Las paredes de aquí también oyen?

Estaba siendo sarcástica, pero dijo:

—También. ¿Conoce Miltown Malbay?

Miltown Malbay, pueblo de la costa unos kilómetros al norte de Knockavoy.

—Nos veremos mañana por la noche a las diez en Lenihans, Miltown Malbay. No me llame a este número.

Y colgó.

Viernes, 26 de septiembre, 8.08

Me despertó bocina. Salté de la cama y corrí hasta el otro dormitorio para mirar por ventana. Una suerte de cuatro por cuatro roñoso con motor encendido en casa de al lado. Hombres dentro. Difícil distinguirlos debido a barro en ventanillas, pero impresión de juerga masculina.

Portazo. Rossa Considine apareció con botas de montaña, mochila y forro polar negro. Sobre hombro rollos de cuerda con pequeñas cosas metálicas colgando.

Caminó a grandes zancadas hasta el sucio todoterreno y soltó varonil saludo mañanero (algo como, «Chicas, no esperaba que pudierais despegaros de las sábanas después de todas las jarras que nos bebimos anoche». No capté las palabras exactas pero deduje mensaje por tono).

De repente, como si hubiera intuido que le estaban espiando, volvió cabeza hacia cabaña del Tío Tom. Me aparté raudamente de la ventana, pero tarde. Me había visto. Rossa Considine esbozó sonrisa torcida en plan «Te pillé, cotilla excéntrica», saludó sarcásticamente con una mano, abrió portezuela del coche, entró de un salto y se alejó levantando lluvia de barro.

22.12, Lenihan's, Miltown Malbay

Noel del paro estaba sentado en nicho, rodilla puntiaguda cruzada sobre rodilla puntiaguda, codos puntiagudos apoyados en la mesa. Se volvió y me ofreció perfil completo de sus rasgos puntiagudos. Si cayera encima de él, sufriría dolorosos pinchazos.

Se levantó de un salto, me señaló el nicho y susurró:

—¿Le ha visto entrar alguien?

—No lo sé. No me dijo que entrara a hurtadillas.

—Lo sé, pero esto es sumamente confidencial.

Esperé.

—Es sobre su trabajo de estilista —dijo—. ¿Alguna vez ayuda a la gente a encontrar ropa de tallas difíciles?

¿Conque era eso?

—Desde luego —respondí—. De hecho, es mi especialidad. Trabajé para la esposa de un banquero que tenía que asistir a innumerables cenas pero, aunque extraño para ser la esposa de un banquero, tenía la talla 44. No se hace mucha ropa de esa talla.

—¿Y complementos?

—Lo llevo todo. Zapatos, bolsos, joyería, ropa interior.

—Es para una amiga —explicó. Parecía nervioso. De repente, casi con desesperación, soltó—: Estoy casado, pero tengo una amiga.

—¿Una buena amiga?

Asintió.

¿Casado y con novia? Eso demuestra que el físico no lo es todo. A lo mejor es muy bueno contando chistes.

—Me gusta comprarle cosas bonitas a mi novia, pero resulta que tiene problemas para encontrar zapatos de su número. ¿Podría ayudarla?

—Claro. ¿Qué número calza?

Tras una pausa desconcertantemente larga, respondió:

—Un cuarenta y cuatro.

¡Un cuarenta y cuatro! Un cuarenta y cuatro es enorme. Ni siquiera hay muchos hombres que calcen un cuarenta y cuatro.

—... Es un número bastante grande, pero veré qué puedo hacer...

—¿Podría también buscarle ropa?

—¿Qué talla usa?

Se me quedó mirando fijamente, muy fijamente.

—¿Quéee? —pregunté al fin. Estaba empezando a asustarme.

Soltó un suspiro hondo, como si acabara de tomar una decisión, y dijo:

—Oiga. —Expresión de profunda angustia—. ¿Sabe guardar un secreto?

—Dios mío —gimió, mirándose las manos—. Dios mío.

Levantó la vista y ella advirtió, sorprendida, que tenía el rostro bañado en lágrimas.

—Lo siento, no imaginas cuánto lo siento. Eres lo mejor que me ha pasado en la vida, de hecho, lo único bueno. Perdóname. Por lo que más quieras, di que me perdonarás. Te juro que no volverá a ocurrir. No sé cómo ha podido pasar. Cada vez tengo más estrés en el trabajo, pero mira que desquitarme justamente contigo…

Estalló en un oportuno y violento llanto.

—¿Qué clase de bestia soy? —sollozó.

—Tranquilo. —Ella le acarició con dedos vacilantes. No soportaba verlo tan abatido.

—¡Oh, gracias! ¡Gracias, Señor! —La atrajo hacia sí y la besó con vehemencia, y ella, aunque el labio partido aún le dolía, le dejó hacer.

Grace

Abrió la puerta papá.

—¿Qué le ha pasado a tu cara?

Luego echó una ojeada por encima de mi hombro, un acto reflejo para asegurarse de que no le había quitado su plaza de aparcamiento.

—¿Qué has hecho con tu coche? No lo veo.

—Eso es porque no está aquí. —Bajé con él hasta la cocina—. Mi coche está en la carretera de circunvalación de Tallaght, calcinado.

—¿Te lo han robado?

—No, lo quemé yo anoche. No hacían nada bueno en la tele. ¡Naturalmente que me lo han robado!

—Señor, Señor. Llegan las penas y no lo hacen una a una, como espías, sino en tropel, como batallones. —A papá le gusta decir eso. Porque papá es un intelectual—. *Hamlet*, acto IV, escena V —me informó.

—¿Dónde está mamá?

—Con Bid. —Bid es la hermana de mi madre y vive con mis padres desde antes de que yo naciera—. Ha ido a recogerla a la quimio.

Me estremecí. A Bid le habían diagnosticado un cáncer de pulmón diez días antes. Me estaba costando asimilarlo.

—Jesús, hace un frío que pela. —En esta casa hace frío incluso en pleno verano. Es grande y vieja y no tiene calefacción central.

Me arrimé a la cocina Aga. Me habría sentado encima si no hubiera corrido el peligro de achicharrarme. (¡Una Aga! En una ciudad. Lo que hay que ver.)

—¿Quieres escuchar el resto de calamidades? —preguntó papá.

—¿Es que hay más?

—Mamá dice que tenemos que dejar de fumar. Todos. —Me miró fijamente para subrayar sus palabras—. No solo Bid, sino todos. Y yo adoro el tabaco —añadió con tristeza.

Le entendía. Tampoco yo podía imaginarme la vida sin nicotina.

Miré por la ventana, absorta en un ensueño de cigarrillos. Bingo estaba en el jardín de atrás persiguiendo a una abeja tardía, pegando ávidos saltos, tropezando, pisándose a sí mismo y agitando sus orejas pelirrojas. Parecía un enajenado.

Papá se dio cuenta de que le estaba observando.

—Sé que es una lata, pero le queremos.

—Yo también le quiero. Hace tiempo que no se escapa. —De haberlo hecho, no me habían involucrado en la búsqueda.

—Menuda herida tienes en la cara —dijo papá—. ¿Has vuelto a pelearte a la salida del pub?

Chasqueé la lengua. La herida casi había desaparecido y detestaba hablar de ella.

—Me la hice de la manera más tonta…

—Espera un… —Papá pareció reparar en algo—. Grace, ¿has estado creciendo otra vez?

—¿Qué? ¡Qué va! —Solo mido uno setenta y cinco, pero mi familia hace que me sienta un bicho raro.

—¡Yo digo que sí! Fíjate, medimos lo mismo. ¡Y tú y yo nunca hemos medido lo mismo! ¡Mira! —Me hizo indicaciones para que me colocara a su lado y dibujó una línea con la mano desde su coronilla hasta la mía—. ¡Mira!

Tenía razón.

—Papá, mido lo de siempre. —Hice un gesto de impotencia—. No sé qué decirte. Puede que te estés encogiendo.

—¡Aaagh! La vejez. Qué humillación. Calamidades, etcétera, etcétera…

Papá era un hombre nervudo, de ojos expresivos y nariz grande. Entre la nariz y los cigarrillos podría haber pasado por francés. En unas vacaciones que había pasado en Italia, y luego en Bulgaria, todo el mundo le había tomado por francés y él había sido incapaz de ocultar su satisfacción. Opina que Francia es el país más civilizado de la tierra. Adora, adora, adora a J.P. Sartre. Y, por suerte, a Thierry Henri.

Oímos la puerta de la calle. Mamá y tía Bid habían vuelto.

—Estamos en la cocina —dijo papá.

Bajaron quitándose guantes, desabotonándose gabardinas y quejándose de lo pequeñas que eran las monedas de diez céntimos (evidentemente siguiendo la conversación que habían estado manteniendo en el coche). Se parecían mucho. Las dos eran menudas, pero Bid, a diferencia de mamá, estaba medio calva y su piel tenía el color de la orina.

—¿Bid…? —pregunté con un gesto de impotencia.

—Estoy fantástica, fantástica —dijo, esforzándose por restar importancia a mi preocupación—. No intentes abrazarme o vomitaré.

—¡Grace! —Mamá se alegraba de verme—. No he visto tu coche fuera. —Arrugó la frente—. ¿Qué te ha pasado en la cara?

—Le han robado el coche y se lo han quemado en la carretera de circunvalación de Tallaght —explicó papá—. Y yo me estoy encogiendo.

—¡Oh, Grace! —se lamentó mamá—. Llegan las penas y no lo hacen una a una, como espías, sino en tropel, como batallones. *Hamlet*, acto IV, escena V. —(Mamá es otra intelectual.) Me acarició suavemente el pómulo—. ¿Qué te ha pasado aquí? ¡Espero que no haya sido Damien!

—Damien es un hombre muy apuesto —croó tía Bid.

—¿Qué tiene eso que ver?

—Nada, solo era un comentario. No me hagas caso, estoy muy rara. Creo que voy a sentarme. —Los tres corrimos a acompañarla hasta una silla, donde continuó su sorprendente monólogo—. Siempre me han gustado los hombres fuertes. Estoy segura de que, desnudo, Damien tiene un buen par de muslos. ¿Los tiene? —me preguntó en vista de que yo no contestaba. Demasiado atónita para hacerlo. ¡Muslos desnudos! ¿Era posible que el cáncer se le hubiera extendido al cerebro?

—Esto… sí, supongo que sí.

—Y es taciturno. Nada me seduce tanto como un hombre taciturno. —Suspiró con nostalgia—. Inteligente, sensible, impenetrable. En eso se equivocaba. Podía estar de acuerdo con lo de los muslos, pero no con lo de la taciturnidad. Damien no era precisamente Heathcliff.

—Si a Damien se le ocurriera pegarme —dije, tratando de encarrilar la conversación—, no me quedaría de brazos cruzado. Él lo sabe.

—Cielo, si alguna vez te pone una mano encima siempre tendrás una cama en esta casa. Mamá solo vive para las buenas causas.

—Gracias mamá, pero el frío me mataría.

Mamá y Bid habían heredado esta casa cuando su tío abuelo Padraig —único miembro de la familia que había sabido «forjarse una posición»— la palmó. El 39 de Yeoman Road era una encantadora casa georgiana protegida: estancias de techos altos, ideales para que el gélido aire pudiera circular a sus anchas y empañarlo todo, y ventanas de vidriera que dejaban pasar todas las corrientes y traqueteaban como un cajón de cubiertos cada vez que pasaba un camión.

Los demás residentes de Yeoman Road —ginecólogos y agentes inmobiliarios metiditos en carnes— habían comprado sus casas con su propio dinero. Y era evidente que disponían de mucho más para pagarse sistemas de calefacción radial y cocinas alemanas ergonómicas, y lacar regularmente la puerta de la calle para que brillara con la misma luminosidad y confianza que la sonrisa de un político.

Mamá y papá nunca eran invitados a las reuniones de la Asociación de Vecinos de Yeoman Road, básicamente porque tales reuniones siempre trataban de ellos y del hecho de que llevaban catorce años si pintar la fachada.

—Bid, ¿una taza de té? —Papá tenía la tetera en la mano.

Bid meneó su parcheada cabecita.

—Creo que subiré a vomitar un rato.

—Buena chica.

En cuanto se hubo marchado, acorralé a mamá.

—¿Qué se ha tomado? ¿Por qué ha dicho eso de Damien?

Mamá meneó tristemente la cabeza.

—Ha estado leyendo un Mills and Boons. Demasiado débil para concentrarse en otra cosa. Son veneno, esas novelas. Azúcar refinada para el cerebro.

—Papá me ha contado que vas a dejar de fumar.

—Empiezo mañana. Tenemos que apoyar a Bid. De hecho, si Bid supiera que tú también lo dejas, se llevaría una gran alegría.

—… Hummm…

—Pídeselo también a Damien.

—Caray, eso ya me parece…

—¡Solidaridad! Vamos, Damien te tiene pánico.

—Eso no es verdad.

—Todo el mundo te lo tiene.

—Oh, mamá…

—Cuéntame qué le ha pasado a tu coche.

Suspiré.

—No hay mucho que contar. Anoche, cuando me fui a dormir, estaba delante de casa y esta mañana, cuando me desperté, ya no estaba. Llamé a la pasma y lo encontraron calcinado en la carretera de circunvalación de Tallaght. Son cosas que pasan, pero no deja de ser un coñazo.

—¿Lo tenías asegurado? —preguntó mamá, desencadenando con ello una perorata de papá.

—¿Asegurado? —aulló—. Como si eso sirviera de algo. Si lees la letra pequeña de tu póliza, Grace, no me sorprendería que descubrieras que el seguro te lo cubre absolutamente todo excepto los incendios en la carretera de circunvalación de Tallaght el último jueves de septiembre. Las aseguradoras son una pandilla de sinvergüenzas. Un negocio para sacarle el dinero a los ciudadanos de a pie sembrando en ellos el miedo a la penuria. Obtienen miles de millones al año chupando de sus precarias pagas sin la más mínima intención de cumplir su parte del trato.

Papá parecía tener cuerda para rato, de modo que respondí a mamá:

—El coche está asegurado, pero como dice papá, seguro que idean alguna artimaña para no pagarme el dinero necesario para comprar otro. —El dolor de la pérdida me taladró por dentro. Adoraba mi coche. Era veloz, sexy y todo mío. Mi primer coche de primera mano y me había durado cuatro meses.

—Tendré que pedir un crédito.

Eso detuvo en seco la perorata de papá.

—¡Ni prestes ni pidas prestado, pues a menudo se pierde el dinero y el amigo! —se apresuraron a exclamar él y mamá.

Negué con la cabeza.

—No tenía intención de pedíroslo a vosotros.

—Mejor, porque estamos a dos velas —dijo papá.

—Tengo que irme.

—¿A dónde?

—A la peluquería, a teñirme.

Mamá me miró con desaprobación. Su pelo era un casquete gris que ella misma se cortaba con las tijeras de las uñas. Hasta papá se tomaba más en serio su aspecto. A sus sesenta y nueve años todavía gozaba de una espesa pelambrera plateada y acudía a Champs Barbers una vez al mes para mantener su corte predilecto de pensador de la *rive gauche* en torno a 1953.

Las arcadas de tía Bid en el (único) cuarto de baño de arriba rompieron el silencio.

—¿Tienes idea de cuánto se gastan anualmente las irlandesas en el pelo? —me preguntó mamá—. Podrían utilizar todo ese dinero en algo más…

—Por favor, mamá, solo voy a teñirme. —Hice un rápido repaso de mi aspecto, desde el traje pantalón negro hasta mis botas bajas—. ¡No dirás que parezco una Barbie!

En la peluquería, mi maltrecho pómulo generó cierto revuelo.

—Debiste de cabrearle de verdad —dijo Carol—. ¿Qué hiciste? ¿Se te quemó la cena? ¿Te olvidaste de lavarle los calzoncillos?

Empecé a canalizar a mamá y me entraron ganas de decir algo cortante como, «La violencia doméstica no es ninguna broma», pero callé. Nadie con dos dedos de frente se enzarza en una pelea con su peluquera.

—Soy periodista —dije—. Son gajes del oficio.

—¿Tú? Tú escribes sobre lactancia materna y adolescentes borrachos, no sobre sucesos.

Carol me conocía bien. Era su clienta desde hacía años. Carecía de imaginación, y yo también. Cuanto deseaba de ella era que tiñera de rubio mis apagadas raíces castañas. No quería ni mechas ni reflejos ni nada sofisticado, y la suerte había querido que Carol tampoco supiera hacerlas. Era un arreglo que satisfacía a las dos.

—Cuéntame qué paso —dijo.

—No me creerías.

—Cuéntamelo de todos modos.

—Me caí en la calle. Tropecé con una losa suelta delante de Trinity y me di de morros contra el suelo. Toda la gente que esperaba el 16A me vio. Muchos se partieron de risa.

Carol pensó que estaba aguantando bien, de modo que me dejó el tinte más tiempo de lo necesario y me quemó el cuero cabelludo. Llegué a la lluviosa parada de autobús en hora punta y tuve que emprenderla a empujones con una turba de colegiales adolescentes para intentar subir al autobús; cuando me rechazaron porque ya no cabía un alfiler, me vine abajo. Estaba triste por tía Bid, aunque fuera una vieja cascarrabias; triste por mi coche y muerta de miedo por la idea de dejar de fumar.

También bastante irritada, porque durante el forcejeo para subir al autobús un colegial me había pellizcado el culo y no era capaz de identificarlo para tener una charla con él. Pese al tropel de colegiales que había logrado colarse en el autobús —en mi autobús, en mi asiento— todavía quedaban muchos en la parada. Resentida, observé cómo se zumbaban con las mochilas y se pasaban un cigarrillo. Odio a los adolescentes, me dije. Los odio con toda el alma. Odiaba sus espinillas y su tosquedad, y odiaba su variedad de tamaños. ¡Por Dios! Había mequetrefes que no pasaban del metro veinte y gigantones de metro ochenta y brazos desgarbados que casi rozaban el suelo, que juntos formaban una pandilla ridículamente variopinta.

Mi desconsolada mirada aterrizó sobre un puñado de colegialas que, bajo chispeantes pestañas, estaban observando con disimulo a los muchachos, y decidí que también las odiaba a ellas. Odiaba sus exageradas risitas, su olor a fresa artificial, sus gruesas capas de pegajoso brillo de labios goteándoles literalmente de los morros. También la forma en que me despreciaban por ser una anciana (35) y no llevar tacones ni suficiente maquillaje. «Si alguna vez me parezco a ella, pégame un tiro.» ¡Una vez oí realmente a una decir eso! (Lo cual fue muy injusto porque acababa de pasar cuarenta y nueve horas en un barrizal helado, sin lavabo ni utensilios para hacer café, tratando de conseguir una historia. Por eso no me dedico más a cubrir noticias. Demasiado tiempo esperando en una zanja bajo una lluvia implacable, un día sí y otro también.)

Echando leña a mi resentimiento, envié un mensaje de texto a Damien. «¿Cocinas esta noche?»

«No. ¿Tú?»

Con un suspiro, devolví el móvil al bolsillo. Encargaríamos comida india.

Por la esquina asomó otro autobús y la muchedumbre dio un salto al frente. Jesús, qué estrés. Apreté la mandíbula con determinación. A este autobús me subía con o sin la ayuda de Dios. (Probablemente sin ella, a juzgar por las cartas que me enviaban los lectores diciéndome que ardería en el infierno.) Y si alguno de esos mamarrachos granujientos intentaba meterme mano, se ganaría un codazo en pleno bazo. Un pellizco en el culo pase. Dos ya no.

Esta vez conseguí subir al autobús e incluso sentarme. Traté de abstraerme con mi Dennis Lehane, pero íbamos a paso de tortuga, dejando y recogiendo a toda la población de Irlanda en cada parada, y de vez en cuando tenía que bajar el libro y suspirar pesadamente para mostrar lo mosqueada que estaba.

Mirándolo desde el lado optimista, al menos tendría algo sobre lo que escribir para la columna de la próxima semana. Así y todo, a una no le queman el coche todos los días, y aunque no se tratara de una venganza personal —o por lo menos eso esperaba, he ofendido a una o dos personas a lo largo de los años, ¿pero tanto como para eso?— todavía me sentía algo paranoica, como si el mundo no fuera un lugar agradable donde vivir; que no lo era, pero la mayor parte del tiempo no me importaba.

Además, tenía hambre. No entendía cómo había dejado que ocurriera. Me aterraba pasar largos períodos de tiempo sin comida y creía en el hábito de la ingestión preventiva, de comer incluso cuando no tenía hambre simplemente para evitar que esta se manifestara. El bolsillo empezó a vibrarme y al sacar el móvil casi tiré al suelo de un codazo a la mujer que tenía al lado.

—No te gustará. —Era Hannah «Muermo» Leary, una de las redactoras—. El gran jefe no ha aceptado tu columna. No le parece suficientemente polémica. Solo soy la mensajera. ¿Puedes mandar otra?

—¿Cuándo? —Sabía cuándo, solo estaba siendo puñetera.

—Dentro de media hora.

Cerré el teléfono y mi mano aulló de dolor. Siempre olvidaba que debía cerrarlo con más cuidado y siempre acababa recordándolo de la forma más desagradable posible. Saqué cuidadosamente mi portátil de la cartera, pedí disculpas a mi desafortunada vecina por invadir nuevamente su espacio con mi codo y empecé a teclear.

¿El gran jefe quiere polémica? Pues tendrá polémica.

Eran las ocho menos diez cuando llegué a casa, una vivienda adosada de ladrillo rojo en el «elegante barrio residencial de Donnybrook». (Palabras del agente inmobiliario.) Una casa encantadora que conservaba los detalles arquitectónicos originales. E increíblemente pequeña.

Por supuesto, no estaba exactamente en el corazón de Donnybrook, porque de haberlo estado nos habría costado mucho más y no habría estado tan lejos de la parada del autobús, situada frente a la Farmacia Donnybrook. De hecho, ni uno solo de los comercios que teníamos cerca se llamaba lo que sea «Donnybrook». Mala señal. A lo mejor ni siquiera vivíamos en Donnybrook. A lo mejor el agente inmobiliario nos había tomado el pelo y en realidad vivíamos en Ranelagh, que no era ni la mitad de bonito.

Damien —el del cuerpo fuerte y buenos muslos— estaba de pie frente a la encimera de la cocina, con el periódico abierto, dibujando dientes negros en una foto de Bono. Parecía agotado.

—¡Por fin! —exclamó. Retrocedió, como hacía cada vez que veía mi cara magullada—. Estaba a punto de enviarte un mensaje. ¿Por qué has tardado tanto?

—Por el puto autobús. —Solté el bolso y empecé a desabotonarme la chaqueta—. Diez minutos en cada parada.

—Perdona que no te haya devuelto la llamada —dijo—. En el parlamento estalló un pequeño escándalo y no dábamos abasto.

Indiqué con un gesto de la mano que no necesitaba disculparse. Damien también era periodista, corresponsal político de *The Press*. Yo sabía muy bien qué significaba trabajar contrarreloj.

—¿Qué ha dicho la aseguradora? —preguntó.

—¡Ja! Te va a encantar. Si únicamente me hubieran dañado el coche, tendría derecho a uno de reemplazo hasta tener el mío arreglado. Pero como se trata de un siniestro total, de sustituto nada. ¿Puedes creerlo? Me he pasado la mañana hablando por teléfono con ellos y no he podido pegar sello. Jacinta no estaba muy contenta, que digamos.

—Jacinta nunca está contenta.

—Y salí antes de hora para ir a la peluquería.

—Te han dejado muy bien —se apresuró a decir.

Reí.

—¿Cuánto tardarán en darte el dinero para otro coche? —preguntó.

—Quién sabe. Pero me den lo que me den, no me llegará para uno nuevo.

Me bajé la cremallera de las botas con pesimismo.

—No te descalces —dijo Damien—. Y ponte la chaqueta. Nos vamos a buscar comida al indio. —Me rodeó con sus brazos—. Grace, haremos números e intentaremos conseguir un préstamo del banco para comprarte otro coche. Hasta entonces puedo llevarte al trabajo en moto.

Damien era demasiado impaciente para ir en coche. De ahí que se dedicara a sortear los atascos de Dublín montado en una Kawasaki negra y plateada. (Mamá la llamaba Kamikazi. Se preocupa.)

—Pero tendrás que desviarte varios kilómetros.

The Press se hallaba en uno de esos espantosos polígonos industriales junto a la M50, donde podías comprar ocho mil escáneres pero no un mísero bocadillo, mientras que las oficinas de *The Spokesman* estaban en el centro de la ciudad.

—No importa, te lo mereces. Por cierto, ¿cómo está Bid?

—Mal. Dijo que intuía que desnudo debías de tener unos buenos muslos.

—¡Señor! ¿Qué la llevó a decir eso?

—Nada.

Damien guardó silencio, lo pensó, se encerró en sí mismo unos instantes y luego rompió a reír.

—Caray. ¿Y cómo le está sentando la quimio?

—Fatal. Su piel tiene el color de la mantequilla.

—¿De la mantequilla? La mantequilla tiene un color bonito. —Lo meditó—. Aunque no en un ser humano, supongo.

Ocho meses atrás Bid había acudido al médico porque su insistente resfriado estaba volviendo loco a papá. El médico le dijo que debía hacerse una broncoscopia, pero no le encontraron un hueco libre hasta siete meses después. Cuando finalmente se la hicieron, enseguida le diagnosticaron cáncer. La operaron y le extrajeron un tumor de diez centímetros del pulmón izquierdo, pero los nódulos linfáticos dieron «positivo en la prueba de metástasis». Traducción: el cáncer se había extendido a los nódulos linfáticos. (Al principio la palabra «positivo» me despistó, pensaba que era algo bueno.) Bid debía someterse a seis sesiones de quimio «agresiva», en intervalos de cuatro semanas, para tratarse los nódulos linfáticos. Hasta febrero no podríamos saber si iba a curarse o no. Si le hubieran hecho la broncoscopia inmediatamente después de la primera visita al médico, el cáncer no habría tenido tiempo de extenderse a los nódulos linfáticos y ahora estaría mejor.

—Pobre Bid —dijo Damien.

—Ah… por cierto… —dije, decidiendo aprovechar el momento—. Me alegra que te compadezcas tanto de ella porque tengo que decirte algo que no te va a gustar. Mamá y papá van a dejar de fumar. Y tú y yo también.

Me miró de hito en hito.

—Por solidaridad —insistí.

—Solidaridad —farfulló—. Bid es como tener una segunda suegra. Soy el hombre con peor suerte del mundo.

De vez en cuando Damien y yo planteábamos la posibilidad de dejar de fumar. Generalmente cuando íbamos mal de dinero y a uno de los dos le daba por calcular lo que gastábamos en cigarrillos. Siempre conveníamos que lo mejor era dejarlo, pero raras veces poníamos manos a la obra.

—Estoy muy preocupado por Bid —dijo—. Necesito fumar.

—Como intento no está mal. Prueba otro.

—Grace, si dejamos de fumar nos echaremos diez kilos encima.

—Podríamos volver a correr. Durante un tiempo se nos dio muy bien.

—Es más fácil en verano.

Habíamos sido muy cumplidores. Nos habíamos pasado todo

mayo y todo junio saliendo a correr a primera hora de la mañana con nuestros chándales a juego, como una pareja de un anuncio de créditos hipotecarios. De vez en cuando me paraba a observarnos y me maravillaba lo mucho que dábamos el pego. A veces sonreía a la gente que regresaba a casa de comprar el periódico. En una o dos ocasiones hasta saludé a un lechero, pero el hombre no respondió a mi saludo, simplemente nos miró con suspicacia, preguntándose si nos estábamos burlando de él. Con las semanas fuimos alargando el recorrido, haciendo grandes progresos. En julio nos fuimos de vacaciones, comimos y bebimos hasta la saciedad y no volvimos a correr.

—El simple hecho de hablar de dejar el tabaco hace que me entren aún más ganas de fumar. —Damien alcanzó su paquete como las mujeres católicas alcanzan su rosario—. Fumémonos uno antes de salir.

Nos sentamos en el escalón de la entrada y saboreamos nuestro cigarrillo como si supiera mejor de lo habitual.

Entornando los párpados al tiempo que soltaba una larga bocanada de humo, Damien dijo:

—¿Hablas en serio?

—Mamá me ha contagiado su sentimiento de culpa —dije. Es una experta en eso. Aunque siempre por una buena causa—. Si Bid no mejora y yo no he dejado de fumar, la culpa será mía. Y también tuya, Damien Stapleton —añadí—. Asesino.

—Tienes que ver esto. —Damien cogió el mando.

—¿Qué es?

—Ahora lo verás.

La pantalla se puso azul y un segundo después adquirió vida. Un hombre, un hombre joven, estaba saliendo de una casa de un barrio residencial. Con el pelo largo y castaño y rezumando sexo, caminaba con cierta chulería, muy seguro de sí mismo.

—¡Dios mío! —exclamé—. ¿Qué edad tenías?

—Veinte, si no me equivoco.

En la pantalla, Damien se apoyaba en un coche y esbozaba una lenta sonrisa en dirección a la cámara.

—¿Me estás filmando? —preguntaba su voz.

—Sí —contestaba una voz femenina—. Di algo.

—¿Como qué? —Damién se echó a reír, un poco cortado, un poco cohibido, muy sexy.

Caray, pensé. Hace diecisiete años de eso. Media vida.

—Di algo profundo —insistió la voz femenina.

El Damien de veinte años se encogió de hombros.

—No comas nieve amarilla.

—¿Ese es tu mensaje al mundo?

—¡El trabajo es la maldición de las clases bebedoras! —Alzó un puño—. El pueblo al poder.

—Gracias, Damien Stapleton.

La pantalla se puso otra vez azul.

—¿De dónde lo has sacado? —pregunté.

—De Juno.

—... ¿Juno?

Su ex mujer.

Aunque probablemente sea menos grave de lo que suena. Solo estuvieron casados tres años, de los veintidós a los veinticinco. (Sí, tenían la misma edad, habían ido juntos al colegio.) Era la típica relación que todo el mundo tiene a los veinte, con la diferencia de que ellos habían cometido el error de casarse.

Sea como fuere, no necesitábamos otra embestida del pasado. Todavía nos estábamos recuperando de la última.

—¿Te la ha dado Juno? —insistí.

—Está pasando todos los viejos vídeos de su familia a DVD y se encontró con este. Se lo envió a mamá y mamá me lo envió a mí. Le ha dicho que hay más —añadió.

Yo había conocido a Damien diez años atrás en un viaje a Phuket, cuando trabajaba de columnista para *The Times*. Damien no hubiera debido estar allí; era un corresponsal político serio y cubrir viajes a Tailandia no era su trabajo, pero estaba sin blanca y desesperado por unas vacaciones, y su jefe se había apiadado de él.

Lo vi en la cola de facturación del aeropuerto, con un grupo de gacetilleros pero algo al margen, y juro por Dios que fue como recibir un golpe en la cabeza.

Había algo en él, un aire reservado, independiente, que me fascinó desde el principio. Enseguida supe que era un hombre exigente, incluso difícil. Sabía que opondría resistencia. Hasta ese momento nunca había entendido a las mujeres que tenían tan poca autoestima que solo se enamoraban de hombres emocionalmente inaccesibles. Y ahora, mírame.

Pero no pude evitarlo. En cuanto vi a ese hombre —quienquiera que fuese— pensé: «Te quiero para mí». Lo cual me asustó.

Acorralé a mi amiga Triona (columnista de *The Independent*) y le pregunté:

—¿Ves a ese hombre de allí?

—¿Damien Stapleton, de *The Tribune*?

—Sí. ¿Le conoces?

—Sí. ¿Por qué… lo…? Oh, no, Grace, no.

Su respuesta me sorprendió. Había dado por sentado que todas las mujeres le iban detrás y que me esperaba una contienda feroz.

—No es tu tipo en absoluto. —Triona parecía alarmada—. Es demasiado… Con él nunca sabrías a qué atenerte.

Apenas le prestaba atención. Estaba fijándome en otros detalles, en una capa de atractivo secundaria. Tenía un cuerpo estupendo. Un físico poderoso. Y aunque no era lo que se dice alto, medía lo suficiente, o sea, lo mismo que yo. (Puede que incluso dos o tres centímetros más.)

—No tiene sentido del humor —me previno Triona, lo peor que podía decirse de un irlandés.

Pero yo le hacía reír.

En cada viaje en autocar y en cada cena del consejo turístico de Phuket me las ingeniaba para sentarme al lado de Damien Stapleton. Hasta cuando teníamos días de «descanso» descubría mi tumbona al lado de la suya en la piscina. Pero si mis apariciones repentinas allí donde él estaba le desconcertaban, nunca me lo dijo.

He ahí el problema, que apenas abría la boca. Yo era la única que hablaba, sacando a relucir mis anécdotas e historias más amenas. A menudo parecía turbado —a veces incluso angustiado— pero nunca apartaba sus ojos de mí y de tanto en tanto, si decía algo con lo que él estaba de acuerdo, esbozaba una lenta sonrisa o incluso reía. Yo interpretaba eso como una señal de que debía continuar.

Los demás periodistas me suplicaban:

—Grace, ¿quieres dejar tranquilo a ese pobre tipo? Lo estás asustando.

Hasta Dickie McGuinness de la sección de sucesos de *The Times* —quien, de tanto tiempo que pasaba entre criminales, había desarrollado una personalidad intimidadora— me advirtió por lo bajini con tono amenazador:

—Entérate de que al hombre le gusta ser el cazador.

—Te equivocas —repuse beligerantemente—. Los hombres son unos vagos y siempre optan por la vía del mínimo esfuerzo. Y deja de mirarme como si fueras a graparme a la pared. Ni siquiera deberías haber venido a este viaje. Tú trabajas en sucesos.

—Necesitaba… unas vacaciones —dijo, haciendo hincapié en la última palabra.

—Te agradezco el consejo, Dickie. No, miento. No te lo agradezco. Y no me des más porque no pienso tenerlos en cuenta.

Lo cierto era que no podía despegarme de Damien —lo cual me tenía atónita, la verdad— y de vez en cuando él dejaba caer una migaja de información que me convencía de que estábamos hechos el uno para el otro. Por ejemplo, no le gustaban los rábanos (a mí tampoco) ni los cruceros por el Shannon (a mí tampoco). Le gustaban las películas de suspense (a mí también) y quedarse hasta tarde viendo reposiciones de series malas de los ochenta como *Magnum* y *El coche fantástico* (a mí también). Pensaba que las vacaciones recogiendo fruta eran un engañabobos. (Yo también. La única. A todos los demás les parecían fantásticas.) Necesitada de consejo, llamé a Marnie, mi hermana gemela, que siempre estaba leyendo libros sobre las relaciones personales. Era un pozo de sabiduría. Además, ella no se reiría de mí.

—Descríbemelo todo —dijo—. Qué te pareció la primera vez que lo viste, qué llevabas puesto…

Para mí ya era un placer el simple hecho de hablar de Damien, de modo que me explayé.

—Dime qué debo hacer —le supliqué cuando hube terminado.

—¿Yo? —dijo Marnie—. No soy precisamente el mejor ejemplo de cómo conseguir un hombre.

—Si te los llevas de calle.

—Pero no consigo conservarlos. Estoy demasiado chiflada.

Triste pero cierto. Marnie era muy intuitiva, pero solo parecía funcionar con los demás; era incapaz de utilizar sus agudos análisis para poner en orden su propia vida. Sus relaciones solían tener finales desastrosos. No obstante, a diferencia de mí, que me enamoraba una vez cada diez años, Marnie se lanzaba a una gran pasión semana sí, semana no. De hecho, nuestra actitud con respecto al amor era similar a nuestra salud: Marnie contraía todos los virus del momento pero se reponía deprisa; yo, por el contrario, raras veces caía enferma pero cuando lo hacía, convertía un simple resfriado en una bronquitis, una amigdalitis y, un diciembre memorable, una fiebre aftosa.

—¿Es grave? —preguntó Marnie.

—Neumonía en los dos pulmones, pleuritis… y puede que tuberculosis.

—Pinta mal… Pero a riesgo de hablar como mamá, el mejor consejo que puedo darte es que seas tú misma. No hay nadie mejor que tú.

—Oh, venga ya…

—¡En serio! Tienes claro quién eres y no estás dispuesta a aguantar las tonterías de nadie. Sabes hacer divisiones largas mentalmente y contar buenas historias, no te importa que la lluvia te pille sin paraguas…

—Pero ¿no crees que debería hacerme la dura? ¿Fingir que no me gusta? Oh, Marnie, es todo tan absurdo. Cuando a un hombre le gusta una mujer, le envía flores.

—Tú no querrías flores. Te echarías a reír.

Tenía razón. Eso era justamente lo que haría.

—… O agarra el teléfono y la invita a salir. ¿Por qué las mujeres no podemos hacer eso? ¿Por qué tenemos que mostrar lo contrario de lo que realmente sentimos? Es una forma más de joder a las mujeres…

—¿Estás tanteando una columna conmigo?

—No, no. —Bueno, tal vez. Dejé que el desánimo me embargara—. Está divorciado.

—¿Y qué? Todo el mundo tiene un pasado.

Los viajes de prensa eran, por lo general, auténticas juergas, pero esta vez mi comportamiento estaba siendo intachable. Si no podía tener a Damien, no quería a nadie más.

En la parada de taxis del aeropuerto no me sorprendió que no me pidiera mi número de teléfono. Y yo tampoco se lo pedí a él porque después de diez infructuosos días, había captado el mensaje.

Yo sabía lo difícil que era decidir que alguien no te importa simplemente porque tú no le importas. No puedes, sencillamente, desconectar tu corazón de la corriente. Pero yo era una persona práctica y puse manos a la obra. Si Damien no estaba interesado en mí, había otros candidatos. (No muchos, no estoy diciendo eso, pero sí uno o dos.) De modo que le di una oportunidad a Scott Holmes, vividor neozelandés que trabajaba para *The Sunday Globe*. No obstante, pese a todos mis esfuerzos por hacer que me gustara, no pasó de un simple rollo.

A veces me llegaba algún que otro rumor sobre Damien. Que iba a volver con su mujer. Que le habían visto subir a un taxi por la noche con Marcella Kennedy, de *The Sunday Independent*…

De vez en cuando incluso me lo encontraba (pese a mi decisión de enterrar mi amor no correspondido, había trabado amistad con gente de *The Tribune* y en más de una ocasión me había colado en la presentación de un manifiesto político) y siempre parecía contento de verme. Bueno, contento, contento, no —no como un cocker cuando su amo vuelve a casa—, pero no parecía que le molestara responder a mis preguntas.

La noche del treinta cumpleaños de Lucinda Breen no parecía que la cosa con Damien fuera a cambiar. Era tarde y me notaba un poco borracha, un poco audaz, y un poco mosqueada a pesar de que él no tuviera la culpa de que yo no le gustara.

—¿Cómo estás, Grace?

Hasta la forma en que decía mi nombre me hacía daño.

—Irritada. ¿Por qué para los hombres es todo mucho más fácil?

—¿Eso crees?

—Pueden mear de pie. —Entonces salté de lo general a lo particular—: Y cuando les gusta alguien, pueden entrarle con algún comentario atrevido.

—¿Como cuál?

—Como… Si yo te dijera que tienes un cuerpo bonito, ¿te lo tomarías a mal?

—Sí —dijo.

—¿Sí qué?

—Me lo tomaría a mal.

Permanecí muda al menos diez segundos.

—¿En serio?

—Sí. Pensaba que nunca me lo preguntarías.

Volví a quedarme muda.

—¿Por qué tendría que preguntártelo? Tú eres el hombre.

—Grace Gildee, nunca imaginé que fueras una vieja romántica.

—No lo soy.

—Eso pensaba.

—Pero si estuvieras… interesado… porque estás interesado, ¿verdad? No estoy haciendo el ridículo aquí, ¿verdad?

—No.

—¿No?

—No, no estás haciendo el ridículo. Sí, estoy interesado.

¿Realmente estaba ocurriendo?

—Entonces, ¿por qué no me lo hacías saber?

—… Porque no estaba seguro. Eres simpática conmigo, pero en realidad lo eres con todo el mundo… Llevo fuera del juego mucho tiempo.

No podía creer lo que estaba oyendo. Era como si mi vida real y mi vida imaginaria se hubieran fundido. Cada palabra que había soñado escuchar estaba saliendo ahora de su boca.

—Estás tan llena de vida —dijo—, que pensé que nunca sería lo bastante bueno para ti. Hechicera.

—¿Qué?

—Es el nombre que te he puesto. Hechicera Gildee. Porque me hechizas.

¿Tenía un nombre para mí?

Extracto de la columna de Grace Gildee «Sinazúcar», publicada el sábado 27 de septiembre *en The Spokesman*.

Odio a los muchachos adolescentes. Odio sus granos y su tosquedad, y, sobre todo, odio que vean el trasero de una mujer como algo que hay que pellizcar. En cada culo ven una oportunidad. Para colmo, son un espanto. En cuanto alcanzan la pubertad deberían ser arrestados e internados en barracones hasta cumplir los dieciocho. Eso mantendría limpias nuestras calles.

Durante su internamiento, podrían olvidarse de Nuts, Loaded y Maxim. Serían alimentados con una dieta estricta de literatura feminista, desde Germaine Greer hasta Julie Burchill. De ese modo, cuando salieran, además de estar maduros y exentos de granos, conocerían mejor a las mujeres. Y puede que hasta nos tuvieran un poco de respeto.

Crudo, lo sé, pero me pagan para crear polémica.

—¡Arrímate! —gritó Damien por encima del hombro.

—¿Qué?

Se levantó la visera del casco.

—¡Pega las piernas a la moto!

Entendí por qué. Se disponía a penetrar en el estrecho túnel formado por una camioneta azul marino y un monovolumen.

—¡Inspira! —gritó.

El viaje en moto hasta el trabajo había sido emocionante. En el mal sentido. Damien lo veía todo como un desafío, casi como una prueba personal. Ningún espacio era demasiado estrecho, ningún semáforo demasiado ámbar, ningún atasco demasiado denso para no poder sortearlo con una sucesión de hábiles zigzags. Si le hubieran dado la oportunidad de volar sobre dieciocho autobuses para ganar dos segundos, lo habría hecho. ¿Acaso no tenía suficientes emociones en su vida?

Se detuvo delante de *The Spokesman* y se quitó el casco para besarme. Su traje de motorista, la vibración de la máquina entre mis piernas, era todo tan sexy…

—Sé fuerte —dije.

No me estaba refiriendo a lo que le quedaba de trayecto. Estaba hablando de algo mucho más sobrecogedor: nuestra decisión de dejar de fumar. Mamá había pillado a Bid fumando a hurtadillas en el cuarto de baño y echando el humo por la ventana.

—Como una adolescente —dijo cuando me llamó para explicármelo—. El colmo de los colmos.

Luego me pasó a Bid y me descubrí diciéndole que si yo podía dejar de fumar, ella también.

—Y Damien —intervino mamá.

—Y Damien —convine a regañadientes mientras Damien hundía la cabeza en las manos y gemía «¡No!».

—Fuerte —repitió Damien con sarcasmo.

—Damien, no solo vas a perder...

—... un amigo —dijo.

—... un hábito, sino que vas a ganar un cuerpo sano.

No respondió. Simplemente se puso el casco y se alejó con un rugido, como un gato enseñándome el trasero.

Esto de traerme en moto no era una buena idea. Para hacer bien mi trabajo yo necesitaba un coche. No solo como medio de transporte, sino como ropero. En el maletero de mi antiguo coche solía llevar ropa para todas las situaciones. Para persuadir a una mujer de clase media de que hablara de la muerte de su bebé tenía un traje de chaqueta conservador, zapatos de salón bajos y hasta un collar de perlas. Para esperar en un muelle helado a averiguar si los pescadores de un barco volcado habían sobrevivido o no, disponía de guantes, botas y un chaleco térmico (mi arma secreta). Para un artículo sobre drogas, tenía ropa deportiva barriobajera chic.

Yusuf se acercó rápidamente para abrirme la puerta de cristal. Nunca lo hacía, pero hoy tenía una pregunta. En su cara oscura ya tenía dibujada una amplia sonrisa que dejaba ver sus blanquísimos dientes.

—¿Eras tú la de la moto?

Asentí con la cabeza. No tenía sentido mentir, llevaba el casco en la mano. Dirigió una mirada de alborozo a la señora Farrell, la recepcionista y la persona más poderosa de *The Spokesman*. Si tenías la desgracia de ganarte su antipatía, más te valía dimitir. Era capaz de retener las llamadas de tu madre moribunda, dar «sin querer» la dirección de tu casa a un maníaco u «olvidarse» de decirte que el riñón para tu trasplante había llegado. Hasta el gran jefe (Coleman Brien, el director) la trataba con pies de plomo.

—¿Qué le ha pasado a tu coche? —me preguntó.

—Me lo han robado. Y quemado.

Tampoco aquí tenía sentido mentir. Dickie McGuinness, de sucesos, no tardaría ni dos segundos en extraerlo de la base de datos de la policía. (Dickie y yo siempre acabábamos trabajando en los mismos lugares. Habíamos estado juntos en *The Times*; luego yo me marché al *Independent* y él apareció un mes más tarde; y seis meses después de que él se pasó a *The Spokesman*, ese mismo periódico me ofreció un puesto.)

—Caray, es horrible. —Entonces Yusuf y la señora Farrell estallaron en carcajadas.

Yusuf había sido un somalí dulce y amable cuando empezó a trabajar aquí. Luego la señora Farrell y el espíritu de *The Spokesman* lo infectaron y ahora era malo, tan malo como el resto de nosotros.

La señora Farrell agarró rápidamente el teléfono. Parecía una repetición de lo ocurrido dos viernes atrás, cuando la herida en mi cara produjo un revuelo similar. Muerta de la risa, procedió a contarle a todo el mundo mi triste historia. Había sido una ingenua al pensar que el robo de mi coche podría pasar inadvertido. Ahora me enfrentaba a un día de burlas constantes, con toda clase de regalitos depositados en mi mesa: cajas de cerillas, cochecitos rojos calcinados, un horario de autobuses…

—Buenos días, Sinazúcar.

Me llaman Sinazúcar porque tengo fama de dura. (Si fuera hombre solo tendría fama de directa.) Además, en *The Spokesman* todo el mundo tiene un apodo. Por ejemplo, Hannah Leary, una de las redactoras, siempre se queja de que entregamos tarde los artículos y nunca viene a tomarse una copa las noches de los viernes. De modo que es Hannah «Muermo» Leary. (Hannah lo sabe. Todo el mundo conoce su apodo. La redacción de un periódico es un entorno sincero y cruel.)

En la sección de artículos los teléfonos estaban sonando y casi todo el mundo había llegado ya. Con excepción de Casey Kaplan, claro. Él tenía su propio horario. ¿Un lunes por la mañana a las nueve? Probablemente estaba bebiendo cubatas con Bono en algún *afterhours*. Saludé a Lorraine, Joanne, Tara y Clare. La sección de artículos estaba formada básicamente por mujeres; aquí los horarios eran más regulares que en noticias, lo que te hacía las cosas más fáciles si tenías hijos. Dado que yo era la única articulista sin hijos, me enviaban a todos los trabajos imprevisibles porque con ellos nunca tenías garantía de terminar a las cinco y media en punto.

En la mesa contigua a la mía, TC Scanlan estaba tecleando a toda pastilla. Como único articulista varón, era blanco de toda clase de comentarios sexistas, siendo el favorito, «Mea sentado». (Como ya he dicho, la redacción de un periódico es un lugar despiadado.)

—Siento mucho lo de tu coche —dijo—. La verdad es que me estaba preguntando qué tramabas el viernes, con tanta llamadita misteriosa. —Una gran sonrisa, ahora que ya lo sabía. Se levantó, rebuscó en el bolsillo de su pantalón y contó algunas monedas—. Toma, un euro veinte. Para el billete de autobús. —Sonó el teléfono y enseguida saltó el buzón de voz. Nunca contestábamos—. Parece que los lectores airados están que echan humo esta mañana —dijo—. El artículo sobre los adolescentes es casi tan fuerte como el que escribiste sobre el hecho de que no querías tener hijos.

Tenía razón. Había comprendido que me había pasado de la raya el sábado por la mañana, cuando recibí un mensaje de mamá. Ella no acostumbra leer *The Spokesman*, es mujer del *Guardian* de los pies a la cabeza, pero le gusta estar al tanto de lo que escribo.

—¡Grace, esta vez te has pasado con tu columna! —decía—. Yo tampoco soporto a los adolescentes. Son tan… grasientos. Y no lo digo por la piel, eso no lo pueden evitar, es un problema de hormonas. Pero se ponen un cosa en el pelo que lo deja… no sé… grasiento, no se me ocurre otra palabra, o a lo mejor es que no se lo lavan durante semanas. Pero no está bien bromear sobre el internamiento, aunque se trate de adolescentes. Me gustó la idea de darles literatura feminista, por eso.

—¿Alguna amenaza de muerte? —pregunté a TC.

—Lo habitual.

—Bien.

Dicen que siempre recuerdas tu primera vez; tu primer amor, tu primer coche, tu primera amenaza de muerte. Hace unos tres años, al poco tiempo de incorporarme a *The Spokesman*, escribí un artículo polémico sobre la lactancia materna. A la mañana siguiente me esperaba un mensaje en el buzón de voz. «Grace Gildee, eres una cerda feminista y voy a matarte. Sé qué cara tienes y dónde vives.» Aunque eran frases algo trilladas, me puse a temblar como una niña. Nunca nadie me había amenazado de muerte antes. Ni siquiera al principio de mi carrera, cuando trabajaba en sucesos en *The Times*.

Siempre me había considerado una especie de abanderada, pero no podía creer lo asustada que estaba. Me descubrí preguntándome qué habría sido de mí en un lugar como Argelia, donde si escribías que el nuevo corte de pelo del presidente le daba un aire a Elton John te arriesgabas a que tu coche estallara por los aires la próxima vez que giraras la llave del contacto.

Yo le había contado lo del mensaje a TC y TC había corrido a contárselo a Jacinta Kinsella, quien, después de escuchar los primeros dos segundos, espetó con exasperación:

—Otra vez ese idiota. El señor Sé Dónde Vives. Pensaba que nos habíamos deshecho de él. —Borró el mensaje con un golpe seco—. «Sé qué cara tienes.» ¡Por Dios, si no tiene más que mirar tu foto!

—Entonces, ¿no ha de preocuparme?

—En absoluto —contestó con impaciencia. Estaba preparándose para salir a comer (a las 10.35 de la mañana).

Ahora recibo amenazas de muerte con cierta regularidad. (Solo tienes que llamar a la centralita y decirle a la señora Farrell, «Quiero dejar una amenaza de muerte a Grace Gildee», y ella te pasa.) Tengo cinco o seis asiduos que parecen turnarse. Pero ninguno ha intentado cumplir su promesa, de modo que he acabado por relajarme y aceptar que hablan por hablar.

—¿Qué tienes para mí, Grace?

—Hola a ti también —contesté.

Era Jacinta Kinsella con uno de sus cinco bolsos Birkin. Su

marido le había regalado uno por cada alumbramiento. Si ese era el precio, preferiría llevar mis cosas en una bolsa de plástico con olor a curry. El bolso de hoy era negro, a juego con su humor. Cuando aparecía con el amarillo, todos nos poníamos muy contentos. Significaba que probablemente nos compraría helados con el dinero para gastos menores.

Muy glamourosa, Jacinta. Cada mañana se pasaba el secador por su pelo negro azabache y siempre iba vestida como si tuviera previsto asistir a las carreras. Siempre que había que cubrir un funeral la enviaban a ella, porque tenía el mejor abrigo.

—Deja que consulte mis notas —dije.

Jacinta es Jefa de Artículos; yo soy Articulista Adjunta y mantenemos una buena relación. Bueno, más o menos. Si a ella no le inquietara tanto que yo codicie su puesto y, claro está, si yo no estuviera rezando para que acepte la jubilación anticipada o la llame otro periódico…

De vez en cuando algo le estalla en la cara y el gran jefe intenta despedirla, pero ella recurre entonces al sindicato y empieza a repartir culpas como Jackson Pollock con una lata de pintura. Básicamente, no hay manera de deshacerse de ella. (Su mote es Jacinta «Invencible» Kinsella.)

—Jacinta, mensaje de Casey —dijo TC—. Va detrás de una historia tan fuerte que, según sus palabras textuales, «sacudirá nuestro mundo».

—¿Realmente dijo eso? —exclamé—. ¿Qué sacudirá nuestro mundo?

—¿A qué hora piensa llegar? —preguntó secamente Jacinta.

TC meneó tristemente la cabeza.

—¿Por qué me lo preguntas a mí? Yo soy un mandado.

Jacinta estaba hasta el moño de Casey. No podía controlarlo. El gran jefe se lo había robado a *The Sunday Globe* para «modernizarnos» y luego se lo endilgó a Jacinta. «Otro hombre para Artículos.»

El gran jefe estaba encantado con su nueva adquisición: Casey se había forjado tal reputación haciendo grandes entrevistas que era una especie de celebridad por derecho propio. Sus perfiles habían alcanzado una gran popularidad y se dividían básicamente en dos categorías. Primera categoría, una crítica feroz (y he de reconocer que divertida) de los famosos, su estupidez, las extrañas peticiones que hacían a sus empleados y lo poco agraciados que eran de cerca, sin el beneficio del aerógrafo.

La segunda categoría era relatos en tiempo presente de jornadas etílicas de dieciocho horas con grupos de rock o estrellas de cine con quienes recorría la ciudad, saltando de bar en bar, para terminar en una suite de hotel con bolsitas de coca y bocadillos de dos pisos a medio comer desparramados por las mesas.

Yo detestaba su trabajo. Era interesado y egotista. Pero no podía decirlo porque todo el mundo pensaría que tenía envidia. Lo cual era cierto.

—Sinazúcar, ¿paramos para un cigarrillo? Seguro que eso sacude tu mundo.

—¿Puedes creer a ese idiota? —Saqué un paquete de chicles Nicorette. Creía en lo de armarse con toda la munición posible—. Malas noticias, TC. Lo estoy dejando.

—¿Otra vez? Buena suerte —dijo—. Es fácil. Yo lo he dejado un montón de veces.

Acaricié con nostalgia mi paquete de chicles y observé cómo TC y los demás se dirigían a la salida de incendios. No era solo la nicotina lo que anhelaba, sino el contacto humano. Las mejores conversaciones de mi vida habían tenido lugar entre cigarrillos. Los fumadores éramos una especie de sociedad secreta y cuando nos metían —como ocurría en los pubs— en cercados para fumadores como si fuéramos intocables, los cigarrillos generaban camaradería e intimidad. Había dejado de fumar otras veces, de modo que estaba familiarizada con ese sentimiento —una profunda tristeza, como si una buena amiga se hubiera trasladado a Australia—, pero eso no lo hacía más fácil.

Diecinueve correos electrónicos nuevos desde la última vez que había consultado mi cuenta. Y no hacía ni una hora de eso. Todos ellos eran comunicados de prensa de firmas de Relaciones Públicas buscando proyección: barbacoas para interior; los beneficios del aceite del árbol del té; un informe sobre la incontinencia; un libro de cocina de un célebre chef; un boletín informativo de Women's Aid…

¿Algo que pudiera desarrollar? Mientras los recorría con la vista, un informe sobre aumento de pene llamó mi atención. Podría ser divertido.

Entonces vi algo que me aceleró el corazón: Madonna iba a venir a Irlanda para dar tres conciertos. Pero todos los medios del país se estarían peleando por ella, ¿qué me hacía a mí diferente? Solo sabía que podía hacer un buen trabajo. De hecho, que podía hacerlo mejor que nadie.

Lo dejé todo a fin de redactar una presentación dolorosamente impecable para el publicista de Madonna —en un tono entusiasta, inteligente y divertido a la vez—, comenzando así el complejo proceso de captar a una gran estrella.

Volvía de comprarme una bolsa de gominolas, un bollo de queso y dos bolsas de patatas fritas —me había comido una barra de cereales mientras subía, lo que fuera con tal de amortiguar la caída del Monte Nicotina— cuando me vi sorprendida por las carreras de la reunión editorial de la mañana. Todos los jefes de departamento se estaban desplazando, como un único cuerpo, hacia la oficina del director. («Coleman Sin Mote Por Miedo Brien.»)

Jacinta se me acercó martilleando el suelo con sus tacones.

—Grace, ¿dónde estabas?

Señalé mi botín.

—Oye, no puedo asistir a la reunión.

Siempre le salía algo. Tenía que llevar a un hijo al dentista o al nutricionista o a EuroDisney…

—De acuerdo. ¿Cuál propongo?

Echó un vistazo a mis notas.

—Lifting de ojos en la hora de la comida, cáncer de mama y mocosos obesos.

Desgarré la bolsa de gominolas y me metí un puñado de las oscuras en la boca. No podía llevármela a la reunión porque el gran jefe no soportaba los crujidos.

Entré sigilosamente en su despacho; la reunión ya había empezado; Jonno Fido, de noticias, estaba repasando las historias más importantes del día. Me apoyé en un archivador, escuchando a medias mientras chupaba en silencio. Qué buenas, las gominolas. Cuando de repente… ¡oh, no! Un gusto ácido. ¡Había una amarilla! ¿Cómo había ocurrido? Probablemente se había mantenido al acecho, agazapada entre las rojas y las negras.

No podía escupirla y gritar, como habría hecho en casa, «¡Gominola amarilla, gominola amarilla! ¡Misión abortada!». Tenía que seguir chupando hasta disolverla.

Jonno terminó; le siguió internacional, luego deportes y, después, sucesos, de los que había para dar y regalar.

—¿Política?

David Thornberry se enderezó en su asiento.

—La historia de Dee Rossini continúa. El viernes saltó la noticia de que le habían pintado la casa gratis.

Estaba al corriente de eso. Era el miniescándalo que había mantenido a Damien trabajando hasta tarde. Dejé de rezongar sobre la traición de las gominolas amarillas y empecé a prestar verdadera atención. Dee Rossini era la ministra de Educación y número uno del NewIreland, el partido de Paddy.

—Han dado algunas explicaciones a lo largo del fin de semana. El pasado noviembre Rossini envió un talón a una firma de pintores pero la firma no lo ingresó, aunque a mí me han filtrado otra historia. Una exclusiva. Por lo visto Rossini tiene que pagar la boda de su hija pero el hotel no ha visto todavía un céntimo. Ella dice que envió un talón, mientras que el hotel asegura que ya le ha enviado varias cartas de reclamación. Uno de los dos miente. He hecho algunas indagaciones. El hotel pertenece al grupo Mannix. —Hizo una pausa para aumentar el suspense—. El mismo grupo que posee R&D Decorators, la gente que pintó la casa de Rossini gratis. Es evidente que la ministra tiene algún chanchullo con ellos. —La implicación era que, como ministra de Educación, Dee Rossini tenía el poder de adjudicar contratos para la construcción de escuelas y que el grupo Mannix le estaba haciendo regalos a cambio de futuras comisiones. Si eso era cierto, a la larga el NewIreland saldría perjudicado.

—O puede que le hayan tendido una trampa —dijo el gran jefe, un hincha del NewIreland—. Sé indulgente.

—¿Y si Rossini está metida en el ajo y la gente piensa que aprobamos su conducta? —David estaba rojo de ira. Estaba viendo cómo su gran exclusiva se iba por el desagüe—. Si no sacamos este escándalo a la luz, otros lo harán. Mi fuente le pasará la información a otros.

—Te digo que seas indulgente —repitió el gran jefe. Tenía una voz grave y profunda que hacía vibrar las ventanas.

—Si somos indulgentes, los demás periódicos recogerán esta sucia historia mañana y nosotros quedaremos como unos infelices por no haberle dado importancia. ¿Y cómo afecta a los *nappies* su coalición con unos sinvergüenzas?

—Dee Rossini no es una sinvergüenza. Y si al Partido Nacionalista de Irlanda no le gusta que haya sinvergüenzas en el poder, tendrán que dimitir todos.

—La madre que me…

—Bien —dijo el gran jefe—. ¿Artículos? —Buscó a Jacinta con la mirada y levanté una mano.

—Te envía disculpas.

—¿Qué tienes?

—¿Lifting de ojos en la hora de la comida?

—Jacinta Kinsella no se hará los ojos a mi costa. ¿Qué más?

—Cáncer de mama. Informe fresco. Irlanda tiene un elevado porcentaje de diagnósticos negativos erróneos, mucho más alto que la media europea.

—¿Algo más?

—Obesidad entre los escolares. Nuevas estadísticas. Cada vez peores.

—No, no, no. Estoy harto de todo eso. Playstations, comida rápida, grasas trans. Que sea el cáncer de mama.

Bien. Justamente el que quería hacer.

Sonó mi móvil.

—Lo siento.

A diferencia de lo que ocurría en el resto del mundo, tener el móvil encendido en una reunión de redacción no era un pecado mortal, porque los jefes de noticias y sucesos necesitaban estar siempre localizables para el personal que trabajaba en el terreno.

Miré el número y pensé que estaba alucinando. ¿Qué demonios quería?

Lo apagué enseguida.

—¿Suplemento del sábado?

Ese era Desmond Hume, un hombre pequeño y puntilloso con una conversación tremendamente tediosa. (Desmond «Quemeduermo» Hume.) Meneó la cabeza. Aún estábamos a lunes.

—¿Columna de sociedad?

—Aquí —dijo Declan O'Dowd.

Declan no era el auténtico columnista de sociedad. El auténtico —«Roger Codoempinado McEliss— estaba en casa, seguramente doblado sobre el retrete echando los hígados. (Acertijo tipo el huevo y la gallina que solíamos plantearnos: ¿qué fue primero, el columnista de sociedad o el problema con el alcohol?)

Declan «Nuncasale» O'Dowd era un pobre infeliz que tenía que trabajar penosamente en su mesa tratando de armar una página con los retazos que lograba arrancarle a McEliss en sus momentos sobrios. Solo conseguía actuar como verdadero columnista de sociedad, es decir, ir a fiestas y estrenos, cuando McElis se hallaba en una de sus bianuales curas de desintoxicación.

—La futura esposa de Paddy de Courcy fue vista probándose vestidos de novia.

—¿Fotos?

—Sí.

Cómo no. La ausencia de nicotina en mi organismo me tenía más irritable de lo normal.

—¿De una fuente anónima que seguro que no pidió dinero? —pregunté.

Estaba claro que las fotos provenían de la oficina de prensa del NewIreland. Con un miniescándalo rodeando a Dee Rossini, unas fotos de la radiante futura esposa de Paddy luciendo un fantasía de encaje podían tener un efecto neutralizador.

Empezamos a desfilar hacia nuestras mesas cuando el gran jefe me llamó.

—¿Sinazúcar?

Señor, ¿qué quería ahora? ¿Una reseña sobre el puesto de kebabs de su nuera? ¿Un artículo de dos mil palabras sobre el nuevo corte de pelo de su nieto?

—Toma. —Me pasó una moneda—. Para el autobús. Me han contado lo del coche. ¿Solo tenía cuatro meses? ¿Tu primer coche nuevo?

Tenía el rostro contraído de puro regocijo.

—Ja, ja, ja —dije. Tenía que hacerlo. Luego—: ¿Cincuenta céntimos?

—¿No te llega?

—No. Un euro veinte.

—¿Tanto? —Empezó a hurgar en el bolsillo de su pantalón mientras yo retrocedía.

—No se preocupe, señor Brien. En realidad no lo necesito.

Me tendió un euro.

—Quédate la vuelta. Ahora que lo pienso… —hizo una pausa para reírse entre dientes—, ¡guárdala para el autobús de mañana!

David Thornberry estaba dando rienda suelta a su furia. Podía oírle a veinte mesas de distancia.

—¿Puedes creerte lo que ha dicho ese imbécil decrépito? No puedes ocultar una historia porque las personas implicadas te caigan bien. Esa no es manera de dirigir un puto periódico.

Pero se equivocaba. Los periódicos siempre han apoyado a sus amigos y jodido a sus enemigos. Hay periodistas que se han llevado a la tumba historias que habrían hecho caer gobiernos si las hubieran sacado a la luz, y gente del todo inocente ha sido acosada hasta el punto de tener que abandonar su trabajo y su país simplemente porque los medios habían decidido que tocaba una caza de brujas.

—¿Tiene alguien el móvil de Paddy de Courcy? —preguntó.

—Está en la base de datos.

—Me refiero al auténtico.

Agaché la cabeza. Debería pasárselo, poco importaba ya, no tenía intención de volver a hablar con él, pero…

Jacinta no había vuelto aún. Traté de reclutar a TC, pero estaba trabajando en otro artículo, de modo que fui a por Lorraine.

—Tengo aquí un informe encantador —dije—. Muchos números. ¿Te importaría traducirlo a cristiano? ¿Y podrías redactar brevemente un artículo de cuatrocientas palabras sobre cómo se extiende el cáncer de mama? Márgenes de tiempo, respuesta al tratamiento, etcétera...

Agarré el teléfono en busca de mujeres a las que se les hubiera dicho que no tenían cáncer de mama cuando en realidad sí lo tenían. Probé la Sociedad Irlandesa de Oncología, el Hospital Oncológico de St. Luke y cuatro clínicas terminales —todos muy amables—, que anotaron mi número de teléfono y dijeron que tratarían de encontrar una paciente que estuviera dispuesta a hablar.

—Hoy —recalqué—. Es para el periódico de mañana.

Busqué grupos de apoyo en internet, pero tampoco ahí tuve suerte. Entonces llamé a Bid con la esperanza de que hubiera tenido una enferma de cáncer de mama en la cama de al lado durante las sesiones de quimio, pero nada. Cáncer de colon, sí. De próstata, ovarios y, naturalmente, pulmones, sí. De mama, no.

—Dios, por ahí viene —farfulló TC—. Esconde tus complementos de vaquera.

La estructura molecular del aire había cambiado: a las doce treinta y siete, Casey Kaplan llegaba finalmente al trabajo. Entró con andar arrogante, pantalones de cuero negro lo bastante ceñidos para desvelar al mundo que cargaba a la izquierda, camisa negra con ribetes de cordón, chaleco de piel marrón, gargantilla de cuero y botas de cowboy.

Me señaló con el dedo.

—Mensaje de Dan Spancil. —Un músico sobre el que había escrito un artículo. Me había costado mucho conseguir la entrevista, había tenido que perseguir al publicista durante semanas, y aquí estaba Casey, comportándose como si hubiera pasado el fin de semana con él—. Dice que eres la leche.

—Qué amable —repuse con brío—. Él también.

—¿Está Jacinta? —Se apoyó en mi mesa.

Levanté la vista de mis notas con gesto exageradamente cansino.

—No.

—¿Dónde está?

—Ha salido.

—¿Estás ocupada?

—Sí.

Rió. ¿Burlándose de mi diligencia?

—Buena chica.

Se alejó despacio y regresé a lo mío. Traté de hacer un repaso de las personas con las que había hablado en fiestas y recepciones. ¿Me había mencionado alguien que fuera enfermera oncológica o que su hermana tuviera cáncer de mama? Pese a tener contactos en los lugares más extraños, no pude dar con ninguno en el ámbito del cáncer de mama. Amargamente, lo atribuí a la ausencia de nicotina en mi organismo. Seguro que un pitillo me refrescaba la memoria.

Siempre podía utilizar, como último recurso, testimonios extraídos de internet, pero eso no tenía ningún interés. Necesitaba «color», descripciones de cosas como la casa de la enferma («bonitas cortinas floreadas, repisa cubierta de fotografías de familia hechas en épocas más felices»).

Reboté el bolígrafo contra la mesa. Quería hacer un buen artículo. Siempre quería hacer un buen artículo, pero la manera mezquina y chapucera con que se abordaba la salud femenina a veces me hacía aullar de frustración. Si se hubiera producido un número tan elevado de diagnósticos negativos erróneos de cáncer de testículo —cáncer masculino—, el escándalo habría sido descomunal.

—¡Deja de pinchar el boli! —aulló TC.

También podía presentarme en una clínica terminal y recorrerme los pasillos hasta dar con una moribunda dispuesta a dejarse entrevistar, pero tenía mis escrúpulos.

Decidí que mi única opción era meterme en el vientre de la bestia, es decir, ponerme en contacto con uno de los centros especializados que mencionaba el informe. Llamar no iba a servirme de nada, seguro que se ponían a la defensiva. Así pues, dejaría de seguir dando vueltas e iría en persona.

Encendí de nuevo el móvil y esperé tensa el doble pitido, pero no llegó. No había dejado mensaje.

—Salgo a por una historia. —Pinché nueve o diez veces el bolígrafo en la oreja de TC y me marché.

—¿Biopsias? —murmuré a la recepcionista.

—Izquierda, de nuevo izquierda al llegar a la puerta de doble hoja y derecha en el crucifijo.

Llegué a una zona de espera, tomé asiento y ojeé una selección de revistas sorprendentemente actuales. Pensé en la mejor manera de actuar. Necesitaba acceder a los historiales informatizados de las pacientes y para ello precisaba la ayuda de alguien que trabajara en el centro. Preferiblemente un empleado que odiara su trabajo. La chica del mostrador de bienvenida estaba tecleando diligentemente. Una empleada aplicada. No me servía.

Una buena periodista es una combinación de paciencia y acoso. Ahora me tocaba ser paciente. Observé y aguardé, observé y aguardé, martilleando con los dedos en mi rodilla.

Era un lugar concurrido. La gente llegaba, facilitaba sus datos a la chica diligente y se sentaba para esperar a que una enfermera le llamara. Con el pretexto de ir a lavabo, me di un garbeo asomando discretamente la cabeza por varias puertas, pero salvo sobresaltar a un hombre al que estaban haciendo un reconocimiento anal, no vi nada interesante. Regresé a la zona de espera y volví a tomar asiento. La barriga empezó a dolerme cuando la verdad se me hizo patente. No iba a ocurrir. Tendría que regresar a la redacción con las manos vacías.

No me gustaba fracasar, hacía que me sintiera incompetente, y no existía criatura más penosa que un periodista regresando a la redacción sin una historia. Me asaltó un pensamiento descabellado. ¡Podía inventármela! ¡Podía basarme en tía Bid y añadir lo de internet!

La ocurrencia se disolvió con la misma rapidez con que se había formado. Lo descubrirían, me despedirían y nadie volvería a contratarme nunca más.

No me quedaba más remedio que aceptarlo. No me ocurría a menudo lo de no conseguir una historia. Entonces recordé algo: mi espina, mi piedra en el zapato, aquella maldita Lola Daly. Cómo se habían reído todos de mí. Una estilista bobalicona con el pelo violeta y había sido incapaz de arrancarle una sola palabra sobre su ex novio.

Pero esta historia, a diferencia de la de Lola Daly, era importante. Todas esas pobres mujeres a las que habían devuelto a casa diciéndoles que estaban sanas, para dejar que la enfermedad avanzara sin impedimentos por su cuerpo, se merecían la oportunidad de expresar su parecer. Por no mencionar la pequeña posibilidad de avergonzar lo suficiente al Ministerio de Sanidad para que no permitiera que algo así volviera a ocurrir.

Estaba tan absorta en mi pesimismo que casi no reparé en la mujer que pasaba refunfuñando por mi lado. Estaba hablando sola como el conejo blanco y rezumaba resentimiento.

Entró en la oficina situada detrás del mostrador y cerró la puerta con un golpe sonoro, pero antes de eso le oí elevar quejumbrosamente la voz.

—¿Cuántas veces tengo que…?

¡Gracias, Señor!

Reapareció minutos después y se alejó por el pasillo farfullando algo y seguida por mí. Se detuvo delante de una puerta y cuando se disponía a abrirla, actué. Ya había sido lo bastante paciente, había llegado la hora del acoso.

—Disculpe —dije.

Se volvió con cara de pocos amigos.

—¿Qué?

Decididamente, una persona poco sociable.

Sonreí todo lo que mis labios pudieron dar de sí.

—¡Hola! Me llamo Grace Gildee. ¿Podríamos tener una breve charla sobre los resultados de las biopsias?

—No tengo nada que ver con biopsias. Vaya al final del pasillo y pregunte en el mostrador.

Se había dado la vuelta y ya estaba entrando en la sala cuando añadí:

—En realidad, probablemente sea preferible que no tenga nada que ver con biopsias.

—¿Por qué? —Se volvió. Había despertado su interés.

—Porque me estaba preguntando si podría ayudarme. —Sonreí hasta que me dolió la mandíbula.

Tras sus ojos desfilaron diferentes emociones. Desconcierto. Curiosidad. Malicia. Comprensión. Fue como un pase de diapositivas.

—¿Es periodista? ¿Ha venido por lo del informe?

—¡Exacto! —Otra enorme sonrisa. He descubierto que si quieres persuadir a alguien de que haga algo bajo mano, el hecho de que sigas sonriendo le desconcierta tanto que acaba por creer que no está haciendo nada malo.

Este era uno de esos momentos. O llamaba a seguridad o accedía a ayudarme. Parecía que le costaba decidirse.

—Solo necesito un par de nombres y direcciones —proseguí—. Nadie sabrá nunca que ha sido usted.

Siguió vacilando. Quería perjudicar a sus empleadores, pero era evidente que no estaba en su naturaleza ayudar a los demás.

—¿Generará eso problemas al centro? —preguntó.

—Sí —contesté con suavidad—. Solo necesito que me facilite un par de nombres con sus direcciones. Tres como mucho. Desde luego no más de cuatro. Y si viven en Dublín, tanto mejor.

—No pide mucho.

Traté de no prestar atención a la irritación y la necesidad de un cigarrillo que treparon por mi cuerpo y esbocé otra sonrisa.

—Solo los nombres y direcciones de cinco mujeres de Dublín a las que les dieron por equivocación diagnósticos negativos. Me haría un enorme favor.

Se mordió el labio y lo meditó.

—No es mi área, pero lo intentaré. Espere en el aparcamiento. Hay una estatua blanca. Jesús en la cruz con su apenada madre. Si consigo algo, me reuniré allí con usted.

Quise preguntarle cuánto tardaría, pero intuí que no era una buena idea. Cualquier detalle podría hacerla cambiar de parecer.

Me senté al otro lado de la madre apenada y esperé. Y esperé. Y esperé. Y eché de menos mis cigarrillos. Los periodistas necesitamos fumar. Las esperas son muchas y muy largas, ¿cómo se supone que debemos matar el tiempo? Y una vez que consigues la historia, está la presión de tener que escribirla a contrarreloj; también necesitas cigarrillos para ayudarte con eso.

Pero, paradójicamente, me gustaba el sacrificio; era una especie de expiación.

El tiempo pasaba y el dolor de barriga me asaltó de nuevo. ¿Se había acobardado el conejo blanco? ¿Había estado jugando conmigo desde el principio? Nunca se sabe con esa clase de personas. Hurgué en mi bolso buscando un Zotan (pastillas para estómagos que están pensando en desarrollar una úlcera) y me lo tragué. Empecé a pensar una vez más que tendría que volver sin mi historia. Lo estaba visualizando con todo detalle —las risas desdeñosas, el berrinche de Jacinta, la ira del gran jefe al ver el gran hueco en el periódico— cuando la mujer apareció súbitamente delante de mí. Me estampó una hoja de papel en la mano.

—No se la he dado yo —dijo, y desapareció.

—¡Un millón de gracias! —Seis nombres con sus direcciones. La mujer había jugado limpio. Deduje qué dirección era la más cercana, detuve un taxi y llamé a la sección de imagen para pedir un fotógrafo.

El taxi paró delante de la casa. («Pareada con un jardín muy cuidado.») Me abrió una adolescente. («Recién pintada, pomos lustrosos.») Esbocé una sonrisa de oreja a oreja. Esta era una de esas ocasiones en que me habría ido bien un traje conservador y un collar de perlas. —Hola. ¿Puedo hablar con tu madre?

—Está en la cama.

—Me llamo Grace y soy de *The Spokesman*. Sé que tu madre está muy enferma, pero quería saber si sería posible tener una breve charla con ella. Solo serán unos minutos.

La cara de la adolescente no se alteró.

—Se lo preguntaré. —Subió aporreando las escaleras y bajó poco después—. Pregunta que de qué quiere hablar.

Suavemente, dije:

—De los resultados de su biopsia. Los que decían que estaba bien.

Un espasmo casi imperceptible cruzó por la cara de la muchacha. Volvió a subir aporreando los peldaños y cuando regresó, dijo:

—Mi madre dice que puede pasar.

Subí por la escalera estrecha («moqueta beis, grabados de Jack Vettriano») hasta un dormitorio situado en la parte de atrás. Las cortinas estaban echadas y en el aire flotaba un espantoso olor a enfermedad. La mujer que yacía en la cama parecía agotada y tenía la tez amarillenta. Se estaba muriendo.

—Señora Singer. —Me acerqué despacio—. Siento mucho invadir de este modo su intimidad. —Le expliqué lo del informe—. Quería saber si le gustaría contar su historia.

No dijo nada. Luego, sin apenas aliento, susurró:

—Sí.

Señor, qué historia tan trágica. La señora Singer se había descubierto un bulto en el pecho, una bomba para cualquier mujer, y cuando la biopsia del cáncer dio negativo, ella y su familia se alegraron tanto que se marcharon de vacaciones. Seis semanas más tarde empezó a notarse muy cansada y a tener sudores por la noche que dejaban la cama empapada. Le hicieron multitud de pruebas, pero el cáncer de mama había quedado descartado por los resultados de la biopsia. Pidió que le hicieran otra biopsia porque sospechaba, con la intuición que tiene la gente acerca de su propio cuerpo, que ahí residía el problema, pero se la denegaron. Para cuando descubrió el segundo bulto, el cáncer le había invadido los nódulos linfáticos. La atiborraron a quimio —como estaban haciendo ahora con Bid, las puntas de los dedos me temblaron de miedo— pero ya era tarde. La partida se había acabado. La señora Singer tenía la voz tan debilitada debido a la quimio que la grabadora apenas conseguía recogerla. Estaba haciendo anotaciones en mi libreta, tratando de no dejarme nada, cuando oí alboroto en la escalera. La chica que me había abierto la puerta irrumpió en la habitación y protestó:

—Mamá, Susan no quiere pelar las patatas.

—Nicola, cariño, ¿te importaría hacerlo tú?

—A mí me toca meter la mano en el culo del pollo, que es mucho peor.

Nicola bajó de nuevo y oímos una algarabía de voces.

—Estoy preocupada por mis hijas —dijo la señora Singer—. Solo tienen catorce y quince años. Es una mala edad para abandonarlas.

Asentí con la cabeza. Yo nunca lloraba en mi trabajo. Con los años me había entrenado para no hacerlo. Pero a veces notaba una fuerte presión en el caballete de la nariz, acompañada de una oleada de profunda tristeza. Esta era una de esas veces.

Nicola regresó.

—Hay un hombre en la puerta. Dice que es fotógrafo.

—Señora Singer… —Señor, esto era excesivo—. Debí mencionarle que vendría.

—Estoy demasiado horrible para que me hagan fotos.

Justamente por eso, pensé apesadumbrada.

—¡Susan y yo podríamos maquillarte! —dijo Nicola—. ¿Podemos salir nosotras también?

Aguardamos durante veinte minutos a que Nicola y Susan la embadurnaran de colorete y brillo de labios rosa. La foto —dos chicas jóvenes y sanas flanqueando a su madre moribunda— te habría roto el corazón.

Keith Christie, el fotógrafo, había venido en coche. Nos presentamos en la segunda dirección de la lista y el marido de la enferma nos dijo que nos fuéramos al cuerno.

—Malditos buitres —gritaba mientras Keith daba marcha atrás.

—¿Y ahora? —preguntó Keith.

—A Booterstown.

Sonó mi móvil. Papá, muy nervioso.

—Bingo se ha escapado. Cartero. Puerta abierta. Vio gran oportunidad y echó a correr. Espíritu indomable. Lo han visto en Killiney. Tienes que venir.

—Papá, estoy trabajando.

—Pero mamá no sabe regular los prismáticos.

—Pues que conduzca ella.

—Es demasiado lenta de reflejos. Si digo «izquierda» quiero decir «izquierda ¡ya!», no «izquierda dentro de diez minutos».

—Papá, estoy trabajando. —No podía pasarme el resto de la tarde recorriendo la campiña en coche, prismáticos en mano, buscando a Bingo—. Buena suerte, espero que lo encontréis.

Cerré el teléfono.

—¿El perro? —preguntó Keith—. ¿Otra vez suelto?

Asentí.

—Si desea tanto escaparse, quizá deberíais dejarle que se vaya.

—Quizá —suspiré.

—Es aquí. Ve tú y di lo que tengas que decir. Yo mantendré el motor en marcha por si la cosa se pone fea.

Esta vez nos invitaron a pasar y aunque la mujer tenía cincuenta y tantos, unos diez más que la señora Singer, su historia era igual de triste.

Keith y yo regresamos en silencio a la redacción, yo para escribir mi historia, él para revelar las fotos. Aunque me había endurecido después de años de escuchar las historias más desgarradoras imaginables, el hecho de haber visto tan de cerca la muerte me había dejado hecha polvo. Estaba pensando en Bid. No podía morir. Dios, lo que daría por un cigarrillo.

Cuando subía las escaleras en dirección a la sala de noticias oí unas carcajadas y, a renglón seguido, uno o dos aullidos. Abrí la puerta y encontré a un montón de gente apiñada alrededor de una hoja de papel. Cada vez que alguien leía una frase, otro estallido de carcajadas se elevaba hacia las vigas del techo.

—Grace, Grace, ven y mira esto —dijo una cara alborozada.

—¿Qué es? —Avancé muerta de curiosidad, pero de repente me detuve en seco. Había adivinado qué era.

—Ja, ja, ja —dije.

Era una copia del informe de la policía sobre el robo de mi coche. Dickie McGuinness se había infiltrado en la base de datos y lo había enviado a todo el personal. Para mayor regocijo de todos, había resaltado algunas frases: «... coche de cuatro meses...» «... lo rociaron con gasolina y le prendieron fuego...» «... solo se salvó el chasis...».

Dime solo una cosa. ¿Por qué los nadadores lentos van por la calle central cuando tienen una calle lenta para que puedan pasearse como domingueros? ¿Y por qué los nadadores agresivos que salpican como posesos se meten en la calle central y nos intimidan a todos cuando deberían estar entre los suyos en la calle rápida? Con lo que me cuesta decidirme ir a la piscina, al terminar me gustaría sentir que ha valido la pena.

Había salido tarde del trabajo. Pocas veces se me presentaba la oportunidad de hacer del mundo un lugar mejor y el artículo sobre el cáncer de mama debía tener el equilibrio justo. Tenía que denunciar sin resultar agresiva, y conmover sin caer en la sensiblería. Fue un reto, y en cuanto lo entregué tuve ganas de una copa, pero me decanté por una sesión de natación relajante y saludable; sin embargo, había tanta gente en mi calle, todos nadando a velocidades tan dispares, que al salir estaba más estresada que antes de meterme.

Y no sé qué pasa con los vestuarios de las piscinas que nunca logro secarme como es debido. El interior de mis muslos permanece desafiantemente húmedo y si llevo medias (casi nunca, la verdad sea dicha) subírmelas hasta la cintura constituye una auténtica batalla.

Fuera, con el viento filtrándose en mis pantalones y congelando mis húmedas piernas, no pude soportar la idea de subirme a un autobús. Los interminables frenazos y arranques me recordarían demasiado a mi decepcionante baño. De modo que eché a andar, formulando entretanto el ambicioso plan de hacerlo cada día hasta que solucionara lo del coche. Así combatiría el inevitable aumento de peso por dejar de fumar.

Por el camino escuché mis mensajes. Había uno de papá. Bingo había sido localizado y volvía a estar bajo arresto. «No gracias a ti», añadía insolentemente.

—Vete a la mierda —dije al mensaje—. Estaba trabajando.

Luego telefoneé a Damien y le hablé de la señora Singer.

—Me quedé hecha polvo.

—Eso es bueno —dijo Damien—. No estás tan harta como para que eso te resbale.

—Gracias. Pásalo bien.

Las noches de los lunes eran las noches de Damien con los «chicos». Bebía whisky y jugaba al póquer y de ese modo satisfacía su tan reiterada necesidad de tener un «espacio propio».

—Llegaré tarde —dijo.

—Llega todo lo tarde que quieras.

—¿Estás siendo sarcástica, Grace? ¿Por qué te dan rabia mis noches de los lunes?

Le gustaba creer que yo tenía celos de cada segundo que pasaba con sus colegas y yo se lo consentía. Los hombres necesitan sus conflictos.

Entré en la casa vacía —me gustaba tenerla para mí sola— y busqué comida en la cocina. Llevaba todo el día picando y había llegado el momento de parar, pero sabía que no lo haría. Arrastrada por el hábito, puse el telediario en la sala y cuando oí «… Paddy de Courcy…» crucé corriendo la cocina y me detuve en el marco de la puerta, mirando el televisor. Paddy, vestido con un elegante traje azul marino, caminaba deprisa por un pasillo. Una mujer de aspecto eficiente con una tablilla de notas correteaba tras él y un periodista avanzaba a la altura de Paddy con un trote indecoroso, sosteniendo un micrófono frente a su preciosa boca para recoger cualquier sabio comentario que estuviera dispuesto a transmitir. Paddy sonreía. Paddy siempre sonreía. Excepto cuando sucedía una tragedia y se mostraba debidamente apenado.

Le estaban preguntando sobre Dee Rossini.

—Dee es la persona más honrada que conozco —dijo—. Tiene todo mi apoyo y el del partido.

Sonó el teléfono y pegué un salto de culpabilidad.

Podría ser Damien. A veces, entre su cuarta y su quinta copa, se ponía sentimental.

—¿Grace?

—¡Marnie!

—¡Corre, pon el canal Sky! —dijo.

Agarré el mando y me descubrí contemplando la noticia de un hombre que había enseñado a su mono a tejer. Era increíble, en serio. El mono —que se llamaba Ginger— sostenía las agujas con sus manazas y pasaba torpemente un par de puntos de una bufanda roja de tamaño mono. El hombre dijo que cuando Ginger terminara la bufanda lo pondría a tejer patucos. Yo lo estaba viendo desde Dublín y ella desde Londres, las dos desternilladas de risa.

—Caray, es genial —dijo Marnie—. Necesitaba algo así.

Se me encogió el corazón. Marnie siempre me tenía preocupada y últimamente más que nunca. Deseaba con todas mis fuerzas que fuera feliz, pero nunca parecía serlo. Por lo menos, no del todo. Hasta en los días más dichosos de su vida —como los nacimientos de Daisy y Verity— parecía haber en ella un fondo de tristeza.

—¿Qué ocurre? —pregunté.

—No puedo dejar de pensar en Bid —dijo—. Ayer hablé con ella y parecía encontrarse bien, pero ¿cómo crees que está en realidad?

—Es difícil decirlo. No lo sabremos hasta que termine las seis sesiones de quimio.

—En cualquier caso, podré verlo con mis propios ojos dentro de tres días.

En cuanto Bid recibió su diagnóstico, Marnie pidió un permiso en el trabajo. El jueves llegaría de Londres con las niñas y con Nick, su marido.

—Iré a casa de mamá directamente desde el periódico —dije.

—¿Cómo te va el trabajo?

Le había mantenido al tanto de mis inseguridades con respecto a Kaplan. Marnie era la única persona, además de Damien, en quien sentía que podía confiar. De nosotras dos, ella era la más inteligente, pero, curiosamente, había acabado por fichar por una asesoría hipotecaria que nada le aportaba mientras yo entrevistaba a gente famosa. Pero nunca hacía que sintiera que me hubiera quedado con su cuota de buena suerte.

—Hoy no muy bien —confesé.

—Déjame adivinar —dijo—. Te enviaron a cubrir el campeonato de arado mientras tu amigo Casey Kaplan entrevistaba al Papa, o a Johnny Deep o… dímelo tú.

—J. D. Salinger, que no ha concedido una entrevista en cien años.

—Pensaba que estaba muerto.

—Caray, es posible.

—Pues si lo está, sería un golpe maestro. Espera, tengo una mejor. Marilyn Monroe se ha conectado desde el más allá para conceder una única entrevista e insiste en que se la haga Kaplan.

Estaba a punto de meterme en la cama con mi Michael Connolly cuando volvió a sonar el teléfono.

—Hola, Grace, soy Manus Gildee, tu padre.

—Hola, papá. —Se disponía a disculparse. Una introducción

formal era siempre el preámbulo de un acto de contrición, como si quisiera distanciarse de la vergüenza que le causaba.

—Creo que te debo una disculpa. Mamá dijo que estuve muy duro contigo por lo de Bingo. Son los cigarrillos, Grace. Me está resultando casi imposible pasar sin ellos. ¿Me perdonas?

—Te perdono.

—Por otro lado, mamá quiere saber a qué hora irás a recoger a Marnie y compañía al aeropuerto.

—¿Yo?

—¿Quién sino?

—Esto... ¿tú?

—No quiero —balbuceó—. La última vez Verity vomitó en el coche. La alfombrilla todavía huele. Y a Bingo le molesta.

—Papá, ya no tengo coche.

Me llegó un «Maldita sea» farfullado entre dientes.

—¿Sigue calcinado?

—Sí, papá, sigue calcinado.

—Déjame que te cuente cómo es mi vida. La gente me dice: «¿Algún plan para esta noche, Manus? ¿Al teatro, quizá? ¿Un concierto? ¿Una comida con amigos?». Y yo respondo: «No fumar». Toda la noche, desde que termine de cenar hasta que me acueste, estaré No fumando. No fumar es una actividad en sí misma.

Señor, solo llevaba un día sin nicotina. ¿Cómo estaría dentro de una semana?

—Entonces, ¿irás tú al aeropuerto, papá?

—Sin cigarrillos me siento, cómo te diría... ¿incompleto?

—¿Irás al aeropuerto?

—¿Cómo era la frase de esa estúpida película que Marnie me hizo ver? —Le oí chasquear los dedos—. Creo que ya la tengo. «Los cigarrillos me llenan.»

—¿Debo entender que...?

—Sí, sí —me interrumpió, irritado—. Iré al puñetero aeropuerto.

Estaba conciliando el sueño cuando oí la puerta de la calle y, a renglón seguido, el sonido de un maletín empujado con el pie bajo la mesa de la entrada. Damien había vuelto de su noche libre.

—Grace —dijo mientras subía—. ¿Estás despierta?

—Lo estoy ahora. ¿Qué ocurre? Y sé breve, tengo que levantarme dentro de cuatro horas para volar a Londres.

—Vale. —Se bajó la cremallera de la chaqueta de cuero con un silbido—: ¿Tenemos un hijo?

—¿Ahora? —Le miré con escepticismo.

Rió y se sentó en la cama para quitarse las botas.

—¿A qué viene esa pregunta? —dije.

Por lo general, sacaba a relucir este tema cuando estaba insatisfecho con su vida. Y cuando no era tener un hijo, era que dejáramos nuestros trabajos, alquiláramos nuestra casa y nos dedicáramos a viajar.

—¿Algún colega del póquer acaba de tener un hijo?

—Sí. Sean. Y todos mis compañeros de trabajo ya tienen uno.

—… Por Dios, Damien… un hijo no es un coche de empresa.

—Lo sé, lo sé… pero deberías oírles hablar… todos esos hombres alardeando de tener que levantarse tres veces por la noche para dar el biberón al bebé.

—¡No me digas! —Bostecé. El solo hecho de pensar en biberones a medianoche bastaba para disuadirme.

—Cuatro de ellos acaban de ser padres y cada mañana llegan al trabajo con nuevas anécdotas, Grace. Compiten a ver quién duerme menos. Angus Sprott no se acuesta desde julio… ahora soy yo el que bosteza… hacen que me sienta… excluido, como si fuera un cagado… por dormir mis siete horas.

—Nadie está contento con su suerte.

—Di otra cosa.

—Serías un padre horrible. Eres demasiado taciturno.

Eso pareció animarle.

—Es cierto, sería un padre horrible.

—Y si tuviéramos un hijo nos veríamos obligados a vender esta casa. Es demasiado pequeña. Tendríamos que irnos a vivir muy lejos, a una casita en una urbanización con otras veinte mil casitas idénticas.

—Tal vez sea mejor que no tengamos un hijo.

—Tal vez.

Yo no quería tener hijos. Y de todas las cosas vergonzosas que una mujer podía confesar —aumento de pecho, sexo con el padre de su novio— esta era la más tabú.

Había leído suficientes revistas para esperar que a mis veintiocho años las hormonas se desmadraran y de repente me entrara un deseo irrefrenable de ser madre. Esperé ilusionada ese momento, pero, sencillamente, no llegó. A Marnie, en cambio, siempre le habían gustado los niños y estaba deseando tener hijos. A veces me preguntaba si se había producido una confusión en el útero y ella se había llevado mi cuota de instinto maternal.

Paradójicamente —o no, no estaba segura— sentía una profunda compasión por las mujeres que no podían quedarse embarazadas, porque sabía cómo me sentía yo por no poder controlar mi propio cuerpo. Yo quería *querer* quedarme embarazada y no lo conseguía.

Damien era más ambivalente que yo. A veces decía que ya había suficiente gente en el mundo y que sería un error traer a alguien más.

Aunque yo estaba segura de que la verdadera razón por la que no quería tener hijos era su propia familia. Es algo difícil de entender si no has pasado tiempo con ellos, porque son una gente encantadora. En serio, no estoy intentando ser amable. Son cálidos, divertidos, amables, inteligentes. Inteligentes. Sobre todo inteligentes. Y ahí justamente reside el problema. Damien tiene dos hermanos y dos hermanas; un hermano y una hermana mayores, un hermano y una hermana menores. Él es el mediano. Y de sus cuatro hermanos, tres —Brian, Hugh y Christine— son cirujanos. De hecho, el padre de Damien, Brian Senior, también era cirujano. (Otro dato que quizá encuentres interesante: la madre de Damien se llama Christine. En otras palabras, el señor y la señora Stapleton pusieron sus nombres a sus dos hijos primogénitos, lo cual es sumamente revelador, si lo piensas bien.)

El único descendiente Stapleton que no era cirujano —aparte de Damien— era Deirdre. Y eso porque dirigía con gran éxito su propia empresa «creando» dormitorios infantiles. Había empezado como una afición con sus propios hijos, pero ideaba reinos tan mágicos y estimulantes que la gente empezó a pedirle que hiciera los cuartos de sus vástagos, y de repente se encontró con un negocio entre manos increíblemente próspero. Aunque no alardeaba de ello. Nadie en la familia alardeaba jamás. (Otro dato: pese a su refinamiento, Bid detesta a los Stapleton. Dice que «le ponen enferma».)

A lo que iba. En cualquier otra familia Damien sería visto como un posible candidato a Mensa. Pero en casa de los Stapleton ser periodista político está visto como un grado por encima de ser reponedor en un supermercado. Bueno, quizá exagero. El caso es que Damien me contó una vez que se siente como un miembro adjunto de su familia, no como un miembro pleno con todos sus derechos y privilegios, y creo que ese es el verdadero motivo de su negativa a tener hijos: no quiere que otra persona se sienta excluida como él.

(Otro dato: yo nunca le diría eso a Damien. No cree en la psicología popular. En realidad, yo tampoco...)

Así y todo, el balance final es positivo: ni Damien ni yo queremos tener hijos, de modo que por lo menos no tenemos que mantener largas y angustiosas discusiones sobre el asunto hasta altas horas de la madrugada.

De vez en cuando intentaba escribir una columna en defensa de las mujeres como yo, pero siempre me acribillaban con juicios y recibía cientos de cartas donde me decían que era «antinatural», un «bicho raro», una «feminista que ha perdido la chaveta».

Me advertían (muchas veces hombres, qué sabrán ellos) que el día que me empezara la menopausia experimentaría una gran sensación de pérdida y que entonces sería demasiado tarde para reparar mi «egoísta» elección.

Lo cual era muy injusto, porque yo no juzgaba a las personas que tenían hijos pese a volverse —en nombre de su descendencia— las criaturas más egoístas de la tierra.

¿Me interesaba que a su hijo le gustara el puré de berenjenas y no el de chirivía? No. Pero ponía cara de interesada y dirigía la conversación hacia un punto sin retorno con preguntas sobre puré de zanahorias, puré de patatas y —uno polémico— puré de pollo.

¿Me importaba que abrieran la ventana para que el «bebé» (caliente como Tailandia bajo una pila de mantas tecnológicamente adaptadas) tuviera un poco de aire aunque en la habitación hiciera un frío que pelaba?

¿Me importaba que aunque hubiéramos planeado ir al parque y estuviéramos en la puerta con los abrigos y los gorros puestos, el «bebé» se quedara súbitamente dormido y se suspendiera toda actividad durante un período de tiempo indefinido?

Lo más extraño de todo era que se me daban bien los bebés. Me encantaba el olor a leche y polvos de talco, y su peso tibio y suave en mis brazos. Nunca había puesto reparos a cambiar un pañal y no me importaba que me devolvieran encima el biberón. Y por alguna razón que siempre irritaba a quienes veían con malos ojos mi negativa a ser madre, siempre conseguía que dejaran de llorar.

Me encantaban los niños. Simplemente, no quería tenerlos.

Hechicera. ¡Hechicera! Aún ahora recuerdo la mezcla exacta de alegría y esperanza que sentí cuando Damien me dijo, en el treinta cumpleaños de Lucinda Breen, que tenía un nombre para mí. ¡Y encima un nombre tan genial! Fue tal el cosquilleo que estuve un rato sin sentir los pies, y tardé varias semanas en bajar de la nube. (Desde entonces tengo cierta debilidad por Lucinda Breen.)

Sin embargo, en cuanto se me pasó la euforia sentí la necesidad de dejar las cosas claras en lo relativo a su ex esposa. Todos los hombres tienen ex novias, pero Damien se había casado con esta mujer.

—No te pases —me aconsejó, preocupada, Marnie—. O te garantizo que saldrá corriendo.

—¡Pero tengo que averiguarlo!

—En ese caso, sé sutil.

¿Cuándo había sido yo sutil?

Aguardé a después de un encuentro de sexo especialmente apasionado y cuando nuestra respiración se normalizó, dije:

—Damien, eres hombre y sé que esto no te va a gustar, pero quiero que me hables de tu ex mujer. Se llama Juno, ¿verdad?

Se recostó en la almohada y susurró:

—Oh, no.

—Necesito saber —dije—. ¿Y si todavía estás colgado de ella?

—No lo estoy. Es mi ex mujer. Ex.

—Sí, pero ¿qué ocurrió? ¿Por qué os casasteis? ¿Y por qué os separasteis? ¿Y por qué…?

Finalmente, consciente de que no iba a desviarme de mi propósito, espetó:

—No funcionó por tres razones. —Las enumeró con los dedos—. Una: nos casamos demasiado pronto. Dos: yo trabajaba mucho y nunca nos veíamos. Y tres: empezó a tirarse a su jefe.

Dicho esto pensó que la conversación había terminado. Yo, por mi parte, veía en su desglose una introducción de lo más interesante.

Rodé sobre su cuerpo y le miré fijamente a los ojos.

—Cuéntamelo todo —dije—. No lo pongas más difícil.

—No.

Seguí mirándolo fijamente.

—Eres un hombre terco —dije—, pero yo lo soy más.

Nos miramos y miramos, los músculos de los ojos rígidos, hasta que él parpadeó.

—¡Has parpadeado! Gano yo.

Damien cerró los ojos, volvió a abrirlos y, casi riendo, dijo:

—Muy bien, ¿qué quieres saber?

—¿Dónde os conocisteis?

—En el colegio. En Marfleet's.

Marfleet's era un colegio privado para niños privilegiados que ofrecía una educación «completa». En la práctica significaba que aunque los alumnos fueran tontos de remate, sus moldes de patata serían tan aplaudidos que el hecho de que casi no supieran escribir su propio nombre pasaría inadvertido. Dicho esto, Marfleet's generaba una cuota de diplomáticos, ganadores de triatlón, cirujanos y directores de fondos de inversión superior a la media.

Aunque Juno y Damien iban a la misma clase, no se enamoraron hasta que salieron del colegio y empezaron a estudiar en Trinity.

—Pero ¿por qué os casasteis? —pregunté. ¿No pudisteis conformaros con estar enamorados, como la gente normal?

—En realidad empezó como una broma —dijo Damien, como si ni él mismo pudiera creerlo.

Leyendo entre líneas, deduje que Juno estaba aburrida y pensó que casarse sería una excusa genial para montar una gran fiesta. Pero lo que dio un verdadero impulso al asunto fue que tanto los padres de ella como los de él se opusieron a la idea. Eran demasiado jóvenes, dijeron.

No obstante, si algo estaba descubriendo deprisa acerca de Damien es que se trata de un hombre terco. No puedes decirle que no haga algo. Cuanto más le decían que era demasiado joven para casarse, más decidido estaba a llevar adelante la boda.

—Cuanto más nos decían que éramos demasiado inmaduros, más seguros estábamos nosotros de saber lo que hacíamos.

—«Dicen que somos jóvenes e ignorantes, que nos falta madurar...» —dije.

—¿Qué?

—«I Got You Babe.» Sonny y Cher.

—Eso es.

Finalmente Damien y Juno se salieron con la suya y se casaron el verano que él se licenció.

—Así que veintidós años y casado —dije.

—Una locura. —Damien meneó la cabeza—. Trabajaba sesenta horas a la semana como periodista novato para *The Times* y por la noche estudiaba un máster en Ciencias Políticas. Y para colmo no teníamos un céntimo.

Conmovida, dije:

—«Dicen que nuestro amor no pagará el alquiler, que antes de ganarnos el dinero ya nos lo hemos gastado...»

—Exacto.

—¿Y a qué se dedicaba Juno? —pregunté—. ¿A preparar bizcochos en casa?

—No, ella también trabajaba. Era relaciones públicas.

—¿De qué firma?

—Browning and Eagle.

Eso me dijo cuanto necesitaba saber sobre Juno. Contrariamente a lo que la gente cree, no todas las relaciones públicas son sanguijuelas despreciables. Yo había tratado con muchas en mi trabajo y sabía de lo que hablaba.

Pero hay una raza concreta que combina la prepotencia con una completa falta de fe en el producto. No podrían ni venderle una lata de sidra con un volumen del 12,5% a un alcohólico, y tienes la sensación de que solo están en este trabajo para que les sequen el pelo con secador y pasearse por las recepciones tratando a la gente con condescendencia.

Juno era una de esas.

Naturalmente, sabía todo eso sin haberla conocido siquiera.

—¿Y qué ocurrió después? —pregunté.

—Por Dios. —Damien se mesó el pelo con ambas manos—. Yo estaba trabajando como un auténtico esclavo. Ya sabes cómo son las cosas cuando empiezas.

Lo sabía. Estás a merced del redactor jefe. Podía enviarte a Amberes sin previo aviso y tenías que tragar porque estabas ganando experiencia y puntos.

—Y cuando no estaba trabajando, estaba estudiando. No obstante, el trabajo de Juno era muy sociable. Y ella también. Siempre tenía lanzamientos, fiestas y fines de semana fuera de la ciudad. Yo no podía acompañarla, no tenía elección, necesitaba sacarme el máster para conseguir un empleo decente. El caso es que poco a poco nos fuimos acostumbrando a ir cada uno a la suya. Los dos primeros años ella lo llevó bien, pero el tercero...

Su voz se apagó y esperé.

—Un fin de semana Juno tenía que irse al castillo de Ballynahinch para un lanzamiento. Esa semana yo había trabajado ochenta horas y solo había conseguido verla los quince minutos que estuvo haciendo la maleta. Se marchó y yo me puse a escribir un artículo de cinco mil palabras sobre marxismo y globalización. Estuve trabajando en él el viernes por la noche y todo el sábado, y lo terminé a eso de las diez de la noche...

—Sí...

—Y de repente me encontré sin nada que hacer. Esa noche hacía calor. Debía de haber un partido importante, porque de vez en cuando oía un gran bramido y deducía que alguien había marcado. El mundo entero había salido a divertirse. Tenía la sensación de ser la única persona en el mundo que estaba sola un sábado por la noche. Entonces... entonces me acordé de Juno mientras hacía la maleta. Y la recordé sacando una cosa negra y brillante de un cajón.

—¿Una cosa negra y brillante?

—Sí. Un corpiño.

—¿Un corpiño?

—Ajá. Y me pregunté, ¿qué hace llevándose un corpiño a un fin de semana de trabajo? —Me miró—. Entonces me acordé de lo mucho que hablaba de Oliver Browning. Su jefe.

—Sé quién es. —Le conocía. Era un lameculos repulsivo que se teñía el pelo, en principio de castaño oscuro, pero tenía un espantoso tono anaranjado.

—Tuve la impresión de que todas las conversaciones que había tenido con ella durante los últimos meses habían sido sobre su jefe y lo estupendo que era. —Se encogió de hombros—. Entonces lo vi claro.

—Oh —dije. Qué historia tan triste—. ¿Le armaste una escena?

—Una escena probablemente sea una descripción exagerada. Cuando llegó a casa le pregunté qué estaba pasando. Me lo contó. Dijo que nos habíamos distanciado.

—¿Distanciado?

—Sí, como en un culebrón para televisión. Pero era cierto que nos habíamos distanciado, que habíamos tomado caminos diferentes. Todo el maldito asunto era un cliché detrás de otro. —Rió—. Pero la quería. Y me dolió.

—Te estás riendo.

—Ahora sí, pero en aquel momento no me reí.

Después de una pausa respetuosa, retomé el hilo de la historia.

—Y os divorciasteis.

—Nos divorciamos, y ella volvió a casarse.

—¿No con Oliver Browning? —Estaba segura de que me habría enterado.

—No, con otro. Pero del mismo estilo. Rico y empresario. Un gran hombre para pasarlo bien, asiduo de Ascot, Wimbledon y Glyndebourne. Podía darle lo que ella quería. Están hechos el uno para el otro.

—¿Sientes rencor? ¿Debajo de tu fachada adusta y taciturna se oculta un pozo de resentimiento?

—No.

—Hablar es fácil.

—¡Fui a su boda!

—¿En serio? —Fascinante—. ¿Y cómo te sentiste?

—Por Dios, Grace. —Damien gimoteó sobre sus manos.

—¿Bien? ¿Mal? ¿Ni bien ni mal?

Se rindió con un hondo suspiro.

—Bien desde luego no. Sentí que había fracasado. Había pronunciado mis votos en serio. Cuando dije para siempre, o comoquiera que sea la frase…

—… mientras vivamos.

—Creo que en realidad la frase era «Hasta que la muerte nos separe».

—Creo que ya no dicen eso.

—¿Estuviste en mi boda?

—No, pero…

—Cualesquiera que sean las palabras, las había dicho de corazón. Lo sé, lo sé, solo tenía veintidós años. No sabía nada de la vida y creía saberlo todo. Cualquiera podría haber pronosticado que lo nuestro no iba a funcionar. Pero ver a mi ex mujer casándose de nuevo me afectó. Negativamente.

—¿A quién llevaste de acompañante?

—A nadie.

—¿Fuiste solo? ¿A la boda de tu ex mujer?

—No tenía novia —se defendió—. Y no podía agarrar a una desconocida por la calle y decirle, «Hola. ¿Haces algo el sábado? ¿Te apetece venir conmigo a ver cómo vuelve a casarse mi ex mujer?».

—Entonces, ¿por qué ir?

—Vamos, Grace, tenía que hacerlo.

—¿Por orgullo?

—Y porque Juno se habría disgustado.

—¡Es su problema!

—Tenía que ir —se limitó a repetir.

Lo entendía.

—Pero aparecer solo… Debías de parecer un fantasma. ¿Ibas de negro?

—Naturalmente. —Me miró de hito en hito—. Levita negra…

—… con mallas negras…

—… y chistera. Parecía el director de una funeraria…

—… victoriano.

Damien fue el primero en romper a reír y solo entonces pude hacerlo yo. Imaginármelo con la chistera me parecía increíblemente divertido y trágico a la vez. Reímos un buen rato, entonces Damien paró el tiempo justo para decir:

—… y cuando el cura preguntó si alguien tenía algo que alegar contra esa unión, entoné dos compases de la marcha fúnebre…

—… con un silbato celta…

—… no, con un teclado de hombre-orquesta.

—… que tocabas con el codo.

La risa se apoderó nuevamente de mí y me retuvo en sus garras hasta que creí que iba a ahogarme. No obstante, incluso mientras me desternillaba seguí pensando que era una historia triste. Pobre Damien. Tener que presenciar —solo— cómo su ex mujer, con un vestido de diez mil euros (es una suposición, pero apuesto a que no voy mal encaminada), avanzaba hacia una nueva vida. Cargar con un sentido del deber que le impulsaba a asistir, pero ser demasiado solitario para saber que la compañía de otro ser humano le habría facilitado las cosas.

—Una pregunta más, señor Stapleton.

—¡No, se acabó!

—¿Alguna vez quedas con Juno?

—No.

—¿Y qué pasaría si te la encontraras?

—Nada… no pasaría nada.

Dios, me estaba haciendo pipí encima.

Sacudí frenéticamente la pierna y me pregunté si podría pedir a alguien que me guardara el sitio mientras iba al lavabo. Estaba en un pasillo, frente a una sala de un céntrico hotel de Londres, con otra docena de periodistas. Estábamos allí para entrevistar a Antonia Allen, una joven y llamativa actriz de Hollywood. Nos habían citado a las nueve de la mañana, ya era la hora de comer y no parecía que nos estuvieran invitando a pasar al santuario en un orden reconocible.

Miré de reojo a la chica que tenía al lado. ¿Podía fiarme de que me guardara el sitio? No, me dije. Parecía una tía dura, casi podía oler su instinto asesino. En cuanto echara a correr por el pasillo le diría a la aterradora mujer de la tablilla que la periodista de *The Spokesman* se había marchado a casa.

La silla estaba tan dura que ya no sentía las nalgas. Podría rebozarlas de agujas, como si fueran alfileteros, que seguiría sin notarlas. Tal vez debiera hacerlo para entretenimiento de los demás periodistas. («Vamos, no, vamos, más fuerte, puedo aguantarlo.») Tal vez nos ayudara a pasar el tiempo.

Pero no parecían gente con sentido del humor y abandoné la idea. Necesitaba un lavabo, un cigarrillo y ocho tostadas.

Cerré los ojos. Oh, tostadas, cómo os adoro. Una me la comería con mantequilla, otra con mantequilla de cacahuete, otra con Philadelphia, otra con mermelada de fresa y cuatro con Nutella. Primero me tomaría una de Nutella, luego la de mantequilla de cacahuete, luego otra de Nutella, luego la de mermelada, luego, dado que se trataba de una fantasía, veinte cigarrillos. Tendría seis retretes donde elegir, un cojín de plumas para mi trasero, luego más tostadas y más cigarrillos…

Cuánto glamour. Dado que las estrellas no podían molestarse en viajar a Dublín para ser entrevistadas, me tocaba ir a Londres con cierta regularidad, y la gente (no periodista) siempre me decía, «Eres una tía con suerte».

Si supieran. Hoy había tenido que levantarme a las 4.45 para coger el avión de ganado de Ryanair de las 6.45 a fin de poder estar en Londres a las 9.00. No había comido nada en el avión porque era tan pronto que temía echarlo. Ahora estaba muerta de hambre y no había hecho ninguna ingesta preventiva.

—Apuesto a que en el salón tienen galletas caseras —dije a nadie en particular—. En los hoteles como este siempre tienen, pero me conformaría con una madalena.

Un par de periodistas levantaron la vista de su hardware (portátiles, BlackBerries, móviles), pero estaban demasiado tensos para poder responder. Generalmente, las chicas como Antonia Allen no causaban excesivo nerviosismo; no era más que otra rubia esquelética con alergia a los departamentos de contratación de actores protagonizando una película de lata con un presupuesto vergonzosamente alto. Pero cuatro días antes habían pillado a su novio montándoselo con un reportero de paisano y de repente la chica se había hecho famosa. Y yo había sido enviada a Londres.

—Regresa con la historia del novio gay —me había dicho el gran jefe, de repente todo sensacionalista— o no vuelvas.

Tenía un libro de Val McDermid conmigo, pero no podía concentrarme en la lectura porque la ansiedad me estaba haciendo un agujero en las paredes del estómago. La gente de Antonia había dicho que si mencionábamos la palabra «gay», darían la entrevista por terminada. ¿Cómo iba a conseguir que se sincerara conmigo?

Había hecho indagaciones en internet y tan solo había descubierto que Antonia era una chica de lo más corriente. Planeando sobre mí, aumentando la presión, estaba la certeza de que Casey Kaplan lo habría logrado. En las tres semanas que llevaba trabajando en *The Spokesman* nos había deslumbrado a todos con las presas famosas que traía de sus cacerías. Aunque teníamos títulos y competencias diferentes (yo era «Articulista Principal» y él era «Articulista de Famosos»), sabía que me estaban comparando con él.

Llamé a TC.

—¿Alguna novedad?

—Casey Kaplan nos ha revelado al fin la historia que sacudirá nuestro mundo.

—¿Qué? —«No permitas que sea algo bueno.»

—La mujer de Wayne Diffney está preñada.

Wayne Diffney había pertenecido en otros tiempos al espantoso grupo pop adolescente Laddz (era el chico estrambótico con el pelo que recordaba a la Opera House de Sidney) y ahora soñaba con abrirse camino como rockero. Se había dejado crecer una perilla, alardeaba de no usar nunca desodorante y soltaba algún que otro «joder» en la radio nacional.

—¿Eso es todo? ¿Una historia sobre Wayne Diffney? Caray. ¿Cómo está tu mundo?

—Quieto. ¿El tuyo?

—Estable. Bastante estable.

Más espera. Más balanceo de pierna.

Pitido en mi móvil: un mensaje de Damien. «Préstamo aprobado. ¡Coche nuevo!»

Llevábamos desde el fin de semana deliberando con diferentes instituciones financieras. Era una gran noticia.

Un periodista salió del salón y todos levantamos la vista. ¿Cómo estaba Antonia? ¿Habladora? Pero su cara de póquer no desveló nada. O Antonia había hablado y estaba protegiendo su exclusiva o no había hablado y estaba disimulando su fracaso.

Me sonó el móvil.

—¿TC?

—No te va a gustar.

—Dispara.

—El padre no es Wayne Diffney, sino Shocko O'Shaughnessy.

Una bola de fuego rugió en mi estómago. Brian «Shocko» O'Shaughnessy era un rockero de verdad. Venerado en todo el mundo, cargado de pasta, vivía en una mansión con fuertes medidas de seguridad en Killiney de la que salía de vez en cuando, sonriente y desaliñado, para entregar premios en actos benéficos y visitar a supermodelos.

—Hailey ha dejado…

—¿Quién?

—La señora Diffney, de nombre Hailey, ha dejado a Wayne y se ha instalado en casa de Shocko. Kaplan estaba allí, jugando al billar con Bono, cuando Hailey llegó en un taxi. Él y Bono fueron a la farmacia más cercana para comprarle una prueba de embarazo. O por lo menos eso asegura Kaplan. ¿No tienen lacayos para esas cosas? Una hora después Diffney llegó con un palo de hockey… el pobre desgraciado había tenido que coger el tren porque Hailey le había pispado sus últimos veinte euros… para cantarle las cuarenta a O'Shaughnessy, pero, como es lógico, no pudo pasar de la verja. Pero Kaplan, o Kofi maldito Annan, convenció a Shocko de que dejara entrar a Diffney para que dijera lo que tuviera que decir. Una vez dentro, Diffney la emprendió a golpes con el palo. Se cargó cuatro discos de platino, propinó a Bono un «rebote despiadado» en la rodilla izquierda y dijo «Eso por Zoorupa». Luego atizó a Shocko «en el pelo». Es la historia más candente del momento y Kaplan estuvo allí.

Antonia era más baja en persona. Siempre lo son. Cansada y consumida —por lo que fuera me hizo pensar en un champiñón deshidratado—, no tenía nada que ver con la radiante princesa que aparecía con vestidos de alta costura sobre alfombras rojas. («El dolor por la traición sufrida está haciendo mella en Antonia, dándole un extraño aspecto de hongo…)

—¿Le gusta Londres? —pregunté—. ¿O solo ha podido ver el salón del hotel?

(En una ocasión, un Bruce Willis harto de entrevistas me dijo casi chillando que nunca conseguía ver nada de los lugares que visitaba, que en las giras promocionales los actores nunca conseguían ver nada. Tomé ese dato y lo guardé en un lugar seguro, y solo lo uso cuando necesito que la gente me tome por una persona intuitiva.)

Antonia asintió.

—Solo estas cuatro paredes.

—Mi hermana gemela vive en Londres. —Nunca hacía daño desvelar un detalle personal—. Pero nunca consigo verla cuando vengo por trabajo.

—Qué fastidio —respondió Antonia sin demasiado interés.

—Sí —convine, tratando de parecer apesadumbrada.

La bruja de la tablilla ocupó su lugar en un sofá cercano y procedió a observar nuestro intercambio con expresión severa. Me picaba el hueco entre los dedos índice y corazón. Siempre que me ponía nerviosa me apetecía un cigarrillo, y ahora estaba nerviosa. Este valioso espacio de media hora era mi única oportunidad de sacar a relucir la historia del novio gay y tenía todas las de perder.

Antonia estaba bebiendo una infusión de hierbas. No había esperado que estuviera empinando el codo —pese al terrible golpe— pero era otra vía que se me cerraba. Dudaba mucho de que unas hojas secas de frambuesa le soltaran la lengua.

Empecé con un par de preguntas cobistas sobre su «arte». Nada gusta tanto a los actores como hablar de su arte. Sin embargo, leer sobre ese tema resulta sorprendentemente tedioso, razón por la que nunca aparece en el artículo final.

Asentí con seriedad mientras ella desmenuzaba galletas de mantequilla (sí, las caseras, como había vaticinado) en su plato y explicaba cómo se había preparado el papel de la novia trabajadora de Owen Wilson.

—Estuve trabajando en un despacho de abogados atendiendo el teléfono.

—¿Cuánto tiempo?

—Una mañana, pero aprendo rápido.

Engullí a toda prisa un trozo de galleta y casi me perforé el esófago en el proceso. La respuesta de Antonia había sido tan escueta que no me había dado tiempo de masticar. En cuanto pude hablar, mencioné una porquería de película independiente que había hecho un par de años antes.

—Hizo un trabajo importante —dije para demostrar que la había «captado», que ella no era otra muñeca de cuerda de cuarenta kilos, sino una actriz seria—. ¿Tiene previsto hacer un trabajo similar en el futuro?

Negó con la cabeza. Mierda. Había confiado en dirigir la conversación hacia la importancia del sufrimiento personal en su profesión. Había llegado el momento de sacarla del piloto automático.

—Antonia, ¿cuál fue la última mentira que dijo?

Lanzó una mirada de temor a la señora Tablilla y, a fin de recuperar el terreno perdido, me apresuré a añadir:

—Era una broma. Hábleme de sus puntos fuertes.

—Soy… esto… soy muy buena trabajando en equipo. Tengo un gran sentido del humor. Veo el lado bueno de la gente. Soy considerada, sensible, afectuosa…

Ya, ya.

—¿Y —algo más difícil— sus puntos débiles?

Hizo ver que lo meditaba.

—Supongo que… soy una perfeccionista. Y una adicta al trabajo.

Ya, ya. Siempre decían lo del perfeccionismo.

—¿Qué cosas te indignan?

—La injusticia. La pobreza. El hambre en el mundo.

Lo de siempre. ¿Y que a tu novio le de por culo un tío? ¡Por Dios, Antonia, eso bastaría para indignar a una santa!

Pero noté que algo cambiaba. Una alteración en su ánimo casi imperceptible. Antonia procedió a desmenuzar otra galleta sobre su plato y decidí arriesgarme.

—Antonia, ¿por qué no se la come?

—¿Comérmela?

La señora Tablilla me miró con suspicacia.

—Es solo una galleta —dije—. Es reconfortante. Y aunque no pretendo meterme donde no me llaman... —pausa significativa, mirada compasiva—, creo que ahora mismo no le iría mal algo reconfortante...

Sin apartar sus ojos de mí, Antonia se comió la galleta en tres raudos bocados.

—¿Está buena? —pregunté.

Asintió con la cabeza.

Cerré la libreta. La grabadora seguía conectada, pero el hecho de cerrar la libreta generaba la impresión de que la entrevista había finalizado.

—¿Eso es todo? —Antonia parecía sorprendida.

Terminar pronto es una buena estrategia. Les produce pavor que el interés de alguien pueda decaer.

—No quiero robarle mucho tiempo. Sobre todo teniendo en cuenta por lo que ha pasado últimamente... La forma en que ha sido acosada por la prensa... —Sacudí la cabeza.

«Confía en mí, confía en mí, yo soy la periodista amable, intuitiva, con la hermana gemela a la que ve muy poco. Y tú probablemente estás deseando desvelar tu versión de los hechos.»

—Mi jefe me dijo que no volviera a la redacción sin haberle preguntado primero sobre Jain. —Hice un gesto de impotencia—. Pero... —Guardé la libreta en la cartera.

—Oh. ¿Eso le dará problemas?

Hice un gesto con el que confiaba transmitir que iban a despedirme.

—Pero ¿a quién le importa eso? —Me sacudí las migas de los pantalones e hice ademán de levantarme.

—Oiga —dijo Antonia de repente—, en realidad no es para tanto. Además, lo nuestro ya estaba terminado. Yo ya no le quería. Y diga lo que diga la gente, no soy ninguna idiota. Sabía que me engañaba, lo que no sabía es que fuera con un tío.

La señora Tablilla levantó bruscamente la vista.

—¡Antonia! Señorita... mmm. —Cogió la tablilla. ¿Quién era yo?—. ¡Señorita Gildee!

—Me alegra comprobar que cuenta con buena gente que cuide de usted —me apresuré a decir—. ¿Hubo algo que le hiciera sospechar que Jain podía ser gay? «Sigue hablando, Antonia, sigue hablando.»

—Hacía mucho ejercicio. Y se cuidaba la piel, pero muchos hombres lo hacen.

—¿Discos de Judy Garland?

—¡Señorita Gildee!

—La verdad es que no. Pero sí fue a Las Vegas a ver a Celine Dion.

—¿Y el sexo?

—Señorita Gildee, le ordeno que pare ahora mism...

—¡El sexo era fantástico!

—Pero... ¿era sencillo? —Me estaba jugando el todo por el todo, compitiendo con la señora Tablilla por llegar antes a la meta.

—La entrevista ha terminado.

—Lo que quiero decir es... Verá, no se me ocurre una forma menos cruda de plantearlo. —Hay un momento para ser amable y otro para ser detestable—. ¿Era por la puerta de delante o por la puerta de servicio?

—¿La qué? Oh, ¿es eso es lo que rumorea la gente? —Antonia enrojeció de furia—. ¿Que solo teníamos sexo anal?

—¡Antonia, no! No digas nada que...

—¡Para su información, no solo practicábamos sexo anal! ¡Íbamos variando!

—¿Para mi información? —Cogí mi grabadora y la apagué—. Gracias, señorita Allen, gracias señora Tablilla.

Mientras corría por el pasillo en dirección al baño, me asaltó la vergüenza. Había engatusado a Antonia para que se sincerara conmigo. Entonces pensé, ¿vergüenza de qué? Ella era un bombón de veintiún años que recibía ropa de Gucci gratis y ganaba cinco millones de dólares por película. Yo era una periodista mal pagada que se limitaba a hacer su trabajo.

—Tengo la garganta desgarrada de tragar trocitos de galleta punzantes. —Sorteé una marabunta de gente que acababa de aterrizar procedente de Zante y seguí caminando con el móvil pegado a la oreja—. La vejiga se me ha dado de sí y ya nunca recuperará su antigua forma.

—Como un jersey lavado en el programa equivocado.

—Si quieres un jersey lavado en el programa correcto, lávatelo tú. —Proseguí con mi letanía de aflicciones—. Seguro que los estudios me ponen en la lista negra y no permiten que vuelva a entrevistar a ninguno de los suyos. No era necesario llegar tan lejos, Damien. El gran jefe no va a publicar algo tan burdo como «Antonia Allen confirma lo del sexo anal». De repente me molestó el hecho de que el baile entre las estrellas y los medios siempre lo marcaran las estrellas. Y —esto no me era fácil reconocerlo— sentía el fantasma de Casey Kaplan respirando en mi cuello. Pero no me gusta jugar sucio. He violado mis propias reglas y me siento fatal…

—¿Tú y yo hemos practicado el sexo anal alguna vez? —preguntó Damien.

—¡Por Dios! Más o menos.

—¿Más o menos?

—Fue un experimento bajo los efectos del alcohol, pero no salió bien. Y no volveremos a intentarlo.

—No lo recuerdo.

—Yo sí, y no volveremos a intentarlo.

Me temblaron las piernas al pasar por delante de los cigarrillos del duty-free. Aunque ya no son duty-free. Y yo ya no fumo.

—¿Saldremos a comprarte un coche esta tarde? —preguntó Damien.

—Es el último día del mes, la noche de nuestra cita.

Como trabajábamos tanto, Damien había decidido que debíamos probar a tener una noche romántica (léase «sexo») al mes.

—¡Joder!

—¡Un millón de gracias! Te recuerdo que fue idea tuya. —Yo me había opuesto a algo tan artificioso.

—No lo digo por la idea, sino por palabra. «Cita.» ¿Cuándo pasó a formar parte de nuestro vocabulario? Como «engañar». ¿Cuándo acordamos como nación que sustituyera a «poner los cuernos»? Y, «Estar aquí para ti», esa es otra. «Estoy aquí para ti», «Ella está aquí para mí», «Todos estamos aquí para todos». Imperialismo cultural. Por lo visto ahora todos somos americanos.

—¿Hay cita o no hay cita? —Tenía ganas de sexo.

—¿Tú quieres?

—¿Tú?

—Yo sí.

—Pues yo también.

Curiosamente, mi vuelo fue puntual y llegué a casa antes que Damien. Puse música, apagué luces y encendí velas. Había helado en el congelador, arándanos en la nevera (tendrían que reemplazar a las fresas) y una botella de vino tinto en la mesita del café. (No comida como es debido. Yo me había tomado un panini repugnante en el avión y Damien había dicho que pillaría algo en el trabajo.)

Ahora estaba impaciente. Me desvestí hasta quedarme en bragas y sujetador, me puse la bata y de repente reparé en mi ropa interior. Bragas de algodón negras y sujetador básico negro (dos negros diferentes). Nada de malo en ello, pero no podía decirse que fuera muy… divertida. ¿Me habría herniado por comprar algo bonito? Técnicamente no, pero supongo que iba en contra de mis principios. Yo era una mujer de verdad. ¿Por qué debía vestirme como una fantasía masculina?

Damien decía que la lencería picante le daba igual. Pero ¿y si mentía? ¿Y si me dejaba por una chica de piel sedosa con un cajón lleno de ligueros rojos y tangas de brillantes?

Durante un instante me dejé llevar por esa desagradable posibilidad. Entonces me detuve en seco. Si Damien eran tan estúpido, me dije, todo para ella.

Bebí un sorbo de vino y me tumbé en el sofá. Ahora me moría de ganas. Hacía un montón de tiempo.

¡Damien había llegado!

Corrí hasta el recibidor y le tendí una copa de vino. Como una esposa de los años cincuenta, estaba decidida a hacerle olvidar las tensiones del mundo exterior para conseguir que le entraran cuanto antes las ganas de sexo.

—¿Qué tal tu día? Bebe.

Había que respetar el ceremonial, aunque Damien nunca decía que no. Y yo estaba encantada. Debía de ser horrible que tu pareja te rechazara cuando te morías de ganas de hacerlo. A veces lo sentía por los hombres. (Pero solo a veces.)

Damien tenía mechones de pelo apuntando hacia arriba por el casco. Con un silbido, se bajó la cremallera de la chaqueta de motorista y dejó ver su traje; era como contemplar a Superman hacia atrás.

Lo arrastré por la cortaba hasta la sala de estar.

—Jesús, dame un minuto —dijo mientras intentaba dar un sorbo de vino y se golpeaba la rodilla con la librería hacia la que lo había desviado sin querer.

Una vez en el sofá, me senté encima de él a horcajadas, le introduje una mano por debajo de la camisa y la subí hasta el pecho. Siempre me ha gustado su pecho.

Pero estaba demasiado impaciente. Desmonté, deslicé la mano por debajo de la cinturilla y empecé a mover las yemas de los dedos en círculos, arañándole suavemente la piel.

—¿Qué ha sido del juego erótico? —preguntó.

—No hay tiempo. Estoy que ardo.

La reacción fue instantánea, como un vídeo acelerado del ciclo vital de una planta, un diminuto capullo de aspecto inocente que procedió a desperezarse, desenroscarse, enderezarse, hincharse, endurecerse y saltar de la última doblez enhiesto y orgulloso. Me encantaba sentirlo duro como una roca en la palma de la mano.

—Arriba —dije, alzándole las caderas para poder bajarle el pantalón. Damien ya había empezado a desabotonarse la camisa y, con un frufrú de algodón almidonado, la arrojó al suelo.

Me desabroché el sujetador y me incliné hacia delante para dejarlo caer. Enseguida fue a por mis pechos, recogiéndolos en las palmas, pellizcando los pezones con los dedos índice y corazón. Se le veló la mirada y de repente me asaltó un pensamiento desagradable: se suponía que el sexo era un acto íntimo y, sin embargo, a veces sentía como si en nuestro interior se alojaran otras personas.

—Háblame de tus fantasías —le susurré, tratando de recuperar la proximidad.

En sus fantasías, por lo general, aparecía yo montándomelo con otra mujer. Algo repetitivo pero inofensivo. No estaba segura de la gracia que me habría hecho que implicaran pañales para adultos o bikinis diminutos.

—Grace —susurró.

—¿Qué?

—Vamos al cuarto.

—No. Estamos siendo espontáneos.

Estábamos en el suelo de la sala, yo cabalgando encima de él. Cerré los ojos para recuperar la sensación.

—Grace.

—¿Qué?

—Me está haciendo polvo los omóplatos. Subamos.

—Vale.

Estaban empezando a dolerme las rodillas.

—Ahora es cuando más lo echo de menos —dijo Damien, propinando un puñetazo a la almohada como si esta hubiera llamado zorra a su madre—. El placer postcoital no es el mismo sin un cigarrillo.

—Sé fuerte —dije.

—Algunas personas, sencillamente, nacen fumadoras —dijo—. Es una parte más de su personalidad.

—Cómete un arándano.

—Cómete un arándano, dice. —Contempló el techo—. Ni un millón de arándanos conseguirían llenar el vacío. Anoche soñé con ellos.

—¿Con arándanos?

—Con cigarrillos.

—Deberías probar los chicles.

—No —dijo—. No funcionan.

Me mordí la lengua, aunque no me fue fácil. Damien tenía ese lado de machote independiente que le hacía creer que nada podía ayudarle. Cuando tenía dolor de cabeza (lo cual era a menudo) se negaba a tomar analgésicos. («¿Para qué?») Cuando pillaba un resfriado (cada enero), se negaba a ir al médico. («Se limitará a recetarme un antibiótico.») Era exasperante.

—No olvides que el jueves llega Marnie con Nick y las niñas —dije—. Mamá dará una cena.

—No lo he olvidado. No me dejes solo con Nick.

Nick era el marido de Marnie, un apuesto diablillo que había trascendido sus orígenes de clase obrera para convertirse en un comerciante de materias primas que estaba cargado de pasta. (Mamá y papá, los eternos socialistas, se esforzaban por mirarlo con malos ojos y censurar su economía thatcheriana, pero Nick era irresistible.)

Vivían en una casa grande de Wandsworth Common y llevaban un tren de vida alto. Marnie conducía un Porsche SUV.

—En el mundo de Nick no hay lugar para el pesimismo —dijo Damien—. Tendré que aguantarle el rollo sobre las ventajas del nuevo Jaguar frente al nuevo Aston Martin y cuál debería comprarse.

—Puede que no. Al parecer este año tampoco tendrá bonificación. Ya van dos años seguidos. Los precios del cáñamo ya no son lo que eran.

Lo sabía todo sobre su situación financiera. Marnie me tenía al tanto.

—Nada le deprime. Y tú no olvides que el viernes por la noche estamos convocados en casa de Christine para cenar.

Christine era la hermana mayor de Damien y sospechábamos que no se trataba de una invitación de rutina para vernos las caras. Raras veces teníamos cenas íntimas con sus hermanos; sencillamente eran demasiados para poder ir a verlos a todos. La mayoría de las veces veíamos a su familia en masa —y cuando digo en masa quiero decir en masa, hay diez sobrinos de entre cero y doce años, de hecho tenemos un cuadro con todos los cumpleaños— en grandes celebraciones como cuarenta cumpleaños, bodas de oro y primeras comuniones.

Damien y yo habíamos deducido que Christine y Richard nos habían invitado porque acababan de tener a su cuarto hijo y querían pedirnos que fuéramos los padrinos. Era lógico. Los demás hermanos —Brian, Hugh y Deirdre— ya eran padrinos de los otros tres hijos de Christine. Ahora que había llegado el cuarto era obvio que Damien, y probablemente yo, ocuparíamos ese puesto.

—¿Qué tiene que hacer exactamente un padrino con su ahijado? —preguntó Damien.

—Nada —dije. Yo era madrina de Daisy—. Únicamente darle dinero por Navidad y por su cumpleaños.

—¿No has de cuidar de su bienestar espiritual?

—Solo si mueren los padres.

—Pero Christine y Richard no se van a morir.

Desde luego que no, ellos no harían algo tan vulgar.

—Oye, Bomber Command —exclamó de repente Damien—, no tengo nada el viernes de aquí a dos semanas, ¿verdad?

—No soy tu secretaria.

—¡Ja, qué graciosa! ¿Tienes algo previsto?

—¿Por qué?

—Porque es mi vigésima reunión de antiguos alumnos.

—¿Antiguos alumnos? ¿Tú?

Damien era una de las personas más insociables que había conocido en mi vida. No era fácil conseguir que saliera. A menudo decía que detestaba a todo el mundo, que quería vivir en lo alto de una montaña y que yo era la única persona a la que podía soportar.

De repente comprendí de qué iba todo eso y se me hizo un nudo en el estómago.

—¿Irá Juno?

—Supongo que sí.

—¿Supones?

—Es la que lo organiza, de modo que sí, supongo que sí.

Había estado esperando algo así desde que Juno había enviado el maldito DVD.

—¿Qué está pasando?

—¡Nada!

—¿Te llamó ella? ¿La llamaste tú? ¿Qué?

—Ella llamó a mamá. Mamá me llamó a mí. Yo llamé a Juno.

—¿Cuándo?

—No lo sé. ¿Cuándo fue lunes?

—Ayer.

—Entonces ayer.

Le miré larga y fijamente.

—¿Qué está pasando?

—¿No confías en mí?

—Sí. No. No lo sé.

—Un propietario cuidadoso… y unos pocos que no lo fueron tanto. Es una broma, ja, ja, ja. —Terry, el vendedor de coches de ocasión (otro acertijo del tipo huevo y gallina. ¿Qué fue primero, el trabajo de vender coches de ocasión o el personaje sórdido que se toma demasiadas confianzas?), miró a Damien fijamente a los ojos—. Ahora en serio. Solo ha tenido una dueña y no pasaba de cuarenta.

Meneé la cabeza, tratando de romper el hechizo entre Damien y Terry.

—… historial completo de revisiones…

Solamente necesitaba redirigir la mirada de Terry hacia mi cara…

—… neumáticos nuevos…

Damien estaba señalando en mi dirección.

—Cuénteselo a Grace —dijo, pero Terry lo tenía atrapado en sus garras oculares.

—¡Terry! —grité.

Terry hizo ver que no me oía.

—… puesto a prueba…

—Terry. —Me coloqué a diez centímetros de él y dije, muy alto, en su cara—: El. Coche. Es. Para. Mí.

—Oh, lo siento, cielo. —Le guiñó un ojo a Damien.

—De cielo, nada. Pero no le culpo por guiñarle el ojo a Damien. Es una monada, ¿a que sí?

—Era como si me hubiera hipnotizado —se disculpó Damien cuando nos marchamos—. No podía dejar de mirarle.

—¡Olvídalo! —¡Volvía a tener coche! Era genial volver a tener coche. Otro Mazda, no tan bonito, no tan nuevo, pero después de dos semanas cogiendo autobuses, motos y taxis, no podía quejarme—. ¡Vamos a dar un paseo!

—¿A Dun Laoghaire? ¿A ver el mar?

—Después podríamos pasar por Yeoman Road para comprobar si Bid está mejor y podemos volver a fumar.

Damien apenas titubeó, lo cual era un indicador de que estaba de fantástico humor. (Titubeaba siempre que le proponía ir a ver a mi familia, o, de hecho, a la suya, pero esto último era de esperar. Me aseguraba que apreciaba mucho a mis padres y bastante a Bid —lo cual ya era mucho teniendo en cuenta cómo se comportaba a veces—, pero que las familias per se le daban dentera.)

Nos recibió un Shostakovich ensordecedor. Papá estaba en su butaca con los ojos cerrados, dirigiendo la orquesta mientras Bingo daba delicados pasos adelante y atrás, bailando como alguien en una adaptación de Jane Austen. Solo le faltaba el sombrero. Mamá estaba sentada en la cocina, leyendo *Islamofobia: de cómo Occidente ha reconfigurado la ideología musulmana*. Bid lucía en su calva cabeza un gorro de punto de rayas amarillas y blancas —parecía un cubrehuevos— y estaba leyendo algo titulado *Azúcar para Susie*. Todos, incluido Bingo, estaban bebiendo el asqueroso vino de diente de león de papá.

Mamá nos vio primero.

—¿Qué hacéis aquí?

—¡Tengo coche nuevo!

Papá abrió bruscamente los ojos y se enderezó en su butaca.

—¿Me estás diciendo que esos sinvergüenzas os han pagado?

—¡Sí! —mintió Damien. Íbamos a tardar meses en ver el dinero pero no estábamos dispuestos a tragarnos una perorata de papá.

—¿Cómo estás, Bid? —preguntó Damien.

Bid bajó el libro.

—Deseando fumar, gracias por preguntar.

—Me refiero a tu salud en general…

—Ah, eso —dijo con tristeza—. Solo cinco sesiones más de quimio y todos podremos volver a fumar. —Por su amarillenta mejilla rodó una lágrima.

—No llores, te lo ruego —dije, alarmada.

—No puedo evitarlo. Añoro tanto… añoro tanto… —Empezó

un oportuno temblor de cara-hundida-en-manos—. Añoro tanto mis cigarrillos —borboteó al fin.

—Y yo, cariño, y yo. —Mamá cerró su libro y empezó a llorar también.

Luego se sumó papá.

—Es agotador —dijo con voz entrecortada y hombros temblorosos. Bingo corrió a su lado, martilleando el linóleo con las uñas, y descansó la cabeza en su regazo—. Es una verdadera tortura. —Papá acarició la cabeza de Bingo con cierto frenesí—. No pienso en otra cosa, y no caer en la tentación es un trabajo de jornada completa.

—Lo del cáncer es lo de menos. —Bid levantó la vista. Tenía el rostro húmedo—. Lo que me está matando es no poder fumar.

—Yo sueño con cigarrillos —confesó mamá.

—¡Yo también!

—¡Y yo! —dijo Damien.

—Y yo —sollozó papá—. En mi vida había comido tanto bizcocho. No entiendo qué beneficio puede haber en dejar la nicotina para atiborrarnos de grasas trans.

—¿Cómo va tu Mills and Boon? —Señalé con la cabeza el libro de Bid.

—No es un Mills and Boon, es una novela erótica. Va de una chica llamada Susie que se acuesta con todo el mundo. Tonto, muy tonto, pero las partes de sexo están bien.

—¡Ajá! ¡Genial!

Jesús, qué flaca estaba Marnie. Pude notarle las costillas bajo la rebeca de lana de mamá. Siempre había sido delgada, pero ahora me parecía más flaca que nunca. ¿No se suponía que debíamos hincharnos con la edad? ¿Aunque no hubieras dejado de fumar? (Solo llevaba cuatro días y ya me costaba cerrarme las cinturillas.)

—Estoy helada —dijo—. Caray con esta casa. ¿Y Damien?

—No tardará en llegar. —Más le valía—. Estás muy flaca.

—¿En serio? Qué bien.

Oh, no, pensé. Espero que encima no se haya vuelto anoréxica. No hacía mucho había escrito un artículo sobre el hecho de que la anorexia se estaba extendiendo entre las mujeres de cuarenta y tantos, y aunque Marnie solo tenía treinta y cinco, le gustaba ir siempre un poco por delante.

Abajo, en la cocina, reinaba el caos. Daisy y Verity estaban galopando alrededor de la mesa como ponis, mamá estaba removiendo una olla y haciendo un crucigrama y papá tenía la cabeza enterrada en una biografía de Henry Miller.

Parecía que hubiera estallado una bomba rosa: mochilas rosas, anoraks rosas, muñecas vestidas de rosa...

—Hola, cariño. —Nick se levantó para darme un beso—. ¡Estás fantástica!

También él. Nick apenas medía un metro setenta pero poseía el atractivo de chico travieso. Llevaba un corte de pelo claramente moderno, y los tejanos y la camiseta de manga larga parecían nuevos y (como mamá diría más tarde) «sacados de una revista».

—Saludad a tía Grace —ordenó Marnie a las niñas.

—No podemos —respondió Daisy—. Somos ponis. Los ponis no hablan.

Cuando pasó cabalgando por mi lado la agarré y le planté un beso en su cara de pétalo. Se liberó de mi abrazo mientras gritaba:

—¡Has besado a un caballo! ¡Grace ha besado a un caballo!

—Cosas peores ha besado. —Había llegado Damien.

—Me alegro de que hayas podido venir —le susurré.

—Yo no.

No debía reírme si no quería que se animara. Le pellizqué el muslo lo bastante fuerte para hacerle daño.

—Desvergonzado. ¿Quién te ha abierto?

—Bid. Ha vuelto a la cama. ¿Qué hace Bingo fuera?

Bingo estaba con el morro apretado contra el cristal, contemplando la juerga de la cocina.

—A Verity le dan miedo los perros.

—¡Tío Damien! —Daisy se abalanzó sobre él e intentó trepar por su pierna como un mono. Damien la cogió por los tobillos y la paseó por la cocina mientras Daisy aullaba de vértigo y placer. Luego la devolvió al suelo y alargó los brazos hacia Verity, que había tomado una posición defensiva detrás de la mesa.

—Saluda a Damien —le ordenó Marnie, pero Verity retrocedió aún más y miró atemorizada a Damien.

—No te preocupes, Verity —dijo con dulzura—. No es la primera vez que me rechaza una mujer.

La pobre Verity tenía un físico poco agraciado. Era menuda, como encogida, pero con cara de persona mayor. Tenía un problema en los ojos —nada serio— que la obligaba a llevar gafas, lo cual le daba un aspecto de niña sabionda. No debía de resultarle nada fácil ser la hermana de Daisy. Daisy era una niña alegre y segura de sí misma, alta para su edad, con los ojos claros y la piel aterciopelada de un ángel.

—¿Una cerveza, Damien? —preguntó Nick.

—Qué gran idea, Nick, gracias. —Damien siempre se mostraba más simpático de lo normal con Nick, para compensar el hecho de que no tenía nada de qué hablar con él—. Y dime, ¿qué tal te va el trabajo?

—¡Genial! ¿Y a ti?

—¡También genial!

—¿Hay vino? —Encontré una botella y serví cuatro copas.

—Yo no puedo —dijo Marnie con cara de pena. Extrajo un comprimido de un cartoncillo y se lo tragó con un vaso de agua—. Estoy tomando antibióticos.

Papá levantó la vista del libro, listo para lanzar su diatriba contra las compañías farmacéuticas.

—Que alguien lo pare —suplicó Damien.

—Cierra el pico —ordenó mamá a papá—. Viejo estúpido. A nadie le interesa lo que tengas que decir.

—¿Qué tienes? —pregunté a Marnie.

—Una infección renal.

Santo Dios, cuando no era una cosa era otra. Marnie era la persona más enfermiza que había conocido en mi vida.

—La culpa es tuya —sonrió—. En el útero te lo comías todo y no dejabas nada para mí.

Comentario habitual con el que, si nos vieras, estarías de acuerdo. Marnie es menuda, de constitución frágil, y mide poco más de metro cincuenta de estatura. Con su rostro fino y delgado, sus grandes ojos azules y su larga melena castaña, era una belleza. Yo, a su lado, me sentía un caballo de tiro.

El galope comenzó de nuevo. Los ponies chocaban contra las

sillas (principalmente la de papá), aullando, riendo y bramando.

—¡Vosotras dos! —gritó de repente papá cuando le derribaron el libro por quinta vez—. ¡Parad de una vez, por lo que más queráis! Marchaos a la sala a ver la tele.

—No hay nada interesante —protestó Daisy—. No tienes cable.

—Leed un libro —propuso mamá. Todo el mundo pasó de ella.

—Dinos que nos pongamos un DVD —me ordenó Daisy.

—Poneos un DVD —dije.

—No podemos. —Daisy me cogió por la muñeca y, con sus límpidos ojos llenos de genuino asombro, exclamó—: ¡No hay DVD!

Nos miramos unos a otros con fingida estupefacción.

Papá se levantó.

—Voy a pasear a Bingo.

—Ya lo has paseado —dijo mamá—. Siéntate. ¡Marnie! ¿Cómo te has hecho esas marcas?

—¿Qué marcas? —Las mangas de la rebeca le habían resbalado hasta los codos, dejando ver varios moretones en ambos antebrazos. Se los miró—. Ah, esto. Es por la acupuntura.

—¿Para qué te haces acupuntura?

—Para controlar mis deseos.

Lancé una mirada involuntaria a Nick, que se apresuró a mirar hacia otro lado.

—¿Qué deseos?

—Oh, ya sabes. Medir uno setenta, ser optimista por naturaleza, ganar la lotería.

—¿Y es normal que la acupuntura deje esas marcas?

—Probablemente no, pero ya me conoces.

—Un pequeño problema. —Nick bajó las escaleras de la cocina—. Verity no quiere acostarse. Dice que la casa tiene fantasmas.

Mamá le miró atónita.

—… En absoluto. De hecho, es el único defecto que le falta.

—Si los tuviera podríamos cobrar entrada —dijo papá.

—Quiere volver a Londres.

Verity estaba en el rellano, con la mochila rosa preparada, negándose a mirarnos.

—En esta casa no hay fantasmas —le dije.

—Se mudaron a la casa de al lado cuando pusieron el cable. —Damien subió conmigo.

—¡Un hombre no! —gritó Verity, súbitamente alterada—. ¡Que venga mamá!

—Vale, vale, lo siento. —Damien retrocedió.

Marnie tomó el control de la situación. Se puso en cuclillas frente a Verity y le habló con voz queda, tratando de disipar sus temores sin mostrarse condescendiente en ningún momento. Era asombrosa, increíblemente paciente. Tanto que temí que fuéramos a pasarnos allí toda la noche. No obstante, Verity capituló de golpe.

—Lo siento, mamá. Te quiero mucho.

—Y yo a ti, cariño.

Se metió en la cama y Marnie se tumbó a su lado.

—Solo un rato, hasta que se duerma. No tardaré.

Cuando bajaba, Damien me acorraló.

—¿Se ha dormido? ¿Podemos irnos? Por favor, Bomber Command.

—Quiero tener una charla con Marnie.

—¿Puedo irme yo? Mañana tengo una reunión a primera hora. Y estoy perdiendo las ganas de vivir. Me he pasado las últimas nueve vidas hablando con Nick. Las estaciones han cambiado. Los árboles han florecido, se han marchitado y han vuelto a florecer. A lo mejor, si pudiera fumar, pero mi margen de tolerancia ya no es lo que era…

Era absurdo obligarle.

—De acuerdo —reí—. Pero yo me quedo.

Papá se percató de que Damien estaba recogiendo sus cosas y enseguida se puso en guardia.

—¿Te vas al pub?

—No… a casa.

—Oh, ¿en serio? —Exclamaciones de decepción—. ¿Por qué? ¿Por qué te vas? ¿Por qué?

—He de madrugar. —Damien sonrió incómodo.

—Adiós, Damien. —Mamá le dio unas palmaditas en la mejilla—. Adoro la majestuosidad del sufrimiento humano. Vigny, «La maison du berger».

—Adiós —dijo, y salió disparado.

Papá se quedó mirando la puerta por la que acababa de desaparecer Damien y, con aire pensativo, dijo:

—Lo más curioso de todo es que en el fondo, fondo, hay un hombre decente. Damien daría hasta la camiseta por alguien.

—Claro que luego se quejaría de que era su camiseta favorita y de que iba a echarla mucho de menos —repuso mamá. Segundos después, ella y papá estallaron en carcajadas.

—¡Dejadle en paz!

Marnie reapareció.

—¿Adónde ha ido Damien?

—Necesita su espacio.

Marnie meneó la cabeza.

—Soy demasiado insegura para estar con alguien como Damien. Cada vez que estuviera de mal humor pensaría que es culpa mía.

—¡Si Damien siempre está de mal humor! —aulló papá, como si hubiera dicho algo increíblemente ocurrente. Luego él y mamá siguieron riendo durante un buen rato.

Traté de entrar sin despertarle, pero Damien se sentó y encendió la luz.

Adormilado, preguntó:

—¿Qué le pasa a Verity?

—No lo sé.

—Con esas gafas parece una economista.

—O una contable. Lo sé.

—Es muy rara.

—Es solo una niña.

—Se parece a Carrie. Apuesto a que puede hacer que ardan cosas.

No contesté. Sabía a qué se refería.

—Pase, Grace, pase.

Dee Rossini. Cuarenta y pocos años. Piel aceitunada. Carmín rojo. Ojos castaños vivaces. Rizos negros sujetos en un moño retorcido. Pantalones holgados a lo Katherine Hepburn. Rebeca hasta la cadera, ceñida a una cintura estrecha.

Me condujo por el corto pasillo.

—¿Té? ¿Café? ¿Macarrones? Recién salidos del horno.

—¿Qué? ¿Macarrones caseros? ¿Hechos por usted?

—Uno de mis muchos ayudantes los compró en M&S y los metió en el horno diez minutos antes de que usted llegara. —Sonrió por primera vez—. Sí, caseros.

Tenía una de esas cocinas con la repisa de la ventana cubierta de albahaca y estantes repletos de tarros y latas antiguas llenas de arroz arborio y pasta de extrañas formas (como puntas sobrantes que esperarías que regalaran al final del día a los campesinos de la zona pero que, curiosamente, eran más caras que la pasta normal). Era cálida, acogedora, con un aroma a chocolate caliente flotando en el aire. Estaba segura de que si Dee se viera obligada a preparar un plato de cualquier región del mundo, tendría a mano los ingredientes necesarios. (¿Estofado de yak mongol? «Sacaré un par de filetes de yak del congelador.» ¿Sopa de trufas frescas? «Tengo un pequeño huerto de trufas en el jardín, iré a por algunas.») Me consoló comprobar que el techo de encima de los armarios necesitaba un golpe de plumero.

El gran jefe había decretado que elaboráramos un perfil de Dee, pero Jacinta se había negado a hacerlo. Algo relacionado con un pañuelo de Hermès; según ella, Dee Rossini se había llevado el último de Irlanda delante de sus narices. Así que había pedido hacerlo yo.

Mamá estaba encantada. Adoraba a Dee Rossini, que era miembro de una familia de siete hermanos con madre irlandesa y padre italiano, una superviviente de la violencia doméstica, madre soltera y la primera mujer en la política irlandesa que creaba un partido político dominante. Fundar un partido político propio solía tener un mal final, sobre todo en Irlanda, donde la política estaba en manos de un hermético club formado por hombres. Pero, contra todo pronóstico, el NewIreland había sobrevivido, no solo como partido alternativo, sino como socio en un próspero gobierno de coalición con los *nappies* (Partido Nacionalista de Irlanda). Aunque obligada a respetar su ideología, Dee Rossini no tenía problemas en expresar su opinión sobre todos los temas que afectaban a la mujer: los irrisorios recursos destinados a guarderías, la escasez de fondos para refugios femeninos, la ausencia de normativas sobre cirugía plástica.

—Siéntese, se lo ruego. —Me acercó una silla.

No era habitual entrevistar a un político en su casa. Y aún menos que el político preparara café y te pusiera por delante una pila de macarrones humeantes servidos en la fuente de porcelana de su abuela.

—¿Ha podido aparcar sin problemas? —me preguntó.

—Sí. Vengo de la redacción, pero ¿se creerá que vivo a cinco minutos de aquí? En Ledbury Road.

—Qué pequeño es el mundo.

—¿Le molesta si...? —Señalé la grabadora.

Rechazó mis cumplidos con un gesto impaciente de la mano.

—En absoluto. Prefiero que me cite correctamente. ¿Le importa que me pinte la uñas mientras hablamos?

—Los muchos papeles de la mujer.

—Y esto no es nada. También estoy haciendo mis ejercicios pélvicos de suelo. Y pensando en lo que haré esta noche para cenar. Y preocupándome de la deuda del Tercer Mundo.

—Muy bien, Dee. —Abrí mi libreta—. Vayamos a los «escándalos». —No tenía sentido alargarlo más. El propósito de este artículo era permitir que Dee se defendiera—. ¿Quién cree que quiere perjudicarla?

—Un montón de gente. La oposición, naturalmente. Les beneficiaría enormemente que los socios de los *nappies* salieran mal parados. También entre los nacionalistas hay gente que piensa que soy un coñazo.

Buena observación. Dee siempre estaba poniendo de relieve el trato desagradable dispensado a las mujeres, incluso cuando este provenía de los *nappies*. Apenas una semana antes se había opuesto al nombramiento (por parte de los *nappies*) de un juez en lugar de una jueza, alegando que los violadores y los maltratadores de mujeres recibían, la mayoría de las veces, condenas irrisorias de una judicatura empática formada, en su mayoría, por hombres.

—Pero ¿baraja alguna hipótesis? ¿Piensa en alguien en concreto?

Se echó a reír.

—¿Y que me ponga una querella por calumnias?

—Repasemos lo sucedido. A usted le pintaron la casa. ¿Cómo eligió a los pintores? ¿Se ofrecieron ellos?

—Por Dios, no. No soy tan estúpida. «Hola, ministra de Educación, ¿podemos pintarle la casa gratis?» Me los recomendó un amigo.

—Vale. Entonces, ¿llegaron, le pintaron la casa, le amargaron la vida durante un par de semanas y le enviaron una factura?

—No hubo factura. Les llamé cuatro veces. Al final me comunicaron la cantidad por teléfono y les envié un talón.

—De modo que no hay factura y tampoco un comprobante de que efectuó el pago. ¿Cuánto le cobraron?

—Dos mil euros.

—La mayoría de la gente se daría cuenta de que le han retirado dos mil euros de la cuenta.

—Y yo, puede estar segura. Pero eran de una cuenta en la que todos los meses ingreso un dinero para arreglos importantes, como sustituir la caldera o cambiar las tejas del tejado. No hay mucho movimiento en ella, de modo que raras veces la consulto. Trabajo dieciocho horas al día siete días a la semana. No puedo hacerlo todo.

Mientras hablaba se iba pintando las uñas con la destreza de una profesional. Tres pinceladas perfectas —centro, lado izquierdo, lado derecho— en cada uña antes de pasar a la siguiente. Me relajaba observarla. Y el color —un marrón clarísimo, como un café con mucha leche en el que la mayoría de las mujeres (esto es, yo) ni siquiera repararía al mirar el expositor— era tan original y tan bonito una vez puesto que seguro que siempre le estaban preguntando de dónde lo había sacado. Dee Rossini era increíblemente elegante. (Sería su parte italiana.)

—Bien. Pasemos a la boda de su hija. —(Pese a los esfuerzos del gran jefe por restar importancia al asunto, los demás periódicos le habían dado mucho bombo y platillo.)

—La mayor parte del banquete lo había pagado antes del gran día, en mayo. Concretamente el 80 por ciento, y sí, ingresaron el talón. Reconozco que no he pagado el resto porque el día del banquete el hotel no estuvo a la altura. No hubo platos vegetarianos, se les acabó el plato principal y siete invitados se quedaron sin comer. Perdieron la tarta nupcial y todavía no sabemos qué hicieron con ella. El baño de señoras no funcionaba y la pista de baile parecía una pista de hielo. La gente resbalaba y el suegro de Toria se dislocó una rodilla y hubo que llevarlo a urgencias. Sé que soy ministra y que debo respetar las normas, pero era la boda de mi única hija.

Asentí con empatía.

—De eso hace dos meses, concretamente en agosto, y aún seguimos discutiendo, pero en cuanto acordemos una cantidad les pagaré. —Dee parecía apesadumbrada.

—¿No le asusta que alguien quiera tenderle una trampa? ¿Que haya alguien siguiendo tan de cerca su vida como para saber que no acabó de pagar la boda de su hija y que luego lo utilice para desacreditarla?

—Son gajes de la política. —Sonrió con ironía—. He pasado por cosas peores.

Me recordó parte de su pasado. Había sido hospitalizada en ocho ocasiones por culpa de su marido hasta que finalmente lo abandonó y su devota familia católica le hizo el vacío como consecuencia de ello.

Súbitamente intrigada, le pregunté:

—¿Alguna vez prepara risotto para usted sola?

El risotto es una pesadez, con todas esas cucharadas de caldo que hay que ir echando. ¿Quién iba a molestarse?

—No es una pregunta con trampa —añadí.

Lo meditó.

—A veces.

Lo sabía. Admiraba a las personas que, incluso estando muertas de hambre, se tomaban su tiempo para prepararse algo delicioso. Yo, cuando tenía hambre, comía cualquier cosa, lo que fuera con tal de que estuviera disponible en ese instante: pan rancio, plátanos renegridos o puñados de cereales que me metía en la boca directamente de la bolsa.

—¿Y qué me dice de los hombres? —pregunté.

—¿De los hombres? —Una sonrisa flamante.

—¿Alguno en especial?

—No, no tengo tiempo. Además, los únicos hombres que conozco son políticos y, la verdad, tendría que estar muy desesperada para…

Pero era sexy. Y, sin duda, apasionada. Bueno, al menos la mitad de ella. Podía imaginármela disfrutando de un sexo prolongado y comiendo melocotones poché con toda clase de hombres: actores increíblemente guapos, arrogantes millonarios con caballos de carreras…

—Bien, Dee, creo que tengo todo lo que necesito. Gracias por los macarrones, aunque no los haya probado.

—No se preocupe. Paddy y Alicia vendrán más tarde. Se los haré comer a ellos.

—¿Qué tal es trabajar con Paddy? —No debí preguntarlo.

—¿Paddy? —Dee ladeó la cabeza y dirigió la mirada a un recodo del techo con una pequeña sonrisa en los labios—. ¿Ha visto qué telaraña? En casa no suelo llevar las lentillas. Cuando me parece que está sucia, me quito las gafas y de repente todo se difumina. —Se volvió de nuevo hacia mí—. ¿Sabe una cosa? Paddy es genial.

—Sí, eso ya lo sabemos todos. ¿Puedo utilizar el baño antes de irme?

Durante una fracción de segundo me pareció que ponía cara de preocupación.

—Está arriba. Venga, se lo enseñaré.

Cerré la puerta del cuarto de baño. Dee me esperaba, algo tensa, en el rellano. Comprendía su nerviosismo. Los periodistas siempre escribían cosas horribles sobre los enseres personales que encontraban en el cuarto de baño del entrevistado. Pero no era esa mi intención. Mejor así, porque el cuarto de baño estaba limpio, y ni siquiera había una cortina mohosa o un chute casero de bótox.

Cuando salí, Dee ya no estaba. Me encontré con tres puertas cerradas delante de mí. Dormitorios que parecían estar susurrándome, «Ábreme, Grace, vamos, ábreme». No pude resistir la tentación. Fingí que era mi instinto periodista buscando una nota extra de color, pero en realidad era pura curiosidad. Giré un pomo y abrí la puerta, y aunque la habitación estaba a oscuras me sorprendió sentir el calor de otro ser humano en su interior. Un escalofrío me recorrió por dentro. Había ido demasiado lejos. ¿Y si era un albañil musculoso que Dee se había traído para disfrutar de un sexo anónimo y desenfrenado?

Empecé a recular cuando advertí que la persona tumbada en la cama era una mujer, una muchacha, en realidad. Se incorporó y cuando la luz de la ventana del rellano la iluminó, me quedé petrificada. La muchacha tenía la nariz partida y los ojos tan hinchados y morados que era imposible que pudiera ver. Abrió la boca. Le faltaban los dos dientes de delante.

—¡Lo siento! —Enseguida retrocedí.

—¡Dee! —gritó, aterrada, la muchacha—. ¡DEEEEE!

—Calla, por favor, calla. —Dee me mataría.

Dee salió de la cocina y subió como una flecha.

—¿Qué ocurre aquí?

—Lo siento, es culpa mía. Estaba fisgoneando.

Dee soltó un suspiro.

—Si quería ver el cajón de mi ropa interior, solo tenía que pedírmelo.

Pasó por mi lado y abrazó a la muchacha. Me maldije por haber cedido a la tentación en lugar de regresar a la cocina como una persona normal.

—No pretendía asustarte —dije a la muchacha desde la puerta—. Lo siento mucho.

—Elena, *pulako, pulako* —susurró Dee, emitiendo ruiditos tranquilizadores en un idioma extranjero. Finalmente, tras lanzarme una mirada nerviosa, la muchacha herida volvió a estirarse.

Dee cerró con firmeza la puerta del dormitorio y dijo:

—No ha visto nada.

—Soy una tumba, se lo juro —dije, pisándome las palabras por mi deseo de tranquilizarla. Ahora comprendía por qué a Dee le había inquietado que yo quisiera subir. No tenía nada que ver con que pudiera contar cosas feas sobre su cuarto de baño.

—Hablo en serio, Grace. No puede contárselo a nadie. Por la seguridad de Elena. Solo tiene quince años. —Por un momento pensé que iba a romper a llorar.

—Dee, tiene mi palabra de honor —dije, esforzándome por

convencerla de que era sincera—. Pero ¿que le ha pasado a Elena?

—Su novio, su chulo o como quiera llamarle, eso le ha pasado. No sabe dónde está Elena. Si lo descubre vendrá a por ella. Me la trajeron hace solo un par de horas. Era demasiado tarde para cambiar el lugar de la entrevista, y si no hubiera necesitado ir al lavabo…

—… y metido las narices donde no debía. Le juro por Dios, Dee, que no diré una palabra.

—Ni siquiera a su pareja. También es periodista, ¿verdad? ¿Será capaz de ocultarle el secreto?

—Sí.

—Cocina sus propios macarrones. Puede pintarse las uñas con la mano izquierda. —«Da cobijo a mujeres perseguidas. Habla una lengua que parece eslava.»

Había desarrollado cierta debilidad por Dee Rossini…

—Y es sexy —dijo Damien—. El NewIreland es un partido de guapos, ¿no te parece?… pero también me hacía sentir ligeramente inepta.

Damien insistió al ver que no respondía.

—¿Paddy de Courcy? ¿Medio hombre, medio comunicado de prensa? Es guapo, ¿verdad?

—Debería hacer más —murmuré.

—¿Más qué? —preguntó Damien.

—Simplemente… más.

—¡Es el tío Damien! ¡Damien, Damien, Damien!

Al otro lado de una puerta de roble macizo, su sobrino de cuatro años, Alex, empezó a dar saltos de alegría.

—¡Julius, Julius, colega! —llamó a su hermano de siete años—. Abre la puerta, colega. Ha llegado Damien.

La puerta se abrió y Alex echó a correr hacia nosotros. Llevaba las mallas de Superman, unos botines de charol azul (supuse que de su hermana Augustina, de nueve años) y un escurridor en la cabeza.

—¡Moto, moto! —En cierto modo me recordaba a Bingo, tenía esa misma energía jovial—. ¡Brum, brum, bruuuuuummmm!

Trató de esquivar a Damien en dirección al mundo exterior para sentarse en la Kamikazi y hacer ver que la conducía, pero Damien utilizó las rodillas para bloquearle el paso.

—Esta noche no hay moto, Alex.

Taxi. Para poder emborracharnos.

—¿No hay moto? —La energía de Alex se apagó como si hubieran tirado de un enchufe—. ¿Por qué no, colega?

—Son cosas que pasan, colega. —Damien se colocó a la altura de Alex—. La próxima vez vendré en moto.

—¿Lo prometes, colega? Ha venido un bebé nuevo, pero no le dejes subir a la moto. Solo a mí, ¿vale?

—Solo a ti. Te lo prometo.

Christine, la hermana mayor de Damien, alta y elegante y sorprendentemente esbelta para una mujer que había dado a luz solo cinco semanas atrás, se acercó por el vestíbulo y nos besó a los dos.

—Entrad, entrad. Lo siento, yo misma acabo de llegar, está todo un poco… —Levantó el escurridor de la cabeza de Alex—. Justo lo que andaba buscando.

Alex soltó un aullido de protesta.

—Es mi casco, colega.

—Richard no tardará en llegar.

Richard era el marido de Christine. Tenía uno de esos misteriosos trabajos en los que se pasaba catorce horas al día al teléfono ganando dinero. Damien y yo bromeábamos en privado que cada día lo encerraban en el despacho y no le dejaban salir hasta que hubiera ganado otros cien millones de euros. («Noventa y ocho… noventa y nueve… todavía noventa y nueve… ¡y cien! Bien hecho, Richard, ahora ya puedes irte a casa.»)

Seguimos a Christine hasta la enorme cocina Colefax and Fowler, donde una chica polaca de aspecto azorado estaba preparando algo en el microondas.

—Esta es Marta —dijo Christine—. Nuestra nueva niñera.

Marta saludó con un gesto de cabeza y se largó rápidamente, llevándose a Julius.

—Y este… —Christina miró con ternura el moisés donde dormía un diminuto bebé de piel rosada—… es Maximilian.

(Sí, Christine y Richard habían puesto a sus hijos nombres de emperadores. Sé que eso hace que parezcan unos chiflados presuntuosos, pero no lo son.)

Damien y yo miramos educadamente al niño durmiente.

—Vale, ya podéis dejar de admirarlo. —Christine cogió un sacacorchos—. ¿Vino?

—Sí. ¿Puedo ayudarte en algo?

Era una pregunta hipócrita. Nadie podía ayudar nunca a Christine. Lo hacía todo tanto mejor y tanto más deprisa que los demás que no tenía sentido. Además, no quería ayudarla. Había venido a otra casa a cenar, ¿por qué iba a querer hacer cosas que ya me tocaba hacer en la mía?

—Ya está todo hecho —respondió Christine—. Hice la mayor parte anoche. Solo faltan algunos detalles.

—¿Qué haces de traje? —le pregunté—. ¿Por qué estás tan arreglada? ¿No habrás vuelto ya al trabajo?

—Por Dios, no. Solo voy un par de horas al día, para asegurarme de que todo va bien.

Christine era tan inteligente y talentosa que apenas practicaba ya la cirugía de bata verde. En lugar de eso, era jefe de cirugía del hospital más caro de Dublín, la primera mujer que ocupaba ese cargo. (O quizá la persona más joven. Era difícil llevar bien la cuenta, porque se diría que los Stapleton estaban siempre ganando honores. Si cada vez que uno de ellos obtuviera un ascenso o ganara un premio le montáramos la fiesta que se merecía, acabaríamos todos en el Priory.)

—¿Dónde está Augustina? —Miré a mi alrededor.

—¿En clase de sánscrito? —preguntó Damien.

—Ja, ja. De mandarín, de hecho.

Tardé unos instantes en comprender que Christine no bromeaba.

—No la obligamos a ir —añadió mientras trataba de ocultar mi asombro, bueno, mi disgusto en realidad—. Lo pidió ella.

Qué raro. ¿Por qué una niña de nueve años iba a pedir aprender mandarín?

—Y la tenemos controlada —dijo Christine.

—¿Controláis su equilibrio entre trabajo y diversión? —preguntó Damien.

—¿Es que no puedes tomarte nada en serio? —dijo Christine—.

En fin, salud. —Alzó su copa—. Me alegro mucho de veros a los dos.

Se produjo un momento de expectación y Damien y yo adoptamos la expresión de «Sí, será un honor para nosotros ser los guardianes espirituales de Maximilian en el caso de que Richard y tú fallezcáis, algo que desde luego no pasará», pero Augustina estropeó el momento —casi podría asegurar que sin querer— al irrumpir en la cocina con un frío:

—Hola, tío Damien. Hola, tía Grace.

Sin grandes muestras de entusiasmo, nos besó. Era alta para sus nueve años, y muy guapa. Olfateó el aire con su delicada nariz y suspiró:

—Otra vez comida marroquí para cenar.

—¿Cómo ha ido la clase de hoy? —preguntó Christine—. ¿Qué has aprendido?

—¿Puedo preguntarte algo? —dijo Augustina a Christine—. Tú no sabes mandarín, ¿verdad? Entonces, ¿de qué te sirve que te diga lo que he aprendido? No entenderías una palabra.

Pequeña bruja, pensé. No me extraña que no quiera hijos. Se lo das todo y ellos te lo agradecen con el desprecio.

—¡Mis botines! —Augustina reparó de repente en el calzado de Alex—. Quítatelos —chilló.

—Te van pequeños, colega —gimió Alex—. Ya no te los pones.

—Son de mi propiedad. ¡Quítatelos ahora mismo! —Augustina se volvió de nuevo hacia mí—. Tengo una sorpresa para vosotros dos.

—¿De veras? ¿Qué es?

Arrugó la frente, como si no pudiera dar crédito a nuestra estupidez.

—Una sor-pre-sa —deletreó—. Se supone que no podéis saber qué es. Lo descubriréis más tarde.

—Hola —dijo una voz apagada. Era Richard, en casa después de ganar sus cien millones de euros. Traje gris, pelo gris y gris de agotamiento.

Consiguió mantener una breve charla superficial con Damien.

—Un buen trabajo el que hiciste sobre Bielorrusia —dijo—. ¿Cómo está todo el mundo en *The Press*? ¿Mick Brennan sigue de director?

Todos los varones Stapleton —hermanos, cuñados y señor Stapleton senior— hacían eso siempre que veían a Damien. Elogiaban uno de sus últimos artículos y preguntaban si Mick Brennan seguía de director de *The Press*.

Tal vez peque de susceptible en nombre de Damien, pero siempre tengo la sensación de que con sus comentarios están implicando que Damien ha fracasado por dejar que Mick Brennan siga de director en lugar de asegurarse él el cargo.

Es frustrante. Damien solo tiene treinta y seis años y es superinteligente. No me cabe la menor duda de que algún día dirigirá un periódico nacional, pero en esta familia de triunfadores las expectativas son anormalmente altas.

—A cenar —dijo Christine—. Todo el mundo a la mesa.

Sacó una pata de cordero perfumada con comino y una bandeja de humeante cuscús.

—Cuscús no —aulló Julius—. Odio el cuscús. —Se clavó el tenedor en el dorso de la mano.

—Come, colega. —Alex lucía ahora en la cabeza un colador con el mango hacia atrás, a modo de gorra de béisbol—. No te machaques.

La comida estaba deliciosa pero casi me olvidé de felicitar a Christine porque todos dábamos por sentado que todo lo que hacía lo hacía a la perfección. La conversación, sin embargo, no estuvo a la altura de la calidad de la comida.

Richard comió deprisa y en silencio, luego farfulló algo sobre el mercado de valores hawaiano y se marchó.

—¿Postre? —Christine se levantó y empezó a recoger los platos.

—Sí.

—Augustina os ha hecho brownies de chocolate.

—¡No se lo digas! —estalló Augustina—. Esa era la sorpresa. ¡Quería decírselo yo!

—Pues díselo.

—Damien, Grace, he hecho brownies de chocolate en vuestro honor. Pero puede que no os gusten.

—Estoy segura de que nos van a encantar —dije.

—Grace. —Cerró los ojos, un gesto que sin duda había aprendido de Christine—. No tienes que seguirme la corriente. Si me dejas terminar…

¡Por Dios! Hice un gesto con la mano para que continuara.

—Lo que intento deciros… —Augustina hablaba como si estuviera haciendo un gran esfuerzo por no perder la paciencia—… es que quizá no os gusten porque el chocolate que he utilizado tiene un 85 por ciento de cacao puro. Y no a todo el mundo le gusta.

—A mí me gusta el chocolate negro.

—Pero probablemente pienses que un 70 por ciento de cacao puro es mucho cacao. Este es Comercio Justo 85 por ciento. Llamado Comercio Justo porque los agricultores se llevan parte de los beneficios.

—Suena genial —dijo Damien—. Ético y delicioso.

Parpadeando, Augustina me miró a mí y luego a Damien, como si estuviera intentando decidir si merecíamos la pena. Finalmente dijo:

—Muy bien.

Christine había terminado de recoger los restos de la cena y estaba sacando los platos de postre.

—Richard —llamó—. ¡Richard! Vuelve aquí.

—Está hablando por teléfono, y gritando —dijo Julius.

—Dile que venga ahora mismo. Le necesito para esto.

Julius salió disparado y regresó poco después.

—No creo que venga. Alguien en Waikiki la ha cagado.

—Oh, colega. —Alex meneó la cabeza con pesar y se le cayó el colador—. Alguien va a tener que sentarse en el puto escalón.

Christine no sabía si reprender a Alex o insistir en que Richard volviera.

—¡Oh, no importa! —exclamó—. Lo haré yo sola.

Respiró hondo y me descubrí enderezando la espalda y preparando mi cortés sonrisa de aceptación.

—Grace y Damien, como bien sabéis, acabo de tener un hijo. —Señaló el moisés con un gesto de la cabeza—. Necesitará unos padrinos y hemos pensado que Brian y Sybilla son los candidatos idóneos. Ya son padrinos de Augustina y, aunque esto es nuevo para vosotros, Sybilla está otra vez embarazada, de modo que Maximilian y su nuevo primito tendrán casi la misma edad.

Mi cortés sonrisa de aceptación se había congelado. Los acontecimientos habían dado un giro inesperado. A Damien y a mí no nos iban a proponer ser los padrinos de Maximilian. Iban a serlo Brian y Sybilla. Otra vez.

Mi brownie con un 85 por ciento de cacao puro había aparecido ante mí y, automáticamente, como suelo hacer cuando veo comida, me llevé un trozo a la boca.

—Estoy segura de que no os importará —estaba diciendo Christine—. De hecho, estoy segura de que será un alivio. A vosotros no os van esas cosas, ¿no es cierto? La Iglesia, renunciar a Satanás y todas sus obras. Además, no queréis tener hijos. Pero quería hablar personalmente con vosotros antes de que os enterarais por otro lado de que se lo habíamos pedido a Brian y Sybilla. Me parecía lo más cortés.

El pedazo de brownie descansaba en mi lengua y me estaba siendo imposible tragarlo. No porque hubiera querido ser la madrina de Maximilian, a mí me daba completamente igual. Pero sentí un inesperado arranque de rabia en nombre de Damien. Cuatro hijos, cuatro hermanos, debería haber cuatro padrinos. A Damien se le daban muy bien los niños, y los de esta casa mucho mejor que a Richard, el maldito padre. Augustina me estaba mirando.

—No estás comiéndote el brownie.

—… No.

Augustina estaba encantada.

—¿Demasiado amargo? —preguntó.

—Demasiado amargo.

Era lunes por la mañana y día de bolso rojo. Impaciencia.

—Apartaos un poco. —Jacinta agitó los brazos—. Me estáis agobiando.

Era nuestra reunión semanal para comentar nuevas ideas. Todos los articulistas —con excepción de Casey Kaplan, que estaba en paradero desconocido— se habían apiñado alrededor de la mesa de Jacinta.

—Apartaos —insistió—. No puedo respirar. Grace, ideas. Y que sean buenas.

—… Claro. —Sin nicotina estaba un poco más lenta y adormilada y mis neuronas cerebrales saltaban al más mínimo chasquido.

Aunque ya llevaba una semana, todavía no había recuperado mi estado normal—. ¿Qué tal el tema de la violencia doméstica?

—¿Qué? —Fue tal el chillido que el giro de cabezas llegó hasta la sección deportiva—. Que Antonia Allen reconociera que se deja dar por culo no significa que a partir de ahora puedas escribir lo que te dé la gana.

(Durante el fin de semana, mi artículo sobre Antonia Allen había recorrido el mundo entero, generando cuantiosos ingresos para *The Spokesman*. Era la única entrevista donde Antonia hacía alusión a «Mi Dolor Gay Jain». (No eran palabras mías.) El gran jefe estaba muy satisfecho. Había dudado entre bajar el tono o tirarse a la piscina, y finalmente había seguido el olor del dinero.

Nadie hizo el más mínimo comentario sobre mi historia sobre el cáncer de mama. Más que nada porque no había sido publicada. Un fuerte alud en una estación de esquí argentina había eclipsado mi historia. La señora Singer y su tragedia nunca verían la luz porque el informe ya no era fresco. Así es el periodismo, todo pasa muy deprisa, demasiado deprisa para que puedas implicarte. Una de las primeras cosas que aprendes es a acostumbrarte a eso. Pero yo seguía sin aprender.)

—Estaba pensando —proseguí, como si Jacinta no me hubiera chillado—, que a lo largo de seis semanas podríamos escribir sobre seis mujeres de diferentes entornos sociales. Podríamos hacer una campaña.

—¿A qué demonios viene todo esto?

—Es un problema re…

—¿Hay algún informe?

—No.

—¡Ni siquiera un informe al que agarrarse! ¡A nadie le importa la violencia doméstica! Ha sido Dee Rossini, ¿verdad? Te ha hechizado.

—No.

Bueno, tal vez sí. Mi artículo sobre Dee, el cual me había pasado la tarde del viernes elaborando minuciosamente, me había quedado soberbio y el sábado, en Boots, había buscado el peculiar marrón claro de su laca de uñas, pero no lo encontré. Ayer incluso la había telefoneado para preguntarle por Elena. (Dee me contestó lacónicamente que estaba «segura».)

—Una de cada cinco mujeres irlandesas sufrirá violencia doméstica en alguna etapa de su vida —dije. Me lo había contado Dee.

—Me trae sin cuidado —espetó Jacinta—. Me trae sin cuidado si todas ellas sufren…

—… nosotras —le interrumpí.

—¿Qué?

—Si todas nosotras, no todas ellas. Se trata de nosotras, Jacinta.

—¡De nosotras nada! Yo no la sufro, tú no la sufres, Joanne no la sufre, ¿verdad, Joanne? ¡Lorraine, Tara y Clare tampoco la sufren! Estás bajo el hechizo de Dee Rossini. ¡Pero no vamos a hacerlo!

—Genial —farfullé, ansiando, oh, ansiando un cigarrillo. Una cajetilla de veinte, uno detrás de otro. Era tal el deseo que me asaltó el dolor de ojalá-pudiera-llorar en la nariz, un apretado anillo de lágrimas contenidas que me presionaba los huesos de la cara.

No escuché a los demás presentar sus ideas. Mi capacidad de escucha solo regresó cuando oí a Jacinta decir:

—Entrevistaremos a Alicia Thornton.

—¿A quién? —A lo mejor había dos Alicia Thornton.

—La prometida de Paddy de Courcy.

—Pero… ¿por qué?

—Porque lo dice el gran jefe.

—Pero ¿quién es Alicia Thornton? —pregunté—. ¿Qué tiene de interesante?

—Es la mujer que «conquistó el corazón de Quicksilver» —contestó Jacinta.

—Pero es insulsa y… no es más que una esposa política obediente. ¿Cómo vas a llenar con eso un artículo de dos mil palabras?

—Será mejor que cambies pronto de actitud, porque vas a entrevistarla tú.

—¿Qué? —Tardé unos segundos en recuperar la compostura—. Ni hablar.

—¿Cómo que ni hablar?

—Pues eso, que no quiero. —Señalé a TC—. Envíalo a él. O a Lorraine. Envía a Casey.

—La harás tú.

—No puedo.

—¿Cómo que no puedes?

—Jacinta. —No me quedaba más remedio que sincerarme—. Yo conozco… conocía… a Paddy de Courcy. En otra vida. Mi integridad corre peligro. No soy la persona adecuada.

Jacinta negó con la cabeza.

—La harás tú.

—¿Por qué?

—Porque ella te pidió a ti. Concretamente a ti. Si no la entrevistas tú, se ofrecerá a otro periódico. No tienes elección.

Intentó soltarse pero él era mucho más fuerte.

—No quiero hacerlo. —Tenía los pantalones del pijama bajados hasta las rodillas, los muslos erizados por el frío. Él estaba abriéndose paso dentro de ella, empujando, ajeno a su seca resistencia. Le dolía. Embestidas cortas y brutales, cada una acompañada de un gruñido.

—Te lo ruego…

—Cierra la boca —resopló él entre dientes.

En ese instante abandonó la lucha y se dejó penetrar, con el borde del lavamanos clavándose dolorosamente en su espalda.

Los gruñidos se hicieron más fuertes, las embestidas parecían ahora puñaladas, luego se puso a temblar, a gemir. De repente se relajó y cayó desplomado sobre ella, aplastándole la cara contra el pecho. Apenas podía respirar, pero no se quejó. Esperó a que él hiciera lo que necesitara hacer. Al rato salió de ella y le sonrió con ternura.

—Vamos, te devolveré a la cama —dijo.

Marnie

Al inspirar, «Me». Al espirar, «muero».
Al inspirar, «Me». Al espirar, «muero».
Al inspirar, «Me». Al espirar, «muero».
Al inspirar, «Me». Al espirar, «muero».
Al inspirar, «Me». Al espirar, «muero».
Al inspirar, «Me». Al espirar, «muero».
Al inspirar, «Me». Al espirar, «muero».
Al inspirar, «Me». Al espirar, «muero».

Me muero. Me muero. Me muero. Me muero. Me muero Me muero. Me muero. Me muero. Me muero. Me muero. Me muero. Me muero. Me muero. Me muero. Me muero. Me muero. Me muero. Me muero. Me muero.

Al inspirar, «Me». Al espirar, «muero».

Era el mantra equivocado. Debería ser, Al inspirar, «Todo». Al espirar, «va bien». Todo va bien. Todo va bien. Todo va bien. Todo va bien. Todo va bien. Me muero. Me muero. Me muero. Me muero. Memuerome muerome mueromemueromemuero-memueromemueromemueromemueromemuero.

Pero no se estaba muriendo. Solo lo deseaba.

El delicado tintineo de campanillas. La voz de Poppy diciendo:

—Volved a la habitación.

Abrió los ojos. Había otras ocho personas, la mayoría mujeres, sentadas en círculo a la luz parpadeante de unas velas.

—¿La habéis sentido? —Poppy les había dicho que se concentraran en su alma—. ¿Habéis sentido la conexión?

Sí, murmuraron las voces, sí, sí.

—Ahora, uno a uno, compartiremos nuestra experiencia con los demás.

—Mi alma tiene una luz plateada.

—Mi alma es una bola dorada.

—Mi alma es blanca y luminosa.

—¿Marnie?

¿Su alma? La sentía como un tomate que llevara cuatro meses abandonado en el fondo de la nevera. Renegrida, maloliente, putrefacta. Al más mínimo roce podría venirse abajo. Instalada en el centro de su ser, emponzoñándolo todo.

—Mi alma... —dijo.

—¿Sí?

—... es como el sol.

—Qué bella metáfora —murmuró Poppy.

Caminó de puntillas hasta el cuenco de loza y dejó un billete de diez libras cuidadosamente doblado. Siempre dejaba más que los demás.

—Hasta la próxima semana —susurró Poppy, sentada en el suelo con sus largas piernas cruzadas.

Claro, claro, y acuérdate de sonreír.

Cruzó el caminito con paso presto, impaciente por llegar al coche. Se subió y cerró la portezuela. Probablemente con más fuerza de la necesaria.

Al cuerno con la meditación.

En cambio la medicación... La medicación era otra cosa.

—¿Alguna mejoría? —preguntó la doctora Kay.

—No. Puede que incluso esté peor.

No debió ir a Dublín. Haber tenido que fingir felicidad delante su familia durante el fin de semana la había dejado agotada. Se sentía más baja que nunca.

—En ese caso, aumentaremos la dosis. —La doctora Kay consultó el historial de Marnie—. Podría subirla otros 75 miligramos.

—Preferiría... ¿Puedo cambiar de marca? —Había llegado el momento de probar otra mejor—. ¿Puedo tomar Prozac?

—¿Prozac? —La doctora Kay la miró atónita—. El Prozac está algo desfasado. Ya nadie lo receta. La medicación que está tomando actualmente pertenece a la misma familia pero es más moderna, más sofisticada. Tiene menos efectos secundarios y es más efectiva. —Alcanzó su vademécum—. Puedo mostrárselo.

No, no, no.

—No es necesario, gracias.

No podía esperar a que la doctora Kay buscara Prozac en el libro, le mostrara las contraindicaciones y luego hiciera lo propio con el otro medicamento. Probablemente solo sería un minuto, pero ella no disponía de ese minuto.

—Por favor, me gustaría probar Prozac. Presiento que me puede ir bien.

—Pero... qué me dice de... ¿ha pensado en hacer terapia?

—Ya he hecho terapia. Muchos años. —De manera intermitente—. Y he aprendido cosas, pero... sigo sintiéndome fatal. Por favor, doctora Kay... —Solo sabía una cosa. Que no podía irse de aquí hasta que tuviera en sus manos una receta de Prozac.

Lanzó una mirada rápida a la puerta para recordar a la doctora Kay que tenía la sala de espera repleta de enfermos pidiendo a gritos que los atendiera. Era cruel pero estaba desesperada. No podía seguir así. Por favor, deme Prozac.

La doctora Kay la estaba mirando dubitativamente.

Por favor, deme Prozac.

La doctora Kay bajó la mirada. Marnie estaba tan atrapada en su modalidad de espera que el gesto la sorprendió. Como cuando presencias la caída de un régimen tiránico; tal como se había sentido cuando el gobierno talibán fue derrocado en Afganistán.

—De acuerdo, probaremos Prozac durante dos meses. —La doctora Kay cogió su libreta de recetas—. ¿Hay algo más, Marnie? ¿Algo más... que le preocupe?

—No. Gracias, gracias, gracias.

Se marchó apretando con fuerza su receta.

Todo el mundo lo sabía. El Prozac funcionaba.

Cuando abrió la puerta de la calle, Nick salió disparado de la cocina para recibirla. Parecía angustiado. ¿Por qué?

Entonces lo supo.

—¿Otro año sin bonificación?

—¿Qué?

—¿Te han dicho que no hay bonificación?

—No, no es eso. —La cogió por los brazos—. ¿Dónde demonios estabas?

—En el médico, ya te lo dije.

—Son las ocho.

—No tenía cita y tuve que esperar. ¿Y las niñas?

—En el cuarto de jugar.

Estaban viendo *La bella y la bestia*. Otra vez. Daisy estaba despatarrada en el sofá, con las piernas colgando sobre el brazo. Verity estaba hecha un ovillo, chupándose el pulgar.

—Hola, niñas.

—Hola, mamá.

—¿Qué tal el colegio?

No respondieron. Estaban en trance. Había leído que cuando los niños veían la tele, su ritmo metabólico era más bajo que cuando dormían.

—¿Cuánto tiempo llevan delante de la tele?

—Una hora más o menos.

—Oh, Nick. ¿No pudiste jugar con ellas en lugar de ponerles un DVD?

—¿No pudiste llegar antes?

La siguió hasta la cocina pisándole los talones, como si fuera su sombra. Marnie abrió la nevera para ver qué había.

Advirtió que Nick la estaba observando y se volvió para mirarle.

—¿Qué? —preguntó.

—¿Qué de qué?

—¿Por qué me miras así?

—¿A qué hora saliste del trabajo?

—¿Qué les has dado de cena?

—Lasaña. ¿A qué hora saliste del trabajo?

—¿Cuánta comió Verity?

—La suficiente. ¿A qué hora saliste del trabajo?

—A las seis.

—¿A las seis en punto?

—No lo sé, Nick. —Suspiró—. Más o menos. Puede que tres minutos más tarde, puede que cinco.

—¿Y fuiste directamente al médico?

—Fui directamente al médico.

—¿Y estuviste allí todo el rato?

—Estuve allí todo el rato.

—¿Qué hiciste mientras esperabas?

—Leí revistas.

—¿Qué revistas?

—Déjame pensar... *Good Housekeeping. Red.* Y otra más, creo que *Eve*.

—¿Después del médico viniste directamente a casa?

—Vine directamente a casa.

La observó con dureza y ella bajó la mirada.

Seguramente había algo en el congelador. Abrió y cerró un par de cajones; musaka de Marks & Spencer, eso bastaría. Y guisantes congelados. Proteínas. Si no tomabas las suficientes, era peor. Cerró la puerta del congelador con la cadera y al darse la vuelta se encontró a Nick justo delante, tan cerca que chocó con él.

—¡Señor!

Él no se movió.

La tenía acorralada contra la esquina formada por el congelador y la pared, tanto que ella podía olerle el aliento.

—Nick —dijo con calma—, me estás bloqueando el paso.

—¿En serio?

Nick le estudió el semblante. Parecía que estuviera catalogando todo lo que veía. Ella no pudo leerle la expresión de la cara, pero le inquietó. Después de un largo instante, Nick se hizo a un lado y la dejó pasar.

Había algo ignominioso en el hecho de tener el trabajo cerca de casa. Los trayectos de diez minutos eran para los perdedores. La gente de verdad soportaba una hora y cuarto de camino; era importante tener algo de lo que quejarse.

Mientras estaba detenida en el semáforo de Wimbledon High Street, cruzó por delante de ella un autobús, con las enormes letras del costado —el anuncio de un DVD— desfilando calle abajo como una gran pancarta. INTRÉPIDA. El corazón le dio un vuelco. Era un mensaje.

Intrépida. Hoy seré intrépida. Hoy seré intrépida. Hoy seré intrépida. Pero, aunque se lo repitió varias veces, no acabó de convencerla. No, este no era su mensaje. Su mensaje sería el del anuncio del próximo autobús.

Pero ¿y si no pasaba otro autobús antes de que el semáforo cambiara? Hoy tendría que apañárselas sin un mensaje.

Empezó a inquietarse. Necesitaba instrucciones.

No cambies, no cambies, no cambies, suplicó al semáforo.

Entre los árboles situados a su derecha parpadeó una gran mancha roja. Se acercaba un autobús. Lo observó con expectación. ¿Qué diría? Las letras fueron apareciendo una a una. Apárcalo. Todo. Apárcalo todo.

¿Qué podía significar eso? ¿Deja que todo siga como está? ¿Hoy no tomes decisiones importantes? ¿O era un consejo más práctico? ¿Apárcalo todo, literalmente? Sí, también podría ser eso.

Entonces se dijo que era solo un anuncio en el costado de un autobús y que, en lo referente a su vida, probablemente no significara nada.

Mientras esperaba que se levantara la barrera del aparcamiento subterráneo advirtió que llegaba diez minutos tarde. No podía entenderlo. Esta mañana había salido con tiempo de sobra. Pero el tiempo le jugaba malas pasadas: saltaba, se expandía, se autoengullía. Quería que supiera que no podía controlarlo, y eso la asustó.

Estacionó entre el Aston Martin de Rico y el LandRover de Henry. El Jaguar de Craig, el Saab de Wen-Yi, el Transam de Lindka: el aparcamiento parecía un concesionario de coches de lujo. Los asesores hipotecarios estaban bien pagados, por lo menos estos de aquí. Su Porsche todoterreno no tenía nada que envidiarles, pero, a diferencia de los demás, ella no lo había pagado de su bolsillo.

Miró a su alrededor, confiando en no ver el Lotus. Pero allí estaba. Guy ya había llegado.

Era el momento de abrir la puerta del coche y unirse al mundo. En lugar de eso, se desplomó contra el reposacabezas. Ocho horas. Con otra gente. Teniendo que hablar. Teniendo que tomar decisiones. Baja baja baja.

Se sentía tan incapaz de moverse como una mariposa clavada a una cartulina, pero su parálisis se mezclaba desagradablemente con el hecho de que volvía a llegar tarde, y más con cada segundo que pasaba. Baja baja baja.

Se estaba moviendo. Estaba fuera del coche, de pie. La bola de plomo afianzada en su estómago era tan densa y pesada que a duras penas conseguía mantenerse erguida. Notó que avanzaba hacia el ascensor tambaleándose, como si las rodillas no pudieran aguantarla.

Mátame mátame mátame.

Miró el botón de llamada del ascensor. Se suponía que su mano debía pulsarlo. Nada ocurrió. Pulsa pulsa pulsa.

Rico fue la primera persona que vio al abrir la puerta. La estaba esperando. Sus ojos oscuros se llenaron de ternura.

—¿Cómo estás?

Estoy muerta estoy muerta estoy muerta.

—Bien. ¿Y tú?

Al oír su voz, Guy levantó su rostro frío y altivo. Dio unos golpecitos a su reloj.

—Doce minutos, Marnie.

—Lo siento mucho. —Corrió hasta su mesa.

—¿Eso es todo? —exclamó Guy—. ¿Ninguna explicación?

—Obras en la carretera.

—¿Obras en la carretera? Las obras en la carretera nos afectan a todos. Y nadie más ha llegado tarde.

Henry colgó su teléfono.

—¡Caso nuevo! Director de Coutt's. Un auténtico negocio. Mucha pasta.

Parte de ella para Henry. Los asesores hipotecarios se llevaban el uno por ciento del precio de cada venta inmobiliaria que conseguían.

—¿De dónde lo has sacado? —preguntó, celoso, Craig. Un nuevo cliente para un asesor significaba un cliente menos para los demás. La competencia era feroz.

—Del funeral del padre de la esposa de mi primo —dijo.

—¿Diste tu tarjeta comercial en un funeral? —preguntó Lindka.

Henry se encogió de hombros con una sonrisa.

—Los tíos considerados siempre llegan los últimos.

Linda cogió el *Telegraph* de Guy y lo abrió por la sección de necrológicas.

—Aquí hay un montón. Podríamos repartírnoslos. «Mi más sentido pésame. ¿Necesita una hipoteca?»

Sus compañeros rieron.

Marnie consiguió esbozar una débil sonrisa. Ella había sido uno de ellos en otros tiempos, un tiburón. En las bodas y cumpleaños se paseaba entre los invitados, sonriendo, charlando, haciendo preguntas generales, («¿Dónde vive?») y avanzando con sumo tacto hacia temas más concretos («¿Ha pensado en mudarse?»), tratando de hacer oídos sordos a la voz interior que le decía que era de pésimo gusto andar a la caza de clientes en una celebración familiar. Lo único que importaba, se repetía, eran las llamadas posteriores: recibiendo como recibía el uno por ciento del precio de la compra, valía la pena soportar las miradas de desaprobación.

Así y todo, ni en sus épocas más productivas había estado entre los grandes generadores de ingresos, como Guy, el dueño de la firma, o Wen-Yi, que parecía bendecido con un chorro constante de compradores de inmuebles. Ella no tenía agallas suficientes para perseguir a la gente hasta el amargo final. Si intuía que el posible cliente estaba irritado o violentado, retrocedía. Paradójicamente, esa actitud había funcionado a veces a su favor. A las personas les gustaba el hecho de que fuera considerada. Bueno, a algunas; otras pensaban que no tendría suficiente garra para conseguirles un buen trato y se decantaban por un fanfarrón arrogante como Craig o un pijo demasiado seguro de sí mismo como Henry.

Cuando se quedó embarazada de Daisy, dejó el trabajo. Podía permitírselo: Nick ganaba lo suficiente para los dos y quería ser madre a tiempo completo. Pero, en realidad, el embarazo había sido su salvación. La suerte había empezado a cambiarle en el trabajo, notaba cómo se le estaba escapando de las manos. Y se marchó antes de que la gente lo notara.

No había estado en sus planes volver, pero el último año Nick no había recibido la bonificación anual y había un aterrador agujero en sus finanzas. Sencillamente, no había dinero para pagar las elevadas cuotas de la hipoteca y los colegios.

Una vez que pasó la conmoción y comenzó la readaptación, la idea de volver al trabajo después de un paréntesis de seis años empezó a atraerle. De súbito, comprendió que la razón de su infelicidad era que no estaba hecha para quedarse en casa ejerciendo de madre. Quería a Daisy y a Verity con toda su alma, pero necesitaba otros estímulos.

Guy volvió a contratarla, y el día que Marnie llegó con su traje pantalón nuevo y sus zapatos de tacón, lo hizo rezumando orgullo: era un miembro útil de su familia, era importante. Pero —literalmente en cuestión de días— se hizo patente que ya no estaba capacitada para el trabajo. No conseguía nuevos clientes. Tras analizar su vida, llegó a la conclusión de que ahora salía mucho menos que antes de tener a las niñas, por lo que se le presentaban muchas menos oportunidades de hacer contactos. Así y todo, Nick tenía un montón de colegas bien remunerados; podría mover los hilos en ese terreno. Pero no se veía capaz. Ya no podía hablar con la gente. Y aún menos dar la lata a clientes potenciales, no sabía muy bien por qué. La única palabra que le venía a la cabeza era vergüenza. No quería molestar a la gente; no quería que se fijaran en ella; no quería pedir porque no soportaba el rechazo.

Como no tenía elección, se obligaba a intentarlo. Pero nunca lograba comunicarse en el tono adecuado: alegre y despreocupado (generalmente con los hombres) o sereno y responsable (con las mujeres). Su verdadera voz estaba enterrada bajo una montaña de pedruscos, su traicionera boca se negaba a pronunciar las palabras justas, y cuando intentaba sonreír solo conseguía que los labios le temblaran. Daba una imagen de persona agobiante, extraña y desesperada, y su actitud violentaba a la gente.

La vuelta al trabajo, en lugar de ayudarla, no había hecho más que empeorar las cosas. En cuatro meses no había conseguido un solo cliente, lo cual era malo para la firma pero más aún para ella, porque no había cobrado una sola comisión.

Guy estaba dando muestras de una gran paciencia. Cualquier otro jefe ya la habría puesto de patitas en la calle; pero Marnie sabía que esa paciencia tenía un límite.

Entonces Bea, la secretaria de la oficina, había solicitado un permiso de maternidad y Guy había propuesto a Marnie que cubriera su puesto. Para ella supuso un alivio —al menos ahora tendría un sueldo fijo— y también una humillación. Había fracasado. Una vez más.

El descenso significaba que ahora era una modesta secretaria, de modo que para ella se habían acabado las largas comidas regadas con vino y terminar los viernes al mediodía. Ahora estaba obligada a permanecer en la oficina de nueve a seis aunque el resto de la gente se hubiera largado, para atender el teléfono, firmar recibos de entregas, calmar a compradores histéricos y demás. Se sentía como si la hubieran expulsado del paraíso; antes había sido uno de ellos, ahora tenía que hacerles las fotocopias. Así y todo, estaba enormemente agradecida por el trabajo. Guy le pagaba más de lo que correspondía a su puesto. Podría haber contratado a otra persona por menos dinero.

Sobre la mesa, como una acusación, le esperaba un expediente. De Wen-Yi. Era la venta del señor Lee. El alma se le cayó a los pies.

Este expediente estaba maldito. Eran muchas las cosas que habían ido mal. Marnie había enviado los documentos originales a una dirección equivocada, a uno de los muchos inmuebles que el señor Lee arrendaba, donde se habían pasado dos semanas y media acumulando polvo sobre el felpudo de un piso desocupado. Había enviado fotocopias en lugar de originales a la sociedad de crédito hipotecario, una ofensa imperdonable. Había extraviado —no se le ocurría otra explicación— el impreso del débito bancario que autorizaba a la sociedad de crédito hipotecario a recuperar las mensualidades; hubiera debido estar en el expediente del señor Lee, pero el caso es que no estaba y Marnie no tenía la menor idea de adónde había ido a parar. Peor aún, recordaba haberlo visto, por lo que no podía culpar al señor Lee de no haberlo cumplimentado.

Sus fallos y despistes habían retrasado esta venta varias semanas; no se atrevía a calcular exactamente cuántas, pero a veces su cerebro escapaba de su control y se mofaba de ella sumando las diferentes demoras, mientras Marnie trataba desesperadamente de echarle el lazo y silenciarlo.

—El comprobante de su residencia en Reino Unido —dijo Wen-Yi. La luz se reflejaba en sus gafas y Marnie no podía verle los ojos, pero sabía que estaba esforzándose por contener su enfado—. ¿Dónde está?

Ella le miró sin comprender.

—No sabía... que necesitara un comprobante.

—Entonces, ¿no lo tienes?

—No sabía que lo necesitara.

—UK Homeloans exige un comprobante de residencia a los ciudadanos extranjeros. Es lo habitual.

Los asesores hacían negocios con veintiséis bancos y firmas hipotecarias, y cada uno de ellos imponía sus propias condiciones. Esta era la primera combinación de ciudadano extranjero y UK Homeloans con que tropezaba, pero eso no era excusa. Hubiera debido saberlo.

—Le enviaré uno ahora mismo, Wen-Yi. Lo siento, lo siento mucho.

—Lo del dinero está arreglado —dijo Wen-Yi—. Habríamos

podido cerrar la compra hoy mismo de no ser por este problema. Los vendedores han sido muy pacientes, pero están hablando de volver a sacar la propiedad a la venta. Será mejor que eso no ocurra.

Giró sobre sus talones y se alejó. Los demás compañeros de la oficina hicieron ver que no habían estado con la oreja puesta y devolvieron rápidamente la vista a sus respectivas pantallas, con excepción de Rico, que le transmitió su solidaridad con la mirada.

Marnie se acercó al armario que tenía detrás y, con mano temblorosa, buscó el impreso en cuestión. Había literalmente cientos de impresos diferentes, pero Bea había ideado un eficiente sistema de clasificación y cuando dio con él, se obligó a leerlo varias veces. Sí, era un impreso de UK Homeloans. No de UK Houseloans. Ni de British Homeloans. Y decía, «Comprobante de residencia para ciudadanos extranjeros». No «Comprobante de ciudadanía». Ni «Comprobante de penales».

Tras asegurarse de que tenía el impreso correcto, procedió a rellenarlo, prestando tanta atención a los detalles que empezó a sudar. ¿Qué le había sucedido? ¿Cuándo había dañado su confianza hasta el punto de no creerse capaz de realizar una tarea tan sencilla?

—Correo —dijo Guy, dejando caer sobre su mesa una enorme pila de sobres desordenados y sobresaltándola—. Perdona, ¿te he asustado?

—No importa —rió nerviosamente.

—Estás fatal —dijo pensativamente Guy. Para los novatos, sus ojos azules parecían fríos, pero cuando le conocías bien, podías encontrar bondad en ellos—. ¿Te importaría abrirlos deprisa, por favor? —Guy siempre expresaba sus peticiones con amabilidad—. Los impresos firmados de Findlaters deberían estar en este montón. Hay que reenviarlos cuanto antes.

Guy gozaba de preferencia frente a Wen-Yi. No tenía más remedio que ocuparse del correo. Dejó el impreso del señor Lee en la bandeja de asuntos pendientes y se puso a abrir los sobres con las uñas.

Guy arrugó el entrecejo.

—Utiliza el abrecartas.

—Sí, claro. —Ni siquiera era capaz de abrir el correo como es debido. Alargó el brazo hasta su lapicero, cogió el abrecartas y de repente sintió el deseo de clavárselo en el corazón.

Pero en lugar de eso procedió a abrir mecánicamente los sobres y a clasificar el contenido en ordenados montones.

—Aquí están, Guy. —Marnie levantó los impresos de Findlaters.

—Estupendo. Fotocópialos y devuelve los originales al banco con un mensajero.

Mientras estaba en la fotocopiadora, decidió fotocopiar el resto de documentos firmados que habían llegado en el correo. Se obligó a concentrarse para no mezclarlos y asegurarse de que las fotocopias iban a las carpetas y los originales quedaban fuera para reenviarlos a los bancos. Sabía que para hacerlo bien no hacía falta ser un genio, pero eran tantas las veces que parecía meter la pata...

Cogió un puñado de sobres A4 y regresó a su mesa para enviar los originales a los bancos correspondientes. Era una tarea relajante, y cuando se dio cuenta de que estaba utilizando el último sobre de la pila para el último documento, se llevó una alegría.

Una coincidencia, una coincidencia feliz; no había contado los sobres que necesitaba, había cogido la cantidad justa por pura casualidad.

Me siento mejor, pensó. Debe de ser el Prozac.

Aunque en realidad no había empezado a tomarlo aún. El simple hecho de llevar la receta en el bolso parecía tener en ella un efecto positivo.

Entonces sus ojos tropezaron con el impreso del señor Lee —esperando pacientemente en la bandeja a ser metido en un sobre y despachado— y su alegría se desvaneció. Ya no le quedaban sobres. El armario de los sobres estaba a cuatro o cinco metros de su mesa pero sus piernas se negaban a levantarse y echar a andar. No podía entenderlo. No era por agotamiento físico, no notaba las piernas cansadas. Sentía como si estuviera rodeada de un campo magnético que tiraba de ella hacia abajo con una fuerza irresistible. Podría haber solicitado ayuda en plan de broma —Rico se la habría prestado— pero habría sido una petición extraña. Y ahora mismo ya no era capaz ni de hablar. No le quedaba ni una gota de energía.

Es urgente, es urgente, es urgente.

Pero era precisamente esa urgencia lo que la tenía paralizada.

Ahora lo hago, ahora lo hago, ahora lo hago.

No obstante, cada vez que vislumbraba el impreso con el rabillo del ojo sentía como si la estuvieran desollando viva. Finalmente lo sacó de la bandeja y se lo guardó en el cajón, debajo de un frasco de Vitamina B_5 —«la vitamina feliz»— y un paquete de St Johns's Wort.

—¡Marnie! —exclamó su madre—. Qué casualidad que me llames. Justo en estos momentos estaba leyendo el repugnante periódico de Bid... digo leyendo cuando en realidad parece un periódico para analfabetos... y mirando una foto de Paddy de Courcy con su «encantadora futura esposa».

No fallaba. Marnie solo tenía que oír su nombre para llevarse automáticamente el dedo corazón al centro de la palma de su mano derecha; en cuanto alguien mencionaba a Paddy, empezaba a picarle.

Grace la había telefoneado el pasado agosto en el instante en que la noticia de su boda salió a la luz.

—Tengo una noticia. Mala. Bueno, no demasiado mala. Nadie ha muerto. Es sobre Paddy. Va a casarse.

«Ni se te ocurra ser feliz, cabrón.»

—¿Estás bien? —preguntó Grace. No soportaba hacer sufrir a Marnie.

El inesperado arrebato de ira de Marnie se había diluido de golpe. Ahora lo importante era tranquilizar a Grace.

—Estoy bien. Pero me alegro de que me lo hayas contado. No me habría gustado enterarme por otro lado.

—Puede que papá y mamá saquen el tema. Quería que estuvieras preparada.

Existían muchas probabilidades de que sus padres sacaran el tema. No estaban del todo de acuerdo con la política de Paddy, pero no podían evitar interesarse por él.

—Aquí dice que Sheridan será el padrino —estaba diciendo su madre—. ¿No es alentador que en estos tiempos de usar y tirar su amistad perdure después de tantos años? Debo reconocer que ahora, cuando veo a Paddy todo trajeado, me acuerdo de cuando lo tenía sentado a la mesa de mi cocina, todo delgaducho y con esos ojos grandes y hambrientos, sin que ninguno de nosotros sospechara ni por un momento que llegaría a... bueno, a estadista, no se me ocurre otra palabra. Lo más irritante de todo es que, debido a su carisma, a la gente no parece importarle que le falten propuestas concretas. A tu padre nunca le cayó bien, pero solo lo decía para molestar.

—Hummm. —Marnie ya estaba mucho mejor; generalmente conseguía reponerse enseguida.

—En cierto modo Paddy me recuerda a Bill Clinton —continuó su madre—. Me pregunto si tiene los mismos problemas para mantener la polla dentro de los calzones.

—Mamá, no está bien que digas «polla». —Por suerte para Marnie, sus compañeros habían salido a comer y no había nadie en la oficina que pudiera oírla.

—Gracias, cariño, siempre has sido una niña muy atenta. ¿Qué debería decir entonces? ¿Pene? ¿Pilila? ¿Pajarito?

—Puede que pajarito sea lo mejor.

—Pues eso, me pregunto si tiene el mismo problema que Bill Clinton para mantener el pajarito dentro de los calzones. ¿Puedo decir calzones?

—Depende. ¿Te refieres a los pantalones o a los calzoncillos?

—A los pantalones, supongo.

—Entonces di pantalones. Los americanos son los que dicen calzones.

Si algo no quería su madre era que la tomaran por americana.

—Me pregunto si tiene problemas para mantener el pajarito dentro de los pantalones.

—Imagino que sí.

—Yo también. Bueno, en realidad no tengo razones para decir eso, salvo el hecho de que siempre lo están «relacionando» con mujeres bellas y de talento. Si te gustan las mujeres, debe de ser muy difícil renunciar a ellas. Los hombres necesitan cuatro cosas: comida, un techo, un coño y un coño ajeno. Jay McInerney, no recuerdo qué novela. Estoy ironizando, naturalmente. No siento ningún respeto por los hombres que utilizan el imperativo biológico para disculpar su infidelidad. Me temo que Alicia Thornton no va a tenerlo nada fácil.

—Ya sabe dónde se mete.

—¿Es cierto que es viuda? ¿De qué murió su marido?

—Probablemente se suicidó porque no soportaba estar casado con ella.

Su madre se quedó atónita.

—¿Por qué dices eso? ¿Y cuántos años tiene?

—Ya lo sabes. Treinta y cinco, como yo.

—¿Por qué iba a saberlo?

—... Mamá... porque la conoces.

—Te aseguro yo que no.

—... No puedo creerlo... pensaba que lo sabías...

—¿Saber qué, cariño?

—Fíjate bien en la foto, mamá. Imagínatela sin los reflejos rubios.

Su madre levantó el periódico con un crujido.

—Y sin el maquillaje. Y con el pelo más largo. Y mucho más joven.

Su madre soltó una exclamación ahogada.

—Por los clavos de Cristo, ¿no será..?

—Lo es.

No había tomado vitamina B_5 en todo el día —con razón se encontraba tan mal— pero cuando abrió el cajón vio, agazapado bajo el frasco de las vitaminas, el impreso del señor Lee. Todavía allí. Todavía sin enviar. El suelo se movió bajo sus pies. ¿Cómo era posible que no lo hubiera enviado ya, con lo importante que era?

Y ahora ya era demasiado tarde, el correo del día ya había salido.

Se juró y se volvió a jurar que lo enviaría al día siguiente a primera hora. Pero ¿y si Wen-Yi lo encontraba? ¿Y si decidía hurgar entre sus cosas cuando ella se marchara a casa?

Presa del pánico, sacó discretamente el impreso del cajón y se lo metió en el bolso con un movimiento raudo.

Como si hubiera intuido algo, Wen-Yi levantó la vista y le preguntó:

—¿Has enviado el impreso de residencia al señor Lee?

—Sí.

—Marnie, ¿te apetece una copa rápida? —preguntó Rico—. ¿Me ayudas a celebrar la comisión más grande de mi vida?

Lo meditó. Apenas unos segundos, pero los suficientes para despertar en ella un fuerte anhelo. La posibilidad de escapar... Pero no podía. Las niñas la esperaban en casa a las seis y cuarto. Melodie, la niñera, estaría con el abrigo puesto, preparada para marcharse corriendo a su siguiente trabajo. Y recuerda lo que ocurrió la última vez que fuiste a tomar un copa con Rico.

—No, yo...

De repente se sintió observada. Miró por encima de su hombro y advirtió que Guy estaba siguiendo la conversación. Guy desvió rápidamente la mirada y Marnie se volvió de nuevo hacia Rico. Negó con la cabeza.

—No, Rico, no puedo.

—Es una pena. —Parecía lamentarlo de verdad.

Pero ya encontraría a alguien, un hombre guapo como él.

Cinco de la madrugada. Demasiado temprano para levantarse, demasiado tarde para recuperar el sueño. Debería hacer algo útil con su tiempo. Podía bajar y hacer yoga. Pero el yoga no era para ella. No le funcionaba. Se suponía que debía relajarte, o levantarte el ánimo, o, con mucha suerte, cambiarte la vida.

Jennifer Aniston decía que le había ayudado mientras se divorciaba de Brad Pitt.

Entonces, ¿por qué a ella el yoga le producía un aburrimiento tan aterrador que solo podía practicarlo si hacía un sudoku al mismo tiempo?

El impreso del señor Lee. ¿Por qué no había sido capaz de enviarlo? Era una tarea insignificante. No le habría ocupado ni veinte segundos. Pero no lo había hecho y ahora estaba pagando por su pereza, preocupada y asustada en medio de la noche, sin poder dormir.

Solo podía consolarse prometiéndose —una vez más— que sería lo primero que haría en cuanto llegara a la oficina. No se quitaría ni la chaqueta. Hasta entonces, solo le quedaba esperar: no puedo hacer nada no puedo nacer nada no puedo hacer nada. Dejó que su mente divagara, que buscara algo tranquilizador a lo que agarrarse. En su cabeza resonaron las palabras: en algún lugar del mundo, ahora mismo, alguien está siendo torturado. Haz que pare. Haz que pare. Haz que pare. Haz que pare. Haz que pare. Haz que pare.

Quienquiera que sea, esté donde esté, dale consuelo.

La culpa era suya. En las noticias de la noche habían hablado de cuatro hombres que habían secuestrado a dos chicas adolescentes y las habían sometido a toda clase de vejaciones como venganza por un negocio de drogas malogrado en el que estaban implicados los padres de las chicas.

Se había dicho que no debía quedarse a escuchar. Se había dicho que tarde o temprano tendría que pagar el precio. Pero una espantosa fascinación la había mantenido inmóvil frente a la pantalla, ansiando no oír pero sintiendo una tremenda curiosidad por la amplia variedad de cosas horribles que los seres humanos son capaces de hacerse unos a otros. Se imaginó que algo así le sucedía a sus hijas. A Grace. Le entraron ganas de vomitar.

Los torturadores tenían una gran imaginación y no podía evitar preguntarse qué clase de persona eran. ¿Les obligaban a hacerlo? Algunos tenían que hacerlo para evitar que se lo hicieran a ellos. Pero seguro que otros disfrutaban.

¿Y por qué a nadie le obsesionaban esas cosas como la obsesionaban a ella? Cuando, de adolescente, expresaba sus zozobras a Grace, esta le daba una contestación práctica: si alguna vez te torturan, respondía, diles todo lo que quieran saber.

Eso fue antes de que Marnie descubriera que hay personas que torturan simplemente por diversión.

Alargó un brazo hasta el suelo y cogió su libro. Estaba leyendo *La campana de cristal*. Otra vez. Con razón estaba deprimida, decía Nick. Había intentado leer cosas alegres —novelas que le prometían que se «desternillaría»— y había tenido que dejarlas porque las encontraba demasiado tontas. Al menos con Sylvia Plath tenía el consuelo de saber que alguien más había pasado por eso. Aunque mira cómo terminó.

Se acercó el libro a los ojos, en un esfuerzo por descifrar las palabras en la luz gris del amanecer. Nick se movió. Marnie le había despertado al pasar las páginas.

—¿Qué hora es? —farfulló.

—Las cinco y veinte.

—Joder.

Irritado, se hizo un ovillo bajo el edredón, se apretó contra el colchón y trató de volver a conciliar el sueño. Llamaron a la puerta. Pasos ligeros como plumas. Verity.

Pobre Verity. O «Variety», como la llamaban los demás niños. O «bicho raro». Nunca dormía toda la noche de un tirón.

—¿Puedo subir, mamá?

Marnie asintió, se llevó un dedo a los labios —no despiertes a papá— y levantó el edredón. El cuerpecito caliente de Verity trepó hasta la cama y Marnie la acurrucó contra ella.

—Mamá —susurró Verity.

—Shhh, vas a despertar a papá.

—Papá está despierto. —La voz de Nick sonó pastosa y enfurruñada.

—Mamá, ¿qué ocurrirá si te mueres?

—No voy a morirme.

—¿Y si te pones enferma y tienes que ir al hospital?

—Habla bajito, cariño. No voy a ponerme enferma.

—¿Qué ocurrirá si papá pierde su trabajo?

—Papá no perderá su trabajo.

Pero a lo mejor este año no recibía bonificación. Otra vez.

Le acarició el pelo y trató de calmarla para que volviera a dormirse. ¿De dónde le venía toda esa angustia? Tenía que haber salido de algún lado.

Ella era su madre, ella tenía la culpa.

Por lo menos Daisy era normal.

—Mamá, ¿me haces una trenza? Pero una trenza alta.

—¡Mamá, no encuentro mi cuaderno rosa!

Marnie echó un vistazo por la cocina mientras ensartaba los cordones en las embarradas deportivas de Verity.

—Está ahí.

—¡Ese no, el rosa que brilla!

—Mira en tu mochila.

—No está.

—Vuelve a mirar.

—Oh, mira tú, mamá.

—Mamá —dijo, frustrada, Daisy—, péiname, por favor. Nunca te pido nada.

—Vale, vale. Pero primero deja que termine esto y prepare las tarteras. Verity, ¿y tus gafas?

—Las he perdido.

—Búscalas.

—No. Las odio.

A Marnie se le encogió el corazón.

—Lo sé, cielo, pero no tendrás que llevarlas toda la vida. Toma, cógelas. —Le lanzó las deportivas—. Métalas en la bolsa de deporte. Muy bien, Daisy, vamos a peinarte.

—¡Dijiste que buscarías mi cuaderno! —protestó Verity, ofendida.

—Y antes de peinarme has de prepararnos las tarteras —añadió Daisy—. No querrás olvidártelas de nuevo.

Por Dios, se las había olvidado un día. ¿Un día de cuántos? Pero cuando eres madre no hay absolución que valga. Cada falta se te repite como la cebolla.

—No las olvidaré. Ahora, dame el cepillo. —Con dedos torpes,

Marnie hizo la trenza equivocada, baja en lugar de alta—. Pero ¿qué demonios es una trenza alta?

—No digas demonios.

Estaba empezando a dejarse llevar por el pánico. El tiempo se estaba agotando. No podía llegar tarde al trabajo otra vez, estaba abusando de la paciencia de Guy. Ignoraba dónde tenía el límite, pero intuía que se estaba acercando a él.

—¡Primero haces una coleta y luego la trenza!

—Vale. —Marnie deshizo la trenza e hizo otra deprisa y corriendo. El resultado fue una cosa tiesa y torcida, como hecha de alambre.

—Lista. Estás preciosa.

—Estoy ridícula.

—Eres demasiado pequeña para decir ridícula.

—Absorbo lo que oigo como una esponja, soy una niña. ¿Cómo voy a saber lo que soy demasiado pequeña para decir?

—En cualquier caso, estás preciosa. Y ahora, vámonos.

—¡Las tarteras!

Mientras Marnie arrojaba uvas y barras de cereales sin azúcar a sendas tarteras de Angelina Ballerina, Daisy supervisaba la operación con la gravedad de un inspector de armas de Naciones Unidas.

La lata de las minibolsas de cortezas de verduras orgánicas estaba vacía. ¿Cómo era posible?

—Se las ha comido papá —dijo Daisy—. Le dije que era para nuestro almuerzo pero contestó que ya encontrarías otra cosa.

Maldito Nick. ¿Qué iba a darles ahora?

¿Qué había en la nevera? ¿Remolacha? Por un momento pensó en darles una remolacha a cada una. Existía una pequeña probabilidad de que Verity se la comiera sin darse cuenta, atraída por su bonito color, pero Daisy tenía muy claro lo que era aceptable y lo que no en una tartera entre sus compañeros.

En el armario había una caja de galletas de chocolate Black and Green que alguien había traído para alguna cena. Eso serviría.

—¿Galletas? —preguntó Daisy. Si su madre les permitía comer azúcar refinada, significaba que la situación era desesperada—. No nos dejas comer galletas.

—Como bien sabes —añadió Marnie con un suspiro cansino.

Devolvió las galletas al armario.

—Más uvas —propuso Daisy.

Más uvas entonces. Tampoco había otra cosa. Marnie cerró las tarteras y las tendió a las niñas. Pero no podía permitir que Daisy saliera con esa pinta; tenía la trenza tan tiesa que parecía que pudiera recoger señales del espacio.

—Espera, Daisy, deja que te arregle el pelo.

Mientras toqueteaba la trenza por la raíz, dijo:

—Pásalo bien en el colegio y cuida de Verity.

Daisy era consciente de las ventajas naturales que tenía sobre Verity. Era bonita, popular, inteligente y buena en los deportes, y sabía que el poder entrañaba responsabilidad. Pero en lugar de su habitual respuesta solemne de que cuidaría de su hermana, dijo, bajando la voz:

—Mamá, no siempre voy a poder cuidar de Verity. Tiene que aprender a cuidarse sola.

Marnie se quedó muda. Miró a Daisy y pensó: «Solo tienes seis años». ¿Qué ha sido de la inocencia de la infancia? ¿De la certeza de que el mundo es un lugar seguro? Pero comprendía la situación de Daisy. Impedir que Verity sufriera a fuerza de sufrir ella era demasiada responsabilidad.

Sus hijas eran una repetición de ella y Grace.

Daisy soltó un hondo suspiro adulto.

—Haré lo que pueda, mamá, pero no puedo estar siempre pendiente de ella.

—No importa, cariño, no importa. No te preocupes.

La atrajo hacia sí y la estrechó con fuerza. Ahora tendría que cargar no solo con la angustia perpetua de Verity, sino con la culpa y el resentimiento de Daisy.

¿Cómo puedo protegerlas del dolor de vivir?

—Mamá, me haces daño.

—¿En serio? Perdona, perdona, perdona.

Miró fijamente los claros ojos castaños de Daisy y pensó: «Os quiero tanto que la preocupación me mata. Os quiero tanto que desearía no haberos tenido. A ninguna de las dos. Estaríais mejor muertas». Tardó un instante en preguntarse, no lo bastante sorprendida, ¿Estoy pensando en matar a mis hijas?

Las dejó en la verja del colegio. La mayoría de los padres dejaban a sus hijos directamente en el aula, como testigos en una carrera de relevos, renunciando al control de sus pequeños únicamente después de asegurarse de que los profesores los tenían bien agarrados. Pero hoy no tenía tiempo. Observó por el retrovisor cómo sus dos hijas cruzaban el patio con sus uniformes, sus calcetines hasta las rodillas y su sombreros de paja, cargadas con tarteras, bolsas de deporte, mochilas e instrumentos: un oboe para Daisy; una flauta dulce, más modesta, para Verity. Sintiéndose todavía culpable, se unió de nuevo al tráfico.

Wen-Yi la estaba observando. Por la forma en que la luz se reflejaba en sus gafas, Marnie no siempre podía verle los ojos, pero sentía que vigilaba todos sus movimientos. No podía sacar el impreso del bolso y guardarlo en un sobre: Wen-Yi se daría cuenta. A la hora de comer salió con la intención de comprar sellos y un sobre y echar el impreso en un buzón anónimo. Pero en Rymans la cola era larga. Solo funcionaba una caja. Había un hombre comprando una cantidad ingente de artículos; parecía que estuviera montando un despacho entero, y pasó un buen rato con la cajera guardando archivadores, bandejas y carpetas de cartón. Primero en bolsas sueltas, luego en bolsas dobles. Cuando finalmente fue a pagar, descubrieron que la línea telefónica estaba cortada. No podía pagar con tarjeta, de modo que se marchó a un cajero. A su regreso, la cajera tuvo que cambiar el rollo de papel de la caja. Algunos clientes dejaron sus artículos en el mostrador y se largaron despotricando entre dientes contra tanta jodida incompetencia. Marnie tenía ganas de llorar de rabia y frustración, pero se negó a moverse de donde estaba.

Finalmente, el hombre del despacho nuevo se marchó y la cola avanzó una posición, pero el siguiente cliente tenía una pila de fichas y a todas les faltaba el código de barras. La chica de la caja tuvo que dejar su puesto y subir con el cliente a la planta donde estaban expuestas las fichas porque en el sistema no aparecían. Se ausentaron una eternidad.

Es una prueba es una prueba es una prueba.

No quiso consultar su reloj. No podía. Ver correr el tiempo la sacaba de quicio. Entonces, el hombre que tenía delante exclamó:

—¡Maldita sea, ya son las dos y cinco!

Y comprendió que no tenía más remedio que volver a la oficina porque, pese a haber abandonado a las niñas en la verja del colegio, esta mañana había llegado otra vez tarde al trabajo.

Por un momento barajó la posibilidad de dejar un billete de diez libras en el mostrador y marcharse con los sobres. Pero seguirían faltándole los sellos —estaban guardados en la caja registradora— y conociendo su suerte, sabía que la arrestarían por hurto; era demasiado arriesgado. Desesperada, renunció a sus artículos y el día terminó como había empezado, con el impreso del señor Lee en su bolso.

—¿Por qué está aquí?

—... Quiero ser feliz. —Cuán bochornosa confesión.

—¿Y no lo es?

—No.

—¿Por qué no?

—No lo sé. Lo tengo todo... un marido, dos hijas perfectas, una casa...

—Vale, vale. No se juzgue.

Coaching cognitivo. Había leído sobre él dos semanas antes, en un suplemento dominical. Diez breves sesiones le habían cambiado la vida a la periodista, disipando su eterno sentimiento de futilidad y llenándola de una cálida sensación de satisfacción. Marnie había llamado enseguida al número que aparecía en la parte inferior de la página, pero no pudo conseguir hora con la terapeuta del artículo en cuestión: gracias a tan buena publicidad, tenía todo el año cubierto. Sin embargo, una búsqueda por diferentes páginas web la había llevado hasta Amanda Cook, en Wimbledon, quien decía ofrecer «orientación cognitiva».

—¿Es lo mismo que el coaching cognitivo? —le había preguntado Marnie por teléfono.

—¿Qué es el coaching cognitivo?

—Oh. —Marnie había dado por sentado que toda persona metida en el juego de las terapias estaba al corriente de las diferentes disciplinas—. Verá, leí una cosa en el periódico...

—Una advertencia —le interrumpió severamente Amanda—. Hay mucho engañabobos en este negocio. Se ponen un título rimbombante y...

Marnie advirtió, consternada, que estaba empezando a perder la esperanza. No podía permitírselo, necesitaba creer que alguien podía ayudarla. La disciplina de esta mujer contenía el término «cognitivo», tan de moda hoy día; con eso le bastaba.

—¡Sí, sí, claro! ¿Puede darme hora?

—¿Qué le parece mañana? —preguntó Amanda—. Estoy libre todo el día. O el miércoles.

Una vez más, Marnie sintió que sus esperanzas caían en picado. Le habría tranquilizado saber que esta orientadora, terapeuta, o lo que quiera que fuese exactamente, estaba más solicitada.

Por un momento se preguntó si no debería acudir a un terapeuta no-cognitivo corriente. Pero ya había probado varios a lo largo de los años y no le habían funcionado. Y puede que esta cosa «cognitiva» estuviera despegando, que Amanda fuera camino de hacerse famosa y dentro de tres meses fuera imposible conseguir cita con ella.

Así pues, quedó en ir a verla el jueves a las seis y cuarto de la tarde.

—Estoy en la calle principal —le dijo Amanda Cook—. Hay una hilera de tiendas y yo tengo el despacho encima de la farma...

—¿Cree que podrá ayudarme?

—Sí, pero no aparque delante. Es solo para residentes. Pruebe en Ridley Road, generalmente hay sitio. Nos veremos a las seis y cuarto, y cuente con terminar como muy pronto a las siete.

—Entendido. Por cierto, ¿puedo preguntarle...? —Quería establecer la titulación exacta de Amanda Cook, el artículo en el periódico así lo aconsejaba, pero se acobardó. No deseaba ofenderla—. Nada, olvídelo. Esto... hum... nos vemos el jueves.

Mientras Marnie subía por la angosta y polvorienta escalera que conducía al despacho del primer piso, se preguntó sobre esta mujer que iba a salvarla. Como en el caso de un peluquero o un profesor de yoga, la mejor publicidad de un terapeuta es él mismo. Si su propia magia no funciona con él, ¿cómo van a creerle los demás?

Por suerte, la primera impresión fue alentadora. De treinta y largos años, aunque era difícil saberlo con esa cara tan redonda, Amanda era una mujer alegre, con uno de esos conjuntos de falda y camisola que venden en las tiendas indias. Tenía el pelo moreno, ni liso ni rizado. De repente, con su traje de ejecutiva y su pulcra coleta, Marnie se sintió flaca y neurótica.

—Adelante, querida.

Oyó un acento del sudoeste cálido y agradable, y trató de olvidar el hecho de que ese acento siempre lo atribuía a gente de pocas luces.

—¿Dónde ha dejado el coche? —preguntó Amanda.

—En Ridley Road.

—¿No ha aparcado delante? Porque es solo para residentes. Si aparca delante, llamarán al telefonillo e interrumpirán la sesión.

—Lo sé, me lo explicó por teléfono.

—Siéntese, por favor. —Señaló una butaca tapizada de naranja. En la otra butaca había una bolsa de patatas abierta (sabor a cóctel de gambas). Amanda las empujó a un lado y se dejó caer en la butaca, que resolló y casi pareció tambalearse bajo su peso.

La impresión inicial de Marnie se estaba desvaneciendo con rapidez y el tamaño de la mujer había empezado a inquietarla. No estaba bien juzgar a las personas por su aspecto, pero necesitaba que Amanda Cook fuera una taumaturga, y si Amanda Cook fuera realmente una taumaturga, ¿estaría tan... hinchada?

No pienses así. Los cirujanos cardíacos no se operan a sí mismos. Los entrenadores de caballos de carreras no saltan sobre el arroyo Beecher.

A lo mejor, se tranquilizó Marnie, Amanda Cook estaba tan contenta consigo misma que no era consciente de que le sobraban —difícil saberlo por lo holgado de la indumentaria—, ¿cuántos? ¿Veinte kilos?

—Yo combino la terapia conductual cognitiva con el coaching personal para ayudarla a alcanzar su vida ideal —explicó Amanda—. A diferencia de la psicoterapia tradicional, donde el sujeto puede pasarse años reviviendo traumas pasados, el counselling cognitivo se basa en el ahora. Utilizando una combinación de visualización y cambios prácticos, obtengo resultados muy rápidos.

¡Qué seguridad en sí misma! Incluso con ese pelo.

—¿Siempre? —preguntó Marnie—. ¿Resultados muy rápidos siempre?

—Sí.

—Yo fracaso en todo lo que hago.

—Eso no es más que una percepción, querida.

Marnie no quería ser quisquillosa, pero no era una mera percepción. Era un hecho, demostrado una y otra vez.

—¿Ha ayudado a gente como yo?

—¿Cómo es la gente como usted?

—… Gente que ha perdido la esperanza… que no cree que nada pueda cambiar o mejorar.

—No revelaré su nombre, pero puedo decirle que hace poco impedí que un hombre se suicidara.

Admirable, sí señor.

—Lo único que tiene que hacer es cambiar su modo de ver las cosas, querida. Permítame que anote algunos datos. ¿Usted vive en…?

—Wandsworth Common.

—Qué bien. ¿En una de esas casas enormes?

—Sí…

—¿En qué trabaja su marido?

—Comercia con materias primas, pero…

—Solo busco una idea general. —Amanda anotó algo en su libreta—. ¿Y tiene dos hijos?

—Dos niñas, de seis y cinco años.

—Ahora, Marnie, quiero que cierre los ojos, se olvide del mundo y me describa su vida ideal.

La miré atónita.

—¿Mi vida ideal?

—Si usted no sabe cómo es su vida ideal —sonrió Amanda—, ¿cómo espera poder hacerla realidad?

Buena pregunta.

—El caso es que yo... no sé cómo es mi vida ideal. —Y, francamente, sospechaba que el verdadero problema era ella, no su vida.

—Necesita conectar con sus sueños. —Amanda soltó una risita—. ¡Ser ambiciosa!

—Sí, pero...

—Recuerde, el único límite a nuestra felicidad es nuestra imaginación.

De nuevo, Marnie no quiso ser pedante, pero eso que Amanda acababa decir era absurdo. No esperaba algo así. Había imaginado un enfoque basado en los hechos puros y duros de su vida, no esta cosa vaga, llena de buenas intenciones.

—Libere sus sueños —le instó Amanda—. Ríndase a la energía y las palabras justas saldrán solas.

¿En serio? Lo dudaba. Señor, cómo lo dudaba, pero deseaba con todas sus fuerzas que le demostraran lo equivocada que estaba.

—Vamos, Marnie, no tenga miedo. Está en un lugar seguro y este es su momento.

Marnie, la mayor parte del tiempo, anhelaba muchas cosas, pero ahora que tenía que articularlas, no podía. Presa de un pánico creciente, hurgó en su mente en busca de algo, lo que fuera. Esto no podía salirle mal, seguro que no era humanamente posible.

—Empiece por algo pequeño, si quiere —dijo Amanda—, para darse un empujoncito.

—De acuerdo. —Marnie respiró hondo, muy hondo—. Puede que sea una tontería, pero me gustaría ser capaz de... de reparar cosas. Por ejemplo, fabricar una correa de ventilador provisional con unas medias.

—¿Se refiere a reparar coches?

—No exactamente. —El inesperado desdén de Amanda la encogió—. Estaba pensando en algo sexy, algo que funcionara en medio de una crisis... pero, ¡un momento! ¡Tengo algo! —Se le acababa de ocurrir una idea y se aferró a ella con desesperación—. Me gustaría ser una de esas mujeres fabulosas...

—¿Mujeres fabulosas?

—… una de esas blancas africanas de *Pasiones en Kenia*, aunque en realidad no la he visto. Una de esas mujeres que saben pilotar aviones, montar a caballo y seguir huellas de animales.

Amanda hizo otra anotación en la libreta.

—Descríbame su vida cotidiana como una de esas «mujeres fabulosas».

—Aaah… —Señor, ¿cómo esperaba que lo hiciera? Ni siquiera había visto la maldita película—. Yo… esto… yo… nunca tengo que cocinar, ni lavar, ni planchar.

Amanda parecía decepcionada.

—Se trata de su vida ideal. Vamos, Marnie, ¡dé rienda suelta a su sueño! Tiene criados, ¿no?

—Supongo que sí.

—Describa un encuentro con uno de ellos. Visualícelo.

—Aaah… —Esto era ridículo—. Entro en casa. Llevo unos pantalones de montar y botas de montar de cuero negro… Me dejo caer en un diván cubierto con una piel de cebra y digo, «Tráeme un enorme gin-tonic, Muaba». —Tras una breve pausa, añadió—: Y rapidito.

—Excelente. Siga.

—Oh. Bueno… el caso es que Muaba me trae el gin-tonic y… y… y yo no le doy las gracias. Nunca le doy las gracias a nadie. Siempre que llego a un lugar, arrojo la llave de mi todoterreno a la primera persona que veo y le digo, «Apárcalo».

Marnie se estaba deprimiendo. Dar las gracias era lo mínimo que un ser humano podía hacer por otro y ella se había negado a darle las gracias al pobre Muaba únicamente para conseguir la aprobación de Amanda.

—¿Qué aspecto tiene usted? —preguntó Amanda.

—Dios, no sé. —Qué difícil era esto—. Soy alta, supongo, y delgada. Pero mi aspecto me trae sin cuidado. —Le gustó cómo sonaba esto último—. Nunca me pongo suavizante en el pelo ni crema hidratante en la cara, y consigo que esos chalecos largos de color caqui me favorezcan.

—Pero ¿es usted guapa?

—Oh, ¿por qué no?

—¿Está casada en su vida ideal?

Desconcierto.

—Sí. No. Sí. Cuando tenía veintiún años mi primer marido se pegó un tiro, y a los veintisiete me divorcié del segundo. —De repente la cabeza se le llenó de ideas. Puede que finalmente estuviera pillándole el tranquillo—. Ahora tengo treinta y cinco, en mi vida ideal, bueno, en la real también, pero estoy hablando de mi vida ideal... y estoy divorciándome de mi tercer marido. Tengo una tórrida aventura con un hombre mucho más joven que yo. —Una pausa—. Y con otro mucho mayor. —¿Por qué no?—. Bueno, no mucho, solo unos años. Cinco. Siete. Eso, siete.

Otra anotación en la libreta de Amanda.

—Siga.

—Hace siempre un calor sofocante. De vez en cuando tengo un brote de malaria, pero es solo una excusa para beber más ginebra, por lo de la quinina en la tónica. Digo: «No soporto la tónica a palo seco. Me hace vomitar». Mis amigos se llaman Jonty y Bitsy y Monty y Fenella y vaya adonde vaya siempre me encuentro con la misma gente. De vez en cuando viajo a Johannesburgo pilotando mi propio avión, pero enseguida me entran ganas de volver al campo. —Ya no había quien la parara. Finalmente se sentía inspirada—. En el campo bebemos como cosacos y la cena nunca está lista antes de las once, y para entonces la gente está demasiado borracha para poder comer. La comida nos trae sin cuidado, pero nos aterra quedarnos sin ginebra. Contemplamos el cielo, preguntándonos cuándo llegará el próximo avión de provisiones con más ginebra.

Amanda había dejado de anotar y ahora se limitaba a escuchar.

—Mi marido dice cosas como «Mi bella esposa» arrastrando las palabras. Intenta ser irónico, pero se le nota tanto que está perdidamente enamorado de mí que resulta patético. Yo le digo, «Cállate, Johnny, estás borracho». Antes era guapo, pero ahora está fofo e hinchado por la bebida. «Fría como el hielo —responde—. Fría como el puto hielo.» Nadie, salvo mi joven amante, puede seguirme cuando bebo. —Marnie volvió a respirar profundamente para continuar. Por fin estaba disfrutando. Pero el disfrute le duró poco. Amanda la estaba mirando con una expresión extraña, en parte de preocupación, en parte de otra cosa. ¿Desprecio?

—¡Bien! —Amanda se enderezó en su butaca y, fingiendo buen humor, dijo—: No es moco de pavo, Marnie. Trabajemos con lo que tenemos. ¿Ha vivido alguna vez en el continente africano?

—... No.

—¿Sabe pilotar un avión?

—... No.

—¿Tiene escopeta?

—... No. —Marnie hablaba ahora en un susurro—. Pero tengo un chaleco caqui. —De sus breves clases de equitación—. Y un todoterreno.

—¿Un todoterreno? Qué bien. —Amanda contempló su libreta y Marnie advirtió que el gesto estaba durando demasiado.

Finalmente, Amanda levantó la vista y dijo:

—No puedo ayudarla.

Marnie la miró estupefacta. La impresión la dejó muda.

«Piensa que solo soy una insulsa y aburrida ama de casa.»

«No soy ama de casa. Tengo un empleo.» Pero no podía hablar.

—Podría aceptar su dinero, pero no sería ético. No voy a cobrarle por esta sesión, no me parecería correcto.

Marnie tenía la cara al rojo vivo.

«Yo no quiero vivir en África. Yo no quiero ser antipática con la gente. Solo lo dije para complacerla a usted.»

Cabizbaja, Marnie estaba cogiendo el bolso y poniéndose la chaqueta, atónita ante lo que acababa de suceder. ¿Era posible que Amanda Cook la hubiera juzgado por su casa de Wandsworth y sus deprimentes —y falsas— aspiraciones? ¿Era posible que Amanda Cook hubiera decidido, sencillamente, que Marnie no era de su agrado?

«Nada, nada. No voy a sentir nada.»

Se despidió con un ademán de cabeza mientras Amanda seguía sentada imperiosamente en su silla. Luego salió de la habitación, reprimiendo el deseo de bajar las escaleras a toda pastilla por miedo a que sus piernas temblorosas le fallaran y echara a rodar.

Cuando regresó al mundo exterior y el aire frío de la noche le abofeteó las encendidas mejillas, cayó en la cuenta de que no había visto ningún diploma enmarcado en las paredes. ¿Podía ser que Amanda Cook no tuviera titulación alguna? Pero eso, en lugar de hacerla sentir mejor —por lo menos no había sido una terapeuta de verdad la que la había juzgado y encontrado tan vacía—, la hizo sentir peor. Había puesto su salud mental en manos de una mujer que podía ser uno de esos mismos engañabobos contra los que había prevenido a Marnie.

¿Cómo podía ser tan idiota? ¿Cómo podía valorarse tan poco como para no comprobar que alguien poseía las debidas credenciales?

En algún lugar de su ser había un mundo de vergüenza, pero caminar deprisa conseguía contenerla. Escuchar el clic-clic-clic de los tacones contra la acera la reconfortaba. Significaba que sus piernas se estaban moviendo aunque las rodillas le temblaran.

Nick la estaba esperando en el vestíbulo, muy nervioso.

Marnie no llegaba tarde. No había hecho nada malo. Tenía que ser la...

—¿... bonificación? —pronunció con los labios.

La cara de Nick se lo dijo todo. Finalmente era oficial: tampoco este año cobraría bonificación. Mierda.

Las niñas habían captado la atmósfera de tragedia y se habían metido en el cuarto de jugar.

—Un mal año para los mercados —se disculpó Nick.

—Nadie te está culpando.

Estaba destrozado; ganar dinero era su forma de valorarse.

—Ya pensaremos en algo —dijo ella.

Más tarde, después de acostar a las niñas, Marnie encontró a Nick en el despacho, rodeado de carpetas de cartón con los extractos de cuentas y las facturas de las tarjetas de crédito.

—¿A dónde demonios se va todo este dinero? —preguntó, impotente—. Qué caro es todo.

A la hipoteca, la mayor parte. Habían comprado su casa de cinco habitaciones tres años atrás, justo antes de que Nick dejara de convertir en oro todo lo que tocaba. Había insistido en comprar una casa tan grande argumentando que ella no se merecía menos. A Marnie le gustaba donde vivían, pero Nick le insistió tanto que finalmente cedió. Y le creyó cuando le dijo que podían pagarla. Luego las tasas de interés subieron un par de puntos, lo cual no era excesivo para una hipoteca normal, pero la suya era desproporcionada...

—Anotemos todos los gastos y veamos qué cosas podemos suprimir —propuso Marnie—. El colegio —comenzó—. Podríamos llevar a las niñas a uno más barato.

—Ni hablar. —Nick gimió como si el dolor fuera físico. Estaba orgulloso de poder llevar a sus hijas a un colegio privado—. Necesitan estabilidad y Verity no sobreviviría en un colegio público. —Su actual colegio tenía clases reducidas con atención individualizada—. Se meterían con ella hasta destrozarla. ¿Qué me dices de Melodie? ¿Podríamos apañarnos sin ella?

Melodie era la niñera, una australiana competente que tenía otros veinte trabajos.

—Ya trabaja lo justo y necesario. —Marnie llevaba a las niñas al colegio y Melodie trabajaba de 14.30 a 18.15—. Si ella se va, no podré trabajar.

—¿Podrías trabajar media jornada? ¿Solo por las mañanas?

—No. —Ya se lo había preguntado a Guy—. Es un puesto de jornada completa.

Nick hizo algunos cálculos para ver si el salario de Marnie superaba al de Melodie y decidió que sí, aunque fuera por los pelos.

—¿La señora Stevenson? —preguntó. La mujer de la limpieza.

—Soy una madre con un trabajo de jornada completa. Ella es absolutamente fantástica y nos cuesta cincuenta libras a la semana.

—Vale, vale —rezongó. Martilleó la libreta con el botón del bolígrafo—. Pero algo tendremos que suprimir. —La miró de arriba abajo—. Gastas una fortuna en peluquería.

Marnie le miró boquiabierta. Necesitaba la peluquería más aún que a la señora Stevenson. Estaba dispuesta a renunciar al costoso corte, pero no al tinte. De repente se imaginó con tres centímetros de raíz blanca en la cabeza. No podría salir nunca más a la calle. Actualmente eso ya constituía suficiente reto para ella incluso con sus impecables reflejos.

—Y todas... esas terapias que haces. Meditación, acupuntura y... ¿qué era eso a lo que fuiste hoy? ¿Coaching no se qué?

—Cognitivo. Pero no volveré. Y las demás también las he dejado. —Porque no funcionaban.

—¿Y tu gimnasio? —propuso Marnie—. Podrías correr en la calle.

Ofendido, Nick respondió:

—El gimnasio es una necesidad para mí. Estoy de estrés hasta las cejas. Además, ya he pagado todo el año. Y no son más que mil miserables libras.

—¿Desde cuando mil libras es una cantidad miserable? —preguntó secamente Marnie.

—Ya me entiendes. Es una gota en un océano comparada con la bonificación.

—De acuerdo. —Se preparó para abordar un tema ciertamente doloroso—. Tu coche...

—¿Mi...? ¿Te has vuelto loca? Si apareciera en el trabajo con un Ford Fiesta sería como llevar la palabra Perdedor escrita en la frente. Necesito el Jaguar para hacerme respetar.

—No estaba sugiriendo un Ford Fiesta. Pero...

—¿Y el tuyo? ¿Un Porsche? ¿Por qué no conduces un Ford Fiesta?

—Vale, no me importa.

El Porsche todoterreno era demasiado grande, tragaba muchísima gasolina y era demasiado típico de las mamás de buen ver.

Pero su reacción enfadó aún más a Nick. Debería importarle.

—Vacaciones —dijo Marnie—. Hacemos demasiadas.

—Pero las necesitamos. Es lo único que necesitamos de verdad.

—Nosotros no necesitamos nada de todo esto.

Él se había acostumbrado a desembolsar mil libras por un traje y a comprarse tres de golpe. También ella. A pagar setecientas libras por un bolso —simplemente algo donde llevar sus cosas— cuando podía elegir uno en Nex por treinta. Pero Nick aplaudía su despilfarro: si su esposa podía gastarse ciento cincuenta libras en un corte de pelo, significaba que él era un triunfador. Encontraba humillante tener que imponer restricciones a su estilo de vida.

—Al menos nos tenemos el uno al otro —dijo—. Juntos lo superaremos.

Era una declaración tan hipócrita que Marnie no fue capaz de responder. Nick abrió la boca para insistir en ello, pero cambió de parecer. Rodeado de carpetas que detallaban sus desesperados intentos por comprar la felicidad, parecía completamente vencido. A Marnie la embargó un pesar tan profundo que le robó la respiración.

—Lo siento, Nick —susurró—. Lo siento mucho.

—Quiero ser una esposa trofeo.

Marnie cumplía ese día dieciséis años —también Grace, claro— y la conversación sobre la cena de celebración había derivado en reflexiones sobre sus respectivos futuros.

Grace había declarado que quería ser periodista; Leechy, por su parte, quería dedicarse a una «profesión humanitaria».

—Puede que enfermera —había dicho.

—Médico —le había corregido rápidamente la madre de Marnie y Grace—. Olvida la idea de ser enfermera en este país. Cobran una miseria y trabajan un montón de horas.

Luego todas las caras se habían vuelto hacia Marnie.

—Y a ti, Marnie, ¿qué te gustaría ser?

Lo ignoraba. Con dieciséis años ya se sentía mayor —en algunos aspectos incluso harta— y nada le hacía especial ilusión.

De lo único que estaba segura era de que quería tener hijos, pero en esa casa eso no contaba como carrera, sino como complemento.

—Vamos, Marnie, ¿qué quieres ser de mayor?

—Feliz.

—Pero ¿en qué te gustaría trabajar? —preguntó Bid.

Cohibida por no estar, una vez más, a la altura de las demás, pensó en contestar que le gustaría ser azafata de vuelo, pero entonces se dijo que aspirar a ser una esposa trofeo las escandalizaría aún más. No porque tuviera alguna posibilidad de serlo; no era lo bastante alta. Ser esposa trofeo era como ser policía o modelo de pasarela: se exigía una estatura mínima.

—¡Una esposa! —había exclamado su madre, escandalizada—. Marnie Gildee, te he educado para pensar de otra forma.

—No una esposa cualquiera —había respondido Marnie con ligereza—. Sino una esposa trofeo a tiempo completo.

Lo había dicho con intención de escandalizar, por lo mucho que le había incomodado la seguridad de Grace y Leechy.

—Tú te casaste —acusó a su madre—. Eres esposa.

—Pero no era mi única ambición. —Su madre había trabajado toda su vida en el movimiento sindical. Era allí donde había conocido a su marido.

—Ni siquiera eres rubia —repuso con repentina vehemencia—. Las esposas trofeo siempre son rubias.

—Puedo ser rubia si no hay más remedio.

No estaba segura de que eso fuera cierto. Había intentado decolorarse un mechón y le había quedado verde. Pero no tenía intención de echarse atrás.

—¿De qué me sirve tener aspiraciones profesionales? —preguntó Marnie—. No sirvo para nada.

—¿Tú? Pero si eres una superdotada —exclamó su madre—. Podrías conseguir todo lo que te propusieras. Eres mucho más inteligente que Grace y Leechy; lo siento, chicas, pero las cosas son como son. Sería un crimen que dilapidaras todo ese talento.

—¿Yo? —espetó Marnie, al borde del enfado—. ¿Con quién me estás confundiendo?

Ella y su madre se fulminaron con la mirada; luego su madre desvió la vista; no creía en los desacuerdos entre las madres y sus hijas adolescentes, decía que era un mito creado por los culebrones.

—Confianza —dijo su madre—. He ahí lo que te falta, confianza.

—No sirvo para nada —repitió Marnie con contundencia.

Y demostró que tenía razón.

Para cuando Grace estaba cubriendo cuerpos mutilados para *The Times*, Marnie ya se había licenciado en Económicas con una buena nota media y estaba haciendo realidad su profecía de ser incapaz de conseguir un empleo: le concedían entrevistas a partir de su currículum pero no conseguía convencer a nadie de que la contratara.

Fue entonces cuando se dio cuenta de que no había estado mintiendo cuando dijo que quería ser una esposa. Sin un marido se sentía insignificante e inepta. No quería un novio, ni siquiera un novio formal, ella no era Grace. Quería un anillo en el dedo y otro apellido, porque ella, por sí sola, no era suficiente.

Su vergüenza era casi tan corrosiva como su anhelo. Ella era hija de Olwen Gildee, la habían educado para ser una mujer independiente. Y eso estaba reñido con su deseo de tirar la toalla.

No obstante, casarse no era tan fácil como había imaginado.

Había dos clases de hombres: los que estaban tan lejos de poseer el deslumbrante carisma de Paddy que no soportaba que la tocaran y los Buenos. Y con estos le ocurría lo mismo que con los trabajos. Al principio parecían interesados, pero cuando la entrevista llegaba a un punto dado, se producía un cambio: la veían como realmente era y retrocedían.

La culpa era suya. Se emborrachaba y les desvelaba el contenido de su cabeza: lo mucho que le horrorizaba el mundo y la condición humana. Una mañana, al despertarse con resaca y el cuerpo descompuesto, recordó que la noche antes había dicho a Duncan, un abogado alegre y despreocupado:

—¿Nunca te preguntas por qué nos hicieron con una capacidad limitada para el disfrute y una capacidad ilimitada para el sufrimiento? El techo del placer es bajo, en cambio el suelo del dolor no tiene fondo.

Duncan había propuesto diferentes argumentos —después de todo, era abogado— pero el pesimismo de Marnie demostró ser excesivo para él. Finalmente, rozando el pánico, dijo:

—Necesitas ayuda. Espero que consigas salir de esta.

Pagó la cena y la acompañó a casa, y Marnie supo que no volvería a verle.

A los veintitantos estaba viviendo en Londres y en su vida se había establecido un patrón: asustaba a todos los Buenos. Y se asustaba a sí misma por ser incapaz de evitarlo.

El caso es que en Londres la oferta de hombres era inagotable. No tenía problemas con la atracción inicial; poseía una belleza melancólica a la que los hombres respondían. Aunque ella no la veía sabía que estaba, pero siempre conseguía cargársela. Con una mezcla de compasión y exasperación, Grace la llamaba la terrorista suicida.

A los veintisiete Marnie ya se había acostumbrado a despertarse de madrugada, muerta de miedo. Cada vez más aislada, se convirtió en la suma de sus rechazos. Había empezado a perder la esperanza.

Entonces conoció a Nick. Guapo (aunque algo bajo) como un diamante en bruto, poseía una seguridad de chuleta fanfarrón que la hacía sonreír. Su trabajo exigía unos nervios de acero, le encantaban los niños y tenía un optimismo contagioso. Era, decididamente, uno de los Buenos. Nada más verla, Nick la deseó. Ella reconoció esa mirada, la había visto muchas veces, en muchas caras, pero no se hizo ilusiones. Sabía lo que ocurría después. Y aunque juró que no lo haría, se emborrachó, y empezó a decir cosas extrañas. Pero lo raro fue que Nick no se asustó.

Cuando ella le contaba las terribles cosas que rondaban por su cabeza, él reía, pero con ternura.

—Dime exactamente por qué piensas eso, cielo.

No acababa de captarla, pero lo intentaba. Sus intenciones eran claras: la felicidad de Marnie sería su proyecto. Nunca había fracasado en nada y no tenía intención de empezar ahora.

Marnie, por su parte, lo encontraba extraordinario. Nick apenas tenía estudios, pero podía analizar cualquier situación —humana, política—, desglosarla con una rapidez pasmosa y llegar a conclusiones asombrosas. Poseía una energía especial, un optimismo vigorizante y le gustaba ir siempre un poco por delante de las tendencias en lo referente al vino, los destinos vacacionales, los cortes de pelo.

Más reconfortante aún que su seguridad era su sensibilidad: Nick lloraba por todo lo que tuviera que ver con niños y animales, y aunque Marnie le decía en broma que era un cockney excesivamente emotivo, le gustaba. No habría tolerado a un hombre frío.

—¿Por qué me quieres? —le preguntó ella un día—. No será porque soy de clase media, ¿verdad? Por favor, no me digas que piensas que estás subiendo de nivel social.

—¡Venga ya! —dijo él—. ¿A quién le importan esas cosas? Te quiero porque eres un tapón. —Nick medía uno setenta y dos—. Tenemos la estatura ideal.

—Nos llama Tapón y Taponcete —había explicado a Grace en una de sus llamadas de seguimiento.

—Apodos —dijo Grace—. Eso significa que la cosa va bien.

—Sí —respondió, dudosa, Marnie.

—No importa por lo que te quiera —dijo Grace—. ¿Por qué le quieres tú?

—No sé si le quiero. Me gusta. Digamos que... que el sexo es genial, pero no sé si le quiero.

Eso cambió una noche, cuando regresaban andando de un restaurante al coche de Nick. Oyeron un crujido de cristales y el aullido de una alarma. Entonces Nick exclamó:

—¡Es mi coche! —(En una ocasión le había asegurado que siempre reconocía la alarma de su coche, que era como una madre con el llanto de su hijo.) Miró a su alrededor para asegurarse de que la calle estaba tranquila—. ¿Llevas el móvil, Marnie? Espera aquí.

Y echó a correr hacia los tres tipos que estaban robándole el coche. Al verlo venir emprendieron la huida, pero, para sorpresa de Marnie, Nick fue tras ellos. Los tres hombres se separaron y tomaron derroteros diferentes, pero él siguió corriendo tras uno de ellos, el más grande. Nick tenía un cuerpo fuerte y nervudo, y era rápido. Él y el ladrón desaparecieron por una callejuela que conducía a un complejo de viviendas de protección oficial y Nick reapareció minutos después jadeando y decepcionado.

—Lo he perdido.

—Nick, pudo ser peligroso... pudo haberte...

—Lo sé —resopló—. Lo siento, cielo. No debí dejarte aquí sola.

Ese fue el momento decisivo: su coraje a la hora de perseguir lo que era justo fue lo que la enamoró.

Creía en él.

Quería ser suya.

Había llegado el momento, se dijo, de llevarlo a Dublín para que conociera a su familia, y fue todo un éxito. Aunque tenían ideologías económicas opuestas, Nick conquistó a sus padres. La malhumorada Bid (que no daba un céntimo por el socialismo) y Big Jim Larkin (el perro anterior a Bingo) lo adoraban.

—Es imposible que no caiga bien —dijo Grace.

Hasta Damien se mostró dispuesto a reconocer que Nick le parecía «un tío decente».

Nick hablaba sin parar, compraba bebida para todos y aseguraba estar encantado con Irlanda.

—Ya está —dijo Grace a Marnie—. Tu temporada en el desierto ha terminado.

Eso parecía. Un hombre había visto más allá de su engañosa belleza exterior, había penetrado en su oscuridad, y no había echado a correr. Así y todo, Marnie necesitaba reafirmación.

—¿Por qué me quieres? —preguntaba a Nick una y otra vez.

—Eres la sal de la tierra.

—¿En serio?

—¡Claro! Tienes el corazón más bondadoso que conozco. Muchas veces lloras por gente que ni siquiera conoces.

—Eso no es bondad, es… neurosis.

—Es bondad —insistió él—. Y eres inteligente. Además, tienes unas piernas estupendas, preparas un curry picante delicioso y cuando no estás lamentándote por el estado del mundo eres bastante divertida. Por eso te quiero.

—No volveré a preguntártelo —se disculpó.

—Por muchas veces que me lo preguntes, cielo, la respuesta será siempre la misma. ¿Satisfecha ahora?

—Sí. —No. Casi.

Marnie se esforzaba por aceptar que finalmente tenía lo que quería. Pero no podía sacudirse el temor de que había gato encerrado.

Siempre había gato encerrado.

Viernes. Wen-Yi estaba al acecho.

—Marnie —susurró entre dientes en cuanto la vio—, el señor Lee tuvo que recibir el impreso ayer. Solo tenía que firmarlo y reenviarlo.

—Aún no ha llegado el correo. Cuando llegue, te avisaré.

—El señor Lee es un hombre poderoso —continuó Wen-Yi—. No le haría ninguna gracia perder esta venta.

Marnie detestaba que dijera esas cosas. Le ponía los pelos de punta.

—Acaba de llegar el correo —anunció Guy—. Veamos si está.

Marnie abrió el correo, mirando cada sobre con fingida expectación por la posibilidad de que contuviera el impreso firmado del señor Lee. A media tarea incluso empezó a creer de verdad que podía aparecer.

Tal era su convencimiento que, cuando terminó de abrir todas las cartas, se quedó sinceramente perpleja.

—Qué extraño —dijo—. No ha llegado.

—¿Qué? ¿Por qué no? —Wen-Yi aporreó su mesa con la grapadora—. ¿Dónde está?

Marnie no pudo evitar un rápido vistazo a su bolso, como si temiera que fuera a vibrar y lanzar destellos.

—Debe de haberse extraviado —dijo.

Había intentado esa excusa antes pero Guy le había dicho que las probabilidades de que un sobre se extraviara eran una entre diez millones. Resultaba tan convincente como decir que el perro se había comido tus deberes. Agitado y frustrado, Wen-Yi le ordenó:

—Llama al señor Lee y averigua qué ha pasado.

—Vale.

Pero no tenía sentido hacerlo. En lugar de eso, marcó el teléfono de su propia casa y dejó un eficiente mensaje en el que pedía al señor Lee que la llamara lo antes posible. Luego anotó a toda prisa la dirección del señor Lee en un papelito y anunció:

—Salgo un momento. —Se esforzó por sonar desenfadada—. He de ir a la farmacia

Guy observó cómo se iba, sin decir nada pero percibiéndolo todo.

Corrió hasta Rymans y esta vez logró comprar un sobre y un sello. Teóricamente, el señor Lee recibiría el impreso el lunes, lo firmaría de inmediato y Wen-Yi podría tenerlo el martes. Era un plazo aceptable.

Dios, qué embrollo.

—¿Comes conmigo? —preguntó Rico—. ¿Para celebrarlo?

Marnie se quedó helada, abrumada por el miedo y el deseo.

—Hace sol. Podríamos ir al parque.

Relajó el cuerpo y empezó a respirar de nuevo. Sí, podía ir con él al parque.

—Tendré que saltarme la clase de Pilates —dijo.

Había pagado diez clases por adelantado pero llevaba tres semanas sin ir. Como le ocurría con todo lo que probaba, había confiado en que el Pilates la arreglara, pero el único efecto que había tenido en ella, curiosamente, era que le entraran ganas de fumar. A diferencia del resto de su familia, ella fumaba solo de vez en cuando, pero algo en el Pilates y su casi-vacuidad le hacían querer arrancarle el celofán a una cajetilla y fumarse un cigarrillo detrás de otro hasta que el tedio aterrador la abandonara.

—Si quieres, ve… —Rico parecía decepcionado.

—No. Pilates, la forma más aburrida de estar en forma. Me alegro de tener un pretexto para saltármelo. ¿Qué celebramos esta vez?

—La venta de un edificio de oficinas.

—Pequeño —gritó Craig.

Así y todo, Rico, monstruo encantador, el asesor más joven y guapo de Guy, estaba disfrutando de un año de comisiones sin precedentes.

Era un día soleado y cálido para un diez de octubre. Se sentaron en un banco, dando puntapiés a las crujientes hojas moradas y rojizas que alfombraban el suelo.

—El otoño es mi estación favorita. —Rico le tendió un sándwich.

—Mmm. —Ella odiaba el otoño.

El otoño apestaba. Era muerte y putrefacción. A saber qué se escondía debajo de esas hojas.

Pero también odiaba el verano. Demasiado jolgorio y alegría.

—¿Cuál es tu estación favorita? —preguntó Rico.

—La primavera —mintió.

También odiaba la primavera. La sacaba de quicio. Toda esa frescura y esperanza que al final quedaban en nada. Si la primavera fuera una persona, sería Pollyanna. El invierno era la única estación que tenía sentido para ella. Pero no lo decía. Si desvelas que tu estación favorita es el invierno, estás obligada a cantar las alabanzas de los muñecos de nieve y los turrones para que nadie se percate de lo rara que eres.

—¿Champán, señorita? —Rico sacó de repente una botella y dos copas.

Marnie le miró horrorizada. No había contado con eso. Tardó unos instantes en recuperar la voz.

—No, Rico, no. Guárdala. Tengo mucho trabajo. No puedo beber.

—Pensaba que te gustaba el champán. —Había empezado a retirar el aluminio.

—Y me gusta, pero no la abras, Rico, te lo ruego. Para, no la abras.

—¿No quieres celebrarlo conmigo? —preguntó Rico, en un tono exageradamente inocente.

—Claro que sí, pero no a la hora de comer.

—¿Después del trabajo?

—Hoy no.

—Hoy no. Vale. La guardaré para otro momento. —Sin resentimiento aparente, devolvió la botella y las copas a la bolsa.

—¿Estás enfadado conmigo? —preguntó Marnie.

—Nunca podría enfadarme contigo.

Respuesta demasiado rauda, demasiado fácil, pero no estaba con ánimos para ahondar en ella. Empezó a lamentar que no hubiera abierto la botella.

—¿Tienes planes para el fin de semana? —Rico se colocó de lado para dedicarle toda su atención.

—Los de siempre. Llevar a las niñas a sus actividades extraescolares. Y el domingo seguramente iremos al cine.

—¿A ver qué?

—Algo de los estudios Pixar. La verdad es que no recuerdo la última vez que fui a una película que no fuera para menores acompañados. ¿Y tú?

—Esta noche unas copas después del trabajo y mañana una cena.

—¿Con una chica?

Rico asintió y desvió la mirada hacia el parque para evitar sus ojos. Marnie sintió una dolorosa punzada de algo —¿de celos?— y, aunque no muy profunda, bastó para hacerle sentir bien. Las reacciones normales le daban esperanza.

—¿Celosa? —preguntó él.

—Un poco.

—No tienes por qué. No es tan buena como tú. Ninguna lo es. No me hagas sentir aún más culpable.

—Pero hasta que estés disponible...

Le cogió la mano y jugó con sus dedos. Ella le dejó hacer unos instantes antes de retirarla.

En el multicine, rodeada de una multitud de niños y un aire que olía a mantequilla rancia, Marnie pensó, «Soy la única persona viva. Las demás personas que hay aquí están muertas, pero no lo saben. Estoy viva, sola y atrapada». Por un momento lo creyó de verdad y la embargó un terror casi exquisito.

Daisy y su amiga Genevieve corrieron disparadas hacia ella utilizando sus piernas como freno.

—¡Tenemos chuches!

Verity y Nick cerraban la marcha. Nick había comprado demasiadas chucherías, pero no estaba de humor para regañarle. Que se les piquen los dientes. Un día estarían todos muertos y poco importaría que tuvieran hasta el último diente cariado.

Entonces Marnie vio a la mujer: alta, delgada, sonriente, con su melena castaña recogida en una vivaracha coleta. Al principio no supo de qué la conocía. Cuando lo recordó, el miedo le estrujó el corazón como si fuera un puño.

No me veas no me veas no me veas.

La mujer —¿cómo se llamaba? Jules, eso era— la había visto

y estaba caminando hacia ella. Estaba a punto de decirle hola, puede que incluso de pararse, cuando reparó en Nick. Bajó los ojos y pasó de largo con una sonrisa débil.

Nick, naturalmente, se dio cuenta. Nick se daba cuenta de todo. Siempre estaba ojo avizor.

—¿La conoces?

—No...

Iba en aumento. Ella lo sentía. Él lo sentía. Ambos sabían que iba a ocurrir.

—¡Esto es el colmo! —dijo Wen-Yi cuando el correo del lunes no trajo el impreso firmado del señor Lee—. ¡Envía otro ahora mismo! En moto. Pide al mensajero que espere a que lo firme y que luego lo lleve directamente al banco. —Había estado hablando con los vendedores durante el fin de semana—. Si no cerramos la venta hoy, la habremos perdido.

Lo que significaba que Wen-Yi se quedaría sin su uno por ciento, mucho dinero. Pero lo peor de todo era que el señor Lee, a juzgar por los comentarios de Wen-Yi, se llevaría un gran «disgusto».

Marnie agarró el teléfono mientras el corazón le latía con fuerza. Todo irá bien. Llamó al señor Lee al móvil para preguntarle adónde debía enviar al mensajero; respondió una mujer. Con acento chino, dijo:

—Señor Lee no está. Está en China. Volverá mes que viene.

«Dios mío, no.»

—¿Cuándo se fue?

—La semana pasada.

—Volveré... volveré a llamarla.

Se acercó a la mesa de Wen-Yi y dijo en voz baja:

—El señor Lee está en China. No volverá hasta el mes que viene.

Wen-Yi no era un gritón. Transmitía su indignación de una forma serena, aterradora. Casi en un susurro, dijo:

—¿Por qué no te dijo que se iba a China cuando hablaste con él?

—No lo sé.

—¿Hablaste con él?

—Sí. —La palabra había salido de su boca sin su intervención.

Wen-Yi la miró fijamente. Sabía que mentía.

—No hablaste con él. No le llamaste.

—Sí lo hice. —Pero su voz sonó débil y poco convincente.

La miró con desprecio.

—Si perdemos esta venta, el señor Lee... —Se pasó una mano por la cara y se detuvo unos instantes a reflexionar—. Envía el impreso a China.

—Enseguida —respondió Marnie, simulando eficiencia y ganándose otra mirada de desdén.

Con la respiración entrecortada, llamó de nuevo al móvil y preguntó a la mujer:

—¿Puede darme la dirección del señor Lee en China?

—En Shangai. Dirección no. Número teléfono.

—Entonces, ¿puede darme su número de teléfono?

Con dedos inseguros, lo anotó y buscó el prefijo de China en la guía telefónica. ¿Qué hora era en Shangai?

—Me da igual la hora que sea allí —dijo Wen-Yi, leyéndole el pensamiento—. Llámale.

Los dedos le temblaban tanto que no consiguió marcar correctamente el número hasta el quinto intento. Después de muchos chasquidos e interferencias, en un continente lejano empezó a sonar un teléfono. Contesta contesta contesta.

Una voz de mujer, un idioma extranjero, su propia voz chillona y frágil, la lengua pegándosele al seco paladar mientras trataba de hacerse entender.

—Necesito enviar algo al señor Lee. ¿Conoce al señor Lee?

Que lo conozca por favor que lo conozca por favor que lo conozca por favor.

—Sí, conozco a señor Lee. —Las palabras de la mujer rebotaban como elásticos—. Le doy dirección.

Gracias Señor gracias Señor gracias Señor.

Pero la mujer tenía un acento difícil de entender y algo se perdió en la traducción, porque UPS no conocía el barrio de Shangai donde, supuestamente, se hospedaba el señor Lee.

—Ese barrio no existe —dijo el jovial recepcionista australiano—. No puedo hacer nada sin una dirección.

—¿Se parece al nombre de algún barrio?

—Ni por asomo.

Llámala otra vez llámala otra vez llámala otra vez.

No puedo no puedo no puedo.

Luchó contra el impulso de levantarse y salir a la calle y caminar, caminar y caminar, hasta que hubiera dejado Londres bien atrás, hasta que se encontrara en al arcén de la autopista, con coches y camiones rugiendo a su lado, caminando, caminando y caminando el resto de sus días. Los tacones de los zapatos se le harían pedazos, el traje pantalón se le haría jirones, sus pies parecerían un *steak tartare* y ella, pese a todo, seguiría caminando.

—Vuelve a llamarla —dijo Wen-Yi, disparando odio a través de la sala.

—Sí —murmuró Marnie.

Esta vez el deletreo de la mujer coincidió con el nombre de un barrio. Marnie observó cómo su ser preparaba el sobre, esperaba en la puerta de la oficina la llegada del hombre de UPS y le colocaba personalmente el sobre en las manos.

Se odiaba tanto que había salido de sí misma. En algún momento tendría que regresar a su ser para hacer frente a las consecuencias, pero ahora mismo no estaba en ninguna parte.

—Marnie, ¿una copa?

Rico estaba delante de ella, tan guapo, tan amable, tan persuasivo. Su único aliado. Había tantas razones para rechazar la invitación, las conocía todas, pero para su gran sorpresa una parte de su cerebro intervino resueltamente y le informó de que iba a aceptarla.

Después de este día horrible, después de esta sucesión de

días horribles, el miedo y la contención se diluyeron. La decisión estaba tomada. Llevaba semanas aguantando, apretando los dientes, y el hecho de soltarse de forma tan inesperada le produjo un placer vertiginoso. De repente se sentía exultante, ligera, libre.

Ella era Marnie Hunter y no tenía que rendirle cuentas a nadie.

—Llamaré a mi niñera —dijo a Rico—. Si puede quedarse con las niñas, cuenta conmigo.

Y si Melodie no podía quedarse, se tomaría la copa de todos modos. No sabía cómo, pero sabía que lo haría.

—Melodie, soy Marnie. Lo siento mucho, pero voy a llegar un poco tarde. Un problema en el trabajo.

Vio sonreír a Rico.

Melodie sonaba preocupada.

—Señora H., tengo que salir de aquí a las seis y cuarto.

—Te pagaré el doble.

Entonces Marnie reparó en Guy, sentado en la otra punta de la oficina, escuchando con cara de desaprobación.

Que se joda. Solo iba a tomar una copa con un compañero de trabajo. Todo el mundo lo hacía. Era algo normal. Le dieron ganas de cubrir el auricular con una mano y gritarle: Es NORMAL.

—Señora H., el problema no es el dinero —dijo Melodie—. Tengo que llegar puntual a mi otro trabajo.

—Estaré en casa a las seis y cuarto. Por Dios —espetó, incapaz de ocultar su impaciencia—, es solo una copa.

—¿Una copa? Dijo que era un problema de trabajo. ¿Lo sabe el señor H.?

A la mierda con el señor H. Marnie colgó y sonrió a Rico.

—¡Vamos!

.... *no peso* ....
....*me elevo* ....
.... *no peso*...
.... *más ligera cada vez* ....
.... *y salgo lentamente a la superficie.*

De pronto allí estaba. Antes no estaba y ahora sí. Había pasado de la inexistencia a la existencia, de nada a algo. Como nacer.

¿Dónde? ¿Dónde había nacido esta vez?

La imagen borrosa de un techo, de unas paredes. Cerradas. Estaba dentro de un edificio. Probablemente en una casa. Sobre algo blando. Una cama. Pero no conocía la habitación.

Una ventana con cortinas. Trató de enfocar la vista, pero la ventana se duplicó. Las cortinas flotaron, se cruzaron y se emborronaron. Volveré a intentarlo en un rato.

Le dolían los dientes, la mandíbula, los ojos. Las náuseas acechaban, listas para atacar al menor movimiento.

Entonces reconoció la cama. Era su cama. ¿Mejor que la cama de un desconocido? ¿Que la cama de un hospital? Quizá no.

Estaba vestida, pero ¿con qué? Deslizó las yemas de los dedos por la barriga, se palpó la piel de la espalda. Algodón fresco y suave. Un camisón.

Ahora, comprobando cuán grave era la situación. En primer lugar, la cara. Pero su brazo estaba fuera de control, avanzó demasiado deprisa y aterrizó en la mejilla con una bofetada pesada e inútil. Dolor. Conmoción. Vómito en la garganta.

Huesos de la cara doloridos pero labio entero. Paseó cuidadosamente la lengua por el interior de la boca y cuando un diente se movió, sintió la primera oleada de pánico. Lo demás puede arreglarse, pero si pierdes un diente, ya nunca lo recuperas. Es una lesión permanente.

Tanteando más abajo. Costillas, mal. Pelvis, mal. Vértebras, bien. Esta vez todo el daño era frontal. Examinó las piernas, se las palpó con las plantas de los pies. Notaba puntos dolorosos en las dos, de esos donde brotarían flores negras y redondas.

Por último se frotó un pie contra otro. Hasta los pies los tenía lastimados. Desde la cabeza hasta los dedos de los pies… Segunda oleada de pánico. Habría más, cada vez a intervalos más cortos, hasta que ya no habría intervalos y quedaría suspendida en un pánico interminable, suplicando su autoaniquilación.

«Los vivos envidiarán a los muertos.» Era una frase de la Biblia, la única que realmente le había dejado huella.

¿Cómo había sucedido esta vez? No podía recordarlo. Todavía no. Puede que nunca lo recordara. «¿Dónde están las niñas?» Pánico. «¿Dónde están las niñas?»

—Nick. —Le sorprendió la fragilidad de su voz. Desentonaba con su inquietud—. Nick. —La última persona con la que deseaba hablar, pero no tenía elección.

Una sombra en el marco de la puerta. Nick. Se detuvo y la miró en silencio.

—¿Dónde están las niñas? —preguntó—. ¿Están bien?

—Están con mi madre. No quería que te vieran así.

—Lo siento —susurró.

—Si se lo cuentas a alguien te mato —dijo él—. ¿Entendido? ¿Entendido? —repitió, más fuerte esta vez.

Ella se estaba limpiando la sangre de la cara, sorprendida de la cantidad y el rojo intenso.

—Entendido.

Alicia

Se acercó un poco más al espejo buscando imperfecciones. Oh, no. Se había pasado la última media hora maquillándose con más cuidado del que había puesto en toda su vida y ahora mira: las cavidades de su nariz se estaban despellejando como tierra agrietada en una región en sequía. Seguro que Grace Gildee se daba cuenta. Alicia barrió delicadamente los pellejos con la uña. Ya está. Pero ahora había unos círculos rojizos en ambas fosas nasales. Alcanzó la esponjilla y se aplicó base de maquillaje en la zona afectada. Otra vez los pellejos.

Mierda.

Mierda, mierda.

Estaba atacada. Desde que lo suyo con Paddy había salido a la luz, había concedido docenas de entrevistas, pero nunca había estado tan nerviosa como hoy. Aunque en realidad no tenía por qué. Este era su momento de gloria, su *Pretty Woman* personal. Momento «craso error, craso, craso error», en que podría decir «¡Ja!» a todos los que habían sido crueles con ella.

Ella era la mujer que había sabido esperar el tiempo suficiente y ahora tenía lo que siempre había deseado. Grace Gildee iba a tener que entrevistarla porque ella, sí, ella, Alicia Thornton, iba a casarse con Paddy de Courcy.

No era ella la que debería estar nerviosa. Grace Gildee era la que debería estar temblando en sus Doc Martins (o la marca de estridentes botas que estuviera usando estos días).

Se aplicó otra capa de carmín, se introdujo un dedo en la boca y lo succionó con fuerza. Un práctico truco para impedir que el carmín te manchara los dientes.

Así y todo, lanzó una mirada intranquila al espejo. ¿Había succionado más de la cuenta? No era fácil encontrar el punto justo: un carmín demasiado visible, pareces desesperada; un carmín demasiado discreto, pareces lastimosamente modesta.

Optó por aplicarse una última capa porque lo último que quería parecer era lastimosamente modesta. Delante de Grace no. Delante de Grace quería parecer... ¿qué? Sofisticada, segura de sí misma, elegante. Nunca sería guapa, hacía tiempo que lo había aceptado. Y menos mal, porque por cada mención que hacía la prensa de su «vitalidad», había otra referencia burlona a sus alargadas facciones. La primera y más hiriente había sido «¡Galopando hacia el altar!». La hostilidad con que algunos periódicos habían tratado su compromiso habían conseguido hundirla y desconcertarla. En uno de ellos incluso se insinuaba que estaba con Paddy porque era una arribista. Una insensatez, en su opinión. Paddy era *hermoso*. Ella le habría amado aunque hubiera sido titiritero o la persona que inspecciona los M&M defectuosos en una cinta transportadora.

—¿Podemos demandarlos? —le había preguntado a Paddy.

—No, no podemos —había contestado él con exasperación—. Así que ve acostumbrándote.

—¿Me estás diciendo que puede haber más?

—Ajá.

—Pero ¿por qué?

Había esperado, ilusamente, que los medios se rindieran a sus pies porque iba a casarse con Paddy. Porque todo el mundo adoraba a Paddy tanto como ella, ¿o no?

—Naturalmente que me adoran —contestó Paddy sin más—. Pero te tienen envidia.

¡Envidia! En cuanto fue consciente de eso, todo cambió. Que ella supiera, nadie le había tenido envidia en toda su vida; no era una persona que provocara esa clase de emoción. Pero ahora... caray... envidia...

A veces, cuando se vestía por las mañanas, se colocaba delante del espejo de cuerpo entero y susurraba: «Yo me tengo envidia, tú me tienes envidia, él-barra-ella me tiene envidia. Nosotros me tenemos envidia, vosotros me tenéis envidia, ellos me tienen envidia».

Se secó el carmín con un pañuelo de papel y consultó su reloj. ¿Qué hora era?

Las once y cinco. Las once y seis, de hecho. Grace llegaba seis minutos tarde.

Entró en la cocina, abrió la nevera y comprobó que el vino seguía allí. Sí. Miró por la ventana de la cocina y sí, el suelo seguía allí, una planta más abajo. Pero ni rastro de Grace.

Otra ojeada a su reloj. Ocho minutos tarde.

¿Qué debería hacer? Había pedido a Sidney Brolly, el agente de prensa del NewIreland, que no estuviera presente; quería que esta entrevista fuera privada. Pero si Sidney hubiera estado, ahora estaría tratando de localizar a Grace, llamándola al móvil, averiguando el motivo del retraso.

¿Existía alguna posibilidad de que Grace no viniera? Después de todo, con Grace nunca se sabía. ¡Santo Dios! ¡El timbre de la puerta! Se le erizaron los pelos de la nuca. El timbre nunca había sonado tan fuerte. ¿Qué demonios le había hecho Grace?

Abrió la puerta de la calle desde el interfono y un instante después escuchó pasos en la portería.

Tras una última ojeada en el espejo —otra vez esos malditos pellejos— abrió la puerta.

Dios mío, Grace estaba igual. Pelo corto, mirada desafiante, tejanos y un anorak caqui, una de las prendas más feas que había visto en su vida.

—¡Grace, cómo me alegro de verte! —Se inclinó para darle un beso pero Grace giró la cara y logró esquivarla—. Entra, por favor. Dame tu chaqueta.

—Hola, señora Thornton.

¿Señora Thornton?

—¿Señora Thornton? ¡Grace, soy yo! ¡Llámame Alicia!

—Alicia.

A Alicia le asaltó una pequeña duda.

—Grace, sabes quién soy, ¿verdad?

—Alicia Thornton.

—Pero te acuerdas de mí, ¿verdad?

Grace simplemente dijo:

—Empecemos. ¿Dónde quieres que te entreviste?

—Aquí...

Visiblemente desinflada, Alicia la condujo hasta la sala de estar. Era evidente que Grace se acordaba de ella; de lo contrario, estaría mucho más simpática.

—Qué piso tan bonito —comentó Grace.

—Bueno, en realidad el mérito no es mío...

—... porque este piso es de Paddy, ¿verdad? ¿Cuándo te mudaste?

—No me he mudado —se apresuró a responder—. Todavía conservo mi casa.

En realidad hacía meses que no pasaba una noche en su casa, pero Paddy decía que tenían que guardar las apariencias. El electorado irlandés era una bestia imprevisible, decía; un día se mostraba de lo más liberal y al día siguiente hervía de indignación contra la gente que «vivía en pecado». De hecho, Paddy había insistido en que cada uno viviera en su casa hasta el día de la boda, pero en esto Alicia se había mantenido firme. Llevaba tanto tiempo esperándole, le amaba tanto, que no podía no estar con él.

—Entonces, ¿por qué no me has citado para la entrevista en tu casa? —preguntó Grace.

—Porque... mmm... —Lo cierto era que quería alardear delante de Grace. Mírame, prometida con Paddy de Courcy, de hecho viviendo con él. Pero ¿quién en su sano juicio reconocería algo así? Durante un instante de locura las palabras Tuberías Reventadas parpadearon en su mente. Sí, Tuberías Reventadas, Piso Inundado, Alfombras Destrozadas, Medio Metro de Agua, Botas de Goma, Vuelta a Enlucir Techo... No. Casi se atragantó cuando volvió a tragarse las mentiras. Nada bueno saldría de esto. Grace lo averiguaría.

Pasar por alto la pregunta era su única opción.

—¿Te apetece una taza de té, Grace? ¿Café? ¿Una copa de vino?

—No quiero nada, gracias.

—¿Ni siquiera una copa de vino? —Atrevidamente, añadió—: Después de todo, esto es una especie de reencuentro.

—Estoy bien así, gracias.

—¿Un cenicero? ¿Todavía fumas?

—Ya no. Empecemos de una vez. —Grace encendió la grabadora—. ¿Dónde creciste?

—… En Dun Laoghaire.

—¿A qué colegio fuiste?

—… Pero Grace, ya sabes todo eso.

—Necesito obtener los datos exactos. Te agradecería que te limitaras a contestar.

—Ni que me hubieran acusado de asesinato —repuso Alicia, tratando se sonar desenfadada—. Todo esto es demasiado formal.

—Es mi forma de trabajar. Pediste que te entrevistara yo. Si no te gusta cómo lo hago, *The Spokesman* tiene muchos otros periodistas.

—Pero yo pensaba que… puesto que nos conocemos… dejaríamos de lado las formalidades. —Obviamente, la razón de que hubiera pedido a Grace no era esa, pero qué importaba.

—Tú y yo no nos conocemos —repuso categóricamente Grace.

—Por supuesto que sí…

—Tal vez en otros tiempos —dijo Grace—, pero de eso hace mucho y ahora es un detalle irrelevante.

Alicia se sobresaltó, sorprendida por el comentario. Ahí estaba, toda la hostilidad que Grace, hasta la fecha, había dejado solo entrever, puesta sobre el tapete. No era lo que Alicia había planeado para hoy. Había confiado en que Grace se mostrara cortés, conciliadora, incluso *humilde*, obligada por las circunstancias a tratarla como a una igual. Incluso había barajado la posibilidad de que ella y Grace rieran juntas por la forma en que habían sucedido las cosas. Pero se había equivocado hasta el fondo.

La estimulante impaciencia que la había sostenido a lo largo de la mañana se desvaneció. Ahora se sentía abatida, decepcionada y —para su gran inquietud— ligeramente atemorizada.

—Así que, concentrémonos en la entrevista —continuó Grace. Consultó sus notas—. ¿De modo que eres… viuda? —dijo, como si lo dudara.

—… Sí.

—¿De qué murió tu marido? —preguntó secamente, sin la compasión que habían mostrado los demás periodistas.

—De un infarto.

—¿Era viejo?

—No. Tenía cincuenta y ocho años.

—Cincuenta y ocho es viejo, comparado contigo. ¿Cómo se ganaba la vida?

—No era viejo.

—¿Cómo se ganaba la vida?

—Era abogado.

—Como Paddy. Debía de estar forrado. Seguro que te dejó bien situada…

—Oye, mi marido no era viejo y yo siempre tuve mi trabajo, nunca dependí económicamente de él. —No iba a tolerar que Grace Gildee insinuara que era una Anna Nicole Smith. Ese no era, ni de lejos, su caso. Aunque su realidad tampoco era mucho más edificante…

—¿Cuánto tiempo estuvisteis casados?

—Ocho años.

—¿Ocho años? Mucho tiempo. Su muerte debió de ser un duro golpe para ti.

—Sí… lo fue. —Alicia miró al infinito y adoptó esa expresión melancólica que Sidney le había dicho que utilizara en las entrevistas cada vez que se mencionara a su marido.

—Y diez meses más tarde te prometiste con Paddy de Courcy. Caray, Alicia, debías de estar realmente destrozada.

—¡La cosa no fue así! Hacía muchos años que conocía a Paddy, lo sabes muy bien, Grace. Paddy estuvo consolándome cuando mi marido murió. Luego, de nuestra amistad brotó el amor.

—Brotó el amor —repitió Grace con una sonrisa irónica en los labios—. Bien. Así pues, tú eres la mujer que finalmente ha conseguido echar el lazo al esquivo Paddy. ¿Qué tienes de especial?

Alicia se preguntó si debería protestar por lo de «echar el lazo», pero en lugar de eso se conformó con un:

—Supongo que eso deberías preguntárselo a Paddy.

—Te lo pregunto a ti.

—No puedo hablar por él.

—Vamos, Alicia Thornton, eres una mujer hecha y derecha. Contesta de una vez. ¿Qué te hace diferente?

—Soy una mujer muy… leal.

—¿Ahora lo eres? —preguntó Grace con una sonrisa lúgubre—. ¿Y sus demás novias no lo eran?

—Yo no he dicho eso, ¡ni mucho menos! —Dios, Paddy se habría puesto furioso. Le había dicho que nunca hablara mal de otras personas en las entrevistas. Quedaba muy mal plasmado en el papel, mucho peor de como sonaba en una conversación—. Pero mi lealtad es inquebrantable.

—¿Qué papel crees que tiene la lealtad inquebrantable en los matrimonios modernos?

—¿A qué te refieres?

—No es ningún secreto que Paddy tiene mucho éxito entre las mujeres. Si estallara un escándalo por adulterio, ¿le apoyarías? ¿Aparecerías para la foto de familia en el jardín o le dejarías?

Le lanzaba las preguntas con demasiada rapidez. Ignoraba qué debía responder. Cuánto lamentaba ahora haber despachado a Sidney; él habría intervenido y cambiado la dirección de la entrevista.

—¿Seguirías junto a tu marido o le dejarías? —insistió Grace.

Alicia estaba tensa. Ignoraba qué debía responder. Pensó en Paddy; ¿qué habría querido él que dijera?

—Seguiría con él.

Grace Gildee entornó desdeñosamente los párpados.

—No debes de valorarte mucho si has decidido de antemano que perdonarías un adulterio. ¿No crees que eso otorga carta blanca a tu futuro marido para portarse mal?

—¡No!

—No hace falta que grites.

—No he gritado. Y no estoy perdonando nada. Solo estoy diciendo que el matrimonio es una institución sagrada.

—¿Una institución sagrada? —repitió Grace—. En ese caso, si uno de los cónyuges no la respeta, ¿no es razón suficiente para que el otro tampoco lo haga?

—No, no lo es. —Eso le sonó bien.

Quince minutos después, Grace apagó la grabadora y dijo:

—Bien, ya tengo todo lo que necesito. —Sonaba, en cierto modo, como una amenaza.

Se levantó y Alicia continuó sentada, incapaz de asimilar que la entrevista había terminado. Aún no. Había esperado mucho de ella, y sin embargo nada había salido como había planeado.

—Mi chaqueta —dijo Grace al ver que Alicia seguía pegada al sillón.

—Ah, sí... —Alicia se sacudió finalmente el pasmo y sacó el horrendo anorak caqui del armario del vestíbulo.

—Me encanta tu chaqueta —dijo a Grace, tendiéndosela—. Adoro este color. —A la mierda, una mujer tenía que regodearse cuando podía.

Grace la miró con dureza. Reconocía el sarcasmo cuando lo oía. Alicia nunca conseguía colársela. Ni siquiera ahora.

En un intento desesperado por rescatar la situación, preguntó afectuosamente:

—¿Cómo está Marnie?

—Fantástica. En Londres, con un marido fantástico y dos hijas preciosas.

—Me alegro. Dale un cariñoso abrazo de mi parte.

Grace la miró fijamente a los ojos. La miró hasta que Alicia retrocedió.

Alicia la oyó bajar las escaleras y salir impetuosamente a la calle. Instantes después escuchó el motor de un coche y un chirrido de neumáticos. Grace, impaciente sin duda por llegar a su oficina para redactar una crítica feroz. Por un momento el miedo se apoderó de Alicia. Tenía que telefonear a Paddy. Le había dicho que le llamara en cuanto hubiera terminado la entrevista. Pero se sentía demasiado herida y humillada.

Hasta el momento de esta entrevista se había creído la gran favorita. Sin embargo, la habían machacado. Y la culpa era solo suya, por haber pedido que la entrevistara Grace. Paddy le había aconsejado que no lo hiciera, pero ella había estado tan segura de que todo saldría bien, y lo deseaba tanto, que le dijo a Paddy que podría ser su regalo de bodas.

—¿Y qué me regalarás tú a mí? —había preguntado él.

—¿Qué te gustaría?

—Todavía no lo sé con exactitud. Pero puede que algún día te pida que me hagas un favor, y confío en que ese día recuerdes este momento.

Alicia ignoraba a qué se refería, pero intuía que no estaba hablando de que se agachara y se dejara dar por detrás.

Marcó a regañadientes el número del despacho de Paddy.

—¿Cómo te ha ido con Grace Gildee?

—Bien... sí, bien.

—¿Bien? —preguntó Paddy con todas las antenas puestas.

—Oh, Paddy, Grace es una bruja.

—¿Por qué? ¿Qué ha pasado? ¡Mira que te lo advertí! Le diré a Sidney que hable con ella.

—No, Paddy, no. No dijo nada malo, pero no estuvo muy simpática que digamos.

—¿Y qué esperabas?

El día que se casó con Jeremy, mientras avanzaba por el pasillo del brazo de su padre, sabía que no le amaba tanto como amaba a Paddy.

Pero le amaba. Jeremy era un hombre maravilloso. Se habían conocido a través de su trabajo —él le pidió que llevara la venta de su piso— y enseguida conectaron.

Jeremy era un hombre seguro de sí mismo, inteligente, bondadoso, que vivía la vida como si fuera una gran aventura. Tenía un amplio círculo de amigos con los que se apuntaba a catas de trufas, festivales de jazz y viajes en helicóptero al Polo Norte.

Comparada con él, Alicia no había visto nada ni hecho nada ni sabía nada, pero esa ignorancia era justamente lo que le gustaba de ella. La llevaba a festivales de ópera. La llevaba de compras a Milán. La llevaba a un restaurante de Barcelona con una lista de espera de seis años.

—Contigo es como si volviera a vivirlo todo por primera vez —le decía Jeremy.

Tenían una vida muy activa. Tan activa que Alicia se olvidó de reparar en el hecho de que el sexo dejaba mucho que desear. Él le gustaba, le gustaba de verdad, aunque tuviera veintitrés años más que ella, dos menos que su padre. Pero Jeremy no tenía nada que ver con su padre; para un hombre de su edad, era sumamente atractivo. Pelo moreno (teñido, pero también el suyo), ojos oscuros siempre chispeantes y barriga trufera que mantenía a raya jugando regularmente al tenis.

Con sus desenfrenados apetitos, Alicia había esperado que en la cama fuera un hombre exigente, incluso algo pervertidillo (estaba bastante preocupada, la verdad sea dicha), pero, para su sorpresa, no parecía que el tema le interesara demasiado. Desde el principio lo habían hecho poco, y cuando lo hacían siempre era algo deslucido y rápido. Eso la tenía asustada y decepcionaba. Si el sexo ya era así de insulso al comienzo de la relación, cuando se suponía que debían sentir una pasión salvaje, la cosa solo podía ir a peor.

Decidió reconocer la desagradable verdad: una vida con Jeremy sería una vida sin pasión. Pero ese era el precio por casarse con un hombre mayor, y su destino era estar con un hombre mayor, eso lo tenía claro. Siempre había sido demasiado madura y sensata para su edad, su madre solía decir que tenía «siete años e iba para los treinta y siete», y las relaciones con los hombres de su edad nunca le habían funcionado. No era lo bastante bonita ni lo bastante moderna ni lo bastante de nada. Pero Jeremy estaba dispuesto a pasar por alto sus carencias; solo un hombre mayor y experimentado sería capaz de ver su auténtica valía.

Comprendió que algo no iba bien cuando tres amigos de Jeremy les acompañaron en su luna de miel a Lisboa. La historia al completo se reveló con toda su crudeza una noche que se metieron «sin querer» en un bar gay. Clavada a un taburete de la barra, Alicia presenció horrorizada cómo su nuevo marido, sus amigos y los jóvenes con los que estaban ligando la trataban como a la amiga insulsa de todos los gays.

No podía dar crédito a la crueldad de Jeremy.

De modo que era gay, y como le había faltado valor para decírselo, había decidido demostrárselo. En cuanto fue capaz de moverse, bajó del taburete y se encaminó a la puerta.

—¿A dónde vas? —le preguntó Jeremy.

—Al hotel.

—Voy contigo.

Una vez en la habitación, Alicia empezó a arrojar zapatos y ropa en la maleta.

—¿Qué haces? —preguntó Jeremy.

—¿Tú qué crees? Te dejo.

—¿Por qué?

—¿Que por qué? Podrías haberme mencionado que eras gay.

—Bi, en realidad. Pensaba que lo sabías y que no te importaba.

—¿Qué clase de mujer crees que soy? ¿Me crees capaz de casarme con un hombre gay y que no me importe?

Su mirada se lo dijo todo. Culpable. En realidad Jeremy nunca había creído que ella lo supiera. Pero pensaba que cuando lo descubriera, lo aceptaría. Todo el mundo acaba decepcionándote, pensó Alicia.

—Me engañaste —dijo—. ¿Por qué te casaste conmigo?

—Había llegado el momento de sentar la cabeza. Tengo cincuenta tacos.

—Tú lo has dicho, cincuenta tacos. ¿Por qué molestarse?

—Au, señorita Thornton, qué bien se le da hurgar en la herida.

—¿Es que nunca puedes hablar en serio?

—¿Para qué, cuando en lugar de eso podemos reír?

—Jeremy, necesito saberlo. ¿Por qué te casaste conmigo?

Jeremy no respondió.

—¿Por qué, Jeremy?

—Ya lo sabes.

—No, no lo sé.

—Porque era lo que tú querías.

Tenía razón. Y ahora que lo había dicho, Alicia reconoció que todo el entusiasmo había venido de ella. Siempre había querido casarse, era lo que la gente hacía, era lo normal. Y para ella había supuesto un cambio maravilloso conocer a un hombre dispuesto a satisfacer sus deseos; nunca antes había conseguido que un hombre se comprometiera aunque fuera a telefonearla. Pero con Jeremy era capaz de hablar abiertamente y bromear con comentarios del tipo, «¿Cuánto te vas a gastar en mi sortija de compromiso?» o «¿Adónde iremos de luna de miel?».

—Pues muchas gracias —dijo—, ha sido todo un detalle. Pero en vista de que eres gay, no deberías haberte molestado.

—Alicia, ¿por qué te casaste conmigo?

—Porque te quiero.

—¿Y por qué más?

—Por nada más.

—Ya —dijo Jeremy, mirándola fijamente a los ojos.

Lo sabía, comprendió Alicia. Tal vez no supiera que el hombre era Paddy, pero sabía que había alguien. Intercambiaron una mirada cómplice y durante un instante sus respectivas falsedades quedaron expuestas sobre el tapete.

Ambos habían mentido, ella tanto como él. Ambos habían aceptado casarse por las razones equivocadas: ella se había casado con Jeremy porque, si no podía tener a Paddy, él era un buen sustituto, y el alcance de su cinismo la dejó más avergonzada y deprimida de lo que lo había estado en su vida.

—No te vayas esta noche —dijo Jeremy—. Descansa y espera a mañana. Ven. —Le tendió los brazos, ofreciéndole consuelo. Ella se dejó abrazar porque, a su manera, le quería.

Por la mañana la convenció de que se quedara con él lo que faltaba de luna de miel. Y cuando regresaron a Dublín y se mudaron al hogar conyugal, a Alicia le dio demasiada vergüenza marcharse enseguida. La ignominia de separarse de un marido en plena luna de miel era, sencillamente, intolerable. Decidió quedarse un año para guardar las apariencias. Y en algún momento durante ese año, le perdonó.

No volvieron a dormir juntos. De hecho, su matrimonio nunca llegó a consumarse. Pero eran amigos, grandes amigos.

—¿Por qué no eres abiertamente gay? —le preguntaba a veces—. Irlanda ha cambiado. Ahora no es un problema.

—Pertenezco a otra generación.

—Te lo ruego —protestaba ella—, deja de recordarme que eres un carcamal.

—¿Quieres que todo el mundo sepa que tu marido se deja dar por culo por chaperos de diecinueve años?

—¿Eso haces? —Estaba fascinada.

—Sí.

No, no quería que la gente lo supiera.

Pero se preguntaba si Paddy lo sabía.

Veía a Paddy de tanto en tanto, no porque quedaran, sino en recepciones y actos sociales, como bailes benéficos, donde las conversaciones eran breves y superficiales. La primera vez que Paddy vio a Alicia y a Jeremy después de prometerse, les hizo un repaso tan descarado que la violentó. Alicia recordaba cómo había ob-

servado a Jeremy, cómo los había observado a los dos —escaneando, asimilando, archivando— mientras ella se preguntaba qué estaba viendo.

Su hermana Camilla también lo sabía. Ella misma se lo había contado. Necesitaba decírselo a alguien, pero luego lo lamentó, porque Camilla salió con el peor comentario posible.

—¿Por qué aspiras a tan poco? ¿Por qué no le dejas y buscas un amor de verdad?

—Porque ya he conocido al único hombre que podré amar en la vida.

En cierto modo, esa certeza la reconfortaba. Ella no tenía la culpa de estar perdidamente enamorada de un hombre al que no podía tener. En otros tiempos habría ingresado en un convento, que habría sido como enterrarse en vida. Al menos con Jeremy tenía una vida bastante plena: esquiaban, iban de compras, se divertían.

Tengo un bolso Kelly de piel de lagarto, se recordaba.

He conocido a Tiger Woods.

He viajado en avión privado.

Pero a veces, en las oscuras horas previas al alba, la cruda realidad la despertaba y no podía evitar preguntarse cuál era su problema. ¿Por qué se valoraba tan poco? ¿Por qué aceptaba seguir casada con un hombre gay? ¿Por qué se había conformado con una vida incompleta? No importa, se decía entonces. Así somos felices.

Había leído un artículo en *Marie Claire* que hablaba de las parejas que ya no practicaban el sexo. Al parecer, había muchas más de las que la gente conocía o decía conocer. En realidad soy normal, se susurraba en la perlada luz del amanecer. Los anormales son los que no paran de darle al sexo.

Sabía que todo se reducía a Paddy. No podía querer a nadie más.

—Tal vez deberías ver a alguien —le había aconsejado su hermana—. A un psiquiatra, por ejemplo.

—Un psiquiatra no me ayudará a encontrar un hombre a la altura de Paddy.

Su hermana no insistió. Ella también adoraba a Paddy.

Pese a la ausencia de sexo, su vida con Jeremy era una buena vida. Él utilizaba el humor, el dinero, el alcohol, la comida y los viajes para evitar que las cosas se pusieran demasiado serias o som-

brías. Jeremy la quería, ella lo sabía. Siempre la trataba con sumo cariño y ternura.

Y cuando falleció, su dolor fue sincero.

Casi todas las noches, a eso de las diez y media, Sidney pasaba por casa de Paddy para dejarle los periódicos del día siguiente. Normalmente todo transcurría con fluidez —Sidney le entregaba el fardo, se largaba y Paddy lo hojeaba con tranquilidad—, pero esta noche en concreto, Paddy regresó a la sala envuelto en una energía tan negra que Alicia enseguida supo que algo no iba bien.

—Ha salido —dijo Paddy—. La entrevista con Grace Gildee.

Alicia sintió que el estómago se le subía hasta la boca. Habían contado con que aún tardara otra semana en salir, como mínimo.

Paddy fue directamente a la entrevista, y tan absorto estaba en su lectura que Alicia tuvo que leerla por encima de su hombro. Era un artículo largo, de doble página, con un titular grande, en negrita, que rezaba **«Apoya a tu hombre»**. La primera frase decía: «De todos es sabido que un hombre soltero con claras aspiraciones políticas necesita una esposa».

Dios. Alicia le lanzó una mirada de pánico. Paddy leyó unas cuantas frases más y, a renglón seguido, lanzó un aullido de indignación.

—¿Por qué demonios le ofreciste una copa de vino a las once de la mañana?

—Pensé que... —¿Qué había pensado? ¿Que ella y Grace podrían emborracharse un poco y acabar riendo juntas mientras recordaban los viejos tiempos?

Paddy siguió leyendo con avidez: aburridos detalles sobre la educación de Alicia, el colegio, su historial laboral. Por el momento nada preocupante. Entonces, el desastre.

> Los valores de Thornton recuerdan a los de los años cincuenta, cuando las mujeres permanecían junto a sus maridos adúlteros porque «el matrimonio es una institución sagrada. Que un cónyuge no lo respete no es razón para el otro haga lo propio».

—¿Dijiste eso? —preguntó severamente Paddy.

—... En parte...

—¿Y ella dijo el resto y tú estuviste de acuerdo?

—... sí... —Había recordado demasiado tarde que si te mostrabas de acuerdo con un comentario hecho por un periodista, éste podía atribuírtelo.

—¡Se supone que represento a la Irlanda moderna!

—Lo siento, Paddy.

—¡No a una puta república bananera anclada en el catolicismo! ¿Para qué coño te enviamos a clases de formación mediática si no eres capaz de recordar los principios básicos?

—Lo siento, Paddy.

—¿Por qué no dejaste que Sidney estuviera presente?

En realidad lo sabía, los dos lo sabían.

Alicia siguió leyendo. «Thornton cree que la razón de que consiguiera cazar a De Courcy es su "inquebrantable lealtad". Probablemente eso sorprenda a la alpinista Selma Teeley, quien seis años atrás —dando muestras de una gran lealtad, cabe añadir— utilizó una parte de sus cuantiosos ingresos publicitarios para financiar la campaña electoral de De Courcy.»

¿En serio? Alicia ignoraba ese dato. Miró a Paddy con estupefacción, pero enseguida desvió los ojos. No era buen momento para miraditas.

Probablemente lo peor del artículo, se dijo Alicia, fuera su llaneza. No había interpretaciones maliciosas. Grace dejaba que las citas de Alicia la condenaran por sí solas. Alicia sonaba como un felpudo sumiso y solo ella tenía la culpa.

Cuando Paddy terminó de leer, arrojó el periódico a un lado con un crujido seco y se quedó dando vueltas al asunto.

—Zorra estúpida —dijo.

Lola

Viernes, 17 de octubre, 11.07

Me despierto. Miro reloj. Satisfecha. 11.07 buena hora. Menos día por desperdiciar. Lo más tarde que me he levantado desde que estoy en cabaña del Tío Tom ha sido 12.47, pero había trasnochado viendo *Apocalipse Now*. Emocionalmente intensa. Y muy larga. Preparo café y cuenco de *Crunchy Nut Cornflakes*, arrastro silla de cocina hasta parte trasera de cabaña y salgo de mi ayuno contemplando océano Atlántico. Se ha convertido en costumbre, porque cada día, aunque octubre, hace sol.

País extraño, Irlanda. En julio —verano según mis cálculos— el clima puede ser vergonzosamente frío y húmedo. Todos esos turistas americanos haciendo circuito de Kerry en autocares empañados y el tiempo dejándonos en ridículo. En cambio, mira ahora. En pleno octubre sol y viento todos los días, cielos azules, mar agitado, jóvenes haciendo surf. Extensa franja de playa desierta durante semana, salvo por mujeres con corazón roto pateándosela con la esperanza de... ¿qué?, ¿recuperar súbitamente la felicidad? Todavía no me he sumado a ellas. Nunca lo haré. Cuestión de orgullo.

Lentamente, vierto leche sobre cereales. Desayuno en Knockavoy dura una media de 43 minutos. Impresionante. En Dublín tardo 9 segundos en engullir tostada mientras me aplico tapaojeras, veo *Ireland AM* y busco objetos perdidos.

Esta mañana seis o siete surfistas en el mar, brillantes como focas con sus trajes neoprenos. Me encantaría hacer surf. Miento. Me encantaría ser capaz de hacer surf. No es lo mismo. Sospecho que detestaría hacer surf. Agua metiéndose en nariz y orejas, y no hablemos del pelo. Pero si contara a la gente —seamos francos, colega— que soy surfista, gente me encontraría sexy. Moreno completo (pese a neopreno), cuerda atada a tobillo, porte seguro. Lo sé, pelo destrozado, pero no parece que gente te lo tenga en cuenta si le explicas que eres surfista. De repente pelo enredado y partido deja de ser pelo enredado y partido y se convierte en pelo sexy y surfero. ¿Tengo razón?, te pregunto.

Océano como balsa durante un rato. Surfistas tumbados boca abajo sobre tabla, esperando. El surf requiere paciencia: muchos ratos ociosos y sin poder matar tiempo enviando mensajes de texto. Comí despacio. Me ha dado por masticar cada bocado veinte veces, por artículo que leí: ¡Atención! En Occidente no masticamos la comida lo suficiente. Nos la tragamos casi entera. Mala cosa, porque intestinos no tienen dientes. Masticar cada bocado veinte veces bueno para la digestión.

Además, ayuda a pasar rato.

Mastica que te mastica mientras contemplo surfistas. ¿Eran imaginaciones mías o estaba uno de ellos mirando en mi dirección? ¿Jake, el Dios del Amor? Repentino rayo de luz plateada —pequeño pero intenso— pareció salir de su cuerpo y estallar sobre mi cabeza. No era ningún rayo, sino parpadeo de sus ojos plateados.

¿O era reflejo del sol en el agua? Probablemente me hallaba a demasiada distancia para poder verle color de ojos aunque fueran asombrosamente brillantes. Estaba algo lejos. (¿Doce metros? ¿Medio kilómetro?) Entrecerré ojos para verle mejor (qué extraño, ¿por qué achicamos ojos cuando queremos ver mejor?). De repente, el surfista me saludó con una mano.

¡Tenía que ser Jake!

Yo —algo cohibida— devolví saludo. Muy débilmente, le oí gritar, «¡Hola, Lola!». Flotando en aire marino, palabras me llegaron transportadas por muchas, muchas moléculas de sal.

Grité, «Hola, Jake», pero mi voz sonó débil. Segura de que moléculas no habían ayudado, de que solo yo me había oído. Sensación de ridículo.

Cada vez que me lo encontraba en Knockavoy, Jake me lanzaba

sonrisas sexys y miradas largas y penetrantes; luego se piraba sin haber concretado cita.

—Le gustas —asegura Cecile cada vez que nos vemos, o sea, casi todos los días.

—Siempre dices lo mismo —contesto yo—, pero no actúa.

—No está acostumbrado a tomar la iniciativa —decía Cecile—. Las chicas siempre lo hacen por él.

—Pues esta chica no piensa hacerlo —respondía yo, como si fuera sobrada de autoestima y dignidad. Falso.

Francamente, Jake y sus travesuras de Dios del Amor ligero entretenimiento, pero demasiado destrozada por ruptura con Paddy.

Fuerte viento levantó del cuenco copo de maíz, que viajó por prados hasta el mar. Frío en el cuello. Entré para coger bufanda. Boa de plumas rosa tirada sobre sofá. Eso me serviría. ¿O acaso...? De repente me di cuenta de que llevaba puesto pijama, botas de agua y boa de plumas rosas. Los peligros de vivir sola. Debo cuidar de no convertirme en una excéntrica. Si no ando con ojo, acabaré pidiendo a Bridie que me preste su jersey de jinetes.

12.03

Fregué cuenco, taza, cucharas. Lo de cada día. Lavé fregadero, colgué trapo y tuve momento breve, muy breve, en que no estuve segura de cuál iba a ser mi siguiente paso. ¡Error! Eso bastaba para que pánico se adueñara de mí y me estrangulara hasta cortarme respiración. «¿Qué demonios hago aquí?»

Podía determinar momento exacto en que aparecía el pánico. Me sucedía cada día en cuanto colgaba el trapo. Entonces sentía impulso de llamar a Nkechi, a Bridie, a quien fuera, y suplicarle, Por favor, ¿puedo volver a Dublín? ¿Puedo volver a casa?

De hecho, había dejado de llamar porque no servía de nada. Nadie me dejaba volver a Dublín. Pero, ay, mi trabajo, mi trabajo, mi maravilloso trabajo...

Como no tengo marido ni hijos ni familia ni gran talento —por ejemplo, no sé tallar zanahorias en forma de flor, dedaleras, rododendros— sin mi trabajo no soy nada. No podía dejar de imaginarme a Nkechi conspirando para robarme negocio, pero entonces recordaba la que había armado última vez que había intentado trabajar y me daba cuenta de que mejor me quedaba en Knockavoy. Podía cargarme mi negocio con mucha más rapidez que Nkechi.

No me ayudaba que teléfono sonara sin parar. «¡Nkechi lo está haciendo muy bien!», «¡Nkechi hizo maravillas conmigo para la gala contra la Varicela!», «¡Gracias a Nkechi los deslumbré en la cena benéfica contra la Disentería!» Mensaje: Nkechi es genial, genial, genial. Y tú eres una inútil, inútil, inútil. Bridie no lo ve así.

—Solo quieren ser amables...

—¿Amables? Esas mujeres no saben ser amables.

—Además, Nkechi está manteniendo a flote tu negocio mientras estás ausente.

—Todas querrán ser clientas de ella cuando se establezca por su cuenta.

—No. Aunque solo sea por una cuestión de estadísticas.

Único consuelo: Abibi no cae bien.

12.46

—¿Lola? —Voz de hombre llamándome desde fuera de la casa. Sorprendente—. ¿Lola?

¡Paddy ha venido a buscarme! ¡A decirme que todo ha sido un terrible error!

No. Por supuesto que no. Pero no hay manera de quitármelo de encima. Aunque no esté pensando en él, vivo constantemente amenazada; el más mínimo detalle —como ver el nombre de Louise Kennedy en una revista— dispara un torrente de pensamientos dolorosos. Por ejemplo:

«La última colección de Louise Kennedy...» = Alicia Thornton luciendo vestido de Louise Kennedy en foto de periódico = periódico declarando que era la mujer que había «conquistado el corazón de Quicksilver» = Paddy va a casarse con otra mujer = ¿Qué? ¿Que Paddy va a casarse con otra mujer? = dolor desgarrador.

Todo sucede en milésimas de segundo. El hierro candente del dolor me atraviesa antes de que mi cerebro tenga tiempo de explicarse por qué. Todas las demás células de mi cuerpo han asimilado la noticia, pobre cerebro es el último en enterarse.

Estar sin Paddy representa un hecho determinante en mi vida. Antes, cada vez que rompía con un novio me ponía triste, no lo niego, pero siempre había sabido que aún tenía un futuro por delante. Sin embargo, había conocido a Paddy, había conocido al Hombre de mi Vida, y ahora que ya no estaba mi futuro era puro vacío.

12.47

Abrí puerta. Hombre corpulento. Estacionada en carretera, camioneta DHL.

—¿Lola Daly? —preguntó.

—Servidora.

—Le traigo un paquete. Firme aquí.

Me pregunté qué era. ¿Quién me estaba enviando cosas?

En el apartado «Contenido» ponía «Zapatos». Entonces lo supe. Hombre DHL giró caja para averiguarlo.

—Zapatos, ¿a que sí?

En Dublín le habría lanzado fría mirada por cotilla, pero en Knockavoy no puedes hacerlo. Aquí estás obligada a apoyarte en jamba para indicar que tienes todo el tiempo del mundo para pegar hebra.

—Sí, zapatos.

—Para una boda, ¿a que sí?

—Esto… no, no son para una boda.

De hecho, no son para mí, pero no puedo decírselo, por mucha hebra que esté obligada a pegar. He jurado guardar secreto. Dilema. Siento que tiran de mí en dos direcciones diferentes, regida por dos maestros.

—Simplemente tenía ganas de comprarse unos zapatos, ¿a que sí?

—Eso es. Simplemente… tenía ganas.

—Está aquí de vacaciones, ¿a que sí?

—Esto, no, más tiempo.

—¿Cuánto tiempo?

—Esto… no lo sé. —Avergonzada de mi vida. No podía decir «No puedo salir de aquí hasta que mis amigos y colegas decidan que estoy lo bastante cuerda para regresar a Dublín»—. Simplemente… je… me dejo llevar.

—En ese caso, puede que vuelva a verla.

—Puede.

—Niall —dijo, tendiéndome una mano para que yo se la estrechara.

—Lola —dije.

—Sí, ya lo sé.

12.57

Cuando se hubo marchado, abrí caja para asegurarme de que era lo que pensaba que era. Lo era. Llamé a Noel del paro.

Le dije:

—Tu paquete ha llegado.

—Caray, ya era hora. Menta. —«Menta», su palabra favorita: significa genial, fantástico, etcétera—. Pasaré esta noche después del trabajo. ¿A qué hora te va bien?

Peliagudo. Noches, mi parte del día más ajetreada. Tenía que sentarme en muro delante de mar e intercambiar cumplidos con desconocidos sobre bello atardecer. Tenía que comer sopa del día sin tropezones en el Oak. Tenía que ver culebrones con señora Butterly. Tenía que mantener larga conversación con Brandon y Kelly sobre selección de DVD. Tenía que pasar tiempo en el Dungeon con Boss, Moss y el Maestro y escuchar al Maestro recitar poemas pasmosamente largos. Agenda apretada.

Hoy, además, tenía un compromiso aún más ineludible.

—Lo siento, Noel del paro, pero este fin de semana vienen unos amigos.

Pausa que rezumaba estupefacción. Luego:

—En fin, qué se le va a hacer. De Dublín, supongo, tus amigos —dijo con desdén, como si Dublín fuera antro pretencioso.

Un momento...

—Fuiste tú quien insistió en mantener esto en secreto —repuse—. A mí no me importa que vengas a recoger el paquete estando mis amigos aquí.

Noel carácter difícil, propenso a arranques imprevisibles, pero había tramitado pago del paro con una rapidez sin precedentes, sin que yo tuviera que llevar polvo de cuerno de unicornio ni un grabado en bronce de Santo Grial. Extraordinario. Todavía esperando recibir carta aterradora diciendo que todo había sido un error y tenía que devolver hasta último céntimo, con intereses. Dadas circunstancias, mejor no irritarlo.

Tras hosco silencio, dijo:

—Bien, esperaré. Pero no les hables de mí a tus amigos de Dublín.

288

—Claro que no. —Mentira. Iba a contárselo todo, pero, claro está, les haría jurar que guardarían secreto.

—¿Qué tal el lunes? —preguntó Noel.

Lunes quedaba muy lejos. A lo mejor me declaraban mentalmente curada y volvía a Dublín. Aunque poco probable.

—El lunes me va bien. Ven después del trabajo.

13.06

Tarde. Corrí hasta el pueblo. Como si fuera importante. Eficientemente, compré comida, vino y mucho, mucho chocolate para llegada de Bridie, Treese y Jem y volví a casa. Volví a ponerme pijama, botas de agua y boa de plumas. Arrastré sillón hasta parte trasera de la casa y pasé la tarde tumbada, leyendo novela de misterio de Margery Allingham.

Curioso. Si pidieran a gente que describieran una vida perfecta, podrían describir la mía: residir en hermoso, hermoso lugar, con mar, naturaleza y demás; no tener que madrugar, dormir gran parte del día, no padecer estrés laboral, tener tiempo para ver películas que tratan de venganza, leer novelas de misterio húmedas y masticar veinte veces cada bocado de comida. Pero no puedo disfrutarlo. Angustiada, ansiosa. Siento que la vida se me escapa. Siento que todo se ha confabulado para escapárseme de las manos.

Me avergüenza mi ingratitud. Otra emoción desagradable que experimentar. Me gusta variedad, supongo. Así me olvido un rato del pánico y el corazón roto.

Me solté discurso optimista, para mis adentros, todavía no he llegado a nivel de hablar sola en voz alta: «Un día mi vida cambiará, volverá a ser agitada y estresante, y me encantará desaparecer en un bonito pueblo para no hacer nada. Por tanto, he de intentar disfrutar de mi tiempo aquí. ¡Esto no es para siempre!».

16.27

Dejo libro, cierro ojos y pienso en Paddy. Unas veces pienso que he aceptado situación. Otras siento que le echo mucho de menos, que le necesito. De vez en cuando todavía pienso «Entre nosotros existía un fuerte vínculo, no es posible que todo ese sentimiento se haya esfumado sin más únicamente porque va a casarse con otra».

No he telefoneado a Paddy desde que regresé a Knockavoy. Bueno, solo una vez. Borracha, desde luego. Único estado en que podía convencerme de que aún había esperanza. (Me había emborrachado sin proponérmelo. Todo el mundo me había invitado a una copa, Ojos de Ciruela Pasa, señora Butterly, Boss, para competir con Rincón Alco. Descortesía no aceptar hospitalidad local. Riesgo de causar terrible afrenta.)

Me dirigía caminando a casa, alegre, esperanzada y —llamemos a las cosas por su nombre— como una cuba, cuando decidí llamarle. Le convencería de que rompiera con esa Alicia Thornton. Preciosa noche. Apacible. Luna sonriendo sobre mar «oscuro como el vino» (palabras del Maestro). Todo parecía posible.

Pero no. Percepción distorsionada por alcohol.

Llamé de todos modos, pero saltó buzón de voz. Debí colgar, pero fuerza incontenible me impulsaba.

—Paddy, soy Lola. Solo llamaba para saludarte. Mmmm... eso es todo. Esto, no te cases con esa mujer. Vale... bueno... adiós.

Decidida a llamar a fijo, pero de repente sentí náuseas. Demasiada emoción, probablemente. O puede que mezcla de vino tinto, Southern Comfort y Guinness endulzada con grosella.

A la mañana siguiente pensé que lo había soñado. Supliqué que lo hubiera soñado. Pero me obligué a comprobarlo en el móvil. Efectivamente, le había llamado.

Vergüenza. Mucha vergüenza.

Lo que interpreté como progreso. Desde que me enterara de noticia, vergüenza había brillado por su ausencia.

17.30

Espiando no. Esta vez no. Arrastrando sillón cuando miré hacia casa de Incendiario Considine y le vi en cocina. Primer pensamiento, de vecina fisgona: ha llegado pronto del trabajo. Segundo pensamiento: ¿Es REALMENTE Incenciario Considine? Y si lo es, ¿qué diantre LLEVA PUESTO?

Miré de hito en hito. ¿Era posible que llevara puesto un gorro de ducha y gafas de nadar? Sí, lo era.

En esa casa ocurrían cosas muy raras.

18.57, llegada de Bridie y Barry

Aguzando oído, como persona rural solitaria. Oigo coche antes de que llegue. No porque sea único coche en carretera —ni mucho menos, carretera de Knockavoy a Milton Malbay muy transitada— sino por música que Bridie está escuchando en equipo. Oasis, si no me equivoco. Gusto musical de Bridie casi tan espantoso como con la ropa, pero ella impertérrita.

Coche se para a mi lado, música cesa bruscamente y Barry baja por lado de conductor. Permitido venir fin de semana porque hace todo lo que le pides, no expresa su opinión, no da problemas. No como maridos de otras.

—Tres horas y cuarenta y nueve minutos —fue lo primero que dijo Bridie—. Excelente promedio para un viernes en hora punta. Espera, tengo que anotarlo.

19.35, llegan Treese y Jem

Treese conduciendo pequeño y adorable Audi TT azul, ¡regalo de Vincent! ¿Quizá para disculparse por tener cabeza exageradamente grande? Jem, en asiento pasajero, parecía incómodo. Coche demasiado bajo y regordete. ¿Abochornado también por viajar en coche tan femenino? (Claudia en despedida de soltera, razón por la que Jem permitido venir.)

Treese muy sofisticada, tacones altos y traje elegante.

—Estás fantástica —digo.

La gente solía decir de Treese, «Muy bonita para una chica gorda». Condescendiente. Y en su cara, «Treese, tendrías que dejar los dulces. A mi cuñada le funcionó, perdió veinticinco kilos nada menos. Si dejaras de comer como una cerda, podrías ser bastante atractiva». Cuando adelgazó, se reveló como una mujer con mucha clase. Todas las piezas habían estado allí, esperando. Las mujeres que le habían instado a perder peso tuvieron que tragarse sus palabras. Desconcertadas. Desprevenidas. Descontentas. La mantenían alejada de sus novios.

—¿Cómo está Vincent? —le pregunté—. ¿Se encuentra bien?

Tenía que hacerlo. Por educación. Estaba invitado —tenía que estarlo si Barry lo estaba— pero nunca se dijo nada al respecto. Ni siquiera «Vincent agradece la invitación, pero este fin de semana está ocupado intentando reducir el tamaño de su cabeza». Sencillamente todos —incluida Treese— compartimos silencio cómplice de que sería mejor que no viniera.

18.38 - 19.45
Recién llegados delante del mar, inspirando grandes bocanadas de aire salobre, manos en caderas, llenando pulmones de ozono y diciendo «¡Caray, qué maravilla!». Entre siete y ocho minutos. Luego Jem dio palmada y dijo:

—¡Bien! ¿Qué pub?

20.07, el Oak, para aperitivo
Ojos de Ciruela Pasa se sentó un rato con nosotros. Muy sonriente, ojos chispeantes, simpático. Dijo al resto que había oído hablar mucho de ellos. Encantador. Me sentí orgullosa, como si fuera mi creación.

Contó que yo venía todos los días (todos los días no, pero no importaba, no quería contradecirle, demasiado buen rollo flotando en el aire) a comer sopa del día.

—Siempre dice, «Ibrahim, ¿tiene tropezones?». —Ojos de Ciruela Pasa soltó risotada, se golpeó el muslo y repitió—: «Ibrahim, ¿tiene tropezones?» Cada día.

Los demás rieron también, sin saber muy bien por qué, pero felices de que él lo encontrara tan divertido. (Culturas diferentes, sentido del humor diferente.)

—Ibrahim, ¿puedo invitarte a una copa? —le ofreció Bridie.

—No, gracias. No bebo.

—¿Por qué no? ¿Eres alcohólico? —¡Será cotilla!

—No bebo alcohol por motivos religiosos.

Bridie le miró fijamente mientras se preguntaba, sin duda alguna, cuál era esa extraña religión que prohibía el alcohol. Para ser católico es prácticamente obligatorio tener un problema con la bebida.

—¿Qué religión es esa? ¿Ciencia cristiana?

—Musulmana —dijo.

—Sí, claro, no se me había ocurrido. Bueno… esto… qué bien.

A partir de ahí conversación algo tirante. Luego dos golfistas, cansados del *rawlrawlrawl* del Hole In One, entraron e Ibrahim tuvo que volver a su papel de camarero.

En cuanto se hubo marchado, Bridie se inclinó hacia nosotros y confesó en susurros:

—Es horrible, pero cuando oigo que alguien es musulmán, lo primero que pienso es que es un terrorista suicida.

—¡Sí! —murmuró, entusiasmado, Jem—. Y que me desprecian.

—¡Sí!

—Cuando estaba en Marruecos con Claudia, los hombres la miraban como si fuera una zorra.

«Porque es una zorra.» Bridie y yo nos miramos y el mensaje viajó como un rayo entre las dos.

—No respetan a las mujeres —dijo Jem—. ¡Mira que pegar a la esposa porque no se cubre la cabeza!

Treese, cada vez más nerviosa, trató de intervenir.

—Es indignan...

—Y apuesto a que en privado son todos unos borrachos —aseguró Bridie—. Seguro que pillan unas cogorzas de aúpa y luego se las dan de...

—Es indignan...

—... abstemios y dicen que la gente es inmunda por beberse una copa de vino de vez en cuando...

—¡Es indignante que penséis así! —Treese se hizo finalmente con la palabra—. ¡Debería daros vergüenza! Hay más de dos mil millones de musulmanes en el mundo. ¡Es imposible que todos sean terroristas suicidas! Sois unos racistas.

Peor temor confirmado. No quiero ser racista.

—La gran mayoría de los musulmanes son moderados.

—Claro, claro —dijo Jem, tratando de calmarla, pero demasiado tarde. Treese nos echa sermón, con conclusión de que todas las personas, sin distinción de raza o religión, tienen derecho a ser respetadas y a una letrina que funcione.

Dos horas más tarde. Todavía en el Oak
Mucho más concurrido. Ojos de Ciruela Pasa corriendo de un lado a otro.

Jem fue a barra para pedir ronda y regresó colorado y feliz.

—¡Estamos invitados a una fiesta mañana por la noche! —Había hecho nuevos amigos mientras pedía ronda. No es primera vez que le pasa a alguien algo así. No quiero resultar cínica, pero...

—¿Qué fiesta? —preguntó Bridie.

—La de esos chicos de la barra.

Surfistas. Cinco o seis. Poca ropa, chanclas, tejanos cortos, pieles bronceadas, pendientes, sal. Y ahí estaba Jake con camiseta descolorida, tejanos de tiro bajo y colgante de diente de tiburón, apoyado en barra, vaso en mano, mirándome. Pronunció con los labios, «Lola», y sonrió. Bridie se volvió como flecha hacia mí.

—¿LE CONOCES?

—¿A Jake?... Mmmm... sí. —Bastante orgullosa, la verdad sea dicha. Como comprar coche fabuloso, no decírselo a nadie, llegar con él y verles las caras.

—¡Le gustas! —Bridie propinó un codazo a Barry—. ¿A que sí?

—Eso parece. —(Cuidándose de dar su opinión.)

—¿Has visto cómo te miraba? —Bridie lanzó otro vistazo a Jake—. ¡Sigue mirándote! Le gustas, estoy segura.

—La verdad —me aclaré la garganta, preparándome para disfrutar del momento— es que sí le gusto.

Se quedó cortada.

—¿En serio? ¿Cómo lo sabes?

—Me lo dijo Cecile.

—¿QUIÉN ES CECILE? —A Bridie le gusta estar al tanto de todo. Ahora mismo está al tanto de casi nada.

—Una francesa. Aquella, de hecho.

Cecile estaba con surfistas, riendo y encogiendo hombros. Llevaba pantalones pirata, manoletinas y pañuelo atado a cuello con una gracia que mujer irlandesa sería incapaz de imitar aunque se tirara un mes practicando. (Ni siquiera Treese.)

—Llámala —ordenó Bridie—. ¡Eh, Cecile, Cecile, acércate!

Atónita, Cecile apretó labios rojos y enarcó cejas perfectas, pero obedeció.

—¿Cecile? —dijo Bridie— Eres Cecile, ¿verdad? —Presentaciones rápidas—. Bridie, Barry, Treese, Jem, y a Lola ya la conoces. Vale. Ahora dime, ¿es verdad que a ese tipo rubio de la barra, Jake, le gusta Lola?

Cecile soltó una risita.

—Oh, sí. Quiere montarla hasta mediados de la semana que viene.

Treese hizo un gesto de dolor. Pero no era culpa de Cecile. En realidad no es bruta, solo francesa. No entiende todo lo que dice, se limita a repetir lo que oye, como niña pequeña.

—Quiere montarla y que no pueda caminar derecha durante un mes.

—Gracias, has sido de gran ayuda.

Cecile despachada.

—¡Bien! —exclamó Bridie—. He aquí lo que pienso. Lo mejor que podría ocurrirle a Lola ahora mismo sería tener una aventura con ese Jake. ¿Estáis de acuerdo? —Bridie mira a los demás. Sí, de acuerdo—. Pero no debes esperar algo duradero —me advierte—. Es demasiado guapo.

—¿Por qué estás diciéndome siempre que los hombres son demasiado guapos para mí?

—No te ofendas, Lola, tu también estás bien, pero mira a ese Jake. Es INSÓLITAMENTE guapo. Es un prodigio de la naturaleza. ¡Mira esa boca! ¡Es tan sexy! Seguro que gusta a todas. ¡Hasta a mí me gusta! Lo siento —dijo a Barry.

—No te preocupes. A mí también me gusta.

—¿En serio?

—Podríamos hacer un trío con él —dijo Barry, luego se apoyaron el uno en el otro y soltaron un carcajada cómplice mientras el resto mirábamos, ligeramente incómodos.

1.30, de nuevo en casa
Beoda como estaba, me llevé gran sobresalto cuando Bridie y Barry se pusieron extraños pantalones deportivos que ya conocía. Holgados pero recogidos en tobillo, como pantalones de MC Hammer. El de Barry con cometas y globos, el de Bridie imitando piel de cebra azul y roja.

Horrendos.

Algo debía hacerse.

Sábado, 18 de octubre, mediodía. Todos levantados
Plan del día: pasear, respirar aire puro, vida saludable hasta «juerga desenfrenada de esta noche», palabras de Jem. Primero breve visita al pueblo porque no quedaba leche.

—Iré yo —dije—. Porque soy la anfitriona. Es mi responsabilidad.

—No, iré yo —dijo Jem—. Porque me bebí toda la leche a las cinco de la mañana.

—No, iré yo —dijo Bridie. Porque es una controladora.

—¿Por qué no vamos todos? —propuso Treese.

—¡Vale!

—Será mejor que os vistáis. —Miré intencionadamente los pantalones MC Hammer de Bridie y Barry.

—¿De qué estás hablando? ¡Ya estamos vestidos!

Rediós. Ya era tremendo que se pusieran esa ropa espantosa en privado, pero ¿en público? Mal asunto.

12.18, caminando al pueblo

Bridie se pone a hablar de Jake. Otra vez.

—Te hará bien acostarte con él. Será bueno para tu ego, para tu autoestima. ¿Qué sabes de él?

—Poco. Tiene veinticinco años, es de Cork, se ha acostado con todas las mujeres de Knockavoy y, por lo visto, quiere montarme para que no pueda caminar derecha durante un mes.

—Pero ¿trabaja? —preguntó Treese—. ¿De qué vive?

—Ni lo sé ni me importa. No quiero enterarme de que su madre es maestra y su padre vigilante, que tiene una hermana mayor y dos hermanos pequeños, que en el colegio se le daba bien el hockey pero no el fútbol. No quiero enterarme de que compartía el cuarto con un hermano y tenía fotos de Roy Keane pegadas a la pared. No quiero enterarme de que existen fotos de cuando era un golfillo desdentado de seis años o un niño sonriente de diez con un corte de pelo horrible. No quiero que sea corriente y no quiero prueba alguna de que no siempre fue guapo.

—No lo estás tratando como un ser humano —dijo Treese.

—Lo sé. No quiero conocer sus esperanzas ni sus sueños.

—Así no puede construirse una relación —dijo Treese.

—¡No va a tener una relación con él! —intervino Bridie—. Estoy harta de decirlo, es demasiado guapo.

—¡Un momento! ¿Y lo que yo quiero? Habláis como si fuera la mujer más afortunada del mundo por gustarle, cuando solo le gusto porque soy la novedad. Pero ¿qué pasa con lo que yo quiero? ¡Puede que a mí no me guste en absoluto!

—Vale. ¿Te gusta? —preguntó Bridie.

Lo medité.

—La verdad es que no.

Horrorizadas exclamaciones de incredulidad, incluso de Jem.

—¡Calma, calma! Está bien para mirarlo.

—En realidad te estás haciendo la dura —decidió Bridie—. Pero no te molestes, seguirá sin tener una relación contigo.

—No me estoy haciendo la dura. Todavía amo a Paddy.

—¿Rechazarías una noche de apasionado sexo con el Dios del Amor porque sigues colgada de un político hipócrita que sonríe como el Joker de *Batman*? —Bridie, indignada—. Político que, por cierto, va a casarse con un caballo.

12.49

Después de comprar leche, atraídos hacia el Dungeon. Puerta entreabierta. Raras, muy raras veces, puerta del Dungeon entreabierta. Normalmente evitaba luz natural como si fuera radioactiva. Sospeché que Rincón Alco me andaba buscando. En cuanto Boss me vio, gritó:

—¡Eh, Lola Daly! ¿Qué pasa? ¿Que ya no somos lo bastante buenos para ti?

Era cierto, para mi vergüenza. Dije, «Jajaja» y seguí caminando, pero Bridie me preguntó:

—¿Quién es ese hombre? ¿Cómo es que conoces a tanta gente?

Se empeñó en conocer a Boss. Traté de resistirme. En vano. De repente estaba en sombrío interior haciendo presentaciones.

—Bridie, Barry, Treese, Jem, estos son Boss, Moss y el Maestro.

Boss estaba feliz. Su careto rojo y redondo subió un tono.

—¡Lo sé todo de vosotros! A ver si acierto. —Señaló a Treese—. Tú debes de ser la sabelotodo.

—... Oh...

¡Rediós!

—No, la sabelotodo soy yo —intervino Bridie.

—Entonces tú debes de ser la que antes estaba gorda.

Treese inclinó perfecta cabeza.

—¡Caray, nunca lo habría dicho! —Boss claramente impresionado—. Ahora estás hecha una sílfide. ¿A que sí, muchachos?

Mientras Boss, Moss y el Maestro examinaban a Treese y expresaban su incredulidad porque en otros tiempos hubiera pesado 90 kilos, mi temperatura se disparó mientras lamentaba haber hablado tan despreocupadamente de mis amigos a la clientela del Dungeon.

—Y tú debes de ser el marido calzonazos de la sabelotodo —dijo Boss a Barry.

Barry lanzó mirada nerviosa Bridie. ¿Lo era?

—Sí —dijo, leyendo señal—. Lo soy.

—Tú no puedes ser el ex jugador de rugby de la cabeza descomunal —dijo a Jem—. Así que debes de ser el tipo que es Solo Un Buen Amigo de Lola.

Inyectó expresión Solo Un Buen Amigo de sórdida intención.

—... Eh... sí.

—¿Y dónde está tu preciosa prometida?

—En una despedida de soltera.

—¿No ha venido? Qué decepción. He oído que lleva tetas falsas. Me hacía ilusión ver un par de ellas antes de morir.

«Déjalo ya —pienso—. ¡Déjalo ya!»

Situación violenta, terriblemente violenta. Deseando sacar pandilla del Dungeon y regresar a toda mecha a cabaña de Tío Tom, pero Boss insistió —INSISTIÓ— en pagar ronda. Cuando un hombre como Boss insiste en pagar ronda, no hay nada que hacer, absolutamente nada. Y no se te ocurra pedir un refresco.

Jem cometió error de pedir Coca Cola y de repente se hizo silencio. Oí vagamente voces decir: «¿He oído mal o el hombre del pijama ha pedido una Coca Cola?». «No ha sido el del pijama, sino el otro.»

—¿Una COCA COLA? —aulló Boss—. ¿Qué eres, un hombre o una gallina? —Miró desdeñosamente a Barry—. Lo sé todo sobre ti. Eres una gallina, pero hoy puedes ser una gallina que ruge. ¿Qué tal una cerveza? Que sean cinco jarras —dijo al camarero.

Acepté Guinness a regañadientes. Bebí deprisa. Quería largarme cuanto antes. Pero no habíamos terminado aún primera ronda cuando Moss pidió otra. Y cuando iba por mitad de segunda jarra, de pronto me relajé. Boss había dejado las bochornosas revelaciones y parecía tan feliz de conocer a mis amigos que —aún sabiendo que no debía— me conmovió.

—Qué gran momento el día que Lola honró a Knockavoy con su presencia —dijo a Bridie con sincera emoción—. Nos ha traído buena suerte. Desde su llegada, el Maestro ha ganado trescientos cincuenta euros en la loto y yo una tarta de frutas de lujo en una rifa para ayudar a pagar un nuevo reproductor de DVD para el párroco. Para colmo, a un enemigo mortal le han diagnosticado cáncer de próstata. Inoperable. Lola es una chica adorable, estamos encantados con ella. —Bajó la voz, pero todavía podía oírle—. Aunque es una vergüenza la forma en que la dejó tirada ese *chrispy* fracasado.

—¿Paddy de Courcy? Pero si es del NewIreland.

—Antes de eso fue progresista cristiano. El que se hace sucio *chrisp*, es sucio *chrisp* para siempre, por mucho titulito extravagante que utilice estos días. ¡Progresista cristiano! ¡Puaj!

«Por favor —pienso—, por favor, no escupas.»

Apareció otra ronda —esta vez invitación de Barry— y se iniciaron animadas conversaciones. La mayoría, lamento decir, sobre mí.

Oí «... demasiado guapo para ella...»

«... sonrisa falsa como el Joker de *Batman*...»

«... maleta con la ropa equivocada... casi provocó un incidente internacional...»

Siguió gran compenetración. En total bebimos cinco jarras por cabeza antes de que Bridie dijera basta.

—Si no paramos ahora nos perderemos la fiesta de esta noche.

Obligó a Barry a pasear por playa.

—El aire del mar nos despejará.

El resto fuimos a casa, caímos redondos y despertamos dos horas más tarde babeando.

19.25, el Oak

Cena ligera. Sándwiches calientes y sopa del día (champiñones).

—Dilo —me suplicó Ojos de Ciruela Pasa—. Dilo.

—Pero sé que no tiene.

—Dilo de todos modos.

—De acuerdo. ¿Tiene tropezones?

En mi vida he visto a nadie reír tanto.

—Podrías tener futuro como humorista en Egipto —me susurró Jem.

20.39, bar de señora Butterly

Desagradable sorpresa. Dos personas dentro. Nunca había tenido que compartir a la señora Butterly —Honour (ella no sabe que conozco su nombre de pila; me lo dijo Boss, es como conocer nombre de tu maestra de primer grado)— con ningún otro cliente.

Entonces me di cuenta de que uno de los clientes era ¡Incendiario! Rossa Considine. Estaba con mujer. ¿Reencontrándose con prometida? Pero tras rápido escrutinio advertí que mujer con la que estaba no era mujer vestida de novia. De hecho, sus facciones me hacían pensar en un hurón. ¿Podía ser la novia de la que me había hablado el Rincón Alco? Pese a innegable aire de hurón —algo que ver con los dientes— no era fea. O poco agraciada. De hecho, era bastante mona.

Pero ¿de qué iba todo esto? ¿Rossa Considine había dejado a chica-hurón cuando conoció a chica vestida de novia y ahora que chica vestida de novia se había largado estaba intentando arreglar cosas con chica-hurón?

Señora Butterly alterada.

—No sé dónde voy a meteros. Lo siento, Lola, sé que son tus amigos, pero no puedo admitirlos a todos. Me faltan vasos. Podéis pasar tú —señaló a Treese, como si fuera un bar de moda con una política de admisión terriblemente cruel— y tú. —Jem también había tenido suerte.

Pero Bridie y Barry no. Bridie parecía atónita. De hecho, estaba muy disgustada.

—¿Por qué los has elegido a ellos y no a nosotros?

—No es nada personal, pero no puedo servir a la gente que va en pijama. Órdenes de la dirección. Además, no hay sitio.

—No te preocupes —dijo Rossa Considine—. Nosotros ya nos vamos. Podéis quedaros con nuestros asientos.

—... Está bien. Haré una excepción porque sois amigos de Lola.

Rossa Considine pasó escurriéndose contra la pared y dijo:

—Hola, Lola.

—Hola, Rossa —contesté.

Para los no iniciados podría parecer un saludo inocente, pero estaba cargado de intención. Por su cara de sarcasmo, Rossa Considine estaba diciendo, en realidad, «Te veo muchas mañanas espiándome como una fisgona excéntrica».

Y yo, con la mía, estaba diciendo: «¿En serio? Pues yo te pillé quemando los vestidos de tu ex prometida en mitad de la noche. Y bailando en tu cocina con gafas de nadar y un gorro de ducha. No sé quién es el excéntrico aquí».

—¿Quién es? —preguntó Treese cuando se hubieron marchado.

—Mi vecino.

—Parece simpático.

«Eso demuestra lo poco que sabes de él», pienso.

Ligeramente dolida. ¿Qué le había hecho yo a Rossa Considine, aparte de espiarle algunas mañanas? ¿Y por qué es tan malo eso?

—¡Caray, has hecho un montón de amigos! —Bridie visiblemente sorprendida de que conociera a tanta gente. Es difícil para Bridie y los demás. Como apenas tengo familia, tienen que cargar conmigo.

Bridie tenía algo pendiente con señora Butterly.

—No es un pijama. Es un pantalón deportivo.

—Soy vieja. He vivido mucho. Reconozco un pijama cuando lo veo.

00.12, fiesta en casa de surfistas

Música alta. Abarrotado. ¿Dé donde salía toda esa gente? No sabía que hubiera tantos tíos jóvenes y guapos en Knockavoy.

A través de multitud en recibidor divisé a Jake hablando con chica morena de pelo largo. Pese a gentío yendo y viniendo, me sostuvo mirada una eternidad y esbozó sonrisa lenta, blanca, intencionada. Asentí bruscamente con cabeza, roja como tomate.

Entramos en sala. Treese y yo nos sentamos remilgadamente en futón mientras Bridie repartía cervezas como una madre en un picnic. Barry y Jem en plena forma.

—¡Knockavoy es un pueblo alucinante! —declaró Jem, tambaleándose ligeramente—. ¡Esta canción es alucinante!

—¿Quién canta?

—¡Ni idea! —contestó alegremente—. ¡Pero es una canción alucinante! ¡Venga, todos a bailar!

Aunque sintiéndome algo mayor y bien vestida, lo bastante borracha para ponerme en pie. Bridie y Barry también se levantaron, pero Treese se quedó sentada, sonriendo enigmáticamente. Parece que Treese no baile porque es demasiado sofisticada, pero quienes la conocen saben que no baila porque cuando gorda nunca aprendió a disfrutar del baile.

Bailando animadamente, de pronto recibí fuerte codazo en espalda. Muy doloroso, la verdad sea dicha. Creo que me dio en el riñón. Me di la vuelta. Era chica de pelo largo que había visto hablando con Jake. Joven, surfera, muchos tatuajes. (Yo tengo tatuaje, pero es discreto, una mariposa en tobillo. Nada al lado de nudo celta rodeando brazo, sol en ombligo y símbolo del Om en muñeca de esta chica.)

—¿Eres Lola? —preguntó.

Estoy acostumbrada a que todo el mundo en Knockavoy lo sepa todo de mí, pero esto era diferente.

—... Mmmm... sí.

Me miró de arriba abajo, echando fuego por los ojos.

—Yo soy Jaz. Recuerda mi nombre.

Antes de que pudiera echarme a reír por frase trillada, se volvió para largarse y chocó con Jem, que se estrelló contra Bridie, quien le propinó un guantazo y dijo:

—Mira por donde bailas.

La vida es triste. Chica tatuada claramente enamorada de Jake, pero Jake está intentado ligar conmigo. Pero a mí no me interesa Jake, porque estoy enamorada de Paddy. Pero Paddy va a casarse con Alicia, y en realidad aquí termina cadena porque seguro que Alicia esta enamorada de Paddy, porque, ¿cómo podría no estarlo?

1.01

—Sube un minuto —susurró Bridie.

—¿Para qué?

—Tú sube.

Me abrí paso entre gente dándose el lote en escalera. Luego otro tramo de escalera, sin nadie dándose el lote aquí. Seguí a Bridie, que estaba haciendo exagerado ascenso de puntillas por escalones de madera. En ático, abrió puerta con yemas de los dedos pero no cruzó el umbral.

—Es el dormitorio del Dios del Amor —me confió.

—¿Cómo lo sabes?

—He estado indagando.

Asomamos cabeza. Como mundo mágico. Velas parpadeando. Gruesas velas blancas en candelabros góticos, velas pequeñas en suelo, enmarcando cama. Suelo de madera blanqueada. Cama con dosel de madera, cubierto por arriba con redes de pescar (pero no malolientes). Armario torcido. Pintura levantada pero sin resultar deprimente. En cierto modo, bonito.

Ventanas abiertas, brisa meciendo cortinas de gasa, sonido del vaivén de las olas.

—Velas... —suspiró Bridie—. Qué romántico.

—Probablemente porque es demasiado vago para cambiar las bombillas fundidas —repuse.

—Las cosas que deben de pasar en este cuarto... —continuó Bridie. Me agarró fuertemente del brazo—. Abre el cajón que hay junto a la cama y mira si tiene condones —me instó—. Apuesto a que sí. Ve, Lola.

—No. —No quería romper hechizo solo para satisfacer curiosidad enfermiza de Bridie.

No quería ver cerillas, reloj averiado, gomas de pelo, aspirinas, rizlas, bolígrafos reventados, pelusa y otras porquerías propias de una mesita de noche.

1.12

De nuevo abajo, Jake bailando en sala de baile. Al verme entrar, se volvió rápidamente hacia platina, hizo algo y de repente música de Arctic Monkeys (creo) saltó a canción lenta. Bailarines sorprendidos. Interrumpidos en momento álgido. Oí a alguien preguntar «¿Qué mierda es esa?». Jake se abrió paso entre la gente, se detuvo frente a mí y, en voz baja, me hizo una pregunta.

—¿Hummm?

Había entendido, pero quería ver cómo su boca la repetía.

Elevando voz, dijo:

—¿Bailas?

—... Bueno...

Tomó mi mano con delicadeza y caminamos un metro hasta centro de sala.

—¡Vamos, Lola! —gritó Jem.

Estaba bastante pedo. Oí a Bridie susurrarle:

—¡Cierra el pico, imbécil!

Jake abrió los brazos —bellamente nervudos, bíceps musculosos pero no exagerados como míster Universo— y entré en ellos. Golpeada por el calor de su cuerpo.

Difícil describir cómo me sentí. Ni excitada ni mareada, pero tampoco reacia. No me echó atrás el hecho de que no fuera Paddy. Supongo que estaba... estaba... intrigada. Colocó una mano entre mis omóplatos, la otra en la parte baja de mi espalda. Agradable. Actualmente muy poco contacto físico en mi vida. (La señora Butterly me aprecia mucho, pero es una irlandesa de campo, un abrazo podría matarla.)

Deslicé brazos alrededor de su cuello, manos se me enredaron con pelo en la nuca. Espacio agradable debajo de su clavícula —justo a la derecha del colgante de diente de tiburón— para descansar cabeza. Probé. Ciertamente agradable. Encajaba perfectamente. Me relajé. Cerré ojos. Camiseta cálida y suave, debajo torso cálido y duro. Agradable, muy agradable, increíblemente agradable.

Sentía como si llevara ocho mil años sin bailar un lento con un hombre. Pasados los quince esas cosas ya no ocurren, ¿a que no?

Su piel olía a sal. Sospechaba que si sacaba lengua y le lamía el cuello, me sabría a sal.

De hecho, cuando inspiré hondo advertí que olía ligeramente a sudor. Curioso. La gente se comporta como si oler a cuerpo humano fuera ofensivo. Que Jake no oliera a limón ácido parecía una ordinariez. Pero a lo mejor la ordinaria era yo. A lo mejor es el estilo de la gente joven: no se lavan con tanta frecuencia, no taponan sus glándulas sudoríparas con cosa blanca que luego pasa a toda la ropa, no se empapan de sustancias químicas (como loción para después afeitado). A lo mejor yo y mi apego al suavizante para ropa con olor a magnolias les pareceríamos ridículos.

Jake se arrimó a mí, deslizando mano desde parte baja de espalda hasta cintura y apretando más fuerte entre omóplatos. La cosa iba bien. Pero fijé mi atención sobre la línea de flotación. En el caso de que hubiera movimiento más abajo —en cualquiera de los dos— no quería saberlo.

Terminó canción. Comenzó otra, también lenta. Pero había tenido suficiente. No puedo expresarlo de otra forma. Me había gustado sentir y oler a Jake, pero esta noche no quería pasar de ahí.

—Gracias. —Me aparté.

Parecía sorprendido.

—¿Ya está, Lola?

—Ya está, Jake.

Sonrió. Observé su mirada. ¿Admiración? ¿Respeto? ¿Ni una cosa ni otra?

Regresé con los demás.

—¿Por qué has parado? —preguntó Bridie.

—Porque quiero.

—Ya sé. Estás alargando el juego.

—No.

—... Pero no sacarás nada bueno. Será mejor que subas esas escaleras y te metas en la cama con él. ¡Ya!

No dije nada. Bridie proyectando. Jake le gusta.

Domingo, 19 de octubre, 13.17
Me desperté sintiéndome extraña. Resacosa, naturalmente. Jem el único en pie, en cocina, leyendo el periódico.

—Voy a telefonear a mi padre —dije—. Siempre le llamo los domingos a esta hora.

Salí, me senté en escalón y marqué número de lejano Birmingham.

Papá respondió diciendo su número de teléfono. Es pintoresco, ¿no? Salto en el tiempo. (Lo hacen en las novelas de Margery Allingham. «Whitehall 90210», etcétera.)

—Papá.

—... Ah... Lola.

—¿Mal momento?

—No.

—¿Seguro? Suenas como si...

—¿Como si qué?

—... como si no fuera un buen momento. Parece que no quieras hablar conmigo.

—¿Por qué no iba a querer hablar contigo?

—... Hummm... —Repentina inyección de coraje—. Papá, ¿por qué nunca me llamas?

—Porque tú me llamas todos los domingos.

Pero no pude evitar preguntarme: «¿Y si yo no llamara? ¿Cuánto tiempo tardaría él en llamarme?». A veces me entraban ganas de comprobarlo, pero no podía correr el riesgo de que no me llamara —nunca— y dejar de tener padre.

Siguió conversación desganada. Animada básicamente por mí. Entonces papá preguntó:

—¿Qué quieres para Navidad?

—Todavía estamos en octubre.

—Luego se nos viene encima. ¿Qué quieres?

—Un frasco de perfume. —Clase de regalo que cree que padres deberían hacer a hijas.

—¿Qué marca?

—Que sea sorpresa.

—Cómpralo tú. Te haré un giro postal.

¡Giro postal! ¿Por qué no talón? ¡Tiene cuenta bancaria! ¡No hace falta giro postal! Cuando pienso en vida vivida por papá y su hermano —tío Francis, también viudo, también depresivo— siempre me imagino la Irlanda rural deprimente de los años cincuenta. Me los imagino viviendo en casita triste con cocina empañada por enorme olla de patatas hirviendo constantemente. Deslomándose de la mañana a la noche, labrando campos y ordeñando vacas, vestidos con viejas camisas de etiqueta blancas y pantalones de traje con el trasero brillante por el desgaste. No conversan. Cada noche se comen trece patatas harinosas cada uno y se beben un litro de cerveza negra mientras escuchan previsión del tiempo en radio. Luego se arrodillan en suelo de loseta de cocina y, apoyando codos en silla de madera, rezan interminable rosario antes de quitarse el chaleco y los calzoncillos largos y acostarse juntos en una angosta cama de hierro. Durante muchos años, un día sí y otro también, la vida sigue esa línea hasta que uno de ellos se ahorca en el establo.

Sé que realidad es otra. Casa de tío Francis, en suburbio de Birmingham, pequeña pero moderna. Con electricidad y agua corriente, a diferencia de casa en mi imaginación. Cada hermano, además, tiene su propio cuarto, y sé a ciencia cierta que papá tiene pijama y bata escocesa y no necesita dormir en calzoncillos largos. Mucha iconografía religiosa, sin embargo. Orgullo del lugar, cuadro del Sagrado Corazón: Jesús exhibiendo corazón rojo —o sea, órgano interno— en pecho. Muchos hogares católicos lo tienen, pero tío Francis posee versión de lujo: luces rojas intermitentes insertadas en corazón. Aterrador. Una noche tuve que levantarme a buscar vaso de agua y cuando vi corazón rojo flotando en oscuridad del vestíbulo el mío casi se me paró del susto. Van a misa los domingos pero, por lo demás, ignoro qué hacen con su tiempo. Sé que fueron a gran reapertura de plaza de toros. (FYI, centro comercial como plaza de toros en centro de Birmingham, no plaza de toros de verdad.) Otra gran salida al cine a ver *El Código Da Vinci* (se ofendieron bastante, pobres criaturas. «Deberían informarse sobre los ataques contra la Iglesia católica. Dejan fatal al Opus Dei. Es una organización admirable, llena de gente admirable, y no estás obligado a llevar esa cosa en la pierna si no quieres»). Finalmente conversación se apagó por completo, paciencia agotada, dije un adiós enfurruñado, cerré teléfono con violencia y regresé junto a Jem.

—¿Cómo está tu padre? —preguntó.

—Emocionalmente ausente. —(Lo había aprendido en terapia.)—. ¿Sabes una cosa, Jem? —Repentino estallido de frustración—. No me extraña que esté un poco tarada. No tienes más que mirar a mi familia: madre muerta, padre depresivo, tío depresivo. Teniendo en cuenta todo eso, ¡creo que he salido bastante normal!

—¡Y que lo digas! —convino Jem.

Jem, amigo fiel.

14.12

Bridie nos obligó a dar paseo por playa; primera vez desde mi llegada a Knockavoy que ponía pie en la playa. Advertí, satisfecha, que Bridie y Barry llevaban ropa normal. Luego nos obligó a ir a pub y beber varias jarras para «apurar el fin de semana». (Barry, prohibido beber porque conducía.)

Yo no quería beber alcohol —tenía resaca, de hecho, tenía estómago revuelto por cantidades ingeridas la noche previa— pero Bridie me abroncó tanto que cedí.

—¡No todos los fines de semana vienen tus amigos de Dublín a verte!

17.38

Me despedí de Bridie, Barry, Treese y Jem. Bastante pedo.

—Me sabe mal dejarte aquí sola —dijo Jem.

—¡Estaré bien! En realidad, me alegro de que os vayáis. Estoy hecha polvo. No tengo aguante para tanto alcohol y tanta juerga. Os quiero mucho, pero absteneos de venir durante un tiempo.

Lunes, 20 de octubre, 10.07
Me desperté muy pronto, bastante destrozada. Ritmo circadiano completamente desestabilizado por fin de semana bebiendo y trasnochando.

Llamé a Bridie para charlar.

—¿Por qué llamas? —preguntó.

—Para charlar.

—¿Charlar? Acabo de pasar todo el puto fin de semana contigo. Tengo que dejarte.

Colgó y miré fijamente el teléfono.

—Que te jodan —dije.

Cuando se me pasó escozor, llamé a Treese. Alguien —que no era Treese— respondió.

—Despacho de Treese Noonan.

—¿Puedo hablar con Treese, por favor? —Difícil conseguir hablar directamente con ella. Mujer importante.

—¿De parte de quién, por favor?

—De Lola Daly.

—¿El motivo de su llamada?

—Letrinas.

Me pasó sin más preámbulos. Sabía que lo haría. Letrinas, palabra mágica.

—¿Va todo bien, Lola?

—Sí, sí. Solo llamaba para charlar.

Pero Treese tampoco podía charlar.

—Lo siento, Lola. Estoy en medio de una crisis.

Se oían muchos gritos y alaridos de angustia. Cada dos palabras creía escuchar, «Letrinas».

—Por cierto —dijo—, deberías acostarte con ese surfista.

Y colgó.

Deprimida. Decididamente deprimida. Miré teléfono con tristeza. Consideré posibilidad de llamar a Jem, pero no podía soportar otro rechazo. En ese momento, sonó teléfono. ¡Jem!

—He oído que estás buscando a alguien con quien charlar.

—No te preocupes —dije—, ya se me ha pasado el gusanillo.

Pero todo un detalle, todo un detalle.

14.08

No fui al pueblo. Deambulé por casa buscando desganadamente algo que hacer. Jem me había traído mi correo de Dublín —un montón de catálogos de diseñadores— pero demasiado doloroso mirarlos. En este momento demasiado triste para que se me recuerde que no estoy trabajando. Desesperada, cometí terrible error de hojear periódicos que Jem había dejado en casa. No debí hacerlo. Cómo no, en página de sociedad aparecía una foto de Paddy y Alicia cara de caballo en inauguración de una exposición de arte.

Tremendo disgusto. Toda yo temblando, desde partes evidentes como dedos, rodillas y labios hasta partes ocultas como paredes del estómago, vejiga y pulmones. Feroz punzada de nostalgia. Añoraba a mi madre con aterradora intensidad. Me habría gustado visitar su tumba y charlar, pero no podía ir en coche hasta Dublín. Las manos me temblaban demasiado. Además, lo tenía prohibido.

Gran idea. Iría a cementerio de Knockavoy, buscaría tumba de mujer con edad similar a la de mi madre y charlaría con ella.

Caminando por carretera rumbo a cementerio con esperanza de que actividad física me ayudara —endorfinas, serotonina y demás— cuando, apenas transcurridos unos minutos, un coche paró a mi lado con mucho tintineo de cristales. Rossa Considine en su ecomóvil. Feo presentimiento. ¿Qué quería?

—¿Te llevo al pueblo? —dijo—. ¿Te ahorro caminar ochenta metros?

—No me dirijo al pueblo.

—¿Adónde te diriges?

—Al cementerio. —No entré en detalles. ¿Por qué tendría hacerlo?

—Puedo llevarte. Sube.

Feo presentimiento. No quería subir. No quería hablar con otro ser humano (por lo menos vivo). Quería estar a solas con mis feos pensamientos abrasadores. Pero temía que si rechazaba invitación, Rossa Considine se daría cuenta de que sospechaba que era un secuestrador y un excéntrico que se ponía gafas de nadar, de modo que subí.

Nada que decirle. Viajamos en feo silencio abrasador.

—¿Para qué vas al cementerio? —preguntó.

—Para hablar con mi madre.

—¿Está enterrada aquí?

—No, en Dublín. —No tenía ganas de dar explicaciones.

—¿Es una broma?

—No.

Otro silencio.

—¿Por qué no estás trabajando? —pregunté, sintiéndome obligada a ser educada porque se había ofrecido a acompañarme aunque fuera contra mi voluntad.

—Día libre.

Otro silencio.

—Eres muy hablador.

Se encogió de hombros, como diciendo, «Dijo la sartén al cazo».

—¿Adónde vas? —pregunté con frialdad—. ¿O también eso es *top secret?*

—A reciclar el vidrio. ¿Quieres venir? —Sonrisa sarcástica—. Romper botellas podría cambiarte el humor.

—¿Qué humor? No estoy de ningún humor.

Nos acercamos a bifurcación en carretera y redujo velocidad.

—Tienes que decidirte ya —dijo—. ¿Qué va a ser? ¿Cementerio o contenedor?

—¿Cementerio o contenedor? No me extraña que tengas tanto éxito con las chicas.

Se le nubló careto —¿irritación?— y me apresuré a responder:

—Contenedor.

¿Por qué no? ¿Qué más tenía que hacer? Podía dejar visita a cementerio para día siguiente.

—En la espontaneidad está el gusto.

—Variedad.

—¿Cómo?

—En la variedad está el gusto. No en la espontaneidad.

Pedazo de repelente.

Me senté con espalda muy recta, de hecho sin tocar respaldo. Sentía que si lo tocaba estaría cediendo ante él. Además, estaba deseando encontrar defecto a coche. Pero tuve que reconocer que coche impulsado por electricidad parecía funcionar tan bien como coche alimentado con gasolina.

Atravesamos la campiña, toda llena de naturaleza y... naturaleza. A nuestra izquierda, enardecido Atlántico rompiendo contra la costa; a nuestra derecha, prados estériles escupiendo piedras y algún que otro árbol raquítico.

Pasado un rato, Considine puso radio. Programa sobre Colin Farrell; por lo visto, había sido bailarín de country itinerante.

—¡Eso es ridículo! —exclamó Rossa Considine, rompiendo silencio inopinadamente—. Colin Farrell es camorrista. Los camorristas no bailan country.

Por una vez estaba de acuerdo con él.

—¿Y qué es exactamente un bailarín de country itinerante? —pregunté.

—Ni idea. —Parecía realmente intrigado—. ¿Significa que se desplazaba por la pista de baile o que se desplazaba por el país?

15.24

Contenedor de vidrio ubicado en bello entorno natural. ¿Era eso conveniente?

—Toma. —Rossa Considine me pasó caja de botellas tintineantes—. Empieza a romper.

Puedes saber mucho de un persona por su basura. Rossa Considine bebía cerveza y vino tinto, pero no en cantidades preocupantes, a menos que esto fuera solo del fin de semana. Cocinaba con aceite de oliva y salsa de soja, tomaba un suplemento de vitamina C y usaba loción para después del afeitado (Cool Water). Aunque no vi nada que me diera pista de por qué tenía novia misteriosa escondida en dormitorio o llevaba gafas de nadar en la cocina.

Reciclar, actividad sorprendentemente gratificante. Es evidente que ayudar a entorno levanta ánimo, pero no hay que subestimar lo bien que sienta romper cosas. Arrojar botellas en contenedores y oírlas estallar en mil pedazos era de lo más tonificante. Conseguí aplacar fea abrasión.

—Debería haber traído mis botellas —dije—. Tengo toneladas. Este fin de semana vinieron a verme unos amigos.

—La próxima vez que venga te avisaré.

—Gracias. —Quería añadir algo desagradable, como «Qué generoso», pero no lo hice. Lo mirara por donde lo mirara, la oferta de traerme a contenedor de vidrio no contaba como observación sarcástica.

18.33

Coche estacionado delante de casa, prácticamente pegado a puerta. Casi no quedaba sitio para que Noel del paro abriera portezuela sin golpear puerta. Salió y emprendió carrera furtiva hasta casa. No quería ser visto. Una vez dentro, enderezó espalda y me tendió botella de vino. Inesperado. Agradable detalle, aunque fuera rosado.

—Lola, llevas una boa preciosa. ¿Qué son? ¿Plumas de avestruz? Me encanta. —Sorprendida. No estaba acostumbrada a que fuera amable—. Pero dime, ¿dónde están mis niñas?

—Ahí. —Señalé la caja.

Su rostro se iluminó. Con gran solemnidad, desenvolvió los zapatos de leopardo con tacón de aguja del número 44 y los meció cual corderitos recién nacidos. Se los pasó por el rostro zorruno mientras yo le miraba inquieta. Casi sentí irresistible necesidad de taparme ojos. Temía que le diera por hacer algo sexual, como masturbarse con ellos.

Como si me hubiera leído el pensamiento, dijo, enfadado:

—No soy un pervertido. Solo quiero calzármelos. —Se quitó deportivas y calcetines y se subió perneras hasta rodillas. Se ató corbata a la cabeza, como actriz dramática con pañuelo—. Y para tu información —añadió—, tampoco soy gay. Soy tan hetero como Colin Farrell. —Segunda mención de Colin Farrell ese día. ¿Qué podía significar?—. Estoy casado con una mujer estupenda que no tiene ninguna queja, no sé si me entiendes.

¡Puaj! No me gusta imaginarme a Noel zorruno de esa forma.

Lenta, respetuosamente, dejó zapatos en el suelo. Deslizó sensualmente un pie y luego el otro.

—¡Me entran! ¡Me entran! —Momento Cenicienta.

Desfile arriba y abajo sobre losetas.

—Me encanta el ruido que hacen los tacones —dijo, feliz. Un poco más de martilleo—. ¡Oh, por ahí viene mi autobús! ¡Espere! ¡No se vaya sin mí! —chilló, echando a correr por la sala, levantando los tacones hasta las posaderas—. Gracias, señor conductor, gracias por esperarme. —Llevándose mano a garganta con gesto coqueto—. Ha hecho muy feliz a esta dama.

Rediós.

—¿Dónde puedo cambiarme? —preguntó, recuperando su voz de hombre.

¿Cambiarse?

—Ponerme mi vestido.

¿Vestido?

—¡Sí, mi vestido! —Abrió cartera con exasperación.

Oh, Dios.

—¿Llevas ropa de travesti en la cartera?

—Transformismo, transformismo. ¿Cuántas veces tengo que decírtelo?

No quería que se pusiera vestido. Quería que se largara. Pero no podía pedírselo porque temía que pensara que le estaba juzgando. Pero no le juzgaba por ser travesti. Simplemente, no me caía bien.

—Cámbiate en la cocina. —No quería que subiera. Límites bastante por los suelos ya.

19.07

Se metió en cocina y cerró puerta tímidamente. Me senté en sofá y esperé. Bastante apesadumbrada. Me había metido en serio aprieto y no estaba segura de cómo había ocurrido. ¿Había empezado todo cuando, aquella noche en pub de Miltown Malbay, me preguntó, «¿Sabes guardar un secreto?»?

Mi respuesta había sido: «No, no sé mantener la boca cerrada. Tengo fama de indiscreta». Mentira. Pero no quería guardar su secreto. Fuera el que fuese, crearía entre nosotros un espantoso vínculo.

Pero no le importó. Necesitaba un confesor.

—Me gusta vestirme con ropa de mujer.

No supe qué responder. Así que dije:

—A mí también.

—Ya, pero tú eres mujer.

—Entonces, ¿eres un travesti?

—Transformista.

Travesti, transformista, es lo mismo, ¿no?

—No es cierto que tengas novia —dije.

—No.

—¿Esos zapatos del 44 son para ti?

—Sí.

(Siempre había sabido que no podía tener esposa y novia. Afortunado ya solo por tener una mujer.) Durante la hora que siguió me contó la historia de su vida. La ropa de mujer le había atraído desde adolescencia. Cuando tenía la casa para él solo —lo que ocurría raras veces— se ponía el maquillaje y la ropa interior de su esposa. Pero no los vestidos. «Demasiado sosos.»

Con los años se había creado su propio atuendo —vestido, complementos, peluca, maquillaje— pero faltaban zapatos. Tenía que apañarse con sandalias del 41, las más grandes que podía encontrar, pero dedos y talón asomaban por bordes y era doloroso caminar con ellas. Guardaba conjunto en maletero del coche. Vivía muerto de miedo ante posibilidad de que su esposa lo descubriera.

Entonces llegó momento decisivo: fue a Amsterdam para fin de semana de hombres. Se separó de sus colegas y encontró tienda de travestis. Disfrutó como nunca probándose zapatos de su número, amplia variedad de ropa interior, *negligés*, vestidos.

—Nunca creí que podría sentirme tan bien.

Compró gran cantidad de mercadería pero al salir de la tienda le agarró canguelo. Temía que en aeropuerto hombre de aduanas eligiera registrar su maleta, delante de sus compañeros. El bochorno sería matador. Decidió deshacerse de todo. Estuvo caminando por Amsterdam durante horas. En un momento dado lanzó compras a un canal, ensuciándolo. Cuando regresó al hotel, amigos le preguntaron dónde había estado. Tuvo que mentir y decir que había estado con prostituta. Amigos escandalizados. Ambiente tenso resto de fin de semana.

De vuelta en casa, Noel muy inquieto. Amigos lo evitaban por vergonzoso asunto de prostituta. Pero lo peor de todo era que no podía quitarse de la cabeza cómo se había sentido girando delante del espejo en tienda para travestis.

—Durante ese rato fui yo mismo. Algo se despertó en mí. Intenté enterrarlo, pero no pude. ¡Entonces entras tú en la oficina y me dices que eres estilista!

—... Mmm... sí... pero no me necesitas. Estoy segura de que puedes conseguir ropa para travestis en internet.

—No, no puedo. No puedo consultar las páginas en el trabajo. Podrían descubrirme. Aunque las borrara, permanecerían en el disco duro. Y aunque pudiera consultar las páginas en un cibercafé anónimo alejado de Ennistymon, no podría recibir las cosas en casa. Mi esposa las vería. Abriría los paquetes.

—¿Aunque llevaran tu nombre? —Hay que tener valor.

—Bueno, puede que no los abriera, pero me perseguiría por toda la casa preguntándome qué había en el paquete, de quién era, si podía verlo... Al final se saldría con la suya.

De repente tuve una ocurrencia.

—¿Tan malo sería que se enterara?

—¡Virgen Santa! —Noel hundió cara en manos—. ¡No quiero ni imaginarlo! ¡Nadie debe saberlo! Tengo tres hijos pequeños. Soy un hombre respetado en la comunidad. Ya estoy corriendo un enorme riesgo al contártelo a ti.

—Tranquilo.

No sé cómo, pero acabé por ofrecerme a pedirle catálogos para travestis. Cuando llegó el primer catálogo —de zapatos especiales— me pidió que le encargara unos de leopardo con tacón de aguja.

—No puedo pagarlos con mi tarjeta de crédito. Dervla se daría cuenta.

Dervla (esposa) sonaba como auténtica bruja.

Tuve que pagar con mi tarjeta —fue una suerte que no la rechazaran, dado estado de mis finanzas— y dar dirección de la cabaña del Tío Tom. Para ser justa con Noel del paro, debo añadir que me entregó la cantidad en efectivo en ese mismo instante.

(Me cuesta reconocerlo, pero el travestismo no es algo que me entusiasme. No quiero que la gente deje de hacerlo, ni mucho menos, pero lo encuentro un poco... Digamos que no me habría gustado que Paddy lo practicara. Solo de imaginármelo con lencería femenina y carmín, tratando de resultar seductor... Parecería... En realidad, me produce náuseas pensar en ello.

Oh, no, ahora además de racista, odio a los travestis. Estoy averiguando montón de cosas desagradables sobre mí desde que llegué a Knockavoy.)

—¡Chachaaaaán! —Orgulloso y tímido, Noel salió de la cocina luciendo un vestido elástico, corto, de leopardo naranja y negro, guantes de leopardo hasta los codos y —cómo no— los zapatos de leopardo. Por lo visto, le gusta el leopardo. (Lo he visto otras veces en los pelirrojos.) Medias de red, peluca a lo Tina Turner, maquillaje mal aplicado. Aspecto bastante chabacano. Todo demasiado obvio. Menos es más, en mi opinión. Pero callo. Está encontrando su estilo.

Además, no quiero darle conversación y prolongar su presencia en esta casa.

—Soy Natasha —dijo con voz de «señorita»—. ¿Han llegado mis nuevos catálogos?

—... Mmm... sí... aquí están.

—Tomemos una copita.

Le miré de hito en hito. No quería tomar copita. Aparte de mi intoxicación del fin de semana, esto se estaba adentrando cada vez más en el reino de la pesadilla.

—El vino que he traído —dijo con impaciencia—. Ábrelo.

Oh. No era un regalo para mí, sino para él. Bueno, para Natasha.

Abrí botella. Le serví copa. Dio pequeños sorbos mientras hojeaba catálogos pausadamente, piernas cruzadas como en peluquería. Largas, torneadas, delgadas, sin demasiados pelos, y los que tenía eran anaranjados. Muchas mujeres estarían orgullosas de unas piernas así. Le miré inquieta. ¿Cuánto tiempo pensaba quedarse? Tenía cosas que hacer. (Muro frente al mar, señora Butterly, etcétera.)

Levantó la vista.

—¿Tienes algo de picar?

—¿De picar? ¿Como qué?

—Palitos de queso integrales.

—¿Palitos de queso integrales? ¿De dónde quieres que saque palitos de queso integrales en Knockavoy?

—Vale. ¿Patatas? ¿Cacahuetes?

—No creo.

—Mira bien.

Entré en cocina a regañadientes. Vislumbré media bolsa de cacahuetes grasientos en fondo de armario.

—He encontrado cacahuetes, pero ignoro cuánto tiempo llevan...

—Ponlos en un cuenco, un cuenco bonito, y ofrécemelos.

Farfullando para mí «¿De qué murió tu última esclava?», regresé a cocina y los volqué en plato no muy bonito, por despecho.

—¿Un cacahuete, Noel?

—Natasha.

—¿Un cacahuete, Natasha?

—Oh, no puedo. ¡He de cuidar la línea!

—¡Pero si acabas de pedírmelos!

Entonces lo entendí. Estaba actuando. Obligada a participar.

—Pero si tienes un cuerpo fantástico, Natasha. Además, no has tomado postre en toda la semana y esta mañana fuiste a clase de Culos, Panzas y Muslos. —Dejándome llevar. Sintiéndome algo histérica—. Sé una chica mala. Come un cacahuete. ¡Y otra copita!

Vertí más rosado en su copa.

—¡Oh, qué atrevida! Tomaré otra copita si me acompañas. —Brillo pícaro en su ojos. ¡Qué cantidad de sombra azul!—. Vamos, Lola, una copita no te hará daño.

¿Así hablan las chicas? ¿Eso es lo que él ve?

Acepté copita. A estas alturas la agradecía.

—Bien, Lola, quiero que me encargues dos vestidos sexys. Te los he marcado. Y un *negligé* negro y rosa.

Alma a los pies. Relación continúa. Para colmo, pésimo gusto.

—¿Puedo dejar aquí mis zapatos nuevos? —preguntó—. Son demasiado bonitos para arrojarlos a un maletero.

—Pero ¿de qué te servirán si viven aquí? —¡Ansiedad disparándose!

—Puedo venir a verlos. Podríamos fijar un día. Por ejemplo, los viernes por la noche. Mi esposa cree que después del trabajo me tomo unas copas con los compañeros. En lugar de eso, podría venir aquí.

Oficialmente dominada por miedo paralizador. No quiero una cita regular con Noel del paro.

—¡Pero esta casa no es mía! ¡Y podría regresar a Dublín en cualquier momento!

Frunció entrecejo. No le había gustado esto último.

—Tendrás que informar del cambio de domicilio. En cuanto salgas de mi jurisdicción, se acabaron los pagos por parte del condado de Clare.

—Sí, ya lo sé. —Me lo había repetido hasta la saciedad.

—En cualquier caso, no pareces lo bastante recuperada para regresar a Dublín. Mira la pinta que llevas.

Cierto. Conjunto predilecto. Pijama, botas de agua, boa de plumas.

Lamenté boa de plumas. Boa de plumas ofrece a gente idea equivocada. Boa de plumas es como llevar excéntrica escrito en frente.

—¡A partir de ahora la noche de los viernes será la noche de las chicas! —decretó—. ¿Estás de acuerdo, Lola?

—Tendremos que preguntárselo a Tom Twoomy, el dueño de la casa.

—¿Preguntarle qué? Simplemente invitas a una amiga a tomar una copa.

—Sí, pero…

—Simplemente invitas a una amiga a tomar una copa —repitió—. ¿Sí, Lola? ¿Estamos de acuerdo, Lola?

Asentí con la cabeza. No tenía elección. Al parecer, la relación con Noel del paro iba a alargarse un tiempo. Apesadumbrada. No me cae nada bien.

Pero —como ya he dicho— tramitó cobro del paro con rapidez sin precedentes. Estoy en sus manos.

20.58
En cuanto coche de Noel se alejó, decidí que me traía sin cuidado que estuviera en sus manos. Telefoneé a Bridie y expliqué situación con travesti.

—Hay que contárselo al tío Tom —dije—. Es una profanación de su casa. Probablemente se impondrá e insistirá en el cese inmediato de la práctica del travestismo en este edificio.

—Tío Tom tiene una mentalidad muy abierta.

—Probablemente ponga el grito en el cielo —dije.

—No lo creo —respondió Bridie—. ¿Te has acostado ya con el surfista?

Martes, 21 de octubre, 10.38
Mensaje en móvil. SarahJane Hutchinson. Sonaba histérica. Había tenido «diferencia de pareceres» con Nkechi.

—¡La cosa no funciona! —aulló—. Nkechi no es simpática como tú. Y en cuanto a esa Abibi...

No pude evitar pequeño regocijo por dentro.

—¡Estoy agobiada! Tengo cuatro bailes benéficos. ¡No puedo hacerlo sola! Esas arpías del circuito benéfico me estarán buscando para reírse de mí.

Triste, pero cierto. Ni paranoia ni egocentrismo galopante. Cierto, cierto, cierto.

—Lola, te necesito. Iré a Nueva York a verte. ¿Dónde te alojas? ¿En el Pierre? ¿En el Carlyle?

¡Los ricos son la leche! ¡Incluso los agradables como SarahJane! No tienen ni idea.

No podía permitirme una noche en ninguno de esos hoteles, así que no digamos una estancia indefinida. Llamé a SarahJane. Sabía que no debía, parte de trato con Nkechi, pero sentido de la decencia me decía que llamara.

—¡Lola, oh, Lola, eres mi salvación! —Tremendamente agradecida de oír mi voz—. ¡No puedo trabajar con esa Nkechi! Y no puedo encontrar otra estilista en tan poco tiempo. Me voy a Nueva York a verte.

—No estoy en Nueva York.

—Pues iré allí donde estés. A la Cochinchina, si hace falta.

—Estoy algo más cerca. En el condado de Clare.

—¿En Irlanda? Entonces no hay problema. Puedo ir en coche.

—Pero está en la costa oeste, y tú vives en la costa este.

—Con la carretera de circunvalación de Kildare es un momento.

¡Otra fan de la carretera de circunvalación de Kildare! Debería presentarle a Bridie. Podrían formar un club.

Hablamos de sus necesidades. Le prometí que encargaría vestidos, zapatos, joyas y bolsos de noche. Iba a tener que descubrirme, pero daba igual. ¿Qué tenía de malo estar en el condado de Clare en lugar de Nueva York? Nkechi, paranoica.

12.05

Llamé a Marilyn Holt, encantadora encargada de compras de Frock (mejor tienda de Irlanda, en mi opinión).

—¿Eres Lola? —exclamó.

—Sí, sí. —Expliqué rápidamente mi situación, o sea, que estaba viviendo temporalmente en Knockavoy.

—Pensaba que estabas en Nueva York.

—Lo estaba, pero ahora estoy en el condado de Clare.

—Claro, claro —repuso discretamente—. No tienes que darme explicaciones.

Marilyn Holt, mujer bondadosa. Muy bondadosa.

Es evidente que todo el mundo está al tanto de mi trágica historia. En este pequeño país no hay secretos. Breve feo sentimiento abrasador.

Sin embargo, cuando colgué después de que Marilyn me prometiera enviar un montón de cosas, me sentí bastante satisfecha. Eso demostraba que todavía podía sacar conejos del sombrero. Todavía se me tenía en cuenta.

13.12, cementerio de Knockavoy

Después de mucho buscar, de tropezar con losas cubiertas de hierbajos y leer lápidas, encontré la tumba ideal. Katie Cullinan, fallecida en 1897 a los treinta y nueve años, como mamá. Me serviría durante mi estancia en Knockavoy. Arranqué algunos hierbajos —tumba cubierta de maleza y musgo y lápida con manchas descolorida— y tuve encantadora charla con mamá. Encantadora charla en mi cabeza, no en voz alta, debo añadir. No había nadie más, pero no quería correr riesgos.

15.01, regresando a casa del cementerio. Sonó móvil

Era Bridie.

—Le he contado a tío Tom lo de tu travesti —dijo.

—¿Y qué ha dicho? —Me moría de curiosidad—. ¿Ha puesto el grito en el cielo?

—Dijo que mientras nadie vuelva a romper la tostadora, le trae sin cuidado lo que hagáis.

—¿Le dijiste que Noel se pone ropa de mujer y maquillaje y... y... lencería?

—¡Sí, sí! ¡Y no le importa! Dice que quien esté libre de pecado que tire la primera piedra. Dice que los travestis son unos pobres diablos y que no hacen daño a nadie.

—Entiendo, entiendo, entieeeeeendo... Tío Tom es un hombre bondadoso...

Pésima noticia.

Miércoles, 22 de octubre, 4.18 (más o menos)

Tuve sueño rarísimo. Estaba bailando country con Rossa Considine y Colin Farrell. Estábamos en la primera hilera, con muchos otros bailarines detrás, haciendo una demostración porque éramos los mejores. Talón, punta, talón, punta, saltito y paso al otro pie, talón, punta, talón, punta, pulgares metidos en trabillas del cinturón. Hasta podía escuchar canción: «Achy-breaky Heart». Llevábamos sombreros rojos, camisas bordadas y botas de cowboy. En sueño era fabulosa bailarina, conocía todos los pasos y me deslizaba por pista como si tuviera alas. Entonces comenzó concurso. (A los sueños les importa un pimiento si trama es creíble o no. En ese sentido, como culebrones.) Rossa Considine ganó primer premio. Colin Farrell perdió y le acusó de hacer trampas. Dijo que se equivocó de «desplazamiento».

14.13, cibercafé

¡Milagro! Cibercafé abierto. Cecile dentro con Zoran, su «tortuguita» y Jake Dios del Amor. Cecile se levantó de un salto cuando me vio.

—*Allo*, Lola, estás floreciente. Zoran, acompáñame. Tenemos que ver al hombre del perro.

Se llevó a Zoran —chico guapo, moreno, ojos oscuros— y me dejó a solas con Jake.

Jake los miró mientras se iban y dijo:

—Una chica encantadora, pero con la sutileza de un elefante.

La voz tan queda que tuve que prestar atención a su deliciosa boca mientras hablaba, casi como lectura de labios. Pero seducida por observación.

Súbita revelación: había decidido que como era increíblemente guapo y surfista tenía que ser un poco tonto. ¿Me había precipitado en mi juicio?

Pregunta para él:

—Jake, ¿por qué te llaman Jake?

—Diminutivo de Jacob.

—¿Jacob? ¿Eres judío?

—No.

—¿De extraña familia religiosa donde todos tenéis nombre de personaje bíblico?

—¿Cómo los Dingle de Emmerdale? —(Dingle, familia en culebrón donde todos los miembros se llaman Shadrack, Caín, Caridad y demás.)—. No. Mi madre comía muchas galletas saladas Jacob cuando estaba embarazada de mí. Durante meses no fue capaz de comer otra cosa. Como muestra de agradecimiento, me puso Jacob. Dice que yo no estaría aquí si no fuera por esas galletas.

¿Lo ves? Demasiada información. Mito del Dios del Amor había empezado a disolverse. Ve culebrones y su sexy nombre está inspirado en una galleta salada.

Jueves, 23 de octubre, 11.08
Acepté entrega de gran caja con ropa maravillosa de Niall, el hombre corpulento y hablador de DHL. Pensé que nunca me lo quitaría de encima.

Contemplé caja. Nerviosa. Llena de expectación. Recuperando viejo cosquilleo.

Abrí caja. De pronto, feo sentimiento abrasador. ¿Qué era esta porquería de vestidos? ¡Marilyn Holt me había enviado restos! Ya no se me tiene en cuenta. Soy una estilista acabada, solo merezco recibir porquerías sintéticas de serie.

Destrozada. En serio, destrozada.

Miré de nuevo. No eran vestidos de Frock, sino horteradas para Noel. ¡Buf!

18.38, encaminándome al pueblo para actividades nocturnas
Pasé por delante de verja de Rossa Considine. Estaba metiendo algo en su coche ecológico. Le saludé con breve gesto de cabeza. Recibí breve gesto de cabeza como respuesta.

Entonces me acordé del sueño.

—Oye —dije, palabra saliendo de mi boca con toda la intención.

Considine levantó vista. Se acercó a verja.

—Acabo de recordar que la otra noche tuve un sueño muy loco —dije—. Soñé que tú y yo bailábamos country con Colin Farrell.

—¿Eh? ¡Ah, debió de ser por lo de la radio del coche!

—Sí. Y éramos buenísimos.

—¿En serio? —Eso pareció gustarle.

—Tú ganabas el primer premio y a Colin Farrell no le hacía ninguna gracia. Te acusaba de hacer trampas. Dijo que te habías equivocado de desplazamiento.

—¿Cuál es el desplazamiento correcto?

—No lo sé, solo era un sueño, no una lección de country mística. Pero, en cualquier caso, era un sueño muy real. Hasta podía oír la música: «Achy-Breaky Heart».

Hizo gesto de dolor.

—No podré sacarme esa canción de la cabeza en una semana. Gracias, Lola.

Será cascarrabias.

Próxima vez que sueñe con él, no le dejaré ganar ningún premio.

Viernes, 24 de octubre, 11.09

Niall de DHL, otra vez. En esta ocasión con vestidos de verdad. Rediós, qué preciosidad, qué belleza. Los tejidos, los cortes, los detalles. Metros y metros de seda de color marfil, luminosa como el agua; faldas en capas de tafetán crujiente; cuerpos de titilante raso negro. Podría haberme echado a llorar ante tanta belleza.

Echaba de menos mi trabajo más de lo que creía.

Viernes, 16.35

Sonó móvil. Noel del paro. ¿Por qué llamaba? ¡Para cancelar, seguro!

—Llegaré a eso de las siete —dijo. ¡De cancelación nada!—. No olvides el aperitivo. Lleva el espejo y mi ropa nueva a la cocina. Y tengo una pequeña sorpresa. Vendré con un amigo.

—¿Un amigo?

—Sí, lo conocí en un chat. Solo vive a 15 kilómetros de mi casa. Le hablé de ti y de tu refugio.

¡Refugio!

—¡Noel, no puedes traer a otro travesti!

—¿Por qué no?

—¿Que por qué no? —resoplé—. Pues porque no es mi casa.

—Es tu domicilio para fines sociales. Además, no hacemos nada malo. Solo somos amigos tomando una copita. Te veré a las siete.

Di vueltas. Di realmente vueltas. Terriblemente consternada. Me habría retorcido manos si hubiera sabido cómo se hace. Me pregunté si esto era, de hecho, ilegal. ¿Hace falta un permiso para organizar una reunión de travestis?

19.03
Noel pasó raudo por mi lado y entró en la cocina tirando del otro hombre. A renglón seguido, fuerte portazo. Mucho parloteo y risitas al otro lado de la puerta.

19.19
Noel salió de la cocina bastante provocativo en su nuevo atuendo —vestido tubo negro de licra— pero el otro tipo —Blanche— nunca podría pasar por mujer: constitución grande y robusta, cara ancha como torta, la boca un tajo rojo, maquillaje aplicado a brochazos, barba de varios días, peluca Margaret Thatcher, traje tweed malva del año de la polca (en parte delantera de falda prominente bulto viril) y blusa rosa pálido —como tiritas— con lazo torcido justo debajo de nuez descomunal.

Me saludó con un apretón de manos. Las suyas, enormes y ásperas como el papel de lija. ¿Trabajador manual?

—Gracias por invitarme a tu casa —masculló con sonrisa tímida, y fuerte, fuerte acento rural.

—En realidad no es mi casa —me apresuré a señalar.

—Por el momento, lo es —soltó Noel por encima de su hombro de licra cuando regresaba a la cocina, con andares de dama, para abrir botella de vino—. Es a donde te envían el dinero del paro.

Refregándomelo constantemente por nariz.

—Siéntate, por favor. —Señalé sillón a Blanche—. ¿Quieres picar algo?

—No —susurró al suelo. Se había sentado con las piernas completamente abiertas y las manazas colgando entre las rodillas.

Estaba incómoda. Barboteé:

—¿De dónde has sacado el traje?

—De mi madre, Dios la tenga en su gloria.

—Es muy bonito... esto... el color. —Algo tenía que decir.

—¿Una copita? —Noel distribuyó copas de rosado. No pude evitar advertir que la mía tenía menos. Yo no merecía una copa hasta arriba porque no era travesti.

—Salud, querida —dijo Noel, brindando con Blanche—. ¡Chicas, al centro y pa'dentro!

Feo sentimiento abrasador. Me dieron ganas de decir, «Natasha, ni una sola de las mujeres que conozco diría, "¡Al centro y pa'dentro!"».

—Llevas un vestido divino, Lola —dijo tímidamente Blanche—. ¿Es... es un Dior?

¡Lo era! De segunda mano, naturalmente, nunca podría permitirme uno nuevo, pero gratamente impresionada.

—¡Sí!

—Una obra de arte —murmuró—. Una auténtica obra de arte.

—Un vestido menta —convino Natasha, tratando de meterse por medio.

—¿Cómo sabes que es un Dior? —pregunté.

—Por que lo sé —dijo Natasha.

—¡No te lo he preguntado a ti! —Incapaz de ocultar mi irritación—. Sino a Blanche.

—Leo muchos libros sobre moda. A escondidas, claro.

—¿En serio? ¿Y hace mucho que... te vistes... con ropa de mujer?

—Toda mi vida, Lola, toda mi vida. Desde que era un pispajo. —(«Pispajo», palabra rural para referirse a niño pequeño.)

Fascinante.

—¿Y tus padres lo sabían?

—Desde luego, y cada vez que me pillaban mi padre me daba con el cinturón hasta ponerme morado. —Curiosa manera de expresarlo—. Pero no podía contenerme, Lola. Intenté dejarlo miles de veces. He sufrido mucha humillación.

Más hablador de lo que parecía al principio.

—¿Y cuál es tu situación actual... esto... Blanche? ¿Estás casado?

—Desde luego.

—¿Y tu mujer lo sabe?

Pausa densa.

—Intenté contárselo. Ella pensó que estaba intentando decirle que era homosexual y se puso hecha una fiera. Me dije que era mejor dejarlo como estaba... Pero no ha sido fácil. Estaba viviendo una mentira, Lola, una mentira. Luego Natasha me dijo que podía venir aquí y lo sentí como un salvación, como una auténtica salvación. Justo en ese momento estaba pensando que no podía seguir así. Estaba pensando en ponerme una soga al cuello.

—¿Me estás diciendo... que querías suicidarte?

Se encogió de hombros.

—Me siento muy solo.

Rediós. Temí que se me fueran a escapar lágrimas.

—Adoro las cosas bonitas —dijo— y a veces me gusta ponérmelas. ¿Me convierte eso en una bestia?

—No, no, en absoluto.

—No soy un... un pervertido, ni un... enfermo. Esto no tiene nada que ver con el sexo. Sería feliz ya solo con poder ver la tele vistiendo mis conjuntos.

—¡Claro!

—Natasha me dijo que me ayudarías a encargar ropa y zapatos por catálogo.

Rediós. Sofoqué ataque de pánico. Pero este pobre hombre me daba pena. Deseaba ayudarle. Podía ayudarle.

19.37 - 20.18

Noel desfiló ante nosotras con sus nuevas adquisiciones, entre ellas un camisoncito rosa con braguita a juego. Difícil de soportar.

20.19 - 20.40

Animada conversación sobre preciosos vestidos en *Strictly Come Dancing*. No había visto la serie por falta de tele, así que no pude intervenir.

20.41 -22-10

Noel hojeó *Vogue* y criticó a todas las modelos, llamándolas «zorras fondonas». Blanche estudió los catálogos para travestis. Descartó mayoría de vestidos por parecerles «demasiado picantes», pero hincó dedo calloso en vestido suelto azul marino y elegante rebeca de lana.

—Clásico.

—Sí —convine— y estiliza. Te favorecería. —Tuve una idea—.

¿Puedo darte un consejo...? Pero no te ofendas, ¿eh? Una gargantilla de perlas te disimularía la nuez.

—No me ofendes en absoluto.

—¿Y quizá unos zapatos de salón azules con un poco de tacón?

—Vale.

—Y... espero que tampoco te ofendas por esto... pero te convendría ropa interior especial para preservar tu recato. —O sea, para contener tus partes viriles e impedir que se marquen en el vestido. Lo entendió. Y no se ofendió. De hecho, estaba encantado.

Hecha la selección, sacó lápiz, calculó precio total, deslizó lápiz detrás de oreja, abrió bolso antediluviano, sacó enorme fajo de billetes de cincuenta euros mugrientos, separó unos cuantos y me los estampó en la mano como si acabara de comprarme un novillo.

—Es demasiado —dije.

—Por las molestias.

Noel levantó vista afilada de revista.

—Tienes que declarar todos tus ingresos —espetó severamente.

—No es un ingreso —repuso Blanche—. Es un regalo.

Me sentía incómoda. Demasiadas dudas. ¿Estaba Blanche sobornándome para que fuera amable con él? ¿Estaba yo dirigiendo un negocio desde cabaña del Tío Tom? ¿Cómo iba a terminar todo esto?

22.15

Fin de la velada. Blanche tenía que marcharse. Es ganadero vacuno. Tiene sesenta cabezas y ha de levantarse a las cinco de la mañana para ordeñarlas. Blanche es hombre de posibles.

—¿Puedo volver el viernes que viene? —me preguntó.

—Sí, y todos los viernes siguientes —respondió Noel.

—Eres una buena persona —me dijo Blanche—. Me he sentido tan solo...

22.30, camino del pueblo

Noche fría pero sensación cálida. Tracé plan. Si Tío Tom accedía a dejar entrar en su casa a dos travestis en lugar de uno, les ayudaría. Bueno, en realidad no quería ayudar a Noel. Le detestaba, no habría hecho nada por él. Pero estaba la pobrecilla Blanche. Le daría clases de maquillaje; era atroz la forma en que se lo aplicaba, como si estuviera encalando una pared. Le enseñaría a elegir complementos. Le daría clases de conducta femenina. Me había pasado la vida tratando de poner guapas a las mujeres. Situación actual no era diferente porque las mujeres fueran hombres.

De repente, gran idea: alquilaría película para verla el próximo viernes. Película donde saliera ropa bonita. Mejor aún si pudiera ser, además, película de venganza. Se lo plantearía a Brandon. Como desafío.

0.12

Hummm. Regresando a casa por atajo junto a mar en lugar de calle principal. ¿Razón? Ninguna. Simplemente quería... ver... casa de surfistas. Pero no había luz. Decepción.

Me detuve un momento para contemplar ventana superior, buscando parpadeo de velas. ¿Estaba Jake en su cuarto?

Nada. A mis pies, vaivén de las olas. Giré sobre talones para continuar mi camino cuando alguien dijo con voz queda, sofocando fragor del mar:

—Lola.

Pegué un brinco. Era Jake, sentado en alféizar con las piernas cruzadas. Apenas podía verle, solo algún que otro destello plateado cuando luz del mar se reflejaba en sus ojos.

—¿Qué haces sentado en la oscuridad? —pregunté.

—Estaba escuchando el mar. —Palpitación—. Pensando en ti—. Palpitación—. Y aquí estás.

Todos mis sentidos despiertos, como animal en peligro. Qué importaba que le hubieran puesto nombre de galleta salada. Hormigueo en yemas de los dedos, pezones en guardia, consciente inopinadamente de mis bragas de algodón.

—¿Qué haces? —preguntó. Qué voz... tan conmovedora.

—Me voy a casa.

—Ya no. Acércate.

Lo medité. ¿Que pasaría si me acercaba?

—Solo hay una forma de averiguarlo —dijo, leyéndome el pensamiento.

Di tres pasos y cuando estuve lo bastante cerca, me rodeó con sus piernas y me atrajo raudamente hacia él. De repente, tan cerca que podía oler la sal, el sudor. Ligeramente asustada por proximidad. No había contado con esto. Nuestras caras a la misma altura, sus ojos plateados clavados en los míos, legendaria boca a quince centímetros de mis labios.

Estrechó aún más las piernas, lo que me obligó a acercar un poco más los pies. No opuse resistencia. Sus manos descansando sobre mis hombros, tirando de mí todavía un poco más. Ligera sonrisa elevándole labios por los extremos. ¿Desafío? ¿Admiración?

No sabía qué hacer con brazos. Entonces me dije, ¿qué demonios?, soy una mujer adulta. Los deslicé por su cuello.

—Mejor así. —Mirando su boca.

—Escucha el mar —susurró—. Cierra los ojos y escucha.

Cerré ojos. Murmullo del mar repentinamente más fuerte. Podía oír respiración de Jake. Entonces, ¡conmoción! Conmoción al sentir punta de su lengua en mi boca. Despacio, angustiosamente despacio, la deslizó por mi labio inferior. Dios, qué gusto, qué gusto. Sintiendo desesperante placer, punta de su lengua llegó finalmente a comisura de mi boca y dibujó círculo mareante por hinchadas terminaciones nerviosas de labio superior. A renglón seguido, apasionado beso de tornillo.

—Entra —susurró cálidamente en mi oído.

Pensé en dormitorio mágico. Pensé en todo lo que podría ocurrir si cruzaba umbral.

Ataque de pánico. Jake estaba demasiado cerca. Demasiada virilidad que no era de Paddy.

Me solté como personaje que busca atención en melodrama.

—No puedo.

—¡Oh, Lola! —Parecía molesto, pero cuando me alejé raudamente por carretera no me siguió.

Se lo agradecí. Había hecho mal en ir a su casa. Había hecho mal en besarle. Afligida. Dios del Amor ofreciéndome sexo —¡en bandeja!— y yo acobardándome en último momento. La culpa la tiene Paddy de Courcy. ¡Ya no soy capaz de disfrutar de sexo normal con otros hombres!

Pensamiento desagradable. Además de racista y de no gustarme los travestis, soy una calientabraguetas.

Paddy, muy diferente de todos los demás. Grande. Desnudo, aún más grande. Pelo en el pecho. A la hora del sexo, plena concentración. Ojos brillantes. Dado a los jueguecitos. Gran imaginación. Gusto por los objetos.

Después de la primera cita, quise repetir. Había pasado de dudar de sus gracias a ser su esclava. No deseaba otra cosa que acostarme de nuevo con él. Cada vez que cerraba ojos, lo veía inclinado sobre mí, empapado de sudor, como lo había imaginado en cementerio. Pregunté a mamá, pero no escuché su voz en mi cabeza, de modo que convoqué cita en restaurante con Bridie, Treese y Jem. Les conté toda la historia: el coche, la tienda, la lencería, la lujuria y la carrera hasta mi casa para sexo salvaje. Al principio soltaron exclamaciones de sorpresa y admiración, pero a medida que avanzaba en mi relato se fueron callando. Para cuando terminé de hablar, silencio sepulcral. Tres pares de ojos evitando mirarme. Nadie dijo nada. De repente, lamenté haber hablado.

—... Hum... —Extendí dedos y examiné cuchillo de la mantequilla.

Bridie fue la primera en hablar.

—¡Llevo una vida demasiado segura! —exclamó con repentina amargura—. Te envidio, Lola. Sí, lo confieso, te envidio.

—Dios —musitó Jem—, estoy que ardo. Puede que tenga que irme a casa. Lo siento.

—Si eso es lo que ocurre en una primera cita con Paddy de Courcy, ¿cómo serán las demás? —dijo Treese.

Los ojos de Jem se iluminaron.

—Nos lo contarás, ¿verdad, Lola?

Treese tenía sus reparos.

—Lola, no hagas nada que no quieras hacer.

(¿Lo hice alguna vez? Bueno, puede que en un primer momento no quisiera, pero tarde o temprano siempre cambiaba de parecer.)

Segunda cita con Paddy comenzó de forma prosaica: Spanish John me recogió y tras pasar un rato en atasco dublinés, detuvo coche delante de casa georgiana de aspecto corriente. Hizo llamada discreta para comunicar que estábamos fuera. A continuación se abrió puerta anodina y caballero silencioso me invitó a entrar en santuario. Muchos reservados lujosos de color rojo. Comprendí que estaba en pub privado, no en restaurante normal. Sospeché que en la carta predominaría la carne de caza.

Empleados —todo hombres— bajaron vista hacia la alfombra, como clara muestra de discreción, cuando me acerqué.

Paddy me esperaba en reservado de respaldo alto, haciendo anotaciones en un documento con bolígrafo rojo. Sentí pequeño rechazo al ver pelo cardado, luego fui atravesada cual kebab humano por sus ojos azules y estuve perdida.

—¡Caray, cuánto ceremonial! —Estaba riendo cuando me senté—. Apuesto a que si los camareros vieran algo que no deben, estarían dispuestos a arrancarse los ojos si se lo pidieras.

—Es algo desmedido, sí —reconoció Paddy.

—Población mayoritariamente anciana —dije, mirando a mi alrededor.

—Lo sé. Me asusta la posibilidad de contraer gota si paso demasiado tiempo aquí, pero al menos puedo relajarme. No corro el riesgo de que salga mi foto en el periódico.

Personalmente, no me habría importado que saliera foto en periódico, pero me cuidé de decírselo. No quería que pensara que estaba con él por fama y fortuna.

Carta, como esperaba.

—¡Venado! ¡Chocha al horno! ¡Hay que ver! ¡Y jamón ahumado con piña! ¡Es como volver a la infancia! Mi madre me lo hacía de niña. Creo que tomaré el jamón, por los viejos tiempos.

Paddy pidió por mí. Inaceptable, lo sé, pero me dijo que los camareros no podían oír a las mujeres, que eran como eunucos auditivos.

—Cuéntame tu día —dijo.

Me embarqué en relato sobre sesión de fotos para revista sintiéndome —solo muy ligeramente— como niña narrando sus actividades del día en el colegio.

—¿Siempre quisiste ser estilista?

—Rediós, no. Soñaba con ser diseñadora, pero no pudo ser.

Paddy guardó silencio, como absorto en sus pensamientos. Inopinadamente recuperó la concentración, clavándome de nuevo esos faros azules.

—¿Crees que el hecho de que tu madre muriera tan joven cambió el rumbo de tu vida?

—No lo sé, y supongo que nunca lo sabré. Ignoro si alguna vez tuve talento para ser diseñadora. Puede que con el apoyo de mi madre me hubiera ido mejor... ¿Quién sabe? Tal vez se me daría mejor ser feliz. ¿Y tú?

Miró al vacío. Habló despacio.

—Sí, tal vez, como tú dices, se me daría mejor ser feliz. Cuando se te muere el padre o la madre siendo todavía joven, sabes que lo peor puede ocurrir. Pierdes esa inocencia, esa fe en los finales felices. Ves el mundo desde un prisma mucho más sombrío que los demás. ¿Sabes algo que me saca de quicio? —dijo—. Que las personas se quejen de sus madres.

—¡A mí también! La gente se queja de que las madres son unas pesadas, siempre preguntándote por qué no te has casado todavía con un buen hombre dotado de un buen plan de pensiones.

—O se ríen de ellas porque preparan comidas desfasadas, como el cocido. Si pasaran una temporada sin sus madres, seguro que echarían de menos el cocido.

También descubrí que ambos teníamos un padre ausente. En cierto modo, los dos éramos huérfanos.

—El mío vive en Birmingham —dije.

—El mío como si viviera en Birmingham.

—¿Por qué?

—¡Es una nulidad! —espetó desdeñosamente. A renglón seguido, ligero atisbo de resentimiento—. Nunca nos vemos. —Paddy, hombre sensible. Costaba creer que fuera tan pervertido.

Comida larga y pesada. Sucesión interminable de carritos con queso, oporto y armagnac. Ofreciéndome cosas constantemente. Estaba empezando a desesperar cuando llegó cuenta en gruesa carpetita de cuero rojo. El hombre que la trajo, tan servil que casi se arrastraba sobre estómago.

—Invito yo —dije.

Paddy negó con la cabeza. Me susurró al oído:

—Si una mujer intentara pagar en este local, la impresión le provocaría un infarto. Todavía piensan que las mujeres no pueden alquilar una tele a su nombre. ¿Vienes a mi casa?

Sorprendida por repentino cambio de tema y humor. Me recuperé deprisa.

—La mía está más cerca. —Pero tenía curiosidad por ver dónde vivía.

No pude ver mucho. En cuanto llegué, fui a cuarto de baño y al salir, oí que Paddy me llamaba desde otra estancia.

—Aquí, Lola.

Seguí su voz. Abrí puerta. No era sala de estar, como esperaba, sino dormitorio.

Paddy tumbado en la cama, completamente en cueros, leyendo algo. Una revista. Fotografías. Me acerqué. Frené en seco. Horrorizada. Era pornografía. Entonces reparé en su erección, enorme y morada, asomando por un vello espeso y oscuro.

Retrocedí. Ofendida. Quería irme.

—No te vayas —rió. Sí, sí, rió—. Esto te gustará.

—No —dije.

Pero aunque dolida, también intrigada. Y hasta un poco... excitada.

Dio unas palmaditas a la cama.

—Ven a mirar.

No me moví. Mis piernas no podían decidir qué hacer.

—Vamos —insistió—. Te va a encantar.

Una parte de mí le creyó irremediablemente. Con cautela, avancé hasta la cama y me senté remilgadamente en el borde.

—Mira —dijo—. Mírala.

La revista estaba abierta en foto de chica asiática con larga melena negra y generosos senos.

—¿A que es bonita?

Vacilé. Luego:

—Sí.

Paddy estaba tumbado de costado, con una mano en su miembro. Me di cuenta de que se estaba masturbando muy despacio. De nuevo, horrorizada.

Me preguntó:

—¿Te gustaría follártela?

—¡No!

—¿No? A mí sí.

Su mano se movía cada vez más deprisa. Cada vez más deprisa. Paddy estaba sudando ahora, observándome con los ojos muy abiertos.

—Me encantaría veros a las dos juntas en la cama —dijo.

Me sentí celosa, mancillada, mareada, y, contra mi buen juicio, superexcitada.

—Me voy a correr —me dijo. Tenía la voz ronca—. Me voy a correr.

—¡No! —grité bruscamente.

Le aparté la mano de una palmada, agarré la revista y la arrojé a la otra punta del dormitorio.

—¡No te corras hasta que yo te lo diga! ¿Dónde están los condones?

—Allí —dijo con mirada salvaje.

Abrí bruscamente un cajón, encontré un condón, se lo puse —nunca había puesto un condón tan deprisa—, agarré su erección como una palanca de cambio y me senté encima mientras las primeras oleadas de placer ya estaban estallando dentro de mí.

Sábado, 25 de octubre, 13.25

Telefoneé a Bridie. Le dije que informara al Tío Tom de que ahora los travestis eran dos.

—Se lo diré. Dudo que le importe. ¿Te has acostado ya con el surfista?

14.01, cementerio de Knockavoy

—Mamá, ¿qué debo hacer con respecto al surfista?

¡Maldita Bridie por meterme ideas en la cabeza!

Cuando hacía una pregunta a mamá, no siempre recibía una respuesta inmediata, pero esta vez oí su voz al instante.

—Diviértete un poco, Lola. No te lo tomes tan en serio.

—¿Por qué no debería tomármelo en serio? ¿Otra que cree que es demasiado guapo para mí?

—¡No! —se apresuró a contestar—. Tú eres una chica preciosa. Puedes tener al hombre que quieras.

—Gracias, mamá, pero eres mi madre, no puedes ser imparcial.

—Diviértete un poco, Lola —repitió su voz.

—¿Puedo preguntarte algo, mamá? —Una preocupación que me asaltaba a veces—. No estoy sentada en este cementerio hablándome a mí misma como una pirada, ¿verdad? Estás ahí, ¿verdad?

—¡Por supuesto que estoy aquí! Soy tu madre. Siempre estaré aquí, velando por ti.

15.30, supermercado

—Un desafío para ti, Brandon. Necesito película de venganza donde salga mucha ropa bonita.

15.33, llamada de Bridie

—Tío Tom dice que mientras nadie rompa otra vez la tostadora, no le importa lo que hagáis.

Sea, pues.

15.39, cibercafé

Encontré página maravillosa que fabrica productos de belleza especiales para hombres. Hice generoso pedido. Podía permitírmelo por pago excesivo de Blanche. Prometían entregarlo en menos de cuarenta y ocho horas, ¡incluso en Knockavoy! La verdad, ilusionada ante la idea de hacer de Blanche una señorita.

Lunes, 27 de octubre, 9.45

Llegada de SarahJane Hutchinson desde Dublín.

—Ahora eres bi-costera —exclamó, saltando del coche (un Jaguar asombrosamente largo).

Arduo día probándose vestidos, zapatos, complementos, esforzándome por montar cuatro conjuntos que le favorecieran. Al final, pese a obstáculos (como sus rodillas huesudas, su apego malsano al color coral), misión cumplida. Sugerí peinados y tonos de maquillaje para acompañar cada conjunto. Lo anoté todo y le aseguré que hablaríamos por teléfono para últimos retoques la noche en cuestión.

Disfruté como mona. Añoro mucho mi trabajo.

SarahJane me entregó generoso talón —para pagar conjuntos— y generoso fajo de billetes para mí.

—Será nuestro pequeño secreto. Si el recaudador no lo sabe, no hay necesidad de preocuparle.

¡Me sale pasta por orejas!

Rossa Considine y cara de hurón sentados frente a barra, bebiendo. «Han vuelto», según Boss, Moss y el Maestro. Ojalá se fueran. Considine dijo:

    —Todavía tengo esa canción en la cabeza, Lola.

    —¿Qué canción? —Entonces me acordé—. ¡No lo digas!

Demasiado tarde.

    —«Achy-Breaky Heart.»

    —Gracias —repuse tristemente—. Ahora estará una semana en la mía.

Martes, 28 de octubre, 11.39

Niall de DHL llega para devolver prendas no usadas a encantadora Marilyn Holt de Dublín.

Miércoles, 29 de octubre, 11.15

    ¡Llegan productos de belleza masculinos por DHL!

Jueves, 30 de octubre, 11.22

    ¡Llega ropa de mujer para Blanche por DHL!

13.15

¡Llegan nuevos *negligés* de Noel por DHL! Niall, el hombre de DHL, se las había olvidado en primer viaje. Había tenido que hacer segundo viaje. Ya no entabla largas conversaciones conmigo. Bastante gruñón, de hecho. ¡Bien!

22.35

Tumbada en sofá, leyendo novela de misterio húmeda, cuando escuché extraño golpeteo. Como breve caída de granizo. Pero fuera no granizaba.

    Al segundo golpeteo bajé de sofá, abrí puerta y miré. ¡Fuera había alguien! Un hombre. Jake. Mis ojos se adaptaron a oscuridad justo a tiempo para verle agarrar puñado de grava y arrojarlo contra ventana de arriba.

    —¿Por qué lanzas piedras a mi ventana?

    Pegó un brinco.

—Para que me dejes entrar. —Dicho con su característico murmullo quedo, no alcancé a oírle pero deduje lo que había dicho por la entonación de la frase.

—Podrías llamar a la puerta.

Se aproximó a la luz. Sonrió.

—Así es más romántico.

Un tipo como él, que tiene aventuras con mujeres casadas, debe de estar acostumbrado a recurrir a subterfugios. Escabullirse por ventanas traseras, esconderse en armarios, prescindir de timbres, etcétera. Caminó desenfadadamente hacia mí. Se detuvo demasiado cerca, nuestros cuerpos casi se rozaban.

—¿Puedo entrar?

Me hice a un lado para dejarle pasar. Me detuve en medio de sala y, una vez más, se apretó contra mí, como si estuviéramos unidos por imán. Sonriendo, dijo:

—Te he esperado muchas noches; pero no volviste.

—No.

—¿Por qué?

—No lo sé. —Era cierto, no lo sabía.

—¿Te alegras de que haya venido?

Lo pensé.

—Sí.

—¿Podemos retomarlo donde lo dejamos?

Volví a pensar.

—Sí.

Los besos, los besos, los vertiginosos besos. Lenta ascensión a dormitorio quitándonos ropa desordenadamente, dejándola en suelo, en escalera, hasta llegar finalmente a la cama.

No pude evitar las comparaciones. Cuerpo muy diferente del de Paddy. Más bronceado, más fibroso, menos pelo. A diferencia de Paddy, que siempre olía a fresco y limpio, Jake tenía olor algo fuerte. No era desagradable. Aroma almizclado que, de hecho, olía a sexo.

Gran hombre para diferentes posturas; lo hicimos conmigo tumbada boca abajo, tumbada de costado, sentada encima de cara a él, sentada encima de espaldas a él. Con su brazo alrededor de mi cintura y yo todavía sentada encima de él, se incorporó lentamente, cuidando de no salirse. Los dos sentados sobre borde de la cama, él mirando por encima de mi hombro, contemplando nuestra imagen en el espejo. Se aferró a mis caderas y bombeó despacio dentro de mí.

—Eres preciosa —murmuró a mi reflejo.

Me di la vuelta. Harta de esas cosas. De espejos y perversiones. ¿Tan difícil era echar un polvo normal?

Continuamos, ahora así, ahora asá, y cuando en un momento dado aterrizó sobre mí en la postura del misionero, me miró desconcertado. Se apresuró a levantarme para buscar otra postura, pero me negué.

—Quédate así.

Quería sentir el peso de un hombre sobre mí. Le agarré las nalgas para que no pudiera escapar.

—Me gusta así —le dije.

0.12

Tumbados y abrazados en momento postcoito, Jake preguntó:

—¿Alguna vez piensas en el universo?

—No.

—¿En toda la gente que vive en él y en todas las cosas que han debido de ocurrir antes de que nuestros caminos se cruzaran?

—No. —Bostecé.

Qué encanto. Estaba intentando comunicarse.

—Vale —dije—. Te doy un sobresaliente por no haberte dado la vuelta y ponerte a dormir. Eres estupendo. Pero no hace falta que me des conversación.

Viernes, 31 de octubre, 7.38

Otro momento postcoito.

—Caray —exclamé—, seis posturas diferentes antes de desayunar.

Jake se levantó de la cama de un salto.

—Sexo desenfrenado y no son ni las ocho. —Miró por pequeña ventana de dormitorio—. Está subiendo la marea, tengo que irme.

—Adiós —dije, adormilada.

Se marchó. Tumbada en la cama, reflexioné. Había tenido mis primeros polvos post Paddy. ¿Contenta? No, deprimida. Si estaba acostándome con surfistas significaba que habíamos terminado de verdad. Vertí río de lágrimas sobre almohada.

No obstante, alivio al comprobar que todo funcionaba a la perfección, en el sentido emocional. Y en los demás sentidos.

10.20

Llamé a Bridie.

—Me he acostado con Jake.

Silencio. Luego, gimoteo.

—Qué envidia —maulló—. Qué envidia. ¿Cómo fue?

—Un hacha alternando posturas.

—¡Oh! —aulló—. ¡Te estás burlando de mí!

A lo largo del día

Siguen llegándome buenos deseos de todas las personas que se han enterado de lo mío con Jake.

16.12, supermercado

Comprando chucherías para travestis. Minirrosquillas y esas cosas.

Tenía pregunta para Kelly y Brandon. Hacía tiempo que no veía a mujer de corazón roto pateándose playa.

—¿Dónde está? —pregunté.

—¿Jennifer? Está mejor —dijo Kelly—. Ha vuelto a casa. Dejó aquí toda su cerámica torcida.

—Frankie Kiloorie se la ligó —explicó Brandon— y le devolvió la sonrisa.

—¿Quién?

—Vive en la carretera de Miltown Malbay. Es carpintero. Muy bueno con las manos. —Risita vulgar.

—Jennifer jamás se fijaría en él en Dublín porque no se compra ropa desde el 2001, pero Frankie la ha dejado bien contenta.

Carcajada procaz de Brandon y Kelly, pero a mí la noticia me alegraba. La victoria de una es la victoria de todas.

—Todo el mundo sigue aquí el mismo proceso —dijo displicentemente Brandon—. Lloran, pasean por la playa, hacen manualidades y en la recta final se lo montan con un hombre de la tierra de manos callosas.

—O del mar —intervino Kelly, agitando sus cejas superdepiladas en mi dirección.

—O del surf. —Brandon me propinó un codazo.

Les miré altivamente mientras resoplaban de tanto reír. En este pueblo no hay secretos.

Me aclaré garganta. Cambio brusco de tema.

—¿Tienes mi película de venganza con ropa bonita?

Brandon se puso serio y colocó DVD sobre mostrador.

—¿*Una cara de ángel*? —pregunté—. ¿Desde cuando *Una cara de ángel* es una película de venganza? ¡Sale Audrey Hepburn!

Brandon no dijo nada. Se limitó a colocar otro DVD sobre mostrador. *Sin perdón*.

—Programa doble —dijo—. *Una cara de ángel* y *Sin perdón*. Lo mejor que puedo hacer por ti, Lola. No hay ninguna película de venganza con ropa bonita.

18.59

Ya están aquí. Criaturas puntuales, los travestis.

Fueron directos a la cocina, donde yo había dejado nuevas adquisiciones.

—Blanche —dije desde el otro lado de la puerta—, si necesitas ayuda para ponerte tu nueva ropa interior, avísame.

No me hacía demasiada gracia tener que forcejear con virilidad de Blanche, pero soy una profesional.

—Y no te maquilles. Tengo algo especial para ti.

Debo decir que pasé velada inesperadamente agradable. Blanche aceptó todos mis consejos. Me permitió ponerle ropa nueva, pintarle las uñas, enseñarle a maquillarse con discreción y darle lección de modales.

—Parece que esté viendo a Jackie Kennedy en la Casa Blanca —dije—. Parece que esté viendo a Jack en el Despacho Oval y a Jackie a su lado con un sencillo vestido suelto y un collar de perlas naturales. Estoy viendo un pelo impecable, unos labios discretos, una rebeca de cachemir supersuave. —(Clase de comentarios que tienes que hacer como estilista. Lo esperan de ti.)

Blanche encantada con mi monólogo. Mujer bastante diferente cuando terminé mi obra. De hecho, podría pasar por mujer grande y masculina. (Bajo luz de bombilla de 30 vatios.)

Compartimos botella de vino, comimos una minirrosquilla entre todas y hablamos extasiadas de Audrey Hepburn.

De tanto en tanto, Noel se levantaba y bailaba con su cutre conjunto de chica gogó, diciendo malhumoradamente que ojalá pudiera ir a una discoteca, pero cada una a su rollo.

22.20

Se fueron travestis. Animada por mi bondad, decidí ir al Oak para una copa rápida. Entré. Brandon sirviendo detrás de la barra. Momento de profunda confusión. ¿Me había metido en supermercado sin querer?

—Vas bien —dijo Brandon—. Estás en el pub.

—¿Dónde está...? —Porras, ¿cuál era el verdadero nombre de Ojos de Ciruela Pasa?— ¿Ibrahim?

—¿Osama? Tiene la noche libre. Llevaba noventa y dos días trabajando sin parar.

—¡Noventa y dos días! Y siempre tan animado.

—Entonces, ¿por qué te da rabia que pase unas horas en el cine de Ennis?

—No me da rabia, Brandon. Solo estoy sorprendida.

23.37, en casa

Llamaron a la puerta. Jake. Sorprendida de verle. En serio, no había esperado que apareciera de nuevo. Increíblemente sexy. Ojos, pelo, boca, cuerpo.

—¿Qué estás haciendo aquí? —dije—. ¿Otra visita de cortesía?

Ofendido.

—No es una visita de cortesía. Estoy loco por ti.

—Pero qué labia.

Nuevamente ofendido.

—No es labia. Te demostraré que voy en serio.

Beso inmediato. Unidos por labios, entramos y empezamos a desvestirnos. Ardiendo de deseo. Emocionante.

Sexo, sin embargo, frustrante. Cada vez que empezábamos a pillar ritmo y disfrutar, Jake me levantaba, me giraba como bastón de majorette y me cambiaba de postura. En un momento dado pregunté:

—Jake, ¿te han encargado la misión de hacer todas las posturas del Kama Sutra en dos días?

Nuevamente ofendido.

—Solo quiero que disfrutes. —Mirada sincera en irresistibles ojos plateados.

Conmovida. Paddy había sido tan diferente, sobre todo hacia final. Había olvidado qué era estar con un hombre amable.

Finalmente llegamos a acuerdo: no más de cuatro posturas por polvo. Todos contentos.

Sábado, 1 de noviembre, 7.32

Sexo madrugador. Luego Jake se fue a «pillar algunas olas».

8.14

Llamada de Bridie.

—¿Se ha mantenido en contacto?

—Sí, volvió anoche, buscando sexo.

Aulló tan fuerte que sentí cosquilleo en la oreja.

—¿Has estado ya en dormitorio mágico? —preguntó.

—No. Pero puede que esta noche. Va a cocinar para mí.

13.15, el Oak

Felicité a Ojos de Ciruela Pasa por su primera noche libre en noventa y dos días.

—Fui al cine de Ennis. Doble programa de Wim Wenders. Lo pasé muy bien.

—Me alegro por ti.

Repentino cambio de actitud. Se aclaró garganta. Bajó vista hacia mostrador, subió vista, expresión ceremoniosa en rostro.

—Esto... hum. Lola, ¿te apetecería acompañarme el próximo viernes por la noche? Comienza un ciclo de Bergman.

—¿El viernes por la noche? No puedo, Ibrahim. Excepto el viernes, me va bien cualquier otra noche de la semana.

—Pero el viernes es mi única noche libre. ¿Y dentro de dos viernes?

—Todos los viernes me van mal, Ibrahim.

Horrible pausa. Sentí que debía decir algo. Consciente de su soledad, de que era un egipcio lejos, lejos, lejos de su hogar, en país no musulmán con clima peculiar y arraigada tradición alcohólica. Pero ¿qué podía decir? ¿No puedo venir porque tengo fiesta de travestis?

Propuesta:

—¿Y si cambias tu noche libre al jueves? ¿O al sábado? ¿O a cualquier otro día que no sea el viernes?

Negó con cabeza. Tristeza en sus ojos aciruelados.

—Tiene que ser el viernes. Es la única noche que Brandon puede sustituirme en el pub. Porque es la única noche que la madre de Kelly puede ayudar en el supermercado.

15.15

Entré en supermercado para devolver películas de DVD. En cuanto crucé puerta, Brandon se encaró conmigo.

—Me he enterado de que no quieres ir al cine con el pobre Osama. ¿Es porque eres racista?

Tragué saliva.

—No soy racista. Osama me cae muy bien, pero las noches de los viernes estoy ocupada.

—¿Haciendo qué? ¿Viendo películas sobre ropa y venganza?

Cero intimidad en este pueblo, ¡cero intimidad!

—¿Por qué no dejas que Osama las vea contigo? Le encanta ver películas.

—Lo siento, pero eso es imposible.

—¿Por qué?

Rediós.

16.03, el Dungeon

Ni siquiera entro. Simplemente estaba pasando por delante cuando Boss me gritó:

—He oído que has rechazado la invitación del pobre Osama. No te había tomado por una racista, Lola.

19.48

Botella de vino en mano, llegué a casa de surfistas. Jake abre puerta pero no me deja pasar. En lugar de eso, bajamos por escalones hasta playa, donde mesa y dos sillas montadas sobre arena, mantel blanco meciéndose con brisa. Candelabro, flores, pequeña fogata, vino en-friándose en cubitera, cielo salpicado de estrellas. De pie, a una distancia discreta, Cecile y su tortuguita.

Pregunté:

—¿Qué hacen ahí?

—Esta noche son nuestros camareros.

No podía dejar de reír. Dije:

—Esto es demasiado. Eres la monda. Eres como un hombre de fantasía.

Noche fresca, pero fogata, manta de cachemir sobre hombros y cálida sensación interna me daban calor.

—Está todo delicioso —dije.

—Cecile me ayudó. Bueno —ligera expresión de vergüenza—, Cecile lo hizo todo. Yo no sé ni freír un huevo.

—Gracias a Dios. Eso significa que no eres perfecto.

De nuevo risa incontrolable. Finalmente nos retiramos a dormitorio mágico —tan mágico e imponente como había imaginado— donde disfrutamos de mucho sexo de cuatro posturas por polvo.

Domingo, 2 de noviembre

En cama mágica todo el día.

Lunes, 3 de noviembre

Ídem.

Martes, 4 de noviembre

Ídem.

Miércoles, 5 de noviembre, 16.17

Tenía que levantarme e irme a casa. Responsabilidades que atender, o sea, recibir pedidos de ropa para travestis. Durante los últimos dos días no me había preocupado que Niall, el hombre de DHL, pudiera llegar con cajas llenas de rellenos de silicona y sandalias brillantes del 44. Salvaje y desenfadada y pasándolo tan bien, me había traído sin cuidado.

Jake me envolvió con sus brazos y sus piernas y se negó a dejarme marchar. Me gustó forcejear con él y sentir sus músculos tensos y duros contra mi cuerpo.

—Tengo que irme —dije—. En serio. Pero podríamos vernos esta noche.

Leve titubeo. Aflojamiento de brazos y piernas.

—Lola, deberíamos darnos un respiro. Un par de días.

Le miré severamente. ¿Me estaba plantando? Sus ojos plateados me miraban sin revelar emoción alguna. Fría sacudida en fondo de estómago que, sin embargo, desapareció bruscamente. Sencillamente, se esfumó. Comprendí algo maravilloso de haber sido destrozada por Paddy: que ningún otro hombre podía herirme.

—¿Un respiro? —dije—. Vale.

Caminé deprisa hasta casa. No iba a pensar en Jake. Tenía otras preocupaciones. Cabeza llena de escenarios catastróficos. ¿Y si Niall había dejado paquetes de ropa para travestis en la puerta y las vacas se los habían comido?

Ninguna caja en la puerta, pero sí una nota de Rossa Considine: tenía para mí paquetes llegados en los últimos tres días.

Miré. Vi su coche ecológico. Estaba en casa.

17.29

Considine más amable de lo normal. Me ayudó a llevar a mi casa cajas de ropa para travestis. (Como es lógico, no le desvelé qué había en cajas y él no preguntó.)

—Te debo una copa —le dije.

19.29, bar de señora Butterly's

Oportunidad de invitar a Considine a copa llegó antes de lo esperado. Él sentado frente a barra de señora Butterly bebiendo jarra. Cara de hurón ausente.

Señora Butterly me preparó sándwich de jamón, me hizo señas para que me acercara y, en un susurro elevado, me preguntó:

—¿Es cierto que accediste a casarte con Osama en el Oak y que luego te echaste atrás porque es musulmán?

—¿Qué? —Rediós, ¿todavía estaban con esa historia?—. ¡No, no y no! Me propuso ir al cine como amigos, pero los viernes por la noche tengo otro compromiso. ¡Eso es todo!

—¡Lo sabía! ¡Sabía que no podía ser cierto! Tú eres una buena chica, Lola, eso fue lo que les dije.

—¿A quién?

—Oh, a nadie. A algunos chismosos que gustan de meter las narices donde no les llaman.

Me volví hacia Rossa Considine. Tenía la mirada clavada en su jarra.

Levantó la vista con cara de ofendido.

—¿Qué?

—¿Le has hablado a la señora Butterly de mí y Osama?

Se encogió de hombros.

—Naturalmente que no. —Luego, en mi opinión innecesariamente, añadió—: Lo que tú hagas es asunto tuyo.

Desconcertada. ¿Qué estaba insinuando? ¿Jake? Afilé mirada.

—En realidad no fue él —murmuró la señora Butterly.

Rossa Considine apuró jarra de un trago y bajó del taburete.

—Me voy.

—Oh, quédate —le instó la señora Butterly—. No te vayas todo enfurruñado.

—No estoy enfurruñado. He quedado con Gillian.

—En ese caso, pasadlo bien.

1.01

Sin noticias de Jake.

Jueves, 6 de noviembre, 11.15

Bridie llamó.

—¿Te ha plantado ya Dios del Amor?

—Sí.

—¿Qué?

—Me ha plantado.

—Caray, estaba bromeando. Lo siento, Lola, pero estaba escrito. Era...

—Sí, lo sé, demasiado guapo para mí.

—¿Estás triste?

Suspiré.

—¿Qué es la vida sino momentos fugaces de felicidad ensartados en un collar de desesperación?

—Pero ¿estás triste?

—… Es difícil describirlo. Lamento haberme acostado con él. Para empezar, al principio ni siquiera me gustaba. Ahora me siento… no sé… mal. Pero ya me sentía mal. Digamos que no me siento peor que antes.

12.11

Llamada histérica de SarahJane Hutchinson.

—Lola, he conocido a un hombre…

—… Felicidades.

—Pasaremos Navidad y Año Nuevo en Sandy Lane y no tengo qué ponerme. ¡Las tiendas están llenas de vestidos rojos de lentejuelas!

—Tranquila, tranquila. Ropa vacacional.

—¿Ropa vacacional?

—Sí. Cualquier diseñador que se precie crea una colección especial en esta época del año precisamente con ese fin. Se llama ropa vacacional o, también, Colección de Crucero. Pero no te preocupes, no tienes que ir de crucero para poder ponértela.

Agarré teléfono. Llamé a Dublín, a Londres e incluso a Milán.

17.57, el Dungeon

Boss y su panda acababan de descubrir los Baby Guinnesses (chupitos de kahlua con Baileys por encima) y estaban encantados. Me invitaron a un número indescriptible. Empalagosos pero potentes. Casi pasé por casa de Jake de regreso a casa. Me convencí de que no debía. Pese a los dulces chupitos, mucha amargura dentro de mí.

Viernes, 7 de noviembre, 10.23

Tiempo como humor. Cielos azules se han ido al fin. Frío, neblina, llovizna. Cabaña del Tío Tom dotada de calefacción central, afortunadamente. No podía imaginarme echando carbón. El carbón no me va.

14.22, supermercado

Brandon muy excitado.

—¡Tengo película de venganza con ropa! *Una rubia muy legal*. Sale un montón de ropa y ella se la devuelve a la gente.

Había visto *Una rubia muy legal* y sabía que era una película de

347

justo castigo más que de venganza, pero le felicité de todos modos. Conviene animar a la gente que se esfuerza.

—No fue idea mía —reconoció Brandon—. ¡Fue de Osama!

—Ya... bueno... pues dale las gracias.

—¿Por qué no le dejas ir esta noche a tu casa? Está solo y le encanta el cine. ¿Tan depravadas son tus noches de los viernes como para no poder incluirlo?

No podía hablar. Cómo se había complicado todo. Terrible sentimiento de culpa por Osama pero miedo a revelar secreto de Blanche y que Noel anulara mi paro...

14.44, camino de casa

Mujer que no conocía gritó desde el otro lado de la calle:

—¿Por qué no dejas que Osama vea películas contigo? Es un refugiado, ¿sabes? ¿Es que no tienes caridad cristiana?

—No es un refugiado, tiene permiso de trabajo —respondí débilmente.

Mujer poco convencida.

Desesperada. Todo el mundo me odia.

19.02

Llegada de travestis. Dejé que se pusieran sus mejores galas antes de explicarles por encima situación de Osama.

—¿Podríamos cambiar el día? —pregunté—. ¿A cualquier otra noche?

Desalentadores meneos de cabeza. Noel tenía que hacer deberes con hijos y Blanche farfulló que debía madrugar todos los días salvo el sábado. Ligeramente desconcertada. ¿Es que las vacas se levantan más tarde los sábados? La vida del granjero, un misterio para mí.

—En ese caso, tendremos que dejar que Osama se una a nuestro grupo.

—Ni hablar. —Noel apretó labios.

—¡Todo Knockavoy piensa que soy una racista! Nadie puede entender mi reticencia. Es preferible ceder. Si no cedemos atraeremos más atención aún.

—Te anularé el paro.

—Hazlo —dije, cansada. En ese momento sentí fuerte decepción por desaparición de Jake—. Quizá sea el momento de volver a Dublín. Estoy harta de todo esto.

Blanche horrorizada. Rompió a llorar. Noel también horrorizado al ver desaparecer su «refugio». Experimenté —de hecho, sentí— momento de satisfacción.

Silencio sepulcral, roto únicamente por sollozos de Blanche. Noel habló al fin:

—Y ese Osama, ¿es capaz de mantener el pico cerrado?

—Francamente, lo ignoro. Parece un tío decente, pero es un riesgo que tendremos que correr.

Noel y Blanche, larga charla por lo bajini.

—... Podríamos hacer que lo deportaran si se chiva...

—... No puedo volver a mi antigua vida. Necesito esta válvula de escape...

—... no tiene por qué llegar a vernos de paisano...

—... todo el día mirando culos de vacas...

Finalmente tomaron una decisión.

—De acuerdo —me dijo Noel—. Invítale. Siempre y cuando no llegue hasta que ya estemos cambiados. Necesitamos mantener nuestra identidad en secreto.

22.56

Sin noticias de Jake.

Sábado, 8 de noviembre, 12.30, el Oak

—Ibrahim, necesito hablar contigo en privado.

Me miró nervioso.

—Yo nunca dije que fueras racista, Lola.

—Nunca lo pensé. Como probablemente sabes, por Brandon, los viernes por la noche monto... un club en mi casa.

—¡El club de las películas de venganza!

—Esto.., sí. —En cierto modo—. Puedes venir si quieres. La única condición para ser miembro del club, y no debes decírselo a NADIE, ni ahora ni nunca, es que tienes que vestirte de mujer.

Larga pausa. Finalmente, habló.

—¿Para ingresar en tu club cinéfilo tengo que ponerme ropa de mujer?

—Y guardar el secreto.

Lo meditó.

—Vale.

—¿Vale?

—Vale.

Vale...

0.16

Sin noticias de Jake.

Domingo, 9 de noviembre, todo el día

Sin noticias de Jake.

Lunes, 10 de noviembre, 11.17

Llegó ropa vacacional para SarahJane. Bañadores, pareos, túnicas vaporosas, pantalones anchos, zapatos con vertiginoso tacón de cuña, pamelas de fantasía, enormes gafas de sol y muchos, muchos DVF (vestidos cruzados de Diane Von Furstenberg, apuesta segura).

¡Tantas cosas adorables! Bolsa playera de Prada con caballitos de mar. Lo mejor, sandalias con caballitos de mar a juego. Bañador turquesa de Lisa Bruce conjuntado con pareo. Gafas de sol Gucci de color fresa y altísimas chanclas de suela de madera del mismo color. Tonos deslumbrantemente vivos, maravilloso antídoto contra invierno gris y deprimente.

Niall de DHL oficialmente me odia. Dice que hace trayecto Ennistymon-Knockavoy tan a menudo que sueña con él. Después de que yo firmara entrega, contempló olas y dijo:

—No me importaría no volver a ver este puto paisaje.

Todavía sin noticias de Jake.

Martes, 11 de noviembre, 19.07

Frenético martilleo en puerta. ¿Jake? No. Considine.

—¡Corre, corre! —Fuera de sí—. ¡Pon la tele!

—No tengo tele.

Señaló tele a mi espalda.

—Eso parece una tele.

—No, es un microondas. —Verdadera situación demasiado compleja para explicarla.

—Entonces, ven a mi casa. Corre. ¡Cálzate!

—¿Por qué?

—Colin Farrell sale en la tele bailando country.

Deslicé pies en zapatillas de raso chinas. Inadecuadas para terreno agreste, pero qué importaba. Crucé prado corriendo, pasé por debajo de alambrada, atravesé otro prado y entré en casa de Rossa Considine. Me senté en borde de sofá y clavé mirada en programa de Colin Farrell, pero nada de baile country. Solo historias sobre todas las chicas con las que se había acostado. Increíblemente largo.

Cuando terminó programa, Rossa Considine se puso a la defensiva.

—Estaban hablando del baile country.

—Sí, claro. —Jocosa—. Lo que querías era que viniera a tu casa. —Entonces recordé chica con vestido de novia que podía estar secuestrada en dormitorio. Breve pero genuino momento de pánico. No más jocosidad—. Me voy.

—¿Cómo te las arreglas sin tele? —preguntó.

—Leo, hago cosas. No la echo de menos en absoluto. —Displicente. Petulante—. Si siento necesidad de ver un documental, puedo ir a casa de algún amigo.

—Es cierto. Ahora que lo recuerdo, la señora Butterly me mencionó que cada noche ves con ella los culebrones.

Miércoles, 12 de noviembre, 9.45

Llegó SarahJane Hutchinson.

Día maravilloso. Me levantó la moral estar rodeada de ropa magnífica. Las dos en plena forma. Todo le quedaba bien.

—SarahJane, parece que esté viendo las rayas, las tumbonas, el aire salobre, el graznido de las gaviotas...

—¡Yo también, Lola, yo también!

Anoté lista detallada de lo que SarahJane debía lucir cada día: para desayuno, piscina, cena, fiesta de Año Nuevo.

Propuso saltársela.

—Son vacaciones. Voy a relajarme. Seguro que puedo combinar.

—¡Ni se te ocurra! Te lo ruego, no cometas ese error. Recuerda,

SarahJane, puedes llevar el bañador de Missoni con el pareo de Missoni, pero NUNCA con las sandalias o la pamela de Missoni.

—¿Por qué no? —Bastante rebelde.

—Es una regla tácita. No puedo explicártela. Lo único que sé es que serás el hazmerreír si lo haces.

Con eso bastó. SarahJane no quería ser el hazmerreír de nadie. Ya lo había sido lo suficiente con maridos fugados con criados filipinos, muchas gracias.

Jueves, 13 de noviembre

Sin noticias de Jake. Pero se me olvidó advertirlo.

Viernes, 14 de noviembre, 10.14

Fui a Ennistymon con Boss y Moss para firmar. No quería. Estaba recibiendo montón de dinero «bajo mano» de Blanche y SarahJane, pero Boss se empeñó.

—Es tu derecho, Lola —insistía—. Es tu derecho.

Día de mercado. Atestado de sucios camiones; mugidos, ganado lento evacuando en plena calle; granjeros con sombreros y trajes de tres piezas antediluvianos escupiéndose en las manos y haciendo tratos. Asqueroso. Granjero de aspecto arrogante se acercó arrogantemente a mí con caminar arrogante. Nuestras miradas se encontraron, mirada normal contra mirada arrogante. ¿Por qué mi mirada se había encontrado con mirada arrogante de granjero arrogante? ¡Entonces lo supe! Era Blanche. ¡El granjero arrogante era Blanche!

12.23

Boss y Moss me dejaron en casa con furgo mugrienta.

—Tienes compañía —dijo Boss.

Miré. Hombre increíblemente guapo sentado en escalón de mi casa.

Jake.

Justo cuando había decidido que ya no me importaba. Típico.

Bajé y la furgo salió disparada, chirriando, mientras Moss y Boss gritaban «¡Yea-huu!» cual vaqueros del oeste.

Jake se levantó. Preguntó:

—¿Puedo pasar?

—No.

—Oh... ¿Puedo hablar contigo aquí fuera?

—Sé breve, hace frío.

—Oh... ¿Dónde has estado? —preguntó—. No has venido por mi casa, no le has preguntado a Cecile por mí...

—Querías un respiro.

—¡Sí! Pero pensaba que tú... —Gran suspiro de frustración.

Entonces lo entendí todo. Jake estaba acostumbrado a «respiros» donde las mujeres le atosigaban y se presentaban en su casa llorando desconsoladamente, como había hecho yo con Paddy.

—Confiaba en que aparecieras —dijo.

—Podrías haberme llamado tú.

Fuerte feo sentimiento abrasador. Jake, mocoso consentido demasiado sexy para su propio bien.

—Volvamos —dijo.

—¿Por qué?

—¿Por qué? —Visiblemente desconcertado por mi pregunta. Presa de una gran satisfacción—. Porque estoy loco por ti. He tenido muchas novias, pero tú eres diferente.

—Solo soy diferente porque no te he ido detrás.

—¡No! Nada de eso. Porque eres dulce, mona, como una gatita. Una gatita especial. Desde el primera día que te vi supe que eras diferente. Te pedí un respiro porque me asustó lo que sentía por ti. Era demasiado fuerte, demasiado rápido.

O había leído manual sobre cómo ganarse a una mujer o decía la verdad.

—Por favor, dame una segunda oportunidad —dijo.

—No. —Pero estaba flaqueando. Me halagaba verlo tan atormentado.

—Por favor.

—No.

—¿Podrías al menos decir que lo pensarás?

Le hice esperar respuesta largo rato.

—Vale, lo pensaré.

19.01

Llegan Noel y Blanche. Desaparecen en cocina para cambiarse.

19.47

Llaman a la puerta.

—Probablemente Osama —digo.

Pero no era Osama. Era una mujer vestida de negro de los pies a la cabeza. No podía verle ni la cara.

—Hola —dije, pensando «¿Y esto? Halloween fue la semana pasada».

—¡Lola, soy yo! —dijo mujer—. ¡Ibrahim!

—¡Ibrahim! Pero ¿qué llevas puesto? Ah, ya entiendo, un burka.

—La única prenda femenina que tengo. No es exactamente una prenda, sino un trapo que quedó de pintar el pub.

—Entra, entra.

Entró, kilómetros de tela ondeando. Saludó con gesto de cabeza a acicalados travestis, rechazó la «copita» que le ofrecía Noel y echó ojeada a televisor, impaciente por que empezara película.

19.54

Noel intentó convencer a Ibrahim de que probara delineador de ojos negro.

—¡Es khol! Es egipcio, forma parte de tu cultura.

Ibrahim se mantuvo firme.

Puse la peli.

20.13

Llaman a la puerta. De repente, todos petrificados. Aire electrizado por el miedo. Si hubiéramos sido animales, pelaje en punta.

—Todos al piso de arriba —susurré a los tres hombres—. Y no hagáis ruido.

Cuando hubieron desaparecido, me serené y me aclaré la garganta.

Abrí puerta. Bella mujer frente a mí.

—¿Esta fiesta es solo con invitación? —preguntó con voz ronca y sexy—. ¿O puede venir cualquier chica?

La miré boquiabierta. Como una autómata, abrí la puerta para invitarla a pasar. Era una criatura deslumbrante. Alta, elegante, melena oscura y brillante, vestido de cóctel de raso negro, guantes hasta los codos, chal de tafetán y gargantilla estilo Swarovski.

No sé exactamente en qué momento me percaté de que era un hombre. Tal vez lo delató una ligera torpeza sobre los tacones de aguja. Pero eso no minaba para nada su encanto.

—Soy Chloe —dijo con sonrisa adorable y chispeantes ojos azul marino. ¡Llevaba la raya del ojo perfecta! ¡Mejor de lo que me sale a mí! Miró un instante el televisor—. ¡Sabía que no era un microondas!

¿Perdón...?

—Espero que no te importe que haya aparecido sin avisar.

—No, no, cuantas más mejor. —No lo decía en serio. Noel había ido demasiado lejos esta vez—. Avisaré a las demás. ¡Chicas, podéis bajar!

Chloe puso al resto en evidencia. Al lado de su elegante belleza, las demás parecían albañiles con pelucas torcidas.

—Soy Chloe. —Chloe alargó delicadamente un brazo.

—Natasha —farfulló tímidamente Noel.

—Blanche. —Pobre Blanche, no se atrevía ni a mirarla.

Osama se ciñó un poco más el burka y se mantuvo algo al margen del grupo.

—Lola, tenemos que hablar. —Noel me agarró del brazo, me alejó unos pasos y, en un tono indignado, dijo sin mover mandíbula—: No nos dijiste que esta noche vendría otra mujer.

—¿Qu...? ¿De qué estás hablando? Yo no la invité. ¿Me estás diciendo que no la conoces?

Negó vehementemente con la cabeza. Me entró el pánico. ¿Cómo había llegado esta Chloe hasta aquí? ¿De dónde había salido? ¿Acaso la cabaña del Tío Tom salía en página de travestis? ¿Llegarían cada vez más travestis los viernes por la noche, impulsados por una fuerza superior? ¿Dónde los iba a meter?

—Por favor, dejad que me explique —dijo Chloe.

—Sí, sería todo un detalle.

—Hace unas semanas que veo a las chicas cambiarse en la cocina. He estado esperando porque quería estar segura antes de aparecer.

—Pero ¿desde dónde las veías? —La cocina da a parte de atrás. La elegí justamente por eso.

—Desde allí. —Con elegante gesto de cabeza, señaló casa de Rossa Considine.

—¿Conoces a Rossa Considine?

Larga pausa.

—Lola —dijo muy, muy suavemente—. Yo soy Rossa Considine.

20.27

Gran conmoción. Tuve que repetirme las palabras varias veces antes de poder asimilarlas.

Examiné a bella mujer y una vez que supe qué estaba buscando, pude ver a Rossa Considine ahí debajo, en algún lugar.

—¡Dios mío! ¡Eres la chica con el vestido de novia de Vera Wang!

—Era una imitación, no un Vera Wang auténtico, pero sí. Pensaba que sabías que era transformista.

—¿Por qué? ¿Cómo iba a saberlo?

—Porque cada vez que nos vemos me haces comentarios sarcásticos

¿Yo? No, yo no. Yo no soy una persona sarcástica. Aunque tenía que reconocer que Rossa Considine tenía algo que disparaba mi impulso sarcástico...

—Y porque me pillaste quemando ropa.

—¿A qué venía todo eso? —pregunté.

—La purga.

Noel y Blanche asintieron con la cabeza y repitieron:

—La purga. —Risas pesarosas.

—¿Qué demonios es la purga? —pregunté.

—Cuando decidimos que abandonamos el transformismo para siempre y quemamos todas nuestras cosas.

—¿Sucede con regularidad?

—¡Oh, sí! —Risas unánimes—. ¡Siempre nos estamos arrepintiendo! —Más risas unánimes—. Pero no podemos evitarlo. Nos odiamos y decidimos que no volveremos a caer. Pero siempre caemos.

—Luego vi a las chicas componerse cada viernes en la cocina y fue como si todos mis sueños se hubieran hecho realidad. —Por su cara cruzó súbita expresión de arrepentimiento—. ¡Te pido mil disculpas! Hubiera debido esperar una invitación formal antes de presentarme aquí. Me dejé llevar.

—Pero tienes novia —le acusé.

Sonrió.

—Sí, tengo novia.

—Y haces espeleología. Te he visto con las cuerdas y todo lo demás.

—Soy un hombre. —Otra sonrisa—. Y a veces me gusta hacer cosas de hombres.

—Vaaaale. —Abriendo mi mente.

—Y a veces me gusta ponerme cosas bonitas.

—Ponme un ejemplo.

—¿Te gusta Alexander McQueen?

—¡Sí!

Nos embarcamos en una charla apasionante. Descubrí que tenía mucho, mucho en común con Chloe: admiración por Alexander McQueen, comida tailandesa, portapasaportes Smythson, Neurofen Extra, sicomoros y *Ley y orden*.

—¡*Ley y orden*! Me ENCANTA *Ley y orden* —dije—. Es la mejor serie de la tele.

—¡Y que lo digas! Estas son sus historias...

—¡Du-du! —Exclamamos al unísono. (Du-du es el sonido del mazo al comienzo de cada episodio. Encantada de que *Chloe* supiera imitarlo. No una aficionada de *Ley y orden*, sino admiradora de verdad.)

—Solo una auténtica seguidora sabría imitar ese ruido —digo.

—Porque SOY una auténtica seguidora.

—Cuéntame qué está pasando —le rogué—. No la veo desde septiembre.

—¿Por qué no? ¿Cuál es la verdadera historia de tu televisor-microondas?

—Solo sirve para ver DVD.

—¡Entonces tienes que venir a mi casa! No es justo que una auténtica seguidora se pierda un solo capítulo de *Ley y orden*. ¡Está hecho! Los jueves por la noche a las diez.

—¿Contigo, Chloe, o contigo, Rossa Considine?

Pausa.

—Conmigo, Rossa Considine. Durante la semana no acostumbro ser Chloe. Demasiado ocupado.

—Hummm.

—¿Algún problema?

Más valía que se lo confesara. Además, ella misma había hecho alusión al tema.

—Puede. Cuando eres Rossa, no parece... —¿Cómo expresarlo?— ... no parece que nos llevemos muy bien.

Chloe lo meditó. No lo negó. Admiré su franqueza y madurez.

—Considerémoslo como un experimento. Si no funciona, podemos hablarlo.

—De acuerdo. Que sea los jueves a las diez.

Los demás travestis querían que dejara de acaparar a Chloe, deseosos de escuchar sus historias, así que se la entregué.

¿Sabes una cosa? Fue una noche fantástica. Conversaciones animadas sobre ropa. Única nota triste: creo que Osama no se divirtió. Se pasó noche intentando oír película —constantes «¡chisss!» por su parte— por encima de nuestros grititos.

22.13, meditando sobre acontecimientos

Se fueron travestis. Pensando sobre extrañas revelaciones de esa noche, o sea, que Rossa Considine era travesti. NUNCA lo dirías. Cuando es hombre, da impresión de que ni siquiera se peina.

22.23, meditando más sobre acontecimientos

Jake. Quién iba a decirlo. Siempre igual. En cuanto decides que ya no te importa un hombre, aparece con el gorro en la mano. Decido decidir que Paddy ya no me importa. Solo como experimento.

Me imaginé en el futuro, hablando con persona invisible.

—Ay, sí, estoy locamente enamorada de Jake. Sí, Dios del Amor. Como es lógico, siempre recordaré a Paddy con cariño, pero tengo que reconocer que nunca podría amar a un hombre con el pelo tan cardado.

Divertido. Me levantó ánimo.

Sonó móvil, arrancándome bruscamente de mi ensueño.

Lo miré. Reconocí número. Miré otra vez. Me pregunté si finalmente me había guillado. A través de unos labios paralizados, dije:

—Lola Daly.

—¿Lola? Soy Paddy.

Rugido en mis oídos. Esperanza. Nunca había sentido esperanza en cantidades tan enormes.

—Te... —La voz se le ahogó—. Te echo mucho de menos.

—*Eres una zorra inútil y todo esto es culpa tuya.* —Estaba de pie, resoplando por el esfuerzo. Ella en el suelo, hecha un ovillo—. *Dilo. Eres una zorra inútil y todo esto es culpa tuya.*

Estaba echando la pierna hacia atrás. Ella no creyó que pudiera aguantar otra embestida. La punta de la bota le aplastó el estómago contra las vértebras. Tuvo varias arcadas, pero ya solo echaba bilis.

—*¡Dilo!*

—*Soy una zorra inútil* —susurró mientras las lágrimas rodaban por su rostro— *y todo esto es culpa mía.*

—*Exacto, culpa tuya. ¿Es que no puedes hacer nada bien?*

Grace

—Ah, ahí está Paddy —anunció Dee Rossini—. Tengo que explicarle un par de cosas. Le dije que estaríamos aquí tomando algo.

Por un momento pensé que bromeaba. Levanté la vista con cautela. Mierda. Ahí estaba, llenando la puerta del pub, eclipsando la sala.

El pánico se adueñó de mí. Quise largarme pero estaba atrapada. El pub solo tenía una salida y la estaba ocupando él. Mi cabeza empezó a dar vueltas, buscando otra forma de escapar. El lavabo de señoras: tal vez tuviera una ventana a la que pudiera encaramarme. O por lo menos podría esconderme allí hasta que Paddy se marchara.

—Dee, debo irme…

Pero ella estaba agitando una mano y gritando «Paddy, estamos aquí», y no me oyó.

Paddy recorrió el pub con su devastadora mirada azul, divisó a Dee y luego reparó en mí, sentada a su lado, paralizada cual conejo delante de los faros de un coche. Me observó durante un largo instante antes de decidir esbozar su arrolladora sonrisa.

Acababa de estallar otro escándalo sobre Dee Rossini, pero este era mucho, mucho peor que todos los demás: su novio —sí, tenía un novio secreto desde hacía tiempo, hubiera debido imaginarlo, ¿qué clase de periodista era?— había vendido su historia a *The Sunday Globe*, probablemente el periódico más insidioso de la prensa amarilla. Una historia llena de detalles escabrosos sobre su vida sexual.

Según él —(se llamaba Christopher Holland y aseguraba que había decidido vender su historia porque estaba harto de «vivir una mentira»)— el sexo «la volvía loca». A cualquier hora, en cualquier lugar. (El «en cualquier lugar» era porque una vez —una vez— lo habían hecho en el jardín trasero de la casa de Dee.) Le gustaba, sobre todo, «la postura del perro», aseguraba Holland.

El artículo, publicado en primera plana, se refería todo el rato a ella como «la viciosa Dee», pero, a fin de evitar que la gente la viera como una mujer sexy y provocativa, se añadía información aún más espantosa: Dee solo se depilaba las piernas una vez cada quince días; raras veces llevaba el sujetador y las bragas del mismo color; tenía las plantas de los pies tan duras y amarillas que si se las frotara entre sí el tiempo suficiente podría hacer fuego; y tenía celulitis en la barriga. En otras palabras, era una mujer de cuarenta y tantos normal.

Me había enterado del asunto el domingo por la mañana, cuando vi el llamativo titular «YO Y LA VICIOSA DEE» en el quiosco. Anonadada, agarré el periódico y solo necesité una rápida ojeada para percatarme de que el grado de minuciosidad no tenía precedentes. Ese Christopher Holland había tenido que cobrar una fortuna para acceder a traicionar de esa forma a Dee. La compadecí como nunca había compadecido a nadie y me avergoncé de ser periodista. Hasta el hecho de conocer al autor del artículo —era Scott Holmes, el neozelandés que había tenido de novio mientras me esforzaba por no enamorarme de Damien— me hizo sentir vergüenza.

La idea de tener que ver mi intimidad aireada de ese modo hizo que se me revolvieran las tripas. ¿Podía alguien soportar que los detalles más escabrosos de su vida sexual —y estoy hablando de detalles escabrosos, no de una versión edulcorada— aparecieran en la portada de un periódico en domingo? Por Dios, ¿no era para que te diera un infarto? Giré la página y, literalmente, di un respingo. Ocupando toda la hoja había una fotografía en la que aparecía la cabeza de Dee pegada al cuerpo de una mujer entrada en carnes, con la ingle llena de pelos y bragas y sujetador de diferente color. Esto era el colmo. A partir de ahora, cada vez que la gente pensara en la líder del NewIreland, esa sería la imagen que le vendría a la cabeza.

El daño era incalculable. Mucho más del que podían hacer las historias de «corrupción», porque aunque Dee era soltera y tenía derecho a acostarse con quien le diera la gana, ¿podrías verla ahora en la tele estrechando la mano de gente importante y no preguntarte si llevaba las bragas y el sujetador del mismo color?

—Esto no es una biblioteca —espetó una voz.

Me volví bruscamente. El hombre desabrido de detrás del mostrador me estaba mirando. Señaló el *Sunday Globe*.

—¿Va a pagarlo?

—Sí, pero… —No podía abandonar la lectura el tiempo suficiente para llegar al mostrador y soltar la pasta. El artículo me tenía atrapada en sus garras. Sin dejar de leer, busqué calderilla en el bolsillo y vertí un puñado de monedas junto a la caja—. Sírvase —dije.

—Gracias —respondió en un tono insolente, recogiendo las monedas.

El quiosquero solía tratarme mucho mejor cuando era fumadora. Damien y yo habíamos sido para él una fuente de ingresos segura, pero ahora que habíamos dejado de fumar, por mucho que nos gastáramos en chucherías para apaciguar el mono —y sabe Dios que era una suma considerable—, probablemente el hombre había tenido que decir adiós a la casa para retirarse en Portugal.

Seguí leyendo, sin dar crédito a lo detallado de la información: el día que Dee fue nombrada ministra de Educación, «exigió» sexo cuatro veces; le encantaba que la dominaran y no le gustaba el sexo oral, por lo visto le «aburría».

No iba a serle fácil levantarse de esta. Dee siempre había ofrecido una imagen de mujer fuerte, independiente y serena; ahora su imagen era la de una mujer corriente, imperfecta y, teniendo en cuenta el novio que se había buscado, con pésimo ojo para juzgar a las personas.

(Lo peor de todo, en mi opinión, era lo de la celulitis en la barriga. Me avergüenza reconocerlo, pero ese detalle le hacía perder cierto lustre, y yo la adoraba. Por tanto, ¿qué efecto estaría teniendo en la gente con las cosas menos claras?)

Desde mi entrevista con ella habíamos trabado cierta amistad de tanto toparnos en la sección de vino tinto de la licorería del barrio, y en un par de esas ocasiones habíamos hecho una escapadita a Kenny's, el pub de al lado, para tomar una copa rápida. Tan solo una semana antes nos había invitado a Damien y a mí a cenar a su casa y nos había obsequiado con su pasta de puntas de lujo. (En mi opinión no es mejor que la pasta corriente, pero me conmovió que nos considerara merecedores de ella.)

Me detuve delante del quiosco —hacía un frío que pelaba para mediados de noviembre— y la llamé por teléfono.

—Dee, sé que estás desviando las llamadas, pero soy Grace Gildee y solo quiero que sepas…

Descolgó.

—Grace, soy yo.

—¿Cómo estás?

—Algo abrumada —dijo con la voz temblorosa—, pero he pasado por cosas peores.

—Son unos cabrones. ¿Sospechabas que algo así podía pasar?

—En absoluto —contestó—. Me ha pillado totalmente desprevenida. El viernes por la noche estuve con Christopher y no me comentó nada. Lógicamente —añadió con una risa amarga.

—Te apoyaré de todas las formas que pueda. —Me refería personal y profesionalmente.

—Gracias, Grace. ¿No te importa lo de la celulitis en la barriga?

—No —respondí con firmeza. (¿Qué tiene de malo una mentira piadosa?)—. Todas las mujeres tienen celulitis. Les alegrará saber que alguien tan fabulosa como Dee Rossini también la tiene.

—Ya, Grace, pero en la barriga… No en los muslos, donde la tiene todo el mundo. Tenerla en la barriga es casi tan malo como tenerla en… en… los párpados. O en la orejas. ¿Se puede tener celulitis en las orejas?

—Dee, tú has sobrevivido a una experiencia de violencia doméstica, ayudas a cientos de mujeres, has creado un partido político y eres una fuerza de peso. No dejes que un poco de celulitis en la barriga adquiera más importancia que todos esos logros.

—Vale, tienes razón. —Respiró hondo para tranquilizarse—. En cualquier caso, no es mucho, solo puedes verla si aprietas.

—¿Quieres que vaya a tu casa? —le pregunté. La implicación era clara: me estaba ofreciendo no solo como amiga, sino como su sumisa periodista. Era su oportunidad de explicar su lado de la historia a un oído comprensivo.

—Me encantaría verte —dijo—, pero no en mi casa. Vayamos a Kenny's. No he hecho nada malo.

—Si estás segura… —Dios, era fantástica. Dura como una suela de zapato—. Te veo allí dentro de cinco minutos.

Telefoneé a Damien.

—¿Por qué estás tardando tanto? —preguntó—. ¿Y la mercancía?

—He de escribir un artículo.

—¿Qué? Si solo fuiste a la tienda a comprar chuches.

Le resumí rápidamente la situación. Me sorprendía que no la conociera ya. Damien era un cazanoticias compulsivo que consultaba constantemente internet en busca de las últimas novedades

—Por una mañana que me quedo en la cama… —refunfuñó.

Habíamos planeado un día relajado en la cama leyendo la prensa. Ambos estábamos algo delicados. El día previo había sido el bautizo de Maximilian y el peso de nuestro resentimiento mientras nos movíamos entre la cálida, inteligente, glamurosa y aterradora familia de Damien había hecho que hoy nos despertáramos sin fuerzas y —debo reconocerlo— perseguidos por una extraña sensación de desasosiego, casi de miedo. Demasiado contacto con la familia de Damien tenía ese efecto en mí.

(O puede que solo fuera la resaca. Nos habíamos bebido un número incalculable de martinis en la fiesta que Christine y Richard habían dado en su casa después de la iglesia.)

—He quedado con Dee en Kenny's —le expliqué—. Luego tendré que ir directamente a la redacción.

Damien soltó un gruñido.

—Lo siento mucho por ti, pero ¿y yo? ¿Y mis culebras efervescentes?

—Tendrás que pasar sin ellas. Lo siento. Tómatelo como una oportunidad para fortalecer el carácter.

Jacinta Kinsella me había dejado un mensaje mientras hablaba con Damien. La llamé. Desde el principio había visto con malos ojos mi amistad con Dee, pero ahora que todos los periódicos del país probablemente se estaban poniendo la zancadilla para poder hablar con ella, todo eran facilidades.

—Sácaselo todo —dijo por encima de un griterío de niños— e intentaré convencer al gran jefe de que lo publique en primera plana.

Por lo general, un periódico serio, incluso uno mediano como *The Spokeman*, no dedicaría una portada a un artículo sobre la vida personal de un político, pero esta historia era demasiado importante para dejarla escapar.

—¿Irás más tarde a la oficina, Jacinta?

—¿Yo? —preguntó estupefacta—. Grace, eres la Articulista Jefe —dijo, haciendo hincapié en las mayúsculas—. No puedo llevarte siempre de la mano.

—Claro, claro.

Zorra indolente.

La entrada de Dee en Kenny's provocó un murmullo general. No mucha gente a las doce y diez de la mañana de un domingo, solo unos cuantos hombres con problemas con la bebida.

—… la postura del perro…

—… ¿que lo hizo con un perro…?

—… no, como un perro…

—… ¿ladrando?…

—… justo, y mordisqueando una zapatilla y recogiendo palos con la boca. ¿A ti qué te parece, imbécil?…

Dee tenía buen aspecto: tejanos oscuros, camisa blanca impecable, elegante chaqueta de lana con cuello drapeado y carmín rojo mate. Si oyó los comentarios, optó por desoírlos. Era una veterana. Pidió café.

—No puedo permitir que me vean con una copa, por mucho que me apetezca. Bien, este es el plan.

Y lo resumió para mí: había hablado con Sidney Brolly, el agente de prensa del NewIreland, y este había decretado que solo concediera una entrevista. Conmigo. Y sí, me sentí halagada. No habría deseado a nadie la situación de Dee, pero había sucedido y yo podía ayudarle a limpiar su imagen. Dee no debía responder a las acusaciones de celulitis y de pies duros como suelas y un muro de silencio debía rodear a Christopher Holland. La orden del día era dignidad sosegada e hincapié en todos los aspectos positivos de Dee Rossini.

—Mañana pedirán mi dimisión en el parlamento —dijo apesadumbrada.

—¿Por qué? ¿Por tener pelos en las piernas?

Apretó los párpados.

—Por perder la confianza de la gente. Por tener una conducta impropia de una funcionara electa. En otras palabras, por tener relaciones sexuales.

—Pero no estás casada. Y doy por sentado que ese Christopher tampoco. ¿Qué has hecho de malo entonces?

—En teoría, nada. Pero en la práctica... —Hizo una pausa, luego exclamó—: ¡Oh, Grace, yo no quiero dimitir! Hay pocas mujeres metidas en política. Y deberías ver nuestro nuevo manifiesto. Tenemos excelentes políticas en favor de la mujer, hemos alargado el permiso de maternidad, ampliado el programa de guarderías...

—¿Qué pasaría si te obligaran a dimitir?

—El gobierno podría venirse abajo, en el peor de los casos. El partido al completo podría sufrir tal desprestigio por mi vida sexual que los *nappies* se verían obligados a romper la coalición antes de las elecciones generales del año que viene.

—¡Pero eso es una estupidez! No dimitas. No cedas. Repítete una y otra vez que no has hecho nada malo.

Le sonó el móvil. Comprobó el número.

—Es Sidney, será mejor que conteste. ¿Sí? —Dee escuchó en silencio mientras su rostro se iba contrayendo lentamente. —Si no hay más remedio... —respondió al fin, y cerró el teléfono con vehemencia—. Sidney quiere que me preste a una sesión de fotos —dijo, indignada—. Para las páginas del fin de semana. Piensa que es de vital importancia contrarrestar ese puto fotomontaje de la página tres.

—Tiene razón. —Me pregunté si iba a enfadarse conmigo.

Más triste que enfadada, dijo:

—No canto en un grupo pop femenino. Me dedico a la política. No debería importar si tengo tres cabezas, todas celulíticas, mientras haga bien mi trabajo.

—Nada de esto estaría ocurriendo si fueras un hombre.

Fue entonces cuando Dee dijo:

—Ah, ahí está Paddy.

Y ahí estaba, trajeado y ancho de hombros, bloqueando la puerta, poniéndome en aterradora desventaja. Yo había saltado de la cama con la intención de pasar en el mundo apenas los cinco minutos que tardaba en ir al quiosco. Ni siquiera me había peinado. Damien era el encargado de ir al quiosco los domingos. Si yo había ido este era únicamente porque él me había asegurado que no podía caminar porque el viernes por la noche se había lesionado la rodilla jugando al fútbol sala.

Empecé a encogerme en mi asiento mientras Paddy se abría paso entre los hombres con problemas con la bebida, cortando el alcoholizado aire con su penetrante colonia. Me desprecié por que me importara su opinión; no necesitaba que me encontrara atractiva, pero no quería que me viera vulnerable.

—Dee —dijo mientras le daba un abrazo fugaz.

Era un hombre muy vibrante. Parecía poseer más fuerza vital que el resto de la gente, como si hubiera recibido una dosis doble.

—Gracias por venir —dijo Dee. Me señaló—. ¿Os conocéis?

Se produjo una pausa terriblemente violenta. Yo estaba esperando que Paddy saliera con alguna de sus perogrulladas mientras él esperaba que hablara yo.

—¿Sí o no? —preguntó Dee.

—Por supuesto que nos conocemos —dijo desenfadadamente Paddy—. Hola Grace, me alegro de verte.

Se inclinó para darme un beso cortés en la mejilla. Contuve la respiración. No quería olerle. Me rozó la mejilla con los labios y luego —¿lo imaginé? — sopló suavemente en ella. ¿Había tenido realmente el valor?

Sus ojos estaban riendo.

La impronta de sus labios permaneció en mi mejilla como un picor insoportable. Estaba deseando frotármela.

—La cosa no pinta bien, Paddy —dijo Dee, yendo directamente al grano.

Paddy meneó la cabeza.

—Es un cumplido. Te tienen miedo. Significa que te toman en serio.

—Pero ¿de quién estamos hablando? Christopher no habría tenido el valor de hacer esto por sí mismo. ¿Quién se lo propuso? Ha llegado el momento de hacer algo al respecto.

Apoyé la cabeza en una mano y traté de subir disimuladamente la manga para frotarme la cara. Paddy me observaba, paseando los ojos entre mi manga y mi mejilla.

Lo sabía.

Dee se fue al lavabo y nos dejó solos a Paddy y a mí. Parecía demasiado grande para el pequeño taburete. Nadie habló. Echó una rápida mirada por encima de su hombro para asegurarse de que Dee no podía oírnos y, en un tono apremiante, dijo:

—Grace, yo…

—¿Cómo van los planes de boda? —le interrumpí.

—Grace, ¿no podríamos…?

—No —dije en un tono demasiado alto, haciendo que un par de cabezas beodas se elevaran de sus respectivos pechos. Bajé la voz—. Contesta la pregunta.

Clavó sus ojos en mi boca.

—Nunca respondes a mis llamadas.

Era típico de él: hacía semanas que no me llamaba.

—¿Por qué no quieres hablar conmigo? —preguntó. Me estaba violentando la forma en que me miraba la boca. Entonces dijo—: Puedo olerte, Grace. ¿Y sabes a qué hueles?

Sabía lo que iba a decir.

—Hueles a sexo.

Por debajo de mis pantalones de chándal trepó un calor punzante y mis pezones se pusieron en guardia.

—Calla —dije en voz baja—. Calla de una vez.

—Como quieras —contestó con calma—. Tus deseos son órdenes.

—Habrías dicho eso mismo aunque oliera a curry o a aguarrás…

Se encogió de hombros, unos hombros bellos en ese traje.

Recuperando la compostura, dije:

—Pero cuéntame, Paddy, ¿cómo van los planes de boda?

—Bien, bien. Pero en realidad esa cuestión la lleva Alicia.

—¿Y cómo está la adorable Alicia?

—Muy bien. Pero le hiciste un extraño perfil, Grace. Le decepcionó que no hubieras sido más... cariñosa.

Solté una carcajada.

—Fue Alicia quien se empeñó en que la entrevistara yo. ¿Qué esperaba?

—Esperaba que te comportaras como una profesional. Y yo también.

Le miré con desdén.

—Me comporté como una profesional.

—Esperábamos que dejaras a un lado tus sentimientos personales.

—Y eso hice.

No había querido entrevistarla, pero cuando me vi obligada a hacerlo me dije que la mejor forma de manejar la situación era fingir que no la conocía. Pero Alicia no se había molestado en disimular su triunfo y supongo que, como resultado de ello, no había podido evitar que se filtrara mi resentimiento. Eso no significaba que hubiera escrito algo horrible. Únicamente, algo no demasiado amable.

Los cigarrillos lo delimitaban todo; marcaban el comienzo de algo y el final de ese algo. Cada vez que me sentaba a escribir un artículo, lo primero que hacía era fumarme un cigarrillo. Desde que dejara el tabaco había sido incapaz de ponerme a teclear sin la extraña sensación de que me había adelantado al pistoletazo de salida, de que no debería haber comenzado aún. Y cuando acababa el artículo, no tenía la sensación de terminación porque no había un cigarrillo que marcara el fin de la tarea. Durante las siete largas semanas que llevaba sin fumar había vivido constantemente acosada por el peso de la inconclusión, por la sensación de estar arrastrando conmigo trabajos inacabados.

No obstante, por duro que fuera, no podía tirar la toalla, porque, pese a no ser supersticiosa, no podía sacudirme el temor de que si volvía a fumar, Bid moriría.

Cuando finalmente entregué mi artículo sobre Dee, me pasé por el cine —tienen el surtido más amplio— y compré una enorme bolsa de chuches de lujo —botellas de cola, dinosaurios de goma, fresas de gelatina— para Damien, como compensación por haberlo dejado solo en domingo con una rodilla vendada, mono de nicotina y ni un triste caramelo que llevarse a la boca.

Lo encontré en el sillón con la rodilla estirada sobre una silla y de morros, viendo el canal de la Segunda Guerra Mundial de veinticuatro horas (no se llamaba así, pero parecía que solo dieran documentales sobre los juicios de Nuremberg y el bombardeo de Dresde).

Damien levantó la vista de las imágenes granuladas de soldados desembarcando en Normandía.

—¡Te he estado llamando!

—Lo siento, apagué el teléfono. Necesitaba concentrarme.

—¿Me has traído algo?

Dejé caer la bolsa sobre su regazo.

—Un regalito.

—¿En serio? —dijo, sonriendo de oreja a oreja—. Lo decía en broma. Nunca me traes nada.

—Con lo desagradecido que eres, no me extraña.

Examinó el contenido.

—¡Caray, Grace, cerditos efervescentes! Son un raro manjar. Muy difíciles de conseguir.

—¿Qué tal la rodilla?

—Me está matando —respondió a través de una boca repleta de cerditos rosas—. ¿Hay hielo? ¡Eh, cógelo! —dijo, lanzándome un murciélago de gelatina. Me estiré hacia delante y conseguí atraparlo con los dientes.

—Caramba —dijo, claramente impresionado—. Lo retiro todo. —Sus ojos me recorrieron de arriba abajo y algo en ellos cambió. Me estaba mirando como hacía tiempo que no me miraba, como si le apeteciera tener sexo conmigo. Dentro de mí se produjo un trajín de emociones y el alivio sustituyó al desasosiego.

—Ven aquí —dijo con la mirada llena de intención, y en lugar de decirle que a mí nadie me daba órdenes, como haría normalmente, obedecí.

El aire se llenó de la promesa de sexo. Entonces Damien dijo:

—Por cierto, Bomber Command, antes de que se me olvide, ¿tenemos algo el viernes por la noche?

Dentro de mí se encendió una alarma.

—¿Por qué?

—Cena con Juno y su marido.

La frase quedó flotando entre los dos. Justo lo que necesitábamos.

El mes antes Damien había asistido, efectivamente, a la reunión de antiguos alumnos de su colegio —Damien, el hombre que siempre había dicho que «compadecía» a quienes sentían ese impulso— y por lo visto dio un maravilloso paseo con Juno por el sendero de la memoria, recordando, muertos de risa, sus discusiones cuando él insistía en trabajar y ella quería salir y emborracharse.

Bastante inocente todo. Lo único que me preocupaba —y no, no era que en otros tiempos hubieran estado enamorados y casados— era que Juno fumaba.

Mucho, según Damien, que había llegado de la reunión borracho y nostálgico, elogiando los dos paquetes que Juno se fumaba a diario y narrando una historia incoherente de cómo Juno se había fumado un cigarrillo a hurtadillas en la mesa y el rociador del techo se había disparado y había empapado a un pobre tipo llamado «Nolan Sin Cojones», y cómo mintió al director del hotel cuando este le preguntó si había fumado y que fue tan divertido que creyó que iba a vomitar…

Desde que cortáramos en seco nuestra dosis de nicotina, el mono nos tenía irascibles, pero, además de eso, yo sospechaba que Damien estaba resentido conmigo: era mi tía la que tenía cáncer de pulmón, era mi madre la que nos había insistido en que dejáramos de fumar.

De repente, como un salvavidas, me acordé de algo.

—¿No ibas a estar en Hungría el viernes? —Cubriendo las elecciones.

—Así es, pero vuelvo por la tarde.

Mierda.

—Grace, ¿estás bien? —preguntó—. Pareces un poco…

—Estoy bien.

Dio unas palmaditas al sofá.

—Siéntate a mi lado y cómete unas botellas de cola. Las tengo efervescentes y no efervescentes.

Mi humor se hallaba en esos momentos en el filo de la navaja, podía decantarse hacia cualquier lado. Finalmente decidí sonreír. Me estaba comportando como una paranoica, algo raro en mí (salvo cuando estaba premenstrual y me convertía en *Los últimos días de Stalin*). Repasé mi día buscando la causa de mi irritabilidad: Paddy de Courcy. Cada vez que lo veía, me marchaba con la vaga sensación de que el mundo estaba podrido.

—Y cuando hayas engullido tu dosis de azúcar y aditivos E —dijo Damien—, ¿qué tal un poco de actividad sexual suave?

Me besó. Tenía gusto a fresa artificial. Luego tuvo gusto a él. Una chispa se encendió dentro de mí. Me asaltó un deseo repentino y sentí su avidez.

Se apartó para mirarme detenidamente a los ojos, y mi lascivia se reflejó en los suyos.

—Uau —dijo—. ¿Qué ha pasado aquí?

Volvió a besarme y de repente estábamos dándonos el lote como adolescentes. Retorcimientos de cuello, cambios de dirección y arañazos en la ropa, incapaces de decidir qué prenda quitarnos primero.

Damien se desabrochó el cinturón y sacó su miembro ya erecto. Me arranqué la sudadera y me desabroché el sujetador.

Alargó sus manos hacia mis pezones y dijo:

—¡Vaya, la rodilla!

—Quédate quieto. —¿Cuál era la mejor forma de hacer esto? Porque íbamos a hacerlo—. Me colocaré encima.

—¿Cómo hace el amor la gente cuando está enyesada? —jadeó Damien.

—Para algunas personas es un fetiche. —Me levanté y me quité los pantalones y las bragas—. Les pone que les escayolen todo el cuerpo. Los llaman los escayolados. Recuerda que escribí un artículo sobre ellos.

Ignoraba por qué le estaba contando eso, no podía importarme menos.

Me sujetó por las caderas para ayudarme a descender sobre él.

—Podríamos buscarnos un fetiche.

—¿Ahora? —Mis rodillas se asentaron entre sus muslos. Mi respiración era cada vez más jadeante—. Qué momento tan oportuno.

—Ahora no. Otro día.

—Vale. ¿Se te ocurre algo? —La punta de su erección acababa de rozarme.

—Así de pronto, no.

—Pues piensa. —Él estaba empujando hacia mí, yo estaba empujando hacia él. Había la resistencia justa para hacerme sentir estrecha y turgente. Damien gimió mientras me llenaba—. Avísame si se te ocurre algo bueno.

—¿Adónde vas? —me preguntó cuando salía de puntillas de la habitación—. ¿Por qué no duermes?

—Voy a por un parche de nicotina.

En la penumbra de la sala de estar, rebusqué en mi bolso y encendí el móvil. Sabía que me llamaría. Por eso lo había mantenido apagado todo el día.

Tenía tres mensajes de voz. Me llevé el teléfono a la oreja y escuché. Dos eran de Damien, preguntándose dónde estaba.

Luego oí su voz. Apenas tres palabras. «Llámame, por favor.»

En cierto modo, los días del bolso verde era los peores. Si bien el negro (negatividad implacable, tendencia a perder los estribos) era malo, y también el rojo (rabia incontrolada), al menos sabías a qué atenerte. No porque el beis fuera precisamente agradable; el tono, aunque suave, la volvía demasiado dinámica y sabihonda. En cambio el verde, el verde era una incógnita. Con el verde podías esperar comentarios crípticos entre dientes, cambios de opinión bruscos y constantes modificaciones en las reglas de juego. En un día de bolso verde Jacinta podía decirte algo elogioso y hablar en serio. O podía decirte algo elogioso y, a renglón seguido, aullar «¡Si te lo has creído es que todavía crees en el ratoncito Pérez!». Lo cual no era tan malo cuando nos lo decía a TC o a mí —podíamos soportarlo—, pero había sido muy violento ver cómo se lo gritaba a Óscar, su hijo de cinco años, el Día de Traiga A Su Hijo Al Trabajo.

Lunes por la mañana y mi firma aparecía en la portada de *The Spokesman*. La compartía, lo reconozco, con Jonno Fido, de noticias, pero eso no le restó brillo. Conseguir que tu firma apareciera en primera plana era todo un hito. Naturalmente, los periodistas de noticias concretas eran los Westlife del mundo periodístico; cualquier periódico les daría un puesto preferente. Pero para los articulistas como yo eso ocurría con menos frecuencia, de ahí que resultara aún más gratificante.

Además, en las páginas dos y tres aparecía mi exhaustivo perfil sobre Dee. Y en la página cinco un enérgico artículo de opinión que había escrito con el título «Esto jamás le sucedería a un hombre».

TC me observó mientras me acercaba a mi mesa.

—Grace Gildee, la estrella de *The Spokesman* —dijo.

—Eres la mujer del momento —añadió Lorraine—. Jacinta se alegrará mucho por ti.

Resoplamos ante semejante improbabilidad, pero nada podía desanimarme. Estaba enamorada de mi trabajo. Me gustaba todo, los timbres de los teléfonos, el tintineo de llaves, el parloteo. Lo vivía con tanta intensidad que estaba segura de que podía sentir el zumbido de toda esa actividad en las venas.

—¿Color del bolso? —preguntó TC.

—¿Con apuesta o solo por diversión? —preguntó Lorraine.

—Por diversión.

—Verde —dijo Lorraine.

—Verde —la secundó Tara.

—¿Y amarillo? —dije, bromeando. El amarillo significaba helados y a veces hasta refrescos.

—Negro —dijo Claire.

—Ni hablar —repuso TC—. Es directora de artículos. Que Grace haga un buen trabajo es bueno para su imperio.

—Pero detesta tener que reconocer el éxito de otra persona, aunque sea de su equipo —replicó Claire—. Y con eso no estoy diciendo que sea mala persona...

—Ahora no —dijo Tara—. Pero tendrías que oírte en Dinnegans los viernes por la noche, después de tres vodkas con tónica.

—Yo digo que verde —insistió Lorraine.

—Yo también —dijo Tara.

—Y yo —dijo TC.

—Y yo —dije yo.

—Yo sigo diciendo que negro —dijo Claire.

—Todo esto me parece una estupidez —intervino Joanne—. Es solo un bolso.

Todo el mundo pareció separarse ligeramente de Joanne. En realidad, nunca había encajado.

Para: Gracegildee@spokesman.ie
De: Pattilavezo@oraclepr.com
Asunto: Entrevista a Madonna.
Por favor, envíe detalles sobre población lectora de *The Spokesman* y número de ejemplares vendidos en los últimos ocho trimestres.

La relaciones públicas de Madonna había solicitado muestras de mis trabajos en dos ocasiones. Después me pidió que escribiera un ensayo sobre los motivos por los que adoraba a Madonna. Si ahora quería saber cuántos ejemplares vendía *The Spokesman* tenía que ser porque mi trabajo le había gustado. La cosa pintaba realmente bien. ¡Dios! Una mezcla de pánico y euforia se adueñó de mí. ¿Y si ocurría? ¿Y si realmente ocurría? Conocería a Madonna en persona. ¡A Madonna!

—Por ahí viene Jacinta —susurró TC.

—No puedo ver el bolso, me lo tapa la fotocopiadora.

—Y lleva el abrigo echado por encima.

—Creo que es verde.

—No, es negro.

—No, es verde.

Era verde.

—Felicidades por el artículo sobre Dee Rossini —dijo, eficientemente, Jacinta.

Aguardé la coletilla en silencio.

—¿Te ha mordido la lengua el gato? —preguntó.

—No.

—Entonces, ¿dónde están las gracias?

—Gracias.

—No se te ocurra ahora dormirte en los laureles. Solo vales lo que vale tu siguiente artículo. ¿Qué tienes para mí?

—Idilios en las fiestas de trabajo navide…

—¡Todavía estamos a 17 de noviembre!

—El gasto medio en regalos navide…

—¡No!

—Los sin techo en épocas navideñas.

—¿Es optimista?

—… No. Son personas sin techo.

—Pues seguimos estando a 17 de noviembre. ¡Olvídalo! Y hablo en serio —farfulló.

Apartó sus ojos de mí y lo que vio la dejó petrificada, como convertida en una estatua de sal. Me di la vuelta. Era Casey Kaplan, con sus ceñidos tejanos negros y el pelo enmarañado.

—¿Qué demonios haces aquí? —preguntó Jacinta, presa de una turbia emoción.

—Trabajo aquí. —Casey esbozó una sonrisa pedante.

—Pensaba que eras alérgico a la luz del día. Nunca habíamos gozado del placer de tu compañía a estas horas de la mañana.

Casey traía consigo un halo de cigarrillos, pubs y parranda. Era obvio que venía directamente de una fiesta o un bar.

La estela de su olor avanzó por la oficina y cuando alcanzó a Jacinta, esta se levantó de un salto.

—¡Largo de aquí! —bramó, agitando los brazos—. ¡Apestas!

—Esta mañana te han apretado demasiado el corsé, Jacinta. —Casey soltó una carcajada y siguió su camino.

—Gracias, Casey —farfulló TC—. Ahora sí que nos la has tranquilizado.

Al llegar al fondo de la oficina, oí a Casey preguntar:

—Buenos días, Rose, ¿está Coleman?

—Sí —respondió, nerviosa, Rose. Era la secretaria del gran jefe y la encargada de custodiar la puerta de su despacho—. Pero no quiere que nadie le moleste.

—No te preocupes, me ha enviado un mensaje y me está esperando.

Sonó mi teléfono. Era el número de mis padres. Ignoraba cómo lo hacían, pero cuando ellos llamaban parecía que el timbre sonara con más apremio de lo habitual. Siempre conseguían mi atención.

—Es Bingo —dijo papá.

—Por el amor de Dios.

—Está en Gales.

—¿En Gales? ¿Te refieres al país de Gales? ¿Al otro lado del mar? ¿Cómo ha llegado hasta allí?

—Cogió el ferry.

—¿Cómo?

—Imaginamos que llegó a la terminal, embarcó cuando todos los demás lo hicieron y bajó cuando todos los demás lo hicieron. Un ciudadano galés lo encontró en la carretera, fue hasta Caernarvon y llamó al número que aparece en el collar.

—¿Nadie le pidió el pasaje cuando subió al barco?

—Imaginamos que se unió a una familia, pasó como un miembro más y lo incluyeron en la tarjeta de embarque colectiva.

Guardé silencio. No podía por menos que admirar a Bingo. Deberían cambiarle el nombre y llamarlo Marco Polo.

—El ferry rápido sale de Dun Laoghaire a las cuatro —dijo papá—. Solo tarda noventa minutos en llegar a Holyhead. O eso dicen. Supongo que es un ideal estajanovista, formulado para atraer a los usuarios ingenuos. Apostaría dinero, si lo tuviera, a que los errores humanos, la incompetencia y el mal tiempo alargan indefinidamente ese cálculo.

—Buen viaje.

—¿Para quién?

—Para ti, para mamá, para Bid, para quienquiera que vaya.

—Pero ¿tú no…?

—Estoy. Trabajando. Tú. Estás. Jubilado. Bingo. Es. Tu. Perro.

—Tú. Eres. Nuestra. Hija. Nosotros. Somos. Mayores. Y. Pobres.

—Te. Pagaré. El. Pasaje. Adiós.

Volvió a sonar el teléfono. Otra vez papá.

—¿Y ahora qué? —pregunté.

—¿Cuántos?

—¿Cuántos qué?

—¿Cuántos pasajes estás dispuesta a pagar? ¿Únicamente el mío o el de los tres?

—El de los tres, por supuesto.

Colocó una mano sobre el auricular y aulló:

—¡Podemos ir los tres!

Me llegaron grititos de júbilo de mamá y Bid. Pobres diablos. Qué fácil era tenerlos contentos. Sobre todo ahora que Bid estaba tan enferma.

Papá destapó el auricular.

—Tienes un buen corazón, Grace. Como Damien, puedes ser muy dura, en eso hacéis buena pareja, pero debajo de toda esa dureza hay una gran bondad.

Cuando el teléfono volvió a sonar contesté sin consultar el número. Esperaba que fuera otra vez papá para preguntarme si tenían derecho a un suplemento para comprar té y sándwiches en el ferry.

—¿Puedo hablar con Grace Gildee, por favor?

¡Oh, no, craso error! ¡Nunca conteste al teléfono si no sabes quién llama! Ahora no tendría más remedio que mantener una larga y pesada conversación con un relaciones públicas que intentaría retorcerme el brazo para que cubriera el libro/aparato/organización benéfica que representaba.

—¿De parte de quién?

—De Susan Singer.

—¿De qué se trata?

—De mi madre. Yo y mi hermana Nicola, nuestra madre, la señora Singer. Usted vino a nuestra casa en septiembre y mi madre le habló de la biopsia. Nos envió una foto de las tres.

—¡Sí, sí, claro!

—Mi madre murió anoche.

—¡Dios, cuánto lo siento!

—Pensé que le gustaría… saberlo. Fue muy amable el día que vino a ver a mi madre, y luego nos envió la foto. Mamá la enmarcó. El funeral será mañana por la mañana.

—Allí estaré. Gracias por avisarme.

Me dirigía a Chomps para comprarme el almuerzo (eran las once y diez pero no podía esperar más) y justo antes de que las puertas del ascensor se cerraran, Casey Kaplan se coló como una bala.

—Dime, ¿es cierto lo que dice Jacinta? ¿Que apesto? —preguntó

—Sí.

—¿Y a qué apesto?

Olisqueé el aire y lo medité unos segundos.

—A vicio.

Parecía complacido.

—Buen trabajo con Dee Rossini. Hiciste un perfil de primera.

Las puertas del ascensor se abrieron y salimos al vestíbulo.

—Alucino con Chris. ¿Quién iba a imaginar que sería capaz de algo así? —Luego, pensativamente, añadió—: Siempre me pareció un tío legal.

—¿Chris?

—Christopher Holland, el novio de Dee.

—¿Le conoces? —Mi voz sonó estridente.

Casey se encogió de hombros.

—Ajá.

—¿Sabías que era el novio de Dee?

Nadie más en todo el planeta había sabido siquiera que hubiera un novio.

—He cenado con ellos un par de veces. Siempre pensé que hacían una excelente pareja, pero —suspiró apesadumbrado— *The Globe* le puso delante un buen fajo y supongo que, con sus deudas de juego, no pudo decir que no. Poderoso caballero es don dinero…

Había oído suficiente. No podía soportar ni un alarde más. Dejándolo con la palabra en la boca, me encaminé rápidamente hacia la puerta bajo la atenta mirada de Yusuf y la señora Farrell, que, divertidos, estaban intercambiando codazos.

Salió todo en el telediario de la noche.

Esa mañana, en el parlamento, el líder de los Progresistas Cristianos, Brian «Cafetera» Brady (tenía un próspero imperio de coches de ocasión; los políticos irlandeses alentaban el uso de apodos para dar la imagen de hombres «del pueblo») se levantó y dijo, «Si se me permite dar un consejo a mi honorable amiga, la líder del NewIreland…». Se agachó y reapareció enarbolando un objeto rosa. Los diputados estiraron el cuello para ver mejor y quienes habían reconocido el objeto estallaron en carcajadas. «Este refinado aparato —Brian Cafetera lo alzó sobre su cabeza y las risas aumentaron— «es una depiladora femenina.» Leyó lo que ponía en la caja: «Me han asegurado que garantiza "unas piernas de seda"». La multitud se estaba desternillando. Parecían monos en una fiesta *acid*. Con una inclinación de cabeza, Cafetera añadió: «Es para usted, ministra Rossini, un obsequio de los Progresistas Cristianos con la esperanza de que le sea de utilidad».

—Fue detestable. —Damien había estado allí, informando desde la tribuna de los periodistas—. Parecían colegiales. Y la cosa solo ha hecho que empezar.

El líder del Partido Laborista se estaba poniendo en pie. «Eso ha sido un golpe bajo por parte del líder de los Progresistas Cristianos —dijo—. Al Partido Laborista le gustaría ofrecer su apoyo a la ministra Rossini con este práctico artículo.» Extrajo algo de su bolsillo.

—¿Qué es? —pregunté a Damien.

—Una piedra pómez para los pies.

Hasta el Partido de los Verdes ofreció a Dee un frasco de aceite de lavanda contra la celulitis.

—Por lo menos el Partido Socialista se abstuvo —observé, conmovida por su indulgencia y preguntándome si debería votarles en las próximas elecciones.

—Probablemente por falta de fondos —dijo Damien—. Si hubieran podido recaudar entre todos el dinero para una crema de pies, te aseguro que la habrían comprado.

Los ojos de Dee tenían un brillo sospechoso, pero aguantó el tipo e incluso logró sonreír, y gracias a ello el gobierno se salvó de la quema.

—Pero esta ha sido su última oportunidad —dijo Damien—. Otro escándalo y estará acabada. Y también el gobierno. ¿Cuántos pares de calcetines debería llevarme?

—¿Cuántas noches estarás fuera?

—Martes, miércoles, jueves… tres.

—Entonces, ¿cuántos pares necesitas?

—Tres.

—Muy bien. Coge. —Uno después de otro, le lancé tres pares de calcetines ovillados. Damien los atrapó al vuelo con una sola mano y los echó en la bolsa, uno, dos, tres.

—Pobre Dee —dijo.

—¿Quién le estará haciendo eso? —pregunté.

—Los *chrisps*, naturalmente. Son los únicos que tendrían algo que ganar.

—Pero ¿tienes nombres concretos? ¿Podría ser Cafetera? ¿Gente de las altas esferas?

—No lo sé.

—Y aunque lo supieras, no me lo dirías.

—No podría. —Tenía que proteger su fuente de información.

—¿Por qué se ensañan concretamente con Dee?

—Porque ya probaron a atacar directamente a los *nappies* con lo de los «préstamos» de Teddy.

Habían pillado al líder del Partido Nacionalista de Irlanda aceptando «préstamos» personales por valor de decenas de miles de euros, «préstamos» que había estado recibiendo durante más de una década y de los cuales no había devuelto un solo céntimo. Teddy, sin embargo, no cedió y se negó a dimitir, utilizando descaradamente el chantaje emocional con el pueblo irlandés en un discurso repleto de embustes y lágrimas de cocodrilo.

—Los *nappies* y Teddy están cubiertos de teflón. La única forma que le queda a la oposición de perjudicarles es atacando a su compañero de coalición. Y Dee, a diferencia del resto, es una persona íntegra. Si la presionan lo suficiente, dimitirá. ¿Hará mucho frío en Hungría?

—¿Qué soy? ¿El hombre del tiempo?

Damien meneó la cabeza casi con orgullo.

—Qué mala leche tienes.

Nos echamos a reír.

—Tú me has enseñado todo lo que sé —dije—. Estamos en noviembre. Deja los bermudas en casa.

—Dios santo, Grace, mira eso. —Damien estaba mirando la tele.

Habían secuestrado un camión que transportaba cigarrillos. Los dos ladrones habían arrojado al conductor a la calzada y se habían largado en dirección norte, sin duda muertos de la risa.

—Esos podríamos ser nosotros —dijo Damien, con su hambre de cigarrillos reflejada en el rostro—. ¡Un camión lleno de cigarrillos! Después de secuestrarlo, pararíamos en un área de descanso y fumaríamos hasta enfermar.

—Abriríamos cientos de paquetes —grité—. Y arrojaríamos miles de cigarrillos al aire. Y nos zambulliríamos en ellos...

—... encenderíamos docenas y solo los fumaríamos hasta la mitad...

—... o fumaríamos seis a la vez...

—... y tendríamos apasionado sexo nicotinizado, rodando sobre un lecho de cigarrillos. Dios... —Mi voz se apagó y suspiré.

Entonces Damien suspiró y, con resignación, siguió haciendo la maleta. Me hizo pensar en «La pequeña cerillera», en el momento en que la llama se extingue y el hermoso sueño se desvanece.

Le metí una reserva de chucherías de emergencia en la maleta y por un momento pensé en añadirle una nota que dijera «Te quiero», pero era tan impropio de mí que temí que pudiera asustarle.

—Ayuda humanitaria.

—¡No! —Jacinta lo decía ahora de forma automática, independientemente de lo que le propusiera—. Últimamente te has vuelto tan... altruista. Primero las mujeres maltratadas, luego los sin techo y ahora la ayuda humanitaria.

—Tres o cuatro perfiles de las diferentes caras de la ayuda humanitaria —continué como si Jacinta estuviera dando saltos de entusiasmo—. La mujer de la alta sociedad que asiste a todos los actos para recaudar fondos, el administrador que controla la entrega de esos fondos a los países en desarrollo y el individuo compasivo que deja su trabajo durante seis meses para dar de comer a los que se mueren de hambre.

Eso le gustó. La había pillado con lo de «la mujer de la alta sociedad».

—Eh, Declan, ¿quién es actualmente la reina de los actos benéficos? —preguntó.

Declan («Nuncasale») O'Dowd nos miró con los ojos entornados. Daba la sensación de que nunca veía la luz del día.

—Rosalind Croft, esposa de Maxwell Croft.

—Lo sabía —susurró triunfalmente Jacinta—. Pasaré el día con ella, siguiendo de cerca todos sus movimientos. He oído que es muy generosa. Puede que me regale un bolso. Organízalo todo, Grace.

—Los más humildes me tocan a mí, supongo.

—Desde luego. Lo pasarás divinamente con el tipo altruista que se va al África. Podréis tener una larga charla sobre globalización. ¡Seguro que te encanta! Elige a alguien no demasiado feo, por lo de las fotos.

—¿Y el administrador?

—Envía a TC si quieres. O puedes hacerlo tú. Pero que sea fotogénico. ¿Adónde vas ahora?

—A un funeral.

La iglesia estaba en penumbra y abarrotada de gente. Las dos hijas, Susan y Nicola, con mocasines y abrigo negro, estaban sentadas en primera fila, junto a un hombre pálido, probablemente su padre. La cabeza me dolía de contener las lágrimas.

El señor Singer habló con gran ternura de su esposa. Luego Susan y Nicola se acercaron al altar y dirigieron a su madre unas palabras de despedida; fue tan triste que temí que el cráneo fuera a estallarme de la presión. Lamentaba terriblemente que el artículo sobre la señora Singer no se hubiera publicado. No la habría curado, no habría cambiado el resultado final, pero habría hecho que sus hijas se sintieran un poco mejor.

—Ahora nos levantamos —me susurró el anciano que tenía al lado.

Había asumido el papel de soplón porque yo hacía tanto que no iba a misa que había olvidado por completo cuándo tocaba sentarse, levantarse y arrodillarse. El sonido de los zapatos raspando el suelo de madera resonó en la iglesia cuando todos nos pusimos en pie, y a través del hueco que se abrió brevemente entre los cuerpos en movimiento divisé, unas filas más adelante, sus inconfundibles hombros. Pero no podía ser él. ¿Qué se le había perdido en esta iglesia?

Delante de mí se formó un muro de espaldas y ya no pude ver nada más. Entonces el anciano me susurró:

—Ahora, arrodíllese.

La congregación cayó de rodillas y me demoré el tiempo suficiente para ver que, efectivamente, era Paddy.

—¡Arrodíllese! ¡Arrodíllese! —espetó el anciano.

—Lo siento.

¿De qué conocía Paddy a los Singer? Claro que actualmente no sabía nada de su vida, podía conocer a cualquier persona. Entonces caí en la cuenta: esta era su circunscripción electoral. Los políticos siempre aparecían en los funerales de sus electores potenciales para que los votantes pensaran que eran humanos.

Fuera de la iglesia me detuve a observarlo con su abrigo, su altura, su carisma, mientras se inclinaba sobre las chicas para ofrecerles consuelo. Recordé que la señora Singer me había dicho que sus hijas tenían catorce y quince años, la misma edad que Paddy cuando su madre murió.

Era evidente que, pese al fallecimiento de la madre, las chicas estaban encantadas con que el célebre Paddy de Courcy hubiera asistido al funeral.

Pobres muchachas, privadas de su madre a una edad tan vulnerable. Pero su padre, por lo menos, parecía cariñoso. No como el de Paddy.

—Dios mío… —Marnie se había detenido en seco, como si hubiera chocado con un muro invisible.

Era un fantástico atardecer de junio, la noche previa a nuestro examen final de historia, y mamá y papá nos habían obligado a dar un paseo por el muelle de Dun Laoghaire con la esperanza de que la brisa marina nos despejara el cerebro.

El muelle estaba muy animado; los atardeceres soleados siempre atraían a las multitudes, y muchos otros padres habían tenido la misma idea.

—Hicieron creer que el Plan Marshall era una ayuda pero en realidad fue una pérfida conspiración… —Papá nos estaba «ayudando a repasar». Se detuvo y se volvió hacia Marnie, que estaba unos pasos detrás de él—. ¿Por qué has parado, Marnie? ¿Qué pasa?

—Nada. —Estaba pálida.

—No puedes decir que no pasa nada. ¿Vas a desmayarte?

—No miréis —murmuró Marnie—. No digáis nada, pero ahí está el padre de Paddy.

—¿Dónde? —Los ojos de mamá y papá buscaron un borracho en algún banco disfrutando de los últimos rayos de sol.

—Allí, pero no miréis, por favor. —Marnie señaló a un hombre alto y derecho, con el pelo gris muy corto, una camisa de color tostado sin una sola arruga y un pantalón a juego. Podría haber pasado por un oficial del ejército.

—¿Ese? —Esa imagen de respetabilidad marcial no era lo que mamá y papá habían esperado encontrar. Sabían, por el comportamiento ansioso de Paddy, que el señor De Courcy era un padre ausente la mayor parte del tiempo, pero como Paddy nunca explicaba demasiado, habían llegado a la conclusión, nada descabellada, de que el problema era la bebida. Marnie se escondió detrás de mí.

—No dejes que me vea.

—Parece un hombre agradable —dijo mamá.

—Querrás decir limpio —repuso Marnie.

—¡Te equivocas! —exclamó, dolida, mamá—. ¿Cuándo me ha gustado a mí la gente limpia?

—Tiene aspecto de militar. ¿Lo es? —preguntó papá.

Marnie negó con la cabeza.

Aliviado de no tener que confraternizar con fascistas, papá cogió a mamá por el codo.

—Deberíamos presentarnos.

—¡No, por favor! —suplicó Marnie. Tiró de ellos.

—¿Por qué no? Su hijo y nuestra hija llevan un año «saliendo» juntos. Sería lo más cortés.

—No lo entendéis. Esperad un minuto. —Nos obligó a formar un estrecho círculo—. ¡No miréis! ¡No dejéis que se de cuenta de que estáis mirando!

Lanzamos discretas miradas al señor De Courcy.

—¿Qué hace? —preguntó papá—. Veo que lleva un micrófono en la mano. ¿Acaso canta?

Marnie hizo una pausa, tragó saliva y dijo:

—A veces, creo.

—Así que es cantante —exclamó mamá. Le gustaban los cantantes, los músicos, los artistas, de hecho, cualquier persona sin unos ingresos fijos—. Paddy nunca nos lo dijo.

—No es cantante.

Marnie me había hablado del señor De Courcy, pero me amenazó con contarle a todo el mundo que todavía no había perdido la virginidad (un bochorno a mis casi dieciocho años) si decía una palabra.

Yo entendía perfectamente que protegiera tanto a Paddy. Marnie y yo también nos avergonzábamos de nuestros padres: papá con su nariz y sus ideas comunistas; mamá con su refinamiento intelectual y sus tendencias altruistas. Pero lo del padre de Paddy era algo muy diferente.

Personalmente, me chocó ver por fin al hombre del que tanto había oído hablar. Tenía una mandíbula muy ancha que movía constantemente, como si estuviera triturando patatas crudas con las muelas. Y una piel que parecía despellejada, como si se hubiera afeitado tres capas de más simplemente para darle una lección a su cara. Sus ojos eran del mismo azul profundo que los de Paddy, pero los suyos parecían de cristal.

—Por la noche se los quita y les saca brillo —comentó Marnie, leyéndome el pensamiento—. ¿Volvemos a casa? Ya hemos paseado suficiente.

—Acerquémonos a saludar.

—No, mamá, no te caerá bien.

—Eso no puedes saberlo —intervino papá.

—A nosotros nos cae bien todo el mundo —insistió mamá—. Mira, ha encendido el micrófono. Debe de estar a punto de comenzar su actuación.

—No es un músico callejero —dijo Marnie con cierta desesperación.

—Chisss, escuchémosle —dijo papá, volviéndose con expectación hacia el señor De Courcy.

¿Qué esperaba papá? ¿Chistes? ¿Baladas? ¿Canciones de Sinatra?

Recibió lo último que podía imaginar.

El señor De Courcy apretó la mandíbula nueve o diez veces, sostuvo el micrófono con fuerza frente a su boca y ladró:

—¡Ahora, escuchad lo que os tengo que decir! Dios amaba tanto este mundo que envió a su único hijo para salvarnos. A su único hijo, para salvarnos a nosotros, miserables pecadores. Sí, sí, a usted, la mujer del anorak azul, y al señor de allí, sí, sí, también a usted. ¿Y acaso se lo agradecemos? ¿Acaso se lo agradece? —preguntó a un corredor sobresaltado—. No, desde luego que no. ¿Cómo le pagamos por su gran sacrificio? Pecando. Entregándonos a los pecados de la carne. ¡A la lujuria! A la avaricia, la gula, la ira y la envidia también, ¡pero sobre todo a la lujuria!

Hombres paseando a su perro, madres jóvenes empujando cochecitos, familias disfrutando de la última hora de sol, la invectiva alcanzó a todos. Unos parecían sorprendidos; otros, alarmados e incluso ofendidos. La gente no estaba acostumbrada a estos sermones por cuenta propia. Irlanda tenía sus canales oficiales para esa clase de cosas, un ejército de sacerdotes que dirigía su propia empresa sindicada.

Mamá y papá le miraban boquiabiertos. Era tal el desconcierto dibujado en sus caras que parecían conversos.

—¿Podemos irnos? —suplicó Marnie, sacudiendo el codo de mamá—. Si me ve me soltará un sermón sobre la lujuria.

—Sí, sí, claro. —Con gesto protector, mamá y papá nos condujeron rápidamente hacia casa y en un momento dado la voz del señor De Courcy se apagó. No obstante, cuando estábamos llegando al final del muelle, quizá por su curvatura o por un cambio en la dirección del viento, Marnie susurró:

—Ahora está cantando.

Aguzamos el oído y, transportado por el viento, escuchamos con suma claridad «Es una mujer diabólica, lleva el diablo en el cuerpo». Cantaba en un tono fúnebre, sin ninguna entonación. «Cuidado con la mujer diabólica, porque ataca por la espaldaaaaaa.»

Papá se volvió en la dirección del clamor.

—Qué tragedia —dijo.

—Debo reconocer que había esperado un gandul que le diera a la botella —dijo mamá—. Ojalá hubiera acertado.

—Es un gandul —aseguró Marnie—. Le despidieron del trabajo y pasó de buscar otro. No gana dinero. Esto es todo lo que hace ahora.

—Pobre Paddy. Y su madre, encima, muerta. Realmente, no tiene a nadie que cuide de él.

—Pobre Paddy.

—Pobre Paddy.

—Pobre Paddy.

—¡Damien! ¡Damien Stapleton! ¡Aquí, pedazo de tiarrón!

—Allí está —dijo Damien.

De pie en una mesa del fondo había una mujer alta, pechugona, rubia y escandalosa agitando una mano. La clase de mujer que te saluda a gritos desde una distancia de kilómetros.

—¿Esa es Juno?

—Sí —respondió con una sonrisa Damien mientras me cogía de la mano y cruzábamos el restaurante a toda prisa—. No te preocupes, os parecéis mucho. Seguro que os caéis bien.

No era como la había imaginado y eso me inquietó. Detesto ver cómo mis prejuicios se vienen abajo. La imagen que me había creado de Juno era la de la típica dama que adoraba almorzar fuera, vestía de blanco y desarrollaba una osteoporosis prematura a fuerza de pasar hambre. ¿Qué tenía de raro? Había sido relaciones públicas nada menos que de Browning and Eagle. Pero en lugar de eso, Juno era una mujer saludable y campechana vestida con tejanos y una camiseta de rugby con el cuello levantado. Muchas cosas me molestan —yo soy la primera en reconocer que soy una intolerante— pero las camisetas de rugby con el cuello levantado hacen que la rabia bulla dentro de mí como un humo negro y tóxico.

—Sigues siendo el hombre menos puntual de toda Irlanda —le reprendió mientras le daba un beso fugaz, en los labios, para mi alarma.

—Ha sido culpa de Grace —se disculpó Damien—. Tenía trabajo.

Gracias, cabrón desleal.

—Un terremoto en Pakistán —dije—. Ha muerto mucha gente, en su mayoría mujeres y niños. Qué desconsideración, morirse un viernes por la noche sabiendo que tengo una cena. Jajaja —añadí amargamente en un intento infructuoso de dar muestras de buen humor.

—¡Trabajo! —exclamó Juno—. ¡Al cuerno con el trabajo! Dejemos que sean los hombres los que se deslomen mientras nosotras nos quedamos en casa y nos gastamos el dinero!

Estaba intentando hacerse la simpática —pude darme cuenta, a pesar de la impresión— y esta era mi oportunidad de actuar de buena fe respondiendo a mi vez: «¡Bien dicho! ¡Los hombres son unos zánganos y se lo tienen merecido! ¡Eso les enseñará a no dejar los calcetines sucios en el suelo del dormitorio!».

Pero no pude.

Miré la silla vacía que había al lado de Juno.

—¿Y tu marido?

—No me hables —respondió, echando la cabeza hacia atrás con un silbido.

—… ¿Qué quieres decir?

—Está de juerga con la empresa en el Curragh. La carpa de Cristal. Lleva toda la tarde allí. Me acaba de llamar. —Levantó su móvil—. Demasiado borracho para conducir. Puede que venga más tarde, pero solo Dios sabe en qué estado. Se encuentra en un serio aprieto conmigo. Ha perdido dos mil euros en las carreras de caballos y si no me regala unos buenos brillantes como disculpa, ¡adivina quién dormirá en el cuarto de invitados todo el mes! —Soltó una risotada y Damien la secundó

¿Su marido no iba a estar?

Yo no había querido venir a esta cena. En estos días exentos de nicotina representaba una complicación que no me habría importado eludir. Sin embargo, una cena a cuatro, con el marido de Juno y conmigo, me había parecido un plan bastante soportable. Ahora todo había cambiado y sabía que iba a pasarme cuatro horas sentada como un monigote mientras Damien y Juno jugaban a «¿Recuerdas cuando…?».

¿Y por qué Juno había organizado una cena justo el día que Miles estaba de juerga con su empresa?

¿Y por qué no se había disculpado?

¿No estaba siendo un poco… maleducada?

De repente me había vuelto en la viva imagen de la cortesía.

Llegó el camarero.

—¿Desean beber algo de aperitivo?

—Una jarra de Guinness —dijo Damien.

—Que sean dos —dijo Juno.

¿Juno bebía cerveza? En serio, era una novedad sentirme femenina y delicada.

—Tú y tus jarras de Guinness —comentó animadamente Damien—. Eso me trae muchos recuerdos de nuestra disipada juventud. ¿Te acuerdas de cuando estábamos sin blanca y teníamos que alargar la cerveza al máximo?

—Sí, yo también recuerdo haber hecho eso —dije—. Y la cerveza más barata que podías comprar se llamaba…

—¿Grace? —Damien señaló al camarero—. ¿Bebes algo?

—Lo siento. —Estaba tan desesperada por encajar que me había olvidado de que el hombre seguía allí—. Un gin-tonic, por favor.

—¿Grande?

—¿Por qué no?

—Salgo un momento a inyectarme un poco de nicotina. ¿Puedo tentarte? —Juno sonrió a Damien, pero él negó tristemente con la cabeza.

—¿Cómo os lleváis desde que dejasteis de fumar?

—Bien —dije al mismo tiempo que Damien decía:

—Estamos todo el día a la greña.

—No es cierto —dije.

—Sí lo es. No nos llevamos nada bien —insistió.

—¿No?

—No.

—¡Mentira!

—Verdad.

—¡Mentira!

—Verdad.

Juno nos puso delante el paquete de Marlboro, como si fuera una placa del FBI.

—Detesto interrumpiros —dijo—, pero estaré ahí fuera mientras os aclaráis.

—¿Por qué dijiste que Juno y yo nos parecemos? —bramé en el taxi de regreso a casa.

—Porque es una mujer independiente. Sabe lo que quiere. Como tú.

—¡Como yo! No tenemos nada en común. Ella no trabaja.

—Tiene dos hijos.

—¡Y niñera! Juega al hockey, monta a caballo y dice, «¡Todo el mundo en cueros!». —(La guinda de una anécdota absurda sobre una ocasión en que se pasaron el día bebiendo junto a una piscina.)—. Es una marimacho.

—Es divertida.

No lo era.

—Si no te cae bien, no tienes que volver a verla.

—Pero tú sí la verás.

—Puede…

—Damien, es tu ex mujer.

—Ese detalle es irrelevante. Han pasado mil años.

—No empieces a quedar con ella. —Con un infantilismo etílico, añadí—: No seas cruel.

—¿Por qué te pones así? Yo te quiero. Estoy contigo.

—Pero qué terco eres —farfullé contra mi pecho—. Lo haces para llevarme la contraria.

—En absoluto. —Estaba siendo irritantemente razonable—. Juno es parte de mi pasado y me alegro de haber recuperado el contacto.

—Pero…

Entonces recordé otra conversación que habíamos tenido no hacía tanto, y con el espíritu beligerante del borracho que sabe que ha perdido pero se resiste a reconocerlo, dije:

—A la mierda entonces, que sea lo que tú quieras. Seamos todos amigos de la adorable Juno.

Eran las 6.58 de la mañana cuando sonó el teléfono.

Yo ya estaba despierta. Así y todo, tenía que ser algo importante. ¿Otro *tsunami*? Cuando sucedía algo de esas proporciones, teníamos que presentarnos de inmediato en la redacción.

—¡Voy camino del hospital! —Era Jacinta—. ¡Óscar ha tenido un ataque de apendicitis!

—… Ya.

—¿Un desastre natural? —preguntó, adormilado, Damien.

—Tranquilízate, Jacinta —dije.

—Jacinta —farfulló Damien—. Debí suponerlo.

—Hoy día nadie se muere de un ataque de apendicitis. Se pondrá bien.

—¡No, no lo entiendes! Hoy debía entrevistarme con Rosalind Croft, pero tengo que quedarme junto a la maldita cama de Óscar. ¡Tenía que elegir precisamente este día! Nunca tengas hijos, Grace, son la cosa más egoísta que…

—El artículo es para el viernes. Puedes trasladar la entrevista a mañana, o incluso al jueves.

—¡Imposible! Rosalind tiene una agenda muy apretada. Ha de ser hoy. ¡Hoy! Tendrás que ir tú en mi lugar.

—Vale.

—¿Vale? ¿Eso es todo lo que tienes que decir? ¿No te alegras?

—… Eeeh…

—Si te regala algo, un pañuelo… lo que sea, es mío.

El portero me aparcó el coche. Una casa con portero aparcacoches.

Una especie de secretaria me acompañó hasta un vestidor más espacioso que toda mi casa, donde estaban secando el pelo a la señora Croft. Ya estaba maquillada. Era difícil ponerle una edad. Cuarenta y cinco, quizá.

Estaba segura de que iba a caerme mal. Yo era bastante dura con las mujeres de la alta sociedad que se dedicaban a obras benéficas. Sospechaba que las utilizaban como excusa para comprarse muchos vestidos. No obstante, la señora Croft me estrechó la mano y me sonrió con una calidez que parecía auténtica.

—¿Va a seguirme de cerca todo el día, Grace? Confío en que no se aburra demasiado.

Sinceramente, lo dudaba. Aunque no veía con buenos ojos a los superricos, sentía una bochornosa fascinación por sus estilos de vida.

En el vestidor había un trasiego constante de gente trayéndole mensajes telefónicos, menús que aprobar y documentos que firmar. Ser rica era un trabajo absorbente. La señora Croft era habladora y amable con todo el mundo. Pero quizá lo fuera porque yo estaba allí.

Una chica nigeriana asombrosamente atractiva, llamada Nkechi, iba de un lado a otro preparando ropa, removiendo perchas y gritando órdenes a otra chica nigeriana llamada Abibi.

—MaxMara, MaxMara, he dicho MaxMara. ¿Por qué me pasas Ralph Lauren?

—Dijiste pantalones color crema.

—Dije pantalones color crema MaxMara, tarada, que es muy diferente.

—Esta mañana he de presidir la reunión de un comité —me explicó la señora Croft mientras Nkechi le ayudaba a ponerse una chaqueta de lana suavísima. Yo no sabía mucho de lana, pero independientemente de lo que estuviera hecha esta prenda, seguro que era muy, pero que muy cara. Estaba elaborando mentalmente una lista de expresiones para decírselas luego a Damien. Me decidí por «Una chaqueta tejida con pelo de niño recién nacido».

—¿Qué clase de comité? ¿Benéfico?

—¿Existe otra clase? —Sus ojos chispearon—. Gracias, Nkechi. —Nkechi subió la cremallera de los pantalones MaxMara que habían sido la causa de tanto grito—. Niños de Azúcar. Para los niños con diabetes. Luego tengo un almuerzo.

—¿Y qué clase de almuerzo?

—Adivine. Benéfico, naturalmente. —Inclinándose sobre Nkechi, deslizó los pies en unos zapatos de charol en tonos marrón y crema—. Gracias, Nkechi.

—¿La misma organización?

—No, no, otra. La Fundación Corazón de Oro. Para los niños con problemas de corazón. Gracias, Nkechi. —Nkechi estaba colocando en el cuello de la señora Croft un pañuelo de color crema con un dibujo de herraduras y estribos—. Bien, creo que ya podemos irnos.

Formábamos una auténtica comitiva. Ahí estábamos yo, la señora Croft, la secretaria, la peluquera, Nkechi, Abibi, dos coches, dos conductores e incontables maletas Louis Vuitton.

La señora Croft, la secretaria y yo subimos a un Maybach («El coche más querido en Irlanda»), mientras que Nkechi, Abibi, la peluquera y las maletas «tuvieron que sufrir la ignominia» de viajar detrás en un Mercedes clase S.

Las otras damas del comité eran exactamente como las había imaginado: peinado de peluquería, ropa en tonos claros poco prácticos y acentos chirriantes. Todas parecían servir en los comités de las demás y asistir a los saraos de las demás. («Cada almuerzo y cada cena debe ser como el Día de la Marmota con sujetador mágico.»)

Había una animada discusión sobre el tema para el baile de Niños de Azúcar o, por lo menos, para encontrar un tema que no se hubiera utilizado en otro baile en los últimos seis meses. Se proponían y rechazaban ideas de acuerdo con las animosidades personales de cada una mientras la señora Croft ponía orden sin necesidad de elevar la voz. Finalmente se decidieron por el tema de María Antonieta. («¡Bárbaro!»).

Pasaron al asunto del menú.

—Como si importara —suspiró la señora Croft.

—¿Perdón? —dijo una de acento chirriante.

—En los bailes nadie prueba bocado.

El acento chirriante la miró sorprendida.

—Esa no es la cuestión, Rosalind. Seguimos necesitando un menú innovador.

—Por supuesto, Arlene, tienes toda la razón. ¿Qué tal perdiz?

—La dimos la semana pasada.

—¿Capón?

—Hecho.

—¿Chocha?

—Hecho.

—¿Pato?

—Hecho.

—¿Faisán?

—Hecho.

—¿Pollo?

—Hecho.

—¿Urogallo?

—Hecho.

—¿Por qué no ha inventado alguien un pájaro nuevo? —lloriqueó una de las de acento chirriante—. Maldito país, en serio.

En una suite de hotel Nkechi ayudó a Rosalind a cambiarse el atuendo del comité por el conjunto para el almuerzo. La peluquera le modificó ligeramente el peinado y a renglón seguido bajamos al salón de baile para comer.

Un infierno. Ciento cincuenta clones de las mujeres que habían asistido a la reunión del comité. Parecía un documental sobre una colonia de crías de gaviota. Qué algarabía.

Cuando las dos mujeres sentadas a mi vera se dieron cuenta de que yo no tenía nada que decir sobre el terrible tráfico en Marbella o el descenso de nivel en las escuelas privadas, ambas me dieron la espalda. No me importó; me evadí imaginándome un almacén repleto de cigarrillos. Estantes y estantes de cigarrillos, tantos que tenías que trasladarte en plataforma mecánica para verlos. Un universo de cigarrillos. Millones de cigarrillos. Aunque en ese momento me habría conformado con uno solo.

A las 14.30 en punto la secretaria propinó un codazo a Rosalind. Rosalind se levantó como una autómata y la comitiva se puso nuevamente en marcha. Para ser franca, estaba hecha polvo y no conseguía entender por qué. No había hecho nada en toda la mañana, salvo insidiosas observaciones en mi cabeza.

Nuestra siguiente parada era una clase de yoga con un hombre que salía a menudo en la tele. Otro cambio de ropa, después toma de medidas en Brown Thomas, regreso a la casa de Killiney para su sesión de amatsu y, a renglón seguido, un descanso para un té y un pequeño bocado: tortitas de arroz para ella y galletas caseras, sospechosamente parecidas a las que sirven en los hoteles de lujo, para mí.

—Cómase una galleta —le dije mientras la veía atacar los discos de poliestireno—. Esas cosas no saben a nada.

—Gracias, cariño, pero no ingiero más de mil doscientas calorías al día desde hace nueve años, desde que Maxwell empezó a prosperar. Si no puedo entrar en los vestidos de noche de la talla treinta y ocho, estoy perdida. Pero coma usted. —Rosalind abrió una agenda enorme—. ¿Le gustaría ver mi calendario para la próxima semana? Eche un vistazo.

Era impresionante: acupuntura, reuniones de comité, visitas a residencias para enfermos terminales, tratamiento sacrocraneal, sesiones de fotos, lavado de colon, pilates, blanqueamiento de dientes, compra de regalos navideños para su ejército de empleados, almuerzos, meriendas, desayunos de negocios...

—... y bailes, bailes y más bailes —dijo en un tono inesperadamente amargo—. Lo siento —se disculpó con voz queda.

—No importa —dije—. No siempre puede ser divertido.

En mi opinión, nunca lo era. Si por algún extraño capricho del universo —como en las tramas de *A través del tiempo*— acabara siendo una esposa de la alta sociedad, tendrían que sacarme del canal.

Entonces ocurrió algo, no sabía qué, que hizo que las manos de Rosalind se tensaran y los nudillos se le pusieran blancos.

—Ha llegado Maxwell, mi marido. —Giró la muñeca para mirar su reloj y añadió—: Llega pronto.

Yo no había oído nada.

Como si alguien hubiera girado su interruptor de media a máxima velocidad, se puso a recoger las hojas y a apilarlas sobre el escritorio.

—Me temo que hemos terminado por hoy, Grace. —Rosalind se levantó, se alisó la falda y caminó hacia la puerta.

—Pero… —Se suponía que debía seguirla de cerca hasta el momento de irse a dormir.

—¡Rosalind, Rosalind! —gritó una voz en el vestíbulo.

—¡Estoy aquí!

Corrió hasta la puerta pero en ese momento alguien la abrió de un empujón. Un hombre con cara de pocos amigos. Maxwell Croft.

—¿Qué haces aquí? —preguntó a Rosalind.

—No te esperaba hasta dentro de una hora.

El señor Croft se volvió hacia mí y me clavó una mirada fría.

—Grace Gildee —dijo Rosalind—. Está escribiendo un artículo para *The Spokesman* sobre los bailes benéficos. —Hablaba atropelladamente, casi pisándose sus propias palabras.

—Soy Maxwell Croft. Me alegro de conocerla. —Me observó brevemente—. Rosalind le pedirá el coche.

Todas las protestas que me disponía a formular murieron en mi boca. Mis deseos no tenían nada que hacer frente a los suyos.

—¿Qué te ha dado?

—Nada. ¿Cómo está Óscar?

—Bien, bien. ¿No te ha dado nada?

—No.

—Probablemente pensó que no tenía sentido. ¿Para qué darte un bolso de Hermès? Solo conseguiría poner aún más en evidencia el resto de tu aspecto.

—Jacinta, ¿te importaría no ser tan insult…?

—No es demasiado tarde. Quizá envíe algo cuando salga el artículo. Por cierto, doy por hecho que has visto el contrato.

—… Sí…

Jacinta había prometido a los Croft una copia para su aprobación, algo que no se hacía con nadie, ni siquiera con Tom Cruise.

Así pues, mi perfil sobre la señora Croft sería todo elogios.

Menos mal que me había caído bien.

Fui yo la que los presentó, a Paddy y a Marnie. Fue el mes de julio en que cumplí los diecisiete. Había conseguido un empleo de verano en The Boatman, donde Paddy estaba trabajando de camarero.

De hecho, fue la noche misma de mi diecisiete cumpleaños, y del cumpleaños de Marnie, claro. Marnie había pasado a recogerme con Leechy cuando terminé mi jornada. Queríamos celebrar nuestros cumpleaños de la única manera que sabíamos: bebiendo hasta caer redondas.

—Ven, te presentaré a Paddy —le dije con cierto orgullo.

Paddy era un gran tipo. Había terminado el instituto, después había trabajado un año en una obra en Edimburgo y en septiembre iba a empezar derecho en la universidad.

Marnie y Leechy lo sabían todo de él —así como mamá, papá y Bid— porque era el único camarero que me trataba bien. El resto del personal, nada más enterarse de que vivía en Yeoman Road, había empezado a mirarme mal. Pensaban, erróneamente, que era de buena familia, y decidieron hacerme la vida imposible desde mi primera noche, cuando Micko, el ayudante del director, me dijo:

—Hay una llamada para Michu Mino, pregunta por ahí si alguien le ha visto.

Fue la intervención de Paddy lo que impidió que me paseara por el pub preguntando lastimeramente: «¿Mi chumino? ¿Alguien ha visto a mi chumino?».

—Se lo hacen a todas las chicas —me explicó—. No te lo tomes como algo personal. Han apostado a cuánto tardarán en hacerte llorar.

—No me harán llorar —dije con una determinación que me duró cinco minutos. Había decidido buscarme otro trabajo.

—Te tienen miedo —explicó papá—. Eres culta y diferente. Tú solo estás de paso, pero para ellos es su profesión. Intenta comprenderles.

—No lo dejes —convino mamá—. El desprecio ayuda a formar el carácter. Piensa en Gandhi.

—Que se jodan —dijo Bid—. Pandilla de ignorantes. Vete a trabajar a McLibels, así nos harán un descuento por ser familia.

Al final, dado que las propinas eran buenas y el local estaba muy cerca de casa, decidí quedarme. ¿Qué habría pasado si me hubiera ido?

—Paddy —le llamé. Estaba metiendo vasos en un lavavajillas—. Te presento a mi amiga Leechy. Y esta es mi hermana Marnie. Mi hermana gemela.

Saludó a Leechy y luego esperé a que expresara su sorpresa con respecto a Marnie. «¿Tu hermana gemela? ¡Pero si no os parecéis en nada!»

Mas no hizo comentario alguno y por un momento me pregunté si había algún problema. Entonces me volví hacia él. Paddy estaba mirando a Marnie con la boca abierta, y Marnie estaba mirando a Paddy con igual estupefacción. Algo estaba ocurriendo entre ellos. De hecho, hasta podías sentirlo. Un fuerte hormigueo me trepó por la nuca. El propio Micko dejó el barril de metal que estaba manejando para volverse hacia ellos, con cara de desconcierto porque no sabía qué hacía mirando. Hasta un hombre y una mujer completamente borrachos, sentados a una mesa del pub, abandonaron sus pastosas recriminaciones y nos miraron.

Paddy y Marnie enseguida compaginaron sus vidas. En menos de catorce horas Marnie se despidió de Piece'a Pizza, donde trabajaba con Leechy, y empezó a trabajar en The Boatman, donde utilizó sus encantos para que Micko hiciera coincidir sus turnos con los de Paddy.

Pese a vivir en Yeoman Road, los demás camareros la trataban con delicadeza y cariño; era el efecto que Marnie tenía en los hombres. Además, era protectorado de Paddy, y aunque tenía educación y ambiciones, todo el mundo adoraba a Paddy.

Marnie no podía dejar de darme las gracias.

—Tú lo encontraste para mí.

Nunca la había visto tan feliz, lo cual era un alivio, porque yo no podía respirar tranquila si Marnie no era feliz. Pero, de repente, yo era la rueda que sobraba. Habíamos tenido otros novios en el pasado, pero esto era diferente. No porque me hubiera quedado sola. Leechy era casi como una hermana, vivía cinco puertas más arriba y se pasaba media vida en nuestra casa. Y estaba Sheridan, el mejor amigo de Paddy desde el parvulario. Parecía como si a los cuatro años se hubieran elegido porque sabían que de mayores podrían salir juntos a ligar: tenían una estatura y una constitución similares (fundamental para dos amigos que salen juntos a ligar, no puedes tomártelos en serio si uno mide quince centímetros menos que el otro) y los dos eran ciertamente guapos.

Pero debía reconocer que aunque Sheridan era atractivo, con ese aseado aspecto nórdico, Paddy tenía algo extra. Paddy nos endilgó a Sheridan a Leechy y a mí después de declarar que era prácticamente un hermano y que teníamos que cuidar bien de él. Los tres formábamos una incómoda pandilla de restos.

Lo más curioso de todo era que yo mantenía con Paddy el mismo contacto que si hubiera sido mi novio. Lo veía todos los días en el trabajo y lo veía todos los días en casa. Tenía la sensación de que no podía entrar en una habitación sin encontrármelo allí, con su entrepierna pegada a la de Marnie y la mano debajo de su camiseta.

Mamá y papá siempre nos habían animado a traer a nuestros novios a casa, pero su tolerancia se agotó en cuestión de días.

—Bajo a la cocina a cortarme un trozo de bizcocho —bramó papá— y allí están… en ello.

—¿En ello? —preguntó, nerviosa, mamá. Aunque liberal, eso no era una buena noticia.

—No en esa clase de ello. Pero besuqueándose, y chupándose la cara. O cualquiera que sea la horripilante expresión en boga. Paddy se pasa el maldito día aquí. Y cuando se digna irse a su casa, se pasan media noche pegados al teléfono. ¿De qué hablan? Ese chico me da escalofríos.

—¿Escalofríos? ¿Por qué?

—Se esfuerza demasiado por caer bien.

—Eso no es cierto —dijimos mamá y yo al unísono.

—¡Es solo un muchacho! —replicó mamá—. No puedes atribuir ese cinismo a una persona tan joven.

—Tiene diecinueve años. Es demasiado mayor para ella.

—Solo le lleva dos años.

—Dos años es mucho a esta edad. Y siempre están pegados. No es sano.

Pero mamá no podía resistir la tentación de proteger a Paddy. Tenía debilidad por los niños abandonados y Paddy constituía un caso idóneo: su madre había muerto, su padre apenas paraba por casa, nunca había comida en la nevera. Lo menos que podía hacer por esa criatura era alimentarla.

—¿Piensas que ahora la situación es mala? —dijo Bid a papá.

—Pues sí, lo pienso —replicó papá.

—Pues espera a que Paddy se vaya a la universidad en septiembre. Eso sí será un drama como Dios manda. Ya no tendrá tiempo para las chicas como nuestra pequeña Marnie —predijo Bid.

«Nuestra pequeña Marnie» debía de estar pensando lo mismo, porque cuando llegó septiembre sufrió una serie de altibajos emocionales que marcarían la pauta de los siguientes tres años.

Conflicto 1

—¡Esto es un desastre! —Los gritos de Marnie atravesaban la pared—. Este verano ha sido el más feliz de toda mi vida, y ahora yo tengo que volver al colegio y tú tienes que ir a la universidad. ¡No vayas!

Mamá hizo una mueca de dolor y murmuró:

—No ha debido decir eso.

Mamá, papá, Bid, Leechy, Sheridan y yo estábamos sentados en la cocina mientras en la habitación contigua tenía lugar el concurso de gritos. Era imposible no oírlos. Al principio habíamos fingido una conversación, pero finalmente abandonamos la farsa y nos limitamos a escuchar.

—¡Tengo que ir! —aulló Paddy—. Es mi futuro, mi vida.

—Pensaba que tu vida era yo.

—¡Y lo eres! Pero he de estudiar para poder ganarme bien la vida. ¿Cómo sino voy a cuidar de ti?

—Pero no querrás. Conocerás a todas esas otras… ¡chicas! Te gustarán y te olvidarás de mí.

—Tiene razón —dijo Bid—. Siempre he pensado que Marnie es un poco boba, pero en eso tiene razón.

—¡No! —gritó Paddy—. Te quiero. Solo te quiero a ti y nunca querré a nadie más.

—Caray, si me dieran una libra por cada vez que un hombre me ha dicho eso… —murmuró Bid.

Conflicto 2

—Chisss, chisss, que no me dejáis oír —protestó Bid.

—¿Qué ocurre ahora? —preguntó papá.

—No estoy segura.

—Discutamos hasta las seis y luego tomemos el té —dijo papá—. Tweedledum a Tweedledee. Página 84. *Alicia en el país de las maravillas*.

—¡Chisss!

—Paddy, ¿qué ocurre? —estaba preguntando Marnie.

—Como si no lo supieras —le acusó él.

Había llegado frío, imperioso y muy enojado, y una Marnie nerviosa había corrido a encerrarlo en la sala de estar.

—Anoche te estuve llamando… pero comunicabas… Se supone que has de mantener el teléfono desocupado desde las ocho hasta las doce.

—Pero Paddy, hay otras personas viviendo en esta casa. Puede que alguna llamara.

—Pero no fueron otras personas, ¿verdad? Eras tú. Lo sé, Marnie, así que puedes dejar de mentirme.

—¡No estoy mintiendo!

—Sé con quién estuviste hablando.

—¿Con quién? —preguntó mamá.

—Con Graham Higgins —dijo Leechy—. Su madre le obligó a llamarla para que Marnie le explicara los poemas de Yeats, porque tiene miedo de que le suspendan el inglés.

—¿Ese tipo alto que juega al rugby? —preguntó Bid—. ¿Cómo sabe Paddy con quién estaba hablando?

—¡Leechy me lo ha contado! —gritó Paddy—. ¡Lo sé todo!

Mamá, papá, Bid, Sheridan y yo nos volvimos atónitos hacia Leechy.

—No sabía que él no lo sabía —gimoteó—. Me telefoneó. Me tendió una trampa para que se lo dijera.

—¿Cómo?

—¡Callad, que no me entero!

—Pero Graham no es nadie, no es nada —declaró Marnie.

—Le gustas.

—No.

—Y seguro que a ti te gusta él, porque os pasasteis diecisiete minutos al teléfono como mínimo mientras yo me congelaba en una cabina, tratando de hablar con la chica a la que amo, la cual no podía dignarse siquiera… ¡A la mierda! ¡Me voy!

—¡No, Paddy, no! ¡No te vayas!

—Jesús, qué romántico —susurró Leechy.

—Eres una infeliz, muchacha —dijo Bid.

—¿Está… está llorando Paddy? —preguntó papá.

—Alguien está llorando, eso seguro.

Podíamos oír enérgicos sollozos con total claridad.

—Creo que están llorando los dos —dijo mamá.

Así solían terminar sus peleas, o con los dos llorando o con uno de ellos largándose de casa. Unas veces era Paddy, otras Marnie, pese a vivir aquí. Pero fuera quien fuese, nunca se alejaba demasiado. A los pocos minutos llamaba al timbre y uno de nosotros tenía que abrirle para que pudieran seguir peleándose.

Los sollozos finalmente cesaron y se hizo el silencio. Eso significaba que habían pasado a los besos y el sexo.

—Eso es todo, amigos —dijo papá, poniéndose en pie—. Bugs Bunny.

—A veces es tan bueno como un culebrón —dijo Bid—. Y hablando de culebrones, espero que no estén haciendo nada, porque el mío comienza ahora y pienso entrar en esa sala.

Conflicto 3

—Hemos terminado —dijo Marnie—. Paddy y yo. Y esta vez es diferente. —Era diferente. No estaba abrumada por la angustia. Estaba tranquila.

—Pero vosotros os queréis —protestó Leechy.

Marnie meneó la cabeza.

—Nos queremos demasiado. Nos estamos destrozando. Esto tiene que acabar.

La serenidad con que hablaba hizo que empezáramos a tomárnosla en serio.

—Puede que tengas razón —dijo Leechy—. No hay duda de que Paddy te quiere, pero tenéis la virtud de sacar lo peor del otro. Todos esos celos… Puede que necesites otra clase de hombre, y que él necesite otra clase de mujer. —En aquel entonces no sabíamos que tenía planeado ofrecerse para el puesto.

—No digas eso. —Marnie se inclinó hacia delante y se cogió la barriga—. La idea de que esté con otra mujer…

—Pero tú también conocerás a otro hombre —predijo Leechy.

Marnie negó con la cabeza, sacó una botella verde y le dio un lingotazo. La absenta de papá. Se pondría furioso.

—No.

—Claro que sí.

—Ni siquiera quiero conocer a otro hombre. Para mí se acabó. Paddy ha sido el único. Voy a suicidarme.

—No digas tonterías. —Leechy la miraba horrorizada.

—La gente se suicida. Son cosas que ocurren. Y yo soy esa clase de gente.

—Voy a buscar a mamá.

—Siempre he sabido que moriría joven —explicó Marnie, haciéndose un ovillo en la cama.

—Ha vuelto a estar en casa de las Bronte —susurró, enojado, papá—. ¿Y eso que está bebiendo es mi absenta?

—No os ofendáis —dijo Marnie a mamá y papá—, pero desearía no haber nacido. Siento demasiado, todo el tiempo, y lo detesto. Quiero morir.

—¿Y cómo piensas hacerlo? —le preguntó mamá, siguiendo el consejo del folleto informativo para padres de adolescentes suicidas y poniendo al descubierto el farol.

—Cortándome las venas.

—¿Con qué?

—Con esto. —Extrajo un escalpelo del bolsillo de sus tejanos.

—¡Dame eso! ¡Dámelo!

Enfurruñada, Marnie obedeció.

—En cualquier caso, mamá, hay cuchillas en el cuarto de baño, cuchillos en la cocina y más escalpelos en mi bolsa de arte. Y si lo haces desaparecer todo, puedo subirme al tejado y arrojarme al vacío o bajar al muelle y arrojarme al mar.

Mamá y papá juntaron las cabezas, tratando de idear un plan.

—Asegurémonos de que sobreviva esta noche —dijo mamá—, aunque eso signifique pasarla en vela con ella. Mañana a primera hora buscaremos a un buen jungiano.

—Ojalá hubiéramos tenido varones —se lamentó papá—. Con varones no tendríamos estos problemas.

Mamá se volvió hacia Leechy.

—Deberías irte a casa, cariño.

—Pero mamá, señora Gildee, estoy muy preocupada por Marnie. ¿Y si…?

—No pasará nada. Necesitas dormir, mañana tienes colegio.

—De acuerdo. Está lloviendo. ¿Puedo coger un paraguas?

—No. —No éramos la clase de hogar que tenía paraguas. Solo si alguno de nosotros encontraba uno olvidado en un autobús—. Corre —le aconsejó mamá—. No estás lejos. ¿Quieres una bolsa de plástico para la cabeza?

—Sí, mejor. No quiero acatarrarme.

—La lluvia no produce catarros, Leechy —dijo papá, iniciando otra de sus pesadillas—. Los catarros los causa un virus que…

—¡Cierra el pico! —espetó mamá—. Ahora no es el momento. Ve por una bolsa de plástico para Leechy y regresa enseguida.

Aunque la absenta tenga fama de volver majara a la gente, Marnie hablaba con una lógica aterradora. Se sentó en su cama y explicó con calma que ella no tenía lo que hacía falta para afrontar los sentimientos que el resto de las personas era capaz de procesar.

—No puedo superar el dolor de no estar con Paddy —dijo.

—Pero a todos nos han de romper el corazón en algún momento —repuso mamá—. Es parte de la condición humana. Recuerdo que a los quince años creí que ya nunca volvería a ser feliz.

—Pero hay personas que, sencillamente, no pueden soportar el dolor de estar vivas. ¿Por qué creéis que la gente se quita la vida?

—Sí, pero…

—Grace tiene algo que yo no tengo. Un botón de parada para los sentimientos. Nació como una persona completa, pero cuando me tocó salir a mí, solo obtuvisteis una birria. Estaba hecha de restos.

—¡No, Marnie, no!

—Ojalá hubiera podido elegir no nacer. ¿Creéis que tienen un redil para las almas nonatas? ¿Un lugar oscuro para todos los que somos demasiado defectuosos para nacer?

—Tú no eres defectuosa. ¡Eres perfecta!

—Vosotros no sabéis lo que yo sé. Vosotros no sabéis lo que es ser yo.

Mamá, papá y yo hacíamos lo posible, pero dijéramos lo que dijésemos, Marnie lo rebatía con su certeza de que estaría mejor muerta. Finalmente caímos en un silencio desconsolado y escuchamos el martilleo de la lluvia en la calle y el tejado. Papá estaba empezando a cabecear cuando oímos un grito que venía de fuera.

—¿Qué ha sido eso? —preguntó mamá.

—No lo sé —dije.

Los músculos se nos congelaron mientras afinábamos el oído. Entonces pudimos oírlo con claridad.

—¡Maaaarnie!

Los cuatro corrimos hasta la ventana. En medio de la calle, bajo una lluvia torrencial, estaba Paddy con su abrigo del ejército ruso, una camisa blanca sin un solo botón y sus viejos pantalones negros de camarero rasgados a la altura de la rodilla.

—¡Maaarnie! —Abrió los brazos, exhibiendo su torso desnudo—. ¡Te quiero!

Marnie bajó como una bala, cruzó la puerta y corrió hacia él. Paddy la levantó, giró con ella y volvió a dejarla en el suelo, apretando su rostro contra el de Marnie. Unidos por la boca, cayeron de rodillas mientras sus lágrimas se mezclaban con la lluvia.

—Supongo que eso significa que podemos acostarnos —dijo papá.

—Fue lo más romántico que he visto en mi vida —declaró Leechy al día siguiente. Ella, como casi todos los vecinos de Yeoman Road, había seguido el drama desde la ventana de su cuarto—. Parecía *Cumbres borrascosas*.

—Gilipolleces góticas —espetó desdeñosamente papá—. Heathcliff era un psicópata. Mató al perro de Isabel.

Marnie y Paddy estaban acurrucados en la cama de Marnie, durmiendo plácidamente, como niños recuperándose de una dura prueba. Los demás estábamos agitados y extenuados, sin una gota de energía en el cuerpo después del tornado emocional.

—Lamento haceros una pregunta tan burguesa —dijo mamá—, pero todo lo ocurrido anoche, ¿es normal?

—No —dijo papá—. Grace no se comporta así.

—Únicamente porque no tengo novio —repuse, saltando en defensa de Marnie.

—¿Por qué no? —preguntó Bid—. ¿Qué te pasa?

—Nad…

—Eres demasiado exigente, he ahí tu problema. ¿Todavía eres virgen?

—¡Ya está bien, Bid!

—Lo interpretaré como un sí. ¿Qué me dices de Sheridan? Está para mojar pan. No tiene tanto morbo como Paddy, pero no está nada mal —dijo Bid—. ¿No saldrías con él?

—No. —Sheridan era ingenioso y mordaz, y guapo, sí, pero no me gustaba. Y yo no le gustaba a él. A él le gustaba Marnie. Estaba segura.

—Aunque Grace tuviera un novio, no se gritarían —dijo Bid—. Siempre ha sido algo sosa. Si queréis drama, Marnie es vuestra chica.

—¿Has visto la foto de Kaplan en el *Indo* en actitud acaramelada con Zara Kaletsky? —me preguntó TC.

—¿Quién? Ah, la modelo.

—Actriz, actriz. Me encantaba en *Liffey Lives*. Hasta que dejó Irlanda para dar el gran salto.

—¿Ha vuelto?

—Solo de vacaciones.

—No es posible que vaya en serio con Kaplan. ¿A qué te refieres con lo de actitud acaramelada?

—Mano de Kaplan en culo de Zara, o el poquito que tiene. Dios, es preciosa —suspiró TC—. ¿Qué ha visto en ese animal?

Para: Gracegildee@spokesman.ie
De: Pattilavezzo@oraclepr.com
Asunto: Entrevista a Madonna.
Gracias por su interés en Madonna. Lamento comunicarle que nos hemos decantado por otro periodista.

El maldito *Irish Times*, estaba segura. Una profunda decepción me inundó por dentro. Hundí la cabeza en las manos.

Era terriblemente frustrante. Yo podía hacerlo mucho mejor que el *Irish Times*: yo adoraba a Madonna. Había crecido con ella. Sabía captarla.

Me zambullí en mi decepción y esperé a que se me pasara, y esperé, y en vista de que no se me pasaba tuve una idea brillante: telefonearía a Patti Lavezzo en un intento desesperado de conseguir que lo reconsiderara. A estas alturas nada tenía que perder, y si le hablaba con suficiente pasión, puede que cambiara de parecer.

—Patti Lavezzo. —Siempre contestaba al teléfono como si alguien la estuviera cronometrando.

—Hola, Patti, soy Grace Gildee, del *Spokesman* irlandés. ¿Podrías reconsiderar tu decisión? —Hablaba deprisa para que no pudiera interrumpirme—. Nosotros escribiríamos un artículo sensacional sobre Madonna. Somos el periódico más leído en Irlanda. Tenemos integridad y podemos garantizar un perfil exhaustivo e inteligente, pero al mismo tiempo poseemos una excelente sensibilidad comercial…

—¡Eh, un momento! ¿De dónde dices que llamas?

—Del *Spokesman*.

—Ya, pero… nosotros hemos dado la entrevista al *Spokesman*.

La esperanza se abrió paso dentro de mí y el sol volvió a brillar, cálido y deslumbrante.

—¿En serio? Pero si acabo de recibir un correo…

—Espera un segundo, voy a consultar la pantalla. Sí, aquí está. Irlanda. *The Spokesman*. Casey Kaplan. ¿Eres tú?

Fui al lavabo de señoras y, de hecho, derramé algunas lágrimas. Luego telefoneé a Damien y derramé más lágrimas.

—Estoy atrapado en el parlamento —dijo—, pero podría escaparme dentro de una hora.

—No, no, haz tu trabajo. Veré si algún borracho de por aquí me acompaña al pub. Tengo que beber o fumar, y la bebida me parece la elección más segura.

—Oye, voy a ir a verte. Puede que no tarde ni una hora.

—No, Damien, no hace falta. —Me conmovía su insistencia—. Estaré bien.

No tuve que ir muy lejos para encontrar un compañero de copas. Aunque solo eran las tres de la tarde, Dickie McGuinness se mostró encantado de cerrar el puesto y acompañarme a Dinnegans.

—¿Por qué has llorado? —preguntó, poniéndome delante un gin-tonic.

—¿Quién dice que he llorado?

—La señora Farrell. Agarró el teléfono y se lo contó a todo el mundo.

En otro momento lo habría negado, pero estaba demasiado triste.

—Kaplan me ha pisado. Me ha robado la entrevista a Madonna. Sabía lo mucho que la quería.

—¿Realmente te la ha robado?

—¡Todo el mundo estaba al corriente! Ya es malo que te pise otro periódico, Dickie, pero que lo haga uno de los tuyos… es demasiado. Le odio.

—Todos le odian. Hemos averiguado cuánto cobra.

Hice una pausa. No sabía si podría soportarlo.

—¿Cuánto?

—¿Seguro que quieres saberlo?

Suspiré.

—Dispara.

—Tres veces lo que cobras tú.

Me di tiempo para asimilarlo.

—¿Cómo sabes lo que cobro yo?

Se dio unos golpecitos en la nariz.

—Ya me conoces, Grace. Sé muchas cosas.

Volví a suspirar. ¿Qué podía hacer? Nada. El mundo era injusto. ¿Dónde estaba la novedad?

—Cuéntame algo, Dickie.

—¿Qué te gustaría oír?

—Tu primera decapitación. —Encontraba consuelo en lo familiar.

—Muy bien, ahí voy. —Se acomodó en su asiento e inició su viaje por el sendero de la memoria—. Yo era un joven flacucho, de tan solo diecinueve años, que cubría las noticias mediocres para el

Limerick Leader, cuando llamaron diciendo que había aparecido un cuerpo en las orillas del Shannon.

Pero el corresponsal de sucesos estaba en el hospital con una herida de bala en la nalga.

—Pero el corresponsal de sucesos estaba en el hospital con una herida de bala en la nalga y Theo Fitzgibbon, el director, me dice, «McGuinness, tendrá que ir usted». Agitando mi libreta y mi bolígrafo, henchido como un pavo real, dije, «¿Qué puede contarme del caso, Theo?». «Señor Fitzgibbon para usted», responde Theo. Vieja escuela, nada de nombres de pila.

Nunca le vi sin camisa y corbata.

—Nunca le vi sin camisa y cortaba, Grace. «El fallecido fue hallado en un congelador abandonado. Joven, varón, más muerto que un fiambre», dice Theo. «Otra cosa, le falta la cabeza.» «¿La cabeza? ¿Y dónde está?», pregunto yo, como un idiota.

Alguien debió de cortársela.

—«Alguien debió de cortársela», dice Theo. «No nos defraude, McGuinness», añadió, queriendo decir, «... no vomite delante de la poli» —dijimos al unísono.

—... Él daba siempre con ella. No importaba adónde se trasladara, él siempre la encontraba. Su casa parecía una fortaleza. Tenía todas las medidas de seguridad imaginables. Alarmas, botones de emergencia, incluso un cuarto blindado. Pero la puerta de atrás tenía una rendija para el gato.

Estaba en las oficinas de Ayuda a la Mujer, hablando con su directora, Laura Venn. Jacinta había aceptado, muy a regañadientes, que escribiera un artículo sobre violencia doméstica, aunque no me había garantizado que fuera a publicarse; dijo que lo mantendría en reserva para un día de poco movimiento.

—¿Y qué pasaba con esa rendija? —pregunté, presa de una profunda angustia en nombre de esa mujer anónima.

—Que no tenía alarma. Era el único lugar de la casa por donde podías entrar sin ser detectado.

—Pero un hombre no cabe por un agujero tan pequeño.

—Cierto, pero ella se fue de fin de semana con sus hijos y en su ausencia él trajo su caja de herramientas y agrandó el agujero lo bastante para poder pasar y colarse en la casa, pero no tanto como para que alguien notara que había sido manipulado.

—¿Y qué ocurrió?

—Entró y se escondió en el desván.

—¿Y luego? —Estaba en el borde de la silla.

—Oh, la mató.

—¿Qué? ¿Del todo?

Laura esbozó una sonrisa torcida.

—Lo siento —dije—, he dicho una estupidez. —Porque estaba esperando una redención de último minuto, como si la vida fuera un episodio de *Días felices*.

—Cuando ella le dejó, él juró que la encontraría y la mataría, y eso hizo. Delante de sus hijos.

—¿Y ahí terminó todo? ¿Con su muerte?

—Con su muerte.

Sentí un vacío que me cortó la respiración.

—Y con unos niños que se quedaron sin madre. Y sin padre, supongo, si lo metieron en la cárcel.

—No fue a la cárcel. El juez se apiadó de él y lo dejó irse con una pena que no tenía que cumplir a menos que reincidiera.

—¡No!

—Ocurre a menudo.

—¿Por qué las mujeres se juntan con psicópatas? —grité en un ataque de frustración. Naturalmente, conocía la respuesta (al menos en teoría) pero no por eso dejaba de sacarme de quicio.

—Porque los hombres no van por ahí pregonando que son unos psicópatas. —Laura rió con tristeza—. Muchas veces estos hombres son increíblemente encantadores. Y el proceso es muy sutil. Al principio, el control que ejercen puede parecer romántico, ya sabe, «quedémonos en casa, solos tú y yo, te quiero tanto que no soporto compartirte». Hasta que un día la mujer se da cuenta de que ha dejado de lado a su familia y amigos y vive completamente aislada.

—Entonces, ¿por qué no lo denuncia a la poli?

Una vez más, conocía la respuesta, pero no podía no hacer la pregunta.

—Porque él le promete una y otra vez que cambiará —contestó Laura—. Que no volverá a hacerlo. Por término medio, una mujer recibe treinta y cinco palizas antes de ponerse en contacto con la policía.

—¿Treinta y cinco? No puede ser.

—Sí. Treinta y cinco.

—Grace, cielo, lo siento, de veras que lo siento.

Casey Kaplan, delante de mi mesa. No necesitaba levantar la vista. Sabía que era él porque, de repente, el entorno de mi mesa olía a bar de copas.

—¿Qué sientes? —Seguí tecleando.

—Lo de la entrevista a Madonna. No fui yo quien la buscó. Ellos me la ofrecieron. Ni siquiera sabía que la habían pedido.

—No pasa nada. —Seguía sin levantar la vista. Lo único que podía ver de Kaplan era la entrepierna de los tejanos y una enorme y ridícula hebilla con un águila plateada.

—Ni siquiera sabía que la querías. —Se encogió de hombros con gesto de impotencia. Lo supe porque sus manos habían aparecido en mi campo de visión e instantes después habían vuelto a desaparecer. El tiempo suficiente para verle los anillos. Anillos de plata enormes y ridículos en un montón de dedos.

—Grace, estoy en deuda contigo. Si puedo compensártelo de alguna forma, dímelo… Va en serio, cielo.

—Vale —espeté—. Una cosa más, Kaplan. —Dejé de teclear y le miré a los ojos—. No me llames cielo.

—La curiosidad mató al gato —dijo Dickie McGuinness por la comisura de la boca—. Y la información lo resucitó.

—¿Qué?

—Tengo información para ti.

—¡Ya está bien, Dickie! —exclamé—. Ve al grano. Si tienes algo que decirme, dímelo de una vez.

—Vale —respondió, acercando una silla a mi mesa y poniendo su cara normal—. Sé quién te quemó el coche en septiembre.

Me limité a mirarle.

—Lemmy O'Malley y Eric Zouche.

Los nombres no me decían nada.

—¿Y sabes por qué lo hicieron?

—... No...

—Porque les pagaron, Grace. Trescientos euros a cada uno.

—¿Que les pagaron? —Creía que había sido fruto del azar, cosas que pasan cuando vives en una gran ciudad.

—Así es, Grace, les pagaron. Fue un acto deliberado. Iban a por ti.

La forma en que dijo «iban a por ti» me puso un nudo en el estómago.

—¿Quién les pagó? —Las palabras salieron en un susurro.

—Eso lo ignoro.

—¿Por qué no se lo preguntaste?

—No hablé con ellos. Fue un dato que salió en el transcurso de otra... —Dickie hizo una pausa mientras buscaba la palabra justa— investigación. ¿Quién puede quererte mal, Grace?

—No lo sé, Dickie. —Y estoy muy asustada.

—Vamos, Grace. Esto lo tenemos para pensar. —Señaló su cabeza—. Y eso para bailar. —Señaló los pies.

—Dickie, te juro que...

Sonó el teléfono. Automáticamente consulté el número. Era Marnie. Presa de una inquietud diferente, dije a Dickie:

—Tengo que contestar, pero no te vayas. —Descolgué el auricular—. ¿Marnie?

—Soy Nick.

—¿Nick? —No. Eso era sinónimo de pésimas noticias.

Apenas fui consciente de que Dickie se alejaba de puntillas mientras me decía algo indescifrable con los labios, señalaba la puerta y daba golpecitos a su reloj.

—¿Ha... ha vuelto a ocurrir? —pregunté a Nick.

—Sí.

No. No, no, no.

—Pensé que después de la última vez... ¿Es grave?

—Muy grave, Grace. Está en el hospital.

—Dios, no.

—... Tres costillas rotas, conmoción cerebral, hemorragia interna.

—Señor. Y solo han pasado... ¿qué?... ¿seis semanas desde la última vez?

Debí ir a Londres entonces. Me asaltó el sentimiento de culpa.

—Los intervalos son cada vez más cortos y las heridas cada vez más graves —dijo Nick—. Justamente lo que me dijeron que pasaría. Te lo advertí, Grace.

—Nick, tienes que hacer algo. Buscar ayuda. Ayuda profesional.

—¡Ya lo he hecho!

—¡Esto no puede continuar así!

—Lo sé, Grace. He intentado conseguir ayuda, estoy haciendo todo lo que puedo...

No pudimos ponernos de acuerdo en cómo proceder. Finalmente colgué y me hice un ovillo en mi silla, con las manos atrapadas entre los muslos.

¿Debía contárselo a mamá y papá?

No. Ya tenían suficientes preocupaciones con Bid. La quimio la dejaba agotada, los dejaba agotados a todos. Iría a Londres y lo solucionaría por mi cuenta.

Le sacó la bolsa del coche y, solícito, le ayudó a entrar.

—¿Qué te apetece hacer? —preguntó.

—Me gustaría acostarme.

—Estupendo —sonrió él—. ¿Te importa si me uno a ti?

—Mmm... —A lo mejor no le había entendido—. Quiero dormir.

—Seguro que puedes aguantar despierta veinte minutos. —La estaba conduciendo al dormitorio. Se estaba desabrochando los tejanos. La intención era clara—. Quítate las bragas.

—¡No! Acabo de abortar.

—Excusas, excusas. —La arrojó contra la cama, la inmovilizó con una rodilla mientras le arrancaba las medias y las bragas.

—Para, por favor, para. Podría coger una infección. No puedo tener relaciones sexuales en tres semanas.

—Cierra el pico. —Estaba encima de ella, empujando dentro de ella, en medio de la sangre y la pérdida, desollándola con la violencia de sus roces. En un momento dado se apoyó sobre las dos manos, como si estuviera haciendo flexiones, y la abofeteó—. Maldita sea, como mínimo podrías fingir que te gusta.

Marnie

Grace iba a venir.

—Llegará mañana por la mañana. —Nick estaba en la puerta del dormitorio. Le transmitió la información con frialdad, luego se ablandó—. ¿Necesitas algo?

Quería saber lo enfadada que estaba Grace, pero no podía preguntárselo. Sin mirarle, negó con la cabeza.

Nick la dejó sola con su insoportable vergüenza. En cuanto hubo cerrado la puerta, cuanto había en la habitación se le antojó un arma potencial: podía romper el espejo y cortarse una arteria con una astilla, podía beberse la lejía del cuarto de baño, podía tirarse por la ventana...

Pero no podía quitarse la vida: bastante mal había tratado ya a todo el mundo, a sus inocentes hijas, al pobre Nick. Su penitencia sería permanecer viva.

No volveré a beber no volveré a beber no volveré a beber.

Volver en sí había sido como aterrizar en el infierno. Esta vez había despertado en un hospital mientras unas manos ásperas le introducían un líquido gris, de sabor repugnante, en la garganta.

—Para desintoxicarla —explicó la enfermera.

—¿Dónde estoy?

—En el Royal Free. Tres costillas rotas, conmoción cerebral, hemorragia interna. Menuda juerga la de anoche.

En el hospital. No, por Dios, no. Tenía que largarse de allí antes de que alguien —Nick— descubriera dónde estaba.

Pero Nick ya lo sabía y estaba en camino, y ahora lamentaba no seguir en el hospital, porque estar lo bastante herida para permanecer ingresada, aunque la culpa fuera suya, tenía un efecto sobrecogedor en la gente. Contenía —aunque solo fuera temporalmente— la ira de Nick, y quizá hubiera hecho otro tanto con Grace.

Pero necesitaban la camilla para gente enferma «de verdad», no para quienes se ponían tan ciegos de vodka que pensaban que era una buena idea cruzar la calle con el semáforo en rojo y dejarse atropellar por una moto. Le habían dado el alta a las seis horas, y en cuanto estuvo en casa, en su cama, la protección del hospital se había esfumado y ahora se la consideraba lo bastante recuperada para que Nick pudiera volcar en ella su silenciosa furia.

El médico incluso había restado importancia a su primer diagnóstico. Marnie ni siquiera tenía, como había creído en un principio, una conmoción cerebral: si no sabía qué día era se debía, sencillamente, a que estaba «aturdida por el alcohol». He ahí la expresión que le había oído pronunciar a Nick, expresión que ahora se repetía constantemente en su cabeza.

Aturdida por el alcohol.

Aturdida por el alcohol.

Lo más extraño de todo era que su intención no había sido emborracharse. Ni siquiera había tenido un mal día en el trabajo, y cuando Rico le propuso tomar una copa rápida en el pub, había rechazado la invitación. Cada vez que tomaba una «copa rápida» con Rico la cosa acababa mal.

—Nos hacemos daño el uno al otro —le dijo. Parecía una frase sacada de una película de serie B.

—Simplemente somos unos incomprendidos.

Rico le sostuvo la mirada. Sus ojos de cachorrillo le produjeron escalofríos.

—Guy dice que debo mantenerme alejada de ti.

—Guy no está.

Pero podría enterarse...

—¿Y si me despide? —Había preguntado ella—. ¿Si nos despide?

Rico negó con la cabeza.

—Lo que le pasa es que tiene celos de que me prefieras a mí, pero soy su mejor agente. Y tampoco te despedirá a ti.

Marnie titubeó. No, ni siquiera debería estar barajando esa posibilidad.

—Una copa, Marnie. Estamos casi en Navidad.

Todavía era uno de diciembre.

—¿Qué daño puede hacernos? —insistió.

¿Qué daño puede hacernos?

La indecisión la tenía paralizada. Debía mantenerse firme, pero sería tan fácil, tan indoloro, simplemente… dejarse llevar…

—Solo una —dijo.

Quizá dos. Decididamente, no más de tres.

No obstante, para cuando iban por la cuarta ya nada le importaba. Estaba contenta y parlanchina, libre de preocupaciones y amiga de todo el mundo. Nick se pondría furioso cuando descubriera que había vuelto a beber —y para colmo con Rico— pero no le importaba. También Guy, pero tampoco le importaba.

En el pub, ella y Rico habían entablado conversación con la gente de la mesa de al lado: un hombre con un chándal azul y tres mujeres emperifolladas. O quizá solo fueran dos, ni siquiera ahora estaba del todo segura. Creía recordar haber preguntado a una de las mujeres adónde había ido su hermana y a la mujer contestar «No es mi hermana, corazón, es la camarera. Caray, llevas una cogorza peor que nosotros». Pero puede que lo hubiera soñado.

Las mujeres estaban muy bronceadas e iban cargadas de joyas; algo ordinarias, quizá, pero habían hecho buenas migas. Y cuando una de ellas le propinó un puntapié en la espinilla con un zapato de piel de lagarto con mucha punta y le dijo «Nos vamos a la disco», Marnie decidió ir con ellos. Rico intentó detenerla; discutieron, pero aunque ahora la escena se le aparecía borrosa, sabía que habían estado demasiado borrachos para pelear con ímpetu.

—Son DELINCUENTES —no paraba de decir Rico—. Son DELINCUENTES. Parecen divertidos pero son DELINCUENTES.

Eso era lo último que podía recordar —el resto, un gran blanco— hasta el hospital. Había perdido ocho horas de su vida. ¿Finalmente fue a la discoteca? ¿A otro pub? Lo ignoraba. La ambulancia la había recogido en Cricklewood, en la otra punta de Londres. ¿Qué estaba haciendo allí? Le asaltó un repentino mareo, fruto del miedo.

«No pienses en ello.»

Contempló su móvil. Podría enviar un mensaje de texto a Rico para intentar reconstruir los hechos, pero la idea le repelía. Rico le repelía, y el hecho de ponerse en contacto con él significaba que la borrachera, la discusión en el pub, habían ocurrido de verdad. Y en cuanto a lo que no podía recordar, prefería no saberlo.

Además, todo había acabado bien. Independientemente de lo que hubiera sucedido, ahora estaba en casa, sana y salva. Con heridas, sí, pero leves. Cualquiera podía romperse una costilla, estaba segura de haber escuchado que eso mismo le había pasado a alguien en una clase de yoga, al dejarse llevar demasiado por la respiración profunda de vientre.

Todo había acabado bien.

Entonces se acordó de que Grace se disponía a venir desde Dublín, y Grace únicamente se subiría a un avión y vendría a Londres si la situación fuera realmente grave.

El miedo la atenazó de nuevo, hasta el punto de asfixiarla. ¿Cuán enfadada estaba Grace? Podía llamar y preguntárselo, pero —una vez más— prefería no saber. Hasta su llegada podía sobrevivir replegada en sí misma: sin oír, sin pensar, sin sentir.

Su mente, sin embargo, se encendía y apagaba, se encendía y apagaba, con el eco incesante de algunas frases.

Aturdida por el alcohol.

Tres costillas rotas.

Podría haberse matado.

Otra descarga de pánico la recorrió por dentro y de repente, como si lo estuviera escuchando por primera vez, el alcance de sus heridas la dejó petrificada. ¡Huesos rotos! No golpes y rasguños, sino huesos rotos. Eso era grave, muy grave.

Al menos, ahora veía las cosas claras como el cristal: no podía volver a beber. Nunca volvería a probar una gota. Así de sencillo. Su conducta y las consecuencias de la misma habían sobrepasado en tal medida los límites de lo aceptable o perdonable, o incluso de lo explicable, que nada podría hacer tambalear su decisión. No volvería a beber nunca más.

A la hora de la cena las niñas entraron de puntillas en su dormitorio portando orgullosamente un cuenco con helado de vainilla. Marnie engulló tres cucharadas antes de verse obligada a apartarlo: no podía comer, nunca podía comer después de una borrachera. Y esta —reconocía de refilón— era probablemente la peor hasta la fecha. Esa noche durmió sola, Nick se negó a compartir la cama con ella, y no hubo descanso para su atormentada mente. Encendida, apagada, encendida, apagada, así toda la noche

Aturdida por el alcohol.

Grace iba a venir.

Tres costillas rotas.

De vez en cuando se sumergía en un confuso duermevela bañado en sudor, antes de estrellarse contra el colchón con una sensación tan aterradora que finalmente optó por permanecer despierta.

—¡Marnie! —Grace irrumpió en la habitación pero se detuvo en seco al ver las heridas y los vendajes. Marnie vio lágrimas en sus ojos: eso significaba que no estaba enfadada.

Gracias gracias gracias.

El miedo que había descansado sobre ella como una roca cayó rodando y de repente se sintió más ligera, más libre, casi, por ridículo que pareciera, feliz. Los espantosos nubarrones que flotaban sobre su cabeza desde que despertara en el hospital procedieron a dispersarse.

—¿Puedo abrazarte? —le preguntó Grace—. ¿O te duele demasiado?

Si Grace hubiera estado enfadada le habría dejado que la

abrazara; habría dado o hecho cualquier cosa para recuperar su amor. Pero ahora podía permitirse ser franca.

—Duele demasiado.

Grace se subió a la cama.

—¿Qué ha ocurrido?

—Ya me conoces. Soy propensa a los accidentes.

—No, en serio... volviste a beber más de la cuenta. ¿Por qué? ¿Por qué?

No sabía por qué. No había sido su intención.

—¿Es que no sabes lo de la bonificación de Nick? Compró esta enorme casa y ahora no puede pagar la hipoteca.

A Marnie le traía sin cuidado la casa o el dinero, pero necesitaba una razón. Grace necesitaba una razón.

—Pero hace siglos que lo sabes. —Grace la miró perpleja—. Pensé que había sucedido una tragedia. Después de la última vez que te emborrachaste... ¿cuánto hace de eso? ¿Seis semanas?... Juraste que no volverías a beber, ¿lo recuerdas? Te hiciste tanto daño cuando caíste por la escalera de casa de Rico...

—Su compinche —dijo Nick.

—Ahora resulta que soy una delincuente.

Marnie recordaba muy poco del episodio al que se referían Grace y Nick. Se acordaba del período previo y del período posterior, pero en el medio había un vasto margen de tiempo del que no podía responder.

Había ocurrido seis semanas atrás, el espantoso día con Wen-Yi en que descubrieron que el señor Lee estaba en Shanghai, cuando se hizo patente su ineficacia y —peor aún— su deshonestidad. La humillación había sido tal que cuando Rico le propuso tomar una copa, experimentó una oleada de alivio que se lo llevó todo por delante. No podía resistirse a ella, tenía que ir a donde quisiera llevarla. La necesidad de beber había ido ganando fuerza a lo largo de las últimas semanas, Marnie había intentado no hacerle caso pese a ser cada vez más intensa, y finalmente se había venido abajo.

Le había prometido a Melodie que llegaría a casa a las seis y cuarto para que pudiera ir a su siguiente trabajo, pero mientras estaba hablando con ella sabía que no iba a cumplir su promesa, y no sintió nada, no sintió remordimiento.

Ella y Rico se dirigieron a un bar que acababa de abrir en Fulham, bien lejos de la oficina, donde bebieron vodkatinis y criticaron a Wen-Yi. Recordaba haber estado allí mucho rato, el suficiente para que la realidad quedara reducida a fugaces destellos. Tenía un ligero recuerdo de haber salido del bar y de que a Rico se le cayó una botella de vodka en la acera, donde estalló con una explosión de luz plateada. De repente le venía el recuerdo de edificios pasando velozmente por su lado —debían de estar en un taxi— y la imagen de Larry King entrevistando a Bill Clinton. Pero ¿era real? ¿Había estado viendo la tele en el apartamento de Rico o lo estaba imaginando?

Después, nada, solo un gran espacio en blanco, hasta despertar en su dormitorio, el cual no había reconocido al principio.

Más tarde, por gentileza de Nick, se enteró de que había estado ausente un día y medio. Había telefoneado a Melodie el lunes por la tarde y Nick no había dado con ella hasta el miércoles por la mañana.

Presintiendo que se trataba de algo malo, y horrorizado por el estado en que podría hallarse Marnie cuando la encontrara, Nick había viajado hasta Basildon para dejar a Daisy y Verity al cuidado de su madre. Después telefoneó a Guy y consiguió la dirección de Rico. Cuando Nick le contó eso, Marnie quiso morirse. Seguro que para Nick no había sido nada fácil tener que hacer algo tan humillante.

Nick había encontrado a Marnie en la portería del edificio de apartamentos de Rico, tirada en el suelo, boca abajo, e inconsciente.

«¿Qué estaba haciendo yo allí?»

¿Había ocurrido al intentar marcharse, quizá?

Tenía la parte frontal del cuerpo llena de magulladuras porque —dedujo Nick— había rodado por la escalera de madera desde la primera planta, donde se hallaba el apartamento de Rico. Nick llamó a la puerta de Rico pero no obtuvo respuesta porque —como Marnie descubriría una semana después, cuando regresó al trabajo— él también estaba completamente ebrio.

Nick se la llevó a casa, le puso un pijama de algodón y la metió en la cama.

Cuando Marnie volvió en sí, no tenía palabras para describir su pánico. Tenía el cuerpo cubierto de espeluznantes moretones. Los golpes y los cortes se habían convertido en una característica de su vida; despertar a la realidad después de una borrachera siempre acarreaba hacer un inventario de las heridas. Pero esa borrachera había sido la peor hasta la fecha. Se le movía un diente y, por la razón que fuera, eso la espantó de verdad.

Peor que las lesiones físicas era el sentimiento de culpa abrasador por lo que les estaba haciendo a Daisy, a Verity y a Nick. Tenía ganas —literalmente— de cortarse el cuello, y había prometido a Nick —y a sí misma— que no volvería a beber.

Pero no recordaba nada de lo sucedido, y como no podía recordar fue capaz de hacer ver que no había ocurrido. Lo había guardado en la cámara hermética de su mente donde metía las cosas que le avergonzaban demasiado para poder pensar en ellas.

Y ahora había vuelto a pasar. Lo mismo, solo que peor porque esta vez había acabado en el hospital.

Con huesos rotos.

Y Grace estaba aquí.

—Ha perdido el control. Hay que ingresarla. —Nick seguía de pie junto a la puerta, ni dentro ni fuera del cuarto.

Marnie le miró de hito en hito, enmudecida de miedo. Era la primera vez que Nick proponía algo así. ¿Estaba hablando en serio? ¿O solo intentaba asustarla?

—¿Te refieres a...? —Grace, siempre tan segura, parecía perpleja. Incluso asustada.

—Un centro de desintoxicación —terminó Nick por ella—. O como quieras llamarlo.

—¿No es un poco...?

—¿Un poco qué?

—¿... drástico?

—¡Grace, es una alcohólica!

Marnie se alegró de que Grace se estremeciera; era evidente que no estaba de acuerdo.

Nick se volvió hacia Marnie.

—Reconócelo, eres una alcohólica.

—No lo soy —respondió con nerviosismo—. Lo dejaré, lo...

—Hay un lugar en Wiltshire —continuó Nick—. Parece agradable. Dejan ir a los niños los fines de semana, de modo que Daisy y Verity podrán visitarte.

¡Santo Dios, hablaba en serio!

—Nick, te lo ruego, espera un poco. —Las palabras salieron disparadas de su boca—. Dame otra oportunidad.

—Debes serenarte, Nick —dijo Grace— y no sacar las cosas de quicio. Marnie ha tenido dos experiencias malas...

—¿Dos? —Nick se llevó una mano a la frente—. ¡Joder, Grace, doscientas diría yo! Reconozco que ninguna tan mala como esta, pero los intervalos son cada vez más cortos y las heridas cada vez más graves. Fue lo que me advirtió que pasaría. Ya te lo conté.

Marnie observaba la interacción entre Grace y Nick con cara de desconcierto.

—¿Quién te lo advirtió? —preguntó, sintiendo que el miedo trepaba por ella.

—El asesor en alcoholismo —respondió Grace.

—¿Qué asesor? —Marnie tenía los labios paralizados—. ¿Por qué estás tú al corriente de eso y yo no?

Grace parecía sorprendida.

—Porque Nick me llama para hablarme de ti...

¿Eso hace?

—... Lo ha estado haciendo los últimos dos meses.

Marnie se quedó estupefacta.

—Grace... ¿has estado hablando con Nick a mis espaldas?

Grace la miró de hito en hito. Parecía conmocionada.

—¡No he hecho nada a tus espaldas! Lo primero que hice después de que Nick me llamara fue telefonearte para contártelo.

¿Eso hizo?

—Estuvimos horas hablando por teléfono. ¿No lo recuerdas? —Grace parecía alarmada.

No. Y no era la primera vez que encontraba un espacio en blanco donde debería haber un recuerdo. ¿Debería preocuparle eso?

—Pensaba que estabas borracha, te lo pregunté en su momento —prosiguió, inquieta, Grace—. Dijiste que no lo estabas.

—¡Y no lo estaba! Lo recuerdo todo. —Entonces Marnie cayó en la cuenta de algo—. Por eso me llamabas tan a menudo, toda solícita.

—Estaba muy preocupada.

—¿Por qué? Siempre me ha gustado beber. ¿Cuántas veces te he dicho que los únicos momentos en que el mundo me parece normal es cuando he bebido un par de copas?

Podía ver la lucha interna de Grace. Podía verla preguntarse qué derecho tenía a recriminarle esas dos copas.

—Oye, puedo parar —dijo para tranquilizarla—. Puedo pasar semanas sin beber.

Pero Grace se volvió hacia Nick.

—¿Es cierto? ¿Puede pasar semanas sin beber?

—Tal vez —respondió, poco convencido—. Aunque hay veces en que dice que no ha bebido pero puedo olerle el alcohol en el aliento. Y le he encontrado botellas de vodka en el bolso.

Grace parecía escandalizada.

—¿Es verdad eso? —preguntó a Marnie—. No me lo habías contado...

—¡Una vez! ¡Solo una vez! Porque se les habían acabado las bolsas en la licorería. —Miró fijamente a Grace—. Puedo pasar semanas sin beber. Paso semanas sin beber.

—¡Y cuando bebes, desapareces! —replicó Nick—. Te pasas días sin aparecer por casa.

—¡No son días! —gritó Marnie—. Nick, estás haciendo que parezca... Grace, no le escuches. No han sido ni dos días. Veinticuatro horas como mucho.

—Veinticuatro horas es mucho tiempo —dijo Nick—. Sobre todo si eres una niña pequeña.

—Vamos, adelante, hazme sentir culpable. ¡Como si no me sintiera ya lo bastante mal!

De repente, los ojos de Marnie se llenaron de lágrimas. Nick chasqueó la lengua con impaciencia y anunció que se iba a trabajar, pero Grace, para sorpresa de Marnie, se compadeció.

—Marnie, esto es demasiado grave. Te caes, te haces daño, incluso podrían violarte. Tienes suerte de no haber conducido borracha. Tienes suerte de no haber matado a nadie.

—Lo sé, lo sé, lo sé. —Las lágrimas le rodaron por el rostro y notó el picor de la sal en los cortes—. Pero no tienes ni idea de lo que es estar en mi piel.

Vio la culpa reflejada en los ojos de Grace y eso le hizo sentirse aún peor.

—Perdona, pero es que siempre estoy triste —sollozó, sintiendo de repente todo el peso de su constante carga—. Y cuando bebo la tristeza desaparece. Es lo único que consigue hacerla desaparecer.

—Pero con eso solo logras empeorar las cosas —repuso, impotente, Grace—. Seguro que estás más triste ahora que antes de que bebieras.

—Sí. Lo dejaré. No me será fácil, pero lo dejaré.

—No tienes que dejarlo del todo, pero no has de permitir que se te vaya de las manos. ¿Sigues tomando antidepresivos?

—No me hacen nada.

—¿No podrías aumentar la dosis?

—Lo preguntaré. Creo que estoy tomando la dosis máxima, pero lo preguntaré. Te lo ruego, Grace, no dejes que Nick me envíe a un centro de desintoxicación.

—De acuerdo. —Grace se acercó un poco más y, bajando la voz, le preguntó—: ¿Qué me dices de ese tipo del trabajo?

—¿Rico? —Marnie se enjugó las lágrimas con la mano—. Es solo un amigo.

—¿Hay algo entre vosotros dos?

La imagen fugaz de unos cuerpos desnudos, Rico encima de ella, respirando agitadamente en su oído.

«No ocurrió.»

—No, no, simplemente es muy amable conmigo.

—¿Pero bebes con él?

—Hablas como si fuéramos... vagabundos bebiendo alcohol de quemar... Tomamos una copa de vez en cuando.

Grace se metió debajo de la sábana, junto a ella. Marnie encendió la tele con la esperanza de poner fin al interrogatorio. Salió *Trisha*; el tema del día era, «Odio al novio de mi hija».

—¿Cambio?

No esperaba que Grace, con sus gustos progres, se interesara por *Trisha*, pero estaba hipnotizada.

—No, déjalo.

Había gritos, insultos y acusaciones de celos e infidelidad.

—Me desprecio por ver esta porquería de programas —dijo Grace—, pero no puedo evitarlo. Es superior a mí.

«Ahora ya sabes cómo me siento.»

Cuando terminó, Grace preguntó:

—Marnie, ¿has oído hablar alguna vez de un hombre llamado Lemmy O'Malley?

—No.

—¿Y Eric Zouche?

—No. ¿Por qué?

—Por nada. —Saltó de la cama, rebosante de una repentina energía—. Tienes que empezar a recuperar tu vida normal. Vístete, aunque solo sea un par de horas. ¿Cuál es tu armario?

—Ese.

Grace lo abrió.

—¡Cuánta ropa! ¡Y cuántos zapatos! —El suelo del ropero estaba cubierto de botas y zapatos—. Mira esas botas de montar. —Grace se agachó para admirarlas.

«No, espera. No te acerques a ellas.»

—Qué curiosas, ¿verdad? —Grace tenía medio cuerpo metido en el ropero y su voz sonaba ahogada—. Son tan rígidas que el cuero parece plástico.

—Porque nunca llegué a domarlas...

—Caray, qué cuidadosa, todavía conservas los cartones de las cañas...

«No las toques. Déjalas en paz.»

—Grace, no...

Pero Grace ya había metido una mano en la bota y el semblante le estaba cambiando y de repente sacó algo y miró a Marnie con un expresión que no le había visto antes y en un tono quedo y sereno, completamente impropio de Grace, preguntó:

—¿Para qué ibas a guardar una botella de vodka en una bota de montar?

—Grace, yo... ¡No!

Grace había metido la mano en la otra bota y estaba sacando una segunda botella de vodka, esta vez vacía. Se volvió hacia Marnie con esa misma expresión, con esa mezcla de pasmo y entendimiento. Instantes después, se zambulló de nuevo en el ropero y emprendió una búsqueda frenética.

—¡Grace, no!

—¡Cierra el pico!

Con medio cuerpo fuera de la cama, Marnie no podía hacer otra cosa que presenciar la terrible escena. Grace estaba escarbando con las manos, abriendo botas, bolsos y cajas de zapatos, arrojándolos sobre la moqueta, volcándolos para que las botellas salieran de sus escondites y rodaran por el suelo.

Esto no está ocurriendo esto no está ocurriendo esto no está ocurriendo.

Cuando Grace hubo terminado, colocó ruidosamente las botellas sobre la cómoda, en fila. Nueve en total: botellas de un litro, de medio, de cuarto. A Marnie le costaba creer que hubiera tantas, era consciente de que tenía una o dos ahí guardadas, a la espera de que se le presentara la oportunidad de deshacerse de ellas, pero ¿nueve? Todas de vodka, y todas vacías salvo la primera.

Grace estaba respirando agitadamente y mirando a Marnie como si fuera la primera vez que la veía.

—¿Has bebido desde que saliste del hospital?

—¡No, te juro que no!

Decía la verdad. Quiso beber —sobre todo después de saber que Grace iba a venir— pero no habría podido retenerlo. Conocía su cuerpo lo suficiente para saber que el alcohol habría desatado una catarata de vómitos que podía durarle días. Marnie se percató entonces de que Grace estaba cayendo en la cuenta de algo más, hasta pudo ver el cambio en sus ojos mientras sucedía. Grace salió disparada del dormitorio, llena de aprensión y determinación. Marnie sabía adónde se dirigía.

—¡No, Grace, por favor! —Se levantó de un salto, ignorando la descarga de dolor que le recorrió las costillas. Esta vez tenía que detenerla, y la siguió hasta el cuarto rosa de Daisy.

Pero Grace ya había encontrado una. Agitó la botella vacía delante de su cara.

—En el armario de tu hija. ¡Qué bien, Marnie!

—No la habría encontrado.

—Yo no he tenido que buscar mucho.

Luego entró en el cuarto de Verity y encontró tres botellas vacías debajo de la cama.

—No se lo digas a Nick —le suplicó Marnie—. Por lo que más quieras.

—¿Cómo puedes pedirme eso? —espetó Grace—. ¿Cómo puedes ser tan egoísta?

El sonido de las arcadas resonó en toda la casa. Una, dos, tres. Marnie agitó el pomo.

—Déjame entrar, Grace, te lo ruego.

Pero Grace mantuvo la puerta del cuarto de baño cerrada y no contestó.

—No lo entiendo —dijo, débilmente, Grace. Parecía destrozada. Marnie nunca la había visto tan hundida—. La última vez que viniste a Dublín pudiste parar. Cuando estuviste tomando antibióticos.

En realidad Marnie no había estado tomando antibióticos, solo lo había aparentado, pero ahora no era el momento.

—No probaste una gota en todo el fin de semana —continuó Grace. Entonces cayó en la cuenta de que pudo beber a escondidas—. ¿O sí bebiste?

—No, no bebí. ¡Te lo juro!

—¿Me lo juras? —Grace soltó una risa amarga—. Ahora sí que me tranquilizas.

—No te miento, Grace, es la verdad. Puedo dejarlo cuando quiera.

—Puedo dejarlo cuando quiera —la imitó, irritada, Grace—. ¿Sabes cómo hablas?

—¿Cómo?

—Como una alcohólica.

—Pero...

Era cierto que no había bebido ni una gota de alcohol en Dublín; porque, por extraño que pareciera, era más fácil no beber nada en absoluto que beber dos copas. Por eso había fingido que estaba tomando antibióticos. Durante el último año —puede que antes— había descubierto que en cuanto bebía una copa se apoderaba de ella una necesidad vehemente de beber hasta caer redonda, de beber lo bastante para poder abandonar su cuerpo, para poder abandonar su vida, para poder abandonarlo todo con gloriosa libertad y nadar en la inconsciencia. Era incapaz de predecir qué podía pasar una vez que empezaba a beber, podía terminar en cualquier parte, haciendo cualquier cosa, y cuando estaba lejos de casa no podía correr ese riesgo.

—Siento no habértelo contado —dijo Marnie. No podía soportarlo. Grace estaba enfadada con ella. Peor aún, estaba decepcionada—. Siento haberte tenido en la ignorancia.

—¡No se trata de mí! Se trata de ti, de que eres... una alcohólica. —Grace tragó saliva.

—Una alcohólica no, solo...

—¡Marnie! —Grace abrió y cerró la boca como un pez y señaló las botellas que descansaban sobre el tocador—. Míralas. Por favor, míralas.

—No es tan grave como parece. Te lo ruego, deja que te lo explique. Llevan siglos ahí, por favor, Grace, escúchame...

—¡Se acabó! —exclamó de repente Grace—. Irás a Alcohólicos Anónimos.

... ¿Qué? ¿A Alcohólicos Anónimos? Ni en sueños.

—Llamaré ahora mismo. ¿Dónde está la guía telefónica?

—No tenemos.

En un susurro, Grace dijo:

—No se te ocurra jugar conmigo más de lo que ya lo has hecho.

—En el armario del vestíbulo.

Salió del cuarto y a su regreso dijo:

—Hay una reunión a la una en un centro cívico de Wimbledon. Vístete.

—Grace, esto es una locura —protestó Marnie—. Lo dejaré, te juro que lo dejaré, no me obligues a ir a Alcohólicos Anónimos, la cosa no es tan grave, solo tengo que tomar la decisión de dejarlo, mira, la estoy tomando, la he tomado. ¡Ya está!

Se percató de que Grace empezaba a flaquear.

—Además, no puedo ir con esta pinta. —Se señaló los cortes y vendajes.

La cara de Grace era la viva imagen de la duda. Entonces, con una firmeza perturbadora, replicó:

—Dudo mucho que les importe. Seguro que están acostumbrados.

—¿Y si me ve alguien del trabajo?

—Es muy posible que ya estén al corriente de lo que te pasa. De hecho, estoy segura de que lo saben. Probablemente les alegre saber que estás haciendo algo para solucionar tu problema con la bebida.

«Problema con la bebida.»

Se vistió bajo la mirada atenta de Grace, acompañando cada movimiento con una exagerada mueca de dolor. Pero el temblor de las manos era real. No podía abotonarse los tejanos. Esto era nuevo. Lanzó una mirada furtiva al ropero, donde quedaba por lo menos una botella que Grace había pasado por alto. Seguro que un trago, quizá dos, la calmarían. Pero aunque Grace la dejara sola tres segundos, no podía arriesgarse, hoy no. Aparte de las probabilidades de que vomitara, si la descubrían sería enviada a un centro de desintoxicación antes de que terminara el día.

Conducía Grace. Marnie permitió que se enredara en el entresijo de calles unidireccionales con la esperanza de que empezaran a dar vueltas y se perdieran la reunión. Pero había olvidado —¿cómo era posible, habiendo vivido con ello toda la vida?— lo competente que era Grace.

—Esta es la calle —dijo, reduciendo la velocidad mientras escudriñaba un edificio bajo—. Y... ese es el lugar.

Marnie no estaba preocupada; seguro que no encontraban aparcamiento.

—¿Están saliendo? —preguntó Grace. Bajó la ventanilla y pronunció con los labios a los ocupantes de un coche, ¿Se van? Asentimientos y sonrisas y pulgares levantados, y un minuto después Grace estaba entrando suavemente en el hueco.

¿Cómo había ocurrido?

No pienses en ello no pienses en ello no pienses en ello.

—Abajo —le ordenó Grace.

Marnie se quitó el cinturón de seguridad y bajó del coche. Tenía la sensación de que las piernas no eran suyas; era la primera vez que caminaba desde que despertó en el hospital y lo sentía como una actividad enteramente nueva. De hecho...

—Grace, creo que voy a desmayarme.

—Respira. Y apóyate en mí si hace falta.

—No, en serio... me noto muy...

—Marnie, vas a ir a esa reunión de Alcohólicos Anónimos sí o sí. Me da igual que te caigas redonda y la palmes.

Marnie no creía que pudiera estar más hundida, pero cuando se percató de que era el mismo lugar que la última vez, casi no pudo seguir porque el peso del miedo tiraba de ella hacia abajo.

En la sala había dieciocho sillas, puede que veinte, dispuestas en círculo. La gente charlaba y reía; había té y galletas en una mesa.

Cuando Grace la acompañó hasta la mesa principal, Marnie la notó insegura, casi nerviosa.

—Le presento a Marnie —dijo Grace a una mujer que parecía estar al cargo—. Es su primera reunión.

En realidad no era su primera reunión, era la segunda, pero no quería decírselo a Grace porque entonces seguro que pensaba que era una alcohólica. Lanzó una mirada furtiva a su alrededor, confiando en no encontrar a Jules, la mujer que había visto en el cine. Si llegaba y la saludaba, no tendría más remedio que confesar.

Los presentes —los *alcohólicos*— eran muy simpáticos, lo recordaba de la última vez. No le hacían pasar vergüenza mencionando sus heridas y no se cansaban de lanzarle sonrisas cálidas y afectuosas. Estaban deseando que se uniera a la banda.

—¿Una taza de té?

Marnie aceptó. El calor le sentaría bien; estaba helada. Pero, para su sorpresa —y para el espanto evidente de Grace— sus manos no pudieron sostener la taza. El líquido tembló y se derramó, abrasándole los dedos. El hombre que le había tendido la taza la recuperó con calma y la devolvió a la mesa.

La pérdida de control era tan inaudita que Marnie decidió, sencillamente, que no había sucedido.

—Todos hemos pasado por eso —dijo amablemente el hombre.

Puede que tú sí, borracho perdedor, pero yo no.

—¿Una galleta? —le ofreció el hombre.

—Sí. —El estómago le estaba pidiendo comida a gritos, pero tenía la sensación de que las señales le llegaban desde cientos de kilómetros de distancia. Pegó un bocado a la galleta, pero hacía tanto tiempo que no tenía comida en la boca que le pareció artificial. Se obligó a bajar los pedacitos por su cerrada garganta y los jugos de su estómago rebulleron de alegría.

—Sentémonos —propuso Grace.

Flanqueada por su hermana, Marnie ocupó una silla.

Esto no está ocurriendo esto no está ocurriendo esto no está ocurriendo.

Desmenuzó la galleta en trocitos que disolvía en la boca, y conectaba y desconectaba mientras los alcohólicos lloriqueaban. «Compartir», lo llamaban; la palabra le producía dentera. Seguro que Grace también la detestaba. Seguro que no estaba dispuesta a perder el tiempo con una organización que utilizaba esa clase de términos.

—... beber era para mí un trabajo de jornada completa. Esconder las botellas, meter alcohol en casa a hurtadillas, sacar a pasear al perro para poder tirar los envases vacíos en los cubos de basura de mis vecinos. Luego empezaron a cobrar por la recogida de basuras y me descubrieron...

—... cuando daba una cena, siempre tenía una botella escondida en el armario de la cocina para poder echarle un trago cada vez que entraba con los platos o con lo que fuera...

—... me estaba automedicando. Pensaba que bebía porque me gustaba beber, pero estaba bebiendo para dejar de sufrir...

—Tenía botellas escondidas en todas partes. En el ropero, por ejemplo.

La desafortunada confesión instó a Grace a propinar un codazo a Marnie. «¿Lo ves —le estaba diciendo con el gesto—. Eres exactamente como ellos; este es tu lugar.»

—Escondía las botellas en los bolsillos de mis abrigos de invierno —prosiguió la mujer, y Marnie notó que Grace se ponía tensa, asaltada por la sospecha.

Mierda mierda mierda.

—... podía parar, ese no era el problema. Podía pasar una semana, puede que hasta diez días, sin probar una gota. Lo difícil era mantenerme ahí. Nunca lo conseguía...

—... lo perdí todo por la bebida, mi trabajo, mi familia, mi casa, el respeto hacia mí mismo, y no me importaba, solo quería beber...

—... Marnie... —murmuró Grace.

—¿Mmmm? —Emergiendo de su letargo, Marnie sintió un zumbido de atención a su alrededor. Todos en la sala se habían vuelto hacia ella y la mediadora le estaba sonriendo con simpatía.

—Marnie, ¿te gustaría decir algo?

—¿Qué? ¿A mí? —Se miró los pies—. No, gracias.

—Vamos —le susurró Grace.

—... Me llamo Marnie.

—Hola, Marnie —coreó la sala.

Dios, se sentía tan estúpida...

—Y... bueno, estoy aquí.

—Di que eres alcohólica —le susurró Grace.

No quiso decirlo. No lo dijo. Porque no lo era.

—Para que lo sepas —dijo Grace, su boca una línea adusta, cuando regresaban en el coche a casa—, no tienes que beber todos los días para ser alcohólica. La mujer dijo que muchas personas dejaban de beber durante largos períodos de tiempo, como tú.

No le hagas caso, no le hagas caso.

—¿Qué te ha parecido la gente? —preguntó después de un breve silencio.

—Son amables. —Son raros con ganas.

—¿Volverás?

—Mmmm, sí, la semana que viene.

—¿Por qué no mañana?

—¿Mañana? ¿No es un poco... exagerado?

Grace no contestó. Cuando llegaron a casa, subió directamente a la habitación de Marnie, abrió el ropero de par en par y procedió a hurgar en los rincones más remotos. A los pocos segundos emergió con media botella de vodka y la mostró con gesto teatral, cual mago sacando un conejo de un sombrero. Se zambulló de nuevo, como un buceador buscando perlas, palpó los profundos bolsillos de los abrigos de invierno y apareció con otra botella.

Cuando el número de botellas llegó a cuatro, dijo:

—¿Exagerado? A mí no me lo parece.

Cayó de rodillas al suelo y hundió la cara en las manos. Al rato se levantó con dificultad.

—Grace... ¿adónde vas?

—Al lavabo, a vomitar otra vez. —Al llegar a la puerta se volvió y dijo—: Qué ironía, ¿verdad?

Marnie se puso mohína ante la agresión.

—Tú eres la que bebe hasta caer inconsciente y la que vomita soy yo.

Cuando regresó del cuarto de baño se acurrucó en la cama junto a Marnie. Guardaron silencio.

—¿Qué hacías en Cricklewood? —preguntó de repente Grace.

—¿Qué?

—Cricklewood. Nick dice que la ambulancia te recogió en Cricklewood.

—... Sí, lo sé. —Pero ignoro qué estaba haciendo allí.

—¿Qué ocurrió esa noche?

—Nada en especial. Solo fui al pub con Rico después del trabajo.

—¿No fuiste a Cricklewood?

—No. Estuve en Wimbledon, cerca de la oficina.

—Me temo que no conozco Londres muy bien. —¿Estaba siendo sarcástica?—. ¿Cricklewood está cerca de Wimbledon?

Ni mucho menos. Estaba en la otra punta de la ciudad.

—No.

—Entonces, ¿tú y Rico...?

—Tomamos unas copas.

—¿Y luego?

—Conocí a una gente y fui con ellos a una discoteca. —Creo.

—Y esa discoteca, ¿estaba en Cricklewood?

Por favor, deja de decir la palabra Cricklewood.

—No, en Peckham. —¿Peckham? ¿En qué estaba pensando entonces? Peckham era un gueto.

—¿Está cerca de Cricklewood?

—No.

—¿Conoces a alguien que viva en Cricklewood?

—Grace, si vuelves a decir Cricklewood me largo a la licorería.

—Cricklewood, Cricklewood, Cricklewood. ¿Qué licorería? ¿La de tu ropero?

Grace colocó sus piernas sobre Marnie para inmovilizarla.

—Ni se te ocurra.

—Era una broma.

—Lo sé, mira cómo me parto.

Se sumieron en un silencio gris. Al rato, Grace dijo:

—¿No te parece un poco...?

—¿Qué?

—Estabas tirada en la calle con un coma etílico, herida, en

un barrio de Londres que no conocías y sin poder recordar cómo habías llegado hasta allí o qué estabas haciendo allí.

Antes de que Grace hubiera pronunciado las cinco primeras palabras Marnie ya había dejado de escucharla y estaba preparando su respuesta. Cuando captó que había terminado, dijo:

—No volverá a ocurrir.

—Pero...

—Estoy de acuerdo contigo, suena horrible cuando lo miras así. Pero fue un accidente, una excepción, y no va a repetirse.

—Son las tres. —Grace saltó de la cama—. Me marcho al colegio a recoger a las niñas. No tardaré ni veinte minutos.

—Gracias, Grace. —Si Grace no estuviera aquí, Marnie ignoraba cómo habrían vuelto las niñas a casa. Quizá una de las otras madres...

Oyó cerrarse la puerta de la calle, luego el motor del coche, y se recostó sobre las almohadas. Le apetecía dormir. Justo cuando se disponía a coger el sueño, no obstante, las palabras de Grace resonaron en su cabeza. «Estabas tirada en la calle con un coma etílico, herida, en un barrio de Londres que no conocías y sin poder recordar cómo habías llegado o qué estabas haciendo allí.»

Oh.

Se abrió una pequeña grieta y alcanzó a ver fugazmente la vasta caverna de horror que se extendía al otro lado. Presa del pánico, se sentó trabajosamente en la cama, jadeando y con el corazón a punto de estallar. En su vida había tenido tanto miedo.

Tirada en la calle, con tres costillas rotas, a las cinco de la madrugada.

Ella era esa persona.

Siempre le había gustado beber —nunca pretendió ocultarlo—, pero ella era sin duda una bebedora moderada. Durante la época en que había sido madre a tiempo completo, nunca bebía durante el día. No le parecía bien. La norma era: nada de alcohol

antes de las seis. Se pasaba todo el día cuidando de sus dos pequeñas y cuando las manecillas del reloj de la cocina se alineaban para formar una raya negra continua, se servía un vodka con tónica. No negaba que esperaba ese momento con impaciencia, pero ¿desde cuándo era eso un crimen?

Probablemente hubiera podido empezar antes —seguro que había otras madres que lo hacían— pero las normas eran las normas. Nada de alcohol antes de las seis.

Con excepción de aquel día, dos octubres atrás —¿o eran tres?— en que retrasaron la hora y al dar las cinco se sentía como si fueran las seis. Había oscurecido, había tenido un día largo, y le pareció absurdo esperar, sobre todo teniendo en cuenta que Nick no había cambiado el reloj. Las manecillas, de hecho, todavía marcaban las seis, y si todavía hubiera sido ayer, ahora ya serían las seis. Así pues, ese día en concreto juzgó apropiado empezar a las cinco. Y probablemente porque el mundo no se acabó cuando rompió la norma de las seis, unos días después las cuatro y media se le antojó buena hora. Y también las dos y cuarto, en otra ocasión durante ese mismo mes. Y luego la una. La primera vez que tomó una copa por la mañana sintió una enorme liberación; no podía creer que hubiera pasado tantos años limitada por barreras artificiales. El tiempo no era más que un concepto. ¿Qué importancia tenía a qué hora se tomaba una copa mientras hiciera bien su labor de madre?

Y la hacía bien. Sus hijas eran su vida y era su función alimentarlas, vestirlas, entretenerlas, mimarlas y consolarlas. Ellas eran lo primero. Ese era el acuerdo al que había llegado consigo misma.

La norma de las seis solo se la saltaba en situaciones extremas: tenía que sentirse especialmente deprimida, triste, aburrida o sola para justificar dicho salto. La hora correcta para empezar seguía siendo las seis, y aunque no podía respetarla todos los días, era el ideal que luchaba por mantener, y cuando flaqueaba se sentía culpable.

Pero, en cualquier caso —y eso era lo que siempre pensaba cuando iba por la segunda copa— ¿qué importaba? ¿A quién perjudicaba? A nadie. De hecho, todos salían ganando, porque

cuando unas cuantas copas la sacaban de su vida y la trasladaban a un lugar más dichoso dentro de su cabeza, experimentaba un gran alivio. Era el único momento en que hacía exactamente lo que le apetecía, en que era consecuente consigo misma. Sentirse satisfecha a nivel personal la hacía mejor madre, seguro.

No obstante, sospechaba que Nick no veía como algo enriquecedor para sus vidas que bebiera durante el día. Cuando empezó a preguntarse en voz alta por qué el vodka de la casa desaparecía tan deprisa, Marnie comenzó a comprarse sus propias botellas y a guardarlas en un lugar secreto. Nunca había sido su intención reunir un alijo de alcohol en su ropero, pero necesitaba tener la posibilidad de beber cuando lo decidiera.

Cuando estaba con Daisy y Verity se aseguraba de permanecer sobria. A veces, con todo, era demasiado esfuerzo, y empezó a darles de cenar a las cuatro y media y a acostarlas cuando aún era de día, desoyendo sus protestas.

Marnie había convertido en una costumbre que Nick la encontrara, cuando llegaba del trabajo, con una botella de vino abierta, dando recatados sorbos a una primera copa. Eso tenía un beneficio doble: explicaba el olor a alcohol en su aliento y le permitía relajarse en su ebriedad porque, después de todo, estaba bebiendo.

A veces Nick se sorprendía de lo deprisa que se le subía el vino a la cabeza.

—Solo has bebido dos copas —solía decir—. Ya no aguantas el alcohol.

—Así te salgo más barata —bromeaba ella, contenta de que su subterfugio estuviera funcionando.

Pero lo que más anhelaba, lo que esperaba con impaciencia, eran las noches en que las niñas dormían y Nick salía con sus compañeros de trabajo. Solo entonces podía relajarse de verdad, servirse una copa detrás de otra y entregarse a un abandono glorioso hasta que la cama se inclinaba y la habitación daba vueltas a su alrededor, sumergiéndola en la inconsciencia.

A veces —generalmente en la quietud de la noche, cuando todo el mundo dormía— veía el caleidoscopio fracturado de su

vida secreta, lo veía como probablemente otros lo verían, y el miedo la paralizaba.

«¿Qué significa? ¿Qué voy a tener que hacer?»

«Pero soy una buena madre.»

«Soy una buena esposa.»

«Soy una buena persona.»

«A todo el mundo le cuesta cumplir con sus responsabilidades, todos nos esforzamos por hacer lo que tenemos que hacer.»

«Buena madre, buena esposa, buena persona: he ahí lo que de verdad importa.»

«Buena madre, buena esposa, buena persona: tengo lo esencial bajo control.»

Siempre estaba preocupada por eso, dando vueltas al caleidoscopio y convirtiendo lo malo en bueno, hasta que las imágenes fracturadas formaban una composición menos alarmante y era capaz de conciliar un sueño ligero, agitado.

Hasta el día que la pillaron, ebria e inconsciente. No entendía cómo había dejado que ocurriera. Estaba previsto que Nick llegara a casa a las seis y media, como siempre, no era una de esas noches en que Marnie podía bajar la guardia, y aunque había tomado su primera copa a las once y un minuto, había controlado todo el día. Desde luego, a las cuatro de la tarde había estado lo bastante sobria para ir a la guardería a recoger a las niñas. Luego las tres se acurrucaron en el mullido sofá para ver un DVD mientras ella iba dando sorbos a un vaso, consciente de que tenía tiempo de sobra para borrar las pistas antes de que Nick llegara.

Pero debió de quedarse dormida, y cuando despertó bruscamente, con el corazón tan acelerado que pensó que iba a salírsele por la pastosa boca, la cara borrosa de Nick estaba inclinada sobre ella. Caos; mal olor; pitido ensordecedor; humo negro saliendo de la cocina. Pese a su desconcierto, sabía que tenía que pensar con rapidez.

—¿Qué te ocurre? ¿Te encuentras mal?

Asintió con la cabeza.

—¿Qué tienes?

Intentó hablar pero las palabras le salían lentas y pesadas.

La expresión de Nick cambió de repente.

—¡Marnie, estás borracha!

—No, estoy...

—Sí lo estás, estás borracha. —Estaba alarmado y confundido—. ¿Has comido fuera?

Pero ella sabía que él sabía que no había comido fuera. Le había telefoneado a casa al mediodía. Además, ¿cuándo conseguía ella salir a comer?

Nick desapareció en el vestíbulo e instantes después el pitido cesó. El detector de humos; probablemente le había quitado las pilas.

Cuando regresó a la sala, señaló la cocina con indignación.

—Estaban subidas a una silla, sobre el fogón, haciendo aros de espaguetis en una sartén.

Eso explicaba el humo.

—¿Cómo consiguieron encender el gas? —preguntó Nick—. ¿Qué está pasando aquí, Marnie? ¿Has estado bebiendo?

Era absurdo negarlo.

—¿Sola? ¿Por qué?

¿Por qué? Porque le gustaba. Era la única respuesta que se le ocurría, pero sabía que no bastaría.

—Estaba... estaba disgustada.

Notó que Nick se ablandaba.

—¿Por qué, cielo?

—Me puse a pensar en tu padre. —Le habían diagnosticado cáncer de próstata hacía unos meses. Un tipo de cáncer que se extendía lentamente, esperaban que aún viviera varios años.

Nick soltó una exclamación ahogada.

—Pero hace tiempo que lo sabemos.

—Creo que no lo he asimilado hasta ahora. —De repente tenía lágrimas en los ojos y estaba sollozando—. Me da tanta pena, tu pobre padre.

—Pero ahora lo lleva bien, mamá lo lleva bien, todos lo llevamos bien.

Nick le acarició el pelo y la trató con dulzura el resto de la noche. Pero ella sabía que su pretexto no había funcionado. Había despertado algo en Nick, una sospecha, una alarma.

Unos días después se produjo el incidente de «Fiona Fife».

Daisy y Verity estaban jugando en casa de Alannah Fife y Marnie tenía la tarde para ella sola. A cambio, algún día no muy lejano le tocaría cargar unas horas con Alannah, de cuatro años. Pero ahora no estaba pensando en eso. Estaba disfrutando, soñando despierta, y cuando el teléfono sonó, dejó que saltara el contestador.

—¿Marnie? —era Fiona, la madre de Alannah, dejando un mensaje—. ¿Estás ahí?

Agarró el auricular.

—Lo siento. Sí, estoy aquí.

—Malas noticias. Mi coche no arranca.

—Qué fastidio.

—Así que...

—¿Así que...?

—... que no puedo llevarte a Daisy y Verity. ¿Puedes venir a buscarlas? Estamos demasiado lejos para ir andando.

—¡Oh, claro, claro! Qué torpeza la mía. No tardo ni diez minutos.

Marnie buscó las llaves del coche en su bolso y durante un instante se preguntó si debería conducir. No había bebido mucho y estaba completamente despejada, pero probablemente superaba el límite permitido.

Conduciría muy despacio.

Pero al llegar a casa de Fife se pasó de largo la plaza de aparcamiento a la que apuntaba. Se detuvo bruscamente y los frenos protestaron con un fuerte chirrido. Dos segundos más tarde la cara de torta de Fiona aparecía en la ventana y desaparecía bruscamente un instante después, tiempo suficiente, no obstante, para que Marnie percibiera su nerviosismo.

La puerta de la calle se abrió y Fiona se detuvo en el umbral mientras observaba a Marnie bajar del coche y caminar hacia la casa. Marnie comprendió, por el estupor en su cara, que no estaba tan sobria como pensaba.

—Marnie, ¿estás bien?

—¡Estupendamente! —No, demasiado fuerte—. Estupendamente. —Mejor esta vez.

—¿Estás...? —preguntó Fiona—. ¿Has bebido?

—¿YO? ¿Estás de broma? Nunca bebo antes de las seis. —No había sido su intención contestar de forma tan belicosa, y no debería haber mentido; de eso se dio cuenta después. Si hubiera contestado que había comido fuera, si hubiera soltado una risita y utilizado palabras como «achispada» y «alegre», la cosa no habría pasado de ahí.

Fiona echó a andar con paso resuelto hacia Marnie, entró directamente en su espacio, casi chocando con ella, y aunque el vodka supuestamente no huele, empezó a abanicarse la nariz con una mano, como si estuviera oliendo gases.

—Ya me pareció que tu voz sonaba rara por teléfono —dijo acusadoramente.

—Hola, mamá. —Daisy y Verity salieron de la casa poniéndose el abrigo y arrastrando la mochila.

—No es la primera vez que lo noto —prosiguió Fiona con voz queda.

Marnie desvió la mirada.

—Vamos, niñas. —La voz le temblaba—. ¿Lo tenéis todo?

—No sé si dejarte conducir —dijo Fiona.

Marnie no supo qué contestar. ¿Debía defenderse? ¿Disculparse?

—Despídenos de Alannah. —Empujó a Daisy y Verity hacia el coche.

Esa noche se despertó de madrugada, muerta de frío, sobria y asustada, reviviendo el episodio. Oyendo su propia voz, torpe y ebria, decir «Nunca bebo antes de las seis».

«Nunca bebo antes de las seis.»

Qué estupidez decir eso cuando era evidente que Fiona sabía que estaba bebida.

¡Y el sentimiento de culpa por sus hijas! Eran lo que más quería en el mundo y las había puesto en peligro al llevarlas en coche estando... no, borracha no... no había llegado tan lejos, pero sobria tampoco. Si hubiera pasado algo...

Pero no podía decirse que lo hubiera planeado. De haber sabido que tenía que conducir, no habría bebido, por lo menos no demasiado. El sentimiento de culpa cedió el paso a la autocompasión: ¿por qué se había negado el coche de Fiona a arrancar justamente ese día? Normalmente por las tardes estaba sobria.

«Hace semanas que no espero a que den las seis.»

«Muchas semanas.»

Por un momento sintió que el corazón se le paraba y esa fue la primera vez que pensó, Tengo que dejarlo.

—¿Por qué me ha preguntado Fiona si tienes algún problema? —preguntó Nick.

Mierda.

Marnie le miró sin pestañear.

—No tengo ni idea.

—¿Qué ha ocurrido?

—No sé de qué estás hablando.

Ni por un momento se le había pasado por la cabeza que Fiona fuera a chivarse.

—Marnie, por favor, cuéntamelo —dijo Nick—. Confía en mí. Podemos buscar una solución...

—No hay nada que solucionar —respondió.

Se había vuelto una experta en mentir, pero esta vez no le funcionó. Nick estaba empezando a atar cabos. Lo observó mientras hacía un repaso de su pasado más reciente y vio cómo el paisaje ondulaba delante de él, recolocándose y reacomodándose en la verdad.

Lo sabía.

Ella sabía que él lo sabía.

Y él sabía que ella lo sabía.

Nick no dijo nada.

Pero empezó a vigilarla.

—¿Qué me dices de tu trabajo? —preguntó Grace.

—Exacto. ¿Cómo voy a ir a rehabilitación? Tengo un trabajo. Y necesitamos el dinero.

—Lo que quiero decir es si no les importa que faltes tanto tiempo.

—No es «tanto tiempo»...

—Oh, cierra la boca, claro que lo es. ¿Por qué no te han despedido?

—A mi jefe...

—¿Guy?

—... sí, Guy, creo que... le gusto.

—¿Que le gustas? ¿Te refieres a que le atraes?

—No. Se parece más a... a un hermano.

—Un hermano —resopló Grace.

El año anterior por estas fechas había estado feliz de regresar al trabajo. Nick no había recibido su bonificación y Marnie, en lugar de tomárselo como una tragedia, lo vio como su tabla de salvación. De repente tenía un objetivo, y la necesidad de beber se desvaneció, al menos la necesidad de beber sola. Su trabajo era muy social, siempre estaba entrando y saliendo, quedando con clientes potenciales, asistiendo a comidas de negocios regadas con mucho alcohol e intercambiando historias con los chicos en el pub después del trabajo. Por primera vez en mucho tiempo se estaba divirtiendo.

Pero los días pasaban sin que trajera nuevos clientes. Los días se convirtieron en semanas y su nueva vida empezó a perder brillo. Luego tuvo una comida con un cliente potencial, y pensó que había ido de maravilla; hubo gin-tonics y vino, luego oporto y grappa, y bebieron al mismo ritmo, de ahí que ella no pudiera entender por qué estaba tan borracha y torpe y él permanecía lo bastante sobrio para burlarse de ella. El *maître* tuvo suficiente ojo para pedirle un taxi, y al día siguiente Marnie agradeció que los constantes vómitos le impidieran ir al trabajo y hacer frente al bochorno. Pidió a Nick que llamara a Guy y le explicara que tenía una gripe intestinal; Guy le contestó que el *maître* había telefoneado para recordar a Marnie que el día anterior no había sido capaz de recordar su número secreto y que todavía debía la comida.

Dos días después regresó al trabajo y aguantó las burlas bondadosas sobre su borrachera; Guy fue el único que no bromeó. Marnie le pidió disculpas y le prometió que no volvería a pasar. Pero esa misma noche fue al pub con los muchachos y ahogó su humillación en vodka, el suficiente para achisparla y adormecerle los sentidos. Rico fue quien la acompañó a coger un taxi.

Otra semana pasó sin hacer una sola venta y el miedo empezó a despertarla en mitad de la noche. Cuando cada día infructuoso tocaba a su fin, buscaba a alguien con quien tomar una copa; había mucho temor que aplacar. A veces Craig o Henry aparecían en el pub, pero se largaban después de una o dos copas; tenían poco aguante. Rico era la única persona con la que podía contar en todo momento.

El número de noches que llegaba tarde a casa, tambaleándose y diciendo incongruencias, fue en aumento. Al principio Nick reaccionó con furia, hasta que un domingo por la tarde la sentó a la mesa del comedor y le dijo con suma gravedad: «Tenemos que hablar». Cuando le dijo lo «terriblemente preocupado» que estaba por lo mucho que bebía, Marnie ya tenía una respuesta preparada: en su trabajo tenía que relacionarse socialmente, no estaba divirtiéndose, estaba trabajando. En ese caso, le suplicó Nick, ¿podía beber con moderación?

Una petición razonable, pensó Marnie: a partir de ahora su límite serían tres copas. Pero, pese a sus buenas intenciones, su consumo de alcohol después del trabajo siguió siendo excesivo y caótico. No podía entenderlo; después de dos copas la situación parecía adquirir vida propia.

Había empezado a faltar al trabajo; apenas hacía doce semanas que se había reincorporado y ya se había tomado cinco días por enfermedad. Y no había conseguido aún un solo contrato.

Empezó a sentir que su vida estaba llena de cantos afilados, que no encontraba consuelo en ninguna parte. Detestaba estar en casa por la vigilancia colérica de Nick; detestaba estar en el trabajo por su fracaso como agente; el único lugar donde quería estar era el pub y la única persona con la que se sentía a gusto era Rico. Era la única persona que sentía que no la juzgaba. Además, Rico no ocultaba el hecho de que la encontraba atractiva, y eso la halagaba. Rico era joven —más joven que ella, en cualquier caso— y muy guapo: de cabello y ojos oscuros. En menos de dos semanas Nick volvió a sentarla para tener otra conversación seria. Marnie le prometió una vez más que iba a cambiar y lo dijo de corazón. Opinaba que ya se estaba esforzando pero le juró a Nick que se esforzaría todavía más.

Una semana después Nick tuvo que pedírselo de nuevo; sorprendida de que siguiera fallándole, Marnie le hizo otra promesa.

—Esto no va bien —le había dicho Guy.

Había tardado tanto tiempo en reconocer esa evidencia que Marnie, en cierto modo, había empezado a creer que nunca lo haría.

—Te reincorporaste hace cuatro meses y aún no has conseguido un solo contrato —prosiguió.

—Lo siento —susurró Marnie.

—¿Crees que si no estuvieras bajo tanta presión no necesitarías beber tanto?

Marnie hizo una mueca de dolor. Un puñetazo le habría dolido menos.

—Bea va a empezar su permiso de maternidad. Tenemos un puesto vacante como secretaria. ¿Te interesa?

Cualquier cosa con tal de recuperar su aprobación.

—Si quieres, puedo probar —farfulló.

—Deberías poder hacerlo con los ojos cerrados. Y otra cosa. Quiero que asistas a una reunión de Alcohólicos Anónimos.

Marnie levantó bruscamente la cabeza. De repente había recuperado la voz.

—Por Dios, Guy, no estoy tan mal.

—Esa es la condición. Si quieres conservar tu trabajo, tendrás que ir a la reunión.

—No, Guy...

—Sí, Marnie...

De modo que había ido a la reunión; podría decirse que Guy no le había dado opción. Y como había imaginado, fue una experiencia horrible y extraña. La gente la asfixió con su simpatía. Una mujer llamada Jules estuvo pegajosamente amable con ella, hasta le dio su teléfono e insistió en que la llamara la próxima vez que tuviera ganas de beber.

Nick no debía enterarse nunca de que había estado en ese

lugar. No podía correr el riesgo de que se le metieran ideas raras en la cabeza.

A su vuelta de la reunión, Guy la acribilló a preguntas.

—Fue... Lo siento, Guy, ni siquiera sé qué decir, porque... —buscó las palabras justas—... porque mi presencia allí no tenía sentido. Son alcohólicos, no me parecía bien que yo estuviera allí, espiándoles.

—Deberías ir a unas cuantas —dijo Guy—, para familiarizarte un poco.

Marnie le miró atónita.

—Guy, reconozco que he pasado por un breve bache con la bebida, pero ahora que tengo un trabajo menos estresante, las cosas mejorarán.

—Prueba otra reunión —dijo—. Solo una más.

Era tremendamente tozudo, pero ella lo era todavía más. Marnie sabía algo que Guy no sabía: que ella tenía razón y él estaba equivocado. Forcejearon durante más de media hora. Finalmente, Guy aceptó la derrota murmurando:

—Veamos cómo van las cosas en los próximos meses. —Parecía agotado.

Luego Marnie comunicó a Nick la noticia de su nuevo y humilde trabajo de secretaria, y Nick hundió la cara en las manos y columpió el cuerpo.

—Gracias, Dios, gracias, gracias.

Marnie le miró atónita. Había esperado que se llevara una decepción por la reducción en el salario. Era cierto que todavía no había cobrado ninguna comisión como agente, pero habían confiando en que cuando ese momento llegara, se tratara de una suma sustanciosa y gratificante.

—Me tenía muy preocupado que estuvieras bebiendo tanto —dijo Nick—. Pero ahora ya no tendrás que beber.

Marnie lo sintió como un puñetazo en el pecho: Nick tenía razón. Su nuevo horario sería de nueve a seis y no necesitaría socializarse. Terminaría a las seis en punto y no habría razón para que no pudiera estar en casa a las seis y cuarto.

Guy la estaría vigilando en el trabajo, Nick la estaría vigilando en casa: estaba atrapada.

Era agotador: planear cuándo podía comprarlo, cuándo podía beberlo, cómo ocultar el olor, cómo ocultar los efectos, cómo deshacerse de las botellas vacías.

El cerco de su vida se estrechó aún más cuando Nick despidió a la niñera que tenían a tiempo completo y contrató a otra que necesitaba que Marnie llegara a casa todos los días antes de las siete; el nuevo salario de Marnie no justificaba el gasto de una niñera a tiempo completo.

El problema era Rico. Prácticamente todos los días intentaba convencerla de que se tomara una copa con él después del trabajo, y de vez en cuando Marnie aceptaba, puede que una vez cada tres semanas, o una vez cada dos semanas, o una vez a la semana, y aunque nunca era su intención beber más de dos copas, siempre se descubría volviendo a casa completamente ebria.

Se odiaba. Quería a Nick. Quería a las niñas. ¿Por qué les hacía eso?

Nick montaba en cólera y suplicaba, y ella prometía que no volvería a hacerlo, pero Rico seguía invitándola y ella no siempre era capaz de negarse.

Como era de esperar, llegó la noche en que Rico se le tiró encima. Horrorizada, Marnie se apartó.

—Rico, estoy casada.

Infatigable, Rico siguió intentándolo. Y un día... ¿por qué? Marnie nunca lo supo muy bien, pero el caso es que le dejó hacer. Fue un beso torpe, dos lenguas entrando como flechas y estrellándose, los dos demasiado borrachos para hacerlo mejor.

Al día siguiente, en la fría luz del día, Marnie se sintió morir. Un beso contaba como un engaño y aunque ella y Nick estaban pasando por un mal momento, le quería. Se merecía su fidelidad.

Pero la siguiente vez que Rico la invitó a tomar una copa, se descubrió aceptando. No lo entendía, porque a pesar de lo guapo que era, a veces —muchas veces— Rico le producía escalofríos.

Pero tenía que gustarle, por fuerza. No podías ir al pub con alguien que no te gustaba, ¿en qué clase de persona te convertiría eso?

La niñera se despidió después de demasiadas noches teniendo que quedarse más tiempo del acordado. Nick encontró otra, y esta necesitaba que Marnie llegara a casa a las seis y media. Marnie juró que a esta no le daría motivos para despedirse.

Y llegó el día en que —para su inconcebible horror— amaneció desnuda en la cama de Rico. Ignoraba qué había sucedido, si es que había sucedido algo. Era tal el espanto que le producía esta laguna en su memoria, que no se atrevió a preguntárselo.

Solo podía pensar en Nick. Había ido demasiado lejos, esta vez podía perderlo de verdad, y en medio de ese temor paralizante comprendió lo mucho que le quería. Temblando por todo el cuerpo, se marchó corriendo a casa.

Cuando cruzó la puerta, Nick le echó la caballería. Se había pasado la noche en vela, esperándola. Pero ella mintió, mintió y mintió; una historia elaborada y pastosa sobre una salida con Lindka (apenas conocía a Lindka, pero así y todo esa misma mañana consiguió sacarle la promesa de que juraría a Nick, en el caso de que se lo preguntara, que había pasado la noche en su casa), móviles sin batería, ni un solo taxi en varios kilómetros a la redonda. Tenía que conseguir que la creyera. No podía perderlo.

En realidad sabía que no le estaba creyendo, pero eso no consiguió intimidarla. Por cada incoherencia que Nick encontraba en su historia, ella colocaba un remiendo aún más improbable. Al final se sentía tan agotado que, sencillamente, tiró la toalla.

Ese mismo día, en la oficina, Marnie miró a Rico y se le revolvió el estómago.

«Estaba borracha y te aprovechaste de mí.»

Entonces otra voz dijo: «Nadie me puso una pistola en la sien ni me obligó a beberme esas copas...».

De una cosa, sin embargo, estaba segura: pasar la noche con Rico había sido el mayor error de su vida. Por haber bebido demasiado había puesto en peligro su matrimonio. No volvería a suceder.

Tres semanas más tarde sucedió otra vez, prácticamente en el mismo orden.

Y otra.

La nueva niñera se marchó y el sentimiento de culpa era como un cuchillo candente en el pecho de Marnie. Se despreciaba y despreciaba su infalible capacidad para destruir todo lo que tocaba.

Sentía que su vida involucionaba cada vez más y había mañanas en que se sentía tan mal que un trago le hacía más fácil salir de casa. En ocasiones, el pavor de estar fuera, en el mundo, era tan grande que inició la precaución de llevar una botella en el bolso. Hasta que Nick la encontró.

Empezó a olisquearle el aliento; fingía estar haciendo otra cosa, como ayudándole a quitarse el abrigo, pero ella sabía lo que estaba haciendo. Si llegaba a casa diez minutos tarde, el pánico se apoderaba de él, convencido de que Marnie se había ido de juerga.

Otra niñera se despidió.

La vigilancia de Nick se intensificó. Como respuesta, también lo hizo la inventiva de Marnie, y el control de él, y las mentiras de ella.

Pero aunque el alcohol la tenía cada vez más atrapada en sus garras, ella luchaba por liberarse. Rogando a un dios en el que no creía que le diera fuerzas para dejar de beber definitivamente, cada tanto tiempo hacía una redada en la casa, desenterrando botellas de sus escondites y volcándolas en el fregadero mientras miraba hacia otro lado por la pena que le causaba ver cómo se perdía toda esa belleza plateada.

Por favor ayúdame a dejarlo por favor ayúdame a dejarlo.

Por insistencia de Nick, probó la acupuntura para frenar el ansia, probó la meditación para tranquilizarse, tomaba triptófano y cromo, acosaba al médico para que le diera antidepresivos más fuertes e intentó provocarse un colocón natural haciendo footing.

Pero si el sentimiento de culpa no conseguía amedrentarla, la tristeza que arrastraba era más de lo que podía soportar. Podía pasar una semana sin beber, pero la depresión durante ese tiempo era como caminar sobre cuchillos. Para, vuelve, para, vuelve. Volver, siempre volver.

Amaba el alcohol. Era un amor ávido, salvaje. El alcohol —el vodka— era cuanto anhelaba y no había nada comparable a ese primer trago. Ese sabor limpio, frío como el hielo y caliente como el fuego, que descendía por su garganta calentándole el pecho, quemando todo el miedo y toda la angustia alojados en su estómago. Era como si le hubieran rociado de polvo de estrellas, de la cabeza a los pies, y de repente se sentía alerta pero tranquila, esperanzada pero resignada. Luego contenta, contenta y libre, y muy ligera.

—Tengo que volver a Dublín —dijo Grace—. Tengo que trabajar el fin de semana para compensar los días que he faltado.

—Lo sé, lo entiendo. Ha sido estupendo que vinieras, estupendo.

—Y ahora, un pequeño sermón antes de irme. No quiero asustarte, pero Nick no está dispuesto a soportar esta situación mucho más tiempo. Es un hombre muy bueno.

—Lo sé —farfulló Marnie.

—Siempre me gustó, pero... creo que lo tenía por un hombre superficial, que le juzgaba por la ropa. Pero ya no. Es fantástico. Ah, y no me dijiste que si no le han dado la bonificación este año ha sido por todo el tiempo que ha tenido que faltar del trabajo por tu causa.

Marnie enterró la cara en la almohada, siendo demasiada la vergüenza.

—Muchos días tenía que salir antes del trabajo para que tu niñera pudiera llegar a su siguiente empleo, ¿verdad? Porque tú casi nunca llegabas a casa a tiempo, ¿verdad? Y por las mañanas tenía que quedarse para llevar a las niñas al colegio porque estabas demasiado resacosa para hacerlo tú, ¿verdad? Y sí, Marnie, sé que el cuidado de los hijos debería ser una responsabilidad compartida, pero tienes que reconocer que Nick gana quince veces más que tú.

Marnie lo sabía. Y estaba de acuerdo.

—Escúchame, Marnie, esto es importante. Si fuera necesario, Nick obtendría la custodia de las niñas.

«Nick te dejará.»

«Perderás la custodia de tus hijas.»

«Quiero una copa.»

—Con lo que estás bebiendo, ningún tribunal del país... ¿Es ese el timbre de la puerta? —Grace bajó y subió instantes después—. Es tu jefe.

—¿Guy?

—¿Un tío desgarbado con pinta de pijo? Sí.

—¿Aquí?

—En la sala de estar. Ponte la bata y péinate.

—Tengo una propuesta que hacerte —dijo Guy.

El corazón de Marnie se aceleró y de repente hacía demasiado calor en la habitación.

—Me importas, Marnie.

Marnie le miró en silencio. ¿Realmente estaba ocurriendo? ¿Cuál sería el precio por conservar su empleo? ¿Un polvo rápido? ¿O un acuerdo de tres polvos por semana? Fuera el que fuese, ya podía olvidarse.

—Aunque a veces seas una pesadilla —continuó.

Marnie asintió con la cabeza. Sabía que lo era. Pero no por eso iba a acostarse con él.

—Nunca se lo he contado a nadie del trabajo —dijo—, pero mi madre... era como tú.

—... ¿A qué te refieres, como yo? —Un Edipo de pelo lacio. Jesús, lo que le faltaba.

—Una borracha.

Una borracha. La palabra le trajo la imagen de seres semihumanos calentándose alrededor de un brasero y peleando por una botella.

—¿Qué? —preguntó Guy—. ¿No te gusta la palabra?

—Suena un poco... fuerte.

—¿Fuerte? —Guy le miró intencionadamente las costillas rotas—. Vale, mi madre, como tú, era alcohólica. ¿Mejor así?

—Te lo ruego. —Estaba harta de todo esto—. Lo siento mucho, Guy. Estoy terriblemente avergonzada y arrepentida. Te prometo que no volverá a ocurrir.

—¿Puedo decirte algunas cosas? ¿Algunas verdades?

Marnie respiró hondo —¿por qué todo tenía que ser tan difícil, tan doloroso, tan cruel?— y suspiró.

—Adelante, Guy, si eso hace que te sientas mejor. —Tenía derecho a dar su opinión.

Guy la observó. Marnie se dio cuenta de que estaba decidiendo si decírselo o no.

—Te aseas poco —dijo.

No sintió nada. Nada, nada. A miles de kilómetros de aquí, una Marnie diferente tenía la cara roja de vergüenza, pero esta no sintió nada.

—Te equivocas —replicó.

Pero Guy tenía razón. No se duchaba a diario, ya no. Algunos días, el simple hecho de levantarse y vestirse se le llevaba tanta energía que no le quedaban fuerzas para sentir los pinchazos del agua en su aterido cuerpo.

Casi con amabilidad, Guy dijo:

—Pero eso forma parte del alcoholismo.

Marnie se estremeció.

—Lo he visto en mi madre —prosiguió—. Las depresiones, las mentiras, la autocompasión...

—¿Autocompasión?

—Estás llena de autocompasión. Otra cosa, Marnie. Quien te dijo que el vodka no olía, te engañó. Y por último, mantente alejada de Rico o de lo contrario os despediré a los dos.

—¡Un momento, Guy! Soy una mujer adulta. Lo que yo haga con Rico no es asunto tuyo.

Guy meneó la cabeza.

—Soy tu jefe. Es mi negocio.

—No me parece...

Guy suspiró.

—¿Supongo que eres consciente de que Rico también es alcohólico?

Marnie no supo por qué, pero eso la sobrecogió. Rico no era un alcohólico, simplemente le gustaba beber. Como ella, exactamente como ella.

Indignada, preguntó:

—Si eso fuera verdad, que no lo es, ¿por qué te empeñas en contratar a alcohólicos?

—No lo sé —reconoció Guy—. No es algo intencionado. Los expertos dirían que siento la necesidad de ayudaros, del mismo modo que tuve que ayudar a mi madre.

Jesús, pensó Marnie, últimamente les ha dado a todos por hacer de psicoanalista. Incluso a los pijos.

—Es la misma dinámica —dijo—. Eso garantiza que alcohólicos como Rico y tú os encontréis. Supongo que ahuyentáis a los bebedores normales y en un momento dado ya solo os tenéis el uno al otro para beber.

No. Era porque Rico le iba detrás y quería emborracharla para poder...

—En cualquier caso, Rico no volverá a molestarte. He hablado con él. Y tampoco deberías tener problemas con el resto de los chicos. Ni siquiera quieren ir más al pub contigo, por la vergüenza que les haces pasar.

Marnie enrojeció. Había notado que no se quedaban mucho rato.

—Lo cual me lleva a mi propuesta. Puedes conservar el trabajo con la condición de que no bebas y asistas a las reuniones de Alcohólicos Anónimos.

—Marnie, es tu última oportunidad —dijo Nick—. Si te niegas a ir a rehab...

—Nick, en serio, no es necesario...

—En ese caso tendrás que buscar otra forma de dejarlo. Haré lo que quieras para ayudarte. Lo que sea, Marnie, lo que sea. Pero si vuelves a beber, tendré que dejarte y llevarme a las niñas.

—¿Mamá? —Daisy entró sigilosamente en su cuarto, algo inusual en ella.

—¿Sí, cariño?

—Mamá. —Se subió a la cama y susurró—: Ha ocurrido algo horrible.

—¿Qué?

Hundió la frente en las rodillas y rompió a llorar. Marnie se incorporó alarmada. Daisy alardeaba de que nunca lloraba.

—Habla, cariño. ¿Qué ocurre?

—Mamá, yo... —Estaba tan ahogada en sus sollozos que apenas podía entenderla. Entonces, entre hipo e hipo, dijo—: ¡He mojado la cama!

El sentimiento de culpa fue tan arrollador que a Marnie se le encogió el estómago.

—Tengo casi siete años. —Daisy tragó saliva. Su rostro de pétalo estaba deformado por las lágrimas—. ¡Y he mojado la cama!

Marnie la miró de hito en hito, como si la hubiera alcanzado un rayo. He aquí el momento. Finalmente había llegado. El momento que recordaría, el momento en que comprendió, con una certeza mística, que tenía que dejarlo.

Había confraternizado con delincuentes, se había roto varias costillas, le habían obligado a ir a Alcohólicos Anónimos, pero esto era lo que necesitaba para recuperar la cordura.

Amaba a sus hijas con una pasión casi dolorosa. Su afición a la bebida las estaba dañando y no podía permitirlo. El remordimiento era abrumador.

Mi amor por ellas es más grande que mi amor por la bebida. Era así de sencillo.

Se dio cuenta de que probablemente había necesitado años para llegar a este punto, y sin embargo la decisión se había producido en un instante. Se sentía tranquila, entera, resuelta.

Nunca volveré a beber.

Lunes. Entró en la oficina, la cabeza bien alta. No se sentía tan vulnerable como otras ocasiones en que había regresado de una ausencia relacionada con la bebida. Esta vez era una persona nueva, con un plan de vida nuevo, y se sentía bien. Era una mujer aseada y decente, una madre entregada, una esposa cariñosa y una empleada diligente.

Craig le dijo hola, Wen-Yi le saludó con la cabeza, Lindka le dijo «Buenos días». Nadie mencionó sus heridas o su ausencia de casi una semana, lo que significaba que todos estaban al corriente de lo sucedido. Probablemente Guy les había dicho que se comportaran como si nada hubiera ocurrido. Estaba incómoda, pero por lo menos sería la última vez que tendría que pasar por una mañana como esta.

Rico ya había llegado. Le esbozó una sonrisa tímida y Marnie sintió náuseas. Le había enviado incontables mensajes de texto durante su convalecencia, pero solo le respondió una vez: apenas unas cuantas palabras secas para hacerle saber que estaba viva.

«Probablemente me acosté con él.»

¿Contaba como infidelidad si no podías recordarlo?

A la una menos cuarto Guy apareció a su lado.

—Es la hora de tu reunión.

La reunión de Alcohólicos Anónimos. Llevaba toda la mañana preguntándose si Guy mantendría su amenaza.

—No es necesario, Guy —dijo con calma—. He decidido, y lo digo muy en serio, que no volveré a beber nunca más. Por mis hijas. Me he dado cuenta del daño que les estoy haciendo...

—Genial. Las reuniones te ayudarán a perseverar en tu decisión.

—Pero si lo he dejado, significa que no soy una alcohólica, de modo que no necesito...

—Largo. —No estaba dispuesto a ceder—. Y no te des prisa en volver. Quédate toda la hora.

—¿Qué tal? —El rostro de Guy se iluminó cuando la vio llegar a las dos y cuarto—. ¿Cómo ha ido?

—Bien, gracias.

—¿Te ha ayudado?

—Oh, sí.

Mucho. Decididamente, la hora en TopShop le había levantado el ánimo.

Jueves. Estaba rebuscando entre las perchas la talla 36 cuando notó que alguien la estaba observando. Levantó la vista. Lindka, la mirada hostil. Mierda.

—¿No tenías que estar en una reunión de Alcohólicos Anónimos?

—¿Cómo dices? —¿Es que el mundo entero estaba al corriente de sus asuntos?

—Guy lleva toda la semana dándote media hora de más al mediodía para que puedas ir a las reuniones.

—Verás, Lindka... —Desde el día que le suplicó que mintiera a Nick y le dijera que había dormido en su casa, se sentía incómoda en su presencia—. Me disponía a ir ahora.

—Es la una y veinte. La reunión empieza a la una.

¿Cómo sabía eso? ¿Lo sabía toda la oficina?

—¿Has ido a alguna? —le preguntó acusadoramente.

No, la verdad. Se pasaba los mediodías mirando tiendas. ¿Qué necesidad tenía de ir a una reunión para alcohólicos cuando sabía que nunca volvería a beber? Había tenido una buena semana, una gran semana. En casa reinaba un buen ambiente, de hecho, lo había pasado genial con Nick y las niñas, había hecho la cena por primera vez en mucho tiempo y en ningún momento tuvo ganas de beber. Estaba llena de gratitud por su familia, por la paciencia de Nick, por sus preciosas hijas.

—Vamos —dijo Lindka—, te acompañaré.

Por todos los santos. Pero le temía demasiado para enfrentarse a ella.

Caminaron por la fría calle en un silencio tenso y cuando llegaron al centro cívico, Marnie dijo:

—Es aquí.

—¿Qué sala? —Lindka, de hecho, entró en el vestíbulo.

Marnie se negó a responder. La estaba tratando como a una niña.

—¿Qué sala? —Lindka endureció la voz.

—Esa. —Señaló una puerta cerrada y Lindka la abrió. Metió la cabeza, echó una larga ojeada y pareció satisfecha con lo que vio—. Entra, y cuando vuelvas al trabajo le contarás a Guy dónde te encontré.

—Por favor, Lindka...

—Se lo dices tú o se lo digo yo.

Marnie entró sigilosamente y cogió una silla. Muchos de los presentes le sonrieron y dijeron hola con los labios. El lloriqueo estaba en pleno apogeo.

—... traté de dejar de beber por mi cuenta, pero no lo conseguí. Lo único que me ayudó fue venir a estas reuniones...

—... no podía soportar mis emociones. Siempre estaba enfadada o celosa o deprimida o asustada, así que bebía...

—... tenía una novia muy guapa, la quería mucho. Me rogó que lo dejara. Lo intenté por ella, pero no pude. Me abandonó y la pena casi me mató, pero no tanto como para dejar de beber. Lo cierto era que amaba el alcohol más de lo que la amaba a ella...

—... culpaba a todos los demás de que bebiera: a mi esposa por pincharme, a mi jefe por hacerme trabajar demasiado, a mis padres por no quererme lo suficiente. Pero si bebía era únicamente porque estaba alcoholizado, y por lo tanto yo era el responsable...

—... siempre fui diferente, incluso de adolescente, incluso de niña, de hecho...

Ya que estaba aquí, no le importaría una taza de té y unas galletas; el tiempo se le pasaría más deprisa así. Miró a su alrededor para ver dónde tenían las galletas y, sin querer, tropezó con la mirada del hombre de la mesa principal.

—Me alegro de volver a verte —dijo—. ¿Te gustaría decir algo?

Negó con la cabeza.

—¿Cómo te llamas?

¡Por todos los santos!

—Marnie.

—Hola, Marnie.

Se produjo una pausa expectante. Se suponía que debía decir, «Soy alcohólica».

Pero no lo era, así que no lo dijo.

A las dos menos cinco se marchó. El lloriqueo continuaba, pero había tenido suficiente. De hecho, tan desesperada estaba por escapar que echó a correr por el pasillo en dirección a las puertas de madera que conectaban con el mundo exterior.

—¿Marnie?

¿Qué? Se dio la vuelta. Una mujer elegante la había seguido. Jersey rosa, coleta larga, sonrisa amplia.

—No sé si te acuerdas de mí. Soy Jules. Nos vimos en otra ocasión.

—... Ah, sí.

—¿Cómo va todo?

—Genial, gracias, genial. —Podía ver la luz del día por las rendijas de las puertas. Había estado tan cerca...

—Aquí tienes mi número. —Jules le tendió una tarjeta—. Si estás pensando en beber, llámame a la hora que sea, tanto si es de día como de noche. Lo digo en serio. —Sonrió afectuosamente—. ¿Te gustaría darme tu número?

Marnie no sabía cómo decirle que no sin resultar grosera. Lo recitó de mala gana mientras Jules lo introducía en su móvil.

«¿Puedo irme ya?»

—Guy, tengo una confesión que hacerte.

El miedo se dibujó en su cara.

—Has bebido.

—¡No!

—No fuiste a la reunión.

—Sí fui, pero no toda la hora. Primero fui de compras.

—No pasa nada. —El alivio lo volvía generoso. Entonces advirtió que Lindka los observaba desde la otra punta de la oficina—. ¿Qué tiene que ver Lindka con esto?

—... Me encontró comprando.

Tardó unos instantes en comprender.

—Eso significa que no habrías ido si ella no te hubiera descubierto.

—Sí habría ido.

Era evidente que no le creía. Marnie estalló, presa de la frustración.

—Me parecía una estupidez, sabiendo que nunca volveré a beber. Esta vez es diferente, ni siquiera me apetece.

Guy se desmoronó.

—No fuiste a ninguna de las reuniones, ¿verdad?

Marnie consideró la posibilidad de mentir, pero esto tenía que acabar. No podía pasarse todos los mediodías de su vida dando vueltas por TopShop.

—No, Guy —Su tono era moderado—. No era necesario.

Guy espiró con fuerza.

—Como quieras.

—¿Me estás diciendo...?

—Como quieras. No vayas. Mejor dicho, deja de hacer ver que vas.

Hubiera debido sentirse mejor, pero cuando regresó a su mesa se sintió fatal. Guy tenía buena intención y aunque la enfurecía que no la entendiera, lamentaba haberle herido. De repente estaba enfadada con él por hacer que se sintiera culpable. Y estaba enfadada con Lindka por haber provocado esta situación. Y estaba enfadada con Nick. Y estaba enfadada con Rico. Que os jodan. Que os jodan a todos. ¿Quién coño se creían que eran para dirigir su vida? ¿Para tratarla como a una niña? ¿Para humillarla?

Ella era una mujer hecha y derecha. Ella podía beber, bebería si quería.

Sí, beber.

No había querido beber desde que Daisy le hizo su humillante confesión. Se había sentido libre, orgullosa de su decisión, desdeñosa con la gente que estaba haciendo un mundo de esto.

Beber.

Ahora.

Ahora, ahora, ahora, ahora, ahora.

El ansia se apoderó de su cuerpo. ¿De dónde había salido? Una compulsión irresistible sacudió cada una de sus células. Estaba sudando, la sangre se le había disparado, su cabeza estaba haciendo planes: ir a la licorería comprar una botella beberla en el lavabo aliviarme curarme.

La necesito, la necesito, la necesito ahora.

Daisy y Verity. ¿Qué pasaba con Daisy y Verity?

Pero su mente resbaló por encima de ellas. Casi no las conocía.

—Salgo un momento. —Su tono no era el adecuado. Había querido que sonara desenfadado, pero había sonado asustado.

—¿Adónde vas? —Guy se había puesto en guardia, sabía que tramaba algo.

—A la farmacia.

—¿A qué?

—A comprar tampones. —Le miró directamente a los ojos.

—Tienes trabajo. Esos documentos tienen que salir en el correo de hoy.

—Solo serán cinco minutos.

—Yo puedo prestarte tampones —dijo Lindka—. Así no tendrás que salir.

—Preferiría mi marca.

—No sabes qué marca uso.

Para entones toda la oficina estaba mirando. El pánico le hizo tambalearse.

—... No me encuentro bien. Será mejor que me vaya a casa. —Se iba, se marchaba, le traía sin cuidado lo que pensaran. Despídeme, me da igual.

—Son las tres y media —dijo Guy—. Trata de aguantar un par de horas.

Se miraron, atrapados en un pulso silencioso, y Marnie notó que la opresión en el pecho aflojaba un poco.

—De acuerdo —murmuró, y regresó a su mesa.

Inclinó la cabeza e intentó concentrarse de nuevo en el trabajo, pero no podía leer. No podía ver lo que tenía delante.

La necesidad la asaltó de nuevo, más imperiosa esta vez, creciendo, expandiéndose, empujando, no podía soportarla.

Se levantó de un salto y agarró el bolso.

—El lavabo —dijo mientras todas las cabezas se levantaban de golpe para mirarla.

De repente estaba en la calle, sin abrigo, corriendo, dejando atrás una sucesión borrosa de tiendas y oficinas, el viento afilado despellejándole la cara. La licorería estaba al final de la calle. Sentía las piernas pesadas, los niños se interponían en su camino, se golpeó la cadera con un cochecito, de las tiendas salían villancicos, la gente la miraba y le lanzaba improperios.

De repente, frente a ella, un pub. Como caído del cielo. Entró, llegó a la barra.

—Vodka con tónica. —La lengua torpe—. Doble.

Empapada en sudor. Temblando. Cubitos de hielo, gordos y cristalinos, en un cuenco de metal empañado. Resbalando de las pinzas. Cae, recoge, cae, recoge. El mundo reducido a un cubito de hielo. Tintineó en el vaso; conseguido. Las pinzas fueron a por el segundo.

—¡No! Vídelo. —Ya hablaba como si estuviera borracha.

—¿Qué?

—Hielo. Vídelo.

—¿No quiere hielo? —El camarero inclinó el vaso para deshacerse del cubito.

—¡Stabién! ¡Loquaystabién!

El vodka, el vodka, el vodka, sírveme el puto vokda.

Como si se estuviera mofando de ella, el camarero acercó un platito con rodajas de limón.

—¡Sinlimón!

—¿Sin limón?

—Eso. —Dios santo—. Soloel... —Señaló la botella de vodka con la cabeza.

Grifo. Por fin. Empujando el vaso contra el surtidor de la botella y liberando un chorro cristalino. Marnie le observaba sin respirar.

—¿Dijo doble?

El corazón se le paró. ¿Debería tomar ahora una medida? ¿O esperar dos segundos para la medida doble?

—Sencillomestabién.

—Dijo doble.

—¡Puesdoble!

Lentamente, el camarero empujó nuevamente el vaso contra

el surtidor. Luego se agachó, el vaso lejos de ella. ¿Y ahora qué?

—¿Light o normal?

La tónica. Reprimió un gemido.

—Mal.

—Me temo que se me ha acabado. Tendré que bajar al almacén.

Temió que pudiera empezar a gritar.

—Vídelo —dijo, desesperada—. Tomaré light.

—No es ningún problema. Tengo que bajar de todos modos.

—¡No, por favor! Solo el... —Alargó un brazo hacia el vaso.

Finalmente lo tenía en la mano y estaba bajando por su garganta, y sintió el calor en el estómago y el polvo de estrellas invadiéndola, envolviéndola con su magia, descorriendo una cortina para mostrarle una versión mejor, más nítida, más brillante, de todo.

El vaso golpeó la madera de la barra.

—Otro.

Bebió el segundo allí mismo, para el tercero se sentó a una mesa y, respirando otra vez, sopesó sus opciones.

Podía volver al trabajo, nada de qué lamentarse, solo había estado fuera unos minutos, pero decidió no ir. La espantosa ansia había amainado, de hecho se sentía bien, de hecho, francamente bien, pero estaba a gusto aquí, prefería seguir bebiendo. ¿Y por qué no? Era viernes y solo faltaban dos semanas para Navidad.

Tomó otro trago de cristal líquido y se acurrucó un poco más en su bienestar. Nunca antes se había marchado del trabajo en mitad de la jornada.

Siempre hay una primera vez para todo.

Una punzada de remordimiento. ¿Los documentos que tenían que salir con el correo de hoy? Si eran tan importantes, alguien se encargaría de ellos.

¿Y Daisy y Verity? Estarían bien. Todo iba bien, maravillosamente bien.

—Otra. —Mostró su vaso al camarero de cara de póquer.

Estaba fantástica, pero le gustaría tener a alguien con quien charlar. ¿Y quién mejor que Rico? Tal como le prometiera Guy,

Rico había mantenido las distancias durante toda la semana, pero a ella, en realidad, en realidad, le gustaba mucho Rico, pero que mucho, y de repente le entraron ganas de verle.

Buscó su móvil en el bolso.

—¿Cómo se llama este pub? —preguntó.

—Wellington.

> En el Wellington. ¿V con T?

Se quedó mirando el teléfono, a la espera de una respuesta. Vamos, le instó, vamos.

> ¡Te veo en 5!

¡Cinco minutos! ¡Genial! Le pidió una copa y contempló la puerta, pensando en lo fantástico que era todo, y de repente ahí estaba Rico, corriendo hacia ella con una amplia sonrisa.

—Se supone que no debo hablar contigo.

Marnie no pudo evitar una risa.

—Y se supone que yo no debo hablar contigo. Aquí tienes tu copa.

Rico la bebió de un trago y eso los hizo estallar en una carcajada frenética.

—¿A ti también te obligó a ir a Alcohólicos Anónimos? —preguntó Marnie.

—Sí, pero por las noches, para no coincidir contigo. Es increíble, ¿no te parece? A Guy se le ha ido la olla. —Se volvió hacia el camarero—. Dos más.

Marnie había olvidado lo guapo que era Rico. Se acurrucó contra su cuello.

—Te he echado de menos, ¿sabes?

—Y yo a ti. —Unió sus labios a los de ella y le introdujo la lengua en la boca. Agradable. Sexy. Más o menos.

El pub estaba empezando a llenarse; gente con astas y envuelta en espumillón.

—¿Qué hora es, Rico?

—Las cinco y diez. ¿No irás a largarte ahora?

Debería ir a casa, la estaban esperando. Pero tenía un marido y una niñera para cuidar de las niñas.

—¿Yo? Yo de aquí no me muevo.

Otra desagradable punzada de remordimiento. Debería llamar, no estaba bien preocuparles, pero seguro que le hacían sentirse culpable, y ahora estaba tan contenta, y eran tan pocas las veces que estaba contenta...

—Oye, oye, he de contarte algo... —Bebió un largo trago de su copa, estrellando los cubitos contra los dientes, y cuando la devolvió a la mesa, Guy se había materializado delante de ella. Pese a su bienestar, se quedó petrificada.

—... Guy, yo... —Buscó una explicación, pero no pudo idear ninguna.

Alto y arrogante, Guy se inclinó sobre los dos mientras ella y Rico le miraban como traviesos colegiales.

—Marnie. —Le tendió un sobre blanco—. Otro para ti —dijo a Rico.

Y se marchó.

Ella y Rico se miraron estupefactos.

—¿Cómo ha dado con nosotros?

—Dios —rió Marnie—, nos ha despedido. ¡Nos ha despedido!

Rasgó el sobre y se inclinaron sobre el contenido. De la hoja blanca saltaron algunas palabras. «... ebria...» «... paciencia...» «... advertencias...» «... despedida desde este mismo instante...»

—Es cierto, lo ha hecho, me ha echado. —No podía dejar de reír.

Con expresión sombría, Rico abrió su sobre y leyó.

—Joder, no me lo puedo creer. A mí también.

—Te lo dije.

—No creí que...

—¿Por qué iba a despedirme a mí y a ti no?

—Porque yo soy un puto genio.

—¿Y yo no?

Rico puso los ojos en blanco.

—Pues no.

—Que te jodan.

—Y a ti. Me has hecho perder el trabajo.

—¿Yo?

—Si Guy no tuviera esa cosa contigo, le traería sin cuidado lo que yo hiciera.

—Oye, seguro que no va en serio. —Deslizó una mano por el muslo de Rico, deteniéndose justo en el borde de la entrepierna—. No nos ha despedido, solo está intentando asustarnos.

—¿Cómo lo sabes?

—¡Es evidente! —¿No?

—¿Estás segura?

—Claro. Oye, ¿estoy perdiendo el tiempo aquí? —Martilleó los dedos sobre su muslo.

—Oh.

Ahora gozaba de toda su atención. Discretamente, Marnie empezó a acariciar la tela, encontrando y alentando la erección de Rico con los dedos. Él volvió a besarla, profunda y ávidamente, y deslizó una mano por debajo de su falda, por debajo de las medias y las bragas, hasta cogerle la nalga.

Bebieron y se besaron y bebieron y se acariciaron y cuando el camarero se inclinó sobre la mesa, Marnie pensó que estaba recogiendo los vasos vacíos. Entonces el hombre habló. Quedamente.

—Debo pediros que os marchéis.

¿Qué?

Debo pediros que os marchéis.

Enrojeció de vergüenza.

—Terminad vuestras copas y marchaos.

—Oye —empezó Rico en tono amenazador.

—Déjalo —dijo Marnie—. Nos vamos.

—Que se jodan. Iremos a mi casa.

Desviando, abochornados, la mirada, apuraron sus bebidas y recogieron sus cosas.

Ya en la puerta, Rico se detuvo en seco y gritó por encima de su hombro:

—Que os jodan. No bebería en este antro ni por un millón de euros.

—Estábamos bebiendo en ese antro. —Marnie no podía parar de reír y sabía que estaba irritando a Rico. Cuanto más se exasperaba él, más reía ella—. Que os jodan —dijo, imitando su voz—. No bebería en este antro ni por un millón de euros.

—Cállate.

Entraron en el apartamento de Rico y Marnie cayó desplomada al suelo, arrastrando consigo a Rico, que se dio un fuerte golpe en el codo.

—¡Joder, Marnie, qué daño!

—Calla, quejica. Yo tengo TRES COSTILLAS ROTAS y no me quejo.

—¡Deja de reír! Levántate y quítate la ropa. —La condujo hacia el dormitorio tirando de su falda.

—Quiero una copa. —Marnie se tumbó en la cama y gritó con alborozo—: ¡QUIERO UNA COPA!

—No hay nada. —Rico tenía los párpados entornados y la boca floja. Beber no le favorecía, lo volvía borroso y blando en los contornos—. Tendré que salir a comprar.

—¿En serio que no hay nada? —aulló Marnie—. ¿Por qué?

—Porque me lo he bebido todo.

—¡Ja! ¡Eres un borracho!

—Marnie, si no dejas de reír te juro que te pego un guantazo. —Rodó sobre ella y le clavó dolorosamente su erección en el hueso pubiano.

Marnie se obligó a enfocar la vista: parecía como si la cara de Rico estuviera derritiéndose. Él le introdujo la lengua hasta la garganta. Marnie no lo estaba pasando bien y no sabía por qué.

No estaba lo bastante borracha. He ahí el problema. Les habían echado del pub demasiado pronto.

—Para. —Estaba apartándole la cara y tratando de escurrirse.

—¿Por qué?

¿Por qué?

—Estoy casada.

Rico se apartó, atónito.

—Eso nunca te ha importado.

De modo que, efectivamente, se había acostado con él. Oh,

no, no, no. Pero no podía reaccionar como si fuera la primera noticia.

—Pues hubiera debido importarme. —Quería irse. Rico le daba asco—. Quiero a mi marido.

—¿Qué? —La miró estupefacto.

Quiero a Nick y quiero a mis hijas y no sé qué estoy haciendo aquí.

—Rico, quiero irme.

—Pues vete, adelante, vete.

En la calle, un taxista con la luz amarilla redujo la velocidad pero aceleró de nuevo en cuanto estuvo lo bastante cerca para verla bien. Marnie estaba en una esquina de la calle, temblando y escudriñando el tráfico. Sin el abrigo, el frío le pegaba afilados bocados. Había muchos taxis circulando, pero todos llenos de oficinistas de parranda dejando a su paso una estela de trompetillas discordantes y vestidos baratos de raso rojo. Para cuando la luz amarilla de un taxi libre apareció de nuevo en el horizonte, Marnie ya tenía los pies entumecidos. Pero tampoco este quiso recogerla.

—Estoy congelada —suplicó.

—Y borracha —respondió el taxista antes de acelerar.

Observó cómo se alejaba. No le quedaba más remedio que regresar a la oficina y coger el coche. No estaba tan lejos, quizá a un kilómetro, pero se le hizo eterno; la gente salía de los pubs en tropel, cantando, empujando, gritando.

Cuando llegó al aparcamiento se preguntó, durante un breve instante, si estaba lo bastante sobria para conducir, y decidió que lo estaba. Ese paseo habría despejado al mismísimo George Best. Y aunque arañó ligeramente el coche con la columna al salir de su plaza, se lo tomó bien, pues le recordó que debía conducir con suma prudencia.

Las calles hervían de tráfico prenavideño. La gente conducía como loca y los peatones se desplomaban en la calzada, casi debajo de sus ruedas. Parecía una carrera de obstáculos. Entonces quedó atascada delante de un coche de policía que se dirigía a la escena de algún crimen, con la sirena puesta y luces azules centelleando. Conducía muy pegado a ella, impidiéndole concentrarse.

Marnie redujo la velocidad.

—Vamos —gritó con frustración—, adelántame.

Harta del aullido de la sirena, se metió en una parada de autobús para dejarlo pasar.

Pero cuando el coche de policía se detuvo detrás, inundando su coche de una luz azul, la verdad la golpeó como un puñetazo en el estómago. La seguían a ella. A ella.

Eran dos. Dos hombres. Bajó la ventanilla.

—Salga del coche, señora. —Los agentes se miraron—. ¿Ha bebido?

Un coche de la policía la llevó a casa. Se había saltado un semáforo en rojo. La habían detenido por conducir ebria. Eran las once de la noche. Nick se pondría furioso.

Por fortuna, no se veía luz en la casa. Los tres dormían. A lo mejor se libraba de esta. Entró con sigilo y fue directamente al armario del fregadero de la cocina; meses atrás había vaciado una botella de Smirnoff en un envase de lejía para casos de emergencia. Le quedaba algo en el ropero, una botella que Grace no había descubierto, pero si entraba en el cuarto y empezaba a rebuscar, despertaría a Nick.

Mientras buscaba un vaso y una botella de tónica, reparó en el sobre apoyado en el molinillo de pimienta, pero no lo levantó hasta que estuvo sentada a la mesa con su copa. No llevaba escrita una dirección. Solo su nombre en letra de imprenta.

¿Otra carta de Guy? ¿De readmisión?

El momento en que la descubrió en el pub pasó como una nube por delante del sol. Luego les pidieron que se marcharan...

Señor. Abrió el sobre. La carta, un papel grueso de color crema escrito a máquina, no era de Guy. Era de una compañía: Dewey, Screed y Hathaway, Abogados.

¿Qué era?

No tenía que ver con su trabajo.

Era algo relacionado con Nick.

Se obligó a enfocar la vista y dejar de ver doble el tiempo suficiente para descifrar las palabras.

Nick la había dejado. Se había llevado a las niñas. La casa estaba en venta.

Ahora comprendía la extraña sensación que había experimentado al entrar: la casa estaba vacía.

Subió como una bala y entró en el cuarto de Verity. Vacío. Abrió las puertas del armario de par en par; las perchas, vacías, traquetearon. Salió disparada hacia el cuarto de Daisy; la cama, impecable y vacía. Entró en su dormitorio, se encaramó a una silla, abrió el armario superior: esa sería la prueba definitiva. Lo que vio la dejó muda: los regalos de Navidad de las niñas no estaban. Por imposible que pareciera, el vacío tenía pulso.

Nick la había dejado, el muy cabrón. Y se había llevado a las niñas.

Se sentó en el peldaño superior de la escalera, tragando saliva una y otra vez, intentando humedecer su boca reseca. Volverían, solo estaban intentando asustarla. Pero eso no estaba bien, nada bien.

Oyó su propio aullido. Apartó bruscamente la mano, sin saber por qué. Un cigarrillo. Él le había apagado un cigarrillo en la palma de la mano. Le había cogido la mano con tanta fuerza que los huesos le crujieron, y le había aplastado el cigarrillo justo en el centro.

Una neblina rojiza flotaba delante de sus ojos. No podía ver.

Él miró fijamente la palma, la herida encarnada y redonda, todavía manchada de ceniza. Había un olor extraño. De la herida salía un hilo de humo.

—¿Por... por qué has hecho eso? —Los dientes le castañeteaban.

—Ha sido sin querer. —Parecía desconcertado—. Pensaba que era el cenicero.

—¿Qué? —El dolor era insoportable, no podía quedarse quieta—. Agua fría. —Se levantó y la cabeza le dio vueltas.

—Tengo vendas y antiséptico —dijo él—. Hay que impedir que la herida se infecte.

Le vendó la herida, le dio codeína, le llevó la cena a la cama y se la dio en pequeñas cucharadas. Nunca había estado tan cariñoso.

Lola

Jueves, 11 de diciembre, 21.55

Abrí sigilosamente puerta de casa y salí a oscura noche. Lancé mirada furtiva a mi alrededor. Ni rastro de Jake Dios del Amor, por fortuna. Aunque podría estar acechando en las sombras, listo para asaltarme con su amor surfero.

21.56

Pasé por debajo de alambrada y llamé a la puerta de Rossa Considine.

—Justo a tiempo —dijo—. Entra.

Siguió conversación incómoda mientras bebíamos cerveza y esperábamos a que empezara *Ley y orden*. Me aclaré garganta. Pregunté, para animar charla:

—¿Todo listo para la noche travesti de mañana?

Solo pretendía llenar silencio, pero mi comentario trajo una revelación: ¡Un travesti no es lo mismo que un transformista!

—Los travestis son gays —explicó Rossa—. Los transformistas son hetero.

¡Ahora entendía por qué Noel del Paro evitaba siempre la palabra «travesti» y solo respondía a la palabra «transformista»!

—Para serte sincera, Rossa Considine, pensaba que eran dos palabras para describir la misma cosa.

—¿Como Snickers y Marathon?

—Exacto. Como Ulay y Olay.

—¿Cómo gachas y polenta?

Pausa.

—Te lo ruego, Rossa Considine, no digas «gachas». Es una palabra irritante.

—¿Por qué?

—No sé explicarlo. Simplemente lo es.

De repente, ambiente tenso. Rossa Considine se concentró en mirar la tele. Largo intervalo de anuncios antes de *Ley y orden*. Estaba tardando mucho en empezar.

Cuatro semanas atrás Rossa Considine me había dejado pasmada, hechizada, anonadada, cuando apareció de forma tan inesperada como «Chloe». Montón de emociones. Sorprendente capacidad de observación la mía: llevaba varias semanas viviendo al lado de un travesti (perdón, un *transformista*) y ni me había enterado. Pero más sorprendente aún que hombre taciturno —y sí, a veces incluso hosco— pudiera convertirse en deslumbrante mujer, todo sonrisas y besos perfumados y comentarios agradables.

Chloe me había encandilado, y enseguida había aceptado su invitación para ver *Ley y orden*. Con la condición, naturalmente, de que si nos poníamos mutuamente de los nervios, no teníamos que repetir la experiencia. Insistió en que intercambiáramos números de móvil para que, llegado el caso, pudiéramos poner fin a nuestro arreglo con mensaje de texto. La manera menos dolorosa, dijo.

¡Pero! ¡Oh, sí, pero! El siguiente jueves por la noche, cuando salí furtivamente de casa (para entonces ya había comenzado acecho nocturno de Jake) y me colé por debajo de alambrada que separaba mi casa de la de Chloe/Rossa, me di cuenta de que me sentía cohibida. Situación insólita, enteramente sin precedentes. Me había invitado la adorable Chloe, pero me abrió la puerta el desarreglado Rossa, con bolsa de fritos de maíz y latas de cerveza. Extraño. Como tener cita organizada por celestina despistada. Muy, muy raro, si me paraba a pensarlo demasiado. Así que decidí no pensarlo. Tenía otras cosas en cabeza (a las que llegaremos. Sí, sí, llegaremos).

Pese a las tensiones entre nosotros, el primer jueves había ido bien. Vimos y saboreamos *Ley y orden* y tuvimos conversación ligera y agradable.

El segundo jueves también podría ser calificado de éxito. Y el tercero. Pero aquí estábamos ahora, en el cuarto —¿quizá sin tan buena disposición?— y parecía que mi comentario sobre las gachas podía generarnos problemas.

Pregunté:

—¿Te has mosqueado, Rossa Considine?

—¿Por qué iba a mosquearme, Lola Daly?

—Casi siempre estás mosqueado. —Tuve ocurrencia—. Al menos como hombre. Como mujer eres un encanto. A lo mejor deberías ser siempre mujer.

—No podría hacer espeleología con tacones.

—Esa es una actitud derrotista. ¿Puedo hacerte más preguntas sobre la dicotomía travesti/transformista?

—Te lo ruego, Lola Daly, no digas «dicotomía». Es una palabra irritante.

—¿Qu...? Ah, es una broma. Cuidado, casi se te escapa una sonrisa.

Decididamente, sus labios se estaban curvando hacia arriba.

—Vamos, enséñame los dientes.

—No soy un bebé —repuso ásperamente.

—Muy bien. Y ahora, Rossa Considine, hablemos con franqueza. Todas mis «chicas» son hetero, o sea, transformistas, pero a mí me gusta la palabra «travesti». ¿Qué se supone que debo hacer?

—Sue es gay.

—¿En serio?

Sue era nueva. Noel/Natasha la había conocido en un chat y la había invitado la semana pasada, para mi gran consternación. «Ni una más, Natasha», le supliqué cuando llegaron juntas. «Ni una más.»

Pero Noel ve nuestras noches de los viernes como la patria del transformismo. Todo transformista es bienvenido, independientemente del espacio (poco, de hecho) que haya.

—Vale. —Empecé de nuevo—. Todas mis chicas salvo Sue son hetero, o sea, transformistas, pero a mí me gusta la palabra «travesti». ¿Qué se supone que debo hacer?

—Aprender a vivir con ello.

—No, no creo que pueda.

—Diga lo que diga, harás lo contrario.

Pausa mientras reflexionaba sobre este último comentario. A punto de negarlo, entonces comprendí que estaría dándole la razón.

—Eso parece, Rossa Considine, y no consigo entender por qué. De modo que sí, aunque sea una descripción errónea, seguiré llamándoles travestis.

—No les hará ninguna gracia.

—Nadie les obliga a venir a mi casa los viernes por la noche. —Dando muestras de mi poder. Como señora Butterly cuando negaba entrada a personas cuya pinta no era de su agrado.

—El poder corrompe —dijo Rossa Considine.

—Eso dicen. Y el poder absoluto corrompe absolutamente. —Cita de alguien—. ¿Quién dijo eso?

—¿Confucio?

—¿John le Carré?

—¿Duran Duran?

—Alguien —convinimos—. Decididamente, alguien.

23.01, terminó Ley y orden
Excelente episodio, coincidimos. Oscuro, descarnado, absorbente.

Me puse en pie. Me sacudí trocitos de fritos de maíz, los vi precipitarse sobre alfombra. Lancé mirada rauda a Rossa Considine. Él también había visto cómo trocitos de fritos de maíz se precipitaban sobre alfombra.

—Ahora tendré que barrerlos —dijo.

Lo sabía, sabía que se mosquearía.

—Lo siento, lo siento. Por favor, dame una escoba, yo los recogeré.

—No hace falta, no hace falta, eres mi invitada.

—Pareces irritado.

—No estoy irritado.

—¿Mosqueado, quizá?

—Cierra la boca, Lola Daly.

—Gracias por compartir tu televisor conmigo —dije—. Siento lo de la alfombra. ¿Nos veremos mañana, cuando te conviertas en travesti?

—Transformista. No tienes que irte enseguida, Lola Daly.

—Oh, sí, yo creo que sí —repuse—. No tentemos a la suerte.

**23.04, de nuevo en casa sana y salva, sin enfrentamiento
con Jake Dios del Amor**

Aplicando tónico en cara cuando sonó móvil y hasta el último nervio de mi cuerpo pegó salto. A estas alturas, los pobrecillos hechos polvo de tanto brinco.

Consulté identificador de llamadas. No era Paddy. Cuanto necesitaba saber.

Desde la noche de su inesperada llamada, casi cuatro semanas atrás, tenía los nervios a flor de piel. Estaba casi tan mal como cuando saltó la noticia de que se casaba.

Aquella noche, cuando descolgué para descubrir que era él jurándome lo mucho que me echaba de menos, no podía creerlo.

—Lo siento, lo siento, lo siento —había dicho a mis pasmados oídos—. Mi pequeña Lola, te he tratado muy mal. La forma en que descubriste lo de Alicia... Lo siento de veras. La prensa se hizo con el rumor y el asunto estalló antes de que pudiera hablar contigo.

Cada palabra que había soñado oír estaba saliendo ahora de su boca.

—La propia Alicia se enteró de que iba a casarse porque lo oyó en las noticias.

No estaba interesada en que me hablara de Alicia.

—Te echo tanto de menos —dijo—. En todos estos meses no he podido dejar de pensar en ti.

«¿Está ocurriendo? ¿Realmente está ocurriendo?»

—¿Podemos vernos? —preguntó—. Por favor, Lola. ¿Envío a Spanish John a buscarte?

—¿Todavía vas a casarte? —pregunté. Ya no era la tonta maleable de antes.

—Oh, Lola. —Hondo suspiro—. Sabes que sí. Tengo que hacerlo. Es la mujer adecuada para mi trabajo. —Parecía tan deprimido que por un momento sentí realmente su dilema—. Pero tú eres la mujer que de verdad quiero, Lola. Es una situación horrible. Estoy dividido en dos. Te seré franco: esto es cuanto puedo ofrecerte.

Esperé a digerir la información. Por lo menos estaba siendo sincero.

—¿Te envío a Spanish John? —preguntó.

—No estoy en Dublín.

—Oh. —Cambio de tono—. ¿Dónde estás?

—En el condado de Clare.

—En Clare. Ya. Entonces, podrías venir en coche a Dublín. ¿Cuánto se tarda?

—Tres horas. Puede que tres y media.

—¿Tanto? ¿Incluso con la carretera de circunvalación de Kildare?

Hablan de la carretera de circunvalación de Kildare como si fuera un agujero mágico en el hiperespacio. Curiosas las cosas que piensas cuando estás en estado de shock. También estaba pensando en otra cosa. Estaba pensando que eran las diez y media de la noche. Como muy pronto llegaría a Dublín, si conducía a todo gas y me ponían multas por exceso de velocidad y perdía puntos y aparecía frente a juez y publicaban mi nombre en periódico local, a la una. Demasiado tarde.

—Paddy —dije, adentrándome en las profundidades de mi ser, hurgando en el cajón de las emociones poco utilizadas, localizando y sacando polvo al amor propio—, son las diez y media. Llámame mañana por la mañana y arreglaremos para vernos en un mejor momento.

—Oh... entiendo... vale. —Parecía sorprendido.

Satisfecha conmigo misma.

—¿Sigue molestándote Grace Gildee? —preguntó.

—... Hummm... —Brusco cambio de conversación—. No. Hace tiempo que dejó de hacerlo.

—Bien. Dime una cosa, Lola, ¿me odias?

A veces sí. Destellos de feo odio abrasador. Pero ahora que había llamado, tan angustiado, todos mis feos sentimientos abrasadores se habían evaporado.

—No, Paddy, no te odio.

—Bien. Genial. Bueno, no te entretengo más.

Deseaba seguir hablando con él, quería conservar para siempre esta preciosa oportunidad. Pero sabía que la mejor forma de conservar era soltar. (Paradoja.)

—Vale. Hasta mañana, Paddy.

—Sí, hasta mañana.

Inmediatamente después, embriagada por sensación de triunfo, llamé a Bridie. Hizo que le repitiera la conversación palabra por palabra. Me escuchó sin interrupción y cuando hube terminado, pregunté:

—¿Qué piensas?

—¿Que qué pienso? —dijo—. Pienso que mañana no llamará. Ni mañana ni nunca —añadió.

—¡Crueldad innecesaria, Bridie! —exclamé.

—Es por tu bien.

—¡Puedes metértela donde te quepa!

—Un día me lo agradecerás.

—Palabras de ánimo, Bridie, por favor. Insisto, ¡palabras de ánimo!

—Las únicas palabras de ánimo que tengo para ti, Lola, son, «Grandes dosis de vitamina B», sobre todo B_6 y B_{12}. Puede que también B_5. Y B_2. Durante las próximas dos semanas tu sistema nervioso central pegará un salto cada vez que el teléfono suene y genere la esperanza falsa, del todo falsa, de que es Paddy de Courcy. Las vitaminas impedirán que sufras una crisis nerviosa.

—Me llamará mañana.

—¡Lola, solo buscaba sexo! ¡Está CLARÍSIMO!

—Dijo que me echa de menos.

—Echa de menos tener a alguien a quien atar a la cama para representar sus fantasías de violación. No creerás que cara de caballo le deja hacer eso, ¿verdad?

—Cara de caballo es una reprimida. Yo estoy sexualmente evolucionada.

—Es una manera de verlo.

—Ahora lamento haberte llamado para compartir la buena noticia. Adiós Bridie.

Colgué y me tumbé en sofá para picar aperitivos salados y pensar en lo extraña que era la vida, el amor, la forma de Monster Munch. Primero era rechazada por dos hombres —Jake y Paddy— y luego esos mismos hombres se postraban a mis pies, solicitando mi perdón. ¿Qué sentido tiene todo esto? El universo es una diva veleidosa.

Estando adormecida, volvió a sonar móvil y casi levité del sofá. De punta hasta el último nervio. Era Bridie. Dijo:

—¿Mencioné la B_5?

—Sí, sí. Cuelga, por favor. Paddy de Courcy podría estar llamando.

—La dosis más fuerte de la farmacia, no lo olvides.

Al día siguiente me desperté a las seis de la madrugada, esperando llamada de Paddy. Estaba segura de que llamaría. Me había mantenido firme, le había rechazado. A Paddy le gustaba lo que no podía tener.

Cuando sonó teléfono a las 9.16, aunque vello brevemente erizado, sonreí para mis adentros. Sacrificio de la noche anterior había merecido la pena.

Peor, ¡oh, no! ¡Sacrificio de noche anterior no había merecido la pena! Solo era Bridie.

—Hola —dijo—. Déjame adivinar. El corazón te late con violencia, la sangre te circula a mil y tienes la boca seca. Ay, si supieras lo que todo eso está haciendo a tu pobre sistema nervioso central. Lo lamento, sobre todo, por tus sinapsis.

—¿Qué quieres, Bridie? —Actitud fría.

—Comprobar cómo estás.

—Y un cuerno. Has llamado para regodearte.

—Para regodearme no. Para interesarme, Lola, para interesarme. ¿No ha llamado aún?

—¿Cómo quieres que llame si estás todo el rato ocupando la maldita línea?

De repente, golpes en la puerta.

—¡Bridie, llaman a la puerta! ¡A lo mejor es Paddy!

—¿Cómo sabe dónde estás?

—Es un hombre poderoso. Puede averiguar esas cosas. Adiós, Bridie, adiós.

Corrí hasta la puerta y la abrí de par en par, convencida de que Paddy estaría apoyado en la jamba. Pero no era Paddy. Era Jake. Pelo enmarañado, bronceado, mirada plateada, labios gruesos. Gran decepción. Pestañeé y pestañeé, incapaz de creer que era hombre equivocado.

—¿Puedo entrar? —preguntó con voz ronca.

Se sentó en sofá, manos colgando entre las rodillas, imposible parecer más humillado.

—¿Has podido pensar en lo de volver conmigo?

Le miré y pensé: «Por Dios».

Ya había dejado de gustarme con su petición de «espacio» y su indignación por que no le hubiera atosigado, pero ahora que sentimientos por Paddy habían resurgido, todo resto de deseo por Jake se disolvió como huellas en la arena.

Qué horror. Ya no pensaba que fuera hombre más guapo del planeta Tierra. De hecho, pensaba que estaba —terrible comentario sobre otro ser humano— ligeramente deformado. Esa boca no tenía nada de sexy. Parecía sometida a procedimiento de aumento labial mal terminado. Demasiado hinchada, como si le hubiera picado avispa.

Simultáneamente, advertí que ya no me gustaba su olor. Antes me había atraído su aroma natural, me había parecido auténtico, rebelde, y sí, masculino. Pero ahora vaga miasma estudiantil de calcetines sucios flotaba como nube a su alrededor.

Me atrajo hacia sí y dijo:

—Por favor, Lola —al mismo tiempo que deslizaba mano por debajo de la cinturilla de mi pijama.

Retrocedí. Trasero en carne de gallina por deseo de no ser manoseada por él, y sexo multipostural ya no se me antojaba tentador en lo más mínimo.

Jake apretó erección contra fina tela de mi pijama y susurró:

—Mira lo mucho que te deseo.

¡Puaj! ¡Sí, puaj! Hasta yo estaba sorprendida del asco que me daba. Me cogió una mano para acariciarse con ella el pajarito, pero di un paso atrás, liberando pompis del contacto revulsivo de su mano. Puso cara de pasmo. Miré sus ojos plateados y pensé: «Qué color de ojos tan peculiar». ¿Qué tendrán de malo el marrón o el avellana?

—¿No quieres que te toque, Lola? —preguntó.

Vi un muchacho desconcertado en un cuerpo de hombre y de pronto tuve una revelación. Supe que tenía que ser brutalmente franca o de lo contrario acabaría acostándome con él por pena. La piel y el alma se me helaron solo de imaginar esa posibilidad.

—Jake —dije—, lo siento mucho pero tú y yo no podemos volver. Lo pasamos bien, pero será mejor dejarlo aquí.

—Reconozco que he sido un gilipollas —dijo—. Pero me he disculpado y estoy dispuesto a cambiar.

—No hace falta —dije—. Sería inútil. Hay alguien más. Otro hombre.

—¿Ya has conocido a otro hombre?

—No, no. Es de antes.

—¡Gracias por contármelo!

—¡Pero lo nuestro era solo una aventura! ¡Tú también lo pensabas!

—Sí, pero no sabía que iba a enamorarme de ti.

Exasperada.

—Yo no tengo la culpa.

—¡Qué madura, Lola! —Se había vuelto despectivo—. Qué responsable.

—Si yo me hubiera enamorado de ti y tú no te hubieras enamorado de mí, me estarías diciendo «Fue solo una aventura, lamento que te hayas enamorado de mí, ahora lárgate». —Era verdad. Me había ocurrido lo bastante a menudo con otros hombres. Ahora, cansada—. ¡Mira, Jake, ha subido la marea! Tienes que ir a hacer surf.

Miró por ventana. Fácil de distraer, gracias a Dios. Como agitar correa delante de un perro y exclamar, ¡Paseo, paseo!

—Muy bien, me voy —dijo—. Pero cambiarás de opinión.

—No. —Traté se sonar amable—. Puedes estar seguro de que no.

Una vez que me hube deshecho de Jake, volví a hacer guardia frente a móvil. A las diez en punto sonó. ¡Pero seguía sin ser Paddy! Esta vez, Treese. Estaba seria.

—He oído que anoche te llamó De Courcy. Escúchame, Lola —tono bajo y enojado—, no lo dejes con el surfista.

—Demasiado tarde, Treese, ya lo he dejado —respondí alegremente.

Soltó un gemido de —creo— desesperación.

—Paddy de Courcy destroza todo lo que toca.

—¿Qué ha destrozado? —Estaba realmente intrigada.

—¿Aparte de tu carrera y tu cordura? Casi destrozó tu amistad con Bridie, Jem y servidora.

—... ¿Qué?... ¿Por qué? —Asustada. ¿A qué venía esto ahora?

Treese suspiró.

—Nunca te veíamos. Dejaste de salir con nosotros. Siempre estabas con él. O, peor aún, esperándolo a él.

Ah, sí, me resultaba familiar. Lo había oído antes.

—Vale, Treese, pero…

—Lo sé, Lola, sé que Paddy trabajaba mucho. Si consiguiese una letrina por cada vez que me has dicho eso, cada hogar en Malawi tendría una. Pero no os veíais todas las noches, ¿verdad?

—… todas, todas, no.

—Sin embargo te asegurabas de estar disponible para él cada noche, ¿verdad?

Incómoda, repuse:

—Ya sabes cómo son las cosas cuando estás enamorada.

—Sí, lo sé. —Se refería a Vincent (puaj)—. Pero no por eso dejo de ver a mis amigos.

—Treese, Paddy es político. Las sesiones en el parlamento pueden ser interminables. Nunca se sabe cuándo acaban.

—Razón de más para que te montaras tu propio plan las noches que Paddy no podía comprometerse con seguridad.

—No, razón de más para estar lista para verle al final de su largo y estresante día.

—Te ha lavado el cerebro.

Su dureza me dejó atónita. En serio, atónita. Se lo dije.

—Lola, hemos estado muy preocupados por ti. Liberarte de él es lo mejor que te ha pasado en la vida.

Temblando después de hostil llamada de Treese. Volví a vigilar móvil, animándolo a sonar. La mañana transcurrió sin llamada de Paddy. Cómo no, Jem llamó.

—Cerrando la marcha —dijo—. Te pido, a instancias de Bridie, que actúes con sensatez.

A las 13.17 me pregunté si había entendido mal mi acuerdo con Paddy. A lo mejor habíamos quedado en que yo le llamaría a él y no al revés. (Naturalmente, sabía la verdad. No soy tonta. Solo propensa al autoengaño.) Llamé a su móvil, a su teléfono fijo, a su despacho.

Buzón de voz, buzón de voz, buzón de voz.

Y terrible sensación de *déjà vu*.

Paddy no llamó ese día. Ni al día siguiente. Ni al otro. Ni al otro. Y yo dejé de intentar hablar con él.

Admití desagradable verdad. Bridie tenía razón. Había sido una llamada en busca de sexo. Intenté recuperar, sin conseguirlo, ese estado mágico que había inducido a que se produjera la llamada. Paddy me llamaría solo si dejaba de importarme. Pero mientras deseara que llamara, significaba que me importaba, de modo que no llamaría. El universo puede ser desconcertante. Finalmente sucumbí a potentes dosis de vitamina B; envié a Boss a Ennystymon con detallada lista. No puedo decir que me sirvieran de algo. Seguí saltando como gato escaldado cada vez que el móvil piaba.

Otra conducta interesante del universo: como si quisiera demostrarme cuán poco atractivo es el amor no correspondido, Jake se obsesionó con recuperarme. Se presentaba constantemente en mi casa, diciendo que teníamos que «volver a intentarlo».

—Jake, esto es una locura —le decía yo—. Ni siquiera estabas tan pirrado por mí.

—Lo sé.

—Ni siquiera soy tu tipo.

—Lo sé.

—Ni soy tan guapa como tus otras novias.

—Lo sé.

—Ni tan buena en la cama. —(Eso lo había supuesto.)

—Lo sé.

—Entonces, ¿por qué me quieres?

—Porque sí.

Era la encantadora personificación de la angustia, pero mi corazón estaba frío como el hielo. Jake era un malcriado, un inmaduro, lo había tenido todo demasiado fácil en la vida y solo me quería porque no podía tenerme.

Le hará bien un poco de decepción. Formación del carácter. Mírame a mí, carácter muy formado.

Me daba pena, pero estaba segura de que si de repente exclamaba, «Muy bien, Jake, me has convencido. Seamos novios otra vez y hagamos el amor toda la noche y compremos una lámpara bonita y démonos de comer con los dedos», seríamos felices tres días antes de que él empezara a ponerse raro y se dejara sonsacar que «Esto no funciona, Lola».

No me gusta verlo sufrir. Pero si tengo que elegir entre que sufra él y que sufra yo, me temo que elijo lo primero.

Jueves, 11 de diciembre, 23.04. Regreso de viaje por sendero de la memoria

Móvil sigue sonando...

SarahJane Hutchinson. ¿Qué hace llamando tan tarde?

—¡Qué gran noticia, Lola! He tenido un golpe maestro. Zara Kaletsky será oradora en mi acto benéfico. Sé lo que estás pensando, Lola. Estás pensando que Zara Kaletsky no es nadie.

Correcto. Zara muy buena chica, pero como celebridad dejaba mucho que desear.

—Tengo información confidencial. Zara Kaletsky acaba de ser fichada para una nueva película de Spielberg. Como protagonista. Jermond —el nuevo galán de SarahJane— está metido en la financiación. Y yo he conseguido meterla en mi equipo antes incluso de que haya salido el comunicado de prensa. Acabo de hablar con ella en Los Ángeles. Está súper, súper, súper de moda y es mía, mía, mía. ¡Todas esas brujas tendrán que inclinarse ante mí!

Me alegré. Por SarahJane. Y también por Zara.

—¿Vive en Los Ángeles? Creía que se había mudado a Sudáfrica.

—¡Dios mío, no! ¡Bel Air, Bel Air! Necesito que nos dejes fabulosas para el almuerzo. Necesito algo súper especial. Solo faltan diez semanas. ¡Empieza a darle a tu cabecita!

Viernes, 12 de diciembre, 7.04

Me despertó aporreo frenético en la puerta. Lo incorporé a mi sueño el tiempo que puede, luego me rendí y me levanté. ¿Quién llamaba a estas horas de la mañana?

Probablemente Jake para decirme lo mucho que me ama. Maldito el día que me dejé hechizar por su belleza. Ahora, lo único que podía pensar era, ojalá

a) se pusiera bolsa de guisantes congelados en los labios para detener la hinchazón

b) se lavara

c) dejara de referirse a Paddy como «petimetre».

—Anoche me acosté con Jaz —declaró, manchas de baba alrededor de la boca—. ¿Qué me dices a eso?

—Genial, maravilloso, fantástico.

—¿Te alegras?

—Estoy encantada. Me gusta ver que lo estás superando.

Se dio la vuelta, la imagen de la desdicha.

Casi había cerrado puerta cuando se giró de nuevo y gritó:

—Eres una zorra superficial.

Oh, ¿conque ahora me insultas?

Señal de que se estaba curando. Como cuando un corte empieza a escocer.

12.19, el Oak

—Buenos días, Lola —dijo Osama—. ¿Va todo bien?

—Bien, gracias. ¿Y a ti?

—¡Estupendamente, gracias!

—¡Qué bien, qué bien!

Nos sonreímos de oreja a oreja.

La verdad es que relaciones con Ojos de Ciruela Pasa algo tensas desde que asistiera a noche de travestis. Vino una vez y no pude convencerle de que repitiera, alegando que era por calidad de las películas. Ha reanudado sus viajes en solitario a Ennis los viernes por la noche. Entretanto, sigue siendo camarero encantador y sigue riendo cuando pregunto, acerca de la sopa del día, «¿Tiene tropezones?», pero puede que con menos ganas que antes.

Busqué un asiento. Únicos clientes en pub, Considine y hurona. Extrañada de verles; Considine normalmente trabaja los viernes. Él y hurona enfrascados en conversación intensa. Considine me vio.

—Lola —dijo—, siéntate con nosotros.

Reacia. Bastante cohibida en presencia de Considine y aún no me habían presentado a Gillian la hurona.

Pero obligada a sentarme y estrechar mano de Gillian, que parecía exactamente un hurón de caricatura. Qué talento, los caricaturistas. Pueden coger a cualquier criatura —un dingo, un toro, un hurón— y volverla mona conservando sus rasgos característicos. Gillian muy, muy bonita. Pero, innegablemente, igual que hurón.

—¿Cómo va todo, Lola? —preguntó Considine.

—De primera. —Ignoro por qué, pero siento impulso incontrolable de ser sarcástica cada vez que lo veo—. ¿Y a ti?

—De primera, también. —Sí, el también sarcástico.

Gillian habló.

—Lola, a Rossa le gustaría pedirte un favor.

Y yo pensando, Madre del amor hermoso, ¿y ahora qué? ¿No le basta con que ceda mi casa a unos travestis una noche de cada siete? ¿Qué más quieren?

—Vamos —animó Gillian a Rossa.

—¿Me prestas tu desatascador?

—¿Para qué? —pregunté.

—Tengo un problema en las tuberías —dijo Gillian.

—¿Te refieres a las tripas?

—Dios, no. Las tuberías de casa.

(Trató de explicarlo. Algo que ver con unos «desagües». No puedo facilitar más información. Cada vez que oigo la palabra «desagüe», desconecto.)

—Tienes un desatascador debajo del fregadero —dijo Rossa—. Tom Twoomey me lo prestó una vez.

Le tendí la llave de casa.

—Ve, coge el espantoso artilugio, haz lo que tengas que hacer con él y déjalo donde lo encontraste. Pero, por favor, no me involucres porque puedo desmayarme.

Se marchó, dejándome a solas con Gillian.

—Debería estar trabajando —me dijo—. Cogió el día libre para ayudarme.

—Qué detalle.

Otro silencio. Entonces:

—Es maravilloso lo que estás haciendo.

¿A qué se refería exactamente? ¿Al desatascador? ¿A las noches de los viernes?

—Es una excelente válvula de escape para Rossa. ¿O debería decir Chloe?

—Ah, sí... ¿Y no te importa?

—Podría hacer cosas peores.

Chica impresionante. Rebosante de sangre fría.

—Me da pena no poder ayudarle —prosiguió—. Voy siempre con tejanos y nunca me maquillo.

Sí, su carita de hurón exenta de ungüentos artificiales.

—Es curioso —señalé—. Es mucho más guapa como mujer que como hombre.

—¿Eso crees? —Sonrisa apagándose lentamente. Expresión algo susceptible—. ¿Rossa no te parece guapo?

¡Rediós! ¡Acababa de insultar a su novio!

—Claro que me parece guapo. Solo quería decir que se arregla más como mujer. Debo irme. Tengo cita urgente en Galway.

Por fortuna, era verdad que tenía cita urgente en Galway, porque me habría hecho los 100 kilómetros hasta la plaza Eyre (Galway) solo para escapar de incómoda situación.

14.30, enorme y lustroso banco americano. Galway
Recibiendo pequeños trabajillos de estilismo. Este había llegado de fuente inesperada: Nkechi. No quería viajar desde Dublín y yo estaba en las cercanías. Nos venía bien a las dos.

Presidenta ejecutiva debía ser fotografiada para folleto de su compañía. Las instrucciones eran que pareciera cálida, eficiente, dura, femenina, accesible, trabajadora, divertida e infalible.

Fácil.

(Cuestión de complementos.)

18.39, tráfico terrible en Galway. Éxodo de fin de semana.
Me temo que haré esperar a travestis
Cuando finalmente llegué a casa y bajé a toda prisa del coche, me di cuenta de que no tenía llave. Crucé por debajo de alambrada y corrí hasta casa de Rossa Considine.

—Llave. —La agitó frente a mi cara—. Volví a dejar el desatascador en tu fregadero. Muchas gracias.

—Ahórrate los detalles. Esas cosas me ponen la piel de gallina.

—¡Eh, Considine! —Movimiento en la verja. Alguien gritando en la oscuridad—. Oye, petimetre, no te molestes. Solo quiere provocarte.

Sorprendido, Rossa y yo afinamos mirada hacia lugar de donde provenía la voz. Jake avanzó hasta situarse en el halo de luz de la entrada, como desenlace en un thriller de serie B. Me miró con desdén.

—No has esperado mucho. A este paso pronto te habrás acostado con todo Knockavoy.

—Déjala en paz —dijo Rossa con voz queda y pausada—. Solo me ha prestado su desatascador.

—Ya. —Jake rió con maldad—. A mí también me prestó su desatascador unos días.

—Un momento... —dijo Rossa.

—Déjalo —intervine—. No vale la pena.

Fascinante, la escena, clase magistral sobre cómo no recuperar a alguien. Si todavía hubiese quedado un rinconcito de amor por Jake en mi corazón, su demencia se lo habría cargado definitivamente.

—¿Te acompaño a casa? —se ofreció Rossa.

—No, no, son solo unos metros. Y has de arreglarte para esta noche.

—Pero tu hombre parece un poco... pirado.

—Es inofensivo.

—Me gustaría acompañarte de todos modos.

—Pero nos gritará.

—Bueno. Yo me encargo de agitar el palo.

—... Y yo de lanzar las piedras.

19.27

Había observado interesante fenómeno durante las últimas semanas: la velada no comenzaba realmente hasta que llegaba Chloe.

Natasha, Blanche y Sue, la chica nueva, se estaban cambiando en cocina, pero yo tenía sensación de estar esperando, matando el tiempo.

Sue era un pequeño agricultor soltero de «por ahí». (Por lo visto, le funcionaba como dirección postal.) Su verdadero nombre era Papas Conlon. Yo imaginaba que su nombre verdadero, verdadero, no era «Papas», pero me abstuve de preguntarle por qué se hacía llamar «Papas». Suponía que era porque:

a) comía papas
b) cultivaba papas
c) ... esto...

Era un hombre descarnado y patizambo al que le faltaban muchos, pero que muchos dientes. Tuve que insistirle mucho para que se quitara la boina. Me recordaba a gallina del Tercer Mundo (perdón, mundo en vías de desarrollo), de esas que ves picotear en caminos de tierra cuando pasas como una flecha con tu todoterreno con aire acondicionado. Nada que ver con las rollizas gallinas de Irlanda, todo pechuga, sino ave donde tendrías que escarbar mucho con tenedor para encontrar algo de carne.

—¿Dónde está Chloe? —gritó Noel desde cocina—. Tiene que hacerme las uñas.

—Estará al llegar... —Y en ese momento apareció Chloe con sus ojos chispeantes, boca sonriente, comentarios agradables y ganas de hablar y de ayudar a las otras chicas. Increíblemente afable. Si fuera mujer de verdad, querría ser su amiga.

—Me encanta tu pelo, Chloe.

Su larga peluca de siempre, pero peinada un poco hacia atrás y recogida en coronilla.

—Me apetecía Jacqueline Susann —dijo.

Ahora que Chloe lo mencionaba, parecía que estuviera viendo a Jacqueline Susann. (Preocupante para estilista, persona que se gana vida promulgando y anticipándose a la moda, ser superada por hombre travesti.)

A diferencia de mis otras chicas, que tenían un estilo concreto del que no salían (Natasha, piel de leopardo; Blanche, vestidos sastre, etcétera), Chloe llegaba con un estilo diferente cada semana. Esta semana: mallas negras, manoletinas gris plomo y precioso jersey-vestido también gris plomo con un hombro al aire.

Probablemente podría pasar por mujer. Alta, es cierto, y no muy delgada, decididamente no muy delgada, pero tampoco una mole (como, por ejemplo, la pobre Blanche).

Piernas torneadas —puede que exceso de músculo en pantorrillas y muslos si quería ponerme quisquillosa, pero no quería ponerme quisquillosa— y una cara preciosa. Ojos oscuros muy bonitos, resaltados con gruesas pestañas y delineador hábilmente aplicado.

Alboroto en cocina.

—¿Ha llegado Chloe? ¡Ha llegado Chloe! Chloe, entra, necesito que me ayudes con mi uniceja...

Chloe se puso a ayudar a las demás chicas. Tenía mucha información sobre el tema porque había hecho un año de formación ecológica en Edimburgo, ciudad con «importante» población transformista. Conocía la base de maquillaje «masculina», una pasta densa y húmeda como el cemento que rellenaba agujeros, cubría rastros de barba y permitía un acabado terso y natural. Aconsejaba sobre cosas como depilarse el pecho con cera, afeitarse el dorso de la mano, ayudar a poner uñas postizas y demás.

Pero aunque compartía generosamente sus conocimientos, ella parecía una princesa y a lo máximo a lo que podían aspirar las otras era a las hermanas feas en una pantomima.

Plan de la velada: ver peli, *El diablo viste de Prada* (nuevas existencias en supermercado de Kelly y Brandon), y «clase de modales», donde practicaríamos caminar como señoritas. (Había conseguido libro sobre el tema.)

19.57

—¿Listas para la peli? —Mi mano sobre el mando.

—Necesito hacer un pis...

—He de retocarme el carmín...

—He de coger las gafas del bolso...

Cuando algarabía femenina cesó al fin, pulsé botón *play*. Comenzó canción y, de repente, ¡cuatro porrazos en la puerta!

¿Jake? Y si no era Jake, ¿quién? ¿Otro maldito travesti?

—Chicas, ¿habéis invitado a alguien y no me lo habéis dicho?

Temeroso meneo de cabezas.

—¿Seguro? Porque si abro esa puerta y encuentro a un travesti fuera buscando asilo, me enfadaré mucho.

—No. Prometido.

—Entonces escondeos —dije—. Las cuatro.

Subieron correteando y fui a abrir. Agente de policía grande, de aspecto intimidatorio, con uniforme de sarga azul marino y botones metálicos, frente a mí.

Se acabó el juego.

Emociones encontradas. Alivio innegable de que noches de los viernes hubieran tocado a su fin; me pesaba tanta responsabilidad. Pero también inquietud por los travestis. Miedo a que tuvieran problemas, a que sus nombres aparecieran publicados en *The Clare Champion* y fueran el hazmerreír de todo el condado.

—Soy el agente Lyons. ¿Puedo pasar? —dijo una voz profunda por debajo de visera.

—¿Por qué?

—Tengo entendido que celebra veladas de transformismo los viernes por la noche. —El brillo de sus enormes botas negras casi me cegó.

—No es ilegal. —La voz me temblaba—. No hacemos nada malo. Tom Twoomey lo sabe y no le importa.

(Había seguido consultando con Tom cada vez que se sumaba otra chica. Su invariable respuesta era que mientras nadie volviera a estropear la tostadora, le traía sin cuidado lo que hiciéramos.)

—Nadie ha dicho que fuera ilegal. ¿Puedo pasar?

—No. —Súbitamente rebelde—. Hay travestis dentro. Están nerviosos. He de proteger sus identidades.

—Oye. —Brusco descenso de la voz—. Me gustaría participar.

¡Por todos los santos! No puedo creerlo. Sencillamente, no puedo creerlo. ¿Quién iba a decir que había tantos travestis en el condado de Clare? De hecho, en toda Irlanda.

—¿Eres travesti, agente Lyons?

—No soy gay, pero sí, me gusta ponerme ropa de mujer.

Alma en los pies.

—En ese caso, será mejor que entres.

20.03

Subí corriendo. Travestis escondidos en mi dormitorio, caritas contraídas por el miedo.

—Hay un policía abajo.

—¡No! —empezó a gemir Noel—. ¡No, no, no, no, no, no! Esto es el fin, estoy hundido, arruin...

—¡Calla! Es una de nosotras. De vosotras, quiero decir. Es transformista.

Bocas carmíneas abriéndose de par en par. Mandíbulas magulladas como tortas cayendo.

Martilleando escaleras con sus tacones, bajaron y rodearon recelosamente al agente Lyons cual manada de hienas maquilladas. Hice las presentaciones.

—¿Cómo sabes lo nuestro? —preguntó, desafiante, Noel.

—Fue una casualidad, Natasha, una casualidad.

Agente Lyons tenía forma de hablar pausada, como si estuviera transmitiendo pruebas en pequeño caso de hurto.

—Explícate, por favor. —Noel sonaba decididamente malvado.

El agente Lyons se aclaró la garganta y se puso de pie.

—La mañana del martes, 2 de diciembre, un ama de casa, a la que llamaremos señora X, con domicilio en el pueblo de Kilfenora, al norte del condado de Clare, recibió por error un paquete entregado por la compañía de correos.

—Siéntate, por favor —murmuré—. Esto no es un tribunal. Vosotras, sentaos también, disfrutad de vuestras copitas. Gracias, agente Lyons. Continúe.

—La señora X, mujer muy ocupada con tres hijos menores de cuatro años, no advirtió que el paquete no iba dirigido a ella, sino a Lola Daly, de Knockavoy...

—Bruja entrometida —espetó Noel.

—... y lo abrió «antes de darse cuenta». Según sus palabras exactas.

—Bruja entrometida.

—Tras retirar el envoltorio de la caja, el ama de casa descubrió en su interior un total de cuatro prendas de ropa de extraño aspecto. «Vergonzosas», fue la palabra que utilizó para describirlas. Profundamente desconcertada, avisó al párroco, que bendijo las prendas con agua bendita y aconsejó informar al policía local. El cual no era otro que servidor.

(Había notado que me faltaba paquete de ropa interior. Pero me llegaban tantos paquetes de ropa casi a diario, que nunca presté verdadera atención a ese hecho.)

—Dado mi especial interés por el tema —prosiguió el agente Lyons—, reconocí los artículos, básicamente calzoncillos con refuerzo que no tenían nada de «vergonzosos». No se lo expliqué a la mujer. Simplemente guardé bajo llave los artículos y la caja dirigida a la señorita Daly y le hice jurar a la señora X que guardaría el secreto...

—¿Cómo? —exigió Noel—. ¿Cómo sabes que mantendrá la boca cerrada?

—Porque sé algo de ella. Todo el mundo tiene sus secretos, Natasha. La señora X mantendrá la boca cerrada.

—Bien, bien.

—Seguidamente, indagué sobre la señorita Lola Daly y averigüé que cada viernes a las siete celebraba una reunión en su casa de Knockavoy. Até cabos y llegué a la conclusión de que existía una relación entre las reuniones de los viernes y los calzoncillos con refuerzo. Y no me equivocaba.

—¿No es alucinante? —Noel había cambiado por completo el tono—. Tres de nosotras hemos llegado a ti por casualidad, Lola. Yo, Chloe, y ahora...

—Dolores —dijo el agente Lyons—. Me llamo Dolores.

—¡Bienvenida, Dolores! Sí, sí, bienvenida.

—Todo esto está muy bien —dije—, pero ¿y mi pedido de calzoncillos con refuerzo?

—Incautados. Dalos por perdidos. Culpa a la compañía de correos.

20.32

Dolores Lyons muy alta. Metro ochenta y ocho por lo menos. Cuerpo grande y, en realidad, gordo, pero se movía con agilidad. Se desabrochó gruesa cazadora de sarga, liberando enorme tripa enganchada a gigantesco tórax, y pensé: «Mi mayor reto hasta el momento».

22.07, se marchan todos menos Chloe, que me ayuda a recoger

—Y de repente eran cinco —dijo Chloe, dejando las copas de vino en el fregadero—. Se diría que tienes vocación, Lola.

—No quiero una vocación.

—Pero ese es el problema con las vocaciones, que no las eliges, ellas te eligen a ti. —Chole divertida con mi situación—. Piensa en la madre Teresa. Cuando el orientador profesional le preguntó: «¿Qué te gustaría ser de mayor, madre Teresa?», probablemente le contestó: «Azafata». Dudo mucho que le dijera: «Me gustaría ser amiga de los leprosos». ¿No te parece, Lola?

—Me alegro de que lo encuentres tan divertido.

—Puede que a la madre Teresa ni siquiera le gustaran los leprosos. A lo mejor les tenía manía pero a los leprosos no les importaba y acudían a ella de todos modos.

Chloe sumamente entretenida. Coloqué botellas de vino vacías en el suelo para cuando acudiera a contenedor de vidrio con Rossa Considine.

—... Como los travestis parecen acudir a ti, Lola.

... acudiera a contenedor de vidrio con Rossa Considine...

—Santa Lola, patrona de los transformistas.

Chloe es Rossa Considine...

¿Por qué la vida se empeña en ser tan extraña?

Sábado, 13 de diciembre, 11.22. Llamada de Bridie

—Mi cabeza parece una almorrana con patas —dijo con la voz ronca—. Anoche fue la fiesta de Navidad del trabajo. Tienes suerte de ser autónoma.

—... Autónoma en paro.

—No estás obligada a soportar las fiestas de Navidad del trabajo. Te lo digo, Lola, como una almorrana con patas.

—¿De dónde has sacado esa expresión?

—De la tele. Buena, ¿eh?

—Muy buena.

—He estado pensado en Paddy de Courcy. Un hombre como él consigue sexo donde quiera.

—Al grano, almorrana con patas.

—No te llamó para tener sexo.

—Entonces, ¿para qué? —Empecé a temblar. Cero probabilidades de que Bridie dijera «Porque todavía te quiere».

—Para tenerte contenta.

—¿Por qué iba a necesitar Paddy tenerme contenta?

—Sabes cosas sobre él. Hace unas semanas se habló mucho en los periódicos sobre Dee Rossini y su vida sexual. Casi tuvo que dimitir. Podrías contarle a un periodista las peculiares prácticas sexuales que Paddy de Courcy te obligaba a hacer. Sería la bomba.

—No eran prácticas peculiares.

Podía permitirme decírselo porque Bridie me había confesado hacía poco secreto terriblemente vergonzoso. Desde que se casó, las «relaciones» con Barry habían caído en picado. Barry había hecho cálculo anual (trabaja en la Cámara de Representantes) y dijo que habían hecho el amor quince veces en todo el año, o sea, una vez al mes más el día de su cumpleaños, el día de su aniversario de bodas y el día que el Kildare ganó la liga. (Curioso, porque ninguno de los dos es seguidor del Kildare. ¿Tendrá que ver con la carretera de circunvalación?)

—Oh, sí eran prácticas peculiares, Lola. Reconozco que en aquel entonces me sentía como una inexperta sexual a tu lado. Pero cuando miro atrás... No había mucho amor que digamos en la clase de sexo que practicabas con Paddy de Courcy. Y apuesto a que no me contaste ni la mitad de lo que hacíais.

Atónita. ¿Estaba Bridie yendo a clases para aprender a leer pensamiento?

—Dijo que me echaba de menos. —Agarrándome a clavo ardiendo.

—¡Cómo no iba a echarte de menos! Dudo mucho que Alicia cara de caballo se preste a satisfacer sus perversiones sexuales.

—No son perversiones. Es erotismo.

—Perversiones, perversiones, perversiones.

Bridie, la persona más terca que conozco.

12.04, cibercafé
Pasé un momentito a saludar a Cecile. («Pasé un momentito.» No me gusta esa expresión. Me recuerda a mamás encantadoras con impecables pantalones de lino en tonos pastel. No volveré a usarla.)

Había temido que Cecile me diera la espalda por rechazar a Jake, y más aún habiendo hecho de celestina. Pero fue todo lo contrario. Me hablaba del abatimiento de Jake entre risas. Dijo que era un «momento histórico». «Ese idiota» estaba recibiendo «su merecido».

—El muy llorica no sabía apreciar lo que tenía —dijo—. Tiene plástico en la cabeza.

Fascinante (por no decir desconcertante) su uso de expresiones coloquiales.

15.27, de regreso a casa. Rossa Considine delante de su puerta, haciendo pequeños «ajustes» a su coche
—Hola —dije.

—Hola.

—¿Por qué no estás explorando cuevas como persona peculiar?

—Iré mañana.

—Ya. Oye, he estado pensando.

—¿Sobre...? —Dejó de ajustar y se acercó a la carretera.

—Pronto será Navidad. Deberíamos organizar una fiesta navideña con nuestra pandilla de los viernes.

—¿A qué viene eso? Pensaba que eras una participante reacia en las actividades de transformismo, perdón, de travestismo.

—Y lo soy, pero estuve hablando con mi amiga Bridie. Anoche tuvo la fiesta de Navidad del trabajo. Dijo que su cabeza parecía una almorrana con patas. La expresión me impactó.

—Puedes emborracharte cualquier noche de la semana.

—Necesito una excusa. Si empiezo a emborracharme sin necesitar una excusa, me temo que estaré borracha todo el tiempo.

—¿Y en qué estás pensando?

—¿El martes de aquí a dos semanas? Es víspera de Nochebuena.

—¿Qué harás en Navidad?

—Me iré cuatro días a Birmingham. Mi padre vive allí. Luego iré a Edimburgo con mis amigas Bridie y Treese para Fin de Año. No volveré a Knockavoy hasta el 4 de enero, de modo que sería preferible hacer la fiesta el martes 23. Después ya sería demasiado tarde. Puedo preparar pastel de carne, ponche caliente, galletas saladas, lo típico.

—Eso te dará mucho trabajo. Deja que hable con las demás.

Los travestis habían formado una especie de red informal y se conectaban por correo electrónico durante la semana. Yo no estaba incluida. Lo cual era un alivio.

—¡ZORRA SUPERFICIAL!

Jake. Como caído del cielo, pasando en bicicleta. No sabía qué me desconcertaba más, si su repentina aparición o que fuera en bicicleta. (Montar en bici iba en detrimento de su atractivo sexual. Decididamente, la bici no le favorecía. A poca gente le favorece.)

—Superficial sí, pero zorra no —grité tras él.

Me di cuenta de que ya no podía oírme, pero necesitaba defenderme, así que me volví hacia Rossa Considine.

—No soy una zorra —dije—. Lo ha dicho por despecho.

—¿Y por qué te consideras superficial?

—Por mi trabajo. Todo el mundo dice que los estilistas somos unos tarados superficiales. En una ocasión escuché una gran frase: la cocaína es la forma que tiene Dios de decirte que tienes más dinero de la cuenta. Asimismo, cuando haya suficientes trabajos de estilismo para dar de comer a todos los estilistas, querrá decir que el país ha prosperado más de la cuenta.

—¿Tienes mucho trabajo en estos momentos?

—Mucho no, pero es culpa mía. Una clienta que tengo adorable, SarahJane Hutchinson, me pasó una nueva clienta, pero la perdí porque me negué a ir a Dublín.

—¿Por qué te negaste a ir a Dublín; aparte de porque sea una ciudad de mala muerte?

—Porque mi ex novio vive allí. La última vez que fui, lo vi en la calle con su prometida cara de caballo. Casi vomité en la acera, y ese fue el menor de los desastres que me sucedieron ese día.

—En ese caso, limítate al condado de Clare.

Negué con la cabeza.

—El estilismo en la costa oeste no da para mucho. Casi todas las mujeres ricas viven en Dublín y casi todas las tiendas buenas están en Dublín. Sé que podría hacerme enviar las cosas aquí, pero sale mucho más caro que cuando recorro personalmente las tiendas, llenando bolsas de ruedas con material de primera.

—Entiendo.

—El estilismo es un trabajo arriesgado. En serio, Rossa Considine. Por la cara que pones, veo que no me crees. No es tan importante como el trabajo ecológico que haces tú, pero para la gente a la que ayudo es importante.

—Eh, ¿con quién crees que estás hablando? Soy consciente del valor que tiene lo que haces, Lola.

Le miré con dureza.

—¿Estás tomándome el pelo, Rossa Considine?

Suspiró pesadamente.

—En absoluto. Cuéntame más cosas de tu arriesgado trabajo.

—Verás... Si llego a la sesión y me doy cuenta de que he interpretado mal los deseos de mi clienta o que ella me ha mentido sobre su talla... siempre ocurre, dicen talla 38 porque les da vergüenza reconocer que tienen la 42... no tengo espacio para maniobrar. En Dublín podría salir a buscar más ropa, pero si cometiera un error aquí, no tendría forma de remediarlo. Nos quedaríamos atrapadas con la ropa equivocada y la sesión sería un desastre.

—Comprendo. —Pensativo, expresión de interés en el rostro. Respuesta inusual. En fin, será porque es travesti.

—Rediós, Rossa, será mejor que me vaya a casa. No me siento los pies.

Llevábamos un buen rato hablando fuera y hacía frío.

—¿Te apetecería entrar para una taza de té?

—No, no, gracias. —Súbitamente cohibida.

Lunes, 15 de diciembre, 19.29, bar de señora Butterly
Noticia reconfortante, por gentileza de señora Butterly. Osama ya no está solo. A partir de ahora los viernes noche Hurona Kilbert le acompañará al cine de Ennis. En coche, así que no tendrá que coger autobús. Además, así ella tendrá algo que hacer mientras su novio se viste de mujer. (La señora Butterly no dijo esto último. Lo pensé para mis adentros.)

Espíritu comunitario en acción.

Martes, 16 de diciembre, 11.22, tumbada en la cama,
pensando ociosamente
Si fuera hombre, me gustaría Chloe.

Miércoles, 17 de diciembre, 12.23, pasando por delante
del cibercafé
Cecile me ve y me hace señas para que entre. Le saludo agitando mano pero sigo mi camino.

Me avergüenza reconocerlo, pero he empezado a evitarla porque cada vez me cuesta más comprender su dialecto de Clare. Sospecho que la entendería mejor si hablara francés. Por lo visto, por algunas palabras que pude entenderle, Jake y Jaz son ahora uña y carne. («Él le dice, "¿Quieres que te entierren con mi gente?"») Me alegro mucho. Puede que ahora Jake deje de insultarme subido a una bici.

19.07, salgo para bajar al pueblo a cenar

Rossa Considine llegando del trabajo.

—¡Operación Almorrana con Patas va sobre ruedas! —gritó.

—Bien, bien.

Viernes, 19 de diciembre

¡Rossa Considine me había mentido! Operación Almorrana con Patas no iba sobre ruedas. Operación Almorrana con Patas secuestrada por Natasha.

—No quiero pasar nuestra fiesta de Navidad viendo *Qué bello es vivir* y comiendo pastel de frutas —había dicho, con el desafío dibujado en su cara zorruna—. Queremos ir a bailar.

—Sé sensata, Natasha, por lo que más quieras —aullé—. En Baccarat nos lincharían. (Baccarat, discoteca del pueblo.)

—No me refería a Baccarat —replicó, negando con la cabeza—. Conozco un local de Limerick «empático» con nuestras necesidades.

—¿Y el problema es...?

—Que necesitamos un minibús. Y alguien que conduzca.

—Yo conduciré —se ofreció Chloe. (Esta semana lucía vestido con espalda al descubierto increíblemente elegante. ¡Y de Topshop! Vestido normal de mujer, solo que talla 46.)

—No, tú no puedes conducir —espetó Natasha—. Es nuestra fiesta de Navidad. Si Lola no se ofrece a conducir, podría tener problemas para seguir cobrando el paro.

—¡Eso es chantaje! —Chloe estaba escandalizada—. Natasha, fue Lola quien propuso lo de la fiesta de Navidad.

Pero Natasha había llenado la cabeza de los demás travestis de historias sobre una discoteca donde podrían bailar libremente con los de su especie.

—Por favor, Lola —dijo Blanche—. Nos encantaría ir.

—Sí, nos encantaría ir —le secundó Sue.

—Por favor, Lola —imploró el agente Dolores Lyons, con mirada de cachorrillo.

—De acuerdo —gruñí. Malditos travestis...

—Ni hablar, Lola —protestó Chloe.

—No te preocupes —le dije—. Es mi vocación.

—Estaba bromeando cuando dije que tenías vocación.

—Pero está visto que es así. Santa Lola de los Travestis.

—Trasformistas —saltó Natasha.

—Travestis, travestis, travestis, travestis, travestis. —No estaba para leches—. Cierra la boca o no conduzco.

—¡Oye...!

—¿Puedo proponer una solución? —Chloe, intentando restablecer paz—. Lola, ¿qué tal si otra noche salimos por el pueblo? Así no necesitaremos conducir. ¿Qué te parece después de Navidad, cuando regreses de Birmingham? Podrás beber cuanto quieras y encontrarte como una almorrana con patas. No tiene que ser con estas señoritas. Podríamos salir con tus amigos de Knockavoy.

—¿Como quién?

—Como el surfista. ¿Jake, se llama? —Destello en los ojos de Chloe.

—Sí, podríamos invitar a Jake. —Risa burbujeando en mi estómago.

—Podría colocarse en la otra punta del pub...

—... y gritarnos.

Estallando en carcajadas mientras Natasha nos miraba fríamente.

22.13, se marchan todas menos Chloe

Chloe ha adquirido hábito de quedarse cuando las demás se han ido para ayudarme a recoger.

—¿Crees que la esposa de Noel cree realmente que su marido pasa las noches de los viernes con los colegas? —pregunté, volcando el aperitivo sobrante en las bolsas para reutilizarlo la próxima semana.

—No sé qué decirte. Tal vez sea más fácil para ella fingir que lo cree.

—Tú tienes suerte —dije—. Gillian es genial. No le molesta en absoluto.

—Mucha suerte —reconoció Chloe, siguiéndome hasta la cocina—. Gillian es una chica muy flexible. Dice que si ella pudiera elegir, preferiría que dejara la espeleología. Demasiado peligrosa, dice. —Vertió jabón líquido en copas sucias e inopinadamente preguntó—: ¿Alguna vez has tenido un novio transformista?

Pausa. Larga pausa. Demasiado larga, porque la respuesta era breve.

—No —dije—, pero...

—Pero...

—... tuve un novio que tenía otros... gustos.

Chloe cerró el grifo del agua caliente.

—¿Gustos?

—Ya sabes... sexuales.

Expresión prudente en cara de Chloe. Reacción ilegible.

—Eso no tiene nada de malo —dijo—, si te gusta.

—Fue... interesante. Es bueno poner a prueba tus límites, ¿no?

—Lo es... si los dos estáis de acuerdo.

De repente me asaltó un recuerdo. La vez que Paddy me llevó a Cannes. En avión privado. Limusina al pie de escalerilla, esperándonos. Gigantesca suite en Hotel Martinique. Al llegar, cama cubierta de bolsas de tiendas caras de la Croisette. Yo corriendo de un lado a otro, soltando grititos, entrando y saliendo de las estancias, hasta que me encontré con bella mujer rusa de rostro frío, con traje Channel, aguardando en la sala de estar.

¿Qué hacía esta mujer aquí? Por un momento pensé que era una secretaria. Puede que Paddy tuviera que trabajar durante el fin de semana.

Entonces Paddy dijo:

—Te presento a Alexia. Será nuestra... amiga... durante nuestra estancia en Cannes.

¿Amiga? ¿Amiga?

Oh, no. Y Paddy dijo, con una sonrisa de lobo:

—Oh, sí.

Mientras recordaba ese episodio sentí náuseas y un escalofrío me recorrió los brazos.

—Lola, ¿estás bien? —preguntó Chloe, preocupada.

—Sí, sí, es solo que... el novio que te he mencionado...

—... ¿Sí?...

—... me hizo tener sexo con una prostituta. Una prostituta rusa. Luego tuve que mirar mientras él tenía sexo con ella.

—... Hum... ¿y a ti te parecía bien?

—En aquel momento pensaba que sí.

—¿Y ahora?

—Ahora no. —Noté que me ahogaba y empecé a temblar—. Aho-

ra me parece horrible, vergonzoso, humillante. No puedo creer que lo hiciera. En realidad no estaba poniendo a prueba mis límites, no estaba siendo sexualmente osada. Simplemente me dejé humillar. —Mi voz sonaba cada vez más aguda, más precipitada. Me costaba respirar.

—Vamos a sentarnos.

En la sala, Chloe me acurrucó en su regazo, como hace una madre con una hija pequeña, y me abrazó con tanta fuerza que finalmente dejé de temblar. Inspiré hondo, obligándome a bajar el aire hasta los pulmones, hasta que mi respiración se normalizó. Me recosté sobre Chloe, profundamente reconfortada por la forma en que sostenía mi peso, y pensé, qué manos tan grandes y agradables.

—Pude negarme —dije, tragando saliva—. Hubiera debido hacerlo...

—En realidad no podías. Porque si hubieras podido, lo habrías hecho.

—Es cierto. —Infinitamente agradecida de que me entendiera—. Tenía miedo. Tenía miedo de que él... se riera de mí. Tenía miedo de que dejara de quererme.. Tenía miedo... simplemente tenía miedo.

Hubo otras ocasiones, otros episodios horribles. Ignoraba por qué este en concreto destacaba tanto como para haber trepado por mis entrañas y estallado en mi boca.

0.44, en la cama. Desvelada
Pensando en la confesión que había hecho a Chloe. En el hecho de que hacer un trío con una prostituta me hubiera parecido casi normal.

Ahora ya no me lo parecía. Me parecía morboso y extraño.

De hecho, ahora me daba cuenta de que el sexo con Paddy había sido, desde el principio, morboso y extraño. Supongo que el hecho de que me llevara a una sex shop en nuestra primera cita me había parecido erótico. Ahora comprendía que había sido una prueba. Paddy me estaba tanteando para ver hasta dónde era capaz de llegar. Y decidió que era capaz de llegar muy lejos.

Aunque en Cannes llevé el asunto hasta el final, probablemente sabía que no estaba bien porque nunca se lo conté a nadie. Maldito el día que se me ocurrió fanfarronear sobre mis travesuras sexuales con Paddy.

Llegó un momento en que dejé de hablar de ellas a Bridie y los demás. Había detectado un cambio en su actitud. Habían dejado de asombrarse y de envidiarme y estaban empezando a sentir otra cosa. Preocupación, creo.

Sábado, 20 de diciembre, 8.33, camino del trabajo
de estilismo para fiesta de Navidad en Tipperay
Rossa Considine sacando cuerdas y demás instrumental de maletero de coche.

Se acercó a alambrada y preguntó:

—¿Cómo te sientes hoy? —Gran dulzura en su rostro, y por un momento me pregunté por qué. Había olvidado que le había contado lo de Paddy y Alexia. Porque en realidad no se lo había contado a él, sino a Chloe.

Me enojó que lo supiera. Como si Chloe hubiera traicionado mi confianza y se lo hubiera explicado, como si Rossa fuera su hermano gemelo.

—Bien. Debo irme.

Podía meterse su simpatía y su dulzura donde le cupiesen. Si hubiera querido la compasión de Rossa Considine, se lo habría contado a Rossa Considine.

19.17, pasando por delante del Dungeon

—¡Eh, Lola, necesito hablar contigo! —Boss, ojo avizor.

Entré y acepté copa rápida.

—¿Es cierto que Hurona Kilbert acompañará a Osama los viernes por la noche mientras los demás os dedicáis a poneros ropa de mujer? —preguntó Boss.

De piedra. Sencillamente de piedra.

—¿Cómo sabes lo de la ropa de mujer? Se supone que es un secreto.

—En los pueblos no hay secretos, Lola Daly. Nunca me tragué del todo lo del club cinéfilo sobre moda y revancha, de modo que anoche fuimos a espiaros. Nos escondimos fuera los tres y miramos por la ventana. Me sorprende que no oyeras nuestro pitorreo.

—Casi tuve un pinzamiento de tanto reír —dijo el Maestro.

¡Rediós!

—Me duele mucho que no confiaras en mí, Lola —dijo Boss—. Pensaba que éramos amigos...

—Y lo somos, Boss, lo somos. —Avergonzada. Ha sido amable conmigo, insistiéndome en que solicitara paro, comprándome cápsulas de vitamina B, etcétera—. Pero no era mi secreto.

—Tengo identificadas a cada una de tus «señoritas». Comprobé las matrículas. —Boss señaló con la cabeza a Moss—. Moss tiene esa clase de contactos. Averiguó los nombres y las direcciones.

Oh, Dios. A Noel le daría un ataque si se enteraba de que sus actividades nocturnas de los viernes eran de dominio público. Para colmo, una de mis «señoritas» era agente de la ley...

Posé mano en brazo de Boss, gesto inusual en mí salvo en momentos de crisis.

—No debes contárselo a nadie —le dije—. Te lo pido por favor... Esos pobres hombres... es su única válvula de escape.

—¿A quién iba a contárselo?

—¡A todo el mundo, naturalmente!

—Tranquila. Además, ¿qué daño haces? Ni que estuvierais rodando películas sadomasoquistas. Además, no imaginas cómo nos reímos.

—Basta. ¡No quiero que te rías de los travestis!

—En realidad —intervino el Maestro en un tono pedante, pedante, que anunciaba aleccionamiento—, no es correcto llamarlos travestis, porque ninguno de ellos es gay.

—Papas Conlon lo es.

—No lo es.

—Lo es.

—Un encuentro ebrio en Singapur estando de permiso en tierra no cuenta.

Siguió larga disertación del Maestro sobre sexualidad y transformismo.

Domingo, 21 de diciembre, 20.47, el Oak
Aunque domingo noche, el Oak abarrotado. Sin duda, la culpa la tenían las fechas navideñas. Tuve que esperar un siglo mi sopa del día sin tropezones. Pobre Osama, pies egipcios destrozados.

Considine acompañado de numeroso grupo de hombres viriles calzando botas cubiertas de barro, sentados con piernas musculosas completamente abiertas, eclipsando jarras de cerveza con sus masculinas manos. Sus colegas espeleólogos, supuse. Si supieran a qué se dedicaba Considine los viernes noche... Aunque a lo mejor ya lo sabían. Después de todo, Gillian lo sabía.

Al otro lado, grupo de surfistas, entre ellos Jake. Me preparé para insulto, pero Jake pasó de mí. Demasiado ocupado compartiendo retorcidos besos con lengua con Jaz. Jaz, chica tatuada de la fiesta en casa de surfistas que me había dicho, «Recuerda mi nombre», y que yo enseguida olvidé.

Jake me lanzó mirada despectiva, aumentó intensidad de morreo, deslizó mano por debajo de cinturilla de Jaz y le manoseó descaradamente la nalga izquierda.

Esbocé sonrisa afable. Deseaba que fueran felices. Me horrorizó comprobar que era un deseo sincero. ¿Cómo podía dejarme tan fría verlo con otra mujer? ¿Acaso Jake no había significado nada para mí? ¿Me había convertido en bicho raro e insensible que nunca podría tener relación normal? No. Me recordé que había estado chiflada por Jake hasta que empezó a dar muestras de que pretendía volverme tarumba.

Además, no lo olvidemos, me estaba recuperando.

Lunes, 22 de diciembre, 5.05, desvelada, esperando alba
Recuerdos de Paddy importunándome. De hecho, me habían despertado.

Traté de pensar en cosas alegres. Operación Almorrana con Patas viento en popa. Minibús reservado en Gregan, Ennistymon. Chloe se había encargado de todo.

Pero no conseguí animarme. En medio de la oscuridad previa al alba, me sentí sola, muy sola, y lamenté no poder hablar con Chloe. Me había entendido cuando le hablé de Paddy. No había habido juicio por su parte. Solo comprensión.

Qué situación tan extraña. Chloe disponible para mí solo una noche por semana, cual Cenicienta un día de cada siete. Y no podía llamarla por teléfono en el entretanto. Cerré ojos, tratando de vencer desasosiego y conciliar sueño, pero no lograba salir de mi terrible estado.

—¿Mamá? —pregunté.

Pero en lugar de oír su voz, me asaltó espantoso recuerdo de Paddy.

—¿Mamá? —llamé de nuevo. Pero las horribles imágenes se empeñaban en reproducirse en mi cabeza.

Había pillado una fuerte gripe. Me encontraba tan mal que estaba pasando unos días en casa de Paddy, a la espera de sentirme un poco mejor. Por las mañanas, antes de irse a trabajar, Paddy me daba un antigripal y Seven Up desbravado, y lo mismo por la noche, cuando volvía a casa.

Una de esas noches le oí entrar en el dormitorio. Encendió la luz y me arrancó de un sueño delirante y sudoroso. Había estado soñando que caminaba por una casa enorme, buscando un cuarto de baño. Semidespierta, me di cuenta de que necesitaba hacer pipí, y tras lamentar durante unos instantes no tener una sonda, me obligué a despegarme de ardientes sábanas e ir al cuarto de baño.

Estaba sentada en el retrete, con la frente apoyada en los refrescantes azulejos de la pared, cuando me di cuenta de que Paddy me había seguido.

Nada raro. Desde el principio había insistido en mantener puerta del lavabo abierta. No conseguía acostumbrarme, pero teniendo en cuenta las demás cosas que hacíamos, me parecía absurdo insistir en intimidad para hacer pipí.

—¿Cómo te encuentras? —me preguntó.

—Como un trapo. ¿Qué tal tu día?

—Como siempre.

Me levanté, tiré de la cadena, puse manos bajo grifo de agua deliciosamente fría y cuando intenté regresar al dormitorio, Paddy me cortó el paso.

—¿Qué? —pregunté.

—Tú. —Me apretó contra el borde del lavamanos.

¿No podía estar...? ¿En mi estado...?

Pero la erección bajo sus pantalones no dejaba lugar a dudas: estaba buscando sexo.

Yo apenas podía sostenerme en pie.

Había colocado las manos en mis hombros y me estaba besando el cuello.

—Paddy —dije—, ahora no. No me siento con ánimo.

Deslizó palmas de las manos por debajo de mi pijama y me pellizcó los pezones hasta ponerlos duros.

Tuve que contener deseo de gritar.

Su miembro asomó con un tirón de cremallera y Paddy procedió a bajarme los pantalones del pijama. Mis pezones todavía duros rozaban el tejido nudoso del pijama y la sensación hizo que me entraran ganas de arrancarme la piel.

—No —dije, más fuerte esta vez—. Paddy, estoy enferma.

Forcejeé para liberarme pero él era mucho más fuerte que yo.

—Paddy. —Más fuerte esta vez—. No quiero hacerlo. —Pero ya tenía los pantalones del pijama bajados hasta las rodillas, los muslos erizados por el frío y a Paddy abriéndose paso dentro de mí, empujando, sin importarle mi seca resistencia. Me dolía. Embestidas cortas y brutales, cada una acompañada de un gruñido.

—Paddy…

—Cierra la boca —resopló entre dientes.

En ese instante abandoné la lucha y me dejé penetrar, con el borde del lavamanos clavándose dolorosamente en mi espalda.

Los gruñidos se hicieron más fuertes, las embestidas parecían ahora puñaladas, luego se puso a temblar, a gemir. De repente su cuerpo se relajó y cayó desplomado sobre mí, aplastándome la cara contra su pecho. Apenas podía respirar, pero no me quejé. Esperé a que hiciera lo que necesitara hacer. Al rato salió de mí y me sonrió con ternura.

—Vamos, te devolveré a la cama —dijo.

Dos días después decidí que su conducta era comprensible. Como yo siempre accedía a sus perversiones, debió de pensar que mi apetito sexual era tan voraz como el suyo y que ni siquiera una gripe podía calmarlo.

Martes, 23 de diciembre, 19.30
Llegó Chloe. Me abrazó. Desde que le había contado lo de Paddy y la prostituta rusa, siempre me abrazaba.

—Llego pronto —dijo—. Espero que no te importe. Solo quería asegurarme de que todavía quieres conducir esta noche. ¿Conoces bien la carretera? Si lo prefieres, puedo irme y regresar a las ocho y media, cuando lleguen las demás.

—No, no, entra.

—¿Cómo te sientes —preguntó— después de lo que me contaste el viernes? Espero que ahora no te avergüences ni te arrepientas de habérmelo contado.

—No, Chloe. De hecho, me hizo recordar otras cosas.

Le expliqué lo sucedido cuando tenía la gripe, y de ahí pasé a otros recuerdos. Chole, muy dulce. No dijo: «¿Por qué no le dejaste?». No preguntó nada alarmante ni incontestable. Simplemente me escuchó, me abrazó y me dejó llorar.

20.30

Tumbada en la cama con sendos discos de algodón empapados en tónico de pepino sobre ojos para bajar hinchazón provocada por llanto. Abajo, emocionados grititos y chillidos mientras las señoritas se acicalaban.

21.15

Lanzamiento oficial de Operación Almorrana con Patas. Natasha, Blanche, Chloe, Sue y agente Dolores Lyons sentados en minibús, Chloe delante, a mi lado. Todas con sus mejores galas (salvo Dolores, que lucía uniforme de agente de policía femenino, porra incluida). Me sentía mucho mejor. Nada como una buena llorera.

22.30, Club HQ, Limerick

Estacioné minibús en aparcamiento. Bajamos en tropel. Ánimos excitados. Mezcla de nervios y expectación.

Para todos ellos era primera salida como señoritas, (salvo para Chloe, que lo había hecho muchas veces en Edimburgo). ¿Y si Natasha se había informado mal y este Club HQ era una discoteca normal, sin travestis? No saldríamos vivas de ella.

Pero al observar a demás mujeres que se dirigían a la entrada —ajustándose pelucas y partes pudendas y diciendo «Joder» con voz viril cuando se doblaban tobillo debido a vertiginosos tacones— deduje que estábamos en el lugar justo.

—Vamos, vamos. —Chloe y yo caminábamos deprisa, seguidas a unos pasos de las demás, y fuimos invitadas a entrar con gran gentileza.

Local pequeño, iluminación tenue. Bola de espejitos. Burbujas de colores desplazándose por las paredes. Música a toda pastilla. Abarrotado de mujeres sofisticadas y hombres con cara de felicidad.

—Hola, sexy —dijo uno de los hombres con cara de felicidad a Natasha—. Me encantan las pelirrojas. Seguro que eres de armas tomar. ¿Bailas?

—¿Por qué no? —dijo Natasha, y ahí que se fue.

¡No habíamos andado ni dos pasos!

Existe un nombre para los hombres a los que les gustan los travestis —«admiradores»— y el Club HQ estaba repleto de ellos. Dolores, la siguiente en ser invitada a bailar; su tipo dijo, «Me encantan las mujeres de uniforme. ¿Te apetece mover el esqueleto?». Al cabo de un minuto se llevaron a Blanche.

Sue, Chloe y yo encontramos una repisa para dejar nuestras pegajosas bebidas rosas y nos dedicamos a mirar pista de baile. Algunos transformistas parecían decididamente mujeres.

—Porque lo son —gritó Chloe por encima de la música—. Son esposas y novias de transformistas que vienen para apoyarles.

Fascinada. Pensaba que a todas las mujeres les repugnaría que su hombre se vistiera de mujer. Supongo que porque a mí me repugnaría. No me repugnaba el transformismo en sí, sino que lo practicara el hombre con quien tuviera una relación. ¿Cómo podría volver a encontrarlo sexy si lo pillaba con unas bragas rosas de encaje?

—Se acerca un tipo —grité a Chloe al oído—. Seguro que te pide para bailar.

Pero no. Eligió a Sue. Yo no podía creerlo. De todas mis chicas, Chloe era la única a la que no habían sacado a bailar pese a ser, de lejos, la más guapa y la mejor vestida —vestido cruzado granate con brillo (sexy y elegante a la vez), medias con dibujo en zigzag y botines con tacón espectacular.

—Estás enviando las señales equivocadas —le grité—. Demasiado pegada a mí. Sal a bailar.

—Ni hablar, aquí estoy fenomenal. ¡Jesús! —Chloe estaba contemplando la pista con la boca abierta de par en par—. ¿Es esa Sue?

Estiré cuello para ver mejor. También mi boca se abrió de par en par. No podía dar crédito a mis ojos. ¡Sorprendentes los talentos que cada uno de nosotros llevamos dentro! En una vida, Sue cultivador de patatas de poca monta con boina. Pero en esta, bailarina de increíble talento. Moviendo el cuerpo como titilante mercurio. Ligera, grácil, cabeza a un lado, hombros al otro. Piernas por lo general descarnadas como patas de gallina ahora prietas y torneadas en medias brillantes. Armando auténtico revuelo en pista.

—Hay que ver cómo se mueve —dijo Chloe con admiración.

—Quién lo iba a decir.

Pese a su belleza, nadie se acercaba a Chloe. Al final, dijo:

—Bailemos, Lola. Mejor eso que quedarnos aquí como dos pasmarotes.

—Vale.

Fantástica bailarina, Chloe. Hacía tiempo que no me lo pasaba tan bien.

Nos abordaron dos admiradores, pero en cuanto descubrieron que yo era mujer, dieron paso atrás.

—¿Y ella? —Uno de ellos señaló a Chloe con el pulgar.

—Ella es hombre.

La miró, sin acabar de fiarse.

—Mejor os dejamos tranquilas.

2.07, de nuevo en minibús, rumbo a casa

Excitación y alegría a chorros. Delirio de voces intercambiando historias sobre los admiradores, sobre el placer de estar en público como mujeres, sobre los numerosos halagos recibidos. Todas felices. Aunque ya eran las dos, carretera llena de coches. Fiestas navideñas y todo eso.

Tráfico lento.

Tráfico muy lento.

Tráfico completamente parado.

Cola de coches como en hora punta. Resplandor de luces más adelante.

—¿Qué ocurre?

—Control de alcoholemia —dijo la agente Dolores Lyons. Señaló *walkie-talkie*. Tonta de mí, había creído que era de mentira—. Operación Navidades Sobrias.

¡Control de alcoholemia! El pánico estalló dentro del vehículo. No porque yo estuviera borracha, que no lo estaba. Sino porque conducía coche cargado de travestis, uno de ellos policía; no solo eso, sino que vestido de poli, aunque de mujer poli. (¿Podían despedirlo por disfrazarse de agente?) Sabía lo que todas estaban pensando: obligadas a bajar del coche, manos sobre capó, cacheadas en partes íntimas. Familias informadas. Nombres en la prensa... Estábamos acabadas.

Me volví hacia Chloe y nuestras miradas se encontraron. Ambas nos agachamos al mismo tiempo para coger mapa del suelo.

—Voy a dar la vuelta —anuncié, pero ella ya lo sabía.

—Yo te guiaré —dijo.

Puse pie en pedal, realicé perfecto giro de ciento ochenta grados sobre asfalto y apreté acelerador de regreso a Limerick. Pero Dolores tenía otra mala noticia.

—Hay otro control más adelante.

—¿Qué quieres decir?

—¡Quiero decir que hay otro puto control más adelante! —Agitó *walkie-talkie* para dar énfasis a sus palabras—. Nos dirigimos directamente a él.

Estábamos atrapadas.

—No, no, no, no, no, no, no, no —gimió Natasha.

—¡Contrólate! —gritó Dolores.

—¡Tengo tanto que perder!

—Tenemos que salir de la carretera principal —dijo Chloe, inclinada sobre el mapa.

—¿Cómo que tú tienes tanto que perder? Soy agente de la puñetera ley. ¿Cómo crees que me siento?

Mientras detrás discutían sobre quién tenía más que perder, resplandor del otro control apareció en la noche. Tráfico cada vez más lento.

—Mierda —farfullé.

—Lola —dijo Chloe—, según este mapa, nos acercamos a una carretera secundaria a tu izquierda... ¡Es aquí! ¡Es aquí!

Sin un letrero que la anunciara, llegamos a ella de sopetón. Giré volante bruscamente a la izquierda y los neumáticos chirriaron lo bastante fuerte para alertar a los agentes, que estaban de pie en medio de carretera, envueltos en una luz blanca, como alienígenas saliendo de nave espacial. Mientras zambullía coche en oscura carretera secundaria, me di cuenta de que se ponían tensos y nos seguían con la mirada. Los gritos llenaron el aire.

—¡Joder, nos han visto!

—Sigue conduciendo, Lola —dijo Chloe con calma—. Giro a la derecha dentro de cuatrocientos metros. Tómalo.

—¡Nos siguen! —gritó Dolores—. Puedo oírlos por el *walkie-talkie*.

—¿En serio?

—¡Sí! ¡Dos agentes en un coche patrulla!

Sentí que abandonaba mi cuerpo. Era tal mi conmoción, que de hecho sentí que levitaba. ¿Cómo había ocurrido? La policía me perseguía.

—Seguro que se conocen las carreteras secundarias mejor que nosotros —dijo Sue—. Estamos jodidos.

—Sigue conduciendo, Lola —repetía Chloe con calma mientras yo conducía como flecha por carretera angosta y tortuosa llena de baches en noche oscura como boca de lobo—. Ahora, señoritas, escuchadme bien. Dentro de poco pararemos y vosotras cuatro bajaréis del coche y os esconderéis. Lola y yo continuaremos y dejaremos que la policía nos siga. —«Esperemos que nos siga», le oí pensar—. Vendremos a recogeros cuando podamos. Gira a la derecha, Lola.

Reflejos superrápidos. El pánico es algo maravilloso.

—Chloe, baja tú también. —¿Por qué debería quedarse conmigo y pagar el pato?

—No pienso dejarte sola.

—Dios mío, ¿eso que oigo son sirenas?

Sí. Peor aún, podía ver faros de coche patrulla. Campiña tan oscura que, según forma de la curva, iluminaban el camino.

—Muy bien, Lola —dijo Chloe—, prepárate para parar a un lado. El resto, preparaos para saltar.

Carretera demasiado estrecha para esconder a cuatro travestis. No entendía cómo iba a salvarlos que saltaran del coche. Pero me había detenido en amplia entrada de algo. Los travestis se lanzaron como paracaidistas acrobáticos y cerraron puertas. Me alejé levantando lluvia de grava.

—¿Qué era ese lugar?

—Una cantera.

—¿Cómo lo sabes?

—Sale en el mapa.

En el mapa.

—Jesús, la mayoría de las mujeres no saben leer un mapa. ¿Todavía nos siguen? —Conocía respuesta, porque podía oír sirena.

—Se acerca un pueblo. ¿Paramos en la entrada?

—Vale.

—Recuerda que no hemos hecho nada malo. Muy bien, ya hemos llegado. Puedes parar.

Detuve coche junto a pub cerrado. Nerviosa. La poli paró detrás. Bajaron dos agentes con cara muy, pero que muy enfadada.

—Baje del coche —me ordenó el de la cara más enfadada.

Chloe y yo bajamos. Pregunté, sonando lo más inocente posible:

—¿Hay algún problema, agente?

—¿Por qué eludió el control?

—¿Qué control?

Me miró penetrantemente a los ojos. Pensaba que me tenía por conducir ebria.

—¿Por qué no paró cuando oyó la sirena?

—Lo hice. Me detuve en el primer lugar seguro.

Otra mirada penetrante.

—Sople en la boquilla —me dijo el de cara menos enfadada. Intercambiaron sonrisa maliciosa, prometiéndose mutuamente que harían lo posible por enchironarme.

Para su gran —y amarga— sorpresa, di negativo, y no pudieron acusarme de nada más. Permiso de conducir vigente. Coche no registrado como robado. Ni un solo cadáver en el maletero. Tampoco drogas. Únicamente dos chicas que regresaban a casa después de una noche en la disco.

15 minutos después

Policías reacios a marcharse. Sabían que les ocultábamos algo, pero ignoraban qué. Regresaron lentamente a su coche patrulla mientras me lanzaban miradas asesinas.

—Será mejor que no vuelva a cruzarse en mi camino, señorita Daly —dijo el de cara más enfadada como despedida.

—Feliz Navidad para usted también, agente.

A mi lado, Chloe soltó una risita. (He de reconocer que lo dije para alardear delante de Chloe. De haber estado sola, habría sido mucho más respetuosa.)

Motor en marcha, encendido de faros, humo saliendo de tubo de escape, coche de policía alejándose. Me quedé mirándolo hasta que desapareció de mi vista. Entonces pregunté:

—¿Se han ido?

Chloe escudriñó oscuridad. Ya no se veían luces rojas. Hasta el sonido del coche se había diluido. Silencio sepulcral.

—Se han ido.

Salvadas.

¡Salvadas!

De repente, explosión de adrenalina, de dicha, de alivio, de placer por haber salido airosas.

—¡Chloe, estuviste genial! Gira a la derecha, para...

—No, la que estuvo genial fuiste tú.

—Se acerca giro a la izquierda...

—¡Mantuviste la calma y lo conseguiste!

—¡Igualitas que Thelma y Louise!

Quería chocar esos cinco con ella, abrazarla, levantarla del suelo y girar con ella.

Finalmente, opté por darle un morreo.

Grace

Casey Kaplan abrió el sobrecito de azúcar con los dientes.

—Capullo —murmuré, asombrada, casi satisfecha, de que Kaplan hubiera encontrado otra forma de irritarme.

—Capullo —convino TC—. ¿Qué tendrá de malo utilizar los dedos?

—Quizá te parezca una locura —dije, bajando la voz—, pero casi disfruto odiándole.

—Yo también.

Kaplan tenía su mesa algo apartada de la sección de Artículos, lo suficientemente lejos para poder criticarle pero lo suficientemente cerca para tener que hacerlo en voz baja. Observamos con disimulo cómo vertía el azúcar en el café y luego —increíble pero cierto— la removía con un bolígrafo azul.

—Capullo —musitó TC.

—Capullo —susurré yo—. ¿Qué tendrá de malo utilizar una cucharilla?

—Podría pedírsela a Coleman Brien. Seguro que corría a buscársela y hasta se ofrecía a removerle el café…

—… con la pilila…

—… eso, con la pilila…

De repente, la cara de bruja de Jacinta se materializó entre TC y yo.

—Yo también le odio —siseó con tono irritado— pero poneos a trabajar de una puta vez.

En la redacción reinaba un humor volátil. La mitad del periódico había dejado de fumar el 1 de enero. Ocho días después, los nervios estaban a flor de piel. Como yo había pasado el mono en octubre, lo llevaba bien. Eso no quería decir que no tuviera ganas de fumar —que las tenía— pero, a diferencia del resto, no estaba atrapada en un estado de rabia casi cegadora

Tampoco podía consolarme marchando hombro con hombro con mis colegas sufridores porque sabía lo que iba a ocurrir: mañana era viernes, después del trabajo todo el mundo iría a Dinnegans y tres cuartas partes de los que habían dejado de fumar volverían al tabaco entre su tercera y cuarta copa. El otro cuarto caería durante el fin de semana y el lunes por la mañana volvería a mi puesto de única no fumadora. (O, mejor dicho, de fumadora no fumadora. En la plantilla había una o dos personas que nunca habían fumado, pero no sentía afinidad con ellas.)

—¡Grace! —espetó Jacinta—. ¡A trabajar!

Regresé a mi artículo a regañadientes y cuando me sonó el móvil, la emoción —pequeña, pero así y todo emoción— me reanimó cual subida de tensión. Cualquier distracción era bienvenida. Comprobé el número. ¿Era seguro responder? Dickie McGuinness.

—Soy McGuinness.

Había tanta electricidad estática que apenas podía oírle. Su voz sonaba como si estuviera llamando desde Marte. Lo que significaba que probablemente estaba a cincuenta metros, en Dinnegans.

—¡Dickie, te echamos de menos!

Dickie estaba en «una historia» desde el lunes. Debía de ser genial trabajar en sucesos. Si conseguías desenmascarar a un par de sinvergüenzas al año, podía dedicar el resto de tu tiempo a una vida de ocio.

—Grace, tengo algo para ti. —La electricidad estática silbó en la línea.

—Temo solo de imaginarlo.

Dickie podía ser muy vulgar, sobre todo cuando había bebido.

—¿Lo quieres… —le perdí la voz—… no lo quieres?

—¿De qué se trata?

—¿Lo quieres o no lo quieres?

—¡Que sí, te he dicho! ¿Qué es?

—El nombre de la persona que pagó a los dos polacos para que te incendiaran el coche.

El corazón me dio un vuelco y apreté el teléfono con tanta fuerza contra la oreja que el cartílago me chasqueó. Dominado por una curiosidad innata, TC dejó de teclear y me miró.

—¿Estás escuchando? —preguntó Dickie.

—¡Sí!

—¿Lo quieres o no?

—¡Que sí, joder! —La mitad de las cabezas de la oficina se volvió bruscamente hacia mí.

—¿Estoy… *ab…* *ando…* solo?

—No, Dickie, estoy aquí. Es un problema de la línea. Habla.

—John Crown.

—Repite.

—John Crown. J-O-H-N C-R-O-W-N.

—¿John Crown? No sé quién es. Es la primera vez que oigo ese nombre.

Una gran bola de electricidad estática rugió a lo largo de la línea y de repente perdí la conexión.

Con manos torpes telefoneé de nuevo y me salió un pitido que no había oído antes. A lo mejor era cierto que estaba en Marte. Llamé de nuevo y otra vez me salió el pitido. Y una tercera. Contemplé el teléfono, preguntándome dónde estaba el problema. ¿Estaba marcando el prefijo equivocado? ¿Se me había estropeado el móvil? ¿O era, sencillamente, el «efecto Dickie»? Dickie siempre se esforzaba por crear un aire de misterio a su alrededor, y tenía que reconocer que a veces lo conseguía.

—¿Qué ocurre? —preguntó TC.

—Nada. —Le envié un texto rápido a Dickie pidiéndole que me llamara.

—Te lo preguntaré de nuevo —dijo TC—. ¿Qué ocurre?

—Nada.

Necesitaba que se callara. La cabeza me iba a cien. ¿John Crown? ¿John Crown? ¿Quién era John Crown? ¿Le conocía? ¿Qué le había hecho? ¿Había escrito algo malo sobre él? Busqué en mi cabeza, repasé todas las historias que había cubierto, pero no encontré nada con su nombre.

Los muslos me temblaban, de modo que apoyé los pies firmemente en la moqueta para detener el temblor. Conocer el nombre de un individuo que me odiaba lo suficiente como para prender fuego a mi coche me producía un desasosiego que no recordaba haber experimentado antes. En las cinco semanas transcurridas desde que Dickie me contara que el incendio no había sido un accidente, había vivido en tal estado de shock que no había sabido muy bien qué creer. El único momento del día en que sentía de lleno mi miedo era por la mañana temprano; seis mañanas de cada siete el miedo me despertaba a las 5.30. Si embargo, conocer el nombre del individuo me había llenado de horror. No podía evitarlo: estaba petrificada.

—Es evidente que algo te pasa —insistió TC—. ¿Tengo cara de idiota?

—Sí, sobre todo cuando haces sudokus. Apoyas la lengua contra el labio superior y podemos verte las venitas negras de debajo de la lengua. Y ni siquiera eres consciente de ello. —Levanté la vista de mi móvil y le miré con humildad—. Lo siento, TC.

—¿Quién es John Crown? —preguntó Tara.

—Eso, ¿quién es John Crown?

Además de la mala leche, otra característica de una redacción con mono de nicotina era la sed de entretenimiento.

—No lo sé.

—¡Sí lo sabes!

—¡Por supuesto que lo sabes!

—¡Dinos que lo sabes!

Lorraine no me preguntó nada; había sido débil y volvía a fumar desde el 3 de enero. Joanne tampoco habló. Nunca había fumado. (Como la gente solía comentar, en realidad nunca encajó.)

—Tienes la oreja roja como un tomate —observó TC—. Pareces una extraterrestre.

Lo cierto era que me dolía mucho. ¿Era posible que me la hubiera roto? ¿Puedes romperte una oreja?

—¡A trabajar he dicho! —siseó Jacinta como una hiena—. ¡Todos!

—¿Podemos comprar pastel? —preguntó Tara.

—¡Sí, por favor, Jacinta, compremos pastel!

—¡No, no podemos comprar pastel!

Era incapaz de trabajar. La presión en mi cabeza iba en aumento. ¿Quién era John Crown? ¿Por qué iba a pagar a alguien para que me quemara el coche? ¿Por qué un completo extraño querría hacerme algo así? A lo mejor se había equivocado de persona. Pero ¿cómo podía averiguarlo?

Sin dar explicaciones, me levanté y fui hasta la salida de incendios. Necesitaba un poco de tranquilidad para poder pensar. Y quizá el aire frío me calmara la oreja.

La salida de incendios —cubierta por una gruesa alfombra de colillas— estaba desierta. Me senté en un escalón metálico. Soplaba un viento glacial y neblinoso y el suave rumor de la ciudad me rodeaba, pero al menos no tenía a gente gritando en mi malherida oreja que quería pastel.

Respiré hondo y caí en la cuenta de algo: quizá Damien supiera quién era John Crown. Podría preguntárselo. Pero algo —ignoraba qué— me lo impedía. El mismo algo que me había impedido contarle lo que Dickie me había dicho al principio, que me habían quemado el coche deliberadamente. Por lo general, se lo contaba todo a Damien, o casi todo. Por ejemplo, ignoraba que cada mes, antes de la regla, tenía que arrancarme unos pelos hirsutos que me salían alrededor de la boca. No es que fuera un secreto de Estado; si me lo preguntara directamente se lo diría, pero no estaba dispuesta a desvelar la información de motu proprio.

Sea como fuere, ignoraba por qué no le había contado que alguien se había desquitado conmigo.

A lo mejor temía que si Damien lo sabía se convertiría en algo real.

Pero era real.

Empecé a temblar de nuevo, aunque por lo menos esta vez podía culpar al frío.

Dios, qué vida esta. Como si Marnie no fuera ya suficiente preocupación. Desde la última vez que la vi, lo peor que podía pasar había pasado: había perdido su trabajo, Nick la había dejado, llevándose a las niñas, y había puesto su preciosa casa en venta. Si no se había vendido aún se debía, únicamente, a que era enero, pero no sería enero eternamente.

Habíamos pasado unas Navidades sumamente tristes. Bid terminó su cuarto asalto de quimio el mismo día de Nochebuena, pero era imposible saber si estaba funcionando. Por lo visto la quimio no producía una curación gradual; de hecho, podía no tener efecto alguno hasta la última dosis del último día. No íbamos a saber si viviría o moriría hasta que le hicieran el escáner después del último asalto, o sea, en febrero.

La tensión empezaba a hacer mella en papá y mamá, y daba pena verlos así, porque, por lo general, la Navidad era una inyección de vigor para papá. Tenía una teoría de la conspiración que aireaba cada año a partir de principios de diciembre. Contaba, a todo el que quería escucharle, que las iglesias cristianas estaban confabuladas con los grandes comercios para instar a la gente a gastar dinero en calcetines fantasía, salsa de arándanos y botellas de Advocaat.

En otros hogares sabías que la Navidad estaba cerca cuando se bajaban los adornos del altillo. En el nuestro, el comienzo de la Navidad lo marcaba la primera perorata de papá sobre su teoría de la conspiración.

Pero este año, excepción hecha de una diatriba poco entusiasta sobre la inutilidad del popurrí, papá estuvo tranquilo. Marnie vino a Irlanda —sin las niñas, claro— y pasó por las «celebraciones» como una sonámbula. Yo había conseguido, hasta ese momento, ocultar a mamá y a papá lo de la bebida, pero sabía que si Marnie decidía pillar una curda, sería imposible seguir escondiéndolo. Se metía en tales follones, que podría acabar en las noticias de las seis.

Sin embargo, sorprendentemente, no bebió. Claro que tampoco comía, dormía o hablaba. Yo, con todo, me sentía optimista. Tal vez Marnie hubiera tocado fondo. Puede que la marcha de Nick hubiera sido la gota final.

Fue Damien quien me animó a llamar a Nick para informarle de los progresos, pero Nick no se mostró ni la mitad de esperanzado que yo.

—¿Diez días sin beber? No es suficiente. Ha de pasar más tiempo.

—Pero Nick, si contara con tu apoyo…

—No, Grace, no puedo hacerle eso a las niñas.

—Pero…

—No.

Su reacción no me gustó pero, en cierto modo, la entendía.

El 30 de diciembre Marnie regresó a Londres y yo la acompañé para ayudarle a pasar el trago de Fin de Año.

—La verdad es que la noche de Fin de Año bastaría para alcoholizar al mismísimo Dalai Lama —dije.

Damien se ofreció a acompañarnos y estuve tentada. Quería estar con él, tenía la sensación de que llevaba semanas sin verle apenas, aunque sí que le veía, al fin y al cabo vivía con él. No obstante, después de haberle obligado a dejar de fumar por un miembro de mi familia, pensé que estaría tentando a la suerte si le pedía que cuidara de otro. Y para colmo en Fin de Año.

—Sal, diviértete —le insté—. Volveré dentro de dos días.

—He tenido suficiente de eso que llaman diversión para el resto de mi vida —repuso con tristeza—. Estoy harto de tanto follón navideño.

Sus hermanos adoraban la Navidad y cada uno montaba su propia juerga. A mediados de diciembre Christine y Richard daban una sofisticada fiesta en cuya invitación se requería que vistieras de blanco.

—¿O qué? —había preguntado Damien al pequeño rectángulo de cartulina—. ¿O nos enviarán a Siberia?

Dos días antes de Navidad estaba la convocatoria ineludible en casa de Deirdre.

—Una cena familiar —había dicho—, puesto que cada uno de nosotros pasará con su propia familia el día de Navidad. —Creó una gruta navideña en su comedor, con antorchas y agujas de pino en el suelo, y sirvió una cena tradicional para doce adultos y diez niños sin perder ni un solo momento la sonrisa.

En Nochebuena, los primos con edades comprendidas entre nueve y once años montaban una «función navideña» con muñecos hechos por ellos mismos. En cierto modo no era la peor de las reuniones, pues la conversación tenía que ser mínima para poder oír el diálogo de las marionetas. Pero, por otro lado, era deprimente. Esos extraños niños, ¿no deberían estar en Boots birlando pintalabios?

También había varios «encuentros improvisados», desde «cenas traje» (yo traje esto, yo traje lo otro) hasta «Estaremos en el Dropping Well a partir de las nueve y media. Os esperamos».

Damien y yo teníamos que hacer acto de presencia en un par de eventos porque de lo contrario —lo sabíamos de años anteriores— su madre nos telefoneaba para decirnos que los teníamos a todos muy preocupados.

—Las Navidades son un coñazo —farfulló Damien—. Sé que lo decimos cada año, pero del que viene no pasa que nos vamos a algún lado, Grace. A Siria, o a cualquier otro país musulmán donde no tengan Navidad.

—Me parece muy bien. —Yo habría ido este año de no haber sido por Bid. Y por Marnie.

—Y si las Navidades son un coñazo —añadió—, Fin de Año lo es todavía más. Lo detesto.

—¿Y quién no? Pero hagas lo que hagas, será mejor que pasarlo en el mausoleo de Marnie bebiendo zumo de manzana.

—Juno da una fiesta —dijo.

—Lo imaginaba —repuse, notado que se me encogía el corazón. Sentía que Juno nos estaba acribillando a invitaciones—. ¿Hace algo más aparte de dar fiestas? —pregunté.

Desde la noche que Damien y yo cenamos con ella, Juno había intentando incluirnos en cientos de actividades diferentes. (En realidad, cuando hice el cálculo solo me salieron tres, lo cual me sorprendió, pues tenía la sensación de que eran muchas más.)

Damien me había convencido para ir a una de esas actividades el viernes antes de Navidad, una cosa por la tarde con ponche caliente. Si acepté ir fue, únicamente, porque abrigaba la sospecha de que Juno y su marido se habían separado. ¿Por qué sino habría querido Juno recuperar el contacto con Damien?

Pero cuando llegamos a su casa, en los escalones de la entrada, fumando un cigarrillo, había un hombre corpulento de tez rubicunda que me trituró la mano con ebria cordialidad y se presentó como:

—Warner Buchanan, marido de Juno. ¡El maldito marido, para mi castigo!

Entonces reconoció a Damien y juro por Dios —estoy casi segura de que no fueron imaginaciones mías— que su mirada se tornó recelosa.

—¡Y tú eres el primero! El primer marido.

Educadamente, Damien reconoció que lo era y a Warner se le hundió la cara. Se le hundió de verdad, no fueron imaginaciones mías. El descontento tiró de sus carrillos hacia abajo. Al lado del apuesto Damien, Warner daba un poco de pena, y me dije que si yo comparaba a Damien con Warner y encontraba a Warner tan poco agraciado, ¿quién me decía a mí que a Juno no le pasaba lo mismo?

Warner plantó un brazo sobre el hombro de Damien y nos invitó a entrar.

—Tú y yo deberíamos intercambiar batallitas —bramó, pero su muestra de camaradería no me convenció. Un poco hipócrita, habría dicho yo si alguien me hubiera preguntado. Pero nadie me preguntó, nadie estaba interesado en mí.

Juno, como alertada por un sexto sentido, apareció inopinadamente en el vestíbulo y gritó a Warner:

—¡Aparta tus manazas de mi adorado Damien!

Besó a Damien —de nuevo en los labios— y luego a mí, pero en la mejilla.

—¡Grace! —dijo—. ¿No estás trabajando?

—Lo estoy —dije—, pero domino el ingenioso arte de la ubicuidad.

Nadie rió, porque nadie estaba escuchando.

—Ha venido mucha gente que conoces del instituto —explicó Juno a Damien—. Vamos a buscaros algo de beber.

Era la clase de fiesta donde el alcohol corría como el agua y donde la gente acababa tropezando con las paredes o desmayándose con los brazos en cruz en el suelo del cuarto de baño, y había que trasladarla a la cama de la habitación de invitados. Aunque deseaba sumarme a la juerga navideña y mamar lo suficiente para perder el conocimiento, me tocaba conducir. Encontré una silla y di sorbos a un Ribena caliente mientras Juno escoltaba a un Damien beodo y colorado por la estancia.

—Mi primer marido —le oía decir una y otra vez—. ¿No es una monada? Warner parece un adefesio a su lado, ¿no crees?

Debía de estar muy borracha para hablar así de su marido, me dije, aunque no lo parecía. Con su ajustado vestido de cuentas color champán —hoy nada de ordinaria sudadera de rugby con el cuello levantado— y su rubia melena brillando bajo la araña de luces, estaba muy guapa. De hecho, te diré lo que estaba. Estaba deslumbrante.

En el trayecto a casa Damien se declaró encantado de haber asistido y expresó su ebrio agradecimiento por que le hubiera acompañado. (El día siguiente, no obstante, fue otra cosa. Se suponía que debíamos enfrentarnos a la marabunta navideña para comprar los puñeteros regalos de su descomunal familia, pero padecía tal resaca que se negó a salir de la cama.)

—De modo que Juno dará una fiesta en Fin de Año —dije—. ¿Por qué no me sorprende?

—No iré si no quieres que vaya —dijo Damien—. Detesto Fin de Año. ¡Y detesto las fiestas!

Tuve que reír para no dar la imagen de mujer celosa y posesiva. No obstante, no fui capaz de mantenerlo mucho tiempo. No podía fingir delante de Damien, así de sencillo. Finalmente estallé.

—¿Qué pretende Juno? ¿Por qué apareció tan de repente con su puto DVD? ¿Por qué tiene tantas ganas de que seáis colegas? ¿A qué está jugando?

—A nada.

Fue una respuesta escueta, apenas dos palabras. ¿Cómo había conseguido entonces inyectarle semejante tono de desafío? O quizá no lo había hecho. Quizá eran imaginaciones mías.

—Estaba revisando viejos vídeos y pensó que estaría bien que volviéramos a vernos, eso es todo —dijo—. Ha estado bien, está bien, pero no tiene nada de misterioso.

Puede. Puede que fuera solo eso.

—Dime, ¿por qué te apetece verla? —Sencillamente, no acababa de verle la gracia.

—Me da igual si la veo o no —dijo Damien.

—¿En serio?

—En serio.

—En ese caso, ve con mi bendición.

De modo que Marnie y yo volamos a Londres y lo primero que hice al llegar a su casa fue registrarla. Encontré botellas de vodka en los lugares más insospechados.

—Vacíalas —dijo Marnie—. Deshazte de ellas.

Como si fuera a proponerle que nos las bebiéramos.

La tarde de Fin de Año la pasamos con Daisy y Verity. Nos esforzamos al máximo, pero, Señor… Daisy había perdido todo su brillo; siempre había sido una criatura adorable, pero ahora estaba triste y taciturna. En cuanto a la pobre Verity, era un manojo de tics nerviosos. No hacían más que preguntar por qué ya no vivían con Marnie y cuando volverían a casa.

—Pronto —prometía Marnie una y otra vez—. Pronto.

Cuando Nick vino a buscarlas, empezaron a llorar desconsoladamente y pensé que la cabeza iba a estallarme. Pero su llanto no era nada comparado con el de Marnie. Sus convulsiones eran tan violentas y duraron tanto tiempo que por un momento me pregunté si debería solicitar ayuda médica.

—Siempre he querido ser madre —dijo con la voz desgarrada—. ¿Cómo he permitido que ocurriera esto? Me han quitado a mis hijas y solo yo tengo la culpa.

—Lo único que has de hacer es dejar de beber —dije—. Si dejas de beber, las recuperarás.

—Lo sé, Grace, lo sé, Dios sabe que lo sé, y no logro entender por qué sigo bebiendo… Te diré algo realmente horrible, Grace. En estos momentos, lo único que deseo es una copa.

—Pues no pienso dártela —repuse gravemente—. Cómete una pizza y supéralo de una vez.

Cuando esa noche dieron las doce, Marnie había dejado finalmente de llorar y llevaba dos semanas sobria.

—Año nuevo, vida nueva —dije mientras brindábamos con zumo de manzana—. Todo se arreglará.

—Lo sé.

Al día siguiente, cuando subí al taxi para ir al aeropuerto, dijo con voz queda:

—En serio, todo se arreglará.

Y me sonrió con tal dulzura que me devolvió a un estado mental en el que ya no me subía constantemente por las paredes, muerta de preocupación. Había olvidado lo que era sentirse normal. Qué sensación tan placentera. De lo único que tenía que preocuparme ahora era de que mi tía pudiera morir de cáncer de pulmón. Y de que alguien me odiara lo suficiente como para quemarme el coche.

Y de que la ex mujer de mi novio estuviera acechando. ¡Genial!

Una hora más tarde, cuando ya había facturado, decidí hacer una llamadita rápida a Marnie, pero no me contestó. Y en ese momento, en medio de la Terminal 1, zarandeada por una marabunta de gente que volvía de las fiestas, supe que había empezado a beber otra vez.

Giré sobre mis talones —sí, por dramático que parezca— y regresé junto a ella.

Estaba tan enfadada que apenas podía verla.

—¿Qué coño pretendes? ¡Acabas de tirarlo todo por la borda!

—Lo siento, Grace. —Ríos de lágrimas le caían por el rostro—. Estar separada de mis hijas… es demasiado doloroso…

—¿Y quién tiene la culpa? Eres una puta egoísta. Si te esforzaras lo suficiente, podrías dejar de beber.

Apretando la mandíbula con determinación, agarré el teléfono y llamé a dieciséis centros de desintoxicación —¿quién iba a imaginar que fuera un sector tan próspero?— y, para mi asombro, muchos estaban completos.

—Tenemos mucho trabajo ahora —rió, tristemente, un tipo—. Es temporada alta. —Como si estuviéramos hablando de un viaje a las Maldivas.

Quizá hubiera debido tranquilizarme saber que no estaba sola, pero descubrir que había tanta gente egoísta en el mundo me sobresaltó. Aunque los centros de desintoxicación tuvieran plazas libres, ninguno aceptaría a Marnie a menos que reconociera que era alcohólica, y Marnie no estaba dispuesta a hacer tal cosa. Pese a su frágil aspecto, podía ser más terca que una mula.

—Grace, estoy pasando por un mal momento. No puedo dejarlo ahora. Necesito beber para poder superarlo, pero pasará…

—¿Cómo pasará?

—Nick y las niñas volverán, las cosas mejorarán y ya no necesitaré beber tanto.

—Nick y las niñas no van a volver —repliqué, casi llorando de frustración—. Se marcharon porque bebías. ¿Por qué iban a volver si sigues bebiendo?

—Me haré más fuerte, y cuando me haya hecho más fuerte, lo dejaré. El dolor ya no será tan intenso y beberé menos.

Pero yo había aprendido una o dos cosas de mis conversaciones con los centros de desintoxicación.

—Las cosas solo harán que empeorar. Eres alcohólica, he ahí el verdadero problema.

Marnie negó con la cabeza.

—No, lo que pasa es que soy infeliz.

Lo que más me preocupaba era que Marnie no tenía nada que perder; ya lo había perdido todo; ¿para qué dejar de beber entonces? Esa noche volé a Dublín. No me quedaba más remedio, tenía que trabajar al día siguiente.

—Pero volveré el próximo fin de semana —advertí a Marnie.

—Estamos a jueves.

Lo estábamos. Con tanta fiesta navideña ya no sabía en qué día estaba.

—Muy bien —dije con fingida alegría—. Entonces volveré mañana por la noche. Y —proseguí, sorprendiéndome a mí misma porque era algo que no había planeado— durante una temporada vendré todos los fines de semana.

—¿Por qué? —preguntó Marnie.

—Para mantenerte alejada del puto alcohol. ¿Por qué sino?

Pero al día siguiente —o sea, el viernes pasado—, cuando llegué y la encontré desmayada en el suelo de la cocina, apestando a orina y ligera como una niña cuando la subí al dormitorio, comprendí por primera vez —presa del pánico— el verdadero motivo por el que había decidido venir todos los fines de semana: no quería dejarla demasiado tiempo sola por miedo a que pudiera morir. Cualquier cosa era posible: podía rodar por las escaleras y desnucarse; el cuerpo podía dejar de funcionarle de tanto alcohol y tan poca comida; y Marnie siempre había tenido propensión al suicidio.

No salía de su mantra: lo dejaría cuando las cosas mejoraran.

Pasé el fin de semana hirviendo de rabia por su egoísmo y mi impotencia. No obstante, cuando el lunes por la mañana me despedí de Marnie, vi algo diferente en ella: vi miedo. ¿De qué podía tener miedo?, me pregunté. Ella estaba de maravilla, era la que bebía hasta perder el conocimiento, la que lo pasaba en grande.

Pero una vez que cesó mi sarcástico diálogo interior, empecé a pensar que a lo mejor Marnie no era una egoísta enfermiza. Que a lo mejor, sencillamente, *no podía* dejar de beber. Y que ella lo sabía, por mucho que insistiera en lo contrario.

Cuando el frío peldaño de la escalera de incendios empezó a entumecerme el trasero, decidí regresar a la oficina. Curiosamente, el aire glacial no me había sanado la oreja; de hecho, la tenía peor que antes, me ardía. Al llegar a mi mesa Tara me miró esperanzada.

—¿Has comprado pastel?

—Eh... no.

—Pensábamos que habías salido a comprar pastel.

—No. Lo siento.

—¿No ha comprado pastel? —preguntó Clare.

—¿No has comprado pastel? —TC me lanzó una mirada acusadora—. Entonces, ¿dónde demonios estabas?

—Nunca dije que...

—¡Por los clavos de Cristo! —Jacinta aplastó un bolígrafo contra su mesa—. ¡Si con eso consigo que alguno de vosotros dé el callo esta tarde, saldré a comprar el puñetero pastel! —Agarró su bolso (negro, naturalmente, era enero) y se encaminó hacia las puertas oscilantes.

—¡Que no sea de naranja!

—¡Ni de café!

Giró sobre sus talones, separó las piernas como superwoman y gritó por encima de las incontables cabezas de empleados:

—¡Compraré el sabor que me dé la gana!

Había una persona que seguro que sabía quién era John Crown. Seguro que lo sabía porque era un listillo que lo sabía todo. Pero no quería preguntárselo. Antes prefería irme a la tumba sin saberlo.

No era mi intención mirar. Mi intención era mirar mi trozo de pastel (café y nueces, Jacinta había escogido el peor de la tienda), pero mis ojos estaban funcionando por cuenta propia y decidieron mirar en la dirección de Casey Kaplan. Estaba hablando por teléfono, y cuando su mirada tropezó con mis traidores ojos, sonrió y me lanzó un guiño.

Desvié rápidamente la vista y me concentré en mi pastel; puede que, apartando las nueces, no estuviera tan malo...

Luego agarré el teléfono y llamé de nuevo a Dickie. Todavía en Marte.

—Kaplan, ¿podemos tener unas palabras?

Tenía los pies sobre la mesa; parecía un sheriff de una película del oeste. Lo encontré profundamente irritante. Bajó los pies y enderezó la espalda.

—Grace Gildee, de mí puedes tener lo que quieras. ¿Son palabras privadas? ¿Deberíamos retirarnos a Dinnegans?

—Cierra el pico. Tú conoces a todo el mundo, ¿verdad?

—Bueno, a todo el...

—No te hagas el modesto, todos sabemos que eres fabuloso. Necesito tu ayuda.

Se quedó petrificado y cuando habló de nuevo, el tono burlón había desaparecido.

—Solo un pequeño consejo, Grace. Cuando necesites ayuda de alguien, tendrás más posibilidades de que te la preste si eres amable.

Le miré con dureza.

—Más amable —se corrigió.

—Me robaste el artículo de Madonna —dije—. Me lo debes.

Inclinó la cabeza en señal de aceptación.

—Si eso es lo que tengo que hacer para compensar la balanza...

—¿Te dice algo el nombre de John Crown?

—Sí.

—¿Sí?

—Sí.

—¿Quién es?

Me miró sorprendido.

—¿No lo sabes?

—Si lo supiera no te lo estaría preguntando.

—Yo diría que le conoces.

—En mi vida había oído ese nombre.

—¿Por qué quieres saberlo?

Súbitamente consternada, respondí:

—Eso es asunto mío.

—Sí, claro, lo siento. John Crown es el chófer y guardaespaldas de un hombre rico.

Seguí mirándole. Necesitaba más datos.

—Pero es probable que tú lo conozcas por Spanish John.

¿Spanish John?

El chófer de Paddy.

—Trabaja para Paddy de Courcy.

Me entraron ganas de vomitar. Fue algo instantáneo: me puse blanca, una oleada de vómito trepó por mi garganta y noté un hormigueo en los dedos de las manos y los pies. (Y en la oreja, por si a alguien le interesa.)

Paddy había pagado para que me quemaran el coche. No podía creerlo, era como si hubiera entrado en una película de gángsteres, No obstante, sabía que era real porque los tiempos coincidían. Seis días antes…

—Grace, ¿estás bien?

—Sí. Disculpa… —Corrí hasta el lavabo de mujeres y eché el almuerzo por la boca. Mi estómago se contrajo hasta que ya solo pudo sacar una bilis amarillenta y amarga.

Ahora que lo sabía, era como si siempre lo hubiera sabido.

Hubiera debido imaginarlo. No era ninguna estúpida y conocía bien a Paddy. Él sabía lo apegada que estaba a mi coche. Me había visto conducirlo, pasearme con él orgullosa y encantada de la vida.

Me levanté y caminé temblando hasta el lavamanos. Contemplé mi cetrino reflejo en el espejo y le pregunté: «¿Qué puedo hacer?».

Nada.

Olvídalo, me aconsejé. Ya está hecho, es agua pasada. La respuesta más sensata es hacer ver que no ha ocurrido.

Necesitábamos un sofá nuevo. La estructura del actual se había roto.

—Grace —dijo Damien—, preferiría perder una pierna a pasar un sábado en las rebajas de enero pateándome una tienda de muebles, pero este fin de semana sin falta hemos de comprar un sofá.

—No puedo —repuse con gravedad—. Tengo que ir a Londres. No puedo dejar sola a Marnie.

Hubo una pausa apenas perceptible.

—Lo sé, lo sé, y lo entiendo.

—Lo siento, Damien.

—Iré contigo a Londres —se ofreció—. ¿Por qué no me dejas que te acompañe?

—Porque lo pasarías fatal —dije—. Y yo me sentiría mal por ver tu fin de semana arruinado.

—No puede ser peor que ir al Universo de la Piel.

Suspiré y sacudí la cabeza.

—Lo es.

—¿Por qué no dejas que te ayude? —De repente, sonaba enfadado—. Eres tan… independiente.

—Creía que eso era lo que te gustaba de mí. —Probé una sonrisa.

—He cambiado de parecer.

—Damien, tener que vigilar a Marnie todo el tiempo es terriblemente… sórdido. Y deprimente.

Además, sospechaba que a Marnie no le gustaría verme llegar con Damien. No porque estuviera haciendo algún progreso con ella, pero intuía que la presencia de Damien podía avergonzarla hasta el punto de hacerle beber más de lo que ya bebía.

—Veamos cómo me va este fin de semana con ella —dije—. ¿Puedes verlo como una especie de trato?

—Hecho.

El viernes por la noche, cuando entré en casa de Marnie, me alegré de no haber permitido que Damien me acompañara. La encontré tirada en el suelo del recibidor, en cueros. ¿Por qué? Solo Dios podía saberlo. Y tan borracha que no podía entenderla. La atiborré de agua y vitaminas del tipo B (siguiendo los consejos de asistencia telefónica), la espabilé y conseguí que esa noche no volviera a beber. Luego dormí con un ojo abierto (o por lo menos me lo pareció) y el sábado por la mañana la llevé a una reunión de Alcohólicos Anónimos. Por la tarde le obligué a dar un paseo, le preparé la cena y volví a dormir con un ojo abierto. (El otro ojo, esta vez, por variar.)

El domingo por la mañana, no obstante, consiguió echar mano de alguna botella, porque estábamos teniendo una conversación completamente normal sobre los muslos de Sienna Miller cuando noté que empezaba a arrastrar las palabras. No podía creerlo. Pensaba que había tirado hasta la última botella que había en la casa. Me asaltó una decepción tan amarga que solo quería estirarme a dormir y no despertar jamás.

—¿De dónde lo has sacado? —pregunté.

—¿De dónde he sacado qué? —farfulló—. Anda, pongamos música.

Con una rapidez pasmosa —debió de ser mucho lo que fuera que había bebido— se desmayó.

Enfadada, frustrada y completamente deprimida, llamé a Damien.

—¿Cómo está? —preguntó.

—Con un coma etílico.

—¿Qué? ¡Pensaba que la cosa iba bien!

—Y yo, pero creo que tiene una botella escondida en el cuarto de baño y no logro dar con ella. Salvo trasladar el baño al rellano, he hecho de todo, y sigo sin encontrarla.

Suspiró.

—Vuelve a casa, Grace. No la estás ayudando.

—No digas eso, Damien.

Silencio en la línea. Al rato, pregunté:

—¿Qué tal la partida de póquer de anoche en casa de Billy?

—Apareció Hugh.

—¿Tu hermano Hugh?

—El mismo. Se encontró con Billy en un funeral y Billy lo invitó.

—Vaya, vaya. —Hugh era como un terrier radioactivo. Todo dientes y sed de victoria. Su espíritu competitivo podía tornar una noche de cartas y cervezas en un asunto desagradable.

—¿Ganó?

—¿Lo dudas? Los cincuenta y un euros y setenta céntimos enteritos.

—Ni siquiera necesita el dinero.

—No como nosotros.

—¿Sabes una cosa, Damien? Un día su mundo se vendrá abajo.

—Sigue. —A Damien le gustaba ese juego.

—Los hijos de Hugh —Agripa, Héctor y Ulises, pobres criaturas— se unirán a los Moonies. Luego a Hugh…

—… o a Brian…

—… o preferiblemente a los dos, los despedirán por tener sexo con una de sus pacientes anestesiadas en la mesa de operaciones.

Damien rió en silencio.

—Esa es mi favorita.

—Les prohibirán ejercer su profesión y será un gran escándalo. Y entretanto a ti te nombrarán director de *The Press*, el más joven de la historia.

—Síííííí..... —Suspiró con cierto pesar. Momento oportuno para dejar de machacar a su familia. Personalmente, podría haber seguido todo el día, pero demasiada mala uva le incomodaba. Porque —la verdad sea dicha— su familia nunca pretendía hacerle sentir mal. Nunca era un acto deliberado.

—¿Qué piensas hacer hoy? —pregunté.

—Saldré a comprar un sofá nuevo.

—¡No! —grité al tiempo que reía—. Te lo ruego, Damien, no lo hagas… A saber con lo que llegarás a casa. —Probablemente con un sofá de cuero negro descomunal—. Coge folletos, coge muestras, pero te lo advierto, Damien Stapleton, no compres nada.

—¿No confías en mí?

—¿Para comprar un sofá? ¡En absoluto! Llámame esta noche para informarme. Y repito, si compras algo, allá tú con las consecuencias.

El lunes por la mañana me desperté a las 5.30 en la cama de Marnie. Me di la ducha más rápida de mi vida —era una hora antinatural para estar lavándome— y mientras me vestía traté de soltar un vehemente sermón a Marnie: no bebas, no puedes beber. Pero era demasiado temprano y hacía demasiado frío, y no pude reunir la energía necesaria. Cuanto pude hacer fue suplicar:

—No bebas, Marnie, te lo pido por favor. Volveré el viernes, pero intenta no beber hasta entonces.

Tomé el vuelo de las 7.45 a Dublín, llegué al trabajo en taxi y me zambullí directamente en un día de bolso negro. Habría estado encantada con cualquier otro color, incluso con el rojo. Estaba tan cansada, y el negro era tan agotador.

—Ideas —ordenó Jacinta, cociéndose en una amarga energía negra.

—¿Rivalidad entre hermanos?

—¡No!

—¿El renacimiento del póquer?

—¡No!

—¿Alcoholismo en mujeres de treinta y tantos?

—¡No! Sigue pensando.

—Genial. —En cuanto se hubo alejado, llamé a Damien. No me había telefoneado por la noche y temía que eso significara que un persuasivo vendedor de sofás le había convencido de comprar una monstruosidad de exposición a mitad de precio.

—¿Por qué no me telefoneaste anoche? —pregunté.

—Porque…

—No compraste el sofá, ¿verdad?

—No.

—¿Seguro?

—Seguro.

—Me alegro.

—Fue horrible, Grace. Las tiendas estaban llenas de parejas peleándose y hacía un calor asfixiante. Un infierno. Pero cogí folletos.

—Podríamos verlos esta noche, cuando regreses a casa de tu encuentro con los muchachos.

—No tengo que ir.

—¿Por qué no ibas a ir?

—Porque no te he visto en todo el fin de semana.

—Ah, no, tienes que ir. Es importante mantener una rutina cuando todo anda un poco agitado. Además, estoy demasiado cansada para hacer nada bueno. Te veré en la cama.

Con la ayuda de ingentes cantidades de café y azúcar, logré salvar la jornada. La gente, raro en un lunes, fue a Dinnegans después del trabajo, pero yo preferí irme a casa porque llevaba fuera de ella desde el viernes por la mañana.

En cuanto giré la llave y entré, supe que había algo diferente, algo ajeno. Podía olerlo.

Me paseé por las habitaciones olisqueando, concentrándome, tratando de identificar esa escurridiza, discordante presencia.

Había algo nuevo, algo que no había estado cuando me marché de casa el viernes por la mañana; fuera lo que fuese, se había mudado en algún momento durante el fin de semana.

Contemplé los folletos de sofás que había sobre la mesa de la cocina. ¿Eran ellos? No, imposible.

Subí al primer piso y el olor desapareció. Probablemente lo había imaginado. Simplemente estaba cansada, muy cansada, y con los nervios de punta. Pero cuando entré en el dormitorio, volví a notarlo. ¿O no? Me costaba confiar en mi propia experiencia.

Pasé un buen rato sentada en el borde de la cama, olfateando y analizando el aire. ¿Había olor o no había olor? ¿Era imaginario o era real? Y, en cualquier caso, ¿de qué era?

Necesitaba comentárselo a Damien. Se lo preguntaría más tarde.

O mañana, cuando no estuviera tan cansada.

Luché por salir a la superficie, pero losas de extenuación me empujaban de nuevo hacia el sueño. Tenía que despertarme, tenía que salir de mi sopor. ¿Por qué me estaba costando tanto? ¿Qué día era hoy? A lo mejor era sábado, un día agradable, y podía sumergirme de nuevo en las profundidades del sueño. Pero entonces recordé que era martes. Tenía que levantarme e ir a trabajar. Pero estaba tan cansada…

Además, me dolía la nariz. Por la noche había estado leyendo la nueva novela de Ian Rankin —un hermano de Damien, no recordaba cuál, me la había regalado en tapa dura por Navidad— cuando de pronto me quedé dormida y el maldito tocho, que pesaba una tonelada, aterrizó en mi cara.

Abrí los ojos y gemí:

—Oh, Diooooos.

Damien salió del cuarto de baño con una toalla alrededor de la cintura y la cara a medio afeitar.

—¿Estás bien? —preguntó.

—Agotada.

—Anoche, cuando llegué, estabas en estado de coma.

—Estoy aprendiendo de Marnie.

—¿Quieres algo?

Muchas cosas. Que mi hermana deje de beber. Que mi tía se recupere del cáncer. Que nunca hubiera conocido a Paddy de Courcy.

—Café.

Se encaminó a la puerta del dormitorio para bajar a la cocina.

—Por cierto, Damien —llamé débilmente—, ¿vino alguien a casa el fin de semana?

Se volvió hacia mí.

—No.

Pero percibí un ligerísimo parpadeo. Me puse en guardia al instante y el corazón se me aceleró.

—¿Qué pasa? —pregunté.

—No es nada.

—Está claro que es algo.

—Vale. —Damien suspiró—. Quedé con Juno.

Pensé que iba a vomitar. El cansancio, la impresión...

—Pero no estuvo aquí. Fuimos a cenar a un indio el domingo por la noche. Warner estaba de viaje. —Luego, y no pude decidir si había desafío en su voz, añadió—: Y también tú.

—¿Por qué no me lo dijiste?

—Porque fue algo que decidimos en el último momento. Te lo cuento ahora porque no quería contártelo por teléfono.

—Si no querías contármelo por teléfono, significa que es importante.

—No seas ridícula —espetó con firmeza.

¿Lo era?

Si realmente estuviera pasando algo entre él y Juno, no me contaría que había quedado con ella, ¿o sí? ¿Estaba cubriéndose las espaldas ante la posibilidad de que alguien les hubiera visto juntos? ¿Me lo habría contado si yo no hubiera intuido que había pasado algo?

¿O simplemente era una paranoia mía?

Pensaba que podía confiar en Damien.

Pero ¿podía un ser humano confiar realmente en otro?

—Te quiero —dijo—. Ella no significa nada para mí.

—Entonces, ¿por qué la ves?

Después de una pausa, dijo:

—No volveré a verla.

—De acuerdo. —No me quedaba energía para batallar.

—¿Qué?

—De acuerdo, no la veas.

—De acuerdo. —Asintió con la cabeza—. No la veré.

Marnie

SkyNews era su único amigo. Le pasaba información fundamental sin juzgarla. Hoy, le dijo, era jueves, 15 de enero, 11.40 de la mañana. (También que había habido un golpe de Estado en Tailandia, pero eso le interesaba menos.)

El último día del que guardaba algún recuerdo era el lunes. Grace se había marchado a Dublín a las seis y diez de la mañana, y en cuanto el taxi hubo doblado la esquina al final de la calle, Marnie se había sentido abrumada por el remordimiento y la soledad y había rescatado la botella de vodka que escondía en el cuarto de baño. Desde entonces había hecho breves incursiones en la realidad, pero ahora estaba sobria.

Tenía miedo, temblores, náuseas, pero no le apetecía beber. Siempre se repetía el mismo ciclo: empezaba a beber y ya no podía parar; luego, casi de repente —aunque no podía predecir cuándo— dejaba de beber.

Hoy lo único que extrañaba era a sus hijas. El olor de la piel de Daisy, la mano confiada de Verity en su mano...

Dios, cuánto remordimiento. Remordimiento, remordimiento, remordimiento. Eran tan pequeñas, tan frágiles...

¿Cómo había podido acabar así? ¿Cómo habían podido todos acabar así? Ella viviendo en esta casa vacía, sus hijas y su marido en un apartamento a tres kilómetros de distancia.

Era todo tan extraño, tan diferente de cómo lo había planeado, que le costaba creer que fuera real. A lo mejor no era real. A lo mejor nunca había estado casada. A lo mejor no había tenido hijos. A lo mejor había imaginado toda su vida. A lo mejor ni siquiera había nacido.

Logró asustarse tanto con ese hilo de pensamiento que tuvo que levantarse de la cama y ponerse a pasear por la casa mientras se esforzaba por recuperar la lucidez. Estaba siendo ridícula. Más que ridícula. Pero no podía detener sus pensamientos.

«No soy real.»

«No he nacido.»

Necesitaba hablar con alguien, pero ¿con quién? La tomarían por una pirada.

«Soy real, soy real.»

Respirando entrecortadamente, llamó a Grace al trabajo.

—¿Soy real, Grace?

—¡Por el amor de Dios! ¿A qué viene eso ahora?

Marnie se lo explicó como mejor pudo.

—¿Estoy enloqueciendo, Grace?

En un tono muy quedo, Grace respondió:

—Creo que sufres DT.

—Qué va.

—¿Delirium? ¿Tremens?

—Solo echo de menos a mis hijas.

En cuanto hubo colgado, el pánico se adueñó nuevamente de ella, robándole el aliento. Estaba obsesionada con Daisy y Verity. Si ellas existían, significaba que ella existía.

Quizá debería hablar con Nick. A lo mejor él podría confirmarle si Daisy y Verity eran reales.

Pero por mucho que la devorara el miedo, sabía que no podía llamar a Nick en ese estado. Bastante mala opinión tenía ya de ella. El miedo, sin embargo, la estrangulaba cada vez con más fuerza, y al final se descubrió agarrando el teléfono y llamando a la oficina, e incluso mientras preguntaba por Nick, temió que una voz le dijera, «¿Nick Hunter? Nunca hemos tenido a nadie con ese nombre trabajando aquí».

Alguien que sonaba como Nick respondió y pareció saber quién era ella. Los nubarrones del miedo se dispersaron, pero no tardaron en volver a juntarse. Durante un disparatado segundo

Marnie se preguntó si el papel de Nick lo estaba representando un actor.

—Nick, tengo que ver a las niñas. —Necesitaba una prueba física.

—Están en el colegio —dijo Nick.

En el colegio. Eso significaba que existían.

—¿Puedo ir a verlas?

—¡No, no! —Luego, con más calma—: No, Marnie. Eso las perturbaría.

—Hace semanas que no las veo.

—¿Y de quién es la culpa?

Desde que la dejara —la dejara—, Nick había elegido el domingo por la tarde como su momento de encuentro. Pero el primer domingo, la extrañeza de tener solo una tarde para disfrutar de la compañía de sus hijas —ella, su madre, ella, que las había traído al mundo— la había obligado a escapar de la vigilancia de Grace y tomarse una copa antes de que llegaran. Y luego otra. Cuando Nick apareció en la puerta —solo, para hacer un reconocimiento mientras las niñas esperaban en el coche— Marnie ya había aceptado la situación. Pero Nick declaró, como un déspota, que estaba borracha y que a Daisy y Verity les disgustaría verla en ese estado.

—Debería darte vergüenza —dijo. Luego se volvió bruscamente hacia Grace—. ¿Y qué demonios hacías tú entretanto? ¿Servirle la bebida?

Cambió el día de visita al sábado por la mañana. Luego al viernes por la noche.

—Sucias artimañas —había dicho Marnie a Grace—. Lo hace para liarme. Está utilizando a las niñas como si fueran títeres.

—No. Probablemente está intentando dar con el momento idóneo, para asegurarse de que te encontrará sobria.

Sucias artimañas.

Marnie tuvo una ocurrencia, la cual logró disipar sus miedos al instante: ¡llevaría a las niñas al zoo! Iría ahora mismo al colegio y las sacaría del aula y las tres irían juntas al zoo. Seguro que les encantaba. Bueno, por lo menos a Daisy. A Verity le daban miedo los animales. Y hacía mucho frío. A lo mejor no era un buen día para ir al zoo. ¡Pero estaba siendo derrotista!

Sí, irían al zoo y compraría a las niñas caramelos, camisetas, todo lo que pidieran, lo que fuera para hacerles saber lo mucho que las quería, lo mucho que lamentaba haberles destrozado la vida. Luego iría a ver a Nick y le convencería para que volviera con ella.

Tomada la decisión, pensó frenéticamente en todas las cosas que tenía que hacer antes de ir a verlas. ¿De qué podía prescindir? De comer. De lavarse. No, de lavarse no. Ya habían pasado unos días. Se metió debajo del chorro de agua y se untó el cuerpo de gel, pero otro ataque de ansiedad la sacó de la ducha todavía cubierta de espuma. No había tiempo de enjuagarse.

Envuelta en una toalla, buscó algo que ponerse y lo primero que encontró fue un vestido vaporoso; no se lo había puesto mucho y ahora era tan buen momento como cualquier otro. Cogió un fajo de billetes de una caja de madera que descansaba en la repisa de la ventana. Nick le había cancelado las tarjetas, pero antes de eso ella había sacado miles de libras por el cajero y las había escondido por toda la casa. ¿Quién iba a decir que podía ser tan astuta?

Salió de casa y subió al coche, y mientras cruzaba la verja se preguntó cómo sería su vida si le retiraban el permiso de conducir. Si aquel caso llegaba alguna vez a los tribunales.

Pero ¿por qué iban a hacerle eso a ella? No era una delincuente. Además, tenía dos hijas pequeñas, necesitaba el coche.

Al detenerse en el semáforo divisó una licorería. Bueno, *la* licorería. En otros tiempos había alternado entre cinco o seis, nunca visitaba la misma licorería más de una vez por semana. Ahora utilizaba siempre la que tenía más cerca de casa.

Se sorprendió estacionando el coche —la fuerza de la costumbre, pensó; la culpa la tiene el coche— y entrando en la tienda.

—Cinco botellas de Absolut —pidió a Ben. Luego añadió con timidez—: Voy a dar una fiesta.

—¿No tienes frío con ese vestido? —preguntó Ben—. Estamos a bajo cero ahí fuera.

—… Esto… no. —De repente se puso colorada. Llevaba puesto un vestido de verano. Sin mangas. Sin abrigo. ¿En qué estaría pensando?

Cogió las bolsas y regresó rápidamente al coche. En cuanto se sentó, rompió el precinto de una botella, echó la cabeza hacia atrás y bebió un largo trago del mágico líquido. Se apartó la botella de la boca, respiró hondo y la inclinó de nuevo. En cuestión de segundos la humillación se diluyó, recuperó la determinación y, envuelta en una nube de estrellas, puso rumbo al colegio.

Cruzó las puertas con paso firme y confiado. Dos mujeres aparecieron en el pasillo. Reconoció a una de ellas.

—¡Directora! Buenas tardes. He venido a recoger a mis hijas.

—Están en clase, señora Hunter.

—Lo sé, pero quiero llevarlas a un lugar especial.

—Me temo que eso no será posible.

¡Ajá! De repente comprendía lo que estaba pasando.

—Mi marido le avisó de que vendría, ¿verdad? Pero no debe preocuparse por eso, soy su madre.

—Señora Hunter…

—Por favor, déjeme verlas.

—Le ruego que baje la voz. Podemos hablar en mi despacho.

—¿En qué aula están? Muy bien, no me lo diga, yo misma las encontraré.

¡La agarraron de los brazos! La retuvieron mientras intentaba correr por el pasillo abriendo puertas. Trató de soltarse.

—¡Quítenme las manos de encima!

Alertadas por el alboroto, de las aulas empezaron a asomar cabezas. Profesores alarmados, seguidos de niñas que reían y miraban con los ojos como platos, salieron al pasillo.

Entonces Marnie vio a Daisy.

—¡Daisy, soy yo, mamá! ¡Nos vamos al zoo! ¡Corre, ve a buscar a Verity!

Daisy la miró petrificada.

—¡Vamos, date prisa!

Con una risita, una de las niñas le preguntó:

—Daisy, ¿esa señora es tu mamá?

—No.

Cuando despertó, Grace estaba a su lado, en el dormitorio. ¿Era ya fin de semana? ¿Cuántos días había perdido?

—¿Qué hora es? —preguntó con la voz ronca.

Grace levantó la vista del libro.

—Las nueve y diez.

¿De la mañana o de la noche? ¿De qué día?

—Jueves, 15 de enero, por la noche —dijo Grace—. ¿Necesitas saber el año?

—¿Qué estás haciendo aquí?

—Vine después del trabajo. Mañana me tomaré el día libre y pasaré aquí el fin de semana.

En ese momento, Marnie comprendió por qué Grace había venido a Londres. Era por la llamada que le había hecho esta mañana —le costaba creer que fuera todavía el mismo día— para preguntarle si era real.

¡Señor! Se había comportado como una demente y había asustado a Grace hasta el punto de hacerle coger un avión. Estaba tan avergonzada que apenas podía hablar.

—Grace, lo siento mucho, estaba un poco... angustiada... pero ahora ya estoy bien.

Era mentira: necesitaba una copa ya. El deseo le estaba haciendo temblar y sudar. Era absurdo comprobar si la botella seguía en la mesita de noche. Seguro que Grace la había vaciado. Pero tenía una botella escondida en el altillo del cuarto de baño. Si se encaramaba al borde de la bañera, era lo bastante alta para levantar el tablero de FDM y rescatarla.

De pronto le asaltó un recuerdo, una breve secuencia de color y ruido: ella gritando y forcejeando con la directora del colegio de las niñas; ella gritando a Daisy que se iban al zoo; la directora arrebatándole las llaves del coche; uno de los profesores acompañándola a casa. No, no había ocurrido.

Bajó de la cama y se acercó a la ventana. El coche estaba abajo, aparcado inofensivamente frente a la puerta. Fue tal su alivio que casi cayó de rodillas al suelo. Lo había soñado todo.

—Lo trajo un profesor —dijo Grace a su espalda—. Ha ocurrido de verdad. No lo has soñado.

Sintiendo que el peso de la vergüenza la arrastraba hacia el centro de la tierra, Marnie recordó la expresión de Daisy. El odio reflejado en su cara.

No podía permitir que Grace percibiera cómo se sentía o aprovecharía su debilidad para ahondar en la llaga. La necesidad de beber se apoderó de ella con renovada intensidad. No podía olvidarla, esquivarla, plantarle cara. Era demasiado fuerte.

—Grace. —La voz le temblaba—. Necesito ir al baño.

—Te acompaño.

—No. Solo necesito hacer pipí. Confía en mí.

—¿Que confíe en ti? —repuso Grace con desdén.

—Te lo ruego. —Por el rostro de Marnie empezaron a rodar lágrimas calientes—. Déjame ir sola al baño.

—No. Sé que escondes una botella allí.

—Estoy dispuesta a arrodillarme, a suplicarte. ¿Es eso lo que quieres?

Cayó de rodillas al suelo y Grace la agarró del codo y tiró dolorosamente de ella hacia arriba.

—¡Levántate, Marnie! ¡Por lo que más quieras, levántate! —También ella había empezado a llorar, lo cual, reconoció Marnie, era toda una novedad.

—¡Mírate! —dijo Grace—. ¡Marnie, esto me está rompiendo el corazón!

—Te lo ruego, Grace —le imploró Marnie—, no vengas más. —Se zarandearon mutuamente, en una mezcla de forcejeo y abrazo—. No puedo cambiar. Deja de intentarlo, no te hagas esto. Tienes una vida. ¿Y Damien? ¿No le importa que estés siempre aquí?

—Eso da igual —respondió cansinamente Grace—. Todo el mundo tiene sus altibajos.

Grace no tardó en sacar el tema de la desintoxicación. Siempre lo hacía.

—Por lo menos podrías probarlo, Marnie. Puede que te sirviera de algo.

Pero Marnie no quería que nada le sirviera. El alcohol era lo único que la ayudaba a seguir adelante.

Finalmente, Grace tiró la toalla y cambió de tema.

—¿Has vuelto a saber algo de ese Rico desde que dejaste el trabajo?

—No —respondió rápidamente Marnie. Era un episodio tan vergonzoso que no podía permitirse pensar en él. Nunca. Cuando le venían recuerdos de Rico a la mente, los borraba con un trago.

—¿Y de Guy?

Guy.

Al oír su nombre la invadió el remordimiento. Guy había sido sorprendentemente amable y paciente con ella; no había tenido más remedio que despedirla.

—No.

—¿Te importa? —preguntó Grace.

Te lo ruego, no hablemos de eso.

Grace llevó a Marnie a una reunión de Alcohólicos Anónimos el viernes al mediodía. La obligaba a asistir a las reuniones cada vez que venía a Londres, pero ya no se quedaba a escuchar. En lugar de eso, esperaba fuera, en el ventoso vestíbulo, porque —y Marnie lo sabía— le preocupaba que su presencia en las reuniones estuviera inhibiendo el Gran Reconocimiento de Marnie. El reconocimiento de que era alcohólica.

Pero, por lo que a Marnie se refería, Grace podría haberse ahorrado el duro banco del vestíbulo. Lo mismo daba que se quedara en la cálida sala, bebiendo té y comiendo deliciosas galletas con los alcohólicos, porque nunca habría un Gran Reconocimiento.

Y mejor así, pensó Marnie mirando a su alrededor, porque de haber necesitado desahogarse, le habría costado poder meter baza. Gente parlanchina, los alcohólicos.

—... bebía porque me odiaba...

—... pensaba que era la persona más especial y diferente de la tierra, tan complicada que nadie podría entenderme. Enton-

ces alguien me dijo que al alcoholismo se le llamaba la enfermedad de la «singularidad terminal»...

—... los demás tenían siempre la culpa de todo...

—... un día me levanté y ya no pude seguir. No sé qué tenía
de diferente ese día, puede que simplemente estuviera harta de
tratarme a mí y a la gente que me rodeaba como si fueran basura...

—... creía que estaba haciendo cuanto estaba en mi mano
para dejar de beber, pero en realidad estaba haciendo cuanto
estaba en mi mano para seguir bebiendo. Nada me gustaba más,
y entonces fue cuando me di cuenta de que en realidad no podía
parar, de que ya no tenía poder de elección...

—Marnie, ¿te gustaría decir algo?

Muy bien, Marnie tenía que reconocer que siempre la invita-
ban a «compartir» y que ella invariablemente negaba con la cabeza y miraba el suelo.

De modo que hoy dijo:

—Sí, la verdad es que sí. —Un escalofrío de expectación recorrió la sala. Pensaban que se disponía a reconocer que era alcohólica—. Me gustaría decir que mi marido me ha dejado y se
ha llevado a mis dos hijas, y no me deja verlas. Ha cancelado
mis tarjetas de crédito y ha puesto la casa en venta.

Al terminar la reunión se le acercó Jules con su vivaracha coleta.

—Hola, Marnie, ¿te gustaría tomar un café?

—Sí, sí, claro que le gustaría. —Grace la empujó hacia Jules
como una madre entrometida—. Volveré a por ti dentro de media hora.

En la cafetería del otro lado de la calle, Jules colocó un zumo
natural delante de Marnie y dijo:

—¿Cómo estás?

—No muy bien. Echo de menos a mis hijas. —Y le soltó toda
la historia.

—Mi pareja me dejó porque bebía —dijo Jules—, y se llevó a
nuestros hijos. En realidad estaba encantada. Podía beber lo que

quería sin que nadie me estuviera encima. Además, tenía la excusa perfecta. Toda esa autocompasión.

—... Pero en mi caso no es autocompasión.

—No, claro, solo estoy diciendo que en mi caso lo era. Sí —prosiguió pensativamente Jules—, bebía vino tinto y cuando ya estaba borracha, telefoneaba a mis hijos y les decía que les quería y que si no estaban conmigo era por culpa de su padre. Era bastante melodramático, la verdad. Lloraba por las razones equivocadas, pero lo pasaba bien. Era horrible hacer eso a unos hijos, pero no podía evitarlo.

Marnie escuchaba fascinada. Jules había estado mucho peor que ella. Al menos ella no telefoneaba a las niñas y les hablaba mal de Nick. Bueno, por lo menos no lo hacía a menudo.

—Si estabas tan mal, Jules, ¿cómo conseguiste dejar de beber?

—Yendo a las reuniones.

—Entonces, ¿por qué no han funcionado conmigo?

—¿Eres alcohólica?

—... No, no, si acaso lo contrario. Soy muy infeliz y el alcohol me ayuda a soportarlo.

—Pues ahí tienes la respuesta —dijo alegremente Jules—. ¿Por qué iba a funcionar contigo si no eres alcohólica?

—... Pero... —Marnie arrugó la frente. ¿Qué acababa de ocurrir aquí? Jules le había tendido una trampa, ¿verdad? Pero, ¿cómo?

—Lo siento, he de irme —dijo Jules—. Tengo que recoger a mis hijos. ¿Nos vemos mañana?

—No lo creo, Jules. —Marnie acababa de tomar una decisión—. Voy a dejar de ir a esas reuniones.

Grace se pondría furiosa, pero...

—No me están ayudando —prosiguió cansinamente—. Aunque claro, ¿por qué deberían ayudarme? Como tú bien has dicho, no soy alcohólica.

—Fuiste tú quien lo dijo —señaló Jules.

—En cualquier caso, no iré a más reuniones. Son una pérdida de tiempo.

Jules asintió con simpatía.

—Te echaré de menos.

—Y yo a ti —dijo educadamente Marnie, aunque no era cierto. No porque Jules no le cayera bien—. Antes de irte —dijo—, ¿puedo preguntarte algo? ¿Quién tiene la custodia de tu hijos? ¿Tú o él?

—La respuesta no te va a gustar. —La cara de Jules se iluminó con una sonrisa—. Mi pareja y yo volvimos cuando dejé de beber.

—¡No! —Marnie se llevó las manos a los oídos—. No quiero escuchar tu propaganda. ¡Deja de beber y todo será perfecto!

Jules se limitó a reír.

Se descubrió tumbada en el suelo del recibidor. La casa estaba fría y oscura.

Notó que una sombra negra pasaba por encima de su cabeza, como un ave de rapiña.

¿Qué ha sido eso? ¿Una nube deslizándose frente a la puerta? ¿Un camión circulando pesadamente?

La muerte, parecía.

Lola

Viernes, 16 de enero, 10.07

Sonó móvil. Nkechi. Otra vez. Había pasado en Nigeria las dos primeras semanas de enero (único momento del año verdaderamente tranquilo para estilistas), pero desde su regreso no me había dejado en paz. Me tenía martirizada, la verdad. Estaba en proceso de «escindir» sus clientas de las mías. ¿Escindir? ¿De dónde había sacado esa expresión? De mí, desde luego, no.

De acuerdo con su acertado pronóstico —¿no es fabulosa? (no estoy en plan sarcástico, bueno, puede que un poco)— no todas las clientas querían «escindirse» con ella y Abibi, sino que preferían quedarse conmigo. Lista bastante respetable, la verdad. Muy conmovedor. Está bien que tengan buena opinión de una.

Pero Nkechi —faltando a su palabra— se negaba a aceptar decisión de algunas de «mis» damas. Quería unas cuantas, o sea, las más gastadoras, para ella. Se pasaba el día llamándome. Negociando.

Abrí bruscamente teléfono.

—¿Nkechi? —Tono de mi voz lo decía todo—. ¿Qué diantre quieres ahora?

—Te propongo algo —dijo.

Me dispuse a escucharla. ¿Qué acuerdo insultante, desigual, se disponía a plantearme ahora?

—Te damos a Adele Hostas, Faye Marmion y Drusilla Gallop a cambio de Nixie Van Meer.

¡Hay que tener morro! Adele Hostas pasaba de la Navidad, Faye Marmion era patológicamente imposible de complacer y Drusilla Gallop era una delincuente que estrenaba los vestidos pero luego decía que no se los había puesto e intentaba «devolverlos» apestando a tabaco y Coco Chanel y con un cerco de maquillaje en el cuello. Nixie, por el contrario, era rica, derrochadora y simpática.

—Tres clientas —insistió Nkechi— por el precio de una. ¿Hay trato?

—No —dije—. Nixie Van Meer no está en venta.

—Eso ya lo veremos —farfulló misteriosamente Nkechi antes de colgar.

Rediós. Agotada, hundí cabeza en manos. Estaba peleando por mi sustento. En ese caso —pregunta que llevaba tiempo tratando de eludir—, ¿qué hacía todavía en Knockavoy?

Mi exilio había tocado a su fin, había cumplido mi condena, podía irme. Necesitaba irme, si quería conservar mis clientas. Tenía responsabilidades para con ellas: mujer de alta sociedad sin estilista era como hombre con una sola pierna en carrera de obstáculos. Mis damas habían sido más que pacientes durante mi otoño «sabático» (o mi «crisis», hablando con claridad) y si no me dejaba ver pronto por Dublín, creerían que no era mi intención volver y se buscarían a otra.

Nkechi, olfateando mi debilidad, acechaba como un tiburón. Porque, para ser franca, no tenía ningunas ganas, pero ningunas, de marcharme de Knockavoy.

¿Me había convertido formalmente en mujer de campo? ¿Era incapaz ya de abrirme camino en la gran ciudad? Aunque Dublín no era exactamente una gran ciudad. Nada que ver con Sao Paulo (20 millones de habitantes) o Moscú (15 millones).

10.19

Volvió a sonar teléfono. Me preparé para soportar presión de Nkechi. Pero no era Nkechi, sino Bunny, tía de Bridie (¿he mencionado que su familia es experta en nombres peculiares? Ni siquiera el verdadero nombre de Tío Tom es Tom. En realidad se llama Coriolano y Tom es un apodo. Insistía en que le llamaran Tom porque no quería que a la gente le diera por buscar diminutivos de Coriolano y acabara llamándole «Ano». Historia real), diciendo que quería pasar Semana Santa en cabaña del Tío Tom.

—Me he dado prisa en llamar —dijo—, porque enseguida hay *overbooking*.

—Sí, claro, ja, ja. Es una casa muy popular, a pesar de no tener tele.

Colgué y tragué saliva. Tremenda conmoción. En serio, catastrófica. Punzadas en oídos.

Claro como agua. Universo decididamente inequívoco. Tenía que volver a Dublín.

Naturalmente, siempre había sabido que no podía quedarme para siempre. Naturalmente, siempre había sabido que pronto sería primavera y enorme familia de Bridie empezaría a pensar en minivacaciones, aire puro y ozono. Naturalmente, sabía que era afortunada por haber podido disfrutar de larga estancia ininterrumpida. No era tonta, solo propensa al autoengaño. A lo largo de estos meses me había permitido cierta negación. Si hacía ver que nunca tendría que marcharme, nunca tendría que marcharme. Pero negación, amiga infiel, endeble, no protege contra verdad cuando esta decide ir a por ti.

Muy bien, vergonzosa confesión. Ahí voy. Había estado barajando embrionaria posibilidad de establecerme en Knockavoy. Sorprendente, lo reconozco. Había fanteseado con conservar mis clientas más agradables y/o rentables de Dublín, haciendo viajes para ocuparme de sus necesidades, mientras me creaba clientela aquí. Detalles poco desarrollados en cabeza, aunque sabía que sería mucho trabajo. Implicaba conducir muchas horas y tranquilizar constantemente a clientas inquietas como caballos de carreras que insistían en disponibilidad las veinticuatro horas del día, y nunca ganaría lo mismo que si estuviera afincada en Dublín. Pero merecía la pena si eso me hacía feliz, ¿no?

Universo, sin embargo, no quería ni oír hablar del tema. Universo me estaba echando de preciosa casita y mandándome con dedo largo, huesudo y cadavérico de nuevo a gran ciudad.

Me envolvió profundo pesar, casi tan profundo como en triste cena navideña con papá y tío Francis.

Había venido a Knockavoy para escapar de mi caótica vida, para ocultarme hasta recuperar cordura, pero resulta que, inesperadamente, era feliz aquí. Solo ahora empezaba a ser consciente de que se acercaba el final. Típico.

11.22

Entré en cocina, me detuve frente a ventana, miré casa de Considine y me pregunté si Chloe vendría hoy a noche travesti.

La semana antes, nuestro primer viernes después de Navidad, no había venido. Tampoco me había invitado a ver *Ley y orden*. De hecho, no la veía desde noche de *Thelma y Louise*.

Sinceramente, me preocupaba mucho que mi espontáneo beso hubiese causado problemas entre Considine y Gillian y herido de muerte mi amistad con Chloe.

No era primera vez que besaba a una mujer —Paddy se había encargado de eso— pero era primera vez que lo hacía sin hombre velludo mirando y masturbándose.

Chloe besaba de maravilla. Era lenta, dulce, sexy. Besaba con toda la boca, no solo con la lengua como si fuera duelo de espadas, como hace mucha gente.

Mientras nos besábamos la cabeza me había dado vueltas y las rodillas me habían flaqueado. Luego Chloe se puso tensa como una cuerda de guitarra y se apartó. Escandalosa realidad me cayó como cubo de agua helada.

—Me había olvidado... —tartamudeé—... de Gillian.

Pobre cara de hurón. Pensaba que su novio estaba pasando inocente noche vistiéndose de mujer y en lugar de eso se estaba pegando sexy lote conmigo.

—Chloe, lo siento, lo siento mucho...

—No te disculpes, Lola. También ha sido culpa mía.

—Me he dejado llevar por el subidón de adrenalina de nuestro encuentro con la poli. No volverá a ocurrir.

—¡Sí, claro, un subidón de adrenalina!

Regresamos al coche e hicimos resto de trayecto en silencio por encima de límite de velocidad.

Al día siguiente por la mañana viajé a Birmingham para pasar cuatro días de desdicha de proporciones espectaculares con papá y tío Francis. Desde luego, esos dos no podrían divertirse ni aunque les pusieras pistola en la sien. Luego a Edimburgo, con Bridie, Barry y Treese. Nos alojamos en casa de uno de los muchos, muchísimos primos de Bridie para pasar varios días de juerga y borrachera cantando «La flor de Escocia» y haciendo cosas raras con pedazos de carbón. (Aunque el carbón no me va —creo que lo he mencionado alguna vez—, no fue un problema.)

No me cabía duda, me había enamorado como colegiala de Chloe, lo cual resultaba aún más absurdo porque Chloe no era mujer de verdad. Pero lo peor de todo era Gillian. Me sentía tremendamente avergonzada. Completamente prohibido insinuarse a individuo «casado». Por muy agradable que hubiera sido beso, lamentaba profundamente habérselo dado.

Me confié a Bridie y Treese para intentar aclarar enmarañados sentimientos, pero no obtuve compasión.

—¡Tu vida parece un culebrón! —declaró Bridie, y procedió a contársela a todos sus primos.

Los primos se la contaron a todos sus amigos, hasta que todo Edimburgo se la supo. Yo me movía por la ciudad tropezando con conversaciones sobre mí. «... entonces se tiró a un surfista, que por lo visto está BUENÍSIMO, y LOCO por ella, pese a ser mucho más guapo. ¿Y qué hace ella? ¿Se alegra? ¡NO! Se cuelga de su vecino de al lado, un travesti. Sí, eso es, ¡el vecino de la cabaña del Tío Tom! El travesti tiene novia desde hace tiempo. Pero no te lo pierdas, a Lola no le gusta el travesti cuando va vestido de hombre, ¡sino cuando va vestido de mujer! ¡Sí, lo sé! ¡Y ni siquiera es bollera!»

Para cuando hombre con boina escocesa se me enrolló en pub y me habló de la «amiga chiflada de Bridie», Jake era regatista dando vuelta al mundo y Rossa Considine transexual que se había cortado el pajarito para conquistarme.

—¿Satisfecha? —pregunté a Bridie.

—Lo siento, Lola, era una historia demasiado tentadora...

De regreso a Knockavoy el 4 de enero, nerviosa y deseando que fuera viernes para poder evaluar situación con Chloe.

Pero viernes llegó y ni rastro de Chloe. Llegaron Natasha y Blanche, luego Sue y Dolores, pero Chloe no.

—A lo mejor no sabe que hemos reanudado nuestras noches —dijo Natasha, frunciendo un entrecejo de lo más desfavorecedor.

—A lo mejor piensa que no empezaremos hasta la semana que viene.

Como si las noches travestis fueran clases nocturnas.

—A lo mejor. —Me sentía morir.

Era evidente por qué no había venido. Chloe estaba siendo fiel a Gillian.

Pero yo estaba deseando decirle que el beso de Thelma y Louise no iba a repetirse, que fue reacción ante una situación insólita y cargada de tensión. Tenía que coger toro por cuernos (expresión rural que ahora entiendo. Toro, animal aterrador) pero no podía reunir valor suficiente para caminar hasta puerta de Considine y solicitar audiencia.

Demasiado asustada —sí— de que me enviara al cuerno y no quisiera volver a verme. Decidí dejarlo a destino, confiar en encontrármelo durante fin de semana. Mantenía nerviosa vigilancia, pero ni rastro de Considine. Breve alivio al pensar que podía estar de vacaciones en alguna cueva subterránea del extranjero. Pero lunes por la mañana temprano me despertó al cerrar puerta de su casa. Salté de la cama y lo espié mientras se dirigía a coche ecológico para ir a trabajar. No levantó la vista y entonces tuve certeza de que algo le pasaba. Me odié. Hundida en desesperación.

Lo espié martes, miércoles, jueves y hoy, y ni una vez levantó vista. Era evidente que estaba pasando de mí. Así y todo, todavía confiaba en que Chloe apareciera esta noche.

16.01

Visité cementerio antes de que oscureciera.

—Mamá, no quiero volver a Dublín.

—Todos tenemos que hacer cosas que no queremos hacer. ¿Crees que yo quería morirme y dejarte sola?

—No, pero…

—Siempre pensaste que tu estancia en Knockavoy sería temporal.

—… de acuerdo. —Después de todo, probablemente no me estaba comunicando con mi madre, sino escuchando voz interior, así que podía hacer lo que quisiera…

—¿Por qué me preguntas mi opinión si no piensas tenerla en cuenta? —exclamó la voz de mamá… aunque podía estar equivocada a ese respecto, claro.

—Perdona. Y ya que estoy aquí, ¿qué pasará con Chloe? ¿Vendrá hoy a casa?

Silencio.

—¿Mamá? ¿Mamá?

—Tendrás que esperar a esta noche para saberlo.

18.29

Sonó móvil. Bridie.

—¡Se te acabó el tiempo, Lola Daly! Tengo entendido que te echan de casa.

—Sí.

—Ahora la pregunta es, ¿estás lo bastante recuperada para volver a casa o todavía te resbalan las neuronas? Si me preguntas a mí, creo que estás aún peor. Te fuiste a Knockavoy siendo una buena chica heterosexual y regresas medio bollera.

—¿Me has llamado por algo en concreto, Bridie? —Actitud fría—. ¿O solo para provocarme?

—Era una broma. En Edimburgo me pareciste bastante cuerda. ¿Cómo llevas lo de De Courcy?

—No lo sé.

—¿Deseas que sea feliz? ¿Crees que podrías lanzar confeti en su boda? Solo has superado una ruptura con un hombre cuando puedes lanzar confeti en su boda.

—No es lo que más me apetece.

Pero ya no pensaba en Paddy cada segundo del día y ya no soñaba con él cada noche. Lejos quedaban los días en que me devoraba la angustia por no poder estar con él. De hecho, en el fondo no quería verle. En serio, no quería verle. En la vida. Eso sí era una novedad.

Notaba otra emoción nueva en mí, pero no lograba identificarla. ¿Tristeza? No. ¿Añoranza? No. ¿Dolor? No. ¿Rabia? Caliente, caliente. ¿Odio?... Hummm, tal vez, pero no exactamente... era algo... ¿Qué era? ¿Miedo? ¿Podía ser miedo? Sí, podía ser miedo.

19.01

Llegaron Natasha y Blanche.

19.15

Llegó Dolores.

19.27

Llegó Sue.

La invité a pasar sintiendo que me devoraba la inquietud.

—¿Dónde está Chloe? —preguntó Sue.

—Esta noche no vendrá —dijo Natasha—. Lo siento, Lola, se me olvidó decírtelo. Chloe me envió un mensaje de texto. Hoy no puede venir.

—¿Por qué no? —Voz chillona. ¿Y por qué no me había enviado el mensaje a mí? Tenía mi número.

—No lo dijo. Por cierto, ¿se me marca mucho el paquete con esto?

19.56

Senté a las chicas y les comuniqué que arreglo actual se acercaba a su fin.

—La familia de Tom Twoomey quiere la casa para minivacaciones. Y es hora de que yo vuelva a Dublín para trabajar.

—Oh —dijo Natasha—. ¿Cuándo te vas?

Exacto, ¿cuándo?

—Dentro de dos semanas.

Nada me impedía irme ahora mismo —no habría tardado ni diez minutos en devolver ropa a maletas— pero necesitaba tiempo para mentalizarme.

Las chicas se miraron, se encogieron de hombros y una de ellas dijo:

—Siempre fui consciente de que no duraría toda la vida.

Respuesta desconcertante. Esperaba sollozos, rechinar de dientes y ruegos para que me quedara. En lugar de eso, atmósfera de madura aceptación. ¿Por qué? La discoteca de antes de Navidad, he ahí el porqué. Había enseñado a mis travestis que había un gran mundo de travestismo ahí fuera. Ya no me necesitaban.

—Ya no os sirvo —dije, rompiendo en sollozos—. Vinisteis a mí como inexpertas polluelas y ahora... ahora... ¡¡¡HABÉIS CRECIDO!!!

—Pensaba que te alegrarías —dijo secamente Natasha—. No hacías más que quejarte.

Me levanté, me vestí y salí de casa. Después de noche en vela finalmente estaba haciendo lo correcto. Iba a hablar con Rossa Considine.

Coche ecológico delante de puerta. Con suerte estaba en casa y no en cueva subterránea. Tampoco, con suerte, en cama con Gillian. Aunque no tenían pinta de hacer esas cosas, eran gente activa y madrugadora.

Considine abrió puerta como si me estuviera esperando. Me siguió hasta sala de estar, donde nos sentamos en borde de sofá, tensos y tristes. Flotaba extraña atmósfera, como si hubiéramos estado enamorados y ya no lo estuviéramos.

—Anoche no viniste —dije.

—No. Le dije a Noel que te lo dijera.

—Me lo dijo. Rossa, te aseguro que mi conducta la noche que nos libramos de la poli no se repetirá.

—No te preocupes...

—Te pido perdón, Rossa, de verdad. Y también a Gillian. Desde lo más hondo de mi corazón. Estoy tremendamente avergonzada. Pero no volverá a ocurrir. Fue una locura, la adrenalina del momento. Vuelve, por favor. Echamos de menos a Chloe.

—Lo siento, Lola —repuso Rossa con pesar—, pero Chloe va a estar ausente durante un tiempo.

—Te prometo que no le pondré un dedo encima...

—No tiene nada que ver contigo, Lola. Tú no tienes la culpa. Simplemente, es... es lo mejor...

—Pero... —¡Ojos llenos de lágrimas! ¡Por personaje mítico!

—Lo siento, Lola —dijo Considine con infinita ternura—. Sé lo mucho que te gustaba Chloe. Oh, no llores, te lo ruego. Ven aquí. —Me tomó en su regazo, como hacía Chloe, y sollocé sobre su camisa.

—¿Volverá?

—Probablemente, en algún momento, pero... en fin, ya sabes...

No sabía. Debía de ser algo relacionado con Gillian. A lo mejor había empezado a machacar a su novio por vestirse de mujer.

—Pero cuando Chloe vuelva, yo ya me habré ido.

—¿Qué? —bramó, incorporándose y casi arrojándome al suelo. Cuerpo rígido, ya no daba gusto recostarse en él.

—Así es, Considine, tengo que volver a Dublín. La familia Twoomey quiere la casa y yo he de volver al trabajo. —Al pensar en marcha, se intensificó mi llanto. Increíblemente triste.

—¿Cuándo te marchas?

—No lo sé. Todavía no lo he decidido, no me veo capaz. Pero pronto. En las próximas dos semanas.

—Ya.

Rossa se desplomó en sofá y aunque cuerpo otra vez cómodo para recostarme, lo sentí diferente, no tan agradable, como sofá que ha perdido su firmeza. Notaba el peso de su cabeza apoyada en la mía. Ambos hondamente apesadumbrados. Como si estuviéramos llorando pérdida de Chloe. Sé que parece absurdo, pero me limito a contarlo tal como era.

Considine me dio palmaditas en mano. Mis sollozos amainaron y finalmente cesaron. Cerré ojos. Estaba algo más tranquila. Calentita. Garganta de Considine desprendía olor agradable. Gran, gran suspiro subió desde profundidades de mi tripa. Exhalé largo aliento de aceptación. Me aparté.

—Será mejor que me levante, Rossa Considine. Si sigo así me dormiré.

—Lamento el disgusto, Lola.

—No te preocupes. —Había hecho lo posible. Además, pronto me marcharía de Knockavoy, dejando atrás esa banda de travestis.

—¿Quieres venir el miércoles a ver *Ley y orden*? —preguntó—. ¿Por última vez?

—Pensaba que era los jueves.

—Año nuevo, horario nuevo. Ahora la dan los miércoles por la noche. ¿Vendrás?

—... Vale... —No había obtenido lo que había venido a buscar, pero vale...

12.12, calle principal de Knockavoy

Divisé a Jake y su boca paseando como Dios del Amor por acera de enfrente. Me preparé para insultos, pero en lugar de eso me lanzó alegre saludo, exento de resentimiento, obsesión, demencia. De modo que era cierto. Según mis fuentes habituales (Cecile) vuelve a ser el engreído de siempre. Ha dejado tirada a Jaz, llevado a cabo intento cruel, en época yerma de Navidad-Año Nuevo, de interponerse entre Kelly y Brandon y ahora está liado con mujer prometida que vive en la «carretera de Liscannor». Yo soy mancha en su, por otro lado, impecable expediente.

12.16, supermercado
¡Ha llegado el nuevo *Vogue*! Kelly me lo pidió especialmente. Obligada a decirle que no siguiera haciéndolo porque tenía que regresar a Dublín. Expresó tristeza por mi inminente marcha, luego dirigió atención al elevado precio del *Vogue*.

—¡Casi diez euros! —exclamó, volcando vuelta en mi mano—. ¡Y solo tiene anuncios! Oye —toda alborotada—, ¿cómo te hiciste esa marca?

—¿Qué marca?

—Esa. —Señaló un círculo pequeño de piel rosada en medio de mi palma.

—¿Es una quemadura? ¿Disfrutas haciéndote daño? ¿Eres masoca? —preguntó, entusiasmada. Kelly, fascinada con vidas de aspirantes a actrices que aparecían en revistas baratas con grandes bolsos, bulimia y temporadas en centros de desintoxicación en su haber antes de cumplir los dieciocho.

—Me encantaría conocer a un masoca.

—Es una marca de nacimiento —dije en tono de disculpa—. Nací con ella. —Al ver su decepción, añadí—: Lo siento.

13.15, pasando por delante del Dungeon
—¡Eh, Lola Daly! Solo unas palabras, por favor.

Entré.

—Un chisme para ti —dijo Boss.

—Fresco, fresco —aseguró Moss.

—Recién salido del horno —confirmó el Maestro.

Me recorrió vergonzosa excitación. Este trío estaba al tanto de todo. Me contara lo que me contase, seguro que era verdad.

—¿Preparada? —preguntó Boss.

Asentí.

—Gillian Kilbert...

—... también conocida como cara de hurón...

—... y el camarero Osama...

567

—... están juntos.

Fuerte conmoción.

¿Gillian y Osama? Fuerte pánico. ¿Era culpa mía? ¿Había abierto brecha entre Gillian y Considine y empujado a Gillian a vengarse «echando cana al aire»?

—¿Lo sabe Rossa? —pregunté.

—No.

—Entonces, ¿cómo es que vosotros sí?

—Lo estábamos esperando. Hemos estado observado la situación con sumo interés desde que empezaron a ir juntos a ver películas danesas los viernes por la noche.

—Nos pareció que estaban a punto de caramelo —dijo el Maestro—. Un pajarito me dijo que Considine y cara de hurón llevaban semanas sin hacerlo. De hecho, desde la noche de su reconciliación.

—¿Cómo demonios sabes eso? —Feo sentimiento abrasador por invasión de intimidad de Considine.

—Es un pueblo pequeño. El caso es que, en lugar de volver directamente a casa después del cine, Gillian y Osama han adquirido el hábito de parar el coche un kilómetro antes y darse el lote hasta echar chispas.

—Anoche ni siquiera llegaron al cine —dijo Boss—. Aparcaron en su lugar preferido y... bueno, ya sabes.

Feo sentimiento abrasador se intensificó.

—¿No tenéis nada mejor que hacer que espiar a la gente?

Paréntesis de pasmo.

—¿Qué te ocurre, Lola? —Boss, disgustado—. Pensaba que te gustaría saberlo.

—No está bien que yo lo sepa y Rossa no.

—Alguien se lo dirá tarde o temprano. —Moss parecía pensar que eso era bueno.

¡Pero no!

Súbita y profunda compasión por Considine. Hombre orgulloso. Y aunque a veces cascarrabias, decente. También yo he sido la rechazada otras veces.

Debería decírselo.

No obstante, ¿podía? Despreciaba el papel de metomentodo,

fingir compasión, «Pensaba que tenías que saberlo...». Aunque genuina, mi compasión.

Además, Considine me odiaría para siempre. Mensajeros siempre se llevan la peor parte. Yo no quería que me odiara. Descubrí inesperado afecto por él.

—¿Te vas? —gritó Rincón Alco cuando me levanté.

—Sí. —Necesitaba pensar.

Salí del pub mientras oía a Boss farfullar:

—No sé qué le pasa.

¡Señor! Nada más poner pie en la calle, primera persona que me encuentro: Gillian. Me quedé clavada en el suelo, paralizada por la culpa, luego por la impresión, luego por más culpa.

—Hola, Lola, feliz Año Nuevo. —Se detuvo para charlar. Parecía muy animada.

—... Esto...

—... ¿Te encuentras bien?...

Rediós. Estaba intentando decidir qué era lo correcto. Gillian acababa de cruzarse en mi camino. ¿Cuántas probabilidades había de que eso ocurriera? ¿Estaba ahí por una razón? Pero decisión, difícil. a) Yo no era la más adecuada para hablar, habiéndome insinuado a su novio, aunque no era su novio quien me interesaba sino su alter ego femenino. b) Inmiscuirse en asuntos ajenos odioso para persona urbana como yo.

—Gillian. —Me aclaré garganta—. Sé que no es asunto mío y no te estoy juzgando, ni mucho menos, pero he oído que... que tú y Osama, quiero decir, Ibrahim, habéis estado...

¿Cómo decirlo? Cualquier expresión sonaría sórdida. ¿Retozando en área de descanso?

—... ¿entiendes adónde quiero ir a parar? —dije, acalorada.

Gillian me miró fijamente, inmóvil, el miedo reflejado en su cara de hurón.

—El rumor está corriendo y no tardará en llegar a Rossa. Sería mejor que se enterara por ti.

—¿Dónde lo has oído...? ¿No será ahí dentro? —Señaló el Dungeon con la cabeza, su carita blanca como la leche.

Bajé mentón, asintiendo de mala gana. No habría deseado este sino ni a mi peor enemigo: Boss, Moss y el Maestro al corriente de sus intimidades.

—Mierda —susurró—. De acuerdo. —Asintió, asintió y volvió a asentir. Luego se alejó y entró en el Oak, sin duda para consultarlo con Ojos de Ciruela Pasa.

15.37

No estaba espiando. En absoluto. Pero resulta que estaba limpiando ventanas antes de mi marcha cuando vi a Cara de Hurón y Ojos de Ciruela Pasa acercarse por la carretera con andar resuelto. Como tiroteo en el OK Corral. A la altura de casa de Considine, doblaron a la derecha y entraron en sus dominios. Llamaron a puerta y poco después entraron. Puerta se cerró firmemente. Agucé oído, quizá esperando gritos y platos rotos, pero no oí nada.

16.19

Cara de Hurón y Ojos de Ciruela Pasa salieron cabizbajos, supuse que de vergüenza. Fue cuanto pude intuir.

18.24

Limpiando horno, aunque apenas lo había usado durante estancia en Knockavoy, cuando llamaron a mi puerta.

Rossa Considine apoyado en jamba, algo desmelenado.

—Almorrana con patas —dijo.

—¿Tan mal?

—Tu noche almorrana con patas. Te la prometí y la vas a tener. ¿Qué te parece hoy? ¿Ahora?

—¡Fenomenal! Deja que me quite el delantal.

Naturalmente, solo estaba siendo amable. Considine necesitaba excusa para salir y pillar curda para ahogar dolor por traición de Cara de Hurón, y la estaba disfrazando como regalo para mí. Pero estaba orgullosa, sí, orgullosa, de que me hubiera elegido a mí y no a sus colegas espeleólogos. Claro que, conociendo a esos machotes, seguro que se habrían burlado ferozmente de él. «Ja, ja, ja, ¿sabes lo de Considine? Era tan malo en la cama que su chica se largó con el terrorista suicida. ¡JA, JA, JA!»

18.37, en la calle principal de Knockavoy

—¿Qué pub quieres? —pregunté.

—El Oak.

¿El Oak? ¿Tanto sorprende que esperara boicot al Oak?

Bien por él. Hombre poco rencoroso. A menos que planeara tumbar a Osama.

No, no era ese su plan. Le pidió las bebidas. Actitud civilizada. Admirable. ¡Rossa Considine igualito que Gandhi! Osama, por su parte, sigiloso, mirada gacha por remordimiento. Nada de sonrisa chispeante en ojos aciruelados.

Después de dos copas, Considine se vino abajo y me habló de Gillian y Osama. Reaccioné como si fuera primera vez que oía historia.

—Es una tragedia —dije. De corazón. Rupturas de otras parejas me duelen casi tanto como si me estuvieran ocurriendo a mí—. ¿Cómo te sientes?

—Es el final de una etapa —respondió—. Aunque la verdad es que ya estaba terminada. Nunca debimos volver tras romper la primera vez. Las razones por las que habíamos roto seguían estando ahí. A mí no me interesaban sus películas deprimentes y a ella no le interesaba mi... ¿cómo lo llamas? Travestismo. O espeleología. Y a ellos dos se les ve felices juntos.

—No es agradable que te dejen —señalé, harta de hombres que niegan sus sentimientos.

—No, es cierto que duele. Pero sobreviviré.

—No tienes que hacerte el fuerte conmigo. Que te pongan los cuernos es humillante.

Se volvió hacia mí. Sorprendido, preguntó:

—¿Quieres que me deprima?

—No, quiero que seas sincero.

—Estoy siendo sincero.

—No es cierto.

—En serio, Lola. Hacía mucho que lo nuestro iba mal, y yo estaba demasiado... demasiado... lo que sea... para hacer algo al respecto. Confiaba en que la cosa mejorara por sí sola. O esperaba... esperaba que no tuviera que cortar yo.

—¡No me digas que estás aliviado!

—Aliviado, no. No es tan sencillo. Pero tarde o temprano tenía que ocurrir y ha ocurrido. Pero ahora que lo mencionas, sí, estoy aliviado.

—Por Dios. —Chasqueé la lengua—. ¿Otra copa?

20.49, todavía en el Oak

—¿Cómo te sientes ahora, Considine?

—Como una almorrana con patas.

—Utilizas mal la expresión. No es ahora cuando hemos de encontrarnos como una almorrana con patas. Hemos de encontrarnos como una almorrana con patas mañana por la mañana.

—Lo sé, lo sé. —Sonrisa sorprendentemente atractiva. ¡Por un momento se pareció tanto a Chloe!—. Pero mañana por la mañana no nos veremos. —Pequeño parpadeo en respectivas miradas—. Así que por qué no decirlo ahora.

—... Esto... —Tardé unos instantes en recuperarme del parpadeo, luego exclamé animadamente—: Muy bien, ¡Que sea como una almorrana con patas!

21.17, todavía en el Oak

Brandon y Kelly entraron para copa postrabajo. Expresión de recelo cuando me vieron con Considine. Era evidente que les había llegado noticia de cuernos.

—Lola, Rossa, ¿cómo estáis?

—¡Como una almorrana con patas!

21.21, todavía en el Oak

Cecile se asomó para decir «allo».

—Dios os bendiga a todos —trinó—. ¿Cómo andamos?

—¡Como una almorrana con patas!

Persona que nos encontrábamos, persona a la que le decíamos, «Como una almorrana con patas». Estaba llorando de risa. Muy, muy divertido, y claro, bastante pedo.

—¡Somos la banda de la almorrana con patas! —declaró Considine.

—La célebre banda de la almorrana con patas. Vamos a ver a la señora Butterly antes de que se vaya a la cama.

21.40, pub de la señora Butterly

—Hola, Lola, hola, Rossa, ¿cómo estáis?

—¡Como una almorrana con patas, señora Butterly!

—No hay necesidad de ser ordinarios, ni de gritar. —Parecía alarmada. Considine y yo nos encaramamos a sendos taburetes sin parar de reír—. Ni de carcajearse sin explicarme dónde está el chiste.

Intentamos explicárselo, pero la risa nos lo impedía. Además, ¿qué tenía de gracioso decir «Como una almorrana con patas» ochocientas veces? Se esforzaba por entenderlo, pero solo hacía que menear cabeza y decir:

—Sigo sin verle la gracia. En cambio, Eddie Murphy, ese sí es gracioso. ¿Le habéis visto en *Esta abuela es un peligro*?

Sonó móvil de Considine.

—Es Gillian —susurró en tono de complicidad, aunque todavía no había contestado y Gillian no podía oírle—. Quiere saber cómo me encuentro. ¿Preparada?

—¡Sí!

Abrió el teléfono.

—¿Gillian? —Escuchó durante unos instantes—. Te diré cómo me encuentro.

Riendo, me hizo una señal con la cabeza y los dos gritamos en el auricular:

—¡COMO UNA ALMORRANA CON PATAS!

—A casa los dos —ordenó la señora Butterly. Irritable. Había tenido suficiente—. Me voy a la cama.

—¡Para ver a Eddie Murphy en *Doctor Doolittle*! —bufó Considine.

—¡O en *Superdetective en Hollywood*!

Considine y yo a punto de caer al suelo de risa cuando señora Butterly nos bajó de taburete y empujó hasta la puerta.

22.01, calle principal de Knockavoy
Echamos a andar por la calle tambaleándonos. Tambaleándonos no de la curda, sino de la risa. Avance lento, teníamos que parar cada cuatro segundos para doblarnos.

—¡Eh, Lola Daly, Rossa Considine! ¡Hemos oído que estáis arrasando!

Llamamiento desde interior sulfuroso del Dungeon.

Entramos. Nos invitaron a muchas, muchas, muchas copas.

Noche inolvidable.

Domingo, 18 de enero, 10.03

Una única forma de describir cómo me sentía: como una almorrana con patas. Peor resaca en mucho tiempo.

Preocupada por Considine. Probablemente cachondeo de anoche con almorrana con patas se había esfumado y ahora estaba destrozado —parte resaca, parte dolor de cuernos. Nada peor que el despertar el día después de que te hayan dejado. Sobre todo si has ahogado penas en ingentes cantidades de alcohol.

Le envié mensaje de texto. Parecía tontería urbana enviar mensaje a alguien que vivía en puerta contigua cuando podías levantarte y decírselo en persona, pero no quería entrometerme en su dolor. Además, temía que si me incorporaba pudiera vomitar.

> Mañana. Cabeza como almorrana con patas. ¿Tú?

Respuesta rauda:

> Cabeza como almorrana con patas también...

Envié otro.

> ¿Estás en cueva?

Respuesta rápida.

> ¿Cueva real o emocional?

Me refería a cueva real, pero pregunta sugerente.

> ¿Emocional?

Respuesta inmediata.

> No, creo que solo resaca.

¡Jodidos hombres! ¡Justo cuando piensas que se están abriendo! Decidí seguir durmiendo.

15.10

BI-BIP BI-BIP. Me despertó aviso de texto. Agarré teléfono. Mensaje de Considine.

¿Paseo playa? ¿Para curar resaca?

Idea novedosa. Analgésicos, Coca-Cola con azúcar, patatas fritas de las caras, sofá y edredón, respuesta normal de persona a resaca. Sin embargo, respondí:

¿X qué no? 20 m en puerta.

15.30

Ahí estaba, con serio forro polar y botas. Despeinado, como si acabara de levantarse, y pálido, sí, sí, bastante pálido. En cuanto vi su cetrino careto, se adueñó de mí regodeo paralizador. Imposible seguir avanzando. Él, espasmos de risa tan fuertes que tuvo que agarrarse barriga. Cuando, finalmente, pudo hablar, dijo:

—¿Cómo te encuentras, Lola Daly?

—Como una almorrana con patas, Rossa Considine. ¿Y tú?

—Como una almorrana con patas.

Una de esas resacas en que te ríes por todo.

16.27, poniendo rumbo a casa, alabado sea Dios

—Me encuentro mucho mejor —dijo, contento, Considine—. ¿Y tú?

—No. El viento me ha hecho polvo el oído y solo me curará la resaca un vaso de Fanta y un plato de patatas fritas.

—¿El Oak?

—¿Por qué no probamos otro lugar? —Quería ahorrarle pose valiente, insistiendo con su presencia en el Oak que no le importaba lo más mínimo, lo más mínimo, que su novia le hubiera plantado por Osama—. ¿El Hole in One?

—Antes me tiro por un barranco.

17.03, el Oak

Por la segunda Fanta. Plato de patatas delante de mí. Planeaba pedir tarta de queso del día (fresa) después.

Pitó móvil de Considine.

—Texto de Gillian —dijo—. Quiere saber si me he suicidado.

Sentí pequeña punzada de culpa. ¿Iba a sucederme cada vez que oyera el nombre de Gillian Kilbert, hasta el fin de mis días?

Considine lo notó.

—¿Qué te pasa?

Tenía que preguntárselo. Necesitaba saberlo. Me obligué a soltarlo.

—¿Tú y Gillian... rompisteis por lo que pasó... entre Chloe y yo antes de Navidad?

—No, ya te lo he dicho. Hacía tiempo que nuestra relación estaba muerta.

—¿Alguna vez dijo Gillian algo de mí?

—No —respondió, pero percibí su titubeo.

—¡Sí! —grité—. ¡Sí dijo algo! Cuéntamelo.

—¿Para qué? ¿Para que puedas sentirte más culpable aún?

—Cuéntamelo, Considine.

—¿Recuerdas el día del desatascador? Ese día dijo que entre nosotros había... tensión... tensión sexual.

¿Qué? ¡Gillian Kilbert, zorra caradura!

—Lo dijo pensando que podía desviar la atención de su relación adúltera acusándonos a ti y a mí de tensión sexual —dije—. No es mi intención hundir a un hombre deprimido, Considine, pero no eres mi tipo.

—No se refería a eso —dijo Considine, pacientemente—. Estaba hablando de una conexión entre tú y Chloe.

—¿Y en qué basa Gillian su afirmación? Diantre, ¿no le habrás contado lo del morreo, verdad? —Me cubrí cara con manos.

—No —rió Considine—. Dijo que nos tratábamos con sarcasmo.

—¿Qué respondiste a eso?

—Que nos tratábamos con sarcasmo porque no nos gustábamos. La solución más obvia suele ser la correcta.

Grace

—He de hablar contigo —dijo Damien.

Me asaltó un frío helado.

—Tengo que contarte algo —dijo.

Por Dios. En principio, esta tenía que ser una velada agradable, romántica. Yo había regresado de Londres por la mañana —me había pasado allí una eternidad, desde el jueves, desde que Marnie hiciera una llamada alarmantemente descabellada— y Damien había insistido en cancelar su noche de póquer del lunes para estar conmigo.

No obstante, aunque había encendido mi preciosa vela de jazmín y nos habíamos pulido una botella de vino tinto, el romanticismo no había acabado de cuajar. Estaba demasiado cansada y como el sofá estaba roto, me encontraba apoltronada en la única butaca de la casa mientras Damien permanecía sentado con la espalda recta en una silla de la cocina.

Por acuerdo tácito, finalmente habíamos renunciado a conversar y encendido la tele. Estaban dando un documental sobre las bandas violentas en las cárceles brasileñas —la clase de programa que, por lo general, nos encantaba ver— pero ninguno de los dos le estaba prestando verdadera atención.

Yo estaba pensando en Marnie, en que cada vez la veía peor, en que había empezado a comportarse de forma extraña incluso cuando no bebía. No podía sacudirme la terrible sensación de que la situación estaba alcanzando un punto crítico. También Damien estaba absorto en sus pensamientos, dándole vueltas a algo, y probablemente debido a mi agotamiento, en lugar de acribillarle a preguntas, como era mi costumbre, le dejé hacer.

—Grace, tengo que contarte algo —repitió. Sonaba como si hubiera tomado algún tipo de decisión, y de pronto me sentí muy asustada.

¿Estaba ocurriendo de verdad?

Me di cuenta de que, inconscientemente, había estado esperándolo. Esta noche, al entrar en casa, pensé que había vuelto a notar la extraña presencia. No podía asegurarlo del todo, porque me había puesto a buscarla como una demente. Me había paseado por las habitaciones pensando, sí, creo que sí, no, creo que no, incapaz de decidir si algo, alguien, había estado en mi casa durante el fin de semana. Alguien que no debería haber estado.

Ahora Damien se disponía a contármelo y el miedo, caray, el miedo. De pronto estaba bañada en sudor.

—¿Es sobre…? —La voz me salió ronca. Me aclaré la garganta—. ¿Es sobre Juno?

—¿Sobre Juno? —Damien frunció el entrecejo—. No.

¿No era sobre Juno?

Entonces, ¿sobre qué era? ¿Sobre quién era?

Jamás hubiera creído que fuera posible estar más asustada de lo que lo había estado veinte segundos antes, pero me equivocaba.

—Lo descubrí por casualidad… —dijo Damien.

¿Descubrió qué?

—Pero ahora que lo sé…

¿Sabía qué?

—Se trata de Dee.

Fue tal mi asombro que tardé unos segundos en reaccionar.

—¿Dee Rossini?

—Sí. En el periódico están preparando una historia. Por lo visto ha estado escondiendo a ilegales.

—Oh. —Sabía que era cierto. Lo había visto con mis propios ojos. Pero no podía hablar. Todavía tenía el miedo metido en el cuerpo.

—Van a por ella —continuó Damien—. Si el asunto sale a la luz, Dee no podrá levantar cabeza.

Le miré fijamente a los ojos buscando… ¿qué? ¿Una segunda ronda de confesiones? ¿Eso que no había dicho?

—¿Eso es todo? —pregunté—. ¿Eso es todo lo que querías contarme?

—Me estoy jugando mi carrera al explicártelo. ¿Qué creías que iba a contarte?

—… Nada…

—¿Algo relacionado con Juno? —preguntó con exasperación—. ¿Todavía estás con eso? ¿No te dije que no volvería a verla?

—Sí, sí, sí.

—No sé por qué piensas que podría liarme con ella.

—Sé que me quieres…

—Sí, te quiero, naturalmente que te quiero. Pero aunque no te quisiera, ¿liarme con Juno después de lo que me hizo? —La voz le salía aguda por la frustración—. Sabes que nunca volvería a confiar en ella.

Me fulminó con la mirada, le fulminé con la mirada, de repente nos echamos a reír.

—¿Quieres oírlo o no? —preguntó.

—Sí.

Me lo contó todo. Una fuente de su periódico, *The Press*, les había filtrado la historia de que Dee Rossini formaba parte de un pequeño grupo clandestino que prestaba ayuda a mujeres, en su mayoría moldavas, que habían entrado ilegalmente en Irlanda. Estas mujeres vivían como esclavas; los hombres que las habían introducido en el país les pegaban, las mataban de hambre y las obligaban a ejercer la prostitución, pero ellas no podían solicitar ayuda legal porque legalmente no existían.

—De modo que Dee y su alegre banda de bienhechores se dedican a ayudarlas. Les proporcionan un médico, documentos nuevos y refugio en casa de uno de los bienhechores hasta que dejan de correr peligro.

—¿Y después vuelven a su país?

Si Dee estuviera ayudando a ilegales a salir de Irlanda, no sería tan malo.

Damien negó con la cabeza.

—No las envían a su país porque, por lo visto, su situación allí es tan mala como aquí. Intentan conseguirles trabajo como niñeras o empleadas del hogar. A algunas las envían a Reino Unido. Lo cual favorecería enormemente las relaciones entre ambos países —añadió cansinamente—. Una ministra irlandesa facilitando la entrada de ilegales en Reino Unido. Dee me cae bien, muy bien, es una idealista de verdad, pero a veces…

—¿Quién está preparando la historia?

—Angus Sprott y Charlie Haslett, de actualidades. Es un Código Negro.

—¿Tenéis códigos? Qué machotes sois en *The Press*. Pero ¿cómo lo averiguaste?

—Charlie había entrado secretamente en mis archivos. Me pregunté por qué no me había pedido directamente lo que necesitaba y la conclusión obvia fue que estaba trabajando en algo chungo. —Se encogió de hombros—. No pude resistir la tentación.

—No puede ser un Código Negro si pudiste entrar en su archivo.

—Su hijo está echando los dientes y últimamente Charlie no está durmiendo mucho. Supongo que se olvidó de protegerlo.

—¿Lo tienen muy avanzado? ¿Cuándo piensan publicarlo?

—En cuanto consigan fotos.

—¿Y cuándo será eso?

—La próxima vez que Dee acoja a una mujer en su casa, naturalmente. Hay fotógrafos vigilando el lugar las veinticuatro horas.

Le miré estupefacta. ¿Dee bajo vigilancia continua? ¿Como una terrorista?

La pregunta que se me venía a la mente cada vez que Dee se encontraba en un apuro me asaltó de nuevo.

—¿Quién le está haciendo esto? ¿Tienes idea de quién es la fuente?

—¿La fuente?

—Vale, lo sé. —La identidad de las fuentes nunca debía ser desvelada porque entonces, ¡bang!, dejaban de ser fuentes—. No digas nada.

—Lo siento. En cualquier caso, seguro que los *chrisps* están detrás de esto, porque si este asunto saliera a la luz, no solo hundiría a Dee, sino a todo el partido del NewIreland. Corren rumores de que pronto se anunciarán elecciones generales, probablemente para marzo. Como ya ocurrió la última vez, los *nappies* no conseguirán suficientes escaños para formar gobierno en solitario. Pero si el NewIreland tiene problemas, no podrán contar con ellos para formar una coalición, lo cual dejará el camino libre a los *chrisps*.

—Damien, tengo que contárselo a Dee.

—¿Por qué crees que te lo he explicado?

—Pero si alguien descubre que la información vino de ti… Perdería su empleo.

Hizo una pausa.

—Lo he meditado y creo que debemos correr el riesgo.

—Damien, eres… eres realmente genial.

—Dee, ¿quién lo sabe?

Había conseguido reunirme con ella a primera hora de la mañana, antes de ir al trabajo, en su despacho de Leinster House. La obligué a sentarse y luego le expliqué lo que me había contado Damien. Me miró con estupor mientras su bello rostro palidecía.

—¿Cómo…?

—Eso es lo que te estoy preguntando. ¿Quién lo sabe?

Se soltó el rodete y deslizó los dedos por la rizada melena antes de devolver los mechones descarriados al rebaño y recogérsela de nuevo en lo alto de la cabeza.

Finalmente habló.

—Únicamente las chicas. Y un pequeño grupo de personas. Pero somos muy pocos y todos queremos lo mismo… —Me miró fijamente—. Y tú, Grace, pero dado que estás aquí poniéndome sobre aviso, doy por sentado que no eres tú.

—¿Y esas otras personas? Damien dijo que hay un médico y alguien que se encarga de los documentos. ¿Podría ser una de ellas?

—Tienen tanto que perder como yo.

—¿Quién podría haberlo descubierto por casualidad? ¿Quién frecuenta tu casa? ¿Tienes novio?

Negó vehementemente con la cabeza.

—Eso mismo me dijiste en una ocasión y era mentira.

—Lamento mucho aquello, pero te aseguro que ahora no tengo novio.

—¿Tu hija?

—Vive en Milán.

—¿La mujer de la limpieza?

—Has visto mi casa. ¿Dirías que tengo mujer de la limpieza?

—¿Amigos? Invitas a amigos a tu casa para cenar pasta rara. Nos invitaste a Damien y a mí.

Posó las manos planas sobre la mesa. (Otra laca de uñas realmente elegante. Un tono como de brezo apagado. Como en el caso de sus otras lacas de uñas, era más bonita de lo que suena.)

—Te contaré cómo funciona esto, Grace. Está todo cuidadosamente planeado. Ayudar a una chica a escapar no es fácil y las oportunidades son pocas. Cuando deciden llevar a una chica a mi casa, siempre me avisan con unos días de antelación. De ese modo tengo tiempo de despejar la zona y de asegurarme de que no haya nadie más en mi casa al mismo tiempo.

—Pero Elena…

—Elena fue una emergencia. No suele pasar.

—El caso, Dee, es que alguien lo sabe y lo ha contado.

—Son chicas muy jóvenes, prácticamente unas niñas —dijo con tristeza—. No imaginas las cosas horribles que les hacen. Las violan, las matan de hambre, les pegan, les rompen los huesos, les meten cigarrillos en la vagina…

—Para.

—No podía negarles mi ayuda.

—Dee, estoy de tu parte, pero estás infringiendo la ley. No estoy diciendo que no sea una ley cruel, pero tú eres una ministra del gobierno. Si no quieres perder tu trabajo, tu carrera y tu partido, y los perderás si este asunto sale a la luz, será mejor que averigües quién está detrás de todo esto. Y pronto, porque *The Press* está deseando publicar la historia.

—Tiene que ser Cafetera Brady y sus progresistas cristianos.

—Esa es la conclusión más obvia, pero ¿quién de todos ellos?

—Es un partido grande. Podrían ser varios.

—No, Dee, tienes que concretar. Alguien te la tiene jurada.

Puso los ojos en blanco.

—Cada día de mi vida me doy cuenta de que son muchas las personas que me la tienen jurada.

—Lo que quiero decir, Dee, es que estás tan acostumbrada a

que te ataquen desde todos los flancos, que has olvidado que las cosas horribles no ocurren simplemente porque haya fuerzas del mal flotando en el éter, sino porque hay seres humanos que hacen que ocurran.

Pensé que era un discurso brillante, la verdad. Me pregunté si la había impresionado.

Me pareció que Dee estaba reprimiendo una sonrisa. ¡Y el asunto no tenía nada de gracioso! Durante un breve instante tuve un momento de película de espías, donde todo el mundo es un traidor y no puedes fiarte de nadie, y me pregunté si la fuente no sería la propia Dee. Fue como ver doble, pero en el cerebro.

—¿Dee?

—Grace, no me estoy riendo. Te agradezco mucho todo esto. Repasaré toda la información que tengo, hablaré con los demás y descubriré quién ha sido.

—Dee, tienes que descubrirlo pronto y conseguir que detengan el artículo. Entretanto, no puedes arriesgarte a que otra chica aparezca por tu casa. En cuanto *The Press* consiga las fotos, publicará la historia.

—Nosdías, nosdías, nosdías, nosdías, nosdías —saludé a TC, Lorraine, Clare, Tara y, sí, también a Joanne.

—¿Sigue haciendo un frío que pela ahí fuera? —TC era dado a lamentarse de la vida en general y, normalmente, encontraba en mí a una cómplice bien dispuesta.

—Sí —respondí mientras examinaba la avalancha de comunicados de prensa que aguardaban en mi buzón. Sin perder tiempo en preguntarme si eran buenos o no, escogí cinco historias que proponer a Jacinta cuando decidiera llegar y luego, bajo la suspicaz mirada de TC, me puse a escribir nombres al azar en mi bloc: Dee Rossini; Toria Rossini; Cafetera Brady; marido de Toria Rossini, como sea que se llame; Christopher Holland; yo; Damien; Paddy de Courcy; Sidney Brolly; Angus Sprott; Scott Holmes, el periodista que había escrito el espantoso artículo con Christopher Holland.

Fui repartiendo por la hoja los nombres de todas las personas que habían tenido relación con Dee que me venían a la cabeza.

—¿Qué haces? —preguntó TC.

—Nada. —Cubrí la hoja con el brazo.

Estaba haciendo algo que hacen los detectives en las novelas de Val McDermid: anotan todo lo que saben acerca de un caso, incluso los cabos sueltos, y buscan un patrón o conexión. Aunque es posible que eso no ocurra en la vida real. Y que los detectives de verdad no puedan entrar en las casas con una tarjeta de crédito. Es posible que en Hawai los detectives de verdad nunca digan. «No le quites ojo, Danno».

Pero no se me ocurría otra estrategia. Martilleé el boli contra la hoja. ¿Quién más? El ex marido de Dee, cómo no. Mientras miraba distraídamente en torno a la oficina buscando inspiración, David Thornberry se levantó de su mesa y agarró sus cigarrillos. Otro más, pensé, y escribí su nombre. Era el autor de la exclusiva sobre el «escándalo de la boda no pagada de la hija de Dee» que el gran jefe le había permitido llevar adelante. Ya que estaba en ello, también anoté el nombre de Coleman Brien.

A renglón seguido, escribí una serie de preguntas en la hoja, tratando de no meditarlas demasiado. «¿Quién pintó la casa de Dee?» «¿Dónde se celebró la boda de su hija?» «¿Quién le recomendó el hotel?» «¿Dónde conoció Dee a Christopher Holland?» «¿Quién fue la anterior novia de Christopher?» «¿Quién fue el anterior novio de Dee?» «¿Quién explicó a Dee lo de las chicas?» «¿Quién elaboraba los documentos para las chicas?» «¿Conocían estas personas a algún *chrisp*?» «¿Conocían a Christopher Holland?»

Llené casi toda la hoja. Tal vez debería ir al armario del material, coger un montón de fichas, anotar cosas en ellas, lanzarlas al aire y ver qué historia formaban al caer al suelo. Aunque es posible que en la vida real los detectives tampoco hagan eso.

Observé la hoja cubierta de letras. Suponiendo que había anotado cuanto era relevante —y solo Dios podía saberlo— en algún lugar tenía que haber una conexión que apuntara hacia la persona o personas que andaban a la caza de Dee.

Tracé varias flechas conectando nombres con frases, tratando de mantenerme imparcial, tratando de dejarme guiar por una energía diferente.

Pero yo no creo en la energía. No creo en la intuición. No creo

en los presentimientos. No soy esa clase de periodista. Mi talento consiste en agotar a la gente, en minar su paciencia, en estarle encima hasta que al final, harta de mí, me obsequia con una cita o una historia para que la deje en paz.

Examiné los resultados: eran desalentadores. Según mis flechas, Cafetera Brady había pintado la casa de Dee, Christopher Holland era su propia novia anterior y la hija de Dee se había casado conmigo.

—Hay una —dijo TC, inclinándose sobre mi hombro y apuntando con el dedo, como si estuviera ayudándome con un sudoku—. Mira esta: «Paddy de Courcy» conectado con «¿Quién le recomendó los pintores?». Eso tendría sentido. Tal vez se los recomendó él.

—¡Que viene! —Lorraine había visto llegar a Jacinta—. ¡Dios mío, no! ¡Bolso rojo!

—¡Rojo! —Estas tres semanas de negro habían sido agotadoras, pero el rojo era todavía peor. Presagiaba ira, gritos y, decididamente, nada de pastel.

Doblé la hoja, me la guardé en el bolsillo y me preparé para la furia de Jacinta.

Me ordenó que cubriera el tema del final de las rebajas de enero. ¿Cuánto se alargaba? ¿Qué ocurría con la ropa que no se vendía? ¿La destruían? ¿La devolvían al fabricante? ¿La llevaban a TK Maxx?

—Indaga sobre Missoni —dijo—. Queda un montón de mercancía en Brown Thomas, pero no salen del cuarenta por ciento de descuento.

No pude evitar sospechar que Jacinta tenía un interés personal en el artículo.

Mientras entraba y salía de las tiendas de ropa que ofrecían los desechos de los atuendos navideños, seguí pensando en Dee y seguí volviendo a Christopher Holland, el novio fugado. Él tenía, por citar a Hércules Poirot, el medio, el móvil y la oportunidad. Después de haber perjudicado a Dee más allá de lo perdonable, poco tenía que perder si la acusaba de dar refugio a ilegales. Casey Kaplan había mencionado que Christopher tenía deudas de juego, y por mucho que me gustara creer que Kaplan solo decía gilipolleces, puede que Christopher hubiera necesitado más dinero.

Había pasado mucho tiempo en casa de Dee, y aunque Dee insistiera en que mantenía su vida bien compartimentada, puede que Christopher hubiera coincidido con una de las chicas. Ninguna vida podía ser lo bastante hermética. Si yo sabía que Dee ofrecía protección a mujeres, su vida no podía ser hermética. Yo no era más que una periodista que había aparecido casualmente en su casa el mismo día que una mujer brutalmente apaleada se había instalado en su dormitorio. Afortunadamente, Dee me caía bien. Pero puede que ese día hubiera concedido otra entrevista, puede que otro periodista hubiera llegado, se hubiera sentado en su cocina a comerse sus macarrones caseros, hubiera subido y... y... ¿qué? *¿Qué era?*

Algo en mi mente me había generado un subidón de adrenalina. Súbitamente despierta y pensando con total claridad, me detuve en medio de la acera y un hombre me embistió por detrás. «Lo siento, lo siento», me disculpé mientras el hombre farfullaba algo sobre la gente capulla que no respetaba a los demás...

Salí del tráfico peatonal y retrocedí sobre mis últimos pensamientos, examinándolos uno a uno.

¿«Otro periodista»? No, no era eso.

¿«Sentado en su cocina»? Tampoco.

¿«Comerse sus macarrones caseros»? ¡Sí, eso era!

Los macarrones caseros. Yo no los había probado, pero Dee me había dicho que no importaba porque Paddy y Alicia iban esa noche a cenar a su casa y ellos se los comerían.

Si Dee no había cancelado la cita y Elena seguía allí cuando llegaron, significaba que Paddy y Alicia habían estado en casa de Dee al mismo tiempo que Elena.

Si Paddy se había enterado de lo de Elena, ¿qué otras cosas podía saber?

Agarré el teléfono.

—Dee, ¿recuerdas el día que te hice la entrevista? Paddy de Courcy y Alicia Thornton estaban esa noche invitados a cenar en tu casa. Puede que Paddy viera a Elena. Puede que hiciera lo mismo que yo, ya sabes, abrir la puerta del dormitorio. ¿Lo hizo?

—¿Por qué lo preguntas?

—Responde.

Tras un largo silencio, dijo:

—Sí.

Noté un fuerte hormigueo en las yemas de los dedos.

—Dee, ¿recuerdas el escándalo de la pintura?

Soltó un suspiro de asentimiento.

—Repasemos los hechos. —(Los conocía todos, pero quería exponérselos)—. Te pintaron la casa, la firma de pintores nunca te envió la factura, y cuando, por propia iniciativa, les enviaste un talón, no lo ingresaron, de modo que, en teoría, te habían pintado la casa gratis. Por tanto, la persona que quería perjudicarte debió de ponerse en contacto con la firma de pintores después de que tú decidieras contratarla. O a lo mejor se confabuló primero con la firma y luego te convenció para que la contrataras. Me contaste que te la había recomendado un amigo. ¿Quién era ese amigo?

Otro largo silencio.

—¿Paddy? ¿Paddy de Courcy?

Un suspiro.

—Sí.

—Dee, es él.

—No, no es él —dijo Dee—. Es absurdo. Si yo salgo perjudicada, el partido sale perjudicado, y si el partido sale perjudicado, Paddy de Courcy sale perjudicado.

—No estoy diciendo que sea una hipótesis perfecta. —Advertí que, llevada por mi agitación, estaba hablando demasiado alto y medio Kenny's me estaba escuchando. Habría preferido tener esta conversación en privado, pero no quería ir a casa de Dee por miedo a que los fotógrafos camuflados me tomaran por una moldava y no quería que Dee fuera a la mía por miedo a que eso dirigiera la atención hacia Damien.

—Bombardeo de precisión —susurré—. Deshacerse de ti pero manteniendo intacta la integridad del partido. He ahí lo que está haciendo.

—Bombardeo de precisión —repitió Dee, y meneó la cabeza con cierto desdén.

Me di cuenta de lo peliculera que sonaba.

—Lo siento, esto no es *Black Hawk derribado*, pero no se me ocurre otra manera de expresarlo.

—Es demasiado arriesgado para él —dijo.

—A Paddy de Courcy le gustan los riesgos.

—¿Cómo lo sabes?

Meneé la cabeza.

—Esa es una historia que ahora no viene a cuento. —Respiré hondo—. Dee, lo siento, pero Paddy de Courcy no es el hombre encantador que imaginas.

Me miró atónita y lamenté tener que echar abajo sus ilusiones. Pero no me quedaba más remedio si, tal como sospechaba, era la persona que la estaba perjudicando.

—Yo nunca he pensado que Paddy de Courcy fuera un hombre encantador —dijo.

—¿En serio? Pues me alegro, porque…

—Paddy de Courcy es un hombre despiadado, traidor, avaricioso, ambicioso y profundamente desagradable. Vendería a su abuela en un mercadillo si creyera que eso podía darle un par de votos y, por la buenas o por las malas, un día será primer ministro de Irlanda.

Me quedé muda. Muda. Su opinión de Paddy era casi peor que la mía. Pero nunca lo había mencionado. Nunca había hecho la más mínima insinuación. ¡Caray con los políticos!

—Entonces, ¿por qué trabajas con él?

—Todos trabajamos con gente que no nos gusta. Paddy de Courcy es beneficioso para el partido: a la gente que no confía en mí porque me ve como una feminista respondona le tranquiliza que tenga de adjunto a un hombre guapo y carismático.

—¿Y reconoces que quiere ser primer ministro?

—Por supuesto. Siempre ha tenido el ojo puesto en ese objetivo, pero nunca he creído que planeara alcanzarlo convirtiéndose en el líder del NewIreland. Nos está utilizando porque somos pequeños pero tenemos influencia. Paddy de Courcy es un pez gordo en el NewIreland y eso le da prestigio, pero para él somos un mero peldaño. Su siguiente gran paso será pasarse a los *nappies* y continuar con su plan desde ahí.

—Vuelve a decirlo, Dee. «Un hombre despiadado, traidor…»

—Un hombre despiadado, traidor, avaricioso, ambicioso y profundamente desagradable.

—Y di lo de vender a su abuela.

—«Vendería a su abuela en un mercadillo si creyera…»

—… que eso podía darle un par de votos —continué.

—… que eso podía darle un par de votos —me secundó.

Volví a mirarla con estupefacción.

—Pensaba que erais uña y carne.

—Ahora ya sabes que no.

—Pero creo que te equivocas. Creo que Paddy de Courcy sí aspira a convertirse en el líder del NewIreland. Eso, como mínimo, le garantizaría un cargo ministerial.

—¿Qué te ha hecho Paddy? —preguntó de repente Dee.

—… Eh…

—Porque te ha hecho algo, ¿verdad? Algo malo. Pero Grace, no intentes hacer que los hechos encajen únicamente para poder encontrarlo culpable.

¿Estaba haciendo eso?

¿Estaba interfiriendo mi historia personal en la realidad? ¿Estaba intentando culpar de todo a Paddy de Courcy? ¿Del calentamiento global? ¿De la deforestación? ¿De los ataques contra Dee Rossini?

Puede. Estaba dispuesta a reconocer que existía una pequeña, ínfima posibilidad. Pero cada vez que intentaba meter a otra persona —Christopher Holland, por ejemplo— en la casilla de «Culpable», mi cerebro se negaba a cooperar.

Solo necesitaba otro hecho para relacionar a Paddy con la persecución de Dee. ¿A quién podía recurrir? No podía llamar a Angus Sprott, de *The Press*, y preguntarle si De Courcy era su fuente. En primer lugar, no me lo diría; en segundo lugar, sería como si estuviera señalando a Damien; y en tercer lugar, seguro que la fuente no era Paddy en persona. Seguro que había encargado a Spanish John que pagara a alguien para que este alguien pagara a alguien para que lo hiciera: una cadena de mando lo bastante larga para que nunca llegara a salpicarle.

—En la boda de tu hija muchas cosas fueron mal. ¿Crees que pudieron pagar a alguien del hotel para asegurarse de que así fuera?

¿Para «perder» la tarta nupcial? ¿Para provocar un caos en la cocina y hacer que faltara comida?

—Es una posibilidad, pero no hay manera de demostrarlo.

Quizá no fuera tan difícil. Necesitaría hablar con todas las personas que trabajaron en el hotel el día de la boda.

Claro que habían pasado cinco meses, todo el mundo sabía que la rotación de personal en los hoteles era elevada. Así y todo, merecía la pena intentarlo.

—No es Paddy —dijo Dee—, pero podría ser Christopher. Hablo en serio.

—De acuerdo. —Decidí apuntar hacia ese otro objetivo. (En las novelas de Val McDermid, los detectives dicen que debes mantener una actitud abierta.)—. ¿Por qué vendió la historia sobre su relación contigo?

—Supongo que porque el *Globe* le pagó mucho dinero.

—¿Supones? ¿No se lo has preguntado?

Me miró como si estuviera loca.

—No he hablado con él desde que se publicó el artículo. De hecho, desde dos días antes.

—¿Ni una palabra? ¿No sentiste la necesidad de llamarle y ponerlo verde?

—No.

—¿Ni de obtener respuestas a algunos interrogantes?

—No.

—¿Ni siquiera una noche estando borracha?

—Yo no me emborracho.

—¿En serio?

—Bueno, vale, sí. Pero ¿por qué iba a echar a perder una buena borrachera llamándole? Christopher me falló. Sabía que lo haría. Los hombres siempre te fallan.

—Entonces, ¿por qué salías con él?

—Porque tenía una polla enorme y podía hacerlo tres veces en una noche.

—… Oh… ¿En serio?

—En serio. A veces incluso cuatro.

Caray, esta mujer era fantástica.

—Nadie, prácticamente nadie, sabía que tenías novio. Por tanto, ¿cómo sabía el *Globe* que había siquiera una persona a la que poder abordar y ofrecer dinero? Alguien tuvo que decírselo. ¿Conocía Paddy a Christopher?

Dee titubeó.

—Sí. Pero creía que Paddy había quedado descartado.

—Yo también.

Había algo que ansiaba preguntarle por pura curiosidad.

—Casey Kaplan me dijo que conocía a Christopher y que había cenado contigo y con él un par de veces. ¿Es cierto? ¿O se estaba echando un farol?

—Es cierto. —Rió al ver la amarga expresión en mi cara—. Christopher y Casey son muy amigos, fueron juntos al colegio. Casey conoce a todo el mundo. Es esa clase de persona.

—A lo mejor fue Casey Kaplan.

—No —repuso Dee con desdén—. Casey no habría pasado la historia a Scott Holmes, la habría escrito él mismo. Además, no fue él porque es un encanto.

—Querrás decir un imbécil.

—Lo dices por la ropa ridícula, el aire arrogante, esa jerga de las estrellas del rock. Pero es un cielo de hombre. Esa es la principal razón de que esté tan bien conectado, que cae bien a todo el mundo.

—A mí no.

—Salvo a ti.

—Llamaré a Scott Holmes —dije—. Puede que me cuente algo.

—No lo hará —aseguró Dee.

—Eso ya lo veremos. —Localicé mi móvil, confiando en tener todavía su número.

—¿Scott? Soy Grace Gildee.

—¡Gracie!

Soporté la conversación «¿Qué es de tu vida?» todo el tiempo que pude y luego dije:

—Scott, necesito tu ayuda. —(Buen comienzo. Muéstrate desvalida. Eso acelera los resultados. Crítica ciertamente deprimente sobre el estado de las relaciones hombre/mujer, pero solo digo lo que es.)

—Oh, Gracie, solo me llamas cuando quieres pedirme algo.

—En noviembre hiciste un artículo con Christopher Holland, el novio de Dee Rossini. ¿Lo recuerdas?

—Claro.

—¿Fue Christopher quien se puso en contacto contigo? ¿O hubo un intermediario?

—Vamos, Grace, sabes que eso es confidencial.

—Scott, no estamos hablando del acuerdo de Viernes Santo. ¿Fue Paddy de Courcy?

—¿Qu…? ¿Estás loca?

—¿John Crown?

—¿El chófer de De Courcy? No.

El silencio silbó en la línea.

—Grace, solo puedo decirte una cosa. Hubo un intermediario, pero nunca me dijo su nombre. De hecho, nunca le vi la cara.

Mierda.

—Entonces, ¿cómo se puso en contacto contigo? ¿Apareció en tus sueños?

Scott rió.

—Por móvil.

—¿Alguna probabilidad de que conserves el número?

—Es muy probable que a estas alturas ya haya sido dado de baja. Generalmente, la cuenta se abre el tiempo justo para hacer el trato.

—Gracias, Scott, también soy periodista, conozco los métodos nefandos, pero dámelo de todos modos.

—Ya conoces las condiciones. Yo no te lo di, etcétera, etcétera. Deja que lo busque. Después de mucho revuelo de hojas, recitó una retahíla de números.

—Gracias, Scott, eres un buen hombre.

—Quedemos una noche —dijo.

—Sí, claro —dije, y colgué.

No porque no me cayera bien, pero, como buen neozelandés, le pirraban las actividades al aire libre. La principal razón de que hubiera roto con él —aparte de estar enamorada de Damien— era que siempre me tenía caminando por la ladera de una montaña nevada.

—¿Tienes monedas? —pregunté a Dee—. Necesito hacer una llamada.

Me tendió su móvil.

—No, tengo que utilizar una cabina. No podemos dejar huellas electrónicas.

—¿Ahora estamos en *Misión Imposible*?

Sacó una moneda de cincuenta céntimos y me dirigí al oscuro nicho donde Kenny's tenía los teléfonos públicos. Marqué el número que Scott me había dado y aguardé conteniendo la respiración.

Esperaba toda clase de ruidos, pero no un tono de llamada. De repente el teléfono empezó a sonar. Al tercer tono, alguien contestó. Una voz de hombre.

—Habla Ted Sheridan.

Colgué enseguida.

Las manos me temblaban.

Ted Sheridan.

Sheridan.

La prueba que necesitaba.

Regresé junto a Dee.

—¿Era Paddy? —preguntó.

—No.

—Te lo dije.

—Levanta. Nos vamos a dar un paseo en coche.

—¿*El Padrino*? ¿*Uno de los nuestros*?

Mientras conducía llamé a mamá.

—Necesito que me busques una foto muy antigua, de la época en que Marnie salía con Paddy de Courcy.

Dee me lanzó una mirada afilada desde el asiento del copiloto.

—Pero no de ellos —puntualicé—, sino de Sheridan. Sé que hay una dando vueltas por ahí.

Mamá no tardaría en dar con ella. A mis padres les parecía lamentablemente burgués registrar cada reunión familiar con una miríada de fotos. Ni siquiera tenían cámara y las pocas fotos que poseían de Marnie y de mí de adolescentes las había hecho y donado Leechy.

—¿Qué estamos haciendo? —preguntó Dee.

—Vamos a recoger una foto de Ted Sheridan, íntimo amigo de Paddy de Courcy. Luego se la enseñaremos a Christopher Holland y le preguntaremos si es el hombre que le convenció de que desvelara los pormenores de vuestra vida íntima.

—Ni hablar… No pienso hablar con Chris…

—No tienes que hablar con él, pero has de estar presente. ¿Cómo sino podré demostrarte que De Courcy está detrás de todo esto?

Como era tarde, las calles estaban desiertas y llegamos a Yeoman Road en solo diez minutos. Cuando entré corriendo en casa, Bingo echó la cabeza hacia atrás y aulló de alegría. Mamá había encontrado la foto. En ella aparecíamos Marnie, Paddy, Leechy, Sheridan y yo formando una piña y riendo.

—Gracias, mamá, eres la mejor, pero no puedo quedarme. —Traté de sacudirme a Bingo de la pierna—. ¡Suéltame, por lo que más quieras!

—Ven aquí, Bingo —ordenó mamá.

Finalmente logré liberarme del apasionado abrazo de Bingo. De nuevo en el coche, tendí la foto a Dee.

—Sujétala. Y ahora, ¿dónde vive Christopher Holland?

Pareció que iba a negarse a decírmelo, pero finalmente cedió.

—Inchicore.

Miró fascinada la foto.

—Qué joven está Paddy aquí. Ha ganado con la edad. ¡Y tú estás igual! ¿Quiénes son los demás? —Estaba estudiando a Leechy—. ¿Esta no es…? No, no puede ser…

—¿Quién? Señálamela. Lo es.

—No sabía que la conocieras.

—Ya no. Oye, telefonea a Christopher Holland para asegurarnos de que está en casa. Dile que quieres verle.

—No quiero verle.

—Pues haz ver que sí. Estamos intentando salvar tu carrera, por si no te habías dado cuenta.

—¿Y si no quiere verme?

—Dile: «Es lo mínimo que puedes hacer por mí». Haz que se sienta culpable.

Sacó el móvil del bolso, pero se limitó a sostenerlo con la cabeza gacha.

—¡Llama!

Marcó el número con desgana. Debió de responder Christopher, porque dijo:

—Soy Dee. —Luego—: Tengo que verte. Ahora. Diez minutos. Colgó y tuvo un escalofrío.

—Anímate —dije—. Estarás en su casa. Puedes romperle algo, un objeto valioso.

Christopher Holland abrió la puerta al instante y se embarcó en una sentida disculpa.

—Dee, lo siento, yo…

Entonces reparó en mí y dio un paso atrás, súbitamente receloso.

Era un hombre increíblemente sexy, y sabiendo lo que sabía sobre su enorme miembro y su resistencia, no me habría importado hacerle un favor. (Solo en teoría y si no estuviera con Damien, etc., etc.)

—Grace Gildee, Christopher Holland. —La presentación de Dee fue lacónica. Entramos y seguí a Dee hasta una sala de estar.

—Dee, no debí hacerlo… —Christopher volvió al ataque.

Dee le mandó callar con un gesto de la mano.

—No he venido a escuchar tus disculpas. Solo necesito saber si me la jugaste por tu propia iniciativa o alguien te persuadió para que lo hicieras.

—Persuasión —respondió, deseoso de sacudirse la culpa—. A mí no se me hubiera ocurrido hacer algo así. Dee, me ofrecieron mucho dinero. Dije que no, volvieron ofreciendo más, volví a decir no, subieron otra vez. Fue la decisión más difícil de mi vida…

—Me rompes el corazón —dijo Dee—. Grace, enséñale la foto.

Se la tendí bruscamente.

—Sé que es muy antigua, pero ¿ves en ella a tu… —tosí con sarcasmo—… persuasor?

Hacía siglos que no veía a Sheridan. Solo podía confiar en que no hubiera envejecido demasiado o se hubiera hecho cirugía plástica.

Christopher miró fijamente la foto.

—¿Este de aquí es Paddy de Courcy? —rió—. Qué fuerte. ¡Menuda pinta! Llevaba corte de quinqui.

—Olvídate de él.

—¿Y esta de aquí eres tú? —Me miró de arriba abajo—. No has cambiado mucho.

—¿Te importaría…? —Redirigí su atención a la tarea.

Tenía la foto sobre la palma de la mano. Estuvo tanto rato contemplándola que empecé a sudar.

—¿Y bien? —le insté.

—No. —Negó con la cabeza—. Lo siento. —Parecía lamentarlo de verdad.

—Sé que es una foto antigua, pero imagina que han pasado diecisiete años. —Estaba empezando a sonar desesperada—. Imagina otro pelo, puede que hasta un poco menos, algo más de papada, quizá…

Se acercó la foto a la cara y lo intentó con un ojo cerrado, luego con el otro.

—Es posible. ¡Sí, ahora lo veo! Aunque está muy cambiada. Ahora tiene más estilo…

¿Cambiada?

¿Cambiada?

—¿De quién estás hablando? —Le arrebaté la foto.

—De ella. —Señaló a Leechy—. ¿No te estabas refiriendo a ella?

Me volví hacia Dee. La estupefacción en mi cara se reflejó en la suya.

—Es Paddy —dijo Dee.

Estábamos sentadas en el coche, delante del piso de Christopher Holland, demasiado abrumadas para movernos de allí.

—No hay duda de que es Paddy —repitió. Giró el cuello para mirarme—. ¿Verdad, Grace?

—… Eso parece.

—¿Estás bien?

—… Mmm, sí.

Pero no lo estaba. De pronto me descubrí dudando seriamente de lo acertado de esta empresa. Hasta este momento había sido

—casi— como un juego. Me había dedicado a jugar a los detectives durante una semana de poco trabajo. Después de lo que Paddy me había hecho, había sido gratificante para mí buscar una prueba de su culpabilidad. Pero ahora que tenía la prueba —Paddy estaba metido en juegos políticos de alto riesgo— de repente había recuperado el juicio. ¿En qué había estado pensando con mis estúpidas bravuconadas? Hubiera debido mantenerme al margen. Esto era la vida real y sabía muy bien de lo que Paddy era capaz.

Tomé una decisión: había llegado el momento de retirarme. A partir de ahora, lo dejaba en manos de Dee. Ella era la figura política, ella era quien podía manejar todo este rollo maquiavélico. Yo no era más que una ciudadana de a pie. Una ciudadana asustada.

—Tendré que enfrentarme a él. —Dee afinó la mirada mientras visualizaba la escena—. Pero necesito algo con lo que poder negociar. ¿Qué tienes contra él, Grace? ¿Qué trapos sucios crees que puede esconder?

—Ninguno.

—¿Qué? —Se volvió hacia mí con cara de pasmo—. Pero yo pensaba… Oh, no, Grace. ¡No puedes!

—Dee, no soy esa clase de persona, no tengo madera de periodista… Pensaba que la tenía, pero estaba equivocada. Lo siento —añadí.

—¿Me estás diciendo que le tienes miedo a Paddy?

—… Supongo que sí.

—¡Pero eso es fantástico! Significa que sabes algo de él, algo que puede ayudarme.

—Sí, pero…

—¿No quieres desquitarte por lo que haya podido hacerte?

—No.

—Esa no es la Grace que yo conozco.

—Tampoco es la Grace que conozco yo —repuse con tristeza—. Quién me lo iba a decir.

—Grace, eres mi única esperanza. Mi carrera política depende de ti. Sin ti estoy perdida.

Apoyé la frente en el volante.

—Calla.

—Soy la única esperanza para miles de mujeres irlandesas. Mujeres que viven con miedo. Mujeres que no tienen a nadie que hable en su nombre. Mujeres que no tienen a nadie que las represente, nadie que exprese las esperanzas más profundas de sus corazones.

Marnie

Sky News seguía siendo su único amigo. Pese a esa tendencia suya a repetirse cada quince minutos, aproximadamente. Hoy le estaba contando que era miércoles, 21 de enero. (También un rollo sobre traspasos futbolísticos que apagó.)

Cuando el teléfono sonó, lo miró asustada. La costumbre. En algún momento el teléfono se había convertido en un transmisor exclusivamente de malas noticias y había dejado de atenderlo. El contestador se puso en marcha, luego oyó la voz de Grace.

—Marnie, soy Grace. ¿Estás ahí?

Descolgó.

—Estoy.

—¿Sobria?

—Sí. —Pero únicamente porque estaba esperando a que abriera la licorería. No quedaba una gota de vodka en toda la casa. Ignoraba cómo había ocurrido.

—¿Seguro? —Grace sonaba preocupada—. Se trata de algo importante.

—Seguro, créeme. —A Marnie se le encogió el corazón. No podía reprocharle su suspicacia.

—Está bien. Tengo un favor que pedirte. Viaje al pasado. Agárrate. Paddy de Courcy.

Marnie sintió un escalofrío. Solo de oír su nombre. Todavía hoy.

Grace prosiguió.

—No quiero que te sientas presionada. No hagas nada que

no quieras hacer. Solo estoy haciendo esto para ayudar a otra persona, de modo que no me estarás fallando si me dices que no.

Marnie no entendía nada.

—¿Quieres ayudar a Paddy?

—¡Jesús, no! Todo lo contrario.

—… Vale. —De modo que Paddy no quería que ella, Marnie, le ayudara. Se sintió extrañamente decepcionada.

—Está metido en toda clase de sucias artimañas políticas —explicó Grace—. Prometí a la persona a la que está perjudicando que intentaría ayudarla.

Marnie la escuchaba atónita. Todo esto era demasiado dramático. Alarmantemente dramático.

—Y pensé en ti —dijo Grace.

—¿En mí?

—Por la forma en que… te pegaba y todo eso. Creo que es posible que se lo haya hecho a otras mujeres. Si las localizo, ¿estarías dispuesta a unirte a ellas para presionar a Paddy?

—¿Presionarle? —se oyó preguntar Marnie. Qué extraño era todo esto. Paddy de Courcy, después de todo este tiempo. ¿Presionarle?

—Si no da marcha atrás, tú y las demás iréis a la prensa con vuestra historia.

—¡La prensa!

—Probablemente no tendréis que llegar a eso. La amenaza será suficiente.

—Ah, bueno. —Su historia no podía salir en la prensa—. Grace, ¿qué te hace pensar que hay otras?

—Un par de detalles. Todavía no los he comprobado. Antes de seguir adelante con esto quería saber si estarías dispuesta a colaborar. —Después de una pausa, añadió—: Pero no tienes que hacerlo, Marnie. Solo te lo estoy preguntando porque prometí a esa persona, a Dee, que lo haría. Últimamente las cosas no han sido fáciles para ti y puede que esto sea lo último que…

—¿No quieres que vaya?

—En parte no, la verdad. Solo te lo estoy preguntando porque dije que lo haría…

—No paras de repetirlo. —Marnie se echó a reír—. Pero iré.

—Estaba decidida. La atracción por Paddy seguía ahí, después de todos estos años. Jesús, era patética. Pero eso ya lo sabía.

—¿No crees que eso podría... —Grace titubeó—... empeorar las cosas para ti?

Marnie sabía que se estaba refiriendo a la bebida.

—¿Sabes una cosa, Grace? Puede que hasta me ayude.

—Puede —dijo Grace sin demasiada convicción.

—Dejar descansar el pasado.

—... Hummm, puede... —Entonces el tono de Grace cambió. Suavemente, dijo—: Marnie, si el asunto prospera, tendrás que venir a Dublín. Tendrás que coger un avión.

Marnie comprendió adónde quería ir a parar: podría no estar lo bastante sobria para hacer el viaje. No podía reprocharle su temor, pensó Marnie con tristeza.

—No te preocupes, Grace, te prometo que estaré bien. ¿Cuándo quieres que vaya?

—Pronto. Dentro de uno o dos días. ¿Estás segura de que quieres hacerlo?

—Sí.

Paddy de Courcy. Hacía mucho tiempo que no pensaba en él. Cada uno o dos años, mamá, papá o Bid mencionaban su nombre, pero Marnie nunca se permitía un viaje por el sendero de la memoria. Solo tenía que oír su nombre para que una especie de guillotina descendiera y cortara de cuajo todo pensamiento relativo al pasado.

Pero esta mañana no encontró defensa contra los recuerdos no deseados. Ahí estaban, frescos y nítidos, y de pronto se descubrió reviviendo la aliviadora sensación, cuando conoció a Paddy, de que finalmente había encontrado la parte que le faltaba.

Hasta ese momento había vivido su vida de una manera incompleta, sesgada, y fue un feliz descubrimiento saber que él se sentía tan vacío y necesitado como ella. Su querida madre había fallecido y su padre era demasiado extraño para poder darle amor. Paddy estaba solo y la ternura que Marnie sentía por él era tan intensa que casi le dolía.

Parecía que existieran en una frecuencia que solo ellos dos podían oír. Marnie siempre había vivido controlada por terribles temores e insoportables aflicciones; no podía recordar un solo momento en que no hubiera estado a merced de violentos vaivenes emocionales. Nadie —y aún menos Grace, con quien inevitablemente la comparaban— vivía la vida con la dolorosa intensidad con que ella la vivía. Hasta mamá y papá la miraban a veces desconcertados, como si no supieran de dónde había salido.

La avergonzaba, esa diferencia. Otras personas, los afortunados, parecían tener un botón de parada interno; un tope que sus sentimientos no osaban sobrepasar.

Pero Paddy era como ella. Vivía la vida con la misma pasión sin límites y la misma desesperación sin fondo. Ella ya no era el único bicho raro.

La conexión entre ambos fue inmediata e intensa, y el tiempo que pasaban separados era un suplicio. Aunque hubieran pasado todo el día juntos, lo primero que hacían al llegar a casa era llamarse por teléfono.

—Quiero deslizarme bajo tu piel —decía él—. Quiero meterte bajo mi piel y cerrarnos con una cremallera.

La primera vez que Paddy la llevó a su casa, Marnie la encontró tan fría y falta de amor que se le rompió el corazón. Parecía una casa abandonada; no había nada para comer y la calefacción estaba apagada. En la cocina hacía un frío que pelaba, la superficie de la mesa estaba pegajosa, el cubo de basura lleno hasta los topes. Era un lugar donde nunca se cocinaba, donde nadie se sentaba a comer, donde la leche se bebía directamente del cartón y los sándwiches de jamón se amontonaban, sin plato y mordisqueados, en el borde del fregadero.

La ausencia en ese hogar de un corazón afectuoso despertó en Marnie la vergonzosa sospecha —y sus sospechas, sobre todo las dolorosas, daban siempre en el clavo— de que si su madre no hubiera muerto, Paddy no se habría enamorado de ella. Había sido muy diferente antes de que su madre falleciera, él mismo se lo había dicho, y Marnie sabía —aunque Paddy no lo supiera— que esa muerte lo había convertido en una persona lo bastante vulnerable para necesitarla a ella.

Eso le hacía sentir no solo que se estaba aprovechando de él, sino que no era lo bastante buena para tener una relación con un hombre emocionalmente equilibrado. Solo un hombre angustiado podía interesarse por ella, porque era una mujer angustiada, y —he ahí el miedo más paralizador de todos— la angustia de Paddy podía sanar, mientras que la suya era permanente.

Intentó explicárselo a Grace, quien puso los ojos en blanco y exclamó:

—No podrías ser feliz aunque te apuntaran con una pistola en la sien. ¿Qué más da por qué te quiere? Te quiere y punto. ¿No puedes ver lo afortunada que eres?

Avergonzada, Marnie se esforzó por apreciar su buena fortuna. Grace tenía razón, la conexión entre Marnie y Paddy era excepcional.

Cuando no se tumbaban en los campos y pintaban las nubes, contemplaban las estrellas y planeaban su futuro.

—Siempre estaremos juntos —le prometía Paddy—. Todo lo demás no importa.

La cara oscura de su amor eran los celos. Aunque Marnie le juraba que nunca dejaría de amarle, Paddy veía al resto de los hombres como una amenaza. No pasaba una semana sin que la acusara de coquetear con Sheridan o «mirar» a otro hombre en una fiesta o no pasar suficiente tiempo con él.

En una ocasión en que cometió el error de decir que Nick Cave le parecía sexy, Paddy se puso hecho una fiera e hizo trizas las fotos de la revista que habían suscitado el comentario de Marnie. Durante meses, cada vez que sonaban The Bad Seeds, se levantaba y se largaba del cuarto. La paranoia de Paddy infectó a Marnie, que —casi para complacerle— empezó a mostrarse tan suspicaz como él. Las riñas apasionadas se convirtieron en algo rutinario, casi obligatorio. Era como un juego, un ritual de melodramáticas acusaciones seguido de un reencuentro lacrimógeno; su forma de demostrarse lo mucho que se querían.

A veces ella le acusaba de desear a Grace. E incluso a Leechy. Leechy no era precisamente agraciada; había más de un rasgo equino en sus facciones. (De hecho, su propio padre solía decirle, «¿De quién has sacado esa cara tan larga?», un comentario que dejaba a Marnie y a Grace horrorizadas. Luego se preguntaban la una a la otra, «¿Puedes creer que haya dicho eso, su propio padre?».) Pero Leechy era una chica dulce y afable, y empezó a aparecer después de las frecuentes peleas de Paddy y Marnie para consolar y tranquilizar a Paddy. A Marnie le sorprendía su descaro, pero cuando protestaba, Leechy aseguraba que lo hacía por compasión.

—Estaba muy triste. Te quiere con locura y no tiene a nadie más con quien desahogarse.

—Tiene a Sheridan.

Leechy le miraba con altivez.

—Sheridan es un hombre.

De vez en cuando del juego emocional pasaban al juego físico: un empujón aquí, un bofetón allá, un puñetazo en la cara de ella una noche especialmente agitada.

Cuando Grace expresaba su alarma, Marnie respondía:

—No es tan horrible como parece. Sus sentimientos son tan abrumadores que a veces no puede expresarlos de otra forma.

Hasta la quemadura de cigarrillo en la mano tuvo una explicación.

—Me ha dejado una marca permanente. Como un tatuaje. Pero no se lo cuentes a mamá —añadió.

Él se cansó de ella, así de sencillo. Eso se vio claramente después, con la sabiduría que da la experiencia. El declive de su relación de tres años podría reducirse a los últimos cinco meses y coincidió con los últimos cinco meses de Paddy en la facultad, entre enero y mayo. Visto objetivamente, era comprensible: una vida de verdad se abría ante él; Paddy ya no era un muchacho desconsolado y medio salvaje, sino un hombre con el ojo puesto en la carrera de abogado.

Hora de olvidar las cosas pueriles, como habría dicho papá.

Durante esa primavera probablemente tuvieron más peleas que su promedio ya de por sí elevado. Quizá Marnie, intuyendo inconscientemente que estaba perdiendo a Paddy, se aferró aún más a él. Y cuando Paddy quiso echar a volar, su desprecio se hizo todavía más patente.

Le dijo que ya no la amaba. Pero cada vez que tenían una pequeña discusión le decía que la odiaba.

—Esta vez va en serio —insistió.

Pero eso también lo decía siempre.

Durante los exámenes finales de mayo Marnie se esforzó por mantener a raya su paranoia. No podía perjudicar los estudios de Paddy. Y aunque se había enterado por Sheridan de que Leechy había estado yendo a su casa, no dijo nada.

Pero la noche siguiente al último examen, Marnie se permitió dar rienda suelta a sus reproches contenidos.

—¿Qué hacíais Leechy y tú cuando ella iba a verte a tu casa? ¿Os enrollabais?

Era, en realidad, una estrategia para sonsacar una declaración de amor —se la había enseñado Paddy— y en el fondo de su corazón Marnie sabía que no era cierto.

—Exacto —respondió él.

—No, en serio, ¿qué hacíais?

—Te lo acabo de decir.

Marnie pensó que estaba bromeando. Cualquier otra interpretación habría sido inimaginable.

—Es cierto, Marnie. Me la he estado follando cada día desde que empecé los exámenes. Tú y yo hemos terminado. ¿Cuándo te vas a dar por enterada?

Cuando comprendió que era cierto, se dobló por la mitad y aulló como un animal, pero seguía si entender que todo había acabado. Años más tarde, cuando fue capaz de verlo con cierta perspectiva, se dio cuenta de que ella no había tenido la culpa de eso. Que Paddy se hubiera acostado con Leechy fue doloroso, pero formaba parte de esa propensión a hacerse daño el uno al otro precisamente por lo mucho que se amaban.

—Dijiste que me querrías toda la vida. —Marnie tenía los ojos desorbitados.

—Te mentí. Lo nuestro fue solo un rollo de instituto.

No, no lo fue. Él era el amor de su vida, la clase de amor por la que una persona podría esperar cien vidas.

Revolviéndose como un animal en una trampa, se preguntó qué debía hacer. Estaba tan abatida que pensó que acostarse con el mejor amigo de Paddy era el paso lógico a dar.

Seducir a Sheridan fue más fácil de lo que había imaginado. Pero cuando terminaron, el sentimiento de culpa se apoderó de él.

—No se lo cuentes a Paddy —dijo.

Ella le miró casi con lástima. ¿Que no se lo cuente a Paddy? ¿Por qué creía que se había acostado con él?

—Paddy, pregúntame dónde estuve anoche.

—Me importa un carajo.

—Pregúntamelo de todos modos.

—Muy bien, Marnie. —En un tono inexpresivo—: ¿Dónde estuviste anoche?

—En la cama. Con Sheridan.

Y resultó que a Paddy le trajo sin cuidado que se acostara con otro, pero sí le importó que ese otro fuera Sheridan.

—¿Sheridan? —Su rostro se contrajo de ira—. La única persona en el mundo en la que confío y la has... corrompido.

Marnie no se sorprendió cuando la abofeteó. Se tambaleó hasta chocar contra la pared y él la abofeteó de nuevo, esta vez estampándola contra al suelo. Pero cuando recibió la patada en el estómago, comprendió que había ido demasiado lejos.

Enloquecido, Paddy le clavó patadas en las costillas, el pecho, la cara. Ella intentó protegerse la cabeza con los brazos, pero él se los apartó y le aplastó la mano derecha con un pie.

—Eres una zorra inútil y todo esto es culpa tuya. —Estaba de pie, resoplando por el esfuerzo. Ella en el suelo, hecha un ovillo—. Dilo. Eres una zorra inútil y todo esto es culpa tuya.

Estaba echando la pierna hacia atrás. Ella no creyó que pudiera aguantar otra embestida. La punta de la bota le aplastó el estómago contra las vértebras. Tuvo varias arcadas, pero ya solo echaba bilis.

—¡Dilo!

—Soy una zorra inútil —susurró mientras las lágrimas rodaban por su rostro— y todo esto es culpa mía.

—Exacto, culpa tuya. ¿Es que no puedes hacer nada bien?

Cuando volvió en sí en el hospital, conectada a varios aparatos, esperó encontrar a Paddy sentado junto a su cama, cabizbajo y arrepentido.

Pero solo vio a Grace.

—¿Dónde está Paddy? —dijo con la voz ronca.

—No lo sé.

Marnie supuso que había salido a fumar o a tomar algo.

Estaba preocupada. No les iba a ser fácil recuperarse de esta. Paddy tendría que hacer algo, buscar ayuda psicológica, hacer terapia, lo que fuera, para asegurarse de que esto no volviera a ocurrir.

Entonces descubrió que Paddy no había salido a fumar. Que no estaba en el hospital. Que no había estado nunca.

—¿Sabe que estoy aquí? —preguntó a Grace.

—Estoy segura de que sabe que estás en el hospital. Es el único lugar donde podrías estar, suponiendo que sigues viva.

Marnie no podía entenderlo.

—¿No ha llamado?

—No.

—¿No?

Estaba demasiado avergonzado por lo que había hecho, comprendió Marnie. Le iba a tocar a ella ir a buscarle, pero ahora mismo no podía moverse. La lista de sus lesiones ocupaba dos hojas. Grace insistió en que la leyera: fractura en un nudillo (de cuando le pisó la mano), contusiones en el hígado, hemorragia en el bazo, contusiones graves en las costillas y la clavícula.

La asaltó un pensamiento.

—Grace, ¿lo saben papá y mamá?

—No, no he podido localizarlos.

«Gracias, Señor.»

Sus padres estaban de vacaciones en Francia, con Bid.

—Grace, te lo ruego, no se lo cuentes.

—¿Estás loca? Por supuesto que voy a contárselo.

—¡No puedes hacer eso, no puedes! Si se lo cuentas no me dejarán estar con él. —De repente pensó en algo aún más atroz—. ¿Se lo has contado... se lo has contado a la policía?

—No... pero...

—¡Grace, no lo hagas, no lo hagas! —Lágrimas de pánico y frustración brotaron en sus ojos—. Por favor, eso es lo peor que...

—La enfermera dice que podría volver a hacerlo.

—No volverá a hacerlo, Grace. Tú no puedes entendernos, no puedes entender nuestra relación.

—¡Pero mírate! Estás en el hospital. Ha sido Paddy quien te ha hecho esto.

—Grace, no puedes contarlo. Sería como entregar a un miembro de la familia. ¡Paddy es uno más de la familia!

—Pero mira lo que te ha hecho.

—Grace, te lo suplico, júrame que no se lo contarás a la policía, y tampoco a papá y mamá. Todo irá bien. Te juro que no volverá a ocurrir.

Finalmente Marnie consiguió sacarle un juramento hecho a regañadientes, pero Grace se negó a ayudarla a levantarse y acompañarla a los teléfonos del pasillo.

—Tienes una hemorragia interna —dijo—. No puedes levantarte.

Marnie esperó a que Grace se marchara y, tirando del suero, caminó trabajosamente hasta los teléfonos públicos. Cuando marcó el número de Paddy y nadie contestó, sintió una especie de vértigo, como si se hubiera precipitado desde lo alto de un rascacielos y estuviera dando volteretas en el aire, primero los pies, luego la cabeza, luego los pies, luego la cabeza, con el viento silbando a su alrededor.

Al día siguiente dijo:

—Grace, he llamado a Paddy y no contesta. ¿Te importaría ir a su casa?

—Ni hablar.

—Por favor, Grace. He de verle.

—No. No voy a contarle a mamá lo que ha hecho, pero no pienso ir a su casa.

Marnie duró otras veintinueve horas antes de que la angustia la venciera. Se arrancó el suero del brazo, abandonó el hospital sin comunicárselo a nadie y cogió un taxi hasta la casa de Paddy. Abrió la puerta su extraño padre, que pareció alarmado al verle las heridas y vendajes y respondió a sus desesperadas preguntas.

—Se fue el miércoles pasado.

—¡El miércoles pasado! —¡Cuatro días!

—Hizo una bolsa y se largó.

—¿Hizo una bolsa? ¿Usted lo vio? ¿Y no se lo impidió?

—Es un hombre hecho y derecho.

—¿Adónde ha ido?

—Lo ignoro.

—¡Pero tiene que saberlo!

—Nunca me cuenta nada.

—Necesito mirar en su cuarto. —Subió las escaleras cojeando.

El cuarto todavía olía a él, pero su ropa y sus libros no estaban.

—Grace, ¿qué te parece si vamos a la policía?

—Excelente idea. Deberían detenerle.

—No, quería decir para informar de su desaparición.

—Paddy no ha desaparecido. Se ha ido. Su padre lo vio irse.

—Pero ¿a dónde?

—Dondequiera que sea, nunca será lo bastante lejos.

—Puede que haya ido a Londres. —Ya pensaba en ir allí.

—Ni hablar —dijo Grace—, no puedes ir tras él. Pudo matarte. Ni siquiera se ha molestado en averiguar si sigues viva.

—Se ha ido porque está asustado.

—No, se ha ido porque no le importas.

—Tengo que ver a Sheridan. Seguro que él sabe dónde está.

Pero Sheridan o no lo sabía o no quiso decírselo. Marnie no estaba segura.

Por inconcebible que le pareciera que Leechy pudiera saberlo y ella no, se tragó el orgullo lo suficiente para preguntárselo, pero Leechy tampoco sabía nada. De hecho, tuvo el valor de mostrarse casi tan abatida y preocupada como Marnie.

Paddy no regresó. Pasaron días, luego semanas. A lo largo de los meses de verano Marnie se mantuvo en guardia, cada célula de su cuerpo temblando de tensión, esperando impaciente su regreso. Octubre estaba en su punto de mira; Paddy tendría que volver para iniciar sus prácticas de derecho.

Hasta ese momento no le quedaba más remedio que pasar por la agonía del verano. Los soleados días y las largas tardes de julio y agosto se le hacían eternos. Cada mañana despertaba bajo un sol deslumbrante y burlón que la dejaba desprotegida y en carne viva. Pero sabía que el frío del otoño llegaría algún día. El aire cambiaría, el tiempo daría un respiro y Paddy volvería.

Cuando se la encontró en la calle, trató de esquivarla.

—Ni se te ocurra acercarte. Me das asco.

Siguió avanzando a grandes zancadas mientras ella se esforzaba por seguirle el paso.

—Paddy, puedes estar tranquilo, te he perdonado.

—¿Qué me has perdonado?

—Que... que me pegaras.

—¿Eso? —Parecía atónito—. Fue culpa tuya.

¿Lo fue? Pero ahora Marnie no disponía de tiempo para decidirlo porque Paddy estaba caminando muy deprisa y ella tenía sed de información.

—¿Dónde has estado todo el verano?

—En Nueva York.

—¿Haciendo qué?

—Divirtiéndome. —Por la forma en que lo dijo supo que su diversión había sido de naturaleza sexual.

—¿Por qué no me dijiste dónde estabas?

Paddy frenó en seco y la miró desde su elevada estatura.

—Porque no quería y no quiero volver a verte.

Marnie volvió a experimentar esa sensación de vértigo, como si se hubiera precipitado al vacío y estuviera dando vueltas y vueltas.

—Tendrás que olvidarte de él —dijo Grace, como si fuera tan fácil como decidir cambiar las sábanas de la cama.

—Lo haría si pudiera. —Marnie se habría cortado gustosamente un brazo si pensara que eso podía frenar el dolor. Pero se sentía pequeña e impotente frente al enorme poder de este.

Durante el verano había abrigado la esperanza de que su sufrimiento tuviera un límite. Ahora comprendía que siempre iba a estar ahí y que nada conseguiría apagarlo.

—Ten un poco de amor propio —le instó Grace.

—Me encantaría tenerlo —repuso con voz queda—. Si supiera dónde conseguirlo, iría allí como una bala.

—Solo has de decidir que lo tienes.

Marnie negó con la cabeza.

—Grace, no hay nada más aterrador... o humillante que el hecho de que un hombre ya no te ame.

—Le ocurre a todo el mundo. —Grace era desafiantemente práctica.

—Yo no soy todo el mundo. Yo no soy normal.

Ella era una hemofílica emocional. No podía cicatrizar. Todo lo malo que le habían hecho en la vida —empezando por el primer día de colegio, cuando la separaron de Grace— lo llevaba consigo como una herida tan fresca y dolorosa que parecía que le hubiera sucedido ayer. Nunca superaba los reveses.

—Y seamos realistas, Grace, aunque no estuviera jodida —consiguió soltar una risita—, aunque fuera la persona más equilibrada y alegre del planeta, olvidarse de Paddy de Courcy no es fácil.

Pasó los siguientes nueve meses —su último año de facultad— como un fantasma. Se licenció y apenas fue consciente de ello. Pasó un año, dos, tres, y el tormento de la ausencia de Paddy seguía siendo el principal aspecto de su vida. Tenía la sensación de que había apretado el botón de pausa de su existencia y estaba esperando el regreso de Paddy para ponerla de nuevo en marcha. Años más tarde, cada vez que recordaba esa época le costaba creer que no se hubiera quitado la vida. Pero había estado demasiado aturdida por el dolor para haber tenido siquiera el impulso.

Le llegó el rumor de que Paddy y Sheridan estaban compartiendo casa y lo sintió como una puñalada en el estómago: ¿por qué había perdonado a Sheridan y a ella no?

Solo un detalle mitigaba ligeramente su dolor: que Paddy no estuviera con Leechy.

Durante lo peor de la etapa post-Paddy sus padres la habían apoyado con discreción y sensibilidad. Nunca la interrogaban sobre los detalles de la ruptura, nunca le preguntaban por qué Leechy ya no venía por casa.

Fue papá quien le sugirió que cambiara de ciudad, y Marnie se sorprendió de lo mucho que esa idea la llenó de nueva energía. Su vida en Dublín era tan desastrosa que el hecho de empezar de nuevo en otro lugar podría purgarla, volverla utilizable. Primero pensó en San Francisco, luego en Melbourne; entonces, desalentada por los requisitos del visado, perdió brío y se conformó con Londres. Donde, todavía convaleciente por la pérdida, se embarcó en una carrera de idilios, saltando de un hombre a otro, en un intento por cicatrizar.

Leía libros de autoayuda, iba a terapia, escuchaba cintas subliminales y —combatiendo su sentido del ridículo— se repetía afirmaciones delante del espejo en un intento desesperado por sanar y cultivar el amor propio. Sus heridas eran impedimentos que intentaba ignorar, pero a pesar de sus valientes esfuerzos, estas conseguían manifestarse justo delante de las personas —generalmente hombres— a las que se las estaba intentando ocultar.

Transcurrido un tiempo, sus padres empezaron a dejar caer comentarios —casi orgullosos— sobre la próspera carrera política de Paddy. Era evidente que ignoraban el dolor que le producía a Marnie oír siquiera su nombre, porque de lo contrario no lo habrían hecho. Ellos pensaban —compresiblemente— que su relación con Paddy había tenido lugar hacía tanto tiempo que por fuerza la había superado.

En un momento dado aceptó que iba a tener que pasar su vida sin Paddy, pero una parte de ella pequeña y despreciable —de vez en cuando le veía asomar la cabeza— seguía esperando. Era como una habitación que había permanecido cerrada e intacta desde que él se marchara y que estaba esperando a que se dieran las circunstancias idóneas para abrir las puertas, retirar las fundas de los muebles y dejar entrar la luz.

Grace

Llamé a Damien.

—Marnie dice que lo hará si hay otras mujeres.

Mi voz debió de sonar tan abatida como mi estado, porque, muy dulcemente, dijo:

—Grace, no estás obligada a hacerlo.

—Le di mi palabra a Dee. —Dee había escarbado en mi sentimiento de culpa para empujarme a decir que intentaría hacer algo. Y cuando yo decía que iba a hacer algo, lo hacía, aunque no quisiera.

—No debí contarte lo del artículo —se lamentó Damien—. Pensé que te limitarías a contárselo a Dee. Ignoraba que acabarías involucrada en… en todo esto. En este asunto de De Courcy.

—A lo mejor no consigo dar con Lola Daly.

—A lo mejor.

Entonces podría retirarme con la conciencia tranquila.

—Mantenme informado —dijo.

—Lo haré. —Colgué, me levanté y me acerqué con renuencia a la mesa de Casey Kaplan.

—Casey, ¿recuerdas lo mucho que te agradecí que me contaras quién era John Crown?

—No me lo agradeciste tanto.

—Me robaste la entrevista de Madonna. Te lo agradecí todo lo que pude, dadas las circunstancias. ¿Puedes ayudarme otra vez?

—Prueba.

—Necesito encontrar a una persona. Se llama Lola Daly y es estilista.

—La conozco.

—¿Sabes dónde está?

—No.

Idiota.

—Fue vista por última vez en Dublín en octubre —dije—, pero se diría que ha desaparecido de la faz de la tierra. No atiende al móvil pero tampoco ha dado de baja el número. Es todo lo que sé. Soy consciente de que no es mucho, pero ¿te importaría correr la voz por el mundillo de las modelos y los famosos para averiguar si alguien ha estado contratando sus servicios?

Kaplan solo movía los ojos. Los estaba deslizando por mi cara con una curiosidad que yo debía encontrar desconcertantemente sexy. Asintió despacio.

—Cuenta con ello.

—¿Seguro? —¿De verdad podía encontrarla? ¿O se estaba echando un farol? Yo estaba contando con la opción del farol.

—Puede que me lleve un tiempo. —Se recostó de nuevo en su silla—. Lo difícil es fácil conseguirlo. Lo imposible tarda un poco más.

Regresé a mi mesa y descolgué el teléfono, pero volví a colgar cuando vi que se acercaba Casey.

—¿Qué? —dije con impaciencia—. No puedo darte más información. Te he contado todo lo que sé.

Dejó caer un papelito sobre mi mesa.

—Está en el condado de Clare, en un pueblo perdido llamado Knockavoy.

Transcurrieron diez segundos enteros de completa estupefacción antes de que pudiera hablar de nuevo.

—¿Ya lo has averiguado?

—A la primera llamada. —Luego añadió modestamente—: Unos días tienes más suerte que otros. Anoche vi a SarahJane Hutchinson. Estaba deslumbrante. Mencionó que desde hace unos días su estilista la asesora desde el condado de Clare. Pensé que a lo mejor se trababa de tu chica. ¿Contenta?

—Encantada —dije débilmente.

Creía que Lola Daly sería imposible de localizar. Ni en mis peores pesadillas había imaginado que sería posible encontrarla con una simple llamada.

Sentí una frustración desesperante. Maldito Casey Conoceatododios Kaplan. ¿Por qué el gran jefe había decidido que necesitábamos modernizarnos? ¿Por qué había contratado a Casey Kaplan? ¿Por qué mi camino había tenido que cruzarse con el suyo? ¡Mira el apuro en el que me había metido! Ahora tendría que ir al condado de Clare. Y a saber qué más desgracias estaban por caerme.

Descansé la frente en la mesa unos instantes. Luego, impulsándome hacia arriba con las palmas de las manos, la levanté de nuevo. Me notaba el cerebro muy, muy pesado.

—¿Qué te pasa? —preguntó Kaplan.

—¿Cuánto tiempo…? —La voz me salió débil y ronca, así que empecé de nuevo—. ¿Cuánto tiempo se tarda en llegar a ese pueblo? ¿Knockavoy?

—Ni idea —respondió Kaplan—. Solo he ido una vez a Clare y fue en helicóptero.

Tenía un ligero recuerdo de haber ido allí un fin de semana largo; había tardado siete horas.

—Qué va —intervino Lorraine—. Desde que hicieron la carretera de circunvalación de Kildare se tarda mucho menos.

—La carretera de circunvalación de Kildare es una pasada —dijo Tara.

—Un regalo del cielo —convino Clare.

—Yo no creo que haya cambiado mucho las cosas —opinó Joanne.

—¿TC? —pregunté.

Era extraño que TC —o sea, un hombre— no hubiera contribuido con su parecer sobre cuánto debería durar el trayecto, aburriéndonos a todas con información detallada sobre posibles rutas, carreteras y demás.

Ni siquiera estaba escuchando. Estaba tarareando para sí mientras alineaba puñados de listados golpeándolos contra la mesa y les hacía unos agujeros perfectos. Estaba concentrado en una tarea que absorbía toda su atención.

—Déjalo —dijo Lorraine—. Se está preparando para su gran artículo del viernes. No le sacarás nada que tenga sentido.

—Eso no es ninguna novedad —dije, pero ni siquiera entonces levantó la vista.

TC procedió a guardar las hojas en una preciosa carpeta roja.

—¿De dónde has sacado esa carpeta tan bonita? —pregunté, aprovechando el cambio de tema—. No he visto ninguna como esa en el armario del material.

—Lógico —respondió con una sonrisa—. Porque me la he comprado yo. Con mi dinero.

Pasó dulcemente una mano por la tersa superficie roja y le pregunté:

—¿A quién vas a entrevistar para que te estés tomando tantas molestias?

—A la chica más bella del mundo. —TC esbozó una sonrisa bobalicona.

—¿Que se llama?

—Zara Kaletsky.

Siguió tarareando y acariciando su carpeta roja. Lorraine tenía razón: hoy no iba a sacarle nada que guardara cierta lógica. Le observé unos segundos más, resistiéndome a aceptar que no había sido capaz de irritarle, pero hoy estaba impenetrable.

Desinflada, me sumergí de nuevo en mi tormento. Contemplé la pantalla. Tenía un día entero de trabajo por delante. Aunque pudiera reunir la energía necesaria, ¿de dónde iba a sacar el tiempo para viajar al oeste de Irlanda? Podría ponerme en camino al salir del trabajo, pero hasta con la tan elogiada carretera de circunvalación de Kildare tardaría cuatro horas en llegar. Un viaje de ocho horas entre la ida y la vuelta, y una vez allí a saber el tiempo que tardaría en convencer a Lola Daly de que levantara la liebre. Suponiendo que había una liebre que levantar. Suponiendo, de hecho, que estuviera allí.

Necesitaba galletas. Algo que me diera fuerzas para el suplicio que me esperaba. Entré en la diminuta cocina de la redacción, pero no encontré nada.

—Buitres —farfullé para mí—. Cerdos. Zampabollos.

Tiré de un cajón y las cucharillas traquetearon indignadas, como si las hubiera arrancado de un profundo sueño. En otro cajón encontré polvillos de galletas digestivas, prueba de que en otros tiempos allí había habido galletas. En toda la cocina no había ni tan solo una mísera galleta maría. Tendría que ir a la tienda. Cuando me di la vuelta, tropecé con Casey.

—No es mi intención alardear —dijo.

—Entonces, ¿es algo así como un tic nervioso? ¿El síndrome de Tourette?

—¿Qué?

—¿No puedes controlarlo?

Cerró los ojos, respiró hondo y, contemplando la pared a mi espalda, dijo:

—No sé por qué coño me molesto.

—¿De qué estás hablando?

—Iba a decirte que tengo un amigo… que tiene un *chopper*… y dice que puedo usarlo cuando quiera…

¿Un *chopper*? Por un momento pensé que se refería a una moto de esas con manillar.

—¿Te refieres a un helicóptero?

—Ajá.

—La verdad es que me sería muy útil. —Entonces, me acordé de añadir—: Gracias.

Lola

Miércoles, 21 de enero, 12.15
Organizándome. Las cosas empezaban a ir bien. Último asalto con Nkechi me había dejado con trece clientas. No muchas, pero buenas. Aunque necesitaba muchas más, me había quitado de encima a las más antipáticas y dementes y se las había endilgado a Nkechi. Ya no tenía paciencia para eso.

Emprendería en Dublín una vida más sencilla y limpia que la que había dejado atrás. Y más pobre. Pero seguro que con el tiempo conseguiría más trabajo.

Lo que más preocupaba en cuanto a la idea de regresar a Dublín era la misma razón por la que me había ido: Paddy de Courcy. ¿Cómo reaccionaría cuando me lo encontrara? Porque seguro que me lo encontraba, tratándose de Dublín. ¿Se repetiría incidente de vómito casi en público? ¿Me cargaría ropa sin darme cuenta en sesión de fotos?

Imposible saberlo.

12.33
Por delante de ventana pasó helicóptero en dirección a campo de golf. Nada del otro mundo. Helicópteros siempre aterrizando en campo de golf para dejar a hombres gordinflones con visera para sus dieciocho hoyos. Este lugar me recordaba a Vietnam.

Pero siete o diez minutos más tarde, terrible presentimiento —no puedo describirlo de otro modo— me hizo levantarme de un salto, correr hasta puerta, abrir y sacar cabeza. ¡Horror! Caminando por carretera, silueta inconfundible de Grace Gildee. Paso resuelto. Directamente hacia cabaña del Tío Tom.

¿Qué hacía llegando en helicóptero a Knockavoy?

El día se volvió negro, como si cielo se hubiese cubierto de nubarrones anunciando tormenta. La luz desapareció y el pánico me invadió.

Entonces me vio, paralizada en la puerta, y agitó animadamente un brazo, como si fuéramos íntimas.

No me gustó su aspecto. Pelo descuidado. Bonito color miel, pero descuidado. Puede que por hélice de helicóptero, pero sospechaba que no. Sospechaba que siempre lo llevaba así. Tejanos, botas planas, mochila y anorak caqui (puede que para ir a juego con tema Vietnam). Podría hacer gran trabajo con ella.

Se estaba acercando por el camino, amplia sonrisa en el careto.

—Lola —dijo, alargando una mano—. Soy Grace Gildee. Me alegro de volver a verte.

—¿Qué quieres? —La voz me salió ronca y entrecortada.

—Hablar.

—¿De Paddy?

—¿Puedo entrar?

Impotente. La dejé pasar.

12.47

—Sé que le tienes miedo.

—No. Que no quiera hablar de Paddy no significa que le tenga miedo. —Lamentable intento de desafío.

—¿Con qué frecuencia te pegaba?

—¿Pegarme?

—Sé que te pegaba porque pega a todas sus novias.

—Vete, te lo ruego.

—Le dio una paliza tremenda a mi hermana Marnie.

—Vete, te lo ruego.

—Seguro que Alicia Thornton oculta un montón de moretones debajo de esos trajes de Armani.

—Louise Kennedy. Vete, te lo ruego.

—Crees que eres especial porque te pegaba, que te quería de verdad, pero estás equivocada.

La equivocada era ella. No me creía especial. Ya no. Tal vez en otros tiempos había sido lo suficientemente estúpida para creer que el hecho de que me hiciera daño era una señal de que me amaba con locura.

—¿Te hizo lo del cigarrillo? —preguntó—. ¿Te lo apagó en la mano?

No pude ocultar mi asombro. No podía creer que lo supiera.

Abrí la boca para negarlo pero solo fui capaz de murmurar:

—... Eh...

Me cogió la mano derecha. Ahí estaba, en el centro de la palma, un pequeño círculo rosado, la piel fina y brillante.

La observó con un pasmo tal que empecé a dudar de su seguridad inicial, cuando declaró que sabía que Paddy me pegaba. Sospeché que solo había sido una estratagema. Pero no había duda de que le había funcionado. Muy lista.

—Por lo visto es su sello —dijo—. Una especie de marca.

—Mientes. —(Comentario estúpido cuando era obvio que no mentía, pero necesitaba desesperadamente que nada de esto fuera real.)

—¡No miento! ¿Cómo iba a saberlo?

Guardé largo silencio. Mareada. Pensaba que era la única. En todo el planeta.

—¿Juras que se lo ha hecho a otras?

—Lo juro.

—No me estoy comprometiendo a nada, Grace Gildee, pero ¿qué quieres de mí?

—Que vengas conmigo y con algunas de las otras mujeres y le planteéis cara.

—¿Por qué?

—Porque quiere hundir a Dee Rossini y es preciso pararle los pies. Dee Rossini es la líder del NewIreland.

—Sé quién es. —Irritada. ¿Me tenía por una completa ignorante?

—Amenazará a Paddy con llevar vuestra historia a los periódicos si no retrocede.

—¿Y por qué debería ayudar yo a Dee Rossini?

—Por nada, supongo, salvo por el hecho de que es una mujer íntegra que desea lo mejor para la gente. Pero quizá haga que te sientas mejor el hecho de poder cantarle las cuarenta a Paddy.

—¿Cuántas mujeres habrá?

—Por lo menos tres.

La idea de enfrentarme a él —al Paddy de Courcy real, de carne y hueso— me producía un miedo tan oscuro y paralizante que casi se me escapó un gemido. En una ocasión leí que un hombre había sido encerrado en una furgoneta con tres pitbulls hambrientos. Era probable que estar en una habitación con Paddy me provocara pavor similar.

Me avergonzaba reconocerlo.

—Le tengo miedo.

—Razón de más para enfrentarte a él.

Para ella era fácil decirlo. Ni siquiera llevaba brillo de labios. Seguro que no le tenía miedo a nada.

—No lo entiendes —susurré—. Le tengo tanto miedo que me dan ganas de... de... Me pongo a temblar solo de pensarlo. Te deseo suerte con este asunto, pero ahora debes irte. —Necesitaba sacarla de mi casa antes de que implosionara.

—Para que el mal prospere —dijo— solo hace falta que la gente buena lo permita.

—Sí, sí, tienes toda la razón, buena suerte. —Levantándome, encaminándome hacia puerta, esperando que me siguiera.

Me miró fijamente a los ojos.

—No hay que temer salvo al miedo mismo.

Le miré a mi vez.

—Y el miedo es aterrador. Adiós.

Paseo por el sendero de la memoria
La noche de la terrible e interminable cena en casa de Treese y Vincent fue la primera vez. Cuando finalmente logramos escapar, cogimos coche y viajamos en tenso silencio. Spanish John tenía noche libre, y a menudo me preguntaba si habría sucedido de haber estado él allí. Conclusión: tal vez. Por fuerza tenía que saber cómo era Paddy.

Carretera tranquila. Paddy detuvo coche en cuneta. Yo —estúpidamente— pensé que se había detenido para besarme. Se volvió hacia mí, me agarró por un hombro con una mano y con la otra me estampó un puñetazo en la cara. Un puñetazo rápido y certero.

—No vuelvas a hacerme esto —dijo.

El dolor fue atroz. La conmoción, peor aún. Estuve a punto de vomitar. Pero en cierto modo lo entendía. Había sido una noche horrible, horrible. No se la habría deseado ni a mi peor enemigo.

Entonces, casi de inmediato, se puso encantador.

—Vamos a casa a limpiarte. —Me tendió pañuelo para que me enjugara chorro de sangre que brotaba de mi nariz.

Una vez en su casa, cogió botiquín bien surtido, me limpió sangre con suma dulzura y aplicó antiséptico en labio reventado.

—Te va a doler.

—Deberías haber dicho eso antes de pegarme —espeté.

Estaba horrorizado.

—Lo siento, Lola, lo siento mucho. No sé qué me pasó. Tengo mucho estrés en el trabajo, solo quería salir, relajarme, pero ese capullo de Vincent no hacía más que pincharme. Supongo que estallé. —Se llevó las manos a las mejillas y bajó la cabeza—. Señor —gimió—, no puedo creer que te haya pegado a ti, a mi adorable Lola, mi pequeña flor. Señor, ¿cómo he podido? Soy un animal, un puto animal. —Cada vez más exaltado. Me miró con desesperación—. Perdóname, Lola, te lo ruego. Te juro que no volverá a ocurrir. ¿Puedes perdonarme?

Naturalmente que le perdoné. Todo el mundo tiene derecho a equivocarse. Estaba tan hundido que pensé, «Caray, me quiere de verdad.»

Esa noche, nada de sexo perverso. Nos dormimos abrazados. Bueno, él se durmió. Yo apenas pegué ojo en toda la noche, porque cada vez que inspiraba por mi maltrecha nariz era como si inhalara cuchillas de afeitar.

El día después envió doscientas rosas blancas a mi casa. No tenía suficientes jarrones donde ponerlas. Tuve que utilizar cacerolas, papeleras, botellas de vino. Como la evacuación de Dunquerque.

La siguiente vez fue diferente. Me abrió la puerta de su apartamento para dejarme entrar y de repente estaba estampándome contra las paredes, estrellándome contra el aparador del recibidor y golpeándome el cráneo contra el suelo. De hecho, vi las estrellas, una gran explosión dentro de mi cabeza, cual fuegos artificiales.

Aturdida, permanecí un rato en el suelo, sin poder moverme, mientras Paddy resoplaba como un toro. El aparador se había volcado y todo su contenido —libros, llaves y demás— había salido disparado.

Paddy me ayudó a levantarme —la cabeza me repicaba como campanas de iglesia en una boda— y me condujo entre los objetos desparramados hasta la sala de estar. Entonces se puso a gritar.

—Lola, no se te ocurra volver a tocar mi programación de SkyPlus.

—¿Qué? —Apenas sabía dónde me encontraba—. No la he tocado.

—Sí lo has hecho. Lo tenía preparado para grabarme en *Prime Time* y lo has cancelado.

—Paddy, yo no he tocado nada. —Noté un goteo en la sien. Sangre. Probablemente me había cortado—. ¿Por qué iba a hacerlo?

—Por celos. Te da rabia que dedique tanto tiempo al trabajo.

Eso era cierto, pero no había tocado su SkyPlus. Me llevé una manga a la mejilla para limpiarme la sangre. Me dolían los huesos, sobre todo los del hombro.

—Puede que olvidaras programarlo, Paddy.

—¿Olvidarme? ¡Es importante! ¿Cómo iba a olvidarlo? —Muy, muy enfadado.

—¡Me has empujado! —dije, cayendo súbitamente en la cuenta de lo que acababa de pasar.

—¿Que he hecho qué? ¡Tú te has caído! Señor, justo lo que me faltaba. Primero me jodes la grabación y luego me acusas. ¡Te caíste! ¿Me oyes? ¡Te caíste!

En ese momento sonó el timbre del telefonillo.

—¿Quién coño será ahora? —espetó Paddy.

Salió al recibidor, rápida conversación por interfono, regresó a sala de estar más furioso que nunca.

—Es la policía.

¡La policía!

—No te muevas de aquí —siseó.

Fue hasta el recibidor y abrió la puerta.

—Hola, agentes, ¿qué puedo hacer por ustedes?

Suave como la seda.

Voz de poli profunda y pedante dijo:

—Los vecinos han denunciado un alboroto.

—¿Qué vecinos?

—Llamada anónima. ¿Podemos pasar?

Pensé que Paddy se desharía de ellos. De forma encantadora, persuasiva, se le daban bien esas cosas. Por eso no podía creerlo cuando dos agentes entraron en la sala. Un hombre y una mujer. Uniformes, fluorescencia, espantosos, espantosos zapatos.

Me miraron.

—¿Quiere contarnos qué está pasando aquí?

La mujer era amable.

—¿Cómo se llama? ¿Lola? ¿Qué le ha pasado en la cara, Lola?

Paddy apareció detrás de ellos y dijo:

—Agentes, ¿les importa si hablo a solas con mi amiga?

Los dos polis se miraron.

—Por favor —dijo Paddy en un tono autoritario.

Los dos polis volvieron a mirarse. La mujer poli negó ligeramente con la cabeza pero el hombre poli dijo:

—De acuerdo, pero solo un minuto.

La poli fulminó con mirada al poli, luego suspiró y se marcharon de la sala.

A través de una mandíbula rígida y echando fuego por los ojos, Paddy dijo:

—Mira lo que has hecho.

—Yo no he hecho nada.

—¿Tienes idea de lo serio que es esto? Si cruzas una sola palabra con ellos me detendrán.

¡Le detendrán!

—Me llevarán a juicio. Saldré en todos los periódicos. Me enviarán a la cárcel.

¡La cárcel! ¡La cárcel! No podía enviarle a la cárcel. Era el hombre que amaba.

Pero me había empujado...

Si no me hubiese sucedido a mí, si le hubiese sucedido a otra mujer y lo hubiera oído en la radio o en donde fuera, habría pensado, «¿Por qué no se lo contó a la poli? ¿Por qué deja que su novio la zarandee cada vez que le viene en gana?».

Pero cuando esa mujer eres tú, la cosa cambia. Yo amaba a Paddy. A veces —muchas veces, de hecho casi siempre— era adora-

625

ble conmigo, y la idea de hacer que lo detuvieran me parecía... inconcebible. Tan inconcebible como que fuera abducido por extraterrestres. La gente como yo no hacía detener a sus parejas. Estaba tan fuera de lo que era normal en mi vida que, sencillamente, no podía imaginarlo.

Era yo quien debía convencerle de que dejara de hacerlo. No la policía.

Paddy se acercó, me tomó una mano y la besó. Descansó en ella la frente y susurró:

—Lo siento mucho.

—No diré nada, pero has de prometerme que nunca volverás a hacerme algo así.

Volvió a besarme la mano.

—Te lo prometo —respondió con la voz quebrada—. Te lo prometo. Te lo prometo. No sabes cuánto lo siento. Este trabajo es tan estresante. Mi pequeña Lola, tú no te mereces esto. Nunca, nunca volveré a hacerlo, te lo juro por mi vida. Perdóname, te lo ruego. No soportaría perderte.

—Es tu última oportunidad, Paddy —dije—. Vuelve a ponerme un dedo encima y me largo.

Paddy llamó a los agentes y les contó que yo me había subido a una silla para coger algo del estante superior del aparador, resbalé y caí de bruces contra el suelo, arrastrando conmigo el aparador.

Sabían que mentíamos. Hombre poli se quedó tan ancho.

—No les molestaremos más.

Pero mujer poli, preocupada. Mirada amable. Reacia a marcharse.

Al día siguiente llegaron a mi casa varios centenares de flores. Vecinos quejándose del olor.

Estaba decidida a romper con Paddy si cometía otro acto violento contra mí, pero la siguiente vez fue cuando yo estaba con la gripe y se empeñó en tener sexo. Como yo siempre me apuntaba a sus perversiones, me dije que no podía reprocharle que creyera que una gripe no iba a detenerme.

Lo que ocurrió después —el incidente del cigarrillo— fue más desconcertante aún. De todas las cosas que me sucedieron estando con Paddy, esa fue la que más me hizo dudar de mi cordura. ¿Cómo podía alguien confundir una mano con un cenicero? ¿Qué probabilidades había de que eso ocurriera? Pero insistió tanto en que había sido un accidente que, en cierto modo, le creí.

La vez siguiente, sin embargo, no dudé. Yo estaba esperando en su casa a que terminara la sesión en el parlamento. Cuando oí girar la llave en la puerta, enseguida supe que iba a por mí.

—¿Dónde estás? —gritó, recorriendo el piso a grandes zancadas.

Me encontró en el dormitorio, me arrancó de la cama y me estrelló contra la pared. Resbalé hasta el suelo y me propinó una patada en el estómago que me hizo vomitar.

Más tarde me enteré de que el parlamento había rechazado un proyecto de ley propuesto por el NewIreland. Yo ignoraba que hubieran propuesto un proyecto de ley. Hubiera debido saberlo. Era mi deber saberlo. Esta vez no hubo flores. Tampoco la siguiente.

La situación me tenía muy, muy preocupada. Consideré posibilidad de hablar con alguien, con Bridie, por ejemplo. Pero —una locura, lo sé— me parecía una deslealtad hablar a otra persona de Paddy. Tenía que protegerle. Era hombre complicado con trabajo excepcionalmente estresante. Bridie insistiría en que rompiera con él y yo no estaba preparada para eso. Todo muy sencillo en mundo de Bridie: hombre te pega, te largas. Pero mi situación era compleja. Yo amaba a Paddy y él me amaba. Seguro que podíamos hacer frente al problema y encontrar una solución.

Tenía que asumir parte de la responsabilidad de lo que estaba sucediendo: se necesitan dos para bailar un tango. Debía apoyarle más en su trabajo. Sí, me aburría, pero era mi deber ayudarle.

Además, me avergonzaba, me avergonzaba tanto que me pegara y siguiera con él, que las palabras se negaban a salir de mi boca.

Entonces, de repente todo volvió a ser maravilloso. Qué gran, gran alivio. Paddy, adorable, tierno, sonriente. Sexo, cenas, regalos, fin de semana en Cannes, compras, más regalos, todos morbosos, champán, sexo. Con prostituta rusa, es cierto. Un trío. Regreso a Irlanda. Todo bien. El NewIreland perdió oportunidad de conseguir nuevo escaño en parlamento. Nadie recibió ninguna paliza. De nuevo en el buen camino. Nos habíamos desviado durante un tiempo, pero eso era agua pasada. La cosa iba bien, no había necesidad de contárselo a nadie. Estaba eufórica.

Una noche estábamos haciendo el amor. Paddy estaba gimiendo, moviéndome arriba y abajo encima de él. De repente, se detuvo en seco. Estaba mirando el punto de contacto.

—¿Tienes la regla?

No me había dado cuenta. Se me había adelantado. ¿Y qué?

—Zorra asquerosa. —Me clavó un puñetazo en la garganta. Estuve tanto rato sin poder respirar que perdí el conocimiento. Durante dos semanas sentí dolor al tragar.

Pero Paddy tenía razón, era asqueroso.

Ese incidente fue el primero de una nueva etapa de maltratos, más frecuentes ahora. Yo ya no consideraba la posibilidad de dejarle o confiarme a Bridie o Treese. Había cambiado. Mi indignación se había desvanecido y el momento en que fui lo bastante fuerte para dejarle había pasado.

Ansiaba con todas mis fuerzas volver a los principios, cuando Paddy estaba loco por mí, cuando yo no podía hacer nada mal. Las ocasiones en que se había mostrado tierno y cariñoso superaban con creces los malos momentos, pero ignoraba cómo regresar a esa época.

Me esforcé por ser más sexy, por anticiparme a su estado de ánimo, a sus necesidades, por estar más informada sobre política, por estar siempre disponible para él, de día y de noche.

Me obsesionaba tanto tenerlo contento que no me quedaba espacio en el corazón para nadie más. Dejé de lado a Bridie, Treese y Jem; me robaban demasiado tiempo.

Intentaba tenerlo todo bajo control para que nada pudiera irritarle. Pero cualquier cosa podía encender su ira: un semáforo en rojo, una espina en el pescado, que me hubiera olvidado de recordarle algo de lo que yo nada sabía.

Entonces todo terminó bruscamente: salió a la luz la noticia de que Paddy iba a casarse con otra mujer y ya no me necesitaba. Debería haberme alegrado librarme de él. Pero no me alegró. Con él me sentía poca cosa. Pero sin él me sentía tan, tan poca cosa que pensé que ya nunca levantaría cabeza.

18.11
Texto de Considine.

¿Cena antes *Ley y orden*? ¿Mi casa 20.30?

20.39, en cocina de Considine comiendo saludable estofado

Último misterio de Considine desvelado. ¿Las gafas de natación y el gorro de ducha? Para cocinar. Gafas para que ojos no le lloraran al cortar cebolla. Gorro para que fuertes olores no se le pegaran al pelo. (Pensé, aunque no lo dije, Si tanto te preocupa tu pelo, Considine, ¿por qué no le pasas peine de vez en cuando? Pero, como ya he dicho, no lo expresé, puesto que había tenido detalle de prepararme cena.)

—Está muy bueno, Considine.

—Bien. —Hombre de pocas palabras.

—Hoy tuve una visita —dije.

Levantó vista. Comprendí que había sonado como forma remilgada de expresar que me había venido regla. Rápidamente, añadí:

—Vino a verme una periodista.

—¿La periodista? —Ciertamente rápido, Considine—. ¿La tal Gildee?

—Quería... dijo... ¿te acuerdas del novio del que te hablé? Bueno, ¿del que le hablé a Chloe? Pues dijo que yo no soy la única mujer a la que... ha hecho daño. Quería que fuera a Dublín con otras mujeres para... hablar... con él.

—¡Eso es fantástico!

—¡Es horrible!

—¿Por qué?

—Porque ese hombre me da miedo.

—Pero no estarás sola. Habrá otras mujeres contigo.

Larga pausa.

—¿Crees que debería ir?

—¡Desde luego que sí!

—¿Y si la cosa sale mal?

—¿Qué es lo peor que podría suceder?

Examiné sentimientos. ¿Lo peor? ¿Que me pegara? No. ¿Que me hiciera amarle otra vez? No. ¿Que me diera un ataque de añoranza? No.

—Que se burlara de mí.

—¿Tan malo sería eso?

Sí. Mucho.

—Hacía que me sintiera tan... tan poca cosa. Yo no valía nada a su lado, no era nadie, no tenía ningún valor... Ahora ya no me siento así. Con eso no estoy diciendo que vaya por ahí pensando lo fantástica que soy, pero... no quiero volver a ser la persona desorientada, incompetente e insegura que fui mientras estuve con él y después de que me dejara.

—¿Te ayudaría tener compañía? Podría llevarte en mi coche.

Qué amable ofrecimiento. Quién lo hubiera dicho del huraño Considine.

—¿Sabes qué me gustaría? —dije—. Me gustaría que me acompañara Chloe.

Silencio pensativo. Luego:

—Si eso es lo que hace falta para que vayas, Chloe irá contigo.

—No —dije—. Ha sido un estupidez. Olvida que lo he dicho. Pero ¿podrías decirme por qué Chloe está fuera de servicio en estos momentos? Pensaba que era por Gillian, pero no es por eso, ¿verdad?

—No, Gillian no tiene nada que ver. Sencillamente, no me parece apropiado. Me ha pasado otras veces. Hay épocas en que estoy muy a gusto con Chloe, mientras que otras... no puedo creer que sea un hombre hecho y derecho que se pone ropa de mujer. Es un sentimiento lógico, ¿no crees?

—No hay nada de malo en que un hombre hecho y derecho se ponga ropa de mujer. —Enérgica defensa—. Pero creo que te comprendo. Tu ofrecimiento ha sido todo un detalle.

—Porque creo que deberías ir a Dublín. Es una gran oportunidad. No has de tener miedo, habrá otras mujeres contigo. Si no aprovechas esta oportunidad, te pasarás la vida caminando con la cabeza gacha por miedo a encontrártelo. No es bueno vivir con miedo. Las cosas hay que afrontarlas.

Hombres. Siempre tan prácticos.

Me descubrí reconsiderando mi tajante negativa a ir a Dublín. Sorprendente generosidad de Considine había reabierto negociaciones en mi cabeza. Si estaba dispuesto a vestirse de mujer pese a haberlo dejado, tenía que ser porque creía realmente que necesitaba ver a Paddy.

—De acuerdo —dije lentamente—. Entiendo lo que quieres decir. No te ofendas, pero necesito una segunda opinión.

¿A quién podía preguntar? ¿Bridie? ¿Treese? ¿Jem?

No. Ellos ignoraban lo lejos que habían llegado las cosas con Paddy. Tendría que explicárselo todo y eso me demoraría demasiado. Tendría que pasar demasiado tiempo reconociendo que Paddy de Courcy era un hijo de puta que estaba mal de la cabeza. Perdería de vista mi objetivo.

—Mi madre —dije—. Está muerta. —Después de todos estos años, todavía se me formaba un nudo en la garganta al decirlo—. Normalmente voy al cementerio para preguntarle su opinión, pero eso me llevaría demasiado tiempo.

—Comprendo. —Considine, manejando con aplomo noticia de madre fallecida—. Así que necesitas que te envíe una señal, ¿es eso?

—Sí. —Sorprendente poder de deducción, Considine.

—¿Qué te parece si... lanzamos una moneda? —propuso. Sacó un euro del bolsillo—. Cara, tu madre dice que sí. Cruz, tu madre dice que no.

Qué gran idea.

—Pero tienes que darme un momento.

Caminé hasta ventana oscura de parte de atrás, contemplé mar espumoso y pedí: «Mamá, dime lo que tengo que hacer».

Regresé a la sala. Considine se había colocado cerca de la puerta, como si quisiera mantener distancia respetuosa.

—Adelante —dije.

—¿Seguro?

—Sí.

Lanzó moneda de euro al aire, donde giró y centelleó. Luego cayó y aterrizó en el dorso de su mano. La tapó con la otra mano.

Yo estaba conteniendo la respiración.

—¿Y? —pregunté.

Levantó la mano.

—Cara —dijo.

Cara. Solté el aire.

—Muy bien, parece que me voy a Dublín. Te agradezco el ofrecimiento pero iré sola. Y debo irme ya, antes de que me acobarde. Esta noche no podré ver *Ley y orden*.

20.59, Considine acompañándome a mi coche para desearme buena suerte

Me había preparado café y lo había guardado en termo sin cuadros escoceses. Todo un detalle. Y muy sabroso.

—Buena suerte —dijo—. Dale una buena patada a ese hombre, se lo merece. Y conduce con cuidado.

Yo estaba de pie junto al coche, con portezuela abierta, sin acabar de entrar. Nuestra despedida se me antojaba incompleta.

—Envíame un mensaje —dijo.

—Vale. Adiós, Considine. Entra en casa, hace un frío que pela.

Echó a andar, luego se detuvo en seco y retrocedió.

—Espera un momento.

Se acercó a mí como si hubiera reparado en algo —una pluma en mi cuello, o quizá una pelusa en la ceja— y quisiera quitármelo. Esperé y posó una mano en mi cuello.

—¿Es un hilo? —pregunté.

—¿Qué? —Arrugó entrecejo. Tenía su frente muy cerca, podía verlo todo, donde terminaba piel y empezaba nacimiento del pelo.

—¿Una hoja en el pelo?

—¿Qué? No. —Puede que ceño aumentara, pero no podía verlo porque lo tenía tan cerca que veía doble—. Quiero enseñarte algo.

Sin más preámbulos —en serio, directo como hombre de negocios— inclinó cabeza y unió su boca a la mía, cálida en la fría noche.

¡De modo que eso era lo que había estado esperando! Gran revelación: Rossa Considine besaba de maravilla. Lento, dulce y sexy. Besaba con toda la boca, no en plan duelo de espadas con lengua, como cree mucha gente que hay que besar. Cabeza me dio vueltas y rodillas me flaquearon y... ¡Un momento! ¡*Déjà vu*! Me habían besado antes así. Pero aquella vez el beso se detuvo cuando la cosa empezó a ponerse seria y esta vez continuó, cada vez más placentero, cava vez más hermoso. Sentía el cuerpo excitado, lleno de vida...

Finalmente me separé y Considine casi dio un traspiés.

—Vete —dijo con la voz densa, ronca, sexy—. Maldita sea, vete de una vez.

—¡Besas como Chloe!

Rió y echó a andar por la hierba en dirección a su casa (mostrando excepcional equilibrio sobre suelo irregular).

—Vuelve pronto, Lola, pero conduce despacio.

22.12, justo pasado Matt the Thrashers

Llamé a Grace Gildee desde coche. (Es ilegal, lo sé.)

—Soy Lola Daly. Te acompañaré a ver a Paddy con una condición.

—¿Cuál?

—Que me dejes arreglarte.

—¿Arreglarme?

—¡No para siempre! Solo una vez. —¿Por quién me ha tomado? ¿Por una organización benéfica?

—¿Te refieres a ponerme tacones?

—Exacto.

—¿... Y vestido...?

—Y vestido.

—... pero... ¿por qué?

Porque era una verdadera pena, una mujer potencialmente atractiva como ella.

—Espero que no te ofendas —dije—, pero no sabes sacarte partido.

Soltó una carcajada. Le traía absolutamente sin cuidado no saber sacarse partido. ¡Absolutamente sin cuidado! En el mundo hay de todo, como solía decir mamá.

—Trato hecho. ¿Cuándo vienes a Dublín?

—Estoy en camino.

Grace

—¿Es ella? —Marnie había divisado a la mujer que aguardaba en la acera.

—Sí. —Acerqué el coche al bordillo—. Hola, Lola. Sube.

Lola se sentó en el asiento de atrás.

—Dijiste que habría por lo menos tres mujeres —dijo con nerviosismo.

—Y así será —le aseguré—. Marnie, Lola. Lola, Marnie.

—Hola —saludó Lola con voz queda.

—Hola. —Marnie se volvió por completo para mirar a Lola y de repente empecé a inquietarme.

Bueno, es un decir. En realidad llevaba todo el día subiéndome por las paredes, atacada por preocupaciones varias, entre ellas que Marnie se presentara borracha. Sin embargo estaba sobria, pero ¿eran imaginaciones mías o parecía un pelín *demasiado* interesada en Lola?

Jesús, ¿qué caja de Pandora era posible que hubiera abierto?

—Solo nos queda recoger a Dee —dije.

—¿También pegaba a Dee? —preguntó, horrorizada, Lola.

—No, no. Dee vendrá con nosotras para colarnos en el apartamento de Paddy, pero no subirá.

Dee y yo habíamos tenido una larga charla sobre la mejor táctica y finalmente había reconocido —a regañadientes— que lo mejor era que se mantuviera al margen. Las cosas podrían ponerse feas y su presencia solo conseguiría agravar la situación.

—Grace —dijo la vocecita de Lola desde el asiento de atrás—, habrá tres mujeres, ¿verdad? Porque no quiero hacerlo si somos solo Marnie y yo. Estoy demasiado asustada.

—Lola, necesito que confíes en mí. —Me esforcé por que mi voz sonara tranquilizadora y hasta divertida. No podía permitir que se acobardara justo ahora.

Detuve el coche frente al despacho de Dee y le envié un mensaje de texto para informarle de que la estábamos esperando. Al poco rato apareció y se sentó en el asiento de atrás, junto a Lola. No era la Dee despreocupada y optimista de siempre. Desde el día que le contara en el coche, frente a la casa de Christopher Holland, lo que sabía de Paddy, no era la misma. La historia la había dejado horrorizada.

—Dios mío —había exclamado en voz baja, columpiando el torso. Parecía que estuviera llorando sin lágrimas—. Dios mío. Sabía que Paddy… no era fiel a nadie salvo a sí mismo y que su ambición no tenía límites… pero pensaba que podía tolerarlo porque era muy popular entre los electores. —Soltó un suspiro de rabia—. Que era el precio que tenía que pagar. Pero… Grace, yo he sido una esposa maltratada. Y no he sabido verlo en Paddy.

Hundió la cabeza en las manos y dejó escapar el aire entre los dedos.

—El número dos de mi partido es un maltratador. Pero eso no es todo. ¿Cómo demonios pude acabar en la cama con uno de ellos? —Me miró. Tenía el rostro encendido, los ojos fuera de las órbitas—. No creo en la psicología barata —continuó con vehemencia—. Para nada.

—Yo tampoco.

—Pero se dice que el ser humano repite patrones. ¿Estoy yo repitiendo un patrón? ¿Me siento atraída por los hombres violentos? ¿Reconozco algo en ellos?

—Caray, Dee, no puedo saberlo…

Guardó silencio. Luego dijo:

—¿Qué hago? Hay un refrán que dice que la tragedia no es tener que elegir entre el bien y el mal, sino entre dos bienes. —Lo conocía. Mamá lo recitaba con frecuencia, sobre todo cuando estaba intentando decidir qué hacer de cena—. Pero yo —prosiguió Dee— he de elegir entre dos males.

—¿Por qué lo dices?

—Si no hago nada, Angus Sprott publicará el artículo y eso será el fin de mi carrera política, de modo que ya no podré ayudar a nadie. Si vendo a Paddy a la prensa, me hundiré con él, y ya no podré ayudar a nadie. Si le despido sin dar a conocer los motivos, los electores dejarán de confiar en nosotros, y ya no podré ayudar a nadie. Y si logro convencer a Paddy de que deje de sabotearme y de que sigamos trabajando juntos, estaré compartiendo el poder con un maltratador a sabiendas.

—Son cuatro males —señalé.

—Eso demuestra la dimensión de mi tragedia.

Se recostó en el reposacabezas y cerró los ojos. Casi podía oír su cerebro haciendo sus cálculos, comparando los desagradables escenarios.

—La política es un asunto sucio —murmuró—. Lo único que he deseado siempre es ayudar a la gente. Pero aunque te creas incorruptible, aunque pienses que tus motivos son completamente puros, tarde o temprano… acabas manchándote.

Abrió los ojos y enderezó la espalda, como imbuida de una nueva energía.

—No soy ninguna pusilánime, Grace.

Empecé a inquietarme. Sabía que iba a salir de esto mal parada.

—¿Cuál es la elección menos mala? —Me miró. La miré. En sus ojos vi una nueva determinación. Me estaba asustando—. La elección menos mala es que deje a un lado mis escrúpulos personales y llegue a un acuerdo con Paddy.

—¿Qué acuerdo?

—Si él abandona su campaña de desprestigio contra mí, las mujeres no revelarán sus historias a la prensa.

—Tendrás que convencer a esas mujeres de que colaboren.

Dee me miró sorprendida.

—Yo no, tú. Tú las convencerás.

Joder. Joder, joder, joder…

—¡Tú las conoces, Grace! Tu hermana, esa estilista…

—Lo intentaré, pero no puedo prometerte nada, Dee.

—¿Juras que harás lo posible?

La madre que…

—… Sí.

En cuanto me hubo arrancado un juramento, recuperó su sopor.

—Dios, qué deprimida estoy.

No era la única.

Curiosamente, de nosotras cuatro tres conocíamos la clave de la verja de Paddy: Dee porque trabajaba con él, Lola de cuando se lo tiraba y yo de cuando entrevisté a Alicia.

Una vez dentro, estacioné el coche tres edificios más allá del de Paddy, al otro lado de la calle. Paddy y Alicia se encontraban en una recepción. Dee, que conocía su agenda, calculó que deberían estar de vuelta a eso de las diez cuarenta y cinco.

Ahora eran las diez treinta y ocho.

—Creo que estamos demasiado cerca de su edificio —dijo Lola con nerviosismo—. Podría vernos.

Me alejé otros diez metros.

—¿Está bien así?

—No —opinó Marnie—. Ahora no podemos ver nada.

Reprimí un suspiro y retrocedí hasta mi posición inicial.

—¡Ha llegado alguien! —exclamó Marnie.

Un coche se había detenido delante del edificio de Paddy y por el lado del conductor emergió la silueta de un hombre.

—¿Es él? —A Lola le temblaba la voz—. ¿Es Paddy?

—No —dijo Dee—. Es Sidney Brolly dejando los periódicos de mañana.

La silueta depositó un fardo delante del portal, regresó al coche, efectuó un chirriante giro de ciento ochenta grados y se marchó por donde había venido.

Nos quedamos mirando la pila de periódicos.

—¿Es seguro dejarlos ahí? —preguntó Lola.

—Tiene razón —dijo Marnie—. Alguien podría robarlos.

—¿Tú robarías los periódicos de Paddy de Courcy? —preguntó Dee.

—No.

—¿Entonces?… ¡Jesús, son ellos!

Eran las diez cuarenta y siete.

Instintivamente, las cuatro resbalamos por nuestros asientos, como en una película de polis de los setenta, y observamos cómo el Saab de Paddy, conducido por Spanish John, se detenía.

Sudando por la tensión (al menos yo, e imagino que puedo hablar por las demás), escuchamos unas puertas de coche abrirse y cerrarse y un «buenas noches» dirigido a Spanish John, que condujo hacia nosotras y pasó por nuestro lado sin mostrar el más mínimo interés.

Paddy y Alicia entraron en la portería.

—Esperaremos diez minutos y luego entraremos —dije.

—Diez es un margen demasiado obvio —dijo Marnie—. Propongo nueve.

—U once —dijo Dee.

—Que sean once —convino Marnie.

Lola no habló. Temí que empezara a vomitar. No hacía más que tragar saliva y respirar hondo. Cada vez que la miraba me asaltaba el sentimiento de culpa por haberla metido en esto.

—¿Por qué lo hace? —preguntó de repente—. ¿Por qué es tan cruel?

—Su madre murió cuando él tenía quince años —dijo Marnie—. Puede que necesite castigar a todas las mujeres por ese abandono. He hecho mucha terapia —añadió.

—Mucha gente pierde a su madre en la adolescencia —dijo Dee en tono burlón— y no por eso se convierten en maltratadores sedientos de poder.

—Mi madre murió cuando yo tenía quince años —intervino Lola—. Y nunca he pegado a nadie.

Bendita ella. No parecía capaz ni de matar a una mosca.

—Y su padre era un reprimido emocional —continuó Marnie—. Puede que Paddy heredara eso. Como he dicho…

—¿Mucha terapia? —preguntó Dee.

Transcurrido el intervalo, elegido democráticamente, de once minutos, dije:

—En marcha.

Bajamos del coche y cruzamos la calle. Dee mostró su cara a la cámara del interfono y pulsó el timbre del piso de Paddy.

—Paddy, soy Dee. Pasaba por aquí cerca y me pregunté si podría tener unas palabras contigo sobre lo de mañana. —(Algún proyecto de ley que iba a debatirse al día siguiente en el parlamento.)

—Claro, sube.

El portal se abrió, entramos, Dee nos deseó suerte y Marnie, Lola y yo tomamos la escalera que conducía al piso de Paddy.

Formamos frente a la puerta. Yo delante, en el centro; Marnie algo más atrás y a mi izquierda, y Lola algo más atrás y a mi derecha.

—Como *Los Ángeles de Charlie* —susurró Lola.

Las Panolis de Charlie más bien, pensé yo.

No estaba asustada. Estaba más que asustada. Había perdido enteramente la fe en el proyecto: nosotras tres —Lola, Marnie y yo— no habríamos asustado ni a un perro sarnoso.

—Puede que cuando Paddy nos vea no nos deje entrar —advertí, aunque en el fondo lo dudaba.

En ese instante la puerta se abrió y allí estaba Paddy. Hubo un momento, solo un momento, en que sus ojos se volvieron extraños; titilaron sobre nosotras, reconociéndonos de inmediato a las tres, y algo les pasó a las pupilas, se agrandaron o encogieron, lo que quiera que ocurre cuando los seres humanos huelen el peligro. Acto seguido, esbozó su adorable sonrisa.

—Grace Gildee —dijo—. Si no lo veo no lo creo. —Me cogió una mano y se inclinó para besarme, tirando de mí hacia el calor de su hogar—. Y has traído a Marnie. Marnie, cuántos años. Demasiados. —Un beso en la mejilla para Marnie, un beso en la mejilla para Lola, y de pronto nos estaba invitando a pasar. Parecía sinceramente encantado.

Habría preferido que hubiera intentado cerrarnos la puerta en las narices y nos hubiéramos visto obligadas a echarnos sobre ella y empujarla con el hombro; eso, por lo menos nos habría generado un poco de adrenalina en la que apoyarnos.

—Entrad y sentaos —dijo—. Si me disculpáis un momento, avisaré a Alicia antes de que se quite el maquillaje. No me perdonaría que os marcharais sin verla.

Desapareció por un pasillo y nos quedamos aguardando en la sala de estar. Marnie en un sillón y Lola y yo en el borde del sofá.

—Está intentando desconcertarnos con su simpatía —les previene—. Recordad lo que os ha hecho. No lo perdáis de vista.

A Lola le castañeteaban las rodillas. Le cogí una mano.

—Lo estás haciendo muy bien.

—Lo siento —susurró—. Debí ponerme tejanos. No sabía que estaría tan asustada…

—Y dejadme hablar a mí, no lo olvidéis.

Había ensayado mi discurso con Dee. Varias veces. Ella en mi personaje y yo en el de Paddy, luego ella en el de Paddy y yo en el mío, y temía que Lola, con lo alterada que estaba, estropeara el elaborado guión arrojándose a los pies de Paddy y suplicándole que volviera con ella.

—Alicia vendrá enseguida. —Paddy había reaparecido—. Y ahora, ¿qué os pongo de beber?

—Nada, gracias —dije, procurando que mi voz sonara más grave de lo habitual—. Es tarde y no queremos robarte mucho tiempo. Supongo que te estarás preguntando qué estamos haciendo aquí las tres.

—Siempre es un placer tener a tres mujeres bellas en mi casa —replicó con soltura.

Lentamente, y con un ligero deje amenazador, dije:

—Paddy, queremos que retires la historia que has infiltrado a *The Press* de que Dee Rossini esconde a ilegales.

En un mundo ideal, Paddy habría respondido, «¿Por qué debería hacer eso?». Y yo le habría replicado, «Porque si tú dejas tranquila esa historia, nosotros dejaremos tranquila la nuestra».

Pero en lugar de eso, se echó a reír y dijo:

—No tengo ni idea de lo que estás hablando.

—Si tú dejas tranquila esa historia —dije, en un esfuerzo por retomar al guión—, nosotras dejaremos tranquila la nuestra.

Paddy tenía que preguntar entonces cuál era nuestra historia, pero en lugar de eso estiró una pierna, se reclinó en la butaca y me sonrió por debajo de los párpados; me sonrió y deslizó una mirada ociosa por mi cuerpo, deteniéndose en mis pezones, demorándose en mi entrepierna.

El silencio se prolongó.

Con el rabillo del ojo advertí que las rodillas de Lola castañeteaban con renovado vigor. La puerta se abrió, Alicia hizo su entrada en la silenciosa estancia y su cortés sonrisa se congeló. Inquieta, preguntó:

—¿Qué ocurre aquí?

—Le estaba diciendo a Paddy que si deja tranquila la historia que implica a Dee Rossini en la protección a ilegales nosotras dejaremos tranquila nuestra historia sobre Paddy.

—¿Qué historia? —preguntó Alicia. Menos mal que alguien más se sabía el guión.

—A Paddy le gusta hacer daño a las mujeres. Les da puñetazos y patadas, y las quema. Pero no hace falta que te lo cuente, ¿verdad, Alicia?

Alicia palideció —pensaba que era la única— y en ese momento supe que el plan iba a salir bien.

—¿Qué mujeres? —se apresuró a preguntar.

Señalé a Lola y Marnie.

Paddy soltó una risita.

—¿Quién va a creer lo que pueda decir una modernilla con el pelo violeta?

Lola soltó una exclamación ahogada.

—¿Por qué eres tan cruel? —dijo con voz trémula.

—Lola, no estarás hablando en serio… Soy político… —Casi con dulzura, añadió—: Tú y yo lo pasamos bien, ¿a que sí?

—¿Pasarlo bien? Soy un ser humano, Paddy, no un juguete.

—Entonces, ¿por qué te comportas como un juguete?

Acababa de perder a Lola. Objetivo tocado y hundido.

Paddy se volvió entonces hacia Marnie.

—¿Marnie Gildee? ¿Sigues estando pirada después de todos estos años?

—… Yo…

—Pegabas a Marnie —dije.

Paddy suspiró.

—Cualquier persona pegaría a Marnie.

—No…

—Me sacaba de mis casillas. Siempre llorando, peleando, presentándose en mi casa a cualquier hora del día o de la noche.

—… pero tú la volviste así, y tú hacías lo mismo…

—Y luego se acostó con mi mejor amigo. Sheridan era como un hermano para mí.

—El dolor no te duró mucho, teniendo en cuenta que ahora te hace de sucio intermediario con *The Globe*.

Estaba diciendo eso al mismo tiempo que Marnie estaba exclamando:

—¡Pero tú te acostaste primero con Leechy!

Paddy puso los ojos en blanco y se volvió hacia mí, como si él y yo fuéramos las únicas personas adultas en la sala.

—Todo eso pasó hace mucho tiempo, Grace. Éramos unos críos, unos críos con el coco desquiciado. No funcionará. ¿Estas dos es todo lo que tienes para ofrecer?

—No, no solo estas dos —dije. Era el momento de sacar mi arma secreta.

Todos los presentes —Paddy inclusive, lo cual me produjo una gran satisfacción— me miraron con cara de pasmo.

Salté del sofá, le agarré las manos a Alicia y las sostuve con las palmas hacia arriba, segura de que en una de ellas habría una pequeña cicatriz redonda. Pero allí no había nada. Tenía las palmas intactas. Le cogí un brazo y levanté la manga. Ni un solo moretón. Mierda. Mierda. Mierda.

La solté de golpe y me aparté de ella como si no la hubiera abordado, como si el acto de mirarle las palmas hubiera sido un intento espontáneo de leerle el futuro del que enseguida desistí.

Miré a un lado y a otro, buscando un salvavidas. El único secreto que me quedaba haría tanto daño como bien si lo desvelaba. Tendría consecuencias devastadoras. No podía hacerlo. Además ¿qué era Dee para mí? Por mucho que la admirara, no tenía tanto valor como para hacer saltar mi vida por los aires.

Los cuatro seguían mirándome expectantes, como si estuviéramos en una novela policíaca. Muerta de miedo, barajé la posibilidad de llevarme a Lola y Marnie de allí y regresar al coche. Seguro que se enfadaban conmigo, pero las invitaría a pizza. Con los años me había dado cuenta de que la pizza conseguía calmar los ánimos de la mayoría de la gente. Y el vino. Se complementan muy bien. Entonces se lo explicaría todo. Bueno, no todo, solo una parte. Y si después de comerse la pizza empezaban a protestar otra vez, las invi-

taría a tiramisú. Y a más vino. Y puede que a un café con Bailey's,
Pero tenía que hacer lo correcto.

Y aunque no fuera así, mi orgullo no me permitía tirar la toalla.

Solté un suspiro —que pareció imbuirlos a todos de un renovado entusiasmo— y me resigné a que pasara lo que tuviera que pasar.

—Hay alguien más —dije, sintiendo las palabras como piedras en
mi boca—. Una tercera mujer que está dispuesta a contar su historia.

—¿Quién? —preguntó Marnie.

—Sí, ¿quién? —preguntó Lola.

Pobres Lola y Marnie, estaban esperando que sacara algo verdaderamente mágico del sombrero, una mujer que entrara en ese momento por la puerta y declarara con calma, «Hola, Paddy, seguro
que aún te acuerdas de la paliza de muerte que me diste aquel día».

—Sí, ¿quién? —preguntó Alicia.

Paddy no dijo nada. Me estaba mirando con una pequeña sonrisa en los labios.

—Yo —contesté.

—¿Tú?

—¿Por qué iba a pegarte a ti? —preguntó Marnie.

—Porque… —No había vuelta atrás, tenía que decirlo—. Porque no quise acostarme con él.

Se hizo el silencio. Paddy cerró los ojos y sonrió para sí.

—¿Paddy quería acostarse contigo? —preguntó Marnie muy
lentamente, como si estuviera analizando su forma de hablar.

Paddy abrió los ojos y dijo con lascivia:

—Oh, sí.

Marnie se puso blanca como la leche.

—¿Grace te gustó siempre? —susurró—. ¿Incluso cuando estabas saliendo conmigo?

—Ajá. —Paddy se estiró perezosamente—. Siempre. Cuando te
follaba a ti pensaba en ella.

—¡No, no es cierto! No le hagas caso, solo está intentando ene-
mistarnos. —Por Dios, Marnie y Paddy habían roto hacía quince
años. ¿Cuándo iba Marnie a dejar de comportarse como si hubiera
ocurrido ayer?

—Paddy y yo estábamos trabajando juntos en su biografía y se me insinuó porque se insinúa con todas las mujeres. Y cuando le dije que no, me abofeteó, apagó un cigarrillo en mi mano y ordenó a Spanish John que me quemara el coche.

—Venga ya, Grace —dijo Paddy—. No pusiste mucha resistencia que digamos.

—¿Cuándo ocurrió eso? —preguntó Marnie con la voz pastosa.

—El verano pasado. En septiembre.

—Septiembre —dijo Lola—. Pero Paddy se prometió a Alicia en agosto.

Marnie se volvió hacia Alicia.

—¿Qué dices a eso, Leechy?

—Nada —respondió—, porque no es verdad. Y no me llames Leechy, nunca me ha gustado.

—¡Pero si Paddy acaba de decir que quería acostarse con Grace! —exclamó Lola al mismo tiempo que Marnie decía:

—No fui yo quien te puso Leechy. Alguien, ¿quién fue?… Ah, sí, un bebé que no sabía decir Alicia…

—Mi hermana.

—Eso. De modo que no te comportes como si nosotras te hubiéramos cambiado el nombre. Todo el mundo te llamaba Leechy, siempre te hemos conocido por ese nombre.

—Pues ahora soy Alicia.

—La verdad es que Leechy te va mucho mejor —dijo Marnie con un despecho inaudito—. Porque eras como una lapa, te pegabas a Paddy como una lapa.

Corríamos el riesgo de perder de vista nuestro objetivo.

—Marnie —dije—, por favor.

—Nunca fuisteis mis amigas —espetó Leechy—. Siempre ibais vosotras dos juntas y a mí me dejabais a un lado.

Eso era del todo falso, pero antes de que pudiera saltar, Paddy se puso en pie.

—Me voy a la cama.

—Un momento, Paddy. —Me interpuse entre él y la puerta—. Todavía no hemos terminado. —Intenté recuperar mi tono ligeramente amenazador—. Como ya he dicho, deja tranquila tu historia y nosotras dejaremos tranquila la nuestra.

Paddy rió suavemente y meneó la cabeza. No como negativa, sino por la desastrosa escena. No le culpaba.

Habíamos fracasado. Estrepitosamente.

Salimos de su casa desordenadamente y bajamos las escaleras en silencio para darle la mala noticia a Dee.

Marnie se negó a subir al coche. Tenía el rostro crispado por la humillación.

—Fue una relación muy importante para mí —dijo—. ¿Te imaginas cómo me siento ahora que sé que quería estar contigo?

—No quería estar conmigo cuando estaba contigo. Él te quería.

—Yo conducía muy despacio a su lado—. Por favor, Marnie, es tarde. No puedes andar por ahí sola.

—No pienso quedarme en tu casa.

—Entonces te dejaré en casa de mamá. Por favor, Marnie, es peligroso.

Finalmente subió, se sentó muy tiesa y guardó silencio. A los diez minutos, preguntó fríamente:

—¿Sabe Damien lo tuyo con Paddy?

—No me acosté con él —contesté—. No hay nada que saber.

—Pero algo pasó.

Sí, algo había pasado.

—¿Querías acostarte con él? ¿Pensaste en esa posibilidad? ¿Te implicaste emocionalmente?

No dije nada y Marnie dio por sentada la respuesta.

—Apuesto a que Damien no sabe eso.

—No se lo digas, por favor —rogué con la voz ahogada.

No contestó y en ese momento supe que era capaz. Jamás habría imaginado que esta situación fuera posible. Marnie y yo siempre habíamos sido fieles la una a la otra, por encima de cualquier otra persona. Pero esa lealtad se había ido al traste. Marnie estaba dolida, y teniendo en cuenta sus problemas con la bebida, era un elemento peligroso. Entretanto, Paddy de Courcy se dedicaba a retorcer y destruir todo lo que entraba en contacto con él. Cuando llegamos a Yeoman Road, Marnie se apeó del coche y subió los escalones sin despedirse.

—¿Dónde está Marnie? —Damien estaba esperándome con impaciencia—. ¿Qué ha ocurrido con De Courcy?

Jesús, ¿por dónde debía empezar?

—Dios mío, Damien…

No sabía por dónde empezar porque no sabía dónde terminar. No podía contárselo todo y eso hacía que me asustara contarle algo. Me apreté contra su cuerpo y le rodeé el cuello con los brazos. El temor a perderle era tan grande que sentí la necesidad de aferrarme físicamente a él.

Me estrechó con fuerza y apoyó su cabeza en la mía.

—Más fuerte —dije.

Obedientemente, sus brazos formaron un firme anillo alrededor de mi espalda.

—¿Fue un fiasco? —preguntó a mi pelo.

Asentí contra su hombro.

—Un auténtico fiasco. Ignoro si De Courcy relacionará el soplo contigo, pero no creo que pase nada. —Lo pensaba en serio—. ¿Vamos a la cama?

—Vamos.

Me ayudó a subir los escalones como si padeciera una neumonía. Ya en el dormitorio, salí de mi ropa, dejándola en el lugar exacto donde había caído, y me deslicé entre las sábanas. Damien entró detrás de mí y me acurruqué contra su cuerpo duro y caliente como si fuera la última vez. Cerré los ojos y permanecí muy quieta, deseando poder estar así eternamente. Damien se dio la vuelta y apartó la cara lo suficiente para poder mirarme.

—¿Vas a contarme qué pasó?

—¿Te importaría…? ¿Podemos dejarlo para otro momento? Estoy…

Parecía decepcionado, dolido, algo…

—Perdona —dije, retractándome. No podía no contárselo. No después de todo lo que había hecho para ayudarme—. ¿En qué estaría pensando? Por supuesto que te lo voy a contar. —Pero no podía contárselo todo, y eso me producía una tristeza insoportable. También un miedo insoportable.

—No, déjalo, estás agotada. Duerme y mañana me lo cuentas.

—En realidad no hay mucho que contar. Paddy trató a Marnie y a Lola con absoluto desprecio, ellas se vinieron abajo, no servirían para una entrevista, y Paddy, naturalmente, no le había tocado un pelo a Alicia. Fue un auténtico fracaso. Es imposible intimidarle.

—De Courcy. —Damien apagó la luz y suspiró en la oscuridad—. No conviene meterse con él.

—No. —Lo sabía muy bien.

Cuando lo visualizo en mi cabeza —lo que no hago a menudo— oigo música: una orquesta de cuerdas exuberantes que va ganando ímpetu y estalla con toda su belleza en el momento en que me giro y veo a Paddy por primera vez.

Yo tenía casi diecisiete y Mick, el jefe, me estaba presentando a los camareros. Era la noche que empezaba a trabajar en The Boatman.

—Este es Jonzer —dijo Mick—. Jonzer, saluda a Grace.

Jonzer me miró como si fuera el primer ser humano que veía en su vida. Llevaba los brazos caídos a los lados pero los puños apretados, y tenía un ojo malévolo más bajo que el otro. Los banjos de Deliverance entonaron algunos acordes en mi cabeza.

—Y este es Whacker —continuó Mick—. Whacker, esta es Grace, la nueva camarera. Vive en Yeoman Road.

Whacker abrió la boca y me mostró sus dientes con un gruñido.

—Y aquel de allí —dijo Mick— es Paddy.

Mi respiración, que llevaba años funcionando rítmicamente, sin generarme preocupación alguna, se detuvo en seco. Me había quedado paralizada ante la devastadora combinación de belleza, fuerza vital y deslumbrante sonrisa de Paddy.

Fuera por la razón que fuese, el caso es que ocurrió.

De hecho, tan anonadada me había quedado que en ese momento pensé que Paddy debería ser el jefe de The Boatman. Me parecía contrario al orden natural de las cosas que fuera un simple camarero. Era tan superior, en todo, al desagradable Mick, que tuve una pequeña conversación secreta en mi cabeza, donde convine conmigo misma que si fuera la dueña de The Boatman, despediría a Mick y pondría en su lugar a Paddy.

Gracias al adoctrinamiento de mamá, no creía en el amor a primera vista y había muchas cosas de los hombres que no toleraba. No solo defectos evidentes como la estupidez o ese apego casi autista a los chismes metálicos, sino también los gestos románticos o la cortesía extrema.

Sin embargo, una sola mirada de Paddy bastó para convertirme en la Reina de la Noñería, peor aún que Leechy, oficialmente (por ella confesado) la chica más ñoña que Marnie y yo conocíamos. Le deseaba más de lo que nunca había deseado algo y la idea de no conseguirlo me aterraba.

Lo normal habría sido hablar de ello, pero antes de contarlo quería comprender el efecto catastrófico que Paddy había ejercido en mí. No soportaba la idea de pasar horas con Marnie y Leechy tumbadas en la cama ideando maneras de hacer que Paddy se fijara en mí. Mi necesidad de él era mucho más visceral y adulta que mis enamoramientos del pasado, y si algo tenía claro era que la respuesta no estaba en el rímel brillante.

Si mantuve la boca cerrada también fue porque mamá, papá y Bid —sobre todo Bid— se habrían reído de mí. Todo el mundo daba por sentado que era dura como el cuero, y si alguna vez cometía la estupidez de mostrarme débil, producía hilaridad en los presentes. A lo largo de los años había aprendido a no molestarme en derramar lágrimas porque a cambio solo recibía risitas ahogadas y un «Deja de llorar como una boba».

Sin embargo, mi obsesión por Paddy estuvo a punto de quedar al descubierto el día que pregunté a mamá y Bid:

—¿Cómo consigues que un hombre se fije en ti?

El consejo de mamá fue:

—Sé tú misma.

El consejo de Bid fue:

—No te pongas sujetador.

Ser yo misma. ¿Y quién era yo?

Yo era la fuerte, la poco complicada, así que decidí sacar partido a esas virtudes. Nada de artimañas femeninas. Cuando Paddy cargaba una bandeja con diez jarras de cerveza y me preguntaba:

—¿Necesitas ayuda, Grace?

Yo respondía con firmeza:

—Qué va —y levantaba la bandeja del mostrador con los brazos temblándome del esfuerzo.

(Más tarde me tocaría presenciar cómo Marnie se negaba a llevar una bandeja con más de cuatro jarras y los camareros se ponían zancadillas para correr a ayudarla.)

Yo hacía todos los turnos que me pedían con la esperanza de coincidir con Paddy. Aunque casi me asustaba pensarlo, sospechaba que yo también le gustaba. La noche que deslizó un cubito de hielo por mi espalda y tuvimos un pequeño forcejeo que me dejó resoplando y eufórica, casi habría puesto la mano en el fuego.

Lo primero que debía saber era si tenía novia. Tumbada en la cama, tramé la forma de averiguarlo. ¿Se lo pregunto a Jonzer? ¿A Whacker? ¿A los demás camareros igualmente antipáticos? Entonces comprendí que podía preguntárselo directamente a él.

—Por cierto, Paddy —lancé un tapón de tónica al aire, lo atrapé al vuelo y lo arrojé por encima de mi hombro a la basura—, ¿tienes novia?

—Buen tiro —dijo—. No. ¿Por qué? ¿Te estás ofreciendo?

—Ya te gustaría. —Cogí mi bandeja y pasé por su lado.

—La verdad es que sí —dijo mientras me alejaba.

Reí por encima de mi hombro.

—Espera sentado.

—¡Me rompes el corazón!

Más tarde, en mi habitación, desenvolví esas palabras como si fueran piedras preciosas y volví a escucharlas.

La verdad es que sí.

Me rompes el corazón.

Estaba construyendo una conexión con él como quien construye una torre de naipes, temblando cada vez que añadía una carta por miedo a que todo el edificio se viniera abajo.

Paddy y yo teníamos mucho en común: a él le interesaba la política y a mí me interesaba la política. Bueno, en realidad no, pero sabía de política. Y físicamente hacíamos muy buena pareja; no había muchas chicas de metro setenta y cinco. (Cuando más tarde fui descartada en favor de una renacuaja de metro cincuenta y cinco, me sentí como un mastodonte que no cabía por las puertas y rompía las sillas en las que se sentaba.)

La noche de mi diecisiete cumpleaños, mío y de Marnie, añadí otro naipe a la torre cuando le propuse presentarle a la persona más importante de mi vida.

—Mi hermana gemela vendrá más tarde. Hoy es nuestro cumpleaños.

—¿Tu hermana gemela? ¿Es que hay otra como tú? ¡Como si una Grace Gildee no fuera ya suficiente!

Le rocié con el agua del grifo y retrocedió entre risas.

—¿Saldréis a celebrarlo? ¿Estoy invitado?

—¿Por qué íbamos a invitar a un pánfilo como tú?

—Vamos, Grace.

—No.

—Por favor.

—¿Qué parte de la palabra «no» no entiendes? —(Me encantaba decir esa frase, me parecía el súmmum del flirteo sofisticado.)

Entonces llegó Marnie y con una simple mirada derribó todo lo que yo había construido con tanto cuidado y tesón y se llevó el premio.

Hubo un momento ahí en que sentí que tenía una oportunidad, que si peleaba tendría posibilidades de ganar. Pero me eché atrás. Paddy quería a Marnie. Y aunque no la quisiera, Marnie quería a Paddy y yo nunca podía negarle nada.

No fue fácil, por eso. Los veía en el trabajo y los veía en casa. No tenía escapatoria. Tenía que presenciar cómo Paddy la besaba, la cogía de la mano y reía con ella. Tenía que escuchar las descripciones gráficas de Marnie sobre el fabuloso sexo. «… Entonces me colocó las piernas alrededor de su cintura y, Grace, te juro por Dios…» Pero me acostumbré a pensar que Paddy era de Marnie. De vez en cuando, inesperadamente, me venía a la memoria la conexión que había sentido con él, pero entonces comprendía que había sido una falsa ilusión.

Estuvieron juntos casi tres años, y yo me di cuenta de que Paddy había dejado de querer a Marnie antes que la propia Marnie. Fue la primavera previa a nuestro veinte cumpleaños. Paddy estaba en su último año de facultad, tenía que empezar sus prácticas de abogado en octubre y era evidente —para mí, por lo menos— que estaba preparado para saltar a la siguiente fase de su vida.

Intenté prevenir a Marnie, pero se negaba a escucharme. En cierto modo, lo sentía como si se hubiera desenamorado de mí. El dolor de Marnie era mi dolor.

Entonces Sheridan me dijo que entre Paddy y Leechy había algo más que sesiones de consuelo platónico. Me costaba creerlo. Leechy era como una hermana para Marnie y para mí. Pero Sheridan me aseguró que era cierto. De hecho, insistió tanto que —aunque no era asunto mío— pedí a Leechy que dejara tranquilo a Paddy.

Leechy siempre estaba dispuesta a complacer a la gente. Pero esta vez, en lugar de aceptar, dijo con inaudita firmeza:

—Ni hablar, Grace. Soy la nueva novia de Paddy.

¿Nueva novia? Me quedé atónita.

—Pero él ya tiene una… —La miré y de repente comprendí qué estaba pasando—. ¿Te estás… te estás acostando con él?

—No. —Se puso roja.

—¡Sí! ¡Dios mío, Dios mío, Dios mío! —gemí, sobrecogida de pánico. ¿Qué iba a decir Marnie? ¿Qué iba a hacer Marnie?—. Leechy, no sigas, por favor. Tienes que dejarlo. ¿Qué hay de tu lealtad?

—En otras circunstancias sería leal —dijo—. En otras circunstancias nunca le robaría el hombre a otra chica.

Me dieron ganas de decirle, «En otras circunstancias no tendrías la más puta posibilidad. No eres precisamente Kate Moss».

—¿Y Marnie? —imploré—. ¡Sois amigas desde los cinco años!

—Marnie y Paddy han terminado —dijo con serena certeza—. Yo soy más su tipo. Soy sensata y estable y me gusta The Carpenters. Lo de Marnie fue solo un rollo de adolescentes.

—Leechy, estás alucinando.

Quería decirle que en otros tiempos yo había pensado que a Paddy le iban las chicas fuertes y respondonas, que estaba segura de que Paddy estaba utilizando las consecuencias de acostarse con ella para salir de la vida de Marnie.

—Le quiero, Grace —repuso con firmeza, y eso fue todo.

Culpaba a Paddy, pero más culpaba a Leechy. Si no se hubiera acostado con Paddy, Marnie no se habría trastornado hasta el punto de irse a la cama con Sheridan y si no se hubiese ido a la cama con Sheridan, Paddy no le habría dado una paliza de muerte, un suceso que creo que la cambió para siempre.

Pasaron cuatro años antes de que volviera a ver a Paddy. Fue por un tema de trabajo, el lanzamiento de algo en un abarrotado salón de actos de un hotel. De repente ahí estaba, el más alto de todos. Ya no parecía pobre y salvaje, vestía ropa cara y lustrosa, pero no había duda de que era él. Le miré medio segundo más de la cuenta, el tiempo suficiente para que él reparara en mí. En su cara se dibujó la conmoción. Se puso blanco y la expresión se le congeló. Le di la espalda.

—Tengo que irme —dije al grupo con el que estaba.

—¿Por qué?

Dejé mi copa en una bandeja y caminé entre la multitud hacia la puerta. Cuando llegué a ella, Paddy me estaba bloqueando el paso.

—Grace.

Agaché la cabeza y me desplacé de costado, pero con un movimiento ágil apareció de nuevo delante de mí.

—Grace, eres tú, ¿verdad?

Doblé en otra dirección, pero se me adelantó de nuevo.

—Grace, por favor… ¿Así tratas a un viejo amigo?

—¿Qué? —Levanté bruscamente la cabeza—. Tú no eres mi amigo.

Fue un error mirarle. Era la viva imagen de la angustia.

—Grace, por favor —dijo en tono suplicante—, tú y yo siempre hemos sido amigos.

—¿Amigos? —Le miré indignada—. ¿Después de lo que le hiciste a Marnie?

Mi enardecimiento atrajo algunas miradas. Paddy lo advirtió.

—¿Podemos hablar? —preguntó en voz baja.

—Desembucha. —Crucé los brazos—. Soy toda oídos.

—Aquí no, en un lugar un poco más… tranquilo, donde pueda explicarme.

No podía existir una explicación, pero la curiosidad había sido siempre mi perdición. A lo mejor sí había algo que podía ayudarme a comprender lo ocurrido.

—El hotel tiene un bar privado —dijo—. ¿Me concederías diez minutos de tu tiempo?

Me lo puso muy fácil. Si hubiera tenido que recorrer la más mínima distancia en su compañía, no habría aceptado. Además, ¿qué eran diez minutos?

Sentada entre las acogedoras paredes de madera del cálido bar, Paddy colocó una copa frente a mí.

—Te quedan seis minutos —dije.

—Entonces seré breve. Bien… el caso es que era joven y… y… estaba desquiciado y muy enfadado. Mi madre había muerto, mi padre estaba como una regadera…

—Eso no es excusa.

—No estoy intentando excusarme, solo estoy intentando explicarme. —Dejó caer la cabeza—. No tenía hogar, esa es la otra forma en que puedo expresarlo. —Tras una larga pausa, prosiguió—: Cuando conocí a Marnie, ella se convirtió en mi hogar. Todos vosotros, en realidad, tú, Bid, tu madre, tu padre. —Otra pausa—. Pero cuando dejé de querer a Marnie, la culpé a ella. Pensé que había dejado de quererla porque era una mujer débil. Si Marnie hubiera sido diferente, todavía estaría enamorado de ella, pero no lo era, y una vez más volví a quedarme sin hogar…

Me sorprendió sentir una punzada de compasión. Entonces recordé la cara amoratada de Marnie y la punzada se diluyó de golpe.

—La vergüenza me persigue —dijo.

—Me alegro. ¿Y por qué me cuentas todo esto a mí? Deberías estar contándoselo a Marnie.

Paddy titubeó.

—Lo he pensado. De hecho, todavía lo pienso. Pero sabiendo lo que sé de Marnie, lo que sabía, creo que el hecho de ponerme en contacto con ella podría… abrir viejas heridas. Creo que en lugar de mejorar las cosas, las empeoraría.

Lo más irritante de todo era que tenía razón. Si Marnie volvía a ver a Paddy, retrocedería varios años.

—Pero tampoco puedo asegurarlo. Es algo que me pregunto a menudo…

—Y con esta nota fascinante —apuré el resto de mi copa y me levanté—, se te acabaron los diez minutos.

—¿Cómo está? —preguntó.

—¿Marnie? Bien —dije—. Mucho mejor sin ti. Te portaste como un cabrón.

—Tuve que hacerlo, era la única manera de terminar. De lo contrario, ella nunca lo habría aceptado.

Volvía a tener razón.

—Marnie es una chica muy especial —dijo con nostalgia—. ¿Te importaría tomarte otra copa y contarme cómo está?

—Ni hablar.

—Por favor.

—No. Oh, está bien.

No tenía nada más que hacer. Bueno, eso fue lo que me dije.

Paddy pidió dos copas más y se puso a hablar con tanta ternura de Marnie, con tanto pesar sobre lo sensible que era, lo mucho que le costaba ser feliz, que —para mi eterna vergüenza— no pude por menos que coincidir en parte con él. El ruido de un barril metálico interrumpió su discurso.

—Dios, cuántos recuerdos me trae eso —dijo. Observamos al camarero cambiar el barril—. Era algo que siempre hacíamos en The Boatman, ¿te acuerdas?

Asentí con la cabeza, abochornada al recordarme cargando cosas pesadas por el pub para impresionar a Paddy. Menuda idiota.

—Tú eras la única chica capaz de cambiar un barril —dijo—. Eras… eras como una amazona. Espectacular. Nada te intimidaba.

Le miré atónita. Siempre había pensado que cargar cosas de un lado a otro como un estibador era lo que lo había ahuyentado.

—Nunca antes había conocido a una mujer como tú —musitó.

No podía mirarle. Tragué saliva, de forma tan escandalosa que los dos lo oímos, y la nuez me subió y bajó como un pistón.

—De hecho, nunca he conocido a una mujer como tú.

¡Jesús! Le observé de reojo y cuando nuestras miradas se encontraron, entre nosotros brotó una intensa emoción. Pese a mi resistencia —y la había, solo tenía que pensar en el rostro hinchado de Marnie— sentí que éramos íntimos, que él y yo nos comprendíamos, como había sido antes de que Paddy conociera a Marnie.

—¿Otra copa? —preguntó.

—No. Me voy.

—¿En serio? Vamos, solo una más.

Vacilé. Finalmente cedí.

—Oh, está bien, pero solo una.

Cuando regresó de la barra, dejó las bebidas sobre la mesa, me miró y dijo:

—Tengo algo que decirte y si no te lo digo ahora ya nunca lo haré.

Abrigaba una ligera idea de adónde quería ir a parar.

—Cometí un error —dijo—. Me equivoqué de hermana.

Cerré los ojos.

—Calla.

Aunque no hubiera hecho las terribles cosas que le había hecho a Marnie, liarse con un ex novio de una hermana —o de una amiga— era tabú. Paddy siempre sería de Marnie.

—Ven conmigo a mi casa —dijo.

Ardía de deseo por dentro. Lo habría dado todo por una noche con Paddy. Una noche de su cuerpo desnudo, una noche de sexo lascivo, tierno, doloroso, en todas las posturas imaginables, una noche de él empujando dentro de mí, el rostro contraído de deseo por mí, por mí, por mí…

—No —dije.

—¿No?

—No. —No podía quitarme de la cabeza la imagen de Marnie en el hospital. Agarré el bolso y me levanté.

—Cambiarás de parecer —dijo—. Te convenceré.

—No —dije, preguntándome qué planeaba hacer para conseguirlo.

Pero no hizo nada. No volví a saber nada de él durante otros once años. Tiempo de sobra para poder reflexionar sobre mi negativa.

Entonces, el verano pasado recibí una llamada de Annette Babcock, editora de Palladian, una editorial especializada en autobiografías de gente célebre. No hacía mucho había escrito un par de libros para ellos. (La vida de una deportista y los padecimientos de una mujer que había sido Miss Irlanda y se había sometido a veintiocho operaciones de estética para poder seguir trabajando como modelo.)

Era la clase de encargo que solían hacer los escritores de poca monta para ganarse un dinero, ya que la mayoría de deportistas y modelos —e incluso políticos— rozaban el analfabetismo. El trabajo era intenso y desmoralizador, pues tenías que transformar las anécdotas anodinas y la vida insulsa de una persona en una prosa amena, pero pagaban bien.

—¿Puedes venir a verme? —preguntó Annette—. Tengo un trabajo para ti.

Cuando estuve sentada delante de ella, dijo:

—Vamos a publicar la biografía de Paddy de Courcy.

«Señor —pensé—, Paddy de Courcy...»

Hacía un siglo que no sabía nada de él. Desde aquella noche en el pequeño pub nuestros caminos se habían cruzado en alguna que otra recepción, pero el contacto había sido frío y distante.

—Creemos que eres la escritora idónea para el trabajo. Durante un mes tendrás que pasar mucho tiempo con Paddy, pero no creo que eso te represente un sacrificio, ¿verdad? ¿Verdad? —repitió al ver que no contestaba.

—¿Qué? Oh, lo siento, solo estaba pensando. —Me aclaré la garganta. Tenía muchas preguntas. La primera y más importante, ¿por qué yo?

—No dejes que se te suba a la cabeza —dijo secamente Annette. Estaba claro que le gustaba Paddy—. No te pidió especialmente. Tenemos una lista de escritores que colaboran con nosotros, le presentamos algunos nombres y dijo que había leído *La carrera humana* —la historia de la deportista—. Dijo que le gustaba tu trabajo.

—¿Eso dijo?

La verdad es que yo me había olvidado de Paddy de Courcy. Bueno, no del todo. Sería imposible, dada la frecuencia con que aparecía en las noticias y en las páginas de sociedad, luciendo su atractiva e inocente sonrisa. De tanto en tanto, cuando lo veía, notaba, para mi sorpresa, un pequeño revuelo de algo en la barriga, pero las más de las veces me dejaba totalmente fría.

—¿Y bien? —preguntó Annette—. ¿Aceptas?

—No lo sé...

—¿Qué?

Estaba desconcertada. ¿No era esto demasiado arriesgado para Paddy? Yo sabía cosas de él que probablemente no sabía ningún otro periodista. Aunque quizá fuera por eso por lo que me había elegido, porque así no tendría que confesar lo de que había enviado a Marnie al hospital y dejarme horrorizada. A lo mejor era consciente de que tenía que incluir ese episodio en el libro pero confiaba en poder convencerme para ofrecer una versión maquillada.

O a lo mejor estaba exagerando. A lo mejor Marnie pertenecía a una época tan lejana de su vida que había olvidado por completo lo que le había hecho. A lo mejor era cierto que le había gustado *La carrera humana.* A lo mejor se trataba realmente de un trabajo y nada más.

—Pagan bien —dijo, preocupada, Annette. Me lanzó una cifra y he de reconocer que tenía razón—. Puedo intentar conseguirte otros dos mil.

—Sí, pero…

Estaba hecha un lío. ¿Por qué tenía que ayudar yo a Paddy? La idea de trabajar para él, de dejar que se beneficiara de mis habilidades literarias, me hacía sentir desleal e incómoda. Entonces mi espíritu vengador tomó el relevo: puede que, después de quince años, pudiera conseguir que se hiciera justicia para Marnie. Lo medité un rato más y la certeza de que algo bueno podría salir de todo esto ganó fuerza.

—De acuerdo —dije—. Lo haré.

—Un poco más de entusiasmo, por favor —dijo Annette—. Yo me correría solo con pensar que iba a pasar todo ese tiempo con Paddy.

Cerré los ojos. Señor, ¿había tenido que decirlo?

—Ahora escúchame bien, Grace. Este proyecto es enteramente confidencial. No podemos correr el riesgo de que otros políticos obtengan mandamientos judiciales antes de que publiquemos. No debes contárselo a nadie.

—Mis labios están sellados.

Lo primero que hice al llegar a casa fue contárselo a Damien.

—¿Su autobiografía? —preguntó con suma suspicacia—. ¿Por qué? No ha hecho nada salvo tirarse a modelos. No es líder de ningún partido, ni siquiera ha sido ministro.

—El mundo de las autobiografías de famosos ha cambiado. —Me encogí de hombros—. No necesitas haber hecho nada. Basta con que seas guapo.

Damien me estaba observando con expresión sombría.

—Grace, ¿por qué has aceptado después de lo que le hizo a Marnie?

—Por eso precisamente. He pensando que podría conseguir algo para Marnie... no sé... tal vez una disculpa...

—Ha pasado mucho tiempo —dijo Damien con voz queda—. Ahora Marnie está casada y tiene dos hijas. A lo mejor no quiere que ese asunto salga a la luz. A lo mejor no quiere volver a saber nada de Paddy.

—O a lo mejor sí.

—Creo que antes de seguir con esto deberías hablar con ella.

—Ya he aceptado.

Se encogió de hombros.

—Puedes cambiar de parecer. ¿Has firmado algo?

—No. Sé que puedo cambiar de parecer, pero siento que debo hacerlo... Lo que pasó fue muy fuerte para Marnie y para mí —dije—. Sé que no puedes entenderlo porque no estabas allí, pero puede que esto sea una oportunidad de, no sé, de... ¡oh, Damien, no lo sé! —Suspiré pesadamente—. De reparar un mal.

Mis palabras recibieron un silencio por respuesta. ¿Cómo podía hacérselo entender? Estaba atada de pies y manos. Pese a mis sospechas y mi sentimiento de deslealtad, tenía que hacerlo.

—No pongas esa cara tan triste —le supliqué.

Damien soltó una risita apesadumbrada. Conocía mis sentimientos adolescentes por Paddy.

—Muy bien —dije—. Si realmente no quieres que lo haga, dilo y no lo haré.

—Grace...

Me avergoncé de mí misma. Damien jamás haría esa clase de petición, no era esa clase de hombre. Se alejó meneando la cabeza.

—Pagan muy bien —grité tras él.

—Qué bien —respondió desde la distancia—. Podremos comprar muchas cosas.

Nuestra primera reunión, para hablar de la estructura del libro, tuvo lugar en el despacho de Paddy. Había olvidado qué se sentía al tenerlo tan cerca. Ese tamaño. Esos ojos. Esa presencia… ese carisma, como quieras llamarlo. Una presencia física tan perfecta y poderosa. Había tanto de él, concentrado en un solo ser humano —como un café muy fuerte o un chocolate negro, negro— que casi resultaba intolerable. Me estrechó la mano y me besó fugazmente en la mejilla.

—Estoy encantado de que trabajemos juntos.

—Dios, cómo se nota que eres político —repliqué—. ¿Dónde me siento?

—Donde te apetezca. En el sofá, si lo prefieres.

Elegí una silla, murmurando para mis adentros que era lo más prudente. Paddy se sentó detrás de su mesa y yo abrí mi libreta amarilla. Desafiantemente, dije:

—Antes que nada, ¿incluiremos el episodio en que mi hermana tuvo que ser hospitalizada por tu culpa?

—No has cambiado nada, Grace —dijo Paddy, aunque sin rencor—. Siempre defendiendo alguna causa. Creo que es mejor que corramos un tupido velo sobre ese episodio de juventud.

—Oh, ya entiendo. Es por eso por lo que me elegiste a mí. —Tal como había sospechado—. Si crees que voy a protegerte, olvídalo. —Me levanté para irme.

—No estoy hablando de protegerme a mí. Siéntate, Grace, ¿quieres? Sino a Marnie. ¿Crees que le gustaría ver ese episodio publicado en un libro?

Lo mismo que había dicho Damien…

—¿Lo crees? —insistió.

Lo ignoraba. No se lo había preguntado.

Lentamente, volví a sentarme. Pero si no estaba haciendo este proyecto para conseguir justicia para Marnie, ¿qué demonios hacía aquí?

—Pagan bien —dijo Paddy, leyéndome el pensamiento—. Vamos, Grace, los dos tenemos un trabajo que hacer. Pongamos manos a la obra.

Pagaban bien. Acababa de comprarme un coche y las letras eran altas.

Empuñé de nuevo el bolígrafo y, para mi sorpresa, trabajamos durante tres fructíferas horas. Esto era un trabajo más, comprendí, y todo iba a ir bien.

Nuestra segunda reunión tuvo lugar cinco días después y, de nuevo, fue muy productiva. Habíamos cubierto su infancia y acabábamos de llegar a la muerte de su madre cuando, de repente, Paddy guardó silencio y agachó la cabeza. Cuando volvió a levantarla, tenía lágrimas en los ojos. En otras circunstancias habría pensado: «Un hombre llorando, qué gracioso». Pero quizá porque le había conocido justo después de que su madre falleciera y sabía lo perdido y desesperado que se había sentido, me dio pena.

Le pasé una servilleta de BurgerKing que llevaba en el bolso y se secó los ojos con gestos bruscos. Enseguida volvió a ser el de siempre.

—Caray, qué bochorno —rió. Miró la servilleta—. Paren las prensas. Grace Gildee ha tenido un gesto amable.

—Tengo gestos amables con la gente que se los merece —me defendí.

—Lo sé. ¿Sabes una cosa, Grace? —Me obsequió con la totalidad de su mirada azul—. Fui a Palladian por ti.

¿Qué? A eso lo llamaba yo un cambio brusco de tema.

—Siempre he estado al tanto de tus progresos, siempre he sabido en qué periódico trabajabas, siempre leo tus artículos.

—¿Por qué me cuentas esto?

—Porque en todos estos años nunca he dejado de pensar en ti.

Un estremecimiento involuntario me recorrió todo el cuerpo, desde los dedos de los pies hasta las raíces del pelo.

—No ha pasado un solo día que no haya pensado en ti. Eres la única mujer capaz de estar a mi altura.

No quería serlo, pero me sentí halagada. Excitada. Sin más, había dado un repentino salto al pasado. Mi yo adolescente se había reactivado y estaba distraída, mareada, cegada de deseo por Paddy.

Esa noche no pude pegar ojo. No podía eludir la verdad: la atracción que sentía por Paddy era dañina, muy dañina; era peligrosa y sucia.

«Ha pasado mucho tiempo, puede que haya cambiado.»

¿Y Damien?

Damien y yo teníamos algo bueno y excepcional.

Instintivamente, supe lo que debía hacer: abandonaría el proyecto.

Pero cuando quedé con Paddy para decirle que se buscara a otro escritor, fue como si hubiera estado esperándolo. Antes de que pudiera abrir la boca, cerró la puerta de su despacho y dijo:

—No me abandones, Grace.

—Pero…

—Te lo ruego. Eres la única persona en la que confío lo suficiente para contarle la verdad. Te necesito.

No podía evitarlo. Me hacía sentir demasiado importante para él para dejar el proyecto.

El trabajo de ese día, y el de nuestra sesión de dos días más tarde, transcurrió en tal estado de tensión sexual que era incapaz de pensar con claridad. Nuestro progreso inicial se había ralentizado hasta casi detenerse, pero no me importaba. Estaba cerrada en mí misma, en un proceso de constante negociación. Solo pedía una noche. Una noche que hacía once años que me debían. O dieciocho. Eso no significaría que no amaba a Damien.

En casa, Damien me observaba y no decía nada, y yo conseguí convencerme de que nada había notado. Entonces, una noche, después del trabajo, nos pusimos a mirar un catálogo de *new-age* que había llegado con el correo y a elegir los cursos que más detestaríamos hacer.

—El de tambores tribales sería espantoso —dije, riendo—. Imagina la clase de gente que se debe de apuntar.

—Para mí —dijo Damien—, el peor de todos sería… veamos… ¡Aquí está! «Desbloquea tus emociones a través del canto.» Un fin de semana entero. ¡Jesús!

—Ahora ya sé qué regalarte por tu cumpleaños.

—Grace, solo te diré una cosa.

Desconcertada por su repentino cambio de tono, le miré.

—¿Qué pasa?

—Si uno de nosotros engaña al otro… Diantre, cómo odio esa palabra —dijo—. Tal vez lo superemos, pero ya nada será igual. La confianza habrá desaparecido. Y también la inocencia.

—Yo… —La respuesta obvia habría sido preguntar a qué venía ese comentario. Pero no podía hacerlo. Damien no me había acusado de nada, eso era lo importante, y lo cierto era que yo no había hecho nada—. Lo sé, Damien.

—Me alegro… porque detestaría pensar… —Parecía estar a

punto de decir algo más y supliqué para mis adentros que no lo hiciera—. Porque te quiero, ¿sabes?

Mi respuesta cuando me decía que me quería era preguntarle si estaba enfermando. Pero esta vez me limité a decir:

—Lo sé. —Invadida por una súbita oleada de amor y gratitud, añadí—: Yo también te quiero.

—Cuidado —dijo—. No queremos parecernos a Hart y Hart.

Los dos reímos, algo nerviosos.

Al día siguiente tuve otra reunión con Paddy. Hacía un sol radiante y me estaba esperando fuera, viendo cómo estacionaba en la plaza asignada. Aparqué a la primera. Con una viraje suave y certero, coloqué el coche perfectamente equidistante entre las cuatro líneas blancas, una maniobra perfecta con mi coche perfecto en ese día perfecto.

—Buen trabajo —dijo Paddy, sin intentar ocultar su admiración.

—Díselo al coche —reí.

—¿Te gusta tu coche?

—Adoro mi coche.

Al llegar a su despacho, me senté frente a la mesa para empezar a trabajar. Entonces Paddy dijo:

—¿Y qué tal Damien y tú?

—¿Qué tal de qué? —No pude evitar un tono defensivo.

—¿Todavía enamorados?

—Todavía.

—¿Pensarías en la posibilidad de romper con él?

—¿Por qué debería hacer eso?

—Para que pudieras ser mi chica. Juntos seríamos fantásticos. Toma. —Anotó un número en un trozo de papel—. Este es el número de mi móvil privado. Mi número privado, privado. Solo lo tiene mi entrenador personal. Piensa en lo que te he dicho. —Se encogió de hombros—. Si te decides, llámame, no importa la hora que sea, de día o de noche.

Estaba muda. ¿Cómo se atrevía? Pero también vergonzosamente halagada. ¿A no ser que estuviera hablando en broma…?

—Hablo completamente en serio —dijo—. Sé que no me crees, pero voy a seguir diciéndolo hasta que me creas: eres la única mujer que he conocido capaz de estar a mi altura.

Estuve a punto de vomitar. De deseo y de vergüenza, de vergüenza y de deseo.

Tres días más tarde saltó la noticia de que Paddy se casaba y —lo reconozco— tuve la sensación de que me habían disparado con una arma aturdidora. No me debía nada, no me había prometido nada, pero se había comportado como si...

Mayor aún fue mi estupor cuando me enteré de que la novia era Leechy.

Era un problema de ego, me dije. Estaba herida porque había creído que era especial para él.

Me telefoneó.

—¿Es cierto? —pregunté.

—Grace...

—¿Es cierto?

—Sí, pero...

Colgué.

Volvió a llamar. Desconecté el teléfono.

Entonces me enteré de la existencia de Lola. Estaba entrevistando a Marcia Fitzgibbon, la magnate de la industria, para «Mi insulto preferido», cuando se quejó de que su estilista se drogaba, no hacía nada a derechas e insistía en que Paddy de Courcy era su novio.

—Si la vieras —me dijo Marcia—. ¡Lleva el pelo violeta!

Me fue fácil localizarla. Se negó a confirmarme que había estado saliendo con Paddy, lo cual, paradójicamente, fue una confirmación.

Sintiéndome cada vez más estúpida, telefoneé a Palladian y dije que abandonaba el proyecto. Pusieron el grito en el cielo, pero nada podían hacer porque aún no habíamos firmado el contrato.

Durante dos o tres semanas Paddy siguió llamándome y yo seguí sin atender sus llamadas, hasta que un día, llevada por un impulso que no entendí, contesté.

—Solo te pido que me escuches —imploró, y aunque yo ignoraba cómo pensaba salir airoso de esta, la curiosidad me pudo.

—¿En mi despacho? —propuso.

—De acuerdo.

—Te enviaré a Spanish John.

—Iré andando.

La secretaria de Paddy me hizo pasar a un despacho vacío. Paddy no estaba esperándome dentro. No había sido una buena idea venir. Con la llama del mechero temblando, encendí un cigarrillo y decidí contar hasta dieciséis. (¿Por qué dieciséis? Ni idea.) Si para entonces no había aparecido, me largaría. Uno, dos…

Entonces llegó. Cerró la puerta de su despacho con firmeza y su presencia llenó la estancia.

—Felicidades. —Me levanté—. Por tu próxima boda.

—Lo sé, Grace. —Parecía desesperado—. Pero eso no tiene por qué cambiar las cosas. Ni siquiera la quiero.

Pese a mi desprecio por Leechy, me pregunté cómo podía alguien ser tan insensible.

—Soy político, Grace. Necesito una esposa como es debido. Siento mucho no haber podido contártelo personalmente. El caso es que pedí ver unas sortijas y el joyero filtró la historia y esta salió sin mi consentimiento. Pero podemos seguir como antes. —Se había ido acercando poco a poco, hasta quitarme el cigarrillo y dejarlo en el cenicero. Dulcemente, dijo—: Mejor que antes. ¿Cuándo vas a dejar de torturarme, Grace? Me muero de deseo por ti. Acuéstate conmigo, te lo suplico.

Colocó sus manos en mis caderas y, flexionando ligeramente las rodillas, apretó su erección contra mi hueso pubiano y susurró en mi oído:

—Así haces que me sienta siempre, en todo momento. Imagínanos juntos en la cama, Grace.

Como si hubiera pensado en otra cosa en los últimos días.

Estaba como hipnotizada, y en ese momento tuve la certeza de que iba a acostarme con Paddy. El momento con el que había fantaseado durante años había llegado. Pero ¿por qué ahora? ¿Ahora que iba a casarse con otra? Por eso, curiosamente. La sorprendente noticia me había demostrado lo mucho que le deseaba. Nos acercamos un poco más. Tenía el calor de su aliento sobre mi boca. Iba a besarme… pero Damien… Mi cuerpo se estaba abriendo como respuesta a la intensidad de su mirada. A punto de desfallecer, cerré los ojos y sentí su lengua en mi boca, y la mía en la suya, y empezamos a besarnos… ¿y Damien?… la mano de Paddy subió hasta mi pecho, buscando el pezón con los dedos, su cuerpo duro y caliente contra el mío… Damien… Las rodillas me temblaban de puro deseo, entonces en mi cabeza apareció Marnie, su rostro tumefacto y amoratado.

Abrí los ojos y di un paso atrás.

—No, Paddy, no voy a hacerlo.

Llegó sin avisar. Una bofetada en pleno rostro, el anillo del dedo enganchándose en la cuenca de mi ojo. Una bofetada tan potente que me derribó contra el suelo. Noté algo húmedo junto al ojo izquierdo y durante un segundo humillante pensé que estaba llorando. Cuando me pasé la mano por la mejilla y la vi manchada de sangre, sentí un gran alivio.

—Dudo que necesites puntos —dijo, casi disculpándose.

—¿Cómo lo sabes? —pregunté con la voz pastosa—. ¿Es algo que haces a menudo?

Estaba siendo sarcástica, pero por la forma en que me miró, como si estuviera calculando hasta qué punto podía ser un problema, comprendí que sí, que era algo que hacía a menudo. Tal vez Marnie hubiera sido la primera, pero después había habido otras. Solté una exclamación ahogada y bajé la vista, porque pensé que era preferible no mirarle.

—Si se lo cuentas a alguien —dijo—, te mato. ¿Entendido? ¿Entendido? —más fuerte esta vez.

Me estaba limpiando la sangre de la cara, sorprendida de que hubiera tanta, de que fuera tan roja.

—Sí.

Se arrodilló a mi lado. Pensé que quería ayudarme a levantarme y me preparé para apartarlo. Con una mano cogió el cigarrillo del cenicero y con la otra me agarró la muñeca. Nuestras miradas se encontraron y tras un instante de incredulidad, comprendí qué quería hacer.

—¡No! —Frenéticamente, intenté retroceder.

—Sí. —Me inmovilizó el brazo con una rodilla y aplastó el rojo capullo en el centro de la palma de mi mano.

Fue rápido y terrible, muchísimo peor de lo que hubiera podido imaginar. Pero más espantoso que el dolor físico era el hecho que de me había marcado para siempre.

Apenas recuerdo cómo salí del despacho. Una vez en la calle

caminé pesadamente entre la multitud de la calle Kildare y sin decidirlo conscientemente, puse rumbo a la tranquilidad de Stephen's Green, donde, incapaz de hacer otra cosa, me senté en un banco.

Todo en mí se había ralentizado. Mis pensamientos se movían con torpeza.

Estoy en estado de shock, comprendí. Estoy en estado de shock.

Todavía me sangraba la cara. No a borbotones, como al principio, pero caía un hilito que seguía necesitando un pañuelo tras otro. Sostenía un pañuelo contra la mejilla, al rato lo miraba, lo veía rojo y deshecho y cogía otro.

Qué extraño que lleve un paquete de pañuelos en el bolso, pensé, sintiéndome muy lejos de allí. No soy una persona dada a llevar pañuelos. Pero cuando los busqué en el bolso, allí estaban, como… como pequeños salvavidas…

La mano me ardía de dolor. Era un dolor amenazador, tan intenso que pensé que iba a vomitar. Entonces la rabia hizo acto de presencia, roja, caliente, espesa, cada vez más violenta y viscosa. Maldito Paddy de Courcy. Estaba colérica, literalmente colérica por lo que me había hecho. Era terriblemente humillante. Había utilizado su fuerza física contra mí y yo no había podido hacer nada. No me había quedado más remedio que tragar.

Pero esto no iba a quedar así. En cuanto me sintiera capaz, iría en un taxi a la comisaría más próxima —había una en la calle Pearse— y haría que lo arrestaran por agresión. Paddy de Courcy iba a lamentar lo que me había hecho, me prometí a mí misma con amarga determinación. Lamentaría haber pensado que podía ganarme la batalla. Yo no era ninguna jovencita estúpida tan colada por él como para mantener la boca cerrada.

«Nunca te he olvidado, siempre he sabido dónde trabajabas, siempre leo tus artículos.» Ahora estaba segura de que todas la cosas que había dicho al principio de trabajar en el libro, y que tanto me habían halagado pese a preguntarme si simplemente estaba diciendo lo que yo quería oír, eran ciertas. Pero ahora, en lugar de sentirme adulada, me parecía siniestro.

Tal vez no le atrajera de adolescente, pero ahora sabía que mi negativa a ir a su casa once años atrás le había escocido. Paddy de

Courcy no estaba acostumbrado a que le rechazaran. Y probablemente desde aquel día me había visto como una asignatura pendiente. No como una prioridad —no era tan importante— pero sí como un caso en suspenso, un agravio que vengar si alguna vez se le presentaba la oportunidad...

Advertí que iba por el último pañuelo. No podía seguir en el banco. Debía levantarme y dirigirme a la calle Pearse.

Me puse en pie e inopinadamente, quizá porque me había puesto al fin en movimiento y eso había activado mis pensamientos, comprendí que no podía denunciar a Paddy a la policía. Todas las amenazas que había imaginado no eran más que bravatas, porque no me cabía duda de cómo transcurriría la conversación con el agente del mostrador.

«—¿Por qué la agredió el señor De Courcy?

»—Porque estaba enfadado conmigo.

»—¿Y por qué estaba enfadado con usted?

»—Porque no quería acostarme con él.

»—¿Y ha dado razones al señor De Coury para pensar que se acostaría con él?

»—Probablemente... sí.»

No podía hacerlo. No porque pensara que Paddy tenía razón —ni muchísimo menos— sino porque Damien acabaría enterándose de lo que había estado pasando. Y le perdería. En ese momento comprendí que estaba atada. No tenía más remedio que tragar. Tenía que aceptarlo. Tenía que mantener la boca cerrada.

Volví a sentarme mientras mi cuerpo se desgarraba de impotencia y frustración. He ahí el significado de implosionar, pensé. La sensación de estallar pero sin que eso te produzca alivio. Me llevé a la boca la mano izquierda —la que Paddy no había quemado— y grité dentro de ella. Grité hasta que los ojos se me llenaron de lágrimas y mi cabeza empezó a despejarse y comprendí lo que tenía que hacer.

Tenía que volver al trabajo.

Ni grandes gestos, ni taxis, ni órdenes de que me llevaran a la comisaría más cercana, ni declaraciones de que quería denunciar un delito.

Tenía que actuar con normalidad y volver al trabajo.

Pero ¿cómo voy a explicar el estado de mi cara? ¿De mi mano?

¿Qué le voy a contar a la gente?

¿Qué le voy a contar a Damien?

Intenté idear una historia. ¿Alguien chocó contra mí? ¿Alguien que iba corriendo por la calle tropezó conmigo y me derribó? Pero entonces habría caído de espaldas, ¿no? ¿Y me habría golpeado la cabeza por detrás y no por el costado?

Vale, ¿qué tal alguien me empujó por detrás? Sí. Mucho mejor. De ese modo habría caído al suelo de cara. Pero ¿cómo iba a explicar la quemadura de la mano?

Busqué y busqué en mi cabeza y finalmente pensé, Vale, ¿qué tal si tropecé con una loseta suelta de la calle, me di de bruces contra el suelo, solté el cigarrillo en el proceso y mi mano aterrizó encima? Era una gilipollez, pero tendría que servir.

Hice una prueba con la mujer maternal que trabajaba en la farmacia de la calle Dawson.

—Esas losetas son una vergüenza —dijo—. Qué caída tan mala. Puede que la herida de la cara necesite puntos. Debería ir a urgencias.

No, no era tan grave. No iba a permitir que fuera tan grave.

—¿Podría simplemente ponerme una tirita? —pregunté—. ¿Un antiséptico y una tirita? ¿Para que deje de sangrar?

—Como quiera. Solo lo digo porque no me gustaría que quedara una cicatriz en una cara tan bonita.

Podría haberme puesto a llorar por su amabilidad, de haber sido esa clase de persona.

Me untó antiséptico en la mejilla.

—Es muy valiente —dijo—. Pensaba que le escocería.

Y me escocía, pero no quería demostrarlo porque —sí, sabía que era una estupidez— sentía que Paddy estaría ganando otro asalto.

—El golpe en el pómulo ha sido fuerte —dijo la mujer—. Se le pondrá azul dentro de uno o dos días y le durará una semana. Así que ya lo sabe, ¡cancele sus sesiones de fotos!

De nuevo en el trabajo, TC, Jacinta y los demás no se mostraron especialmente compasivos —lo encontraban demasiado gracioso— pero aceptaron la explicación de la loseta suelta sin hacer preguntas. Así pues esa noche, en casa, para cuando vi a Damien ya tenía la historia bien ensayada, y debí de sonar muy convincente, porque su cara era de pura preocupación. Preparó la cena, salió a buscar un DVD, abrió una botella de vino y después de dos copas, me invadió una súbita sensación de euforia.

Damien y yo estábamos bien.

Damien y yo nos habíamos salvado.

Qué estúpida había sido. Me había dejado infectar por la De-Courcy-itis, había corrido un riesgo absurdo, increíble, pero ahora todo había terminado, todo había pasado y Damien y yo estábamos a salvo.

No pensaría en lo que Paddy me había hecho. Ni siquiera me permitiría estar rabiosa. Simplemente agradecería que todavía tenía a Damien.

El reloj sonó y me desperté de un salto para sumergirme de nuevo en el horror de la noche previa, el espectacular fracaso del enfrentamiento con Paddy, la fría ira de Marnie, las preguntas de Damien…

Sentía todo el cuerpo, incluidas las plantas de los pies, como si le hubieran dado una paliza. La adrenalina de los últimos días me estaba pasando factura. Alargué un brazo cansado. El lado de la cama de Damien estaba vacío. Y frío. Era obvio que había reprogramado el despertador y llevaba horas ausente.

Lo sentí como un mal presagio.

En la fría luz del día, supe con una certeza aterradora que Damien iba a descubrir lo mío con Paddy. Lo había entendido anoche, pero hoy me parecía peor, más real.

Marnie estaba tan enfadada. Probablemente se lo contaría todo a Damien.

Dios, puede que ya se lo hubiera contado. Puede que le hubiera llamado al trabajo. Puede que en estos momentos ya lo supiera. El corazón casi se me paró.

Y si no se lo contaba Marnie, se lo contaría De Courcy. Puede que ya lo hubiera hecho. Después de lo de ayer, seguro que habría una réplica. Seguro que buscaría la forma de hacerme daño —de castigarme— y lo más fácil sería arrebatarme a la persona que más quería en el mundo.

La escena al completo pasó por mi cabeza como una película de terror: el dolor, el sufrimiento de Damien, el rencor por haber sido traicionado. No sería capaz de perdonarme, de eso estaba segura. Le costaba mucho confiar en las personas, y cuando esa frágil confianza se rompía, ya no había forma de repararla. Empecé a jadear de puro miedo. No podía permitir que esto pasara. Pero tampoco tenía manera de detenerlo. Podía hablar con Marnie, podía suplicarle que no le dijera nada a Damien. Pero aunque lograra convencerla, no lograría convencer a De Courcy. Ni siquiera podía pedírselo, porque estaría encantando de verme tan vulnerable. Pedirle que no dijera nada a Damien era garantía segura de que lo haría.

Había una cosa, con todo, que no podía permitir que ocurriera. No podía permitir que Damien se enterara por otra persona. Tenía que contárselo yo.

¿Puede que esta noche?

Señor, solo de pensarlo…

Estaba atrapada en una pesadilla, pero yo, y solo yo, había creado esta situación. Yo había hecho que ocurriera, ¿o no? Dejando a un lado por un momento mi historia con Paddy, nadie me había obligado a implicarme cuando Damien me contó lo que *The Press* tenía intención de publicar sobre Dee, ¿cierto? Nadie me obligó a erigirme en investigadora extraoficial de Dee. Nadie me obligó a meter las narices en acuerdos periodísticos secretos. Nadie me obligó a empezar a acorralar a las ex novias de Paddy.

Pero lo hice.

Me caía bien Dee, la admiraba, y todas las injusticias, del tipo que fueran, me enfurecían. Pero, si lo pensaba con frialdad, ¿qué era Dee para mí?

Un enlace con Paddy, eso era. Probablemente la razón de que hubiera pedido entrevistar a Dee meses atrás, de que hubiera estado encantada de que nos invitara a Damien y a mí a cenar pasta rara a su casa. Y, decididamente, de que me hubiera involucrado en estos tejemanejes políticos.

Sencillamente, no había sido capaz de olvidar lo que Paddy me había hecho. No soportaba la idea de que quedara impune.

¿Qué demonios me estaba pasando? Había tenido la audacia de irritarme con Marnie por su eterno apego a Paddy, pero ¿acaso yo era mucho mejor? Sabía perfectamente de lo que Paddy era capaz y, sin embargo, todavía pensaba que podía enfrentarme a él. Y ahora —¡sorpresa!— mi vida me había estallado en las narices.

Dee había intentado tomarse con filosofía la desastrosa confrontación de la noche previa. «Podemos aprender de nuestros errores», dijo.

Pero yo no creía en eso. Prefería no cometer errores desde el principio. Y si los cometía, prefería ocultarlos y fingir que no habían ocurrido.

Dios, qué equivocada había estado con respecto a Leechy. Estaba segura de que tendría una marca de cigarrillo en la mano. Como Leechy era la persona que había convencido a Christopher Holland de que vendiera su historia sobre Dee, había cometido el error de pensar que ella era un lacayo más de Paddy. Leechy y Sheridan, corriendo de un lado a otro, reordenando el mundo al gusto de Paddy, no eran mejores que Spanish John.

Pero puede que Paddy tratara a Leechy como a una igual, a lo mejor habían concebido el plan juntos, como un equipo. A lo mejor Paddy había encontrado a esa mujer que no necesitaba maltratar. A lo mejor la amaba de verdad.

Llegaba cerca de una hora tarde y me estaba preguntando qué excusa iba a darle a Jacinta. Mientras me dirigía a mi mesa, la encontré enfrascada en una pequeña pelea con TC.

Bien. Podría intentar escabullirme discretamente y hacer ver que llevaba aquí todo este rato…

—No puedo —estaba diciendo TC en un tono rayano en el pánico.

—Tienes que hacerlo —dijo Jacinta, la voz fría y serena.

TC reparó en mí y su rostro se iluminó.

—¡Grace!

Genial. Había sido descubierta.

Salió disparado hacia mí.

—¿Lo harías tú, Grace? Por favor, Grace, di que lo harás.

—¿Hacer qué?

—Entrevistar a Zara Kaletsky. Me he acobardado. La amo demasiado.

—Yo... —Jesús, ¿podían las cosas ponerse aún peor?

—TC, me suplicaste que te diera este trabajo —intervino Jacinta con cierto regocijo desdeñoso—. De modo que ya te estás poniendo las pilas.

—Grace, por favor. —TC me tendió su preciosa carpeta roja—. Te escribiré tu artículo. Saldré tarde. Me acostaré con Damien. Haré lo que me pidas.

—¿Dónde demonios estabas? —me preguntó Jacinta antes de volverse de nuevo hacia TC y aullar—: ¿Por qué debería hacerlo Grace? —Estaba en su elemento, con dos personas a las que poder gritar simultáneamente, como esos masajes a cuatro manos donde dos terapeutas te frotan al mismo tiempo. (No porque me lo hayan hecho.)—. Por dios, TC —su tono rezumaba desdén—, compórtate como un hombre.

Fue esa frase —su innecesario menosprecio— lo que me hizo cambiar de parecer. Jacinta era una déspota y en ese momento estaba de déspotas hasta el moño.

—¿En qué hotel es la entrevista? —pregunté a TC.

—En el Shelbourne.

Daban buenas galletas allí. No había desayunado. Necesitaba azúcar.

—La haré. —Acepté su preciosa carpeta roja y me encaminé hacia la puerta.

—Yo soy la que decide quién hace qué en esta oficina —oí gritar a Jacinta tras de mí, pero yo ya había desaparecido.

Un pasillo de hotel deprimente; periodistas descontentos flanqueando las paredes; el acostumbrado e impenetrable proceso de selección. Lo de siempre. Me instalé en una silla de plástico y me dispuse a esperar. Nadie hablaba. Los segundos parecían horas. En lugar de oxígeno circulaba desesperación. La sala de espera del infierno debe de parecerse a esto, pensé.

TC había recopilado un volumen de notas capaz de competir con *Guerra y Paz*, pero me parecieron tan vanas y estúpidas que solo pude dignarme a echarles un vistazo rápido. La vida de Zara Kaletsky era un tremendo cliché, casi paródica. Modelo que había dado el salto a la interpretación. Hace unos años se fue a vivir a Los Ángeles y la prensa irlandesa se olvidó de ella. Entonces le dieron un papel en una película de Spielberg y de repente todas las publicaciones reclamaban, cual perros hambrientos, un pedazo de la presa.

El espantoso episodio de la noche anterior —mi orgullo desmedido, el enfado de Marnie, la victoria de Paddy, tan fácil— me había dejado un gusto amargo, la sensación de que la vida en la tierra era un asunto lamentable, que el mal siempre vencía sobre el bien, que la gente poderosa jamás iba a ceder parte de su poder, que las personas humildes nunca ganarían victoria alguna, por pequeña que fuera, que todo el que intentaba enfrentarse al sistema salía escaldado. Dada esa perspectiva, me parecía una inmoralidad adular a una persona que ganaba una cantidad de dinero obscena por la frivolidad de hacerse pasar por otra persona.

—¿Grace Gildee? ¿*The Spokesman*?

Me levanté. Solo había tenido que esperar dos horas y diecisiete minutos. Seguro que eso podía contar como récord.

—Treinta minutos —siseó malévolamente la mujer de la tablilla cuando pasé por su lado en dirección al santuario—. Ni un segundo más.

—Genial —siseé a mi vez. Me di unos segundos para reunir saliva en la lengua, se necesita mucha para sisear como es debido, y cual neumático perdiendo aire, dije—: Por sssssupuesssssto, sssss-señora. Ni un sssssssssegundo másssssssss. Graciasssssssss por el avisssssssssso.

Me sorprendió gratamente la de palabras con sonido sibilante que había reunido. Y sin pensarlo siquiera. Me habían salido así, sin más. Le obsequié con una sonrisa desenfadada, y confié en que inquietante, y cerré la puerta tras de mí. A renglón seguido —fue más fuerte que yo— abrí de nuevo, levanté el mentón, lancé un serpentino «¡Sssssssss!» y volví a cerrar.

Pensaría que lo había imaginado.

Zara tenía la piel clara como el alabastro, el pelo corto y brillante y unos ojos penetrantes que parecían casi negros. Se levantó y me sonrió. Medía más de metro ochenta y estaba como un fideo.

Le pedí con un gesto de la mano que volviera a sentarse.

—No se levante, no hace falta.

Abrí mi libreta y coloqué la grabadora sobre la mesa.

—No recuerdo su nombre —me dijo.

—Oh… Grace. Pero no se preocupe. No volveremos a vernos. Y no hace falta que termine cada frase con mi nombre para convencerme de su sinceridad. ¡Ya estoy convencida!

Me miró algo alarmada.

—¿No tenemos un publicista que controle cada una de nuestras palabras? —pregunté.

—… No. Pensé, pienso, que incomoda a la gente.

—Genial. —Eso significaba que no era un personaje extraño lleno de perversiones—. Bien, Zara, hagámonos un favor. Seguro que está harta de conceder entrevistas y yo no tengo hoy mi mejor día, de modo que iremos rapidito. ¿Alergia al trigo?

—¿… Qué?

—¿Alergia al trigo? —repetí, más alto esta vez—. ¿Sí o no?

—… No.

—¿En serio? ¿Intolerancia a la lactosa, entonces? ¿No? ¿Seguro? Vale. —Lo anoté en mi libreta—. Aunque, si quiere mi consejo, debería mirárselo. ¿El yoga le salvó la vida?

—La meditación, de hecho.

—Lo mismo —farfullé. No había probado ni una cosa ni otra. Repasé las notas de TC.

—La mediana de su familia —dije—. Déjeme adivinar. Padres más interesados en sus otros hermanos, bla, bla, empezó a cantar y bailar, bla, bla, para atraer su atención. ¿Sí? ¿Ajá? Buena chica. Veamos. Un metro ochenta y dos a los doce años, patito feo, bla bla, cisne, reina de la belleza, Miss Kildare, hasta aquí todo claro, bla, bla. ¿Anorexia?

—… Eh…

—¿Brote de anorexia? —dije—. ¿En la adolescencia? ¿Sí? —Asentí con ella—. Pero ahora está fantástica, tiene un gran apetito, siempre está comiendo, pero posee un metabolismo privilegiado.

Mis ojos descendieron por la hoja.

—Lalala, aquí está, serie irlandesa. Gran éxito. Hummm. Llegó todo lo lejos que se podía llegar en Irlanda, ¿sí? ¿Sí? Ajá. Bien. Se fue a Los Ángeles con la esperanza de triunfar allí, bla, bla. Principios difíciles, después le tocó la lotería cuando Spielberg la vio no sé dónde.

¿Por qué toda esa gente se molestaba en tener una vida si no eran capaces de un solo acto original? ¿Si todo estaba escrito de antemano en las páginas de *¡Hola!*?

—No, un momento, casi me lo salto. Antes de ir a Los Ángeles vivió en Sudáfrica. ¿Por qué se marchó a Sudáfrica? ¿Desde cuándo tiene Sudáfrica una industria cinematográfica?

—Me apetecía cambiar de aires —respondió con la voz tirante.

—Genial —dije animadamente—. No me lo cuente, no me importa. Sea lo que sea, bancarrota, cirugía plástica, su secreto está seguro conmigo. ¿De qué más podemos hablar? ¿De hombres? Déjeme adivinar. Nadie en especial, en estos momento solo quiere divertirse, pero espera sentar la cabeza a la anciana edad de treinta años. ¿Sí?

—Ya tengo treinta y tres.

¿En serio? No lo parecía. Debía de ser todo el veneno que se inyectaba en la frente, me dije.

—Le gustaría tener dos hijos, un niño y una niña. ¿Está afincada en Los Ángeles pero Irlanda siempre será su hogar? ¿Sí? ¿Ajá? ¡Excelente! Eso es todo.

Me levanté y le tendí una mano.

—Ha sido un placer, señorita Kaletsky.

No me la aceptó. Diva altanera.

—Vamos —insistí—, sin rencores. —Le tendí nuevamente la mano.

La estaba mirando fijamente, pero sin estrecharla, como si quisiera cohibirme para que la bajara.

—Como quiera —dije—. Ha sido un…

—¿Cómo se hizo esa marca?

—¿… qué marca?

Fue entonces cuando me di cuenta de que no estaba rechazando mi mano, sino que algo en ella había llamado su atención. La levantó y me abrió lo dedos.

—Esta —dijo.

Nos quedamos observando el círculo de piel rosada y brillante que descansaba en el centro de mi palma.

—… Yo…

Luego nos miramos. Entre nosotras se produjo una conexión,

un trasvase de información tácita sin necesidad de pronunciar el nombre de Paddy. Sentí un cosquilleo en los dedos.

—Mira. —Con un movimiento rápido, desplegó los dedos de su mano derecha y mostró su cicatriz como quien muestra un carnet de identidad.

Me quedé literalmente sin habla.

—Veamos. —Zara me miró de arriba abajo—. Siempre te consideraste una activista. ¿Sí? Dirigías la revista del colegio. Te cayeron un par de pequeñas demandas, nada demasiado polémico. Decidiste pasar de la universidad y aprender en la escuela de la vida. ¿Sí? Trabajaste en noticias hasta que no lo soportaste más. En un momento dado se cruzó en tu camino Paddy de Courcy, pensaste que eras la chica que podía cambiarlo y acabaste con la cara amoratada y una quemadura en la mano por tu atrevimiento. ¿Sí?

Abrí la boca. Las frases daban vueltas en mi cabeza, pero se negaban a pronunciarse. Finalmente, dije:

—¿Te marchaste de Irlanda por él?

—Cometí el error de acudir a la policía. Paddy se enfadó tanto que pensé que iba a matarme.

¿Acudió a la policía?

—¿Y le detuvieron? —¿Cómo había conseguido ocultárselo a la prensa?

—Qué va. —Zara puso los ojos en blanco—. Dos ceporros imbéciles aparecieron con sus chaquetas amarillas y en cuanto decidieron que «solo» había sido una riña doméstica, nos dijeron que nos diéramos un beso e hiciéramos las paces y se marcharon a comprarse una hamburguesa con patatas. Lo único que podía hacer era solicitar una orden de alejamiento, pero habría tardado doce semanas y para entonces ya me había ido.

—¿Por qué elegiste Sudáfrica?

—Porque era lo más lejos que se me ocurrió.

¿Por qué no había pensado en Zara? Lo ignoraba. Tal vez porque había dado por sentado que Paddy no hacía daño a las mujeres glamurosas, a las mujeres que podían hacerse escuchar.

Empecé a entusiasmarme. Se me estaba ocurriendo una idea…

—Tú y yo no somos las únicas —dijo Zara.

—Lo sé.

—Está Selma Teeley.

—¿La alpinista?

—Se ha retirado. Paddy le rompió un hueso de la mano que no soldó bien.

—¿En serio?

—Selma me telefoneó cuando empecé a salir con él para prevenirme. Para cuando comprendí que no era una ex novia despechada, Paddy me había obligado a dejar la píldora, me dejó embarazada, me hizo abortar y ese mismo día me violó. Entre otras cosas, claro —añadió—. Pero esa es la más destacable.

—Señor —exclamé en un hilo de voz.

—¿Fuiste a la policía? —me preguntó Zara.

Avergonzada, negué con la cabeza.

—Tampoco te hubieran creído. —Lanzó una mirada al cielo—. Lo tienes difícil si un tío te zurra, pero si encima ese tío es el adorable Paddy de Courcy, el ideal de toda ama de casa, no tienes nada que hacer. No sé por qué me molesté. ¿Quién iba a creer mi palabra contra la de Paddy? Yo, una ex modelo que salía en una mierda de culebrón.

—Pero ya no eres una ex modelo que sale en una mierda de culebrón —dije—. Ahora eres una estrella de Hollywood.

—Caray, ahora que lo dices, supongo que tienes razón.

—Ahora eres poderosa, Zara. Más poderosa que Paddy.

—Caray, ahora que lo dices, supongo que tienes razón.

Marnie

Estaba tumbada en la cama del que fuera su cuarto en la adolescencia, escuchando el disco de Leonard Cohen que solía ponerse a los quince años. El disco de vinilo original. Algunas personas probablemente se habrían entusiasmado con él —niñatos con camisetas negras.

Había alguien en la puerta de la calle. Marnie tenía el cuarto justo encima, podía oír todo lo que ocurría abajo.

—¡Grace! —exclamó la voz de su madre—. Qué maravillosa sorpresa. ¡Y en plena jornada de trabajo!

Grace. Marnie estaba esperando una visita conciliadora. De hecho, había empezado a preguntarse qué la estaba retrasando.

—¿Dónde está Marnie? —Grace tenía la voz tensa.

—Arriba, en su antiguo cuarto, escuchando ese espantoso disco de Cohen. Debí partirlo en dos el día que se marchó de casa.

Al rato escuchó un suave golpeteo en la puerta de su cuarto y la voz de Grace diciendo:

—Marnie, ¿puedo entrar?

Barajó la posibilidad de negarle la entrada: podía decirle a Grace que se marchara sin necesidad de verla siquiera. Pero no había pegado ojo en toda la noche por culpa de su desbordante imaginación: terribles imágenes habían inundado su cabeza. ¿Qué había ocurrido exactamente entre Grace y Paddy? Necesitaba saberlo.

—La puerta está abierta —dijo.

Grace entró. Parecía avergonzada, pero estaba intentando reprimir algo: una energía, una agitación.

—Marnie, tenemos que hablar.

—¿Sobre qué? Damien no sabe lo de tu aventura con Paddy y quieres que no se lo cuente, ¿es eso?

—No fue una aventura, Marnie. Fue solo una estúpida... Y no, Damien todavía no lo sabe, pero voy a contárselo.

—A menos que alguien se te adelante.

—¿Es una amenaza? —Grace la miró con tristeza.

¿Era una amenaza? Marnie no estaba segura, no tenía mucha experiencia en amenazar a la gente. Pero le resultaba raro —¿agradable?— ver a Grace tan turbada, saber que tenía el poder de herirla como ella le había herido.

—Oye. —Se diría que Grace estaba esforzándose por calmar los ánimos—. Tengo muchas cosas que explicarte, y voy a hacerlo, pero ha sucedido algo que no puede esperar.

—Pues tendrá que esperar —repuso Marnie—. Quiero saberlo todo sobre Paddy y tú y quiero saberlo ahora. Y —añadió con toda la hostilidad de que fue capaz—, no me des una versión edulcorada para no herir mis sentimientos y evitar que beba.

Grace se estremeció. Luego se repuso con un:

—¿Estás sobria? No tiene sentido que te cuente la historia si vas a olvidarla.

—Estoy. Sobria —contestó Marnie con gélida solemnidad.

Miró fijamente a Grace, confiando en que el resentimiento que sentía se reflejara en su rostro. Grace le sostuvo la mirada unos segundos y luego bajó los ojos.

—¿Cómo es que no has bebido... después de lo que ocurrió? —preguntó.

—Querrás decir después de lo que descubrí. No quería preocupar a mamá y papá. —En realidad ignoraba por qué no se había emborrachado. El rechazo experimentado la noche previa, la humillación, el odio hacia sí misma, la sensación de que era una estúpida y siempre lo había sido, eran justamente los sentimientos que siempre intentaba borrar con el alcohol. Si a esa mezcla añadía la rabia —rabia contra Grace y contra Paddy— el resultado obvio habría sido una borrachera mayúscula. Pero en lugar de eso se había sentado en la cocina a charlar con su madre mientras bebía chocolate caliente, comía tarta de semillas de amapola y se quejaba de que las semillas se le metían entre los dientes.

—Puede que anoche madurara un poco —dijo Marnie con acritud—. Puede que mis ideales de juventud sobre las personas se hicieran trizas... —«O a lo mejor no soportaba el vino de ortigas de papá»—. Grace, cuéntamelo todo sobre tu gran idilio con Paddy. Y recuerda, si mientes lo notaré.

Uno de los dudosos «dones» de Marnie: reconocer cuando alguien estaba intentando darle gato por liebre.

—De acuerdo.

Grace se sentó pesadamente, abrió la boca y procedió a narrar la historia, empezando por la noche que entró a trabajar en The Boatman. A veces se detenía para escoger las palabras, ¿palabras —se preguntaba Marnie— que suavizaran las partes más crudas? Pero cuando llegó al final del relato, Marnie supo instintivamente que no se había dejado nada.

Grace estaba blanca como la leche.

—Estoy tremendamente avergonzada, Marnie, y sé que me quedo corta. Quise protegerte desde el primera día y ahora soy yo la que te está causando todo este dolor...

—Calla, Grace. Ya es suficiente por hoy. —Esto no terminaba aquí, pero Marnie estaba agotada.

—Entonces, ¿puedo contarte lo que ha ocurrido? —preguntó Grace.

Marnie asintió con los ojos cerrados.

—Hay otras dos mujeres que fueron maltratadas por Paddy, puede que incluso más. Esta noche volveremos a su casa.

—¿A casa de Paddy?

—Sí. ¿Quieres venir?

¿Quería?

¿Por qué debería ayudar a Grace? ¿Qué sentido tenía regresar al escenario de su humillación? Marnie se dio cuenta, no obstante, de que agradecía la oportunidad. ¿Por qué? ¿Acaso era masoquista? Pero la noche previa había sido demasiado caótica. Ahora tenía la oportunidad de hacer lo mismo, pero mejor.

—Vamos a redactar una declaración jurada —dijo Grace—. Explicaremos bajo juramento lo que nos hizo. Dee nos ha conseguido un abogado. ¿Estás con nosotras?

Marnie asintió con la cabeza.

—Yo me encargaré de todo. ¿Puedo contarte lo que hemos planeado para esta noche?

—No. —Quería que Grace la dejara sola. Estaba agotada.

Cuando Grace se hubo marchado, su madre entró en el cuarto y se sentó en la cama.

—Apaga ese canto fúnebre —le instó con suavidad—. Deprimiría hasta al mismísimo payaso Coco.

—Bueno. —Marnie levantó la aguja y Leonard Cohen se detuvo a media frase.

—Mucho mejor —dijo su madre—. ¿Te gustaría contarme qué está ocurriendo?

Marnie estaba abrumada por la situación. Con un gesto de impotencia, dijo:

—Paddy de Courcy...

—¿Qué pasa con él?

—Yo... Grace... es demasiado complicado.

—Paddy de Courcy fue tu novio en la adolescencia. Ha pasado mucho tiempo. Ahora estás casada y tienes dos hijas.

—Sí, pero...

—La persona que sigue viendo solo gigantes, es porque sigue mirando el mundo a través de los ojos de un niño. Anaïs Nin.

Marnie asintió con la cabeza.

—No cambian las cosas —prosiguió su madre—. Cambiamos nosotros. Thoreau.

—Muy bueno.

—Si no triunfas desde el principio, estás dentro de la media. M. H. Alderson.

Marnie dejó de mirar a su madre.

—Nunca críes una espoleta donde deberías tener la columna. Clementine Paddleford.

Marnie se miró el regazo.

—Cuando la vida nos tira limones...

—¡Basta ya! ¡Muchas gracias! —espetó Marnie.

Era como una repetición de la noche previa, con la diferencia de que hoy había dos coches. Marnie esperaba en uno con Zara y Selma y Grace en el otro con Dee y Lola. Eran las once menos diez y Paddy y Alicia estaban al caer.

Selma miró primero a Marnie, después a Zara, y rompió a reír.

—Esta claro que Paddy no tiene un prototipo.

Tenía razón. Marnie estaba fascinada con las otras dos. Zara poseía un rostro de una belleza sobrenatural y era tan larguirucha que parecía una persona normal a la que hubieran estirado hasta duplicarle la estatura. Selma, por su parte, tenía una cara delgada y angulosa, el pelo rubio y rizado y un cuerpo atlético corto y nervudo. Llevaba unos tacones demasiado finos para sus musculosas pantorrillas. Marnie pensó que parecía un aparador.

Hasta en la personalidad eran polos opuestos: Zara era lánguida y sarcástica y Selma segura de sí misma y respondona.

Mientras esperaban a Paddy y Alicia, intercambiaron batallitas.

Zara había sido su novia durante dos años y medio. Selma había estado con Paddy cinco años, tres de ellos viviendo juntos. A Zara la había preñado y violado. A Selma le había arruinado su carrera deportiva al romperle un hueso de la mano que nunca soldó bien.

—Es horrible, Selma —resopló Marnie—. ¿Por qué no fuiste a la policía? —Las palabras salieron de su boca antes de que pudiera meditarlas.

Selma le miró con dureza.

—¿Por qué no fuiste tú a la policía?

—... Lo siento... —Era una pregunta absurda, teniendo en cuenta lo que Marnie había soportado de Paddy. Pero cuando oías que una persona había sido maltratada, la reacción automática era aconsejarle que fuera a la policía.

—Porque le amabas, ¿no es así? —insistió Selma—. Porque no querías meterle en problemas.

—Selma, lo siento, solo estaba pensando... —Dios, esta mujer daba miedo.

—Pues yo también le amaba —continuó Selma—. O por lo menos eso creía, pero no entraremos ahora en eso. Está claro que estaba mal de la cabeza. En cualquier caso, sí fui a la policía. En cuatro ocasiones diferentes.

—¡Caray! —exclamó Zara—. Me sorprende que sigas viva. ¿Y cómo logró librarse?

—Ya lo conoces —dijo desdeñosamente Selma—. Siempre conseguía que me retractara. Me juraba por la memoria de su madre que no volvería a ponerme un dedo encima, decía que la culpa la tenía su estresante trabajo. Lo de siempre. Y yo, burra de mí, le creía. Siempre me decía que las cosas cambiarían. Vivía constantemente con esa esperanza. —Soltó una pequeña carcajada—. Hasta que esa esperanza se desvaneció. Supongo que podría haber ido a la policía cuando me dejó, ya nada me lo impedía, pero... para entonces ya no era la misma.

—¿Autoestima por los suelos? —preguntó, compasivamente, Zara. Marnie escuchaba como hipnotizada.

—Estaba en un estado lamentable —dijo Selma—. Tardé un año en poder comer guisantes.

—¿Guisantes? —preguntó Marnie—. ¿Por qué guisantes?

—Porque las manos me temblaban tanto que se me caían del tenedor.

—¿Por qué nunca sale nada en los periódicos sobre él? —quiso saber Marnie.

—Mientras no haya alguien que realmente presente cargos contra Paddy, no hay nada de que informar.

—¿Y qué me dices de algo como «Policía alertada por escándalo en casa de Paddy de Courcy»?

Zara y Selma arrugaron la frente y miraron a Marnie con una mezcla de lástima y preocupación.

—¿Insinuaciones carentes de fundamento? —Zara enarcó sus finas cejas negras.

684

—¿Estás loca? —intervino Selma—. Les pondría una querella en menos que canta un gallo.

—Además, tiene a la prensa en el bolsillo —añadió Zara—. Mantiene excelentes relaciones con redactores y periodistas. Lo adoran.

—Alucinante —dijo Selma.

—¡Vivo en Londres! —Marnie sintió la necesidad de defenderse—. ¿Cómo iba a saberlo? —De repente dejó de respirar—. Oh, Dios mío, es su coche.

Las tres se hundieron en el asiento, si bien estaban demasiado lejos del edificio de Paddy para que pudiera verlas.

Selma no pudo resistir la tentación de levantar la cabeza para mirar.

—Ahí está, el muy cabrón —farfulló con la mirada brillante.

Esta vez habían decidido esperar tres minutos. Dee había llegado a la conclusión de que los once minutos de la noche anterior habían sido demasiados.

—Entrad con rapidez y contundencia —les había aconsejado—. A ser posible, antes de que haga pipí. Que no tenga tiempo de ponerse cómodo.

Mientras se apeaban de los coches, en dos grupos de tres, y unían fuerzas, Marnie observó a Selma caminar como un aparador hasta Grace y preguntar:

—Después de la cagada de anoche, ¿crees que te dejará entrar?

—Seguro —dijo Grace con un suspiro—. No nos tiene ningún miedo.

Dee logró colarlas en la portería.

—*Courage, mes braves* —dijo mientras subían por la escalera—. Estaré con vosotras en espíritu.

Grace iba delante, seguida de Lola, Selma, Zara y, cerrando la marcha, Marnie. Las piernas le temblaban por los nervios mientras avanzaban por el pasillo y se congregaban frente a la puerta de Paddy.

—Dale a la aldaba —dijo Selma a Grace.

—Pero está esperando a Dee, abrirá la puerta de un momento a otro.

—Dale a la aldaba —insistió Selma—. Sé proactiva.

Demasiado tarde. Paddy ya estaba abriendo la puerta, y cuando vio al grupo en el rellano, soltó una carcajada. Una carcajada auténtica, pensó Marnie, no esa risa falsa que a veces suelta la gente para desestabilizar al otro.

Hemos esperado demasiado, se dijo. Ha hecho pipí.

—¡Santo Dios! —exclamó—. ¿Qué queréis ahora?

—¿Podemos entrar? —preguntó Grace.

Paddy lanzó una mirada al cielo.

—Pero sed breves. Y no quiero que hagáis de esto una costumbre.

—Esta será la última vez —le aseguró Grace.

Mientras desfilaban frente a él, no escatimó en cumplidos.

—Lola, tan guapa como siempre. Selma, estás fantástica.

Solo cuando posó los ojos en Zara, Marnie advirtió en él una levísima pérdida de aplomo.

—... ¡La musa de Spielberg! ¡Qué honor! Y Marnie, naturalmente.

En la sala de estar, en el mismo escenario que la noche previa, todos tomaron asiento excepto Grace y Paddy. Marnie terminó sentándose en el mismo lugar del día anterior, lo cual interpretó como un mal augurio. Observó cómo Grace tendía un grueso sobre blanco a Paddy y este no lo miraba.

—¿Quieres que avise a Alicia? —preguntó solícitamente Paddy—. ¿Vas a repetir la extraña escenita de anoche, cuando le subiste las mangas?

Grace enrojeció y meneó bruscamente la cabeza.

—Hoy no vamos a necesitar a Alicia.

Le tendió nuevamente el sobre y esta vez —para alivio de Marnie— Paddy lo cogió.

—Un regalo —dijo Grace—. Copias de las declaraciones juradas de nosotras cinco, donde explicamos lo que nos hiciste. Los originales están en una caja fuerte.

Paddy tomó asiento, abrió el sobre y echó un breve vistazo a las hojas antes de dejarlas a un lado como si carecieran de valor alguno.

—A una sola mujer haciendo acusaciones —continuó Grace, de pie en el centro de la estancia— es posible hacerla pasar por chiflada, e incluso a dos. Pero a tres ya es más difícil. Y si se trata de cinco, poco puedes hacer. Sobre todo si una de ellas es una de las estrellas de Hollywood del momento.

Paddy rió.

—Y con el tiempo conseguiremos hablar con algunas más de tus ex.

Paddy le miró con una sonrisa divertida.

—Grace Gildee, eres la monda. Cuando algo se te mete entre ceja y ceja, no hay quien te pare.

Se volvió hacia Zara.

—¡Zara Kaletsky! Debo decir que es todo un honor para mí tenerte en mi humilde hogar. Háblame de Los Ángeles. ¿Es cierto lo que dicen? ¿Que allí la gente no come nunca?

—No he venido a hablar de Los Ángeles contigo —repuso fríamente Zara.

—Porque si la gente no come, es el lugar ideal para ti. —Paddy le guiñó un ojo—. Para ti y tu... ejem... viejo problemilla.

Marnie recordó haber leído en algún lugar que Zara había sufrido anorexia en la adolescencia. Señor, Paddy iba directamente a la yugular. Esto amenazaba con convertirse en una repetición de la noche anterior. Las humillaría una a una y se vendrían abajo.

—Y Selma. —Volvió hacia ella su dulce sonrisa—. ¿Cómo va tu firma de asesoramiento deportivo? Oh, lo había olvidado, tuviste que cerrar. Debió de resultarte muy duro. La vida no es fácil cuando no entra dinero... ¡En fin! —Amplió su sonrisa para toda la sala—. Me ha encantado hablar con vosotras, chicas, pero he tenido un día muy largo, así que si me disculpáis...

—Paddy, las declaraciones juradas —dijo Grace—. Vamos en serio.

Paddy estiró los brazos por encima de la cabeza y soltó un largo bostezo.

—¿En serio con respecto a qué?

—Hablaremos con la prensa.

—¡No me digas!

—A menos...

—¿A menos que qué?

—A menos que... —Grace inspiró profundamente y la sala al completo se sumió en un silencio expectante. Marnie advirtió que hasta Paddy, que estaba dando la impresión de alguien a quien todo esto le traía completamente sin cuidado, prestaba atención—. A menos que dimitas como miembro del NewIreland —Grace procedió a contar con los dedos—, anuncies que abandonas la política, aceptes un puesto de profesor en una universidad de Estados Unidos durante al menos cinco años... —al ver que la lista continuaba, Paddy soltó una carcajada—... nos pidas perdón a cada una por separado, retires de *The Press* la historia sobre las mujeres moldavas y renuncies a todos los demás planes de hundir a Dee.

—¿Eso es todo? —preguntó con una gran sonrisa.

—Sí.

Marnie captó un levísimo temblor en la voz de Grace. Puede que nadie más lo hubiera oído, pero ella la conocía tan bien...

—No pedís mucho —dijo Paddy con sarcasmo.

—Esas son las condiciones —dijo Grace—. O las cumples o vamos a la prensa con nuestras historias y te hundes de todos modos.

—Mi palabra contra la vuestra.

—Somos cinco, como mínimo. Bueno, ¿qué dices?

Paddy se reclinó en su asiento y, observado ávidamente por todas, cerró los ojos.

Marnie contuvo la respiración.

Finalmente, enderezó la espalda, abrió los ojos y las miró una a una.

La tensión en Marnie aumentó y pensó que iba a estallarle el pecho.

Paddy tomó aire para hablar.

—No —dijo.

¿No? Marnie se hincó las uñas en las palmas de las manos. Se avecinaba un fiasco aún peor que el de la noche anterior.

—¿Dimitir? —preguntó desdeñosamente—. ¿Abandonar la política? ¿Dejar el país? ¿Enseñar en una universidad extranjera? ¿Os habéis vuelto locas? Ni hablar.

—¿Hay algo de todo eso que estés dispuesto a hacer por nosotras? —preguntó Grace.

El temblor en la voz de Grace era ahora perfectamente audible, se dijo Marnie. Seguro que todo el mundo —incluido Paddy— podía oírlo. Rezó para que cerrara el pico. Las estaba humillando a todas. Paddy se echó a reír.

—No, nada.

—¿Ni siquiera renunciar a lo de la historia moldava? Renuncia a contar esa historia y nosotras renunciaremos a contar la nuestra. Es más que justo, ¿no crees?

—¡Oh, está bien! —Todavía sonriendo, Paddy dijo—: No sé de dónde habéis sacado la idea de que tengo influencia sobre los medios irlandeses. No soy más que un humilde diputado, pero intentaré hablar con algunos periodistas, a ver si consigo, como un favor personal, que den marcha atrás. —Con una risita ahogada, añadió—: Y, como gesto extraordinario, os pediré disculpas. —«Como si tuvieran algún valor», quedó flotando en el aire—. Pero eso es todo.

—¿Dejarás en paz a Dee y nos pedirás disculpas? —dijo Grace—. ¿Nada más?

—Nada más. Y o aceptáis mi oferta ahora mismo o la retiro.

—Acéptala, Grace —susurró Selma.

—No —dijo Zara.

—El tiempo corre —dijo Paddy.

—¡No! —insistió Zara—. Podemos conseguir más.

—Pero él ha dicho que no esta dispuesto a ofrecer más —replicó Grace.

—Esto es lo único que conseguiremos —dijo Selma.

—No. —Zara estaba visiblemente enfadada—. Hay que aguantar un poco más. Nosotras tenemos el poder.

Marnie observaba a Paddy atento a la discusión a tres. Tenía el rostro radiante: era obvio que estaba disfrutando de lo lindo.

—Se os está acabando el tiempo, chicas —advirtió.

—¿Qué opinas tú, Lola? —preguntó Selma.

—Hay que sacarle más —dijo Lola—. Como mínimo, la dimisión.

—¿Marnie? —preguntó Selma.

A Marnie le sorprendió que le preguntaran.

—Aceptad la oferta. —Le gustaría una disculpa.

—A la una... —dijo Paddy—... a las dos.

—¡Acéptala!

—¡No! —Zara hizo un último intento de decantar la balanza—. ¡Hay que sacarle más!

—¡... a las tres!

Con un hondo suspiro, Grace dijo:

—Gana la mayoría. —Se volvió hacia Paddy—. De acuerdo, aceptamos tu oferta.

—Sabia decisión, sí señor.

A Marnie le fascinaba lo divertido que Paddy encontraba todo esto.

—Y vosotras me entregaréis los originales de esas declaraciones juradas. Los quiero aquí mañana.

—De acuerdo —convino Grace con expresión apesadumbrada.

Si Marnie no supiera a ciencia cierta que Grace nunca lloraba, no le habría sorprendido ver una o dos lágrimas rodando por su rostro.

—Adelante entonces —dijo a Paddy con un suspiro.

—¿Adelante?

—Pide perdón.

—¿Qué? ¿Cuándo?

—Ahora.

—¿Te refieres a ahora mismo?

—¿Cuándo pensabas hacerlo?

—... Pues... —Paddy regresó a su asiento.

—¿Qué mejor momento que ahora que estamos todas? —preguntó Grace.

Paddy se hundió un poco más en la butaca. Marnie le observaba con fascinación. Era evidente que no quería hacerlo.

—No tiene por qué ser ahora —dijo.

—Probablemente sea lo mejor —repuso Grace—. Puede que

pase mucho tiempo antes de que podamos estar todas juntas otra vez. Vamos —insistió—. Comienza por Lola.

Paddy miró a Lola. Parecía que se hubiera quedado sin palabras.

—... Lola...

Totalmente fuera de tu zona de comodidad, pensó Marnie.

—Siento... —le apuntó Grace.

—Siento haberte hecho daño.

—Y haber dicho que mi pelo era violeta —añadió Lola con voz queda—. Es molichino.

—Molichino —repitió él.

Le tocó el turno a Zara.

—Zara, siento haberte hecho daño.

Zara esbozó una sonrisita burlona y Paddy pasó a Selma.

—Selma, siento haberte hecho daño. Marnie, siento haberte hecho daño.

Demasiado rápido. Marnie había esperado que le dirigiera una palabras especiales, pero Paddy ya se había vuelto hacia Grace.

—Grace, siento haberte hecho daño.

Pronunciada la última disculpa, Paddy exhaló con patente alivio y, tras una fracción de segundo, la sala estalló en carcajadas. Todas, excepto Marnie, estaban riendo.

«¿Qué está pasando?», se preguntó.

—¿De qué os reís? —Paddy parecía desconcertado.

—De ti —dijo Zara—. Nos estamos riendo de ti.

—¿Por qué? —Paddy frunció el entrecejo con suspicacia.

—¡Siento haberte hecho daño! —le imitó Selma—. ¿Cuánto crees que duele una muñeca fracturada?

—¿O un bazo reventado? —dijo Zara.

—¿O un hombro dislocado?

—¿Realmente creías que esperábamos que dimitieras y te largaras a América? —preguntó, divertida, Grace.

—¿Entonces por qué lo dijiste? —preguntó Paddy.

De repente Marnie lo entendió todo.

Y también, a juzgar por su súbita cara de pasmo, Paddy.

—Una estrategia de negociación más vieja que matusalén

—dijo Grace—. Pide más de lo que quieres conseguir. Y caíste en la trampa porque nos tenías por una pandilla de idiotas. Lo único que queríamos era que te comprometieras a dejar de sabotear a Dee.

—¿Te ha gustado nuestra actuación? —preguntó, riendo, Selma—. ¡Acepta, Grace! ¡No, no aceptes, Grace!

Lo habían ensayado, comprendió Marnie. Hasta el temblor en la voz de Grace. Le había invitado a participar en la farsa, pero ella había estado demasiado enfadada para aceptar.

—¿Y lo de las disculpas...? —preguntó débilmente Paddy.

—¡Te las pedimos solo para reírnos!

—¡Como si tus disculpas tuvieran algún valor! —declaró Zara con increíble desdén—. ¡Cómo si fuéramos a perdonarte algún día!

—Sabíamos que no iba a hacerte ninguna gracia —dijo Grace—. Después de todo, ser un pirado sediento de poder significa no tener nunca que decir lo siento.

Paddy se puso en pie. Tenía los puños apretados.

—¡Uuuuuhhhhh! —exclamaron burlonamente las cinco con cara de miedo, como si lo hubieran coreografiado.

—Cuidado, Paddy —dijo Grace—. No sabes medir tu fuerza. ¡Podrías hacer daño a alguien!

—¡Que nadie se le acerque con un cigarrillo encendido! —exclamó Lola, y las risotadas estallaron de nuevo con renovada intensidad.

Paddy volvió a sentarse lentamente y sus ojos viajaron de una mujer a otra mientras ellas se mofaban de él. Todo esto le había pillado completamente desprevenido, comprendió Marnie. De hecho, parecía realmente asustado.

—¡Solo te pedimos que te disculparas para humillarte!

—Y mírate —dijo Grace, provocando otra ronda de carcajadas—. ¡No puedes ni hablar!

Con los ánimos por las nubes, salieron del piso y bajaron para encontrarse con Dee.

—¡Ha sido un éxito! —declaró Grace.

Todas hablaban al mismo tiempo —todas excepto Marnie— contando a Dee lo que había pasado.

—... y Grace hizo ver que se ponía nerviosa...

—... y va Selma y dice, «¡Acepta!» y Zara, «¡No!»...

—... y entretanto Paddy sonriendo con suficiencia, pensando que nos estábamos viniendo abajo...

—... y no imaginas cómo lo humillamos...

—¡Todas a mi casa a brindar! —dijo Dee—. Grace, llama a tu hombre, se lo merece tanto como nosotras. De no ser por él, nada de esto habría ocurrido.

Grace miró con nerviosismo a Marnie y dijo:

—No, Dee, es tarde, probablemente esté durmiendo.

—¡Pues despiértalo! —le ordenó Dee—. ¡Hay que celebrarlo!

—No, olvídalo...

Marnie se dio cuenta de que Grace temía que le contara a Damien lo suyo con Paddy.

—Llámale —dijo en voz baja—. No voy a decirle nada.

No lo hacía por lealtad a Grace, sino porque ya había causado demasiada destrucción, sobre todo a Daisy y Verity. Ya había suficiente dolor en el mundo para que ella añadiera más. Pero estaba enfadada con Grace. No le había perdonado. «Puede que nunca lo haga.» La idea era sorprendente. Interesante.

Quizá Grace lo intuyera. Quizá, pese a las palabras de Marnie, no confiara en ella, porque dijo que Damien no contestaba. Levantó el móvil.

—No responde.

—Prueba en el fijo —le ordenó Dee.

—Ya lo he hecho.

—Prueba en su oficina.

—También lo he hecho.

—Déjale un mensaje contándole lo que ha sucedido. Tal vez se una a nosotros más tarde —dijo Dee—. ¡Vale! ¡Nos vamos!

Marnie se subió al coche de Selma pero pidió que la dejaran en una parada de taxis.

—¿No vienes a casa de Dee a celebrar la caída de Paddy de Courcy? —Selma y Zara la miraron atónitas.

Marnie negó con la cabeza. Solo quería largarse. Ojalá pudiera regresar a Londres ahora mismo, pero el último vuelo de la noche ya había salido.

—Si es lo que quieres... —dijo Selma.

—Es lo que quiero. —Marnie saltó del coche y cogió un taxi hasta casa de sus padres.

Estaba empezando a asimilar las implicaciones de lo sucedido esta noche. No había vuelta de hoja, no había forma de eludir la verdad: ella no había sido nada, no había sido nadie, para Paddy; una cosa de adolescentes que había olvidado por completo. Eran tantas las mujeres que habían pasado después de ella, incluida su hermana. Mujeres que la eclipsaban, que habían estado más tiempo con Paddy, que habían vivido con él...

Su rostro enrojeció al reconocer que esta noche había confiado en que él se comportara como si entre ellos existiera un vínculo especial que estaba por encima del paso del tiempo; que aunque su amor había sido demasiado incendiario para poder sobrevivir, se habían llevado dentro el uno al otro mientras forjaban sus respectivos caminos.

Pero la suya no había sido una gran pasión. La verdad, pura y dura, era que ella había sido una neurótica insegura y que durante un tiempo él se había sumado a esa neurosis antes de decidir que, en realidad, quería ser normal.

Se sentía humillada y enfadada. Pero ¿con quién estaba enfadada? ¿Con Grace? ¿Con Paddy? ¿Consigo misma? Lo ignoraba. Lo único que sabía era que por la mañana regresaría a Londres y no estaría sola.

El alcohol la estaría esperando.

El alcohol nunca le fallaría.

Grace

El teléfono sonó, arrancándome de un profundo sueño etílico, y el corazón casi me estalló del susto. Había estado hasta las tantas celebrando la victoria con Dee, Selma y Zara. Había llegado a casa a las cinco de la mañana, bulliciosa y estentórea, y despertado a Damien.

—¿Dónde estabas? —Tiré de él—. Te estuve llamando para que te unieras a la fiesta.

—Estaba escribiendo un artículo —había contestado—. Y tengo que levantarme dentro de dos horas.

—Pero yo quiero contarte lo mucho que nos reímos de Paddy.

—Ya me lo contarás en otro momento.

Ahora, según el despertador, eran las nueve y diez. Estaba sola en la cama. Probablemente Damien se había ido a trabajar.

Descolgué únicamente para detener el frenético pitido. Tenía los nervios a flor de piel. La adrenalina y el alcohol de la noche anterior se habían evaporado y volvía a devorarme el temor de que Damien descubriera lo de Paddy.

Con cautela, dije:

—¿Diga?

Era Marnie.

—Estoy en el aeropuerto de Dublín, a punto de coger un avión.

¿Tan temprano?

—Lo que te dije anoche iba en serio. No le contaré a Damien lo tuyo con Paddy.

—… Gracias. —Hubiera debido saltar de alegría, pero su tono era desalentadoramente hostil.

—Y deja de venir a Londres los fines de semana. No quiero verte.

Me quedé helada.

—¿Cuánto tiempo?

—El que yo decida.

Tragué saliva. Marnie raras veces se enfadaba, de ahí que cuando lo hacía fuera aterradora.

—Soy una mujer adulta —dijo—. Y te entrometes demasiado. En todo.

Humildemente, reconocí que tenía razón. Tras los acontecimientos de los últimos dos días, era evidente que me entrometía demasiado en los asuntos de los demás. ¿Y quién me creía yo para presentarme en casa de Marnie cada fin de semana y controlar su consumo de alcohol?

Pero me negaba a aceptar esto último; necesitaba seguir visitando a Marnie. Podrían ocurrirle tantas cosas horribles, incluso mortales, cuando estaba borracha, y en realidad no había nadie más que pudiera vigilarla. Y a saber cómo se sentía después de lo ocurrido con De Courcy. Anoche, las demás chicas se habían transformado visiblemente al ver a Paddy humillado delante ellas. Especialmente Lola, la estilista. Era como si se hubiera sacudido de encima su miedo a De Courcy y de repente pudiera caminar erguida.

Pero Marnie no se había comportado como el resto de nosotras. Ella no se alegró ni se sintió unida al grupo. Cuando, ya en la calle, relatamos nuestra victoria a Dee, se había mantenido al margen, y no vino a celebrarlo; aunque, astutamente, había hecho ver que sí al subirse al coche de Zara y Selma, pero cuando llegaron a casa de Dee Marnie ya no estaba.

Ignoraba qué pensaba ahora de Paddy. No podía asegurarlo, pero sospechaba que era uno de los dos posibles extremos. O se había dado cuenta de que ella y Paddy solo habían sido un rollo de adolescencia o seguía aferrada a su Teoría del Amor de su Vida. Sea como fuere, sospechaba que su forma de afrontarlo sería bebiendo hasta perder el conocimiento.

—Mantente alejada de mí —dijo. Y colgó.

Tenía que contárselo a Damien. La idea me aterraba tanto que gimoteé sobre la almohada, pero tenía que hacerlo, era lo correcto. Significaría la ruptura entre Damien y yo pero al menos le habría ahorrado la humillación de enterarse por otra persona.

No obstante, una vocecita cobarde susurró, *¿Y si no hay necesidad de decírselo?* ¿Y si De Courcy no tenía intención de entregarme? ¿Y si se lo contaba todo a Damien sin necesidad?

Quizá no debería contárselo.

Pero ¿podría vivir con la culpa? Su pesada presencia llevaba desde el verano pasado afectando a nuestra relación.

Quizá debería hacer de tripas corazón y contárselo.

Dios…

Lola

En la carretera, camino de Knockavoy. Previsto hacer maleta y regresar a Dublín. De repente, impaciente por terminar de una vez.

Mucho que pensar mientras conducía.

Descubrí que me alegraba de haber ido a Dublín. Primer enfrentamiento con Paddy me dejó mal, lógicamente. Cuando dijo, «¿Quién va a creer lo que pueda decir una modernilla con el pelo violeta?», me quedé horrorizada.

Finalmente había visto la luz. Para Paddy no había sido más que muñequita con la que tener sexo morboso. Como si valiera menos que una persona. Feo sentimiento abrasador. ¿Por qué me había dejado maltratar de ese modo?

Siempre había creído que por querer a su difunta madre, Paddy era hombre sensible. Pero, mientras conducía, comprendí que, efectivamente, era hombre sensible, pero también hombre cruel. La gente puede tener muchas caras.

Estaba bien saberlo.

Pero la segunda noche, con Zara y Selma allí, burlándonos todas de Paddy, fue una liberación. Ya no le tenía miedo. Y —qué interesante— ya no lo encontraba guapo. Espantoso, ese pelo cardado.

También me ayudó saber que había hecho daño a otras mujeres. No desearía algo así ni a peor enemiga (técnicamente, Sybil O'Sullivan, aunque no recordara motivo de nuestra pelea), pero ya no sentía que era culpa mía. Paddy había sido el primer hombre, y sería

699

el último, que me pegaba. Él, en cambio, tenía antecedentes. Por tanto, ¿de quién era la culpa? Exacto, suya.

Me había pillado en momento vulnerable de mi vida: mis mejores amigos todos emparejados; madre muerta; ausencia de figura paterna. Mi situación semejante a la de Paddy, pero yo no iba por ahí pegando a la gente.

12.29, llegué a Knockavoy

Dos segundos después de que detuviera coche se abrió la puerta de Considine. Crucé hierba y entré en su casa.

—¿Té? —preguntó.

—Sí. Bien, ¿preparado para oírlo todo?

Le había enviado por texto breve resumen, pero no había entrado en detalles.

—¿Preparado? —dijo—. Estoy tan impaciente que ni siquiera he ido a la cueva.

Gran sacrificio.

—Llevo tres horas pendiente de oír tu coche.

—¿Como solitario hombre de campo?

—¡Justamente como solitario hombre de campo!

Misma onda.

—Debo advertirte, Considine, que no me cubrí de gloria. En ningún momento me planté delante de Paddy y dije: «¡Ja! Hubo un tiempo en que estuve loca por ti, pero ahora te veo como la bestia de pelo cardado que eres en realidad».

—Es una pena —dijo—. Pero seguro que dijiste, «Lo he superado». ¿No? No. —Asintió comprensivamente con la cabeza—. ¿Demasiado *Hollyoaks*?

—¡Exacto, Considine! Demasiado *Hollyoaks*.

—Pero es cierto que lo has superado.

—Sí, pero la gente no debería decirlo.

—Porque entonces das las impresión de no haberlo superado —dijo—. Una paradoja.

—Sí, Considine, una paradoja. Bien, he aquí toda la historia, de principio a fin.

Se lo conté todo, incluidos los detalles desagradables.

—La primera noche apenas abrí la boca y las rodillas no paraban de temblarme. Pero la segunda noche fue otra historia. —Algo fanfarrona—. ¡Le hice comerse sus palabras sobre el pelo violeta! Molichino, le corregí. ¡Y le obligué a repetirlo!

—Plantarle cara es lo mejor que has podido hacer —dijo finalmente Considine—. Seguro que se le han quitado las ganas de meterse contigo. ¿Todavía te asusta la idea de encontrártelo por Dublín?

—No. —Aunque tampoco me hacía demasiada gracia, pero no tenía sentido pensar en ello.

Domingo, 25 de enero
Hice maletas. Ordené casa. Me despedí de todo el mundo. Muy afectada, verdad sea dicha. Había llegado a Knockavoy cinco meses atrás, hecha un trapo, y ahora regresaba a mi antigua vida no exactamente como nueva, porque ya nunca sería la misma de antes de conocer a Paddy, pero en bastante buena forma.

Considine me ayudó a meter maletas en coche. No tardamos mucho.

—¿Lo tienes todo? —Propinó manotazo a maletero.

—Ajá. —Lo cerré.

Ambos en actitud viril y superjovial, manos caídas llamativamente a los lados, como si de repente se hubieran hinchado hasta adquirir diez veces su tamaño.

—¿Volverás? —preguntó.

—Sí, probablemente. Algún fin de semana, puede que para una despedida de soltera.

Asintió con gesto torpe. Balanceamos nuestras manos extrañamente ostensibles. Después de largo silencio, dije:

—Gracias. Te has portado muy bien conmigo todo este tiempo. Compartiste tu tele y me aconsejaste sobre el asunto de De Courcy.

Asintió de nuevo.

—Tú también te has portado muy bien conmigo. Veladas travestis. Préstamo de desatascador. Noche de almorrana con patas.

Otro silencio. Luego, pregunté:

—¿Alguna vez vas a Dublín por tu trabajo ecológico?

—No.

—Oh. ¿Alguna vez vas a Dublín para ver a amigos?

—No.

—Oh.

—No tengo amigos en Dublín.

—Yo soy tu amiga —dije con firmeza—. Y vivo en Dublín.

—En ese caso, puede que vaya a verte.

—Bien. Te prometo una noche de almorrana con patas.

—Será un placer. Adiós, Lola.

Le miré. Ojos oscuros. Cabello despeinado. ¿Y sabes una cosa?

Di un paso hacia él, él dio un paso hacia mí, incliné cabeza hacia atrás, él me cogió por cintura con firmeza y acercó su boca a mi boca, posó sus labios sobre mis labios. Nos quedamos así, sin movernos, unos segundos. Como beso de película. Nos estremecimos, los dos no estremecimos de deseo —lo sentí en él, lo sentí en mí— antes de fundirnos el uno con el otro. Lenta, sensualmente. Temblor en las rodillas. Besos de Rossa Considine, increíblemente sexys.

18.44, mi piso de Dublín

Calurosa bienvenida de Bridie, Barry, Treese y Jem.

—¿Te despediste de todos tus colegas de Knockavoy? —preguntó Bridie.

—Sí.

—¿Triste?

—Sí.

—Algún día volveremos —me prometió—. Calculo que podremos disponer de la cabaña del Tío Tom para un puente dentro de unos siete años.

Grace

El sábado había pasado sin que yo fuera capaz de reunir el valor necesario para sincerarme con Damien. Y había pasado sin que De Courcy me delatara. También el domingo transcurrió sin incidentes. Después era lunes y Damien me llamó desde el trabajo.

—Charlie y Angus han cancelado la historia sobre Dee. —Estaba tan contento que la voz le temblaba.

De modo que Paddy había cumplido con su palabra y retirado la fuente. Probablemente el único acto decente que había hecho en su vida. Solo ahora que tenía la certeza de que había cumplido empecé a creérmelo. En cierto modo, durante el fin de semana había estado esperando ver la historia sobre Dee publicada en algún periódico.

—Has salvado la carrera de Dee —dijo Damien.

—Tú también.

—Lo digo en serio. Pronto anunciarán elecciones generales, puede que lo hagan esta misma semana. Si Paddy se hubiera salido con la suya, arrancaría la campaña como líder del NewIreland.

—Fuiste tú quien se arriesgó a perder su empleo. —Preocupada, añadí—: No te han despedido, ¿verdad?

Rió.

—No. Nadie le ha dado demasiada importancia al asunto, ni se ha hablado de filtraciones. —Cancelar historias era algo que ocurría con frecuencia—. No habrá consecuencias —me prometió.

Quise creerle.

De una forma u otra, habíamos pasado seis meses difíciles. Llevaba desde el verano deseando compensar a Damien y hacer que las cosas volvieran a la normalidad.

Puede que hubiera llegado el momento. Puede que el espantoso episodio de De Courcy hubiera tocado a su fin. Permitiéndome cierto optimismo, pero sin dejar de contener la respiración, el lunes pasó sin que Paddy de Courcy me destrozara la vida.

Y también el martes.

Y el miércoles.

El jueves, Teddy Tuff, primer ministro de Irlanda, anunció elecciones generales.

Era una gran noticia. Paddy estaría completamente volcado en la campaña. Y, para más inri, en cinco semanas iba a contraer matrimonio. Seguro que no dispondría de tiempo para molestarse con alguien como yo.

Me dije que ya podía volver a respirar tranquila.

Lola

Lunes, 2 de febrero

Vuelta al trabajo. Esperaba comienzo lento, ¡pero no! Había sucedido cosa curiosa. SarahJane Hutchinson había ascendido de súbito a reina de la alta sociedad. Combinación de su nuevo novio rico y su «conexión» con Zara Zaletsky. Pese a rodillas de sabueso, todo el mundo quería ser su amigo. Todo el mundo quería servir en su comité. Todo el mundo quería utilizar a su estilista...

¡Sí! Le había apoyado en sus malos momentos, apostando por una vez en mi vida al caballo adecuado, y ahora me disponía a cosechar los frutos, suponiendo que pudiera manejar situación y no achicharrar vestidos caros en sesiones de fotos.

Teléfono empezó a sonar.

Primera semana de febrero

Desbordada de trabajo.

Cambié de idea sobre asesorar a Grace Gildee. La gente es como es. De nada sirve intentar cambiarla.

Además, no tengo tiempo.

Lunes, 9 de febrero, 21.13, Siam Nights

Jem había convocado reunión urgente en restaurante tailandés. Pese a estar desbordada de trabajo, insistió en que asistiera.

Llegué cuarenta y tres minutos tarde. Entré corriendo.

—Lo siento, lo siento, pero estoy...

—... desbordada de trabajo.

Me senté. Miré a Treese, Bridie y Jem.

—¿Qué me he perdido?

—No ha querido contárnoslo hasta que llegaras. —Bridie algo mosca.

—Lo siento, lo siento, pero estoy...

—No lo digas.

—Ahora que finalmente os tengo a todas juntas —dijo Jem con gran solemnidad—, tengo algo que anunciaros.

Se me cayó alma a pies. Iba a casarse con apestosa Claudia y ya nunca nos la sacaríamos de encima. Peor todavía, tendríamos que ir a su despedida de soltera, y puede que hasta nos tocara organizársela. Despedidas de soltera no son lo mío. Demasiado peligrosas.

—Suéltalo de una vez —le ordenó Bridie.

De repente, Jem desviando mirada, haciendo dibujos en mantel con vaso.

—He... he conocido a alguien.

Una pausa para digerir sus palabras.

—¿Te refieres a... a una... mujer?

Asintió con cabeza, todavía deslizando vaso como si estuviera recibiendo mensajes sobre ouija.

—¡Ya tienes una mujer! ¡Claudia!

—¡Eso, Claudia! —confirmó Treese.

Jem hizo gesto mafioso de cuello rebanado.

—Claudia es historia.

¡Claudia era historia!

—¿Y quién ha decidido que sea historia? —pregunté. Indignada—. ¿Has sido tú?

Asintió con cabeza.

—Esta noche duerme con los presentadores del telediario.

—¿Qué? ¿Con todos? —preguntó Bridie.

Jem se encogió de hombros.

—No me sorprendería.

—¿Así que la has dejado tirada como a una colilla? —pregunté.

—¿Por qué te enfadas? —Jem pasmado—. La detestabas. Todas la detestabais.

Clamoroso desacuerdo.

—No la detestábamos. No, no la detestábamos. De hecho, nos caía muy bien.

—Oh, está bien, la detestaba —reconoció Bridie—. Pero ella me detestaba a mí.

—¿Treese? —preguntó Jem.

—Sí, la detestaba —confesó Treese.

—¿Lola? —preguntó Jem.

—Sí, la detestaba. Por supuesto. Perdona, tuve un momento de identificación con mujer abandonada, pero ya ha pasado. Estoy encantada de la vida. ¿Y cómo se llama tu nueva adquisición? Espero que sea un poco más simpática que Claudia.

Me habría conformado con que le gustara Jem, lo que no parecía que le hubiera ocurrido nunca a Claudia.

Jem sonrió con cara de bobo.

—Gwen. Ya os la presentaré. Os va a encantar.

Eso mismo había dicho de Claudia.

Grace

Cuando mamá me comunicó el diagnóstico definitivo de Bid, en lugar de llamar a Damien al trabajo, preferí decírselo en persona. Como nos hallábamos en época de elecciones, estaba trabajando una media de catorce horas diarias, metido en un autocar, cubriendo la espantosa campaña.

Esa noche llegó a casa a las doce menos diez.

Abrió la puerta y exclamé con alegría:

—¡Adivina algo!

La cara se le puso gris. Se sentó lentamente en el suelo. (Seguíamos sin sofá, ni siquiera lo habíamos encargado.)

—Suéltalo de una vez, Grace.

Era evidente que estaba esperando una mala noticia. Sin embargo mi tono había sido alegre…

Observé su expresión de preocupación y de repente me embargó el temor de que nunca volviéramos a estar bien.

La noche con Zara y Selma hubiera debido solucionar las cosas, y sin embargo aquí estábamos, todavía incapaces de sintonizar nuestros estados de ánimo.

—El escáner de Bid ha salido completamente limpio —dije.

No era lo que Damien esperaba oír. Casi pude ver cómo la nube de angustia abandonaba su cuerpo.

—¿En serio? —Esbozó una gran sonrisa—. Dios mío, esa mujer es increíble. No hay quien pueda con ella.

—Probablemente nos sobreviva a todos.

—Pensaba que no saldría de esta —confesó Damien.

—Yo no sé qué pensaba —dije. Supongo que no me había permitido pensar.

—Es una gran noticia.

—Y lo mejor de todo —dije— es que podemos volver a fumar. Caray, seis meses sin probar un cigarrillo. No habría podido hacerlo sin ti. —Con gran pomposidad, añadí—: Supongo que eres consciente de que ha sido nuestro sacrificio lo que la ha salvado.

Pero en lugar de echarse a reír, su alegría cayó en picado y volvió a poner cara de angustia. ¿Qué demonios le ocurría ahora?

—Tengo algo que contarte —dijo con un terrible cansancio. Al instante noté un nudo en el estómago. Mi pánico se intensificó cuando añadió—: Una confesión.

«Por favor, no dejes que esto ocurra…»

—No quería decírtelo mientras esperábamos los resultados de Bid para no preocuparte —prosiguió—. El caso es que te… te he traicionado.

Terrible palabra esta. Traicionar.

—Lo intenté con todas mis fuerzas, Grace —Damien era la viva imagen del remordimiento—, pero al final la tentación me pudo.

—¿Con Juno? —¿Por qué se lo preguntaba? ¿Acaso no la había olido en mi casa? ¿En mi cama?

Sabía que Juno había estado allí. Una parte de mí lo había sabido. Pero había deseado tanto estar equivocada que había creído a Damien cuando me dijo que entre ellos no había nada.

—Sí, a veces con Juno.

—¿A veces? —Le miré atónita, desconcertada—. ¿Es que… ha habido otras? —¿Era eso mejor o peor? No sabía qué pensar, era todo demasiado espantoso.

—Un momento, Grace —dijo Damién—. ¿De qué estamos hablando?

—Dímelo tú.

—He fumado. Cigarrillos. Mientras estabas en Londres con Marnie.

Tardé varios segundos en reaccionar.

—¿Has fumado?

Asintió con la cabeza.

—¿Eso es todo?

He ahí lo que había notado en casa, un vago olor a humo de cigarrillo. Y lo había confundido con infidelidad.

—Teníamos un pacto y no lo he cumplido —dijo.

—¡Da igual!

—Te he mentido.

—¿A quién le importan unos cigarrillos fumados a escondidas? ¿No me has engañado?

—Grace, esa puta palabra. No, no te he engañado.

—Oh, Damien, pensé… qué alivio… yo…

Hubiera debido ponerme a dar saltos de alegría, pero de repente me percaté de que había algo más.

¿De dónde había salido?

¿Por qué ahora?

Entonces me di cuenta de que había estado allí desde el principio. Esperando este momento.

—¿Qué? —pregunté, poniéndome a la defensiva.

La culpa afloró en mis ojos, y había una respuesta esperando en los suyos. Los dos guardamos silencio. Había que hacer algo —lo que fuera— para romper la extraña atmósfera. Apreté los pies contra el suelo para levantarme pero en ese instante Damien habló y me quedé donde estaba.

—Grace, lo sé todo.

No pude hablar.

—Sobre lo tuyo con De Courcy.

El miedo que había sentido cuando pensé que Damien se había acostado con Juno no era nada comparado con lo que sentía ahora. Esto era inmensa, infinitamente peor.

—¿Cómo? —pregunté en un hilo de voz.

—Cuando estuviste trabajando en su autobiografía. Era imposible… no darse cuenta.

Mi vida se me estaba escurriendo de las manos. Toda mi existencia se estaba evaporando, disolviéndose en la nada. De hecho, dejé de notarme los pies.

—Te lo ruego… —Quería decirle que entre Paddy y yo no había ocurrido nada. Eso, sin embargo, solo era cierto en la más estricta interpretación de las palabras, y respetaba demasiado a Damien para engatusarle de ese modo.

—Luego la herida en la cara, la quemadura de cigarrillo en la mano. La historia de que tropezaste con una loseta suelta. —Damien rió quedamente y meneó la cabeza.

Le miré horrorizada. Pensaba que me había creído. ¿Cómo había podido ser tan necia?

—¿Por qué no dijiste nada? —pregunté con la voz ronca.

—Si pensabas mentirme —dijo—, ¿de qué habría servido decirte que lo sabía?

Estaba viviendo el peor momento de mi vida. Fui consciente de ello incluso mientras ocurría.

La vergüenza me inundó por dentro, una vergüenza pura, sin tapujos, no ese acaloramiento vehemente que te lleva a ponerte a la defensiva, a intentar fingir que no te has equivocado.

Sabía que me había equivocado. Damien no otorgaba su confianza con facilidad, era un bien raro y preciado para él, y yo lo había tratado como unos calzoncillos viejos que utilizas para limpiar las ventanas. Le había herido más allá de lo perdonable.

—Han pasado seis meses. ¿Cómo has podido vivir con eso dentro? —Eso era lo que más me sorprendía—. ¿Sin decirme nada?

—Porque te quería. Quería estar contigo. Quería arreglarlo.

Señor… Experimenté sucesivas oleadas de vergüenza mientras recordaba cómo Damien había intentado parchear el daño causado por mí.

Había conseguido un crédito para sustituir el coche que Paddy me había quemado…

Había propuesto las noches románticas en un esfuerzo por reavivar la conexión entre nosotros…

Había dejado de fumar para que mi tía pudiera vivir…

Sentí náuseas.

—¿Por qué no estabas enfadado conmigo?

Me miró con asombro. Luego, casi con desdén.

—Estaba enfadado, estoy enfadado —espetó con vehemencia, y absorbí todo el alcance de su rabia. Ya no estaba intentando ocultarla. Era una rabia cruel, aterradora, que lo transformaba en otra persona—. No te culpes por no haber sido capaz de ocultar tu atracción por De Courcy —dijo fríamente—. Aunque no me hubiera dado cuenta, De Courcy tomó la precaución de contármelo.

Le miré boquiabierta.

—¿La noche con Zara y Selma? —prosiguió—. De Courcy me telefoneó antes de que llegaras a casa.

Por eso aquella noche Damien no había respondido a mis llamadas.

—Damien… —Las lágrimas empezaron a rodar por mi rostro.

Quería decirle que había perdido temporalmente la cabeza pero que ahora estaba mejor. Quería suplicarle que me perdonara. El verano anterior, mientras me hallaba en plena fase de De Courcy-itis, Damien había comentado que si uno de nosotros engañaba al otro podríamos superarlo, pero ya nada sería igual. La inocencia y la confianza se habrían perdido.

—Lo he echado todo a perder, ¿verdad?

No pretendía ser gratuitamente duro conmigo, pero solo había una respuesta posible.

—Sí.

Abrió la puerta mamá.

—Grace, ¿qué haces aquí? ¿Y tu llave?

—No sé dónde la tengo. Y necesito dieciséis euros para pagar el taxi. —Señalé con la cabeza el coche que aguardaba junto al bordillo.

—¿Por qué has venido en taxi? ¿Y por qué no puedes pagarlo?

—No sé dónde he puesto las llaves del coche, y tampoco mi cartera.

—¿De dónde vamos a sacar dieciséis euros? Tendremos que rebuscar en los botes de tu padre.

Papá reunía monedas de un céntimo en viejos botes de mermelada.

—Iré a decirle al hombre que tardaremos un rato. —Dejé la mochila junto a la puerta y bajé de nuevo los escalones.

—Grace, ¿estás bien? Pareces un poco…

—¿Te acuerdas que dijiste que en esta casa siempre tendría una cama?

Mamá me miró fijamente y la expresión de su cara fue cambiando a medida que comprendía.

—He venido a tomarte la palabra —dije.

—¿Qué ha ocurrido? —susurró.

—Paddy de Courcy.

—¿Paddy de Courcy?

Él había ganado.

Lola

Jueves, 12 de febrero, 20.57, The Horseshow House
Bridie, Barry, Treese y yo aguardando para conocer a Gwen, la nueva novia de Jem.

—¿Qué estamos haciendo en este maldito pub? —preguntó Bridie—. Está en el quinto pino y lleno de tipos con pinta de jugadores de rugby.

—Jem quería un lugar neutral para el «encuentro» —explicó Treese—. No quiere nada que recuerde a Claudia.

—¿Realmente dijo «el encuentro»? —pregunté.

—Sí.

—Jesús... ¿Cómo creéis que será esta Gwen? —pregunté.

—Que no piense que podrá tomarle el pelo a Jem como hacía Claudia —dijo Bridie con gravedad.

—Bien dicho —convino Barry—. No le quitaremos ojo.

—Chisss, por ahí vienen.

Jem se acercó con gran, gran, gran sonrisa. Y sudando. Y frotándose manos, como si estuviera lavándoselas. Estaba nervioso, sin duda.

Hizo pasar hacia delante a chica alta y morena.

—Os presento a Gwen.

A primera vista las lolas eran suyas.

—Hola, Gwen —exclamamos todos—. Nos alegramos mucho, mucho de conocerte. —Amplia, amplia, amplia sonrisa en nuestros labios, pero en los ojos puro acero.

—Lo mismo digo. —Tenía gotas de sudor en el nacimiento del

715

pelo—. Sí, un gin-tonic —dijo a Jem. Luego, bajando voz—: Doble.

Punzada de lástima por Gwen. Pocas experiencias más sobrecogedoras en la vida que «concurso de belleza» con viejos amigos de novio nuevo. Preguntándote si serás aceptada en pandilla o arrojada a la oscuridad cósmica.

Así y todo, no podíamos ser demasiado blandos. A lo mejor era farsante con lolas falsas, como Claudia. Aunque no parecía una farsante. Parecía chica agradable.

Bebidas, conversación, anécdotas. Bajo disfraz de simpatía, Bridie, Barry, Treese y yo evaluábamos cada movimiento de Gwen. Mucho reír estridente y nervioso por su parte. Sentada en borde de banco, piernas cruzadas tres veces.

Jem, entretanto, observándonos detenidamente, suplicando con la mirada, Que os guste, por favor, que os guste.

Se fue de nuevo a la barra para inyectarnos más alcohol y durante su ausencia Gwen se vino inopinadamente abajo.

—Joder. —Se enjugó la frente—. Esto es peor que una entrevista de trabajo.

Arrebato de compasión por ella.

—Durante mucho tiempo fuisteis amigos de la anterior novia de Jem —dijo—. Sé que no os será fácil aceptarme, pero dadme tiempo.

Bridie, Barry y Treese también asaltados por compasión.

—En realidad la detestábamos —reconoció Bridie.

—La detestábamos —confirmó Treese.

—La detestábamos —dije yo.

De repente, los cinco desternillándonos de risa y grandes amigos. Sí, Gwen chica adecuada para Jem. En cierto modo, sus nombres rimaban.

Todos con pareja estable ahora. Excepto yo, claro. Sin resentimiento. Solo observación.

Marnie

Subió inexorablemente hacia la superficie.

... Sigo aquí... Sigo viva...

Desesperada por olvidar, trató de sumergirse de nuevo en la nada, pero volvió a emerger de un salto, como una botella de plástico asomando sobre las olas. Nada podía hacer ya, había regresado, estaba consciente, estaba —desalentadoramente— viva. ¿Hasta dónde tendría que llegar?

Automáticamente buscó una botella con la mirada. La que descansaba sobre la mesita de noche se había volcado y vaciado sobre la moqueta. Tendría que ponerse a buscar.

Se levantó. Sus piernas parecían impulsadas por otra persona, notaba un fuerte zumbido en los oídos y tenía la lengua pastosa y entumecida, como envuelta en parafina.

Transportada por unas piernas ajenas, bajó las escaleras hasta el vestíbulo, donde la luz del contestador automático parpadeaba. Ignoraba cuándo había desarrollado ese miedo a escuchar los mensajes. (Lo mismo le sucedía con el correo: a duras penas podía mirarlo, y no digamos abrirlo y clasificarlo en ordenados montones.)

Haría bien en escuchar los mensajes. Había pasado cerca de cuatro días inconsciente, algo podría haber sucedido. Cuando oyó la voz de su madre, se mordió el pulgar para ahuyentar el pavor. Pero eran buenas noticias: Bid estaba mejor.

Estaba demasiado atontada, todavía demasiado aturdida por la resaca para alegrarse. Pero sabía que se alegraba, sim-

como un mantra dando vueltas en mi cabeza, estaban las palabras, «Sobrevive al día de hoy». Sentía una fuerte opresión en el pecho, seguía sin notarme los pies y tenía la sensación de que la cara y la cabeza iban a estallarme y que mi cráneo iba a salir volando en pedazos, como en un vídeo de violencia.

No recordaba haberme sentido nunca como ahora. No tenía mucha experiencia en desamores porque Damien era la única relación importante que había tenido en mi vida. Es cierto, había creído estar enamorada de Paddy a los diecisiete, pero ahora era consciente del inmenso abismo que había entre el enamoramiento adolescente y el amor verdadero.

Abajo, en la cocina, mamá y papá se levantaron, todo preocupación.

—¿Piensas ir a trabajar?

¿Qué otra cosa podía hacer?

—Ya sabes que aquí puedes volver a fumar —dijo mamá.

Efectivamente, gracias a la curación de Bid todo el mundo podía volver a fumar, por lo menos en teoría. Mamá, papá y Bid, sin embargo, habían decidido mantenerse alejados de la nicotina. No querían una recurrencia del cáncer de Bid. Además, creo que les gustaba tener más dinero para sus gastos. Pero estaban empeñados en que yo volviera al tabaco.

No podía. En septiembre, cuando dejé de fumar, una extraña parte de mí se había alegrado de negarme algo que adoraba. La orden de abandonar el tabaco había llegado una semana después de que Paddy me golpeara; extrañamente, en aquel entonces me pareció pertinente hacer algún acto de penitencia. Ahora me lo parecía aún más.

—No quiero fumar. Bueno, sí quiero, pero no voy a hacerlo. He de pagar por lo que le he hecho a Damien.

Mamá se estremeció.

—No te criamos en el catolicismo.

—¡Bah! —espetó papá—. Si vives en Irlanda no puedes huir de la culpa. Creo que la filtran en el agua, como el fluoruro.

—Me voy a trabajar —dije débilmente.

—¿Estarás aquí esta noche? —preguntó mamá.

—Estaré aquí el resto de mi vida.

Sobreviví al viernes, y sobreviví al fin de semana dando largas cabezadas. Marnie llamó para darme su frío pésame y si no hubiera estado tan deprimida, el hecho de que volviera a dirigirme la palabra me habría animado. Pero nada podía animarme.

El lunes por la mañana llegó y mientras me prometía que lo único que tenía que hacer era sobrevivir a ese día, la puerta de mi cuarto se abrió y Bid me arrojó un tubito de color beis.

—¿Qué es esto?

—Base de maquillaje. Te la hemos comprado entre los tres. Hicimos una colecta. Póntela.

Me unté un puñado por la cara y mi cadavérica palidez recuperó el color. Al rato, no obstante, emergió de nuevo a la superficie, eclipsando el efecto bronceado.

Sobreviví al lunes y sobreviví al martes, y esa noche, cuando mamá entró en el cuarto para desearme dulces sueños, dije:

—Ha pasado una semana. Una semana entera.

—¿No te ha llamado? —Sabía que no. Supongo que solo intentaba darme conversación.

—No. Y no lo hará. No habrá reconciliación. Hemos terminado para siempre.

Sabía que Damien no me perdonaría y lo había aceptado.

Eso era lo único bueno. No me hacía ilusiones de que viniera a buscarme. No le llamaba ni me presentaba en nuestra casa para suplicarle que me perdonara.

Conocía a Damien. Las cualidades que me habían enamorado —su independencia, su sentido de la justicia, su reticencia a confiar en otro ser humano— constituían ahora un escollo. Él había confiado en mí y yo había traicionado su confianza. La cosa no tenía arreglo.

Tumbada en la cama, pensé en el último verano y deseé con todas mis fuerzas —arrugando la cara y apretando los puños con vehemencia— poder dar marcha atrás y cambiar las cosas.

—¿Por qué pones esa cara? —preguntó mamá.

—Estoy deseando poder dar marcha atrás y cambiar las cosas. Le echo mucho de menos —dije—. Echo de menos hablar con él. Me enamoré patéticamente de él en cuanto le conocí. Incluso en las pocas fiestas a las que conseguía arrastrarlo, Damien era la única persona con la que realmente me apetecía hablar.

—¿Se lo has dicho?

—Oh, no, nosotros no somos así. Pero lo sabe. Lo sabía.

—Entonces, ¿por qué demonios te liaste con De Courcy? —preguntó mamá, casi con exasperación.

—No lo sé. —Realmente no podía entenderlo.

¿Aburrimiento? ¿Curiosidad? ¿Sensación de que era mi derecho? Razones todas ellas vergonzosas.

—Los seres humanos estamos tarados —dije con un gesto de impotencia—. ¿Por qué hacemos las cosas que hacemos? —Estaba hablando como Marnie. Por primera vez entendía la desazón que la recorría por dentro como una veta negra.

—Equivocarse es de humanos —citó mamá.

—Y perdonar es cosa de Dios —repuse—. Pero me trae sin cuidado si Dios me perdona o no. Quien quiero que me perdone es Damien, y sé que no lo va a hacer.

Mamá mostró su consenso manteniendo el pico cerrado.

—Sé que todos pensáis que es un gruñón…

Mamá mantuvo un silencio diplomático.

—… pero es mi persona predilecta.

Finalmente, preguntó:

—¿Qué piensas hacer?

—¿Con qué? ¿Con el resto de mi vida?

—… Sí, supongo, o por lo menos hasta que lo hayas superado.

—No lo sé. ¿Qué hace la gente? Vivirlo.

Pero era más fácil decirlo que hacerlo.

Lola

—¡Baila, hermanita, baila! —me instó Bridie.

VIP había publicado un «suplemento prenupcial sobre De Courcy» y Bridie había recortado todas las fotos de Paddy y las había esparcido por el suelo, como si fueran felpudos.

—¡Vamos, hermanita, baila!

—¿Hermanita? —Treese y yo nos miramos. ¿Quizá la letra de una canción? Nunca sabíamos de dónde sacaba Bridie sus expresiones.

Puso Billy Idol —tampoco sabíamos de dónde sacaba sus CD— y todas nos pusimos a bailar, y debo reconocer que me produjo gran placer pisotear careto sonriente de Paddy.

—¡Rediós, mirad eso! —Había levantado piernas con tanto brío que había girado una hoja y al otro lado había aparecido foto de Claudia en lanzamiento de nuevos polvos para pies de atleta. Sus lolas 3-D casi saltaron de la foto y me golpearon el ojo. Estaba mejilla con carrillo con hombre del tiempo de TV3. Su nuevo novio, al parecer. Leyenda decía, «Claudia y Felix, muy enamorados».

—Ya no tenemos que preocuparnos por ella —dijo Treese. Treese muy mordaz.

Otra vez bailando sobre cara de Paddy de Courcy.

—¿Qué riesgo hay de que sufras una recaída el día de la boda? —preguntó Bridie.

—No lo sé, ya se verá —contesté.

Bridie, decepcionada.

—¡No tendrás ninguna recaída!

—Entonces, ¿por qué lo preguntas?

—Por preguntar. Ya lo has superado. De hecho, podríamos colarnos en el K Club y arrojar confeti.

—No, no podríamos.

—¿No te sientes lo bastante recuperada como para arrojar confeti en su boda? —Bridie afiló mirada.

—No, pero tampoco me apetece arrojar tomates podridos.

—Entonces, ¿por qué te apuntaste a ese estupendo enfrentamiento con él?

—Para hacer frente a mis miedos y todo eso. Y estoy mucho mejor que antes. El trabajo me va bien.

¡Modesto eufemismo! Estaba desbordada de trabajo. Al principio de volver a Dublín, la cosa un poco floja, pero ahora no daba abasto. Todo lo que hacía era un éxito, y no estoy fanfarroneando, ni mucho menos, solo digo lo que es. Podía elegir los encargos, quedarme con los más interesantes y mejor pagados y pasar resto a —sí— Nkechi. ¿Por qué no? Excelente estilista.

Además, Nkechi había sufrido gran pérdida. De forma totalmente inesperada, Rosalind Croft había dejado a su marido, el horrible Maxwell Croft. Inaudito. Las esposas de alta sociedad nunca abandonan a maridos de alta sociedad, siempre es al revés. Rosalind Croft ya no necesitaba estilista porque no podía permitírsela. Nkechi había perdido clienta muy lucrativa.

—¿Recuerdas la noche de la sopa? —rió Bridie—. ¿Cuando acampaste delante del edificio de Paddy y me pediste que te llevara sopa? Dios, estabas para encerrarte.

—Es cierto.

—Estuve meses pensando que ya no volverías a ser normal —dijo Bridie.

—Yo también lo pensaba —dije, recordando lo hundida que había estado.

—Pero —declaró rotundamente Treese— has vuelto a tomar las riendas de tu vida.

—Nunca creí que ocurriría, de hecho nunca creí que fuera posible, pero parece que el daño que me hizo De Courcy ha sanado —dije—. Miradme ahora. —Di una vuelta sobre mis talones para exhibir mi pelo lacio y brillante, mi porte sereno, un móvil que no paraba de sonar.

No hacía falta que se lo mencionara a Bridie, pero sabía que no volvería a ser la persona que había sido antes de conocer a Paddy. Ahora era menos ingenua, menos confiada, pero quizá no fuera una mala cosa. Y ya no vivía con tanto miedo. No me asustaba estar de vuelta en Dublín. De hecho, celebraba estar de nuevo en mi piso, con televisor perfectamente conectado, en medio del meollo, con hombres haciendo lucha libre debajo de mi ventana a las cuatro de la madrugada.

Transición no del todo fluida, claro. Echaba de menos algunas cosas de Knockavoy: la tranquilidad, la pulcritud, el aire del mar —pese a efecto desastroso en pelo— y, cómo no, a mis muchos, muchos amigos.

Pensaba en ellos a menudo, con gran cariño. Recuerdos frecuentes de Boss, Moss y el Maestro, acompañados de ligero temor de que cumplieran su promesa de hacerme una visita.

Pensaba cada día en señora Butterly, sobre todo cuando escuchaba música de *Coronation Street*. También pensaba en otros cada día. En ocasiones hasta dos veces. O más aún si, por ejemplo, escuchaba «Achy-Breaky Heart» en radio (por suerte, no sucedía a menudo) o veía anuncio de crema para hemorroides o pasaba por delante de Prius ecológico en la calle.

O reparaba en hombre despeinado o escuchaba la palabra «espeleología» o utilizaba gorro de ducha o comía fritos de maíz y sacudía migas en suelo.

O bebía Fanta o veía a alguien lanzar moneda al aire o vislumbraba *Ley y orden* en programación de la tele.

O compraba bombilla para mesita de noche o me preguntaba si debía hacerme prueba de colesterol casera o probaba nuevo batido. (No eran recuerdos de Knockavoy, así que no puedo explicar este fenómeno.)

Considine solía enviarme mensajes de texto con afectuosas preguntas sobre mis progresos.

Siempre le respondía:

    Estoy desbordada de trabajo, Considine.

Al principio exageraba volumen de encargos. Importante para él pensar que me iba bien. Considine había tenido papel decisivo

725

en mi rehabilitación y merecía sentir oleada de satisfacción.

Así y todo, nunca hablaba de venir a Dublín y —a diferencia de Boss, Moss y el Maestro— me habría gustado que viniera. Pero así son los hombres. Unos embusteros.

Sin resentimiento. Simplemente digo lo que es.

Grace

—No te olvides de ponerte la base de maquillaje. —Bid entró en mi cuarto como cada mañana. En esta casa no había intimidad. Ni intimidad, ni calefacción, ni galletas—. No nos hemos gastado nuestras bien merecidas pensiones… ¿Qué demonios le pasa a tu barbilla?

Tenía la parte inferior de la cara cubierta de ampollas y costras supurantes.

—Es un herpes —dije cansinamente.

—Eso no es un herpes. —Bid me miraba horrorizada—. Es una enfermedad. Das la impresión de estar pudriéndote.

—Es un herpes —repetí. Solían salirme de adolescente—. Solo que muy fuerte.

—¿Te ha mejorado el supuesto herpes? —gritó Bid desde el rellano. Estaba haciendo ver que no soportaba la idea de entrar en mi cuarto a causa de mi desfiguración.

—No. Dura diez días, ya te lo he dicho, y solo hace cuatro que lo tengo.

Entró de todos modos.

—¿Lo de la ceja es otro herpes?

Salté de la cama y me miré en el espejo.

—No lo sé. Puede que solo sea un grano.

—Un forúnculo, dirás. Madre Santísima, tienes más en las piernas.

Bajé la vista. Jesús. En los tobillos me había salido una selección de forúnculos de estilo medieval. Casi tuve miedo de seguir investigando, pero debía hacerlo. Me bajé el pantalón del pijama para confirmar la presencia de erupciones diversas en los muslos.

—Santo Dios —gimoteó Bid, subiéndose la rebeca hasta los ojos—. Podrías haberme avisado de que ibas a destapar tus partes pudendas. ¿Y por qué no te haces la depilación brasileña? No me extraña que Damien se haya hartado de ti.

Al día siguiente, cuando me desperté, escuché a Bid deambular por el rellano.

—¡Bid! —grité—. ¡Bid!

—¿Qué te pasa ahora?

—¡Estoy ciega!

Mi ojo derecho se había hinchado hasta cerrarse, como consecuencia de un orzuelo.

Bid avisó a mamá.

—Se acabó —dijo—. Te llevaré a la doctora Zwartkop. Podrías estar anémica.

—No estoy anémica. —Sabía lo que me pasaba—. Mamá, no pienso ver a ningún médico. He de ir a trabajar.

Pero telefoneó a Jacinta y le dijo que llegaría tarde —tenía treinta y cinco años y mi madre estaba llamando por mí— y le seguí la corriente porque no supe resistirme. Había olvidado cómo se hacía, había perdido esa habilidad.

—Qué interesante —farfullo mamá, sentadas en el tráfico camino del médico—. Hay gente, como en el caso de Marnie, que emana una belleza especial cuando sufre, una extraña luminosidad. —Entonces se llevó una mano a la boca—. Lo siento, Grace. Qué torpeza la mía.

Mamá conocía a la doctora Zwartkop lo bastante bien para llamarla Priscilla. Y lo bastante bien para insistir en entrar conmigo en su despacho, como si yo tuviera seis años.

—Herpes —me dijo Priscilla—, forúnculos, orzuelo. ¿Algo más?

—Dolor en el pecho —dije—. Y dolor en la cara y la cabeza.

Me lanzó una mirada afilada.

—¿Has perdido a alguien recientemente?

—A mi pareja... de los últimos diez años. Nos separamos hace dos semanas.

—¿Existe alguna posibilidad de que os reconciliéis?

—Ni una, Priscilla —respondió rápidamente mi madre.

—Podría pedirte un análisis de sangre...

—Pero revelará que todo está normal —dije.

Priscilla asintió con la cabeza.

—Eso creo.

—¿Alguna otra sugerencia? —preguntó mamá.

—¿Antidepresivos?

—¿Antidepresivos? —le secundó mamá.

Negué con la cabeza.

—¿Algo que te ayude a dormir? —propuso Priscilla.

—¿Un somnífero suavecito? —sugirió tiernamente mamá.

Volví a negar con la cabeza. No tenía problemas para dormir.

—Podrías cortarte el pelo. O... —Priscilla miró a su alrededor, buscando otra idea—. O echarte una buena juerga. O irte de vacaciones. —Se encogió de hombros—. O las tres cosas.

—Gracias —dije. Tal vez unas vacaciones...—. Vámonos mamá. Tengo un trabajo al que ir.

Camino del periódico me quedé sin gasolina. Sabía que mi coche la estaba necesitando pero durante los últimos días había visto tantas opciones en la gasolinera —premium y superpremium, diésel y no diésel— que había tenido que largarme, asegurándome a mí misma que tenía suficiente para otro trayecto.

Cuando el motor resopló y finalmente se detuvo, ni siquiera me importó. Dejé el coche en la carretera de circunvalación de Blackrock y cogí un autobús hasta el trabajo, luego telefoneé a papá y le pedí que comprara una lata de gasolina y lo recogiera.

Cuando finalmente llegué al trabajo ya era mediodía. Entré en la oficina y todos aullaron de risa al ver el orzuelo en mi ojo.

—Tenemos un regalo para ti —dijo TC.

—¿Qué es? —Por la razón que fuera, pensé que a lo mejor se trataba de un pastel. Entre la desfiguración de mi rostro y mi coche sin gasolina, pensé que quizá me habían comprado un rico pastel.

Era una bolsa de papel. Lo bastante grande para cubrirme la cabeza con ella.

—Te hemos hecho dos agujeros a la altura de los ojos —dijo TC.

Intenté reír pero —para espanto de todos— se me saltaron las lágrimas.

—Solo era una broma —dijo angustiada Lorraine.

—Quizá deberías tomarte unos días —me aconsejó TC—. ¿Cuántas vacaciones te quedan?

—Dos semanas.

—Vete a algún lado. A un lugar con sol.

Se lo planteé a Jacinta, que se mostró bastante comprensiva.

—¿A las Canarias? —me propuso—. ¿Lanzarote? Sale tirado de precio en esta época del año.

Pero no tenía con quién ir.

Entonces iría sola, me dije. Sería un buena práctica para el resto de mi vida.

Esa noche Marnie telefoneó a mamá. Hablaron un largo rato, luego mamá me pasó el teléfono.

—Quiere hablar contigo.

—Mamá me ha dicho que te vas de vacaciones —dijo Marnie—. Sola.

—Sí.

—Podría ir contigo.

Estaba tendiendo un puente. El gesto me conmovió profundamente.

—No beberé —prometió.

Por supuesto que bebería, pero prefería eso a ir sola.

Lola

Sábado, 7 de marzo
Paddy se casó. Acontecimiento en todos los telediarios. No precisamente dando saltos de alegría por mi casa, ni lanzando sombrero al aire como si me hubieran tocado ocho millones de euros, pero no sufrí recaída. No pedí sopa sin tropezones, no conduje por ciudad sin la debida atención. El día transcurrió «plácidamente».

Domingo, 8 de marzo, 17.05
Suena teléfono.
Bridie.
—¿Te apetece ir a Knockavoy el fin de semana que viene? —pregunta—. Es San Patricio.
—Pensaba que el primo Founchy se había pedido la cabaña. —(Otro nombre peculiar. ¿Es que no terminan nunca?)
—Es cierto, pero se cayó de una escalera de mano y estará ciego durante una temporada. No puede conducir. ¿Vamos?

17.08
Envié mensaje de texto a montón de colegas de Knockavoy para informarles de mi inminente visita.

Grace

Fuimos a Tenerife. Cogimos un apartamento en una localidad turística montada para que pareciera un pueblo de pescadores. La ocupación en ese momento era de un veinticinco por ciento y Marnie y yo éramos las únicas personas menores de noventa años. Cada día nos tumbábamos en sendas hamacas bajo el delicado sol de marzo y yo devoraba novelas de misterio y Marnie leía biografías de personas que se habían quitado la vida. Cada día cenábamos en el mismo restaurante y cada noche dormíamos doce horas.

Nos cuidábamos mutuamente encontrando gafas de sol y libros extraviados, untándonos crema, avisándonos de que nos estábamos pasando con el sol. No mencionábamos a Paddy ni nuestra amarga pelea. Éramos como dos ancianas convalecientes haciendo por la otra lo que no éramos capaces de hacer por nosotras mismas.

Yo había decidido que no me importaba que Marnie bebiera, pero ella, fiel a su palabra, no bebió. A lo mejor esto era cuanto había necesitado siempre, pensé con ironía, dos semanas en las Canarias, para salir de su alcoholismo.

Conversábamos mucho mientras yacíamos en las hamacas contemplando el cielo a través de nuestras gafas de sol.

—Es curioso el paralelismo entre tu vida y la mía —dije.

—¿Te refieres a que a las dos nos ha dejado la pareja?

—Sí, supongo que sí.

—¿Damien y tú os separasteis por culpa mía? —preguntó Marnie—. ¿Por todo el tiempo que pasabas conmigo?

—No, claro que no.

Pero comprendí que en el fondo había agradecido la oportunidad de pasar algunos fines de semana en Londres con Marnie, porque eso me alejaba de la desastrosa situación entre Damien y yo.

Al llegar al cenit de nuestras vacaciones ya estaba segura de que Marnie no bebería. Entonces el octavo día tuvo una emotiva llamada de Daisy y a partir de ese momento empezó a beber sin tregua.

Durante tres días no hablé con nadie. Leía en mi tumbona y dejaba que el sol me calentara los párpados. De tanto en tanto entraba en el apartamento para asegurarme de que Marnie seguía viva.

Cada cinco o seis horas volvía en sí, se levantaba, salía, compraba más vodka, regresaba al apartamento, se lo bebía y volvía a perder el conocimiento. Yo tiraba, diligentemente, lo que quedaba en la botella, pero cuando Marnie salía de su coma etílico, no intentaba impedirle que fuera al supermercado a comprar más.

Al cabo de tres días paró en seco, como si se le hubiera terminado el odio hacia sí misma que le mantenía en marcha el motor.

—Lo siento —me susurró.

—No te preocupes. ¿Tienes ánimo para cenar fuera esta noche?

—No estoy segura.

—Podría cocinar. Llevas días sin comer. Deberías tomar algo.

Me miró desconcertada. A través de su neblina me preguntó:

—¿Por qué eres tan amable conmigo?

—Porque te quiero. —Las palabras habían salido de mi boca antes de que pudiera meditarlas—. Sigues siendo mi hermana. Siempre te he querido y siempre te querré.

—¿Por qué no estás enfadada conmigo por haber bebido? —preguntó Marnie.

Las palabras volvieron a salir sin mi intervención.

—Porque no puedo hacer nada para evitarlo. —Lo que no quería decir que no se me estuviera partiendo el alma, pero sabía que no podía hacer nada para cambiar las cosas—. Y tú tampoco, Marnie. No tienes elección. Antes pensaba que la tenías, pero no la tienes. No puedes hacer nada, como tampoco puedo yo.

Era un sentimiento extraño: había perdonado a Marnie. Ahora sabía que no iba a dejar de beber. Nada podía hacerse para que parara. Marnie seguiría bebiendo y bebiendo y seguramente el alcohol —tarde o temprano— la mataría. Pero hasta eso le había perdonado.

Lola

Sábado, 14 de marzo, 18.59
Bridie, Barry, Treese, Jem, Gwen y yo llegamos a cabaña del Tío Tom. Todos juntos en el nuevo todoterreno de Treese. (Regalo de Vincent.) (Vincent, ausente.)

19.03
Abrimos botella de vino.

20.08
Llamaron a la puerta.
—Debe de ser Considine.
Pero cuando abrí, ¿quién había allí? ¡Chloe! ¡Sí, Chloe! Ojos chispeantes, cabello brillante, elegante como siempre.
Abrazos jubilosos. Presentaciones orgullosas. Bridie, Barry, Jem y Gwen mirando con gran interés. Mirada menos descarada de Treese.
Bebidas fuertes. Excelente humor. Fuimos al pueblo. Knockavoy abarrotado de visitantes. Gente por todas partes. Chloe, éxito rotundo entre mis colegas. Nadie se dio cuenta de que era travesti, simplemente pensaron que era chica —algo alta, quizá, algo corpulenta— de Dublín.
—Llena de vida y alegría —decía Bridie de ella una y otra vez. (Ignoro de dónde había sacado esa expresión. Bridie, propensa a expresiones singulares.)—. No me atrae, porque, a diferencia de ti, Lola, no tengo inclinación bollera, pero llena de vida y alegría.

Bridie, como una cuba.

Todos nosotros, como una cuba.

Gran, gran noche.

Domingo, 15 de marzo, 12.09

Hecha polvo. Jem y Gwen trasladaron sofá a parte trasera de la casa para mí —demasiado resacosa para moverlo yo— y me tumbé en él acurrucada bajo edredón. Mantuve vigilada casa de Considine, esperando verle y saludarle con mano, pero no lo vi. En alguna cueva, seguro.

14.14

Treese se levantó.

14.22

Treese volvió a acostarse.

17.01

Ayudada por Barry, Bridie bajó escaleras. Había estado vomitando desde amanecer.

—Salud —susurró.

20.27

Jem y Gwen prepararon cena. Abrimos botella de vino. Sorbos cautos. De repente, charla animada y otra vez color en nuestras mejillas.

21.19

Llamaron a la puerta.

—Debe de ser Considine.

Pero cuando abrí, ¿quién había allí? ¡Chloe! ¡Sí, Chloe! ¡De nuevo! Ropa diferente esta vez, pero igual de deslumbrante. Encantada, sí, encantada de volverla a ver. Por eso no alcanzaba a entender mi decepción.

Bebidas fuertes. Excelente humor. Fuimos al pueblo. Knockavoy abarrotado de visitantes. Gente por todas partes. Chloe, otra vez éxito rotundo entre mis colegas. De nuevo, nadie se dio cuenta de que era travesti, simplemente pensaron que era chica —algo alta, quizá, algo corpulenta— de Dublín.

—Llena de vida y alegría —seguía diciendo Bridie de ella.

Decidí contar cuántas veces Bridie decía «Llena de vida y alegría», pero perdí cuenta al llegar a 48.

Bridie, como una cuba.

Todos nosotros, como una cuba.

Gran, gran noche.

No, en realidad no.

Lunes, 16 de marzo, 6.14

Había dormido solo dos horas y volvía a estar despierta. Pensando en Considine. Deseando verle. Mucho. Necesitaba verle antes de que empezara a aplicarse uñas falsas y relleno y se convirtiera de nuevo en Chloe. Ahora tan buen momento como cualquiera. Me levanté y crucé hierba en pijama.

Llamé a su puerta.

Nada.

Volví a llamar, más fuerte ahora.

Nada.

Volví a llamar, con tanta fuerza esta vez que casi no le oí protestar:

—¡Estamos en mitad de la puta noche!

—¡Déjame entrar, hombre huraño! Soy Lola.

Abrió puerta y pasé delante de él. Pelo alborotado y cara de sueño. Pantalones de algodón azul y camiseta gris andrajosa. (Ni rastro de Chloe, comprobé aliviada.)

—¿Almorrana con patas? —pregunté con empatía.

—Almorrana con patas —asintió con pesar—. ¿Tú?

—También.

—¿Té?

—No.

—¿Algo?

—No.

—¿Te sientas a mi lado?

Me acerqué. Envalentonada.

—¿Y yo pongo cabeza en tu hombro?

—Sí. ¿Y yo te rodeo con el brazo?

—Sí.

Así sentados, nos sumimos en silencio resacoso. Increíblemente agradable.

—Considine. —Me aclaré garganta—. Nunca pensé que me oiría decir esto, pero me alegro de verte. Estaba empezando a pensar que no te vería en todo el fin de semana.

—Pensaba que te gustaba Chloe. Saqué a Chloe de su retiro especialmente para ti.

—Y me gusta. Gracias por la molestia. Pero tú también me gustas.

Se pasó mano por mandíbula sin afeitar. Ruido rasposo. Sexy, verdad sea dicha.

—Tú también me gustas, Lola —dijo. Silencio—. Me gustas mucho, mucho. —Más silencio. Pero no silencio normal. Silencio con mucha emoción—. Mucho. Te he echado de menos desde el día que te fuiste.

Pausa para meditar mis palabras.

—Yo también te he echado de menos.

—Pienso en ti todo el tiempo.

Otra pausa.

—Yo también pienso en ti todo el tiempo.

—Pienso en ti cada día.

Otra pausa.

—Yo también pienso en ti cada día.

Bostezó. Bostecé. Dijo:

—Será mejor que me vuelva a la cama. —De repente, pareció tener una idea. Se volvió hacia mí—: ¿Te gustaría acompañarme?

Le miré a los ojos.

—... Esto... sí.

—¡Genial! —Gran sonrisa, inaudito en Considine. Me levantó del suelo. ¡Dispuesto a subirme en brazos! Roja como tomate.

—Bájame. Te harás daño en la espalda. Tengo un culo enorme.

—Un culo perfecto. —Estaba subiendo los escalones. Sin resoplar siquiera.

—¿Por qué estás tan fuerte?

—Soy espeleólogo.

Abrió puerta de dormitorio con patada y esta vibró con fuerza. Luego me dejó sobre la cama. Todavía conservaba su calor.

De pronto, me acobardé. Todo demasiado rápido.

—No hemos dormido nada, Considine. Echemos una cabezadita.

—Como quieras.

Me metí debajo de edredón con pijama. Él hizo otro tanto, también vestido.

Me atrajo hacia él, arropó nuestros cuerpos con edredón. Empecé a cabecear, pero sentí que estaba a punto de arder de forma espontánea.

—Tengo calor, Considine.

—Yo también.

Me desabroché camisa del pijama. Él se quitó camiseta por la cabeza. Piel suave y caliente contra mi piel. Músculos duros. Barriga prieta. Jesús, qué delicia.

Cerré los ojos y recuperé postura de sueño.

—Sigo teniendo calor, Considine.

—Yo también.

Pero cuando estuve totalmente en cueros, tuve aún más calor. Mis brazos libres de restricciones, mis piernas enredadas en las suyas. Cambié de postura y su erección chocó con mi muslo.

—Lo siento —dijo—. No hagas caso.

—Preferiría no hacer caso, si no te importa.

—No me importa en absoluto. —Divertido.

Fue maravilloso.

Sin pornografía. Sin prostitutas. Una sola postura.

Concentrado. Apasionado. Sosteniéndose sin esfuerzo sobre brazos firmes, como si estuviera haciendo flexiones, me penetró lentamente sin dejar de mirarme a los ojos. Pensé que iba a morir.

15.01

Nos despertó doble pitido en móvil de Considine.

Leyó texto. Me pasó móvil.

—Es para ti.

Lola, ¿cabalgando con Considine?

De Bridie. Respondí afirmativamente. Nuevo mensaje.

Termina ya. Hora de irnos. Treese quiere «burlar tráfico».

—Considine, tengo que marcharme.

—Quédate —dijo.

—No puedo. Mañana tengo un trabajo importante.

—... Mañana. Pero yo... —No terminó la frase —. ¿Sigues con mucho trabajo?

—Oh, sí. —Tenía mucho trabajo, pero haciendo ver que tenía más del que en realidad tenía.

—¿No hay indicios de que la cosa baje?

—No.

—¿Y te sientes bien?

—De maravilla.

—¿Contenta de estar de vuelta en Dublín?

—Encantada.

—... Vale. En fin, por si te sirve de algo, Lola, quiero decirte una cosa. Es importante.

—Habla.

—Chloe estará siempre aquí para lo que quieras.

¿Chloe? No era eso lo que había esperado oír.

—Gracias —contesté fríamente—. Yo misma encontraré la salida.

15.38, en el coche

—¡Caray, tú y el travesti! —digo Bridie.

—No es nada —repuse con irritación—. Solo un rollo de vacaciones.

—¿Crees que irá a verte a Dublín?

No contesté. Considine no había mencionado esa posibilidad, y tampoco yo.

—¿Qué te pasa? —preguntó Bridie.

—Nada.

Pero mentía. Me había molestado que Considine me ofreciera amistad de Chloe. No había dicho, «Estaré siempre aquí para lo que quieras». Dispuesto a ofrecer su alter ego travesti pero no a sí mismo.

Grace

Regresé a casa el 19 de marzo, el día de las elecciones generales.

—Se espera que el partido de Dee Rossini obtenga muy buenos resultados —me informó mamá.

—Qué bien. —No me importaba. No quería oír hablar de Dee, ni del NewIreland, ni de nada que tuviera que ver con ellos.

—Damien te ha estado buscando —dijo mamá.

El corazón me dio un salto, luego descendió en picado. Probablemente quería hablar sobre lo que deberíamos hacer con la casa.

—Llamó mientras estabas fuera, pero no quise estropearte las vacaciones. Dejó recado de que le llamaras a tu vuelta.

Esperaría un par de días, me dije. Presentía una conversación dolorosa y quería retrasarla todo lo posible. Seguro que, con las elecciones, Damien no tenía un minuto libre. Ese sería mi pretexto. Aguardaría a que las aguas se calmaran.

Al día siguiente me despertaron unas voces aullando en la radio de la cocina a las siete y media de la mañana.

—¡Que alguien apague ese trasto! —grité.

Pero nadie me oyó, de modo que decidí bajar.

—Es una carnicería —cacareó papá, sentado a la mesa de la cocina—. Tu amiga Dee Rossini está haciendo papilla a los principales partidos. El NewIreland les ha arrebatado escaños a todos, incluso a los poderosos *nappies*. Es probable que duplique su número de parlamentarios.

—Qué bien.

Giré el dial con tanta vehemencia que mi muñeca se quejó, luego me hice una tostada y regresé a la cama. Hoy no tenía que trabajar. Me comí la tostada y me sumergí en un sopor invadido por toda clase de sueños, hasta que me despertó un golpe suave en la puerta. Era mamá.

—Tienes visita —dijo.

El corazón me dio un vuelco. Me enderecé de golpe.

—No, no es Damien —dijo.

—Ah, bueno. —Volví a estirarme lentamente.

—Levántate —susurró mamá—. Es Dee Rossini.

Oh, no. Tendría que mostrarme entusiasta.

—Mamá, dile que no puedo…

Pero mamá ya había desaparecido en el rellano. Instantes después, casi con una reverencia, hizo pasar a Dee.

—Acaban de nombrarla ministra de Economía y viceprimera ministra —anunció mamá, henchida de orgullo—. Ahora mismito acaba de telefonearla el primer ministro. ¡A su móvil!

¿El primer ministro? Mamá detestaba a Teddy Tuff, sencillamente lo odiaba. Siempre se refería a él como el Matón y decía que su nariz tenía forma de pene. Ahora, sin embargo, estaba sonriendo de oreja a oreja.

—Dee todavía no se ha acostado —explicó mamá con admiración.

—Grace. —Dee se acercó a mi cama y me miró con detenimiento—. ¡Dios mío, qué mala cara haces!

—¡Un millón de gracias! —dije—. Acabo de llegar de vacaciones, debería tener buena cara. Hubieras debido verme antes de irme.

—¿Seguro que no estás enferma?

—Seguro. He ido al médico. Ella me obligó. —Señalé a mamá, que seguía en el cuarto.

Mamá se llevó una mano al pecho y soltó una exclamación ahogada, como si también ella acabara de darse cuenta de que seguía ahí.

—Debería… —Parecía decepcionada—. Probablemente tengáis cosas de que hablar. Mejor os dejo solas. —Se marchó a regañadientes.

—Felicidades, Dee. —No había olvidado mis buenos modales—. Mi padre dice que os ha ido asombrosamente bien.

—De no haber sido por ti, Grace, ahora ni siquiera sería líder del NewIreland —dijo Dee—. Lamento que tuvieras que perder tanto…

No supe qué decir.

—Esta noche vamos a dar una fiesta —continuó—. Hemos invitado a los miembros del partido de todo el país. Lo estamos organizando todo deprisa y corriendo. Me gustaría mucho que asistieras.

—No, Dee… lo siento.

—Te tengo preparada una sorpresa.

¿Una sorpresa? No quería sorpresas. Ya no me sentía capaz de que algo pudiera sorprenderme.

—Tiene que ver con Paddy.

—¡Aaaargh! —Levanté una mano, como si quisiera ahuyentar un espíritu maligno. No quería ni oír su nombre.

—Te lo ruego, ven. No lo lamentarás.

Marnie

Marnie despertó en su cama, en su dormitorio, sintiéndose francamente bien. Había dormido toda la noche de un tirón, sin que la sobresaltaran las pesadillas, sin las sábanas enredadas alrededor de su cuerpo ni empapadas de sudor, y en lugar de asustada se sentía esperanzada.

Había regresado de Tenerife la noche previa. Llevaba cuatro días sin beber —desde el desliz que tuviera durante las vacaciones— y había tomado una decisión. No hacía falta anunciarlo a los cuatro vientos, pero iba —muy discretamente— a dejar la bebida.

Era la lástima de Grace lo que le había llevado a decidirlo. Tras superar el «desliz», sufrido cuando llevaban una semana de vacaciones, Marnie se preparó para la ira de Grace. Pero Grace reaccionó con una pasmosa ausencia de ira. Sus ojos tenían una mirada nueva, como de comprensión, pero en realidad era algo mucho menos agradable. Era lástima, se percató finalmente Marnie, y eso la hirió. Lo más curioso de todo era que en los fines de semana que Grace había pasado en Londres para controlarle la bebida, sus enfados no habían tenido efecto alguno en Marnie, salvo, quizá, el de empujarla a refugiarse aún más en el alcohol. Era como si Marnie hubiera podido ver a Grace pronunciar con los labios las iracundas palabras pero sin poder oírlas.

Pero la lástima era una cosa muy diferente. Ver a Grace decirle, casi con lágrimas en los ojos, que ella, Marnie, no tenía la culpa de que bebiera, eso, sorprendentemente, la había humillado.

La lástima no era lo mismo que la compasión. La lástima entrañaba una pérdida de respeto. De repente Marnie se había visto tal como Grace —y los demás— la veían: no como la criatura inteligente y sensible por la que siempre la habían tenido, sino como un ser humano mezquino. Una carga. Alguien que solo daba preocupaciones.

En cierto modo, había abierto los ojos. Eso es lo que la gente piensa de mí, se dijo. Puede que hasta mis hijas lo piensen...

Durante los tres días últimos días de vacaciones, en su cabeza habían rondado las palabras «patética», «lamentable», «trágica».

Eso le hacía sentirse —¿cuál era la expresión?— incomprendida.

No quería ser objeto de lástima —comprendió que así había sido la mayor parte de su vida— y no era la persona cobarde y desvalida que Grace pensaba que era.

Sobre todo en lo referente al alcohol.

Ella bebía porque elegía beber. No había otro motivo.

«Y ahora elijo no beber.»

Saltó de la cama y, con gran energía, procedió a deshacer la maleta. Arrojó las sandalias al fondo del armario y los restos de productos solares a los cajones, a la espera de otras vacaciones, y llenó la lavadora de bikinis y pareos.

Metió la maleta debajo de la cama y sacó la aspiradora. Después de permanecer cerrada dos semanas, la casa tenía polvo y un olor raro, y como sus hijas iban a venir después del colegio —hacía cerca de tres semanas que no las veía— quería dejarlo todo perfecto.

Mientras pasaba la aspiradora por el recibidor advirtió que la luz del contestador parpadeaba: mensajes. Ignoraba cuándo le había cogido miedo al contestador. Y al correo: durante su ausencia había llegado una pila de cartas y apenas se atrevía a mirarlas, no digamos a abrirlas y clasificarlas. Apagó la aspiradora y, respirando hondo, apretó el botón del contestador. Solo había cuatro mensajes, no estaba mal. En realidad, un número sorprendentemente —¿vergonzosamente?— reducido para tratarse de dos semanas. He estado fuera de la circulación, se recordó con un ligero estremecimiento.

El primer mensaje era de su dentista; no había acudido a su cita para la revisión anual y tenía que volver a darle hora; el segundo era de un pobre diablo que quería venderle un seguro de coche; el tercero era de Jules. Jules, de Alcohólicos Anónimos. «Solo llamaba para saludarte —decía— y para ver qué tal estás. Llámame cuando quieras.»

El cuarto también era de Jules. Marnie lo borró antes de escucharlo y borró también el anterior. Le violentaba —casi la humillaba— que la llamara alguien de Alcohólicos Anónimos.

Bien, tema comida. Aparte de una caja de Frosties casi vacía, no había nada en la casa. Necesitaba de todo: leche, pan y demás productos básicos, chucherías para las niñas y algo para esta noche. Prepararía una buena cena. Puede que Nick accediera a quedarse.

«Echo de menos a Nick...»

Caray, quién lo iba a decir, pensó con optimismo. He ahí un sentimiento normal. Todo está volviendo a la normalidad. Todo se va a arreglar.

Escribió una pequeña lista, satisfecha en su eficiente papel de ama de casa, se vistió, subió al coche y puso rumbo a Tesco. Unos minutos más tarde se descubrió estacionada delante de la licorería.

«¿Qué hago aquí?»

Había apagado el motor. «Enciéndelo —pensó—, enciéndelo y márchate.» Pero no lo hizo.

«Hoy no quiero beber. No quería venir aquí.»

Miró la llave, colgando del contacto.

«Márchate.»

Abrió la portezuela del coche. «Aquí puedo comprar el chocolate para las niñas.» Bajó a la acera. «Puedo ir al supermercado después.»

Abrió la puerta de la licorería y la oyó tintinear.

—¿Has estado fuera? —preguntó Ben.

—Ajá. —Marnie cogió dos botellas de vodka.

—¿Hoy solo dos? —preguntó alegremente Ben, tratando de dar conversación. Y doce chocolatinas.

Regresó al coche, las chocolatinas y las dos botellas desparramadas sobre el asiento del conductor.

Se quedó mirando las botellas y pensó: «No quiero. Hoy menos que nunca. Quiero ver a Daisy y Verity. No quiero estar borracha cuando lleguen. Las quiero. Quiero que pasen una tarde encantadora. No quiero que me vean incapacitada. Quiero a Nick. No quiero decepcionarle otra vez. No quiero despertarme mojada y muerta de frío, tratando de recordar qué ha sucedido, preguntándome qué día es hoy».

Pero sabía lo que iba a ocurrir. En cualquier momento agarraría la botella y bebería directamente del morro. Bebería, bebería y bebería hasta perderse. No tenía elección.

—No quiero hacerlo —dijo en voz alta—. Por favor, algo, alguien. No quiero hacerlo.

Asustada e impotente, había empezado a llorar. Las lágrimas caían calientes por su rostro.

«¿Por qué lo hago?»

No tenía a nadie a quien culpar. Había dejado de culpar a Paddy.

«Entonces, ¿por qué lo hago? No quiero hacerlo.»

Alicia

—Damas y caballeros del NewIreland, cedo la palabra a Dee Rossini.

Envuelta en una explosión de luz, Dee hizo su entrada en el estrado y los tres mil asistentes se pusieron en pie y estallaron en aplausos. Había un lleno total: miembros del partido, patrocinadores, simpatizantes, periodistas y cámaras de televisión de cadenas locales y extranjeras.

Dee se colocó frente al atril iluminado por los focos y Paddy y otras cuatro figuras clave del NewIreland tomaron asiento detrás, en butacas que parecían tronos.

—Quiero expresar mi agradecimiento a todos los aquí presentes —estaba diciendo Dee—, pero sobre todo a las bases del partido, que con su labor infatigable han permitido al NewIreland alcanzar esta victoria sin precedentes. —Su rostro se iluminó con una sonrisa—. Quizá os interese saber que me han ofrecido, y he aceptado, el cargo de ministra de Economía.

Todo el mundo lo sabía, había salido en los telediarios, pero aplaudió como si acabara de enterarse.

—Y también… —Dee rezumaba satisfacción por todos sus poros— el cargo de viceprimera ministra.

La gente también sabía eso, pero volvió a ovacionarla.

—Nuestro éxito nos ha proporcionado una excelente plataforma para garantizar que las políticas y planes que presentamos al electorado formen parte del programa del gobierno. Prometo cumplir con…

Bla, bla. Alicia quería desconectar, pero tenía que escuchar. Debía observar a Dee y observar la reacción de la gente e informar de ello a Paddy si así lo requería. Ese era ahora su trabajo.

—Como bien sabéis, hace unos días contrajo matrimonio nuestro número dos, Paddy de Courcy.

Hubo vítores, silbidos y patadas contra el suelo. Paddy se levantó y los agradeció con una pequeña reverencia.

Desde su posición en la primera fila, Alicia estaba extasiada. Dios, qué hermoso es, pensó: esa estatura, esos hombros, esa sonrisa siempre a punto, ese destello en los ojos, la corbata con el nudo grueso. Y era todo suyo. Aquellos terribles tiempos en que había tenido que mostrarse inflexible con Marnie, la espantosa espera cuando Paddy desapareció, su soledad cuando Marnie y Grace le dieron la espalda, las extrañas concesiones que había hecho durante su matrimonio con Jeremy, todo eso había merecido la pena. Finalmente ella se había llevado el premio.

Aunque de luna de miel, nada. Había soñado con una luna de miel de verdad, una en la que no estuviera obligada a ir a bares gays, pero como se habían casado a solo cinco días de las elecciones generales, la habían aplazado indefinidamente.

—Pero la ganancia de Alicia es la pérdida del NewIreland —prosiguió Dee. Hubo un eco en el micrófono y sus palabras retumbaron en la sala durante una fracción de segundo. El tiempo justo para que Alicia se preguntara, ¿Qué ha querido decir con eso?

—Paddy —dijo Dee— ha decidido abandonar temporalmente la política.

¿Qué? ¿Qué? Alicia pensó que no había oído bien, que debía de ser algo relacionado con el eco. Pero el murmullo que corrió entre el público le reveló que los demás habían oído lo mismo que ella.

¿De qué estaba hablando Dee? Alicia no entendía nada. ¿Estaba hablando de que Paddy iba a marcharse de luna de miel? ¿Había planeado una luna de miel sin ella saberlo?

—Esta misma noche —continuó Dee—, de hecho, justo antes de que subiéramos a este estrado, tuve que cumplir el triste deber de aceptar la dimisión de Paddy de Courcy.

¿Triste deber...? ¿Dimisión? Alicia se volvió bruscamente hacia Paddy. ¿Qué estaba pasando aquí? ¿Era algo planeado? ¿Por qué no se lo había contado?

Paddy estaba desplomado en su butaca con una estúpida sonrisa estampada en los labios. Su cara apareció de repente en las pantallas de tres metros. Enormes gotas de sudor —de sudor, ¡Paddy de Courcy sudando!— le cubrían las sienes y sus ojos parpadeaban sin parar. Parecía un animal acorralado buscando la mejor manera de salvarse.

No tenía ni idea, comprendió Alicia.

Dee Rossini lo estaba echando. Públicamente. Delante de la prensa internacional. Y él no había estado al tanto de sus intenciones. Paddy, que siempre lo sabía todo.

Alicia se esforzó por pensar, pero estaba en estado de shock. Qué atrevimiento. Qué audacia. ¿Cómo podía Dee Rossini tener tanta sangre fría? ¿Cómo podía ser tan despiadada?

Efectivamente, Dee sabía que Paddy había intentado sabotearla. Pero pensaba que habían hecho las paces, que Dee y Paddy volvían a formar un equipo con una visión común. Jamás imaginó que Dee se aferraría a su rencor como un mafioso sin escrúpulos. Medio italiana, recordó Alicia, Dee era medio italiana. Aunque tenía que reconocer que los irlandeses eran gente rencorosa. Probablemente mucho más que los italianos.

Dee reapareció en las enormes pantallas y Alicia respiró aliviada. Puede que nadie más hubiera reparado en el desconcierto de Paddy, puede que ella lo hubiera percibido únicamente porque lo conocía como la palma de su mano, pero mejor no tentar a la suerte.

—Has sido un buen amigo y colega todos estos años. —Dee estaba pronunciando el típico discurso de despedida cargado de tópicos.

«¿Qué será de nosotros?»

El pánico se adueñó de Alicia. Intentó conectar con Paddy, atraer su atención, pero él seguía con esa estúpida sonrisa congelada en el rostro.

En ese momento advirtió que la euforia del público había amainado, y súbitamente esperanzada pensó, Los fieles del partido no lo permitirán. Adoran a Paddy.

... Pero también adoraban a Dee. Y ella acababa de ganar un número de escaños sin precedentes. Era viceprimera ministra. Era ministra de Economía. Ahora tenía más poder que nunca.

—... has contribuido a efectuar cambios reales y duraderos en Irlanda...

«¿Qué será de nosotros?»

Alicia se obligó a pensar. ¿Qué representaba esto para Paddy? Si los fieles del partido no se rebelaban, ¿qué podía rescatarse? Puede que la situación no fuera tan dramática. Siempre habían planeado que Paddy, a la larga, se pasara a los *nappies*.

Pero ahora no era buen momento, reconoció con pesar. De hecho, no podía ser peor. Paddy había planeado pasarse a los *nappies* desde una posición de poder, desde un cargo ministerial. Ahora tendría que presentarse con la gorra en la mano, como un parlamentario cualquiera, sin influencias.

Y pensar que si las cosas hubieran salido bien, si Paddy hubiese conseguido hundir a Dee con la historia moldava, ahora sería líder del NewIreland. Y ministro. De hecho, viceprimer ministro de todo el país.

Cuando el asunto moldavo se torció, se puso furioso... No quería ni imaginar cómo debía de sentirse ahora.

—Paddy —estaba diciendo Dee para terminar—, te marchas del NewIreland con tu integridad intacta.

¿Por qué no iba a marcharse con su integridad intacta?, pensó Alicia. ¿Cómo se atrevía Dee a insinuar que Paddy no era un hombre irreprochable? Y qué extraño que si quieres insinuar que alguien es un traidor, le des las gracias por no serlo.

Esa frase bastó para acabar con Paddy. Alicia notó que la atmósfera de la sala cambiaba, como una ráfaga de viento pasando por un campo de trigo maduro. Con el rabillo del ojo vio que la gente enarcaba las cejas y se volvía hacia sus vecinos. «¿No es un hombre íntegro? Ahora que lo dices, nunca me dio muy buena espina... Demasiado guapo... Demasiado encantador...»

Nadie podría demostrar nada, pensó Alicia. Y nadie podría demostrar que lo habían echado. Correrían rumores, pero Paddy saldría airoso de ellos. Paddy podía salir airoso de cualquier cosa.

—Os deseamos a ti y a Alicia toda la felicidad del mundo.

Automáticamente, Alicia esbozó una sonrisa radiante mientras por dentro pensaba, Hubiéramos debido verlo venir, cubrirnos las espaldas.

Pero habían creído realmente que Dee no podía prescindir de Paddy.

De repente tuvo una terrible ocurrencia. Paddy le echaría la culpa de todo esto, seguro. Su boda había proporcionado a Dee el pretexto que necesitaba para deshacerse de él.

—Estoy segura de que aún tienes mucha guerra que dar. —Dee lanzó una mirada chispeante a Paddy, que seguía hundido en su asiento, como un cerdo atascado—. Damas y caballeros —se volvió de nuevo hacia la multitud—, les invito a que expresemos juntos nuestro agradecimiento a Paddy de Courcy y le deseemos una vida próspera fuera de la política.

Alicia empezó a aplaudir. Ahora tendrían todo el tiempo del mundo para ir de luna de miel, se dijo. Pero no quería ir de luna de miel. Sería como caminar sobre cáscaras de huevo. Paddy, cual león enjaulado, estaría enfurecido y no tendrían nada que planear. Que tramar. No, mejor «planear». Tramar sonaba un poco siniestro.

En las pantallas, vio que algunos sectores del público se ponían de pie para aplaudirle. ¡Gracias a Dios! Pero la mayor parte de la gente permaneció sentada, y a los pocos segundos las personas que se habían levantado volvieron a sentarse ligeramente abochornadas.

Mierda.

Pero Alicia no estaba dispuesta a mostrar su decepción. Con una sonrisa de oreja a oreja —porque nunca sabías cuándo podía enfocarte la cámara— aplaudió con más fuerza aún, apretando las palmas con vehemencia. Tenía la mano mucho mejor. Apenas le dolía.

Grace

Contemplé el estrado con la boca abierta de par en par. No podía dar crédito a mis oídos. Dee Rossini acababa de echar a Paddy de Courcy delante de la prensa mundial. No solo eso, sino que se las había arreglado para insinuar que no era trigo limpio. Me parecía tan alucinante que casi me dieron ganas de reír.

¿Cómo era posible que no lo hubiera intuido? Dee era una superviviente de la violencia doméstica; había creado su propio partido político y obtenido un éxito sin precedentes; era resistente como el acero. De repente me pareció completamente propio de ella que no estuviera dispuesta a compartir el poder con alguien que había intentado perjudicarla como lo había intentado Paddy. O con alguien que trataba a las mujeres como las trataba Paddy.

Así y todo, me sorprendía su brutalidad. Me sorprendía gratamente.

Dee era una política, así de sencillo; tan implacable como los demás políticos.

Me alegraba de haber venido. Había estado en un tris de no hacerlo, pero mamá me había estado pinchando hasta que consiguió que me fuera para no oírla.

Los aplausos cesaron. ¡El público ni siquiera se había dignado ponerse en pie! Jesús, era increíble. No quería ni imaginar la furia de Paddy, y me pregunté qué forma tomarían sus represalias. Aun así, me sentía a salvo. A Paddy le habían cortado las alas y arrebatado casi todo el poder. Y aunque hubiera mantenido intacto su grado de influencia, nada podía hacer ya para perjudicarme.

Bueno, sí podía, en teoría. Podía volver a quemarme el coche, y probablemente aún gozaba de influencia suficiente para conseguir que me despidieran. Pero lo peor que podía ocurrirme ya me había ocurrido. Al lado de perder a Damien, lo demás carecía de importancia.

La euforia que bullía dentro de mí por la humillación que acababa de sufrir Paddy me abandonó bruscamente. Independientemente de lo que a él le pasara, yo seguía sin Damien.

De repente volvía a estar en mi cuerpo, en mi pesadez. El dolor en el pecho se reactivó.

La gente se estaba levantando para marcharse y decidí hacer lo propio. Quería irme a casa. Por suerte, como había llegado tarde estaba en la parte de atrás.

Me volví hacia la salida y justo detrás de mí, aguardando mi atención, estaba Damien. Me pilló tan de sorpresa que di un traspiés.

Era inevitable que nuestros caminos se cruzaran tarde o temprano. Pensaba que me había preparado para ello, pero comprendí, a juzgar por el vómito que subió disparado hasta mi esófago, que no lo estaba. (Me recordó a esas cosas de las ferias en que golpeas una plataforma con un martillo y algo sube como una bala por una escala.)

—El señor Brolly me dijo dónde podía encontrarte. —Damien, que jugaba con ventaja, tenía una sonrisa en los labios, la cual se congeló cuando me observó con detenimiento—. Caray, Grace, tienes una cara horrible.

—Siempre tan encantador —repuse, y me quedé sin palabras.

Tras una pausa, dijo:

—¿Ya está? ¿Eso es todo lo que piensas decir?

¿Qué quería de mí?

—Tú tampoco tienes muy buen aspecto que digamos —me aventuré.

—¡Bien! Por un momento me habías preocupado. ¿Has estado enferma?

—No, solo… destrozada. ¿Sabes de qué hablo?

—Sí. —Su cara lo decía todo.

Era cierto que no tenía muy buen aspecto. Parecía que llevara dos días sin dormir.

—Te llamé —dijo.

—Sí, me lo dijo mamá. Quería llamarte después de las elecciones, sabía que hasta entonces estarías muy ocupado.

—Grace, no llores.

¿Estaba llorando? Me llevé una mano a la cara. La tenía mojada. ¿Cómo había sucedido?

—¿Salimos a fumar un cigarrillo? —propuso.

—Sigo sin fumar.

—¿En serio? —Damien arrugó la frente—. Yo he estado fumando cuatro paquetes diarios desde que te fuiste. ¿Cómo es posible que tú lo lleves tan bien y yo esté tan jodido?

—No lo llevo bien. —Me atraganté. Las lágrimas me caían ahora a chorros, la gente me miraba pero me traía sin cuidado—. Estoy hecha polvo. Estoy tan mal que a veces hasta Bid es amable conmigo. —Bajé la cabeza y me pasé una mano por la cara empapada. Tenía que tranquilizarme—. Damien, será mejor que me vaya. —Me dolía demasiado estar en su presencia.

—Vuelve conmigo, Grace.

Se hizo una pausa eterna.

—No lo dices de corazón.

—¿Cuándo he dicho yo algo que no fuera de corazón?

—La vez que me aseguraste que aquellos tejanos no me hacían el culo gordo.

—Fue una mentira piadosa… —Suavemente, dijo—: Lo siento, Grace.

—¿Por qué lo sientes? Soy yo quien lo jodió todo.

—No debí dejar que te marcharas.

—No podía quedarme. No lo merecía.

—Estás empezando a asustarme. Te lo ruego, Grace, vuelve a casa, luchemos por lo nuestro. Podríamos hacer terapia.

—¿Terapia? —Conseguí esbozar una sonrisa.

—Bueno, mejor no.

—Nunca podrás perdonarme —dije—. Aunque volviéramos a intentarlo, siempre estaría ahí. He destrozado algo maravilloso.

—Ya te he perdonado.

—¿Cómo? —¿Cómo se llegaba al perdón?

—Si te soy sincero, lo ignoro.

Pero sabía que me había perdonado. Yo había perdonado a la pobre Marnie. Había visto cómo la rabia podía arder con furia y luego apagarse hasta quedar en nada. ¿Le había pasado eso a Damien?

—Y te quiero mucho —dijo—. Eso me ayudó.

Busqué la verdad en su rostro. ¿Eran solo palabras que no podría respaldar con actos? Sería demasiado doloroso intentarlo de nuevo y fracasar. Mejor no intentarlo en absoluto.

—Y no estoy diciendo que me gustaría tirármelo o algo parecido —prosiguió Damien—, pero en cierto modo puedo entender que te sintieras atraída por De Courcy. Tiene carisma, o como quieras llamarlo. Es casi inhumano. —Suspiró—. Claro que lo mismo decían de Hitler.

Reí con ganas. Fue toda una sorpresa. Había pasado treinta y ocho días pensando que nunca volvería a reír.

—Entonces, Hechicera… ¿vuelves conmigo?

Titubeé.

—Nadie te hará nunca una oferta mejor —dijo, y eso era tan propio de Damien que enseguida supe que todo iría bien.

—Será mejor que acepte —dije—. ¿Quién te iba a aguantar aparte de mí?

Marnie

El lloriqueo estaba en pleno apogeo cuando Marnie, acompañada de Jules, entró en la sala.

—... tan agradecida por la vida sana y agradable que llevo ahora...

—... pensaba que era un espíritu libre, un rebelde, sin trabajo, sin ataduras, que bebía cuando quería, pero en realidad era un prisionero del alcohol, tanto como si hubiera tenido una casa en las afueras y los 2,4 hijos...

Skinhead Steve señaló dos sillas libres y los presentes saludaron a Marnie en voz baja.

Ulla le llevó una taza de té.

—Tres azucarillos, ¿verdad?

Marnie le dio las gracias con un gesto de cabeza. Bebió un sorbo y miró a su alrededor. Ahí estaba Australiano Des, sonriéndole. Y Respetable Maureen. Sexy Charlotte le señaló los pies.

—Me gustan tus zapatos —dijo con los labios, y una cara de angustia tal que le hizo reír.

Marnie se reclinó en su silla y escuchó mientras sostenía el té con las dos manos, reconfortada por su calor.

—... todavía tengo emociones fuertes, aunque puede que no tan intensas, pero en lugar de calmarlas con la bebida, vengo a las reuniones...

—... cuando empecé a venir aquí, me dijisteis que no debía volver a beber, y no he vuelto a beber...

Como siempre, tras un intervalo respetable, descendieron sobre ella.

—Marnie, ¿te gustaría decir algo?

—Mira, cielo, mira, levántate —le instó Nick.

Marnie se removió en su toalla y soltó un gemido.

—Me estaba quedando dormida.

—No importa, te gustará. Fíjate en Verity.

Marnie se incorporó en la orilla del río, se protegió los ojos del sol con una mano y ahí estaba Verity, con su biquini de sirena, chapoteando vigorosamente en el agua.

—¡Mamá, papá! —gritó—. ¡Mirad, estoy nadando!

—¡Sigue, cariño! —dijo Nick, su voz rezumando orgullo.

—¡Muy bien! —Marnie agitó una mano. Verity paró de nadar el tiempo justo para devolverle el saludo y casi se hundió.

—¡Oh! —rió, resoplando—. He tragado agua.

Entonces era diferente, mucho más sólida que la criatura nerviosa de ahora.

—¡Rápido, mamá, sécame! —Daisy corrió como una bala hacia Marnie, goteando agua por su cuerpo esbelto y delgado—. ¿Has visto a Verity? Ya no tiene miedo.

—Lo he visto. Ven aquí. —Desplegó una enorme toalla de Minnie Mouse, pidió a Daisy que sostuviera un extremo y la envolvió varias veces con ella. Parecía una alfombra enrollada.

—¡Sécame! —Daisy pateó el suelo, temblando exageradamente—. ¡Estoy helada!

—Menuda teatrera estás hecha —dijo Marnie.

—Me pregunto de quién lo habrá heredado. —Nick le lanzó un mirada descarada.

Marnie abrió los ojos de par en par.

—¡De mí desde luego no, caballero!

Secó con brío a Daisy, los omóplatos, la estrecha espalda, las piernas, tan largas y delgadas, tan bonitas, que casi parecían de mentira.

—Caray, Daisy, eres preciosa.

—Tú también, mamá.

—Es cierto, mamá. —Nick le pellizcó el tirante del biquini y se miraron durante tanto rato que Dasisy exclamó:

—¡Qué asco!

Marnie regresó bruscamente a la reunión de Alcohólicos Anónimos, pero retuvo la agradable sensación de ese recuerdo. Se volvió y sonrió a Jules, que estaba a su lado. Jules, que tan amable había sido con ella, que había acudido en cuanto Marnie la llamó esta mañana, delante de la licorería.

—Espérame ahí —le había ordenado Jules—. Y no muevas ni un músculo. No tardo ni diez minutos.

Marnie cerró los ojos, envuelta por la atmósfera del día junto al río. Había sido un día fantástico, rebosante de amor en todo el sentido de la palabra, en acción y en pensamiento. Todo lo que siempre había deseado había estado allí.

Pero ¿dónde era? Mientras el recuerdo retrocedía, Marnie se dio cuenta de que no reconocía esa orilla. De hecho, estaba segura de que nunca había estado en ese lugar. Y las niñas parecían mayores que ahora: a Daisy le faltaban dos dientes de leche y a Verity se le había corregido el estrabismo. También ella y Nick estaban diferentes. Ella había engordado un poco y tenía el pelo más largo. Nick tenía más canas. ¿Cómo era posible?

Pero había sucedido, estaba segura. No era un sueño, ni una fantasía, era un recuerdo. Entonces lo supo. Era un recuerdo, naturalmente que era un recuerdo. Había sucedido de verdad. Solo que no había sucedido aún.

Abrió los ojos. Todos los presentes en la sala seguían mirándola con una sonrisa.

—Me llamo Marnie.

Sus sonrisas se ampliaron.

—Y soy alcohólica.

Lola

Sábado, 21 de marzo, 7.01

Sonó interfono. A hora exageradamente temprana. Gamberros del barrio tocando las narices. Jóvenes con ganas de cachondeo. ¡Despertemos a la estúpida chica del pelo violeta! Normalmente conseguía esbozar sonrisa irónica ante sus gamberradas, pero esta mañana no. No estaba de humor. Muy cansada. Llevo semana entera durmiendo fatal, desde excursión a Knockavoy. Asunto Considine/Chloe desconcertante, perturbador, angustiante. No había parado de darle vueltas.

Sonó de nuevo interfono. Me eché edredón sobre cabeza.

Otra vez. ¡Por los clavos de Cristo! Aparté edredón con gesto irritado, caminé en pijama hasta interfono y espeté:

—Dad el coñazo en otra parte, gamberros del barrio, y dejadme dormir. —(Respetan el uso de «malas palabras».)

—Lamento despertarte —dijo voz. ¡No voz de gamberros del barrio, sino voz sexy de campo! ¡La voz de Considine!

—... ¿Qué demonios haces aquí? Piensas que Dublín es una ciudad de mala muerte.

—Y lo es —dijo.

—Entonces, ¿qué haces aquí?

—No me obligues a decirlo en la calle —respondió con sexy murmullo—. Ya tengo una pandilla de chavales con capucha riéndose de mi coche.

—¿Hacerte decir qué? —Desconcertada.

Pausa. Hondo suspiro. Otro murmullo sexy.

—Te quiero, Lola Daly.

Breve, y sorprendente, confesión acompañada de estallido de carcajadas y rechiflas de —solo podía deducir— gamberros del barrio. Voz gamberra incorpórea aulló:

—El paleto del coche de mierda cree que está colgado de Lola.

—¿Es eso cierto? —pregunté. Muy temprano, todo demasiado inesperado, falta de sueño distorsionando realidad. Podía ser noticia maravillosa, pero miedo a confiar...

—¡Sí! ¡El coche del paleto es una mierda!

¡Se acabó conversación a tres! Gamberros del barrio crueles. Tenía que salvar a Considine. Hombre de campo humilde.

—Considine, te voy a abrir —dije con firmeza—. Cuando oigas una especie de timbre, empuja la puerta. Has de empujar, no tirar.

—Tranquila, Lola, sé cómo funciona. —Coletilla sarcástica—: Lo leí en un libro.

¡Ajá! Nuestro viejo amigo huraño no del todo muerto y enterrado.

Pulsé botón, abrí puerta de mi casa. Considine apareció ante mí. Despeinado, sexy, resuelto. Entró. Virilidad, músculos, en conjunto deliciosa masculinidad. Me atrajo hacia él.

Me miró a los ojos. Su boca muy próxima a la mía.

—Eso que dijiste hace un momento —susurré—. ¿Podrías repetirlo?

—¿Lo de que Dublín es una ciudad de mala muerte? —Pero estaba riendo. Muy, muy guapo cuando ríe. Pero que muy guapo—. ¿Te refieres a la parte en que dije que te quería?

—Sí, esa parte.

—Te quiero, Lola Daly.

—No me lo esperaba —reconocí—. Chloe...

—Fue un malentendido —dijo—. Quise atraerte hacia Knockavoy a través de Chloe. Pensaba que querías a Chloe.

—Y la quiero. Pero, y esto es algo que no logro entender, Considine, a ti te quiero más.

Los dos algo anonadados. Nos miramos con cara de pasmo. Finalmente, dijo:

—No es mi intención alarmarte, pero acabas de usar la palabra «querer».

Reproduje frase en mi cabeza.

—Es cierto.

—¿Hablas en serio?

Lo medité, medité lo mucho que le había extrañado desde que me marché de Knockavoy en enero, el hecho de que hasta el más mínimo detalle me había recordado a él.

—Eso parece, Considine.

Me estrechó con más fuerza.

—Lola, Lola —suspiró, como increíblemente aliviado—. Caray, no te imaginas... —Meneó la cabeza—. No he podido dejar de pensar en ti desde que te fuiste el lunes. Aunque no es ninguna novedad, porque pienso en ti todo el tiempo, de día y... de noche. —Me gustaba como decía «noche». Palabra con sonido sexy—. Sabía que me había equivocado —continuó—. Había interpretado mal lo que querías. Me estaba volviendo loco. No podía dormir. Así que anoche me dije, ¡Se acabó! Me subí al coche y me vine. He conducido toda la noche. —Frase con sonido sexy.

—Si has conducido toda la noche, has debido de venir por Marruecos —dije—. Solo se tardan tres horas y media.

Rió. ¡Otra vez! ¡Esto parecía festival del humor!

—¿Lo dices en serio? —pregunté.

—Más en serio que... estoy intentado pensar en algo muy serio.

—¿Que un cáncer de colon? ¿Que Anna Wintour? ¿Que la subida del nivel marino?

—Todo junto.

Impresionada. Anna Wintour muy seria, creo.

—Vamos. —Cogí llaves de mi coche.

—¿Adónde?

—A ver a mi madre.

—¿Me pongo corbata?

Le miré de arriba abajo. Tejanos, forro polar negro, botas gruesas.

—No, este es tu estilo y está bien.

En el cementerio, tres niños jugando escandalosamente a fútbol alrededor de una tumba. Irrespetuosos. Hasta que me percaté de que era su hermano pequeño el que había muerto y lo tenían de portero.

La vida, gran tesoro.

Sorteamos tumbas hasta llegar a la de mamá.

—Mamá, te presento a Considine.

—Me alegro de conocerla, señora Daly —dijo Considine a su lápida.

Creo que mamá dijo, «Yo también me alegro de conocerte», pero difícil oírla porque niños futbolistas gritando ¡Síiiii!, ¡Noooo! y otras palabras futboleras.

—Dice que también se alegra de conocerte —dije (porque probablemente así era; mamá, persona muy educada)—. Ahora, Considine, necesito tener una charla a solas con ella.

—¿Me voy?

—No, es una charla silenciosa. Puedes quedarte.

Nos sentamos en bordillo y en mi cabeza dije:

—Míratelo bien, mamá. Tú no tienes la culpa de que tuvieras que morir y dejarme, pero necesito tu consejo. Me da miedo confiar en mi propio juicio después de lo de De Courcy. ¿Qué opinas de este travesti huraño que vive en la otra punta del país?

Voz en mi cabeza contestó:

—No es huraño.

—Ya, pero..

—Y tampoco es un travesti.

—Cierto…

—Reconozco que vive en la otra punta del país, pero es un país muy pequeño.

—Por favor, no nombres la carretera de circunvalación de Kildare.

—¿Le quieres?

—Sí, mamá.

—Entonces tienes que apostar por él.

Instante de duda. ¿Estaba diciéndome únicamente lo que quería oír?

—Mamá, ¿estás realmente aquí?

—¡Sí! —gritó uno de los niños.

Mi inquietud se diluyó —no había imaginado esa voz— al tiempo que el sol se abría paso entre nubes y de repente proyectaba luz amarilla en todos nosotros.

—Mamá, contesta con sinceridad. ¿Crees que saldrá bien?

—¡Sí! —volvió a gritar el niño.

—¿Estás segura?

—¡Sí, sí, sí!

El papel utilizado para la impresión de este libro
ha sido fabricado a partir de madera
procedente de bosques y plantaciones
gestionados con los más altos estándares ambientales,
garantizando una explotación de los recursos
sostenible con el medio ambiente
y beneficiosa para las personas.
Por este motivo, Greenpeace acredita que
este libro cumple los requisitos ambientales y sociales
necesarios para ser considerado
un libro «amigo de los bosques».
El proyecto «Libros amigos de los bosques» promueve
la conservación y el uso sostenible de los bosques,
en especial de los Bosques Primarios,
los últimos bosques vírgenes del planeta.